安徽师范大学中国古代文学国家级教学团队成果之二

志在创新的学术探索

ZHIZAICHUANGXIN DE
XUESHU TANSUO

胡传志 主编

安徽师范大学出版社

责任编辑：胡志恒
装帧设计：丁奕奕

图书在版编目（CIP）数据

志在创新的学术探索/胡传志主编．—芜湖：安徽师范大学出版社，2012.7
ISBN 978-7-81141-816-3
Ⅰ.①志… Ⅱ.①胡… Ⅲ.①古典文学研究—中国 Ⅳ.①I206.2

中国版本图书馆 CIP 数据核字（2012）第 159724 号

志在创新的学术探索
胡传志　主编

出版发行：安徽师范大学出版社
芜湖市九华南路 189 号安徽师范大学花津校区　邮政编码：241002
网　　址：http://www.ahnupress.com/
发 行 部：0553-3883578　5910327　5910310（传真）　E-mail：asdcbsfxb@126.com
经　　销：全国新华书店
印　　刷：安徽芜湖新华印务有限责任公司
版　　次：2012 年 9 月第 1 版
印　　次：2012 年 9 月第 1 次印刷
规　　格：700×1000　1/16
印　　张：23.5
字　　数：361 千
书　　号：ISBN 978-7-81141-816-3
定　　价：47.00 元

序

胡传志

安徽师范大学中国古代文学学科具有与学校一样悠久的历史，早在1926年筹建省立安徽大学时，桐城文人姚永朴即被任命为校长。1928年，省立安徽大学正式成立之时，主持具体校务的是国学大家刘文典先生。此后历经国立安徽大学、安徽学院、安徽大学、安徽师范学院、皖南大学、合肥师范学院、安徽工农大学，直到安徽师范大学，其间中国古代文学学科薪火相传，从未中断。苏雪林、潘重规、宛敏灏、卫仲璠、祖保泉、刘学锴等一批著名学者先后执教于此，形成了优良的传统。过去虽然没有“教学团队”之名，却具有“教学团队”之实。进入新时期以来，我校中国古代文学学科立足当代，弘扬传统，始终坚持以传承、发扬中华民族文化为崇高使命，将科学阐释古代文学优秀遗产、服务社会文化思想建设、培养古代文学教学与研究的传人作为根本任务，以教学为主导，以学术为基础，以创新为动力，不断推动古代文学学科的发展。中国古代文学学科一直是我校的优势学科，2008年，本学科通过教育部的评审，成为高等学校本科教学质量与教学改革工程国家级教学团队。

相对于综合性大学而言，师范院校的古代文学教学团队规模普遍较大。我校中国古代文学教学团队成员近些年来稳定在20人左右，目前的负责人是首届国家教学名师余恕诚先生。余先生德艺双馨，广受学生深切爱戴，先后获全国优秀教育工作者、曾宪梓教育基金会教师奖、安徽省师德先进个人等荣誉称号。余先生在教学中注重阐释中国文化精神与核心价值，将古代文学教学与人文思想道德教育结合起来，并致力于团队建设，具有很强的凝聚力和号召力。成员中，有全国优秀教师潘啸龙教授，有安徽省教学名师陈文忠、刘运好教授，有皖江学者丁放、胡传志教授，还有众多中青年才俊。在余恕诚、潘啸龙等先生的带领下，本学科逐步形成了一支老中青结合、富有活力、后劲充足的教学科研队伍，并坚持教学与科研相结合、以科研促教学的建设思路。许多重要的科研成果都化为教学资源，如众所周知的李商隐研究成果已写进袁行霈先生主编的《中国古代文学史》教材并设为专章，其他许多成果都及时渗透到本科基础课和选修课的教学中。

近几年来，我们除了继续坚持科学研究之外，还特意从两个方面加强教学团队的建设。一是加强教学研究。团队成员在日常教学中不断进行教学探讨和教学改革，有的成员将一些思考和实践写成论文，更多的思考是贯穿于教学实践之中。教学改革的成果于2010年荣获安徽省教学研究成果一等奖。二是注重将教学研究、科学研究落实在本科教学之中，注重培养本科生古代文学学习和研究的兴趣，引导本科生撰写论文，让他们掌握基本的论文写作方法、学术规范。通过大家的共同努力，我们在这两方面已经取得了较突出的成绩。

这次结集出版的三本书，是本团队建设的阶段性成果。第一本《追求知音的教学境界》，以余恕诚先生的一篇教学论文题目为名，收录两部分内容：一是教学团队成员所写的教学论文和教学心得，多数已经公开发表；二是有关余恕诚先生师德师风、教学艺术的文章，包括媒体上刊发的报导，以及一些学生回忆、总结余恕诚先生教学等方面的文章，这些学生本科时代都听过余先生的课，可以说是余恕诚先生教学的知音。这是首次相对集中地总结余先生高尚的师德、高超的教学艺术，相信这些文章会有裨于他人。第二本《志在创新的学术探索》，是团队成员的科研论文集，收录2008年以来所发表的学术论文。科学研究是我们的优势，2008年以来，我们共发表200余篇论文，其中有许多高层次的论文，在《文学评论》、《文学遗产》两个刊物即发表18篇论文，因考虑到与另两本成果集篇幅不至于过于悬殊之故，每人仅收入一篇论文。此前，我们曾编辑出版《古典文学与文献论集》（余恕诚、潘啸龙主编，安徽人民出版社2000年出版）、《九华集》（胡传志主编，上海古籍出版社2008年出版）两本论文集，可以视该书为这两本书的续集。第三本《充满生机的沃土新芽》，收录近年来本科生所写的论文，有的已经发表。本科生发表的论文和作品，应该还有一些，我们难以搜罗完备。有些同学的作业和小论文，亦常有可圈可点之处，我们另外汇集成册。本科生的文章尽管有些稚嫩，甚或有些错误，但每篇论文都或多或少有些新意，体现了青年学生非常可贵的创新能力，所以愿意奉献给广大读者。

我多年追随在余恕诚先生左右，耳濡目染，受益良多。承余恕诚先生厚爱和信任，我较多地参与组织教学团队的建设活动，这次与中国古代文学教研室主任俞晓红教授一起策划、编纂教学团队成果集，得到余先生的亲切指导和其他同仁的大力支持。编成之后，又得到安徽师范大学出版基金的资助，得到安徽师范大学出版社的关心和帮助，在此一并致以真挚的感谢。

目　录

走出接受史的困境

——经典作家接受史研究反思[①]

陈文忠

一、“问题是学术的核心”

学术史上的学派大都经历了从自发到自觉的过程，自发的研究往往早于自觉的理论。同样，早在“接受美学”产生之前，欧洲文学史家就开始了对经典作家接受史的研究。据目前所见文献，最早似可以追溯到法国文学史家朗松[②]。朗松的《伏尔泰的影响》(1906)、《〈沉思集〉百周年》(1920) 以及《文学史与社会学》(1904)、《外国影响在法国文学发展中的作用》(1917) 诸文，不仅对蒙田、伏尔泰、拉马丁等法国经典作家的接受史和影响史作了专题研究，而且对经典作家接受史的研究方法和学术文化意义作了精辟阐述。此外，德国文学史家贡多尔夫的《莎士比亚和德意志精神》(1911)、施特里希的《歌德与世界文学》(1946) 以及福德的《狄更斯与他的读者》(1955)、普拉维尔的《莫里克及其读者：一部效果史的尝试》等等[③]，都被后来的

---

① “经典作家”和“经典作品”是接受史研究的两个中心。1996 年，笔者发表了《古代诗歌接受史研究刍议》(《文学评论》1996 年第 5 期) 一文，对“经典作品”接受史的研究方法提出了初步看法；本文试图根据近年经典作家接受史研究中存在的问题，对“经典作家”接受史研究的方法论问题作一探讨。

② 法国文学研究者郭宏安《朗松：永远的参照》：“朗松的文学史理论包含了许多新的研究方向的萌芽，例如……读者对文学作品的接受研究……今日倡导和研究接受美学的人们在追溯接受美学的渊源时绝口不提朗松的名字，不能不说是一件令人不解的事情。”(《二十世纪西方文论研究》，中国社会科学出版社 1997 年版) 所言甚是。

③ 参阅 H. R. 姚斯：《文学史作为向文学理论的挑战》(《接受美学与接受理论》，辽宁人民出版社 1987 年版)、冈特·格里姆：《接受学研究概论》(《接受美学译文集》，生活·读书·新知三联书店 1989 年版) 等。

学者视为经典作家接受史研究的先导。

在接受美学传入我国之前，中国学者同样意识到经典作家接受史研究的重要性。郑振铎在《研究中国文学的新途径》（1930）一文中认为，系统全面的“作家研究”，应当包含“作家作品的影响”或“作家接受史”的研究。他以“杜甫研究”为例指出：

> 我们应该有不少部关于作家研究的著作。例如，关于杜甫，至少要有一部杜甫传，一部杜甫的时代及其作品，一部杜甫的作品及其影响，一部杜甫及其诗派，一部杜甫的思想，一部杜甫的叙事诗等等①。

这里所谓的“一部杜甫的作品及其影响，一部杜甫及其诗派”，就属于经典作家接受史的范畴，并从“作品影响史”和“风格影响史”两个方面指出了经典作家接受史研究的具体思路。郑振铎进而认为，中国文学史上“至少还有百个以上大作家”需要做这样“特殊的研究”②。钱锺书《谈艺录》（1948）中的“陶渊明诗显晦”和“宋人论韩昌黎”，可以说各是一部微型的“宋前陶渊明接受史”和“宋代韩愈接受史”，而且对当代陶诗和韩诗接受史产生了多方面的启示和影响③。闻一多著名的《贾岛》（1941）一文，不仅勾勒了晚唐五代至宋元明清“贾岛接受史”的线索，而且揭示了各个时代“贾岛热”的深层文化心理根源④。

不过，无论欧美还是中国，经典作家接受史的自觉和兴起，都是接受美学和“读者文学史”正式提出以后的事。就中国而言，最早的一部中国古代作家接受史，当数1986年美国哥伦比亚大学奥斯卡·李的博士论文《韦应物诗歌的接受批评：一个诗人声誉的建立》。此后，

---

① 郑振铎：《中国文学研究》（下），人民文学出版社2000年版，第278页。

② 郑振铎：《中国文学研究》（下），人民文学出版社2000年版，第278页。

③ 以陶诗接受史为例，如钟涛：《从陶诗显晦看中国古代诗歌审美观念之走向》（1991）、萧庆伟：《北宋党争与杜诗陶诗之显晦》（1996），论题直接受到钱文的启发；卢佑诚：《钱锺书的陶渊明接受史研究》（2003），从接受史角度重新阐释了钱文的现代学术意义；刘中文：《唐代陶渊明接受研究》（2006），则可视为钱文的现代扩展版。

④ 闻一多：《闻一多全集》第6卷，湖北人民出版社1993年版，第61页。

高中甫的《歌德接受史》（1993），是中国学者撰写的第一部外国经典作家接受史专著，台湾杨文雄教授的《李白诗歌接受史》（2000），则是中国学者撰写的第一部中国古代作家接受史专著。迄今20多年来，经典作家接受史研究受到新一代学者的广泛关注，发表了大量专题论文，出版了一批接受史专著，广泛涉及屈原、陶渊明、王维、李白、杜甫、韦应物、韩愈、柳宗元、李贺、李商隐、苏轼、辛弃疾等古典作家；有的古典作家还出版了多部“断代接受史”。

学术专著的出现意味着学术领域的初步形成，学术方法的独立才标志着学术形态的最终成熟。那么经典作家接受史研究是否已具有一套符合学术理想的方法途径？当前所见经典作家接受史研究著作，在研究方法上大致可以概括为三种模式。

一种可称为“三维历时结构”，杨文雄的《李白诗歌接受史》即属此类。笔者曾把经典作品接受史区分为三个层面，即“以普通读者为主体的效果史研究；以诗评家为主体的阐释史研究；以诗人创作者为主体的影响史研究”[①]。杨著即以此为“取资学习的立足点”[②]，除“绪论”外，全书由三大部分构成，即“李白效果史研究”、“李白《蜀道难》《梦游天姥吟》阐释史研究”、“李白影响史研究”，每一部分又按时间顺序评述普通读者、诗评家和作家对李白诗歌的接受状况。属于这一模式还有刘学锴的《李商隐诗歌接受史》（2004）和朱丽霞的《辛弃疾清代接受史》（2005）等。

一种可称为“一维历时结构”，即对作家接受史不细分为效果史、阐释史、影响史和经典阅读史，完全按时间顺序综合性地评述作家在历代的接受状况。这一思路较为普遍，高中甫的《歌德接受史》（1993）、蔡振念的《杜诗唐宋接受史》（2002）、刘中文的《唐代陶渊明接受研究》（2006）和米彦青的《清代李商隐诗歌接受史稿》（2007）等均属此类。台湾中山大学蔡振念教授对他的“研究方法”作了这样说明：“本文之所以对杜诗在唐宋的接受不细分为效果史、阐释史和影响史，主要是因为杜诗在唐宋的接受事实往往三者互为作用、交叉渗透。”[③]

① 陈文忠：《古典诗歌接受史研究刍议》，《文学评论》1996年第5期。
② 杨文雄：《李白诗歌接受史》，台湾五南图书出版公司2000年版，第27页。
③ 蔡振念：《杜诗唐宋接受史》，台湾五南图书出版公司2002年版，第30页。

蔡著除“绪论”性的第一章，全书分为“唐人对杜诗的接受”和“宋人对杜诗的接受”两大部分，依次评述了大历诗人、韩孟诗派、元白诗派和李商隐及王安石、苏轼、黄庭坚、江西派二陈和陆游与文天祥对杜诗的接受情况。

一种可称为“多维历时结构”，李剑锋的《元前陶渊明接受史》当属此类。李著在“绪论”中提出了“两条横线和五条纵线”的思路：“一部陶渊明接受史在共时态上要把握陶渊明为人和诗文两条横线……在历时形态上则要把握五条纵线：重点读者史、声名传播史、创作影响史、阐释评价史、视野史。”① 而全书框架仍按时间顺序综合性地依次评述了陶渊明在东晋南北朝、隋唐五代和两宋的接受状况，“两横五纵”的思路则隐而未见。这种思路在理念上似对“三维历时结构”的申发，而在操作上则与“一维历时结构”相类。论者提出的应当顾及古代作家“为人和为文”对后世的双重影响，则非深有心得者不能言。

从上述三种研究模式看，目前的“作家接受史”，要么直接借用“经典作品接受史”的研究思路，要么按时间顺序综合性地评述历代接受者对经典作家的评点诠释。前者虽然展开了多角度的研究，但并未抓住经典作家接受史自身的独特问题，因而难以全面深入地展示经典作家在历史上的接受特点和文化意义，也难以提出和解决属于经典作家接受史自身有价值的学术问题；后者则往往流于“历代评论资料”的“排比和梳理”，所谓“研究”基本上只是对某一作家的“研究资料汇编”的“解释和串讲”，只见“接受者”不见“接受对象”，更未能从接受史深入时代和民族的精神文化史，经典作家的艺术生命和文化影响淹没在历代接受者毫无目标的众声喧哗之中。有学者对此提出了尖锐的批评，认为经典作家接受史研究已成为最缺乏创意和新意的“学术避难所”。导致这种令人沮丧的结果，实质上与不少研究者缺乏接受史研究的“问题意识”和合理方法密切相关。

那么，与经典作品接受史相比，经典作家接受史究竟有无属于自身的学术问题和学术方法？如果有，其问题和方法何在？关键还在于对接受史的性质和意义要有深入全面的认识。

① 李剑锋：《元前陶渊明接受史》，齐鲁书社2002年版，第10页。

纯粹的自然生命只有“生前史”，创造性的精神生命既有“生前史”，也有“身后史”。如果说“创作史”是作家的“生前史”，那么“接受史”则是作家精神生命的“身后史”。作家的生前史与身后史是一种辩证关系：没有生前史就不会有身后史，没有身后史同样也不会有生前史；生前史是身后史的基础，身后史则是生前史的升华和延续；身后史的长度既能见出生前史的厚度，身后史的长度也能反观生前史的深度。因此，接受史的价值是无可置疑的。生前史和身后史是精神生命的两端，创作史和接受史则是文学史的两翼。

从学理上说，接受史就是“对话史”，就是作者与读者之间的双向“对话史”，而不是接受者单方面的“独白史”。经典作家的接受史，实质上是接受主体与接受对象之间的多元审美对话史和多重意义生成史；它通过多元对话的历时性考察，揭示经典作家在接受史上的生存特点、生命境遇、艺术影响以及在塑造民族精神中的深远意义。据此，从接受过程中独特的关注焦点、接受方式和功能效应看，经典作家接受史不妨“一分为五”，从五个方面展开研究：即经典地位的确立史，经典序列的形成史，艺术风格的阐释史，艺术典范的影响史，以及人格精神的传播史。由此，从宏观到微观、从整体到局部，从创作到审美、从诗品到人品，通过对经典作家的经典地位、经典序列、艺术风格、典范影响和人格精神的传播等方面的多元历史考察，为读者展示出一部立体的、全方位的、血肉丰满的作家身后史。

围绕授受双方的“对话—交往”的历史进程，经典作家接受史不同于经典作品接受史，至少承担五大任务：通过经典地位确立史和“光荣周期”的考察，揭示作家艺术声誉的形成变迁以及不同时代的审美趣味、社会心理以及意识形态观念的发展变化；通过经典序列形成史的考察，揭示经典作品的遴选过程和作品传播的时空广度和心灵深度；通过艺术风格阐释史的考察，揭示历代接受者对作家艺术个性的认识逐渐深化的过程和多元一致的特点；通过艺术典范影响史的考察，深入认识作家在文学史上的影响力和对文学变革的推动作用；通过作家人格形象影响史的考察，深入认识作家在民族精神发展史和民族性格塑造史上发挥的独特作用。经典作家接受史也由此可以真正成为一种具有独特对象、独特问题、独特方法和独特研究成果的独立的学术模式，既丰富和充实了文学接受史研究的理论和方法，也有助于从一个独特角度深入认识经典作家的历史命运、历史贡献和走向现代的精神价值。如果说经典作品接受史着眼于单一文本接受史的研究，那么经典作家接受史则着眼于创作主体接受史的全面考察。

二、经典地位的确立史

只有真正的经典作家才可能进入接受史的视野。作为接受史研究对象的经典作家，必须具备两个条件：一是艺术成就具有经典的品质，二是在接受史上经历了经典化的过程。

“什么是经典作家?”一位真正的经典作家应当具备怎样的品质?简言之，一位真正的经典作家无不具有精神的原创性、心灵的崇高性、艺术形式的完美性和语言风格的典范性；这样的经典作家，既是一位独创性的作家，又是一位集大成的作家，他以其卓越的才能、广阔的视野和崇高的境界，创造一种美的秩序，实现一种美的平衡，提供一种美的典范。[①] 具有经典性是成为经典作家的前提，一个作家只有在长久的时期里博得人们普遍的赞赏，才可能成为真正的经典作家。从这个意义上说，每一个经典作家都有一个给予“长久不断的赞赏”的接受群体，都经历过一个经典化的过程，都有一部独特的经典化的历史。因此，经典作家接受史研究的首要任务就是全面考察经典地位的确立和经典化的进程。

从经典化进程的一般特点看，经典地位确立的研究有三大主要问题：即经典确立之前的接受境遇、经典确立之时的多重因素和经典确立之后的历史命运。

（一）经典确立之前的接受境遇

从接受史看，或“一鸣惊人”，或“落地无声”，这是作家经典地位确立之前最常见的两种接受境遇。前者要么是民族文学史上的“第

① 关于“文学经典”的古典论述，可参阅朗加纳斯《论崇高》、布瓦洛《朗加纳斯〈论崇高〉读后感》、歌德《文学上的暴力主义》、圣·佩韦《什么是古典作家》、艾略特《什么是经典作品》，以及刘勰《文心雕龙》之《宗经》、《辨骚》等论述；现代论述可参阅阎景娟《文学经典论争在美国》（社会科学文献出版社2010年版）、童庆炳、陶东风主编《文学经典的建构、解构和重构》（北京大学出版社2007年版）等论著。

一批天才”，要么是文学发展过程中的“集大成天才”；而大多数作家没有这么幸运，他们往往落地无声，久遭冷遇，逐渐发现，方成经典。从关汉卿到汤显祖、从蒲松龄到曹雪芹，中国文学史上最伟大的戏曲家和小说家，从默默无闻到声名显赫，无不经历了漫长的接受过程。

对经典地位确立之前接受境遇的考察，至少有两方面意义。从接受对象看，扫除历史的迷雾，还原历史的真相。今人看古人犹如下级看上级，对象往往被经典的光环和历史的迷雾笼罩，评价者难免一开始就“以鉴赏为瞻仰”，先入为主而缺乏平和的心态和客观的眼光。事实上，无论历史人物还是历史事件，与对象越接近，看得越真切，评价也越客观。因此，考察经典化之前的接受境遇，了解同时代人的评价态度，有助于还原经典作家的历史真相，有助于今人以历史的眼光全面观察经典作家走向经典化的曲折历程，同时也有助于对经典作家的经典地位和经典价值做出合理的评价。从接受主体看，透过当时接受者和接受群体的评价态度，了解同时代人的审美趣味和审美风尚，可以在比较中发现经典化前后审美趣味和审美风尚的变化。例如，为什么同代人眼中的平凡之作或不合潮流之作竟会被后人奉为经典之作？为什么当时对作家的一片贬斥之声会变成后人的一片赞美之语？如此等等，这是极为有趣也是极为有价值的趣味史和观念史的问题。

（二）经典确立之时的多重标志

苏轼《答谢民师书》曰：“文章如精金美玉，市有定价，非人所能以口舌定贵贱也。”经过或轰轰烈烈或默默无闻的历史淘洗和审美选择，是真金美玉，必然“蝉蜕秽浊之中，浮游尘埃之外”，卓然独立而成为经典。关于华兹华斯经典地位的确立，德·昆西在1835年有一段经典论述：“1820年之前，华兹华斯的名字给人家踩在脚下；1820到1830年，这个名字是个战斗的名字；1830到1835年，这已是个胜利的名字了。”[1] 这段话概括了华兹华斯生前接受史的“三部曲”，他在英国文学史上的经典地位也正确立于1830到1835年之间。

经典地位的正式确立，是经典确立史研究的重心所在。宇文所安指出：“如果我们的文学史写作是围绕着‘重要的’作家进行的，那么

① 转引自黄杲炘：《华兹华斯抒情诗选》，上海译文出版社1986年版，第8页。

我们就必须问一问他们是什么时候成为‘重要作家’的，是什么人把他们视为‘重要作家’，根据的又是什么样的标准。”① 由此可见，经典地位的确立绝不仅仅是个时间问题，它至少有三重标志，即确立时间、认同主体和确立原由。换言之，研究经典地位的确立，必须回答三个问题：即何时确立？何人确立？何以确立？

何时确立？即经典地位确立的具体时间和年代。这是经典作家接受史的开端，也是其在文坛和社会产生艺术影响和文化影响的开端，所以是一个不容忽视的重要问题。这里有两点值得注意。其一，古今作家经典确立的时间有一定的差异。一般地说，近现代作家经典地位确立的时间较为具体，古代作家经典地位确立的时间大多比较模糊，这与批评史的发展和接受文本保留状况密切相关。其二，作家声誉的传播不等于经典地位的确立。有的作家生前产生过“轰动效应”，然而是否得到“大多数人的长久不断的赞赏”，才是“一个颠扑不破的真理”②。

何人确立？即确立经典地位的接受者或接受群体。作家的经典地位不是凭空获得的，而是在“大多数人的长久不断的赞赏”中逐渐形成的。在这个由众多读者构成的接受群体中，不同眼光、不同境界、不同地位的接受者对经典确认的权威性和有效性是不同的。一般地说，权威批评家的一致性评价具有举足轻重的意义。柯尔律治、德·昆西和安诺德之于华兹华斯，刘安、司马迁和王逸之于屈原，颜延之、萧统和苏轼之于陶渊明等，无不如此。

何以确立？即作家经典地位确立的缘由和标准。简言之，必须阐明作家经典性之所在，揭示作家真正的原创性、独特性和对文学史的贡献之所在，否则就不可能赢得“大多数人长久不断的赞赏”，更不可能成为“衣被后人”的经典作家。经典原由的揭示有两点值得注意。首先，经典地位的确立无不以经典性的学理性认定为前提。因此只有对作家的认识不再停留于诗性的赞叹，而是由审美感性上升为学术理性，做出精当的理论阐释，其经典地位才可能真正确立。如杜甫的经典地位不是确立于任华的《杂言寄杜拾遗》或韩愈的《调张籍》，而是元稹提出著名的“李杜优劣论”的《唐故工部员外郎杜君墓系铭并

① 宇文所安：《他山的石头记——宇文所安自选集》，江苏人民出版社 2003 年版，第 20 页。

② 伍蠡甫：《西方文论选》下卷，上海译文出版社 1979 年版，第 305 页。

序》。其次，对作家经典性的揭示和认同不可能一锤定音、异口同声，而是一个不断丰富、不断深化、起伏变化的复杂过程。这与作家创作身份的多样性与经典内涵的复杂性密切相关。苏东坡作为散文家、诗人和词人的经典地位，就是在不同时间逐步得到确认的。

（三）经典确立之后的历史命运

经典地位的确立，标志着作家接受史的真正开始，确立之后的历史命运，便成为接受史研究的主体内容。一般地说，作家经典地位确立之后，大都会经历一个由“光荣的周期”到“恒久的典范”的过程。首先会进入一个议论纷纷、跌宕起伏的“光荣的周期”；然后喧哗的众声渐趋一致，逐渐成为一个“恒久的典范”。

经典作家接受史上的“光荣的周期”，是法国诗人和批评家瓦莱里论述雨果接受史时提出的著名命题。瓦莱里写道：

> 如果一位作家去世半个世纪后还在引起激烈的争论，我们可以对他的未来放心。他的名字几百年后仍将充满活力。在未来的岁月里，抛弃和喜爱的阶段，受推崇和遭冷遇的时候会有规律地交替出现。对于一种光荣而言，这是其长久稳定的一个条件。光荣成为周期性的了。①

确实，一位作家经典地位确立之后的最初阶段，其经典的光荣和声誉并不会一成不变始终称好，相反“在未来的岁月里，抛弃和喜爱的阶段，受推崇和遭冷遇的时候会有规律地交替出现”，光荣和声誉会成为一种时起时伏的周期性的现象。无论法国还是中国，作家经典地位确立之后，确实都随之进入了一个跌宕起伏的“光荣的周期”；这既与接受者的审美观念有关，也与作家自身特点有关，根本原因还在于作家自身创作和思想的矛盾性和复杂性。在纯粹的光明中和纯粹的黑暗中什么也看不见。在肯定与否定、抛弃与喜爱、推崇与冷落的对立评价中，经典的品质反而看得更清，理解得更深刻。经典作家一旦穿越了“质疑的风暴”，反对者的一切努力只能巩固其经典地位，并将舆论引

① 瓦莱里：《文艺杂谈》，百花文艺出版社 2002 年版，第 148 页。

向他，喧哗的众声渐趋一致，时间终于使其成为地位稳固的“恒久的典范”。

经历“光荣的周期”而成为“恒久的典范”，并不意味经典作家的接受史就此终结。“莎士比亚”是“说不尽”的。在“说不尽”的接受史上，不同的接受主体、接受主体与接受对象之间，看法和立场并不会简单一致，常常会貌合神离，甚至所说非所是。具体地说，有两点值得注意。从接受主体看，不同的接受者对经典作家作一致称颂时，经常会出现“判断相同，判断的理由不同”的现象，所谓“貌同心不同”。自本·琼生以后，几乎所有英国人都“同意”莎士比亚是一位伟大作家，进一步研究却发现历来认为莎士比亚“伟大的理由”因时而异，也因人而异。同样，元稹、苏轼和秦观对杜甫的称颂，与白居易、张戒和沈德潜对杜甫的称颂，理由也不尽相同。出现这种现象可能是接受者的趣味不同，也可能是对象选择的侧重点不同，研究者必须进行仔细辨析。从接受对象看，接受者对经典品质的评价，可能“判断歪曲了对象，而歪曲的判断往往流露了真实的心态”①。刘勰与钟嵘对陶渊明的判断就是如此。由于“歪曲了对象”，这种判断可能无助于经典特性的认识；然而流露的“真实的心态”可能折射出群体的、社会的和时代的观念，有助于趣味史、观念史和思想史的研究。

三、经典序列的形成史

经典作品是经典作家的标志，作家经典地位的确立正是以作品的经典性程度和影响力为基础的。从这个意义上说，作家经典地位的确立史也是其作品经典序列的形成史，二者相互依存，密切相连。不过，作品一经发表就不再属于作家，更不受作家控制，作品具有独立生命和独特境遇。因此，作品经典序列的形成史有其不同于作家经典地位确立史的特殊规律。

作品的经典序列不是一座静止的山峰，而是一条流动的河。在经典序列的形成过程中，经典序列的双重选择和选择重心的多样变化，

① 参阅迈克尔·泰纳：《时间的检验》，《重新解读伟大的传统——文学史论研究》，社会科学文献出版社1993年版，第206—207页。

是经典序列形成史的基本规律和基本特点，由此形成了不同作家经典序列的复杂性、多样性和流动性。

（一）经典序列的双重选择

每一位作家的经典序列都是双重选择的结果，不同的接受者有不同的选择，不同的时代也有不同的选择。因此，“古典文学的内部经常在调整，在变动，在补充和淘汰。不同时期公认为‘古典’的作品，在后一时期里，地位动摇了，价值重估了，或者根本被否定了。前一时期不曾认为‘古典’的作品，后一时期把它‘发现’而安插在‘古典’的行列里。”①

首先，经典选择因人而变。每一位读者都以自己的阅读史编写属于自己的文学史，也都以自己的阅读史编写属于自己的经典作品序列史。唐人眼中的杜诗经典就是如此。从樊晃的《杜工部小集》（772），到白居易《与元九书》（815），再到韦庄《又玄集》（900），虽然都把杜甫视为唐代诗人之冠，但他们眼中的杜甫“名诗”，无论诗体、诗旨、诗风，都各不相同。经典序列因人而异并非偶然：一方面，古代大家和名家无不兼擅众体，又创造出多样的艺术风格；另一方面，每个选家和评家都有自己的诗学体系，而一个诗学体系就是一套经典标准。面对大家和名家丰富多样的作品，持有不同标准的选家和评家自然会作出不同选择。

其次，经典选择又因时而变。王维经典序列的形成史便是显著一例。林庚《唐代四大诗人》一文指出：“王维是一个全面的典型，这首先是由于他全面地反映了盛唐时代生意盎然的气氛。”② 在唐人眼中王维确是一个“全面的典型”，这从“唐人选唐诗”即可看出。然而到了宋元时代，王维则由“全面的典型”逐渐变成一个“山水诗人”，可谓“佳作尽是山水诗，眼中惟有辋川体”。钱锺书说：“历史的过程里，过去支配了现在，而历史的写作里，现在支配着过去。”③ 从王维经典序

① 钱锺书：《全国古典文学学术讨论会贺词》，见《一寸千思——忆钱锺书先生》，辽海出版社1999年版，第423页。

② 林庚：《唐诗综论》，清华大学出版社2006年版，第96页。

③ 钱锺书：《模糊的铜镜》，见《钱锺书散文》，浙江文艺出版社1997年版，第469页。

列的形成史看，历史的写作如此，经典的选择同样如此。

如果说经典序列的“因人而变”是审美趣味的个体性在经典序列形成史上的体现；那么经典序列的“因时而变”则是审美趣味的时代性和历史性在经典序列形成史上的体现。在经典序列的双重选择中，时代的选择虽然是潜在的、隐蔽的，然而比个人的选择更具权威性和影响力。每一个接受者无不从属于特定的接受群体或“阐释群体”，所谓个体选择本质上仍是时代选择和历史选择。

（二）选择重心的多样变化

经典选择重心的多样变化主要表现为三个方面：即经典地位确立的不同步，经典涵盖范围的前后变化，以及经典作品的“光荣的周期”。

首先，经典地位确立的不同步。这是指作家经典地位与作品经典地位确立时间的不一致和不同步现象。对于“一篇成名”的作家，作品经典价值的确认之日也就是作家经典地位的确立之时。对于作品宏富的作家，作品经典价值的确认与作家经典地位的确立往往并不一致，或者与作家经典地位确立同时，或者先于作家经典地位的确立，或者后于作家经典地位的确立。《长恨歌》经典价值的确认就远远晚于白居易经典地位的确立。在晚唐张为的《诗人主客图序》中，白居易已经被奉为“广大教化主”，但直至明代中后期，《长恨歌》才被何良俊推为“古今长歌第一”，其时与白居易经典地位的确立已相隔六七百年了。对于后代接受者来说，作家的经典作品在各种总集、选本和文学史著作中已形成一个相对稳定的经典序列和谱系。然而，回顾每一位作家经典序列的形成史，可以发现每一部作品经典地位确立的时间都是独特的，不仅作家的经典地位和作品的经典地位的确立前后不同步，对于兼擅众体的作家来说，每一种文体中的每一部作品的经典确立的时间也是不同的。揭示经典地位确立的不同步性，考察经典序列形成史上每一部作品经典确立的具体时间，对于认识作品的内在价值、当时的审美风气和作品在当下的接受境遇，都具有重要的参照意义。

其次，经典涵盖范围的前后变化。这是指经典作家接受史的不同阶段，其被视为经典作品的数量和范围是不同的，有的是经典范围不断缩小，有的是经典范围不断扩大。如果说白居易的经典范围在历史的选择中曾被不断缩小，那么陶渊明的经典范围则在接受者的赞美声中愈来愈扩大。从东晋南北朝、到隋唐五代、再到“渊明文名，至宋而极”的宋代，这是陶渊明经典范围扩展史的三个重要阶段。而从杜甫的“谢朓每篇堪讽诵”、到苏轼的“陶诗篇篇皆唱和”、再到严羽的“谢灵运无一篇不佳”，经典范围的不断扩大是古代作家接受史的主要趋势。经典涵盖的范围或扩大或缩小、经典作品的数量或增多或减少，自然与接受主体的审美选择有关，更主要的原因还在于作品自身的审美深度、审美普遍性和审美耐读性。陶渊明经典范围扩展史的三部曲，就是具有审美深度、审美普遍性和审美耐读性的作品，最终得到广泛认同的典型实例。

最后，经典作品的“光荣的周期”。这在“破体之作”和“俗体之作”中表现得最为突出。“破体之作”的“光荣的周期”，与传统诗学中的“辨体”与“破体”观念密切相关。以《孔雀东南飞》和《长恨歌》为代表的古代叙事诗所遭遇的“喜爱与抛弃”、“推崇与冷落”的“光荣的周期”，就是“诗以言志”和“史以叙事”两种文体观对立冲突的结果。柳永的词、元代的曲、明清白话小说所遭遇的“喜爱与抛弃”、“推崇与冷落”的“光荣的周期”，本质上是“雅正”与“俚俗”、“底下书”与“崇高体”两种观念矛盾冲突的反映。随着雅俗观念的此起彼伏，“底下书”与“崇高体”的去取不同，柳词的经典范围随之或大或小，柳词的经典声誉也随之或高或低。经典涵盖范围的由大而小或由小而大，主要取决于作品自身的审美深度和审美广度；“破体之作”和“俗体之作”的“光荣的周期”，则与接受主体审美趣味由保守趋向开放直接相关。所谓“稗史传奇随世降而体渐升，‘底下书’累上而成高文”①。从《孔雀东南飞》和《长恨歌》的经典化进程，到当代“新武侠”、“新言情”和张爱玲小说的艺术地位不断提高，无不与此相关。

胡适认为，建构作家经典序列是文学史家的基本任务②。但这不是一件轻而易举的事情，只有深入版本史的考察、选本史的分析和诗话史的梳理，才可能全面呈现作家经典序列的波澜起伏和曲折幽微。

---

① 钱锺书：《管锥编》第4册，中华书局1991年版，第1420—1421页。

② 参见胡适：《白话文学史》，东方出版社1996年版，第8页。

四、艺术风格的阐释史

风格是伟大作家的标志，也是作家对人类做出独特艺术贡献的标志。风格体现在作家的创作之中，体现在作家的经典序列之中。因此，经典作品序列的选择史和形成史，也是作家艺术风格的发现史和阐释史。艺术风格的阐释史以经典序列的形成史为基础，同时又是对经典序列形成史的提炼和深化。

何谓艺术风格的阐释史研究？简言之，就是以接受文本为基础，对历代评论者对经典作家艺术风格的认识和阐释作历史考察，通过还原经典作家艺术风格的阐释史过程，揭示审美意识的历史嬗变，多角度地认识作家风格的审美特色和文化意义。

为什么要对经典作家的艺术风格作阐释史研究？通过还原阐释史来研究作家风格有什么必要？这主要是由古代风格论和风格批评的历史特点决定的。广义的古代风格学包含两方面内容：一是关于风格基本理论的探讨。如《文心雕龙》的《体性》、《风骨》、《定势》以及《诗式》、《沧浪诗话》等，对诗文风格的艺术特性、形成条件和审美类型都有精辟论述；二是对作家和作品的风格特点作具体的分析阐释。这主要散见于诗评、诗序、诗话、词话、点评、批语之中。如果说前者着重理论分析和类型归纳，那么后者偏向于直觉领悟和形象化描述。换言之，古代风格学对具体的作家作品风格的评论，缺乏系统的理论分析和严密的逻辑论证，显得模糊玄秘，也难以索解。但是从阐释史角度看，可以发现古代诗评家在看似松散实质连贯的阐释史中，不仅以生动的概念准确揭示了作家的风格特征，而且对风格的生成根源、构成要素和美感特性，进行了系统的考察和精辟的分析。寓细密的诗学理论分析于历史的阐释过程之中，正是古代作家风格研究的特点和优点。正是基于古代风格批评的这一特点，有必要采用阐释史研究的方法，对散见于诗话、词话、点评、批语中的阐释文本作系统整理和深入分析。这有助于深入认识古代诗评对作家风格诗学阐释的历史进程，也是对经典作家艺术风格作现代阐释的必要前提。

据此，经典作家艺术风格的阐释史研究，绝不是单纯对诗话、词话、点评、批语中论述作简单的历时性的排列梳理，它具有自己的学术任务和学术使命，主要体现在以下三个方面。

一是风格形态由单一到多样的认识。风格的多样性是大作家的基本特点。杜诗的风格以“沉郁顿挫”为主调，同时又有《望岳》的“雄阔”，《赠卫八处士》的“淡雅”，《月夜》的“缠绵秾艳”和《江畔独步寻花》的“清狂野逸”等。如果说作家的多样风格是长期艺术实践的结果，接受者对多样风格的认识和发现同样是经过历代评论家不断体悟、不断探索、不断发现的结果。今人对屈原以来历代大家多样风格的认识，同样是阐释史上评论家审美探索审美发现的成果。

二是风格内涵由浅表到深层的把握。提出“词别是一家”的李清照，创造了别具风神的“易安体”。一部近千年李清照接受史，其核心就是一部“易安体”的认同史和发现史，也是一部对“易安体”美学意蕴不断深化的阐释史。从南宋初年王灼的《碧鸡漫志》，经明代词论家张綖、王世贞和沈际飞，再到清代的王士祯、陈廷焯和况周颐等，三代学者对“易安体”的体认，经历了从“语体风格”，到“本色词境”，再到“人格风神”的阐释历程。仔细考察每一位大家的风格阐释史，都可以发现接受者对其主导风格审美内涵的阐释，无不经历了不断深化、不断升华的过程。

三是风格结构由平面到立体的阐释。作家风格体现于作品之中，作品风格则是从作品的多要素、多层次的审美结构中显现出来的。以“点到即止”为特点的古代诗评家，大多满足于直觉把握，不做具体分析和立体透视。然而从阐释史的角度看，围绕一位作家和一部作品的风格阐释史，其对风格内在结构的阐释，往往经历了由平面到立体、由要素到整体的不断深化的进程。陶诗风格阐释史上提出的诸多命题，就对“冲淡深粹”总体风貌作了立体分析：如“无我之境，静中得之”，论生成心理；“写景不隔，如在目前”，论诗境；“理趣盎然，暗契道禅”，论情趣；“通文于诗，自然入妙”，评语言；“巧于组构，不见痕迹”，赞结构；“诗韵幽远，超然自得”，说魅力。从阐释史看，“冲淡深粹”的考语不再是平面含混的了，而是由平面化为立体，由表层进入深层，成为一个内蕴丰富的审美结构。

传统的风格批评虽然重直觉轻分析，失之朦胧含混，却有两大优点：一是直觉感悟从作品出发；二是个性把握在比较中见出。这就为经典作家艺术风格的阐释史研究提供了两条既现成又有效的阐释思路。

其一，从具体作品的阐释史入手。作家的风格特色体现在经典作品之中，是直面经典的诗学沉思而不是抽象概念的逻辑演绎，这是古典诗学的一大特点，由此也形成了直觉感悟从作品出发的风格批评。从这一特点出发，对作家艺术风格的阐释史研究，可以围绕一部或一组经典作品的阐释史进行。例如，通过《离骚》的阐释史，揭示屈原风格的审美特征和内在结构；通过《饮酒二十首》的阐释史，揭示陶诗风格的审美特征和内在结构；通过《蜀道难》的阐释史，揭示李白风格的审美特征和内在结构；通过《秋兴八首》的阐释史，揭示杜甫风格的审美特征和内在结构等。这种以一部或一组经典作品的阐释史为中心的作家风格阐释史研究，不仅具有可操作性，而且通过由实而虚、由点及面的审美阐释，可以对作家的风格特色做到既有血有肉又全面整体的把握。

其二，从“并称作家”的风格比较入手。法国风格学家波雷指出：风格学“全部研究的步骤可以归结到一点：比较”。传统的风格批评擅长于在比较中把握不同作家的风格特点，于是在批评史上出现了一系列相对稳定的“作家并称”或“并称作家”。从个性把握在比较中进行的风格学原理出发，就可以将艺术风格相近似的作家进行比较阐释史的研究。例如，“屈原与宋玉”辞风的比较阐释史；“陶渊明与谢灵运”诗风的比较阐释史；“李白与杜甫”诗风的比较阐释史；“韩愈与柳宗元”文风的比较阐释史；“元稹与白居易”诗风的比较阐释史；“苏轼与辛弃疾”词风的比较阐释史，等等。

直觉感悟从作品出发和个性把握在比较中进行，这二者在传统风格学中是融为一体的，在艺术风格的阐释史研究中二者也可以有机地结合起来。于是，在艺术风格的比较阐释史研究中，同样可以采取选择两位作家的一部或一组经典作品的阐释史进行艺术风格的比较研究。例如，“《白雪歌》《燕歌行》阐释史与高岑诗风的比较研究”；“《蜀道难》《哀江头》阐释史与李杜诗风比较研究”；“《长恨歌》《连昌宫词》阐释史与元白诗风比较研究”；“《雨霖铃》《念奴娇》阐释史与柳苏词风的比较研究”，等等。

艺术风格是个人与时代的审美意识和审美情趣的直接体现，接受者对艺术风格的理解和阐释、提倡和强调，同样体现了时代的审美观念和审美趣味。因此，艺术风格的阐释史可以最直接地折射出不同时代的审美意识史和审美趣味史。

五、艺术典范的影响史

真正的经典作家，要么是民族文学史上的"第一批天才"，要么是文学发展过程中的"集大成天才"。他们卓越才能和创造性贡献，既创造了历史，又影响了历史，从而对民族文学的发展产生直接的推动作用。每一位经典作家在文学史上产生的持续影响，就形成了一部部规模不同各具特色的创作影响史。因此重视经典作家在文学史上的影响，描述经典作家对同时代人和后代人产生的影响，并非始于现代接受史，中西文评史上早已有之。

但必须指出，传统的影响描述与现代的影响史研究，具有明显区别。首先，从学术地位看，前者从属于作家论，纯然是为了赞美作家的伟大或证明作家的伟大，后者成为一种独立的学术形态，旨在揭示经典作家的影响与文学发展的关系，研究经典作家在文学变革中的独特贡献；其次，从学术态度看，前者大多从研究者的阅读经验出发，对研究对象的影响作较为随意的描述，后者则在自觉的接受史与历史诗学的指导下，对经典作家的影响史进行系统的考察；再次，从学术内容看，前者限于描述经典作家对同代作家或后代作家在创作上的影响，后者则应在此基础上全面考察经典作家影响的过程、影响的特点、影响的表现和影响的规律等问题。

上述诸种差别，最终根源于学术观念的差别，其核心是对"独创"与"影响"在文学发展中的认识，发生了根本变化：即以现代的"创造性误读论"，取代传统的"独创至上论"。布鲁姆指出："诗的历史是无法和诗的影响截然区分开的。因为，一部诗的历史就是诗人中的强者为了廓清自己的想象空间而相互'误读'对方的诗的历史。"① 独创中渗透了传统的影响，影响中包含了"误读"的独创；给予影响的是强者，接受影响的也是强者，给予影响没有特别的荣耀，接受影响更不是接受者的耻辱。因此现代的影响史研究，既要赞美经典作家给予的影响，更要研究接受者的接受影响，研究接受影响的过程、表现和

① 哈罗德·布鲁姆：《影响的焦虑》，江苏教育出版社2006年版，第5页。

再创造的规律等问题。

经典作家的影响是通过作家创造的艺术典范实现的，艺术典范影响史的研究可以从两个方面展开：一是从给予影响的经典作家出发，考察艺术典范是如何影响后人的，或者说这种影响通过哪些方面体现出来的；二是从接受影响的后代作者出发，研究后人在接受影响时是如何通过“误读”和“修正”前人而实现再创造的。前者形成了艺术典范影响史的多元结构，后者产生了“误读”和“修正”前人的多样艺术策略。

（一）从给予影响的角度看，艺术经典的典范性体现在作品结构的各个方面，从而形成了艺术典范影响史的多样性。它可以细分为四个层面，即艺术母题的影响史，艺术技巧的影响史，艺术风格的影响史，以及经典作品的二度创作史等。

一是艺术母题的影响史。西方文评中的“母题”，相当于中国文评中的“诗胎”或“诗祖”。艺术母题具有意象的象征性和意蕴的稳固性，它可以在不同时代、不同体裁的文本中无限重复。母题的表现形式是多样的，有意象母题、情志母题、情境母题、情节母题和人物母题等。民族文学中的艺术母题源于民族的上古文化史和文艺创作史。中国诗歌的艺术母题有三大来源，即《诗经》、屈骚和经典作家的创造，如陶渊明的桃园、五柳与东篱菊，王维的辋川、红豆与渭城雨，李白的蜀道、长江与关山月，杜甫的岱岳、曲江与岳阳楼等等。这些母题一旦获得经典意义，便成为一股诗意的生命之流，流淌在历代诗人的笔下，开始了它们的审美旅程，形成一部部渗透历代诗心的深远影响史。从某种意义上来说，一部文学史就是一组原型母题的嬗变史。

二是艺术技巧的影响史。钱锺书《谈艺录》论“七律杜样”[①]，便是一部微型的“杜律技巧影响史”，它为艺术技巧的影响史研究提供了一个极佳范例。经典作家在谋篇、布局、造境、用典、炼字、炼句等方面的艺术经验，是一笔极为珍贵的艺术遗产，也对后世作家产生了深刻影响。因此，艺术技巧的影响史是艺术典范影响史不可或缺的组成部分，也是探讨经典作家艺术贡献和艺术影响最切实有效的途径。智慧以知识为前提，技巧以手法为基础。技巧作为对手法的巧妙运用

① 钱锺书：《谈艺录》，中华书局1984年版，第172—175页。

所包含的智慧难以口传，只有通过对经典的揣摩体会才能领悟；所谓只有“心灵的连接会使一个人的作品激发起另一个人的写作”。因此，只有深入考察经典作家艺术技巧的影响史，才能使经典作家艺术贡献和艺术影响的研究落到实处，才能发现艺术传承与艺术革新的内在奥秘。

三是艺术风格的影响史。风格的阐释史着眼于作家风格内在特点的历史理解，风格的影响史则着眼于作家风格对后人的历史影响。如果说母题与技巧的影响是局部的，那么风格的影响则是整体的。比之母题与技巧，对于经典风格的拟仿及其影响，在中国诗歌史上更为自觉，也更受诗评家的关注。自鲍照的《学陶彭泽体》和江淹的《效阮公诗十五首》之后，拟仿前代名家风格成为历代诗家的风尚，代代相传，形成了大量以经典诗人命名的诗体诗风。但由于缺乏自觉的影响史意识，无论古代文评家还是现代研究者，对诗风、词风、文章风格影响后人的具体过程及其对文学发展的意义，缺乏应有的重视，更缺乏系统的研究。艺术风格是艺术家所能企及的最高境界，也是文学艺术家对文学史和艺术史的最大贡献。因此，艺术风格影响史的研究恰恰是艺术典范影响史不可或缺的内容，也是母题史和技巧史基础上的一种升华。

四是经典作品的二度创作史。除了母题影响史、技巧影响史和风格影响史之外，经典作品的“二度创作史”也是作家艺术典范影响史的重要构成内容。小如从王维的《渭城曲》到历代的“阳关三叠”，大如从白居易的《长恨歌》和陈鸿的《长恨歌传》到白朴的《梧桐雨》、洪升的《长生殿》以及历代的“长恨戏”等，经典作品的“二度创作史”成为中国文学史上极为普遍的创作现象。明代学者田艺蘅的《阳关三叠图谱》，可以说就是一部颇为完整的《渭城曲》的“二度创作史”。一首小诗演绎成一部形式多样、历时千余年的多姿多彩的“二度创作史”，令人叹为观止。田艺蘅的《阳关三叠图谱》并非现代意义的“二度创作史”，但对于经典的“二度创作史”研究仍具有多方面的启示意义。

（二）从接受影响的角度看，后代的“强者诗人”在“影响的焦虑”的驱动下，对“前驱诗人”进行不屈的反抗，创造出“误读”与“修正”前人的多样策略，形成了一部影响史上特有的、内容丰富的

“误读诗学”或“修正诗学”。这是现代影响史研究需要深入考察的第二方面的重要内容。

一部艺术典范的影响史，就是一部强者诗人对于前代巨擘的挑战史；而强者诗人在挑战前驱的过程中，必然运用多样的“误读”手法，创造出丰富的“修正”技巧。布鲁姆在《影响的焦虑》中提出的六种“修正比”[①]，实质就是根据近代英国诗歌史总结出来的强者诗人挑战前代巨擘时采用的“误读”手法和“修正”技巧。从中国诗史看，江西派的“夺胎换骨”同布罗姆的“诗的影响”，颇为相似。其实，江西派的诗学理论就是在深入思考先宋诗歌的影响史后提出来的，并在以后的创作实践中不断充实，包含了丰富的“误读”技巧和“修正”手法。对此，20世纪80年代初美国学者斯图尔特·萨金特先于国人作了思考，并借鉴布罗姆的理论对江西诗派的“主要策略”作了初步总结。[②]虽有套用布罗姆模式的痕迹，但足以启示我们对中国诗歌影响史上“误读”和“修正”的策略作更深入的研究。

中国古代诗评家对影响史上的“误读诗学”和“修正诗学”，并非无所作为。南宋初吴幵[③]所著的《优古堂诗话》，就可以视为专门研究“宋诗”挑战“唐诗”以及历代诗人的“误读手法”和“修正技巧”的诗学专著。此书凡156则[④]，多论北宋人诗，间及唐人。除少数兼涉考证，其余均论诗家用字炼句、意境创构、体式风格的相承变化之由。《四库全书总目》评曰：“夫夺胎换骨，翻案出奇，作者非必尽无所本，实则无心闇合，亦多有之。必一句一字求其源出某某，未免于求剑刻舟。……然互相参考，可以观古今人运意之异同，与遣词之巧拙。使读者因端生悟，触类引申，要亦不为无益。”此诚通达之论。可以说，

---

① 布鲁姆的“六种修正比”：1.“克里纳门”（Clinamen），意为诗的误读或者有意误读；2.“苔瑟拉”（Tessera），意为“续完和对偶”，即有针对性地对前驱的诗续完；3.“克诺西斯”（Kenosis），意为“重复和不连续”，即打碎与前驱的连续运动；4.“魔鬼化”（Daemonization）或“逆崇高”（The Counter Sublime），意为朝着个性化方向的“逆崇高”运动，是对前驱之“崇高”的反动；5.“阿斯克西斯”（Askesis），是一种旨在达到孤独之自我净化；6.“阿波弗里达斯”（Apophrades），意为“死者的回归”，到了最后一个“修正”境界，后来诗人的成就似乎可以使前驱诗人退居次席。参阅徐文博：《影响的焦虑·代译序》，江苏教育出版社2006年版。

② 莫砺锋编：《神女之探寻》，上海古籍出版社1994年版，第75页。

③ 关于《优古堂诗话》作者的考辨，参阅郭绍虞：《宋诗话考》。

④ 《四库全书总目》谓“其书凡一百五十四条”，《历代诗话续编》本为一百五十六条。

《优古堂诗话》是中国诗学史上第一部以自觉的美学意识，对中国固有的“修正诗学”进行较系统的总结诗学专著。

“影响的焦虑”深入一切文学想象之中，也是一切文学想象的动力；诗的影响和创造性的误读，更是一门玄妙深奥的学问。因此，立足中国文学传统，超越焦虑的“独创至上论”，借鉴西方的影响史论和修正诗学的理路，从经验到学理，从局部到系统，从潜在到显在，建立中国自己的“误读诗学”或“修正诗学”，确已成为现代影响史研究不容忽视的学术任务。

六、人格精神的传播史

一部经典作家的接受史，既是一部经典作家艺术生命的存在史，也是一部经典作家人格精神的传播史，二者为体为用，相互联结。若论区别，如果说艺术典范的影响史，侧重于考察经典作家的艺术生命在民族文学发展中的文学史意义；那么人格精神的传播史，侧重于展示经典作家的文化生命和人格范型在民族精神和民族性格塑造中的精神史意义。

“人性之形成来自影响”①，既来自哲人和伟人的影响，也来自文学家和艺术家的影响。相比而言，经典作家对人性形成的影响，更为广泛，更为深刻。这也是雪莱坚定地“为诗辩护”的理由所在②。华夏民族精神的塑造和形成，同样离不开诗人和艺术家。五千年华夏文明史上，对民族的心灵品格产生深刻影响的，既有孔子的博大，孟子的无畏，老子的无为，庄子的逍遥；更有屈子的深情，陶公的悠然，杜甫的沉郁，李白的飘逸。正是这些哲人的智慧和诗人的襟怀，共同塑造了华夏民族独特的精神品格。

经典作家人格精神的影响和传播，主要体现在两个方面：一是作品中的人生智慧对后人的精神滋养，二是作家的人格境界为后人树立典范。与此相联系，经典作家人格精神传播影响史的研究，也相应分为相对独立的两个层面：一是经典作品的阐释与人生智慧传播；二是

① 哈罗德·布鲁姆：《影响的焦虑》，江苏教育出版社2006年版，第4页。
② 刘若端编：《十九世纪英国诗人论诗》，人民文学出版社1984年版，第181页。

人格范型的塑造与人格境界影响。

（一）经典作品的阐释史与人生智慧的传播

作品的精神价值和智慧魅力在接受过程中实现，作品精神影响力的程度则取决于接受群体的广度和接受时间的长度。于是从经典作品的阐释史考察作家人生智慧的传播和影响，似应从前后相连的两个方面入手。

首先，系统考察传播作家人生智慧的作品序列。一般地说，传播作家人生智慧的作品序列，与经过双重选择形成的作家的经典序列是基本一致的。经典作品序列的考察及接受史研究，似可细分为四个层面，即选本史、影响史、阐释史和效果史。选本史有赖历代选家，影响史影响后代作家，阐释史借助历代诗评家，效果史则深入最广大的接受者或普通读者。进入选本，是作品产生精神影响的必要前提，但不是唯一条件，只有进而形成影响史、阐释史和效果史，才真正意味着它在民族精神的塑造史上产生了实质性的影响。其中，历代诗评家的审美阐释尤为重要，经过诗评家的持续阐释，经典的诗意得到不断发掘，作家的审美情怀和人生智慧得以广泛传播。

其次，进而深入作品的阐释史，研究作品传播人生智慧所达到的深度和广度。如何深入？系统考察经典的阐释史，至少有四个角度：阐释的主体、阐释的长度、阐释的频率和阐释的深度。从阐释的主体构成，可以见出经典影响社会群体的广泛性；从阐释的时间长度，可以见出经典影响力的历史延续性；从阐释的频率节奏，可以见出经典在同一时期受读者关注的程度；从阐释的心灵深度，可以见出经典意义的历史累积和民族心灵的不断丰富。一部精心筛选的经典作品的阐释史，就是一位作家审美情怀和人生智慧的传播影响史。中国文学史上一大批经典作品的阐释史都有待我们进行独立的专题研究，只有通过深入系统的阐释史研究，才可能真切地发现伟大作家的审美情怀和人生智慧是如何渗入和滋养我们民族的精神血脉的。

（二）人格范型的塑造史与人格境界的影响

研究经典作家人格范型的塑造史和人格境界的传播史，就是回到历史的起点，还原和展示作家人格范型的形成过程和人格境界的传播历史，从而考察他们在民族精神的发育史上产生的独特影响。

首先，研究作家人格范型的形成。这主要包括两个方面，即人格范型形成的基础和人格范型形成的规律。

人格范型的形成，以经典作品为基础。作家人格形象的塑造，无不是以经典作品为中介，读者与作者双向对话的结果：一方面，接受者通过对经典作品的选择与阐释，不断地发掘和塑造着作家的人格形象；另一方面，接受者又自觉不自觉地以作家的人格境界为榜样，潜移默化地完善自我的人格形象。经典作家的人格境界对民族精神的影响，正是在读者与作者之间的双向对话、互为塑造的过程中实现的。

人格范型的形成过程，也有其自身的规律。一般地说，大多要经历从“现实人格”到“诗性人格”、再从“诗性人格”到“文化人格”的三部曲。诗性人格是现实人格的升华，文化人格又是诗性人格的升华。杜甫人格形象形成，就经历了从同代人心目中的“人间杜甫”，到中唐元稹和白居易心目中的“诗性杜甫”，再到北宋王安石和黄庭坚等心目中的“诗圣杜甫”的过程。王安石《杜甫画像》所谓“所以见公像，再拜涕泗流。推公之心古亦少，愿起公死从之游”，黄庭坚《老杜浣花溪图引》所谓“常使诗人拜画图，煎胶续弦千古无”，虽未曾称杜甫为“诗圣”，却已将杜甫作为“圣贤”崇拜了。

其次，追踪作家人格范型的演化。一般地说，人格范型的演化会出现两种趋向：或趋于“偶像化”，或重返“人间化”。

人格形象的“偶像化”，是作家人格范型演化过程中的普遍现象。屈、陶、李、杜人格形象的演化无不如此。从这个意义上说，一部经典作家的接受史也就是作家人格形象的偶像化的历史。这与顾颉刚在“古史层累说”中所说的，“时代愈后，传说中的中心人物愈放愈大”①的现象颇为相似。从现代阐释学看，人格形象的“偶像化”，实质是“效果历史”原则的一种体现②。换言之，任何一个历史事件和历史人物，都是“历史的实在”与“历史理解的实在”的统一体，它们的历史绝不是纯客观的历史，而是一种饱含历史理解的“效果的历史”。

当人格形象的“偶像化”走向极端，走向超人的“神化”，尤其被

① 王煦华编选：《古史辨伪与现代史学——顾颉刚集》，上海文艺出版社 1998 年，第 25 页。

② 加达默尔：《真理与方法》，上海译文出版社 1999 年版，第 384—385 页。

主流意识刻意利用而成为全民膜拜的对象后，必然引起民众的反感而遭到接受者的排拒。于是，“偶像化”的人格形象就会受到怀疑而被重新阐释，并开始重返“人间化”和“平民化”。经典作家的人格形象往往就摇摆在“偶像化”与“人间化”之间。如果说20世纪之前，包括屈、陶、李、杜在内的一大批经典作家的人格形象始终处于“偶像化”、“理想化”的过程之中；那么进入20世纪之后，随着对传统文化的全面反思，他们的经典地位和“偶像化”的人格形象便开始遭到怀疑和反思、遭到解构和批判。研究者也试图通过对作品的重新解读和重新阐释，恢复他们的“人间真相”和“平常本色”。

不过，历史的钟摆似乎并没有从此就停留在“人间化”一端不再摆动。经过20世纪风云激荡、大起大伏的一百年，进入21世纪之后，在“国学热”和“经典热”的推动下，人们似乎又重新开始回望历史，回首传统，怀念和拜谒历史上的智者、圣人和诗人，经典作家的人格形象也因此进入了新的“光荣的周期”。

如何理解经典作家人格形象的“光荣的周期”？如何看待造神与去神、祛魅与返魅、偶像化与人间化的复杂现象？尤其是如何理解经典作家人格形象被偶像化和理想化的努力？问题的答案还在于“人性之形成来自影响”这一根本规律。卡西尔说：“伦理世界绝不是被给予的，而是永远在制造之中。”① 自然人性向伦理人性的转化也不是自发的，而是永远在“制造”之中、永远在“改造”之中、永远在“塑造”之中的。经典作家人格形象的理想化阐释和偶像化敬仰，就是为“自我塑造”、“自我完善”、“自我升华”的人们提供一颗温暖的诗心，伴随孤独的心灵一路向前；提供一盏精神的明灯，引导向善的人们勇往前行。因此，任何一个高贵的民族，都会永远珍爱民族的哲学和文学，都会永远敬仰民族的哲人和诗人；一个高贵民族的高贵气质，也正来源于被理想化、高贵化了的哲人和诗人的人格典范。

“问题是哲学的中心，论证是哲学的精髓。”② 没有正确的提问，就没有真正的学术收获。经典作家接受史绝不止于上述五大问题，也不止于上述五条途径。立足文学传统，沿着以上思路，潜心深入经典作

① 卡西尔：《人论》，上海译文出版社1985年版，第77页。

② 陈康：《论希腊哲学》，见《哲学——学习问题》，商务印书馆1995年版，第534页。

家接受史的学术深处，深入研究接受对象和接受主体，吃透两端，细读文本，就可能发现更多的学术问题，进行更深入的学术探讨。同时，经典作家接受史的写作方式也应当是多样的，既可以在充分的专题研究的基础上，采用“五条线索，同时并进”的方式撰写接受通史；也可以从经典作家自身的特点出发，采用“选择一点，专题深入”的方式进行专题研究。

一部经典作家的接受史，绝不应只是“评论资料汇编”的通俗解说，绝不能成为柯林武德所谓的“剪刀加浆糊”① 的历史；应当是经过研究者“心灵重演”的历史，应当在一个个专题研究基础上再形成完整的历史。然而，没有全面细致的文献考索，不可能产生独特的问题意识；没有深入扎实的专题研究，不可能完成高质量的接受史著作。作为文学史的重要一翼，接受史不是“学术的避难所”，而是“学术的新高地”。

（原载《陕西师范大学学报》2011 年第 1 期）

① 柯林武德：“由摘录和拼凑各种不同的权威们的证词而建立的历史学，我就称之为剪刀加浆糊的历史学……它们实际上根本就不是历史学。”（《历史的观念》，北京大学出版社 2010 年版，第 254 页。）

杨简《诗经》研究的心学特色

叶文举

杨简（1141—1226），字敬仲，慈溪人。五十五岁后，杨简知温州，因为筑室慈湖（德润湖）之上，世称慈湖先生。他是陆九渊心学思想的重要传人，与袁燮、舒璘、沈焕等人并称"甬上四先生"。在陆九渊所创心学一派的诸多弟子之中，杨简是最具影响力的一个。这种影响除了与杨简个人对陆九渊的心学思想作了充分的继承和发展相关之外，还与杨简留下丰富的著述有着重要的关系。众所周知，陆九渊本人因为主张"不立文字"，留下的著述很少，而心学一派中的大多数门人因为受到陆氏的影响，留下的著作同样不多。不过，杨简却是一个例外。据《宋史》的《杨简传》和《艺文志》记载，杨简的著述共计12种。《慈溪县志》则收录杨简著作24种，现代学者张寿镛《慈湖著述考》则考证出杨氏著作有30种之多。可见，在南宋心学一派中，杨氏的著述是较为丰富的。当然，杨简最重要的著作是《杨氏易传》、《五诰解》、《慈湖诗传》、《先经大训》、《慈湖遗书》。关于杨简《诗经》研究的心学内涵，尚无专文进行过研讨。本文以杨简的《诗经》研究为例，借以窥见心学思想与《诗经》研究之间的内在关系。

南宋心学一派除了袁燮的《絜斋毛诗经筵讲义》，也只有杨简留下了《诗经》研究的专著《慈湖诗传》。关于《慈湖诗传》的流传情况，四库馆臣曾说道："《慈湖诗传》二十卷，宋杨简撰。……是书原本二十卷，焦竑《国史·经籍志》及黄虞稷《千顷堂书目》尚载其名，而朱彝尊《经义考》注曰：已佚。今海内藏书咸集秘府，而是书之目阙焉。则彝尊所说为可信。盖竑之所录，皆据史志所载，类多虚列；虞稷征刻书目，亦多未见原书，固不足尽据耳。今从《永乐大典》所载，裒辑成编，仍勒为二十卷。”[①] 如果四库馆臣所说属实的话，可见《慈湖诗传》到了清代初期已经亡佚。本文所引《慈湖诗传》是以文渊阁《四库全书》本作为底本。

一、“本心”（“道心”）：杨简《诗经》研究的本体解说

杨简通过注经具体实践了陆九渊“六经注我”的思想，包括《慈湖诗传》在内，著述的主要目的是为了表明自己的心学内涵。当然，杨简对乃师陆九渊的心学思想是有所发展的。在陆九渊的心学思想里，最基本的范畴毋庸置疑是“心”，但这还只是理学内部的分化，因此，陆氏“心”的这样一个理念在某些场合下似乎又不是最高的“理念”，“理”有时比“心”具有更广泛的内涵，如他说：“此理充塞宇宙，天地鬼神且不能违，况于人乎。”[②] “理”就高于“心”。因此，尽管陆九渊是“心学”的开山之祖，但“心”的内涵在陆氏那里并不是很纯粹。然而到了杨简之手，他则将“理”完全抛却，只是专注于“心”，“心”便彻底成为了最高的纯粹范畴，成了万物之源的精神性实体。[③] 这一点在杨简《慈湖诗传》中同样得到了鲜明的、始终如一的表露。杨简认为，就《诗经》所表达的思想主旨来看，它是“本心”的表现，《诗经》体现了心学的本体内涵。杨简在《慈湖诗传·自序》中开宗明义：“孔子曰：‘心之精神是谓圣’，孟子曰：‘仁，人心也。’变化云为，兴、观、群、怨，孰非是心，孰非是正。人心本正，起而为意而后昏，不起不昏，直而达之。则《关雎》求淑女以事君子，本心也；《鹊巢》，昏礼天地之大义，本心也；《柏舟》忧郁而不失其正，本心也；《鄘·柏舟》之‘矢死靡它’，本心也。”[④] “本心”一词源于《孟

① 《四库全书总目》卷十五，中华书局1965年版，第123页。文渊阁《四库全书》本《慈湖诗传》主要辑自《永乐大典》。四库馆臣把《慈湖遗书》卷一《诗解序》充实到《慈湖诗传》中，置于卷首，命名为《〈慈湖诗传〉自序》。不过，它和原来的《诗解序》文字上尚有一点出入，包括出现了衍文。《慈湖诗传》中的《总论》也源自于《慈湖遗书》卷八《家记二·论〈书〉〈诗〉》，文字上也略有出入。

② 钟哲点校：《陆九渊集》卷十一《与吴子嗣》，中华书局1980年版，第147页。

③ 关于杨简摆脱陆九渊“沿袭之累”的问题，请参见侯外庐：《宋明理学史》上卷，人民出版社1984年版，第588—589页。

④ 《慈湖诗传·自序》。

子·告子篇上》："乡为身死而不受，今为宫室之美为之；乡为身死而不受，今为妻妾之奉为之；乡为身死而不受，今为所识穷乏者得我而为之，是亦不可以已乎？此之谓失其本心。"但孟子本人并没有说得很明确。杨简和陆九渊讨论时曾涉及"本心"的内涵，"（杨简）问：'如何是本心？'先生曰：'恻隐，仁之端也；羞恶，义之端也；辞让，礼之端也；是非，智之端也。此即是本心。'对曰：'简儿时已晓得，毕竟如何是本心？'凡数问，先生终不易其说，敬仲（杨简）亦未省。偶有鬻扇者讼至于庭，敬仲断其曲直讫，又问如初。先生曰：'闻适来断扇讼，是者知其为是，非者知其为非，此即敬仲本心。'敬仲忽大觉……故敬仲每云：'简发本心之问，先生举是日扇讼是非答，简忽省此心之无始末，忽省此心之无所不通。'"① 可见"本心"是具有仁义礼智等道德内涵，只不过在"心学"一派的思想中，这个"本心"是先天存在的，而非后天培养的。

以"心"为本体的理念，就是强调人们天生就有道德感，换而言之，杨简认为人心本来就是"善"的。杨简"本心"、"道心"的思想贯穿于对《诗经》绝大多数诗篇的具体阐释之中。杨简解读《诗经》开篇之作《周南·关雎》的行文方式，就预示了杨氏传注《诗经》的基本路数，他说："是诗，后妃思得贞静之淑女以事君子。求之之切，至于寤寐不忘。猗与至哉！此诚确无伪之心，不忌不妒之心，即道心，即天地之心，鬼神之心，百圣之心。② 杨简这里强调《关雎》诗之主旨"即道心"。在杨简看来，"心"为本体，人唯一的共同之"道"即是"本心"，所以"本心"亦可大而曰之"道"，这个"道"又是以"心"为本体的，换而言之，又可名之为"道心"。他说："人之本心即道，故曰道心。"③ 再者，杨简之所以把"本心"又称之为"道心"，实际上是想把"本心"和动乎主观意念的"人心"区别开来，他说："道心即意念不动之心"（《杨氏易传》卷十七《艮》）；"动乎意则为人心。"④ 强调"道心"的先天性存在，"人之天性即天道，动乎意则为

① 《陆九渊集》卷三十六《年谱·乾道八年》，第487—488页。

② 《慈湖诗传》卷一。

③ 杨简：《杨氏易传》卷五《小畜》，文渊阁《四库全书》本。下引此书，版本相同，不再加注。

④ 杨简：《慈湖遗书》卷二《著庭记》，文渊阁《四库全书》本。下引此书，版本相同，不再加注。

人欲；动不以意，是谓道心。”（《杨氏》卷十九《小过》）故而他说：“人心本善、本正，人心即道，故曰道心”（《慈湖诗传·郑风·将仲子》）；“道心者，人之本心也”（《杨氏易传》卷九《无妄》），所言即为此意。杨简解读诗篇，先总结诗旨，再将其提升到“本心”（“道心”）的高度，成为了一个常用的、固定的解诗模式。反过来说，杨简释诗的最终目的就是为了说明“本心”、“道心”的内涵。

正因为《诗三百》所表现的主旨是关涉“本心”、“道心”的，所以从接受者的角度来说，《诗经》的主要作用也在于“道心”、“本心”的感发，故而杨简一再表达了《诗经》有“兴起道心”的作用：“《三百篇》中之诗而歌之咏之，其本有之善心，亦未始不兴起也。善心虽兴而不自知，不自信者，多矣。”（《慈湖诗传·自序》）“诵咏二《南》之诗，自然道心兴起，不知手之舞之、足之蹈之。”（《慈湖诗传·周南·关雎》）“《三百篇》中或诵或歌，皆足以兴起人之道心，此孔子删诗之大旨，而人知此信此者亦寡。”（《慈湖诗传·周南·卷耳》）“呜呼！《三百篇》，一旨也。有能达是，则至正至善之心，人所自有喜怒哀乐无所不通，而非放逸邪僻，是谓寂然不动，感而遂通天下之故。”（《慈湖诗传·邶风·燕燕》）可见，杨简是非常看重《诗经》对人“本心”感发功能的。

杨简主张读者在领会《诗经》主旨时不要将“本心”、“道心”落实到具体的某人身上，因为在杨简看来，这个“本心”、“道心”人人自有，与生俱来，不受时空的限制，古今同感。[①]《诗经》的接受者和《诗经》的歌咏者同为人，这个“本心”、“道心”不仅为歌咏者所有，而且也为后世的读者所共有，因而古人之“本心”、“道心”同样会引起后世接受者的同感和共鸣。换而言之，《诗经》能够兴起人的“本心”、“道心”，这正是传注《诗经》在当下的心学意义。杨简在解读《周南·兔罝》时说道：“咏诵《兔罝》之诗，不觉起敬起慕，庄肃子谅之心油然而生，不知所以始，亦不知所以终，道心融融，此人心所

① 陆九渊曾说过：“宇宙便是吾心，吾心即是宇宙。千万世之前，有圣人出焉，同此心同此理也。千万世之后，有圣人出焉，同此心同此理也。东南西北海有圣人出焉，同此心同此理也。近世尚同之说甚非。理之所在，安得不同？”（《陆九渊集》卷二十二《杂说》，第273页）“同此心同此理”，道心、本心是贯穿古今，先天而存在的。陆氏的思想为杨简所接受。

同，千古所同，天地四时之所同，鬼神之所同。”正因为接受者和歌咏者具有相同的“道心”，因而在欣赏《诗三百》时，接受者的“道心”同样就会油然而生。这个“道心”固然可能受到了外物的感发，但它是先天存在的，因而不会失去“本心”、“道心”的根本。

综上所述，杨简用“本心”、“道心”对《诗经》进行解读的最终用意其实并不在于释《诗》，而是通过把诗旨提升到心学的高度，从而达到杨简宣扬以“心”为本体的思想目的。

二、“思无邪”：杨简《诗经》研究的道德解说

上文曾经说过，陆九渊和杨简探讨的“本心”实际上是具有强烈的道德内涵的，说到底，“本心”其实是一个道德本体。在杨简看来，人之“本心”皆是“善心”。他曾说：“人性皆善，此性皆与尧舜禹汤文武周公孔子同，皆与天地日月四时鬼神同。”（《慈湖遗书》卷九《家记三》）《诗经》的主旨既然是本心的表现，换而言之，也就是“善心”的外露。杨简就直接把孔子的“思无邪”观念用来作为贯穿其《诗经》解说的道德宗旨。四库馆臣说《慈湖诗传》的特点之一是“大要本孔子‘无邪’之旨，反覆发明”①，应该说点中了杨氏《慈湖诗传》说诗的命脉。杨简在《慈湖诗传·总论》中也明确表示了“无邪”的说诗理念，其云：“子曰：《诗三百》，一言以蔽之，曰‘思无邪’。学者往往疑《三百篇》，当有深义，圣人所谓‘无邪’者，必非常情所谓‘无邪’。是不然，圣言坦夷，无劳穿凿，‘无邪’者，无邪而已矣，正而已矣，无越乎常情所云也，但未明乎本心者，不知此不信此，知此信此，则易直子谅之心油然而生。生则恶可已，恶可已，则不知手之舞之、足之蹈之，有正而无邪，有善而无恶，有诚悫而无诈伪。”杨简把孔子的“思无邪”归之为本心，上升到哲学理念的层次。“无邪”之心成为了杨简说诗的一个纲目，也是贯穿于杨简《诗经》研究的一个关键词：“《诗三百》，岂一言一事尽从古制，惟取其大体所在：‘思无邪’。”（《慈湖诗传·邶风·泉水》）在具体的说诗中，杨简以“无

① 《四库全书总目》卷十五，第123页。

邪”之心来解读诗篇的主旨在《慈湖诗传》中随处可见：“观是诗惟言婚姻夫妇之礼。……盖此诗于均一之意不甚著，而婚姻之礼甚详。卫郑不深信，婚姻即天地之大义，故不足焉，而谆谆外求其义，此不可不辨，所辨非小故，盖明《三百篇》‘思无邪’之大道，剖学者正面之墙。”（《慈湖诗传·召南·鹊巢》）“诗人盖辅平王东迁者也，平王东迁，虽未能复兴王道，而是诗大体则无邪也，故孔子取焉。”（《慈湖诗传·小雅·雨无正》）“《序》曰：‘《羔羊》,《鹊巢》之功致也。召南之国，化文王之政，在位皆节俭正直，德如羔羊。’……惟见舒迟雍容，虽无义之可寻，而庸常即道，无邪即道。”（《慈湖诗传·召南·羔羊》）

不过，孔子“思无邪”说是对整个《诗三百》而言的。杨简以它作为说诗的一个纲目，就会遇到这样一个问题：《诗经》中以“郑卫之音”为典型的诗歌从文字表层来看，很显然并不具备“无邪”的内涵，那么它们又如何契合杨简“无邪”的说诗宗旨呢？这是必须面对的一个矛盾问题，对此，杨简是怎样解决的呢？我们以杨简对《鄘风·桑中》的解读为例来加以分析，杨简说：“姜、弋、庸，皆著姓也，将为淫奔，托名于采唐、采麦、采葑。或曰：《桑中》、《溱洧》，几于劝矣，何以‘思无邪’。曰：此非淫者之辞也，刺者之辞也。淫者畏人之知，托以为采期于幽远，讵敢明言姜弋庸乎？使果淫者之辞，将叙事实以纪其情，纵桑中之地阔远，相期之处或同，岂一一皆要见于上宫，岂一一皆送于淇水之上，岂于姜必托以采唐，于弋必托以采麦，皆人协韵尔！以是知皆刺者之辞也，总言淫者之情状而非的也。故《序》曰：‘刺奔。’《乐记》曰：‘郑卫之音，乱世之音也。比于慢矣，桑间濮上之音，亡国之音也。其政散、其民流，诬上行私而不可止也。……’盖作《乐记》者，未达乎作者之旨，所以刺乱非为乱也。《桑中》，非淫者之辞，乃刺者之辞。”《鄘风·桑中》就诗歌所表现的内容来看，的确是描写男女相会的恋歌，如果从儒家伦理道德去观照，应该算上是淫秽之词了，所以在传统的儒家解诗中，“郑卫之音”遭到了一致的批评。但是杨简这里转换了一个角度，认为这首诗歌并不是从所谓“淫者”的视角来叙写，而是站在刺讥者的立场去感发的，故而表达的思想仍然是“正”的，“刺乱非为乱也。”所以诗歌的宗旨仍然是“无邪”的。《诗经》中有许多传统被称为“淫诗”的情诗，杨简一致认为它们非“淫者之辞”，而是叙述者（刺讥者）之言，从而完成了杨简“无邪”说诗宗旨的贯彻，我们上文所说的矛盾在杨简的视野里就得到了暂时的消解。他对《唐风·绸缪》的解说也是消解这个矛盾的具体体现：“‘见此良人’，此男奔女；‘见此粲者’，此女奔男；‘见此邂逅’，乃适相邂逅而苟合者，非初有定意也。妻谓夫为良人，粲者，美女之称，不必三女而后为粲。‘今夕何夕’，惊喜之辞也；‘子兮子兮，如此良人何！’以无素具无以延之，而以告人也。乱世淫奔以为常，故明以告人三章，指事不同，知非淫者所自作，诗人叙其恶而刺之，如《桑中》、《溱洧》也。”杨简寻求诗歌叙述的内部逻辑，无非是表明：《绸缪》非“淫者所自作，诗人叙其恶而刺之”，杨简的这个推断显然是为了表明《诗经》的主旨都是“无邪”的。

在杨简的心学思想中，人如有邪心，根本原因就是起源于“意”，如他说：“人性皆善，皆可以为尧舜；特动乎意，则恶。”（《慈湖遗书》卷一《乡记序》）人心本来是至善至明的，只是“意”起之后，这个“善”“明”之心受到了蒙蔽，“微生意焉，故蔽之”（《慈湖遗书》卷一《乐平县学记》），这个“意”不但包含了为己的私虑，还涵盖了一切超出先天性自然状态“本心”之外的受主体支配而引起的主观思虑，因此杨简主张“不起意”、“毋意”。[①] 杨简在贯彻《诗经》“思无邪”的说诗宗旨时，也就表明了《诗经》之所以表现了“无邪”的思想，是因为这些诗歌的歌咏者未“动乎意”。他在解读《邶风·柏舟》时说道：“《毛诗序》曰：‘卫顷公之时，仁人不遇，小人在侧。’此犹未甚害于道，至曰言：‘仁而不遇也’，意止于不遇而已，没诗人之正心。正心，道心也。斯其不可欤。详观诗情，忧郁不通，道心变化，天地晦蒙，日用不知，故圣愚不同。”杨简认为，《毛诗序》的解说是“意止于不遇而已”，从而“没诗人之正心”，失去了“无邪”的诗歌主旨。杨简对《郑风·将仲子》的解读甚至还带有翻案的性质，某种程度上是受到了他“意”说思想的影响，他说：“《毛诗序》曰：‘《将仲子》，刺庄公也。……’而诗无刺意，是诗，庄公所为也。诚有不忍杀其弟之意，祭仲谏曰：‘臣请除之’，故是诗曰：‘无

① 关于杨简“意”说思想的具体内涵，可参见陈来：《宋明理学史》，华东师范大学出版社 2004 年版，第 165—166 页。

折我树杞’、‘无折我树桑’、‘无折我树檀’，‘我’云者，亲爱之真情也，曰：‘岂敢爱之’，其情实爱也，今人实爱而曰不敢爱者，每有是言曰：‘畏父母’、‘畏诸兄’、‘畏人之多言’，此畏忌之心，非慢易之心也，夫不忍杀其弟之心，畏忌之心，此即道心，而《序》以为刺。……人心本善、本正，人心即道，故曰道心，因物有迁，意动而昏始，乱始杂然，其本心之正亦间见，互出于日用云为之间。《三百篇》多此类，天下是非，二途而已矣！是者是道，非者非道。”和《毛诗序》“刺庄公”主旨解读不同的是，杨简认为此诗没有刺意，庄公“诚有不忍杀其弟之心”，所以此诗表现了“畏忌之心，此即道心”，是无邪之心。杨简后面的解读已经脱离了《诗经》的研究，直接阐发了其“意”说的内涵。所谓“因物有迁，意动而昏始，乱始杂然”，很显然是杨简“动乎意，则恶”思想的渗透。杨简经常通过“无邪”的说诗宗旨，从反面来阐发他“意”说的理念：“作是诗者，灼知文王之即天……吾心不动乎意则无逸，无逸则无私，无私则与人心同矣，与天道亦同矣。……故曰：道心不动乎意，常虚常明，何思何虑。”（《慈湖诗传·大雅·文王》）“文王之典则，即文王之道，后王之道，其维清乎？清者，不动乎意者也……孔子毋意之谓也，不动乎意，非木石然也。中正平常正直之心，非意也。……《维清》，此之谓也。于平常正直之心而起乎意焉，不正不直焉，则浑浊矣，非清也。人性本清明，起乎意，始昏；不起乎意，则未始不清明。”（《慈湖诗传·周颂·维清》）就是通过《文王》、《维清》的解读，来说明人心本体是清明的，只是起乎源于主观思虑之“意”，才会变得浑浊。

三、“道不离于日用”、“不必于《诗》外求说”

杨简对《周南·葛覃》的主旨进行解读时曾曰：“妇人乐为絺绤，尊敬师傅，服澣濯，念父母犹欤至哉！此又道心，即天地之心，即鬼神之心，即百圣之心。道不离于日用，惟无邪而已矣！”杨简认为“道”来自于“日用”，潜藏在日常生活之中。如《葛覃》之诗所写女子“为絺为绤”、“薄污我私”、“薄浣我衣”这些日常女工之事，本身就包含着对师傅、对父母与生俱来的孝敬之道。这个“道”本身就是不假思索、先天性地存在于日常生活之中，杨简曾说："人心至灵至神，虚明无体，如日如鉴，万物毕照，故日用平常不假思为，靡不中节，是谓大道。"（《慈湖遗书》卷九《家记三》）杨简在对《诗经》的解读中多次表达"道"即庸常，源自日用的思想："且采采芣苢之时，何说之可言……民日用此道而自不知，故鲜德，其实庸常，日用皆道。"（《慈湖诗传·周南·芣苢》）"《三百篇》盖多平正，无他，虽无深旨，而圣人取焉，正以庸常、平夷之即道也。"（《慈湖诗传·齐风·著》）"《毛诗序》曰：'《君子阳阳》，闵周也。君子遭乱，相招为禄仕，全身远害而已。'本诗初无闵周之意，乃卫宏自起意说，相招为禄仕，亦在平时，亦非此诗之情。章句儒不知道，率好穿凿，不知日用平常之即道。"（《慈湖诗传·王风·君子阳阳》）前文已言，杨简认为"人之本心即道，故曰道心"，在杨简那里，"心"、"本心"、"道"、"道心"，称谓虽有异，但在本质上却是一致的，杨简自谓"某年三十有二，而省此'心之即道'"。（《杨氏易传》卷五《小畜》）可以说，把"心"、"道"视同一物，是杨简哲学的逻辑起点，他说："此心虚明，广大无际畔，范围天地，发育万物，即道也。"（《慈湖遗书》卷二《时斋记》）这样，日常之道本身就容载了"道心"、"本心"的内涵。也就是说，"日用"之道具有"道心"、"本心"的普遍意义。故而上文所引《周南·葛覃》虽然歌咏的是妇女日常生活的事情，却也是"道心"的表现，只是这蕴藏于日常生活中的"道心"，人们不自知而已，却又是自然而然地存在着。杨简在解读《周南·樛木》时又说过这样一段话："呜呼！此逮下之心，与夫诗人爱敬其君子，赞之祝之之心，皆道心。而人往往多不信其为道者，百姓日用而不知也。"杨氏无非是表达这样一层意旨："道心"就在于日用之中，因此"道心"具有普遍的意义，每一个人都具有"道心"。他强调的是"本心"（"道心"）的日常性、普遍性。

杨简曾批评他人对《诗经》"道心"的怀疑，也多是从"日用"即道、庸常即道的角度加以反驳的，因为我们每一个人都是日常生活之中的人，所以我们皆有"道心"。他在解读《鲁颂·駉》时说："诸儒因孔子蔽《三百篇》以'思无邪'之一言，而疑'思无邪'之高远，甚矣！道之不明也。自诸儒不省中庸，不出日用、庸常，而道始不明矣。《洪范》曰：'王道平平。'《易》曰：'百姓日用而不知。'

《书》曰彝曰常，而诸儒自不悟矣。”人们怀疑《诗经》的道心就是认为它虚无高远，不易体会，杨简则认为“道心”就在于日用之中，人人自有，只是人们不自知而已，“道心”其实是可以把握的。故而《诗经》所表现的“无邪”之心，人人都能有所体认。

正因“道心”人人自有，故而“道心”不必外求，杨简说：“呜呼！至哉！至道在心，奚必远求；人心自善、自正、自无邪、自广大、自神明、自无所不通。”（《慈湖诗传·自序》）“孟子曰：‘圣人先得我，心之所同然尔。’《易》曰：‘百姓日用而不知。’感而化之，非由外铄。”（《慈湖诗传·周颂·清庙》）由于“道心”具有普遍性，潜藏在人们日常的不自觉行为之中，故而在对《诗经》的研究中也就不必外求诗旨，寻找“本心”、“道心”的根源。试看杨简下面的解读：“惟《序》乃言不妒忌，《序》所以必推原及于不妒忌者，意谓止言子孙众多，则义味不深，故推及之吁，此正学者面墙之见，不悟道不离于平常，故曰百姓日用而不知。孔子以一言蔽诗曰‘思无邪’而已，初无高奇幽深，今子孙众多如螽斯羽，何邪之有！振振绳绳，何邪之有！既无邪僻，非道而何，何必外求。”（《慈湖诗传·周南·螽斯》）“此爱敬贤德之心，忠厚之心，乃油然发于中……为序者未明乎道，乃外求其义，曰：‘召伯之教，明于南国，美召伯也。’召伯诚可美，而是诗念贤感德不已，乃国人之道心。不明本诗之道心，而徒求外说如此。”（《慈湖诗传·召南·甘棠》）杨简经常讽刺学者外求《诗经》中“道心”的根源为“面墙之见”。“道心”就在于平常的日用之中，说到底就是“无邪”的善心而已，人人自有，不必寻求外在的根源。进而言之，这个“道心”更不是为某人所特有，或是在某人的“道心”影响下他人才具有。正是如此，杨简特别反对把《诗经》中所表现的“道心”即“无邪”之心，推归于某一个圣人。他在解读《周南·汉广》时说：“此不敢犯礼之心，即正心，亦道心，亦天地鬼神之心。……为《序》者不足于此，而推于文王也。《序》曰：‘《汉广》，德广所及也。文王之道被于南国美化，行乎江汉之域，无思犯礼，求而不可得也。’是其为言，非不善，惟不明乎道。不明乎是诗之道心，而赘为说焉。则亦足以乱人之道心，故不可用知，夫《关雎》，太姒之诗，而不言太姒，惟曰后妃之德，则《汉广》不必推文王矣。”杨简认为如果把《汉广》所表现的“道心”落实到周文王一个人身上，他人之心皆为“文王之化”所致，那么这样的“道心”也就不具有普遍的意义，同时不足以表现出“道心”源自“日用之间”的内涵。

但是《诗经》中某些诗篇确实有史书记载了相关的本事，就说明诗篇有了具体的针对性。即便如此，杨简也反对外求诗旨，强加解说，将诗旨提升到“道心”的普遍意义。如他在解读《邶风·燕燕》时说：“夷考是诗，宛然有庄姜送戴妫之状。戴妫，陈女，陈在卫南，故曰‘远送于南’，以《关雎》之诗而不曰太姒，则是诗固不必定指，而一篇相送之情，哀伤不已之意念，仲氏之善，塞渊温惠，皆正也，善也。至今读之使人闵伤之心，隐然以生，而非邪僻也。呜呼！《三百篇》，一旨也。有能达是，则至正至善之心，人所自有。”杨简明明知道《燕燕》诗是有具体的人事感慨的，所以他也承认这首诗“宛然有庄姜送戴妫之状”，但杨简却不愿将此篇的主旨落实到具体的人事上，而认为“诗固不必定指”，只要能够感发人心，“非邪僻”即可。总体而言，杨简说诗似乎很少把诗歌的主旨落实到具体的个人身上，而是从具有更宽泛的意义上加以理解，这也是杨简说诗的一个特色，因此杨简的《诗经》研究呈现了严重的泛化倾向。

从学术渊源上追溯，杨简“不必于《诗》外求说”的《诗》学思想，和杨简自身的心学思想有着极为密切的内在关系。诚如上所述，他实际上是把“本心”（即“道心”）看成是道德伦理的源泉，是内心先天性的存在，从而把陆九渊的“心学”思想发展到了极端，故而他一再表达“道不外求”的心学理念：“人皆有至灵至明、广大圣智之性，不假外求，不由外得，自本自根，自神自明。”（《慈湖遗书》卷三《绝四记》）“谓之曰神，言吾心之本；曰性，言性之妙不可致诘，不可以人为加焉。”（《慈湖遗书》卷七《家记一》）“吾之本心无他妙也，甚简也，甚易也。……是心与天地同功用，与四时同变通，喜怒哀乐无不中乎道，则亦更何求也。”（《慈湖遗书》卷十四《家记八》）

正因如此，杨简认为“本心”（“道心”）并不为文王这样的圣人所独有，杨简曾说：“人人皆与尧舜、禹汤、文武、周公、孔子同，人心非血气，非形体，精神广大无际畔，范围天地，发育万物，何独圣人有之，人皆有之。时有古今，道无古今；形有古今，心无古今，百姓日用此心之妙，而不自知。”（《慈湖遗书》卷五《吴学讲义》）每一人的“道心”都是自身所有，故不必向圣人学习，“此心人所自有也，不学而能也，不虑而知也。”（《慈湖遗书》卷二《申义堂记》）在杨简看来，普通的老百姓皆拥有相同的“道心”，《慈湖诗传·自序》写道：“此心人所自有，故《三百篇》或出于贱夫妇人所为，圣人取焉。取其良心之所发也，至于千百载之下取而诵之，犹足以兴起也，故曰‘兴于诗。’”这样的“道心”也是具有普遍意义的，故而能够感发所有人。

杨简反对诗旨外求，把《诗经》解诗者“道心”外求的阐述称之为“赘言”（“赘辞”），如杨简在解读《魏风·陟岵》时说：“《毛诗序》曰：‘《陟岵》，孝子行役，思念父母也。国迫而数侵削，役乎大国’，皆诗外之赘辞也，不知父母兄弟之至情，乃天下之大道，故为是赘也。”《毛诗序》认为《陟岵》是一首反映孝子思想情感的诗歌，不过又说这种情感是在“国迫而数侵削，役乎大国”的时代背景下形成的。这一点当然不能为杨简所认同，他主张“孝心”，是与生俱来的“大道”，并不需要从外在的因素寻找其形成的根源，否则即使有其合理性，也是极其多余的赘辞。杨简在解读《小雅·谷风》时曾云：“是诗正而无邪，圣人取焉，卫宏不明斯道，必旁推其说曰‘刺幽王’。本诗初无刺王之意，宏又曰‘天下俗薄，朋友道绝焉。’此两语虽与诗情不乖背，然亦赘矣。推言风俗，亦本诗所无。大抵不悟正心之即道，故必至于旁推外取，先儒多同此蔽。”也是视诗旨外求为赘言。

正是基于“道心”不外求的心学理念，杨简的《诗经》研究有时在用语上也非常精审，如杨氏解读《小雅·天保》曰：“《毛诗序》曰：‘《天保》，下报上也。君能下下以成其政，臣能归美以报其上焉。’……夫上之礼其下与下之敬其上，爱敬之情发于中心，播于歌诗，而《序》谓之‘能’，盖求诸心外，殊为害道，《序》大率若是。”杨简认为《诗序》解诗时用了“能”字，那就意味着“道心”并非自身所有，而是自外而求，这一点自然受到了杨简的严厉批评。他在解读《小雅·菁菁者莪》时又曰：“是诗善君子养育人材也。《毛诗序》曰：‘乐育材也。君子能长育人材，则天下喜乐之矣。’考本诗则序文微差。”杨简指出序言“微差”，也是想说明《毛诗序》把君子“长育人材”定位为“能”，是自外而求，动乎主观思虑的意念，当然不符合杨氏“本心”自有的思想。

杨简反对外求《诗经》所表现“道心”的观点，同样受到了杨简“意”说思想的影响。因为杨简主张“心之精神，无方无体。至静而虚明，有变化而无营为”（《慈湖遗书》卷二《申义堂记》），“吾心本无物”（《慈湖遗书》卷十《论〈论语〉上》），这是“本心”的本然状态。如果一旦引起“意”的分别，则这种“至静而虚明”的本心，就会流入对象化的世界之中，难免会产生“千失万过”。《诗经》的诗旨外求，可以说已经“动乎意”，则终究会伤害“道心”的本体。他在解读《周南·芣苢》时说道：“人感于物而为言为音，无非道者，惟流而入于邪，则昏则迷。《芣苢》，无邪之诗也，无邪则无往而非道，先儒不知道，顾于坦夷无说之中，外起意说，必推及于后妃之和平，和平则妇人乐有子，虽非邪言，实失本旨。”“外起意说”，则“实失本旨”也，杨简不无这一方面的担心。

括而言之，放在宋代的《诗经》研究史上，杨简的《诗经》研究个性也是非常鲜明的，尤其是心学思想的印痕在他的《诗经》研究中表现得极为深刻，乃至他的《诗经》研究明显有本末倒置的倾向，杨简的《诗经》解读除了一些文字训诂之外，便彻底成为了他传达心学思想的一个载体，可以说杨简的《诗经》研究是心学一派“六经注我”的最鲜明的践履者。如果论到南宋理学对《诗经》研究影响最为深刻的表现，杨简的《诗经》研究可以说是最为适合的。为了达到心学思想的高度，杨简解诗时尽量虚化、哲学化。他的心学思想在《诗经》研究中直白地表露了出来，而且非常系统，我们甚至可以认为杨简的《慈湖诗传》不是《诗经》研究的专著，而是一部完全关涉心学思想的哲学著作。

（原载《孔子研究》2009 年第 2 期）

《高唐赋》与先秦的“山水审美”

潘啸龙

“宋玉恃才者，凭虚构《高唐》。”[①] 宋玉所作的《高唐》、《神女》等瑰玮奇赋，曾经在“五四”以后的六七十年间，被大多研究者断为伪作。只是到了20世纪70年代，山东临沂银雀山一号楚墓出土了《唐勒》赋残简，至20世纪90年代，经过学者们将其与所传宋玉《大言》《小言》赋等作品进行比较，而确认此赋与《大言》《小言》等赋均为宋玉所作后，“伪作”说才逐渐被动摇，所传宋玉的赋作终于获得了大多学者的认可。这就为我们讨论《高唐赋》与先秦的“山水审美”课题，确立了一个重要前提。

宋玉的《高唐赋》，是在先秦文学中表现“山水审美”的最重要的作品。在这篇赋作中，自然山水（巫山高唐山水）第一次成为文学表现的主体对象，被审美地加以描绘和赞颂，并且具有了宏伟的整体观照和多层次的形态展现，创造了一个雄丽壮美、可歌可叹的山水奇境。《高唐赋》的出现，标志着“山水审美”在中国古代的文学表现中，进入了一个新的时代。

一、诗骚：先秦“山水审美”的确证及其表现进展

在对中国古代“山水审美”课题的研究中，有一部分学者提出：将山水作为客观对象加以观照和表现，这只是魏晋时期人们才真正具备的审美态度。先秦时代人们对山水的态度，还停留在“以山水比德”的发展阶段，根本还谈不上是一种“山水审美”。

---

① 于濆：《巫山高》，见陈贻焮主编：《增订注释全唐诗》（第5册），文化艺术出版社2001年版，第355页。

这种意见是否妥当？我们认为不妥。

什么是“山水审美”？那就是人们在观照山水时，能以客观的“无功利”的态度，去感受和体味它们的美好动人，从而产生身心的愉悦和快感。从这一要求看，我们根本不能相信：那在先秦西周、春秋直至战国的漫长岁月中，人们对自然、社会中各种线条形式、音声、色彩、香气、美味，早已具有了美感，并且在日常生活的宫室建筑、车马服饰、美食品味、宝物玩好、娱乐欣赏中，化为普遍的“美”的追求和体验的状况下，居然还不能发现和感受所见山峦草木、溪流江波之形态、色彩、音响之美，居然还不能对山水之景加以欣赏和品味！先秦时代的人们，诚然爱以“山水”比“德”，运用山水来比拟人的美好德行（这在魏晋以后还如此）。但有一点非常清楚：当人们在进行这种比“德”的时候，恰正是以对山水的美好“审美”体验为基础的。倘若他们还不懂得体味山水之美，又何以会用山水来比拟人之“美”德呢？

那在西周时代，为送辅助周室的申伯荣归封地而执笔“作诵”的尹吉甫，开笔即叹“崧高维岳，骏极于天”，并以此引出“维岳降神，生甫及申”[①] 之句。这正表现着大夫尹吉甫，对雄峻耸峙的山岳之赞美，并以之比拟对申伯、甫伯的敬仰。倘若他当时对雄山大岳还根本缺乏客观的审美态度，则又何以会用山岳的雄奇之美来赞美这两位贤伯？那在春秋时代，主张“仁者乐山”的哲人孔子，甚至可以品赏最为“抽象”的音乐作品《韶》乐，称之为“尽美尽善”[②]，并为之“三月不知肉味”，又怎么能对他家乡所在、最为直观而气象万千的泰山，却不具备品赏、体味的客观审美态度？倘真如此，他又何以能生出“登东山而小鲁，登太山而小天下”[③] 的高远、壮大的审美感受？

打开表现这一时期社会生活的诗歌总集《诗经》，我们能读到许多反映人们赞美和表现山水之景的诗句。如《小雅·斯干》之“秩秩斯干，幽幽南山。如竹苞矣，如松茂矣”，描绘周宣王修建宫室的环境，

---

① 见《大雅·崧高》，《十三经注疏》本，中华书局1980年影印本（本文所引该书均为此本），第565页。

② 见《论语·八佾》，《十三经注疏》本，第2469页。

③ 见《孟子·尽心上》，《十三经注疏》本，第2768页。

展示了何其清美的南山、溪涧之景，以及那茂盛而充满生机的竹丛和松林！又如《周南·葛覃》之“葛之覃兮，施于中谷，维叶萋萋。黄鸟于飞，集于灌木，其鸣喈喈”，描摹女主人公采刈葛藤的山谷之景，从一碧如染、蔓延山谷的幽清中，转换出“喈喈”鸣啭的黄雀，飞集在青翠摇晃的灌木丛上。字里行间正表现着女主人公对采刈葛藤的山谷、林鸟的真切审美感受。即使是表现伐木工人劳苦之情的《魏风·伐檀》，在描述“坎坎伐檀兮，寘之河之干兮”的繁忙场景时，也不忘记描绘“河水清且涟猗”、“河水清且沦猗”的清波跌宕之景；即使是表现征伐战争场景的《大雅·常武》，在描摹周王之师雄壮推进景象时，还插进了“如飞如翰，如江如汉，如山之苞，如川之流”的比拟，体现了当时人们对江、汉、山、川那雄壮、澎湃气象的审美体验，从而用以比拟周王之师的气象。

这些都可证明：早在先秦的《诗经》时期，人们已经注意到了生活于其中的山水景物之美，并且对山水具有了观照、品赏的相当真切的审美体验。也就是说，对山水的审美“发现”，早在《诗经》时代即已实现，并不像某些学者所断言的，要推迟到“魏晋时代”。

当然，确证《诗经》时代人们已经对山水具有观照、欣赏的审美态度，懂得品赏山水之美（这正是我们与某些研究者的分歧之处），并不等于说，《诗经》时代对山水审美的文学表现，也已经达到了相当高度。无须细加考察便可发现：尽管当时人们已经懂得山水审美，但是在他们的歌诗创作中，山水之景并没有成为表现重点；诗中尽管出现了一些描摹山水之景的诗句，但毕竟只是片断或陪衬；而且歌诗作者描述山水之景，主要还是为了引出抒情（这就是朱熹所谓的“先言他物以引起所咏之词”）和创造某种情感氛围。对山水景物的表现，显然还缺乏一种整体的观照和多层次的展开。即以前文所举《斯干》为例，其对周宣王宫室所处南山之景的描绘，虽然颇有美感，却也止于所举四句而已，并没有构成全诗的表现主体。《大雅·崧高》开笔描摹“崧高维岳，骏极于天”，气象雄伟，但它的出现恰正是作为比拟和象征，以引出接着的“维岳降神，生甫与申”二句，从而将赞美主体转向了宣王的辅弼大臣甫伯和申伯。就整首诗来说，它无疑不能算作是表现山水审美的作品。正是基于山水审美在《诗经》中的这一表现局限，清人恽敬在《游罗浮山记》中指出：“三百篇言山水，古简无余词。”

今人钱锺书亦确认：《诗经》的写景，“涉笔所及，止乎一草、一木、一水、一石”①。

山水审美的文学表现，自春秋而到战国，在伟大诗人屈原的楚骚作品中，有了令人瞩目的进展。这在《九歌》的《湘夫人》、《山鬼》，《九章》的《涉江》、《悲回风》等作品中，体现得尤为分明。如《湘夫人》中的“嫋嫋兮秋风，洞庭波兮木叶下”二句，在一派秋日长天下，展现阵阵秋风掀动洞庭湖之浩淼水波，又转出四岸山林叶落纷纷的苍茫景象，境界凄清而空阔。《山鬼》篇表现迎神巫者赴山中接迎神灵，描摹了山路曲折中“终不见天”的“幽篁”，登临山巅时“云容容兮而在下”的缥缈，以及山林穿行中“石磊磊兮葛蔓蔓”、“风飒飒兮木萧萧”的所见所闻，同样是以山水之景烘托主人公心境的绝妙之笔！

特别值得注意的是，《涉江》《悲回风》的山水描绘，已具有了相当的时空规模和气象：

> 深林杳以冥冥兮，乃猿狖之所居。山峻高以蔽日兮，下幽晦以多雨。霰雪纷其无垠兮，云霏霏而承宇。（《涉江》）
>
> 冯昆仑以瞰江兮，隐岐山以清江。惮涌湍之磕磕兮，听波涛之汹汹。纷溶溶其无经兮，罔芒芒之无纪。……漂翻翻其上下兮，翼遥遥其左右。氾潏潏其前后兮，伴张弛之信期。（《悲回风》）

《涉江》一节写深林、峻峰、猿啼、雨雪，笔墨不多，展现的山林境界却苍凉、幽寂。《悲回风》一节展开登昆仑远眺岷江之景，又融入了浪漫主义的想象色彩：辽阔、苍茫，真可将读者带入一种无际、无尽的悸动和哀愁之中。其中对滚滚江涛上下、左右极有层次的景象描绘，不禁令人联想到后世枚乘《七发》“观涛”一节的展示方式。

从这些都可看到，屈原楚骚的山水审美表现，已经突破了《诗经》那止乎“一水、一石”的狭隘范围，而有了一定的格局。这里不仅有空间上的扩展和景物形态的描绘，高低、远近、峻峰、幽林，勾勒出极有层次的图景，具有了开阔的气象；而且有了时间、景物的更迭和转换，动静之态的变化和映衬：从夏秋的多雨，写到冬末的霰雪；从

① 钱锺书著，舒展选编：《钱锺书论学文选》，花城出版社 1990 年版，第 18—19 页。

波涛涌起时的惊骇景象，写到水流潺湲时的“芒芒”、“溶溶”。这样的描绘方式和表现气象，无疑是对《诗经》山水审美表现的极大推进，其所创造的山水境界，也已远非《诗经》所可同日而语了。所以南朝著名文论家刘勰就欣喜地称叹楚骚“论山水则循声而得貌”；上引清人恽敬更赞扬山水描写“至屈左徒而后瑰怪之观，远淡之境，幽奥朗润之趣，如遇于心目之间”了！

但是，在充分评价楚骚在山水审美表现上的瞩目进境的同时，我们还不得不遗憾地指出：即使是屈原，也还没有将山水作为诗作的表现主体之一，而集中加以描绘。楚骚的“山水审美”表现，从总体上说，还是处于陪衬的地位，服从于主体的抒情需要而被展开的。以至于人们至今也不能不承认：在屈原的创作中，并没有哪一篇诗作，可以被称之为赋咏山水之作。

二、《高唐赋》：先秦“山水审美”表现的重大突破

从“山水审美”文学表现的全景看，屈原诗作中的“山水审美”表现，还没有获得独立的地位。这个任务对于重视“发愤以抒情”的屈原来说，似乎原本就不必由他来担当的。

这或许正是继屈原而起的宋玉的幸运之处。宋玉是屈原楚骚的杰出传承者，他的《九辩》，正是在继承屈原抒情长诗《离骚》传统的基础上，又努力有所创造而成的名作，并为他在后世赢得了影响深远的声名。

但若从宋玉的文学创新意义而言，我们认为：他的《高唐赋》完全可以压倒《九辩》，而成为他贡献给文学史的独创性成果的一大代表（其他如《招魂》、《登徒子好色赋》等亦如此）。《高唐赋》是中国先秦“山水审美”文学表现中，最具有重大突破意义的作品，这种“突破”主要有以下两点：

（1）在这篇赋中，自然界的“山水”之景，第一次昂首阔步进入宋玉笔下，成了整篇赋作的表现主体和中心。

前文已经指出，在《诗经》和屈原的楚骚作品中，均已出现描摹山水之景的内容。但从其在作品中所处地位和所占篇幅看，又均显示

了某种片断性和附属于抒情需要的特点："山水"毕竟只是"外物"，而诗歌表现的主体，则是"人"。"外物"山水在诗中围绕主体"人"而存在，受"人"所驱使，成为"先言他物"而引出"人"之情思的由头和陪衬。这可以说是从《诗经》到楚骚"山水审美"表现中的"铁门槛"，没有哪一篇作品突破过这个限制。

宋玉的《高唐赋》则不然。这篇赋作以"楚襄王与宋玉游于云梦之台，望高唐之观"，见到那"崪兮直上，忽兮改容"的云气，引出先王（楚怀王）游高唐梦遇"巫山神女"的绮丽传说，而激起楚襄王对巫山高唐山水的向往之情，作为序言。而后在襄王"试为寡人赋之"的要求下，由宋玉以雄奇的辞采，描述巫山高唐山水的"高矣显矣，临望远矣。广矣普矣，万物祖矣。上属于天，下见于渊。珍怪奇伟，不可称论"的奇境。全赋表现的对象，完全撇开了"人"而转向了高唐山水；而且赋文对高唐山水的描摹，也不再只是片段或陪衬，而是构成了赋文的主体。像这样从赋题到赋文的铺展，全集中在外在对象"山水"上，并将其作为表现的主体和中心的，《高唐赋》实在是开天辟地第一篇！这难道还不是对诗骚"山水审美"表现对象的重大突破吗？

(2)《高唐赋》的"山水审美"表现，带有宏伟的整体布局，而且注意在多层次中展开，创造了"蔚如雕画"的山水审美奇境。这又是在"山水审美"表现艺术境界上的重大突破。

前文已经说道，诗骚对山水的描绘，完全处于主体抒情的陪衬地位。所以，尽管从局部看，其中的山水景物描绘，也创造了形象动人的境界（如《诗经》），甚至带有了相当的格局和气象（如楚骚），但受服务于主体（人）的抒情需要的限制，山水之景在诗骚中还无法展示其宏伟的整体，及其变化多姿的各个层面。

而《高唐赋》既已将巫山高唐山水作为表现主体和中心，宋玉正可放笔铺写它的全景及其各层面的特点。他首先以极大的气势，在天地之间大笔勾勒高唐山水那"高矣显矣，临望远矣。广矣普矣，万物祖矣。上属于天，下见于渊"的无可"仪比"之体貌，令读者一下就置身在"巫山赫其无畴"的巉岩高处，领略那奔腾其下的万壑壮水。接着的"濞汹汹其无声兮，溃淡淡而并入"，以萧淡的墨色展开"百谷俱集"前的众溪交汇之境，妙在寂然"无声"。至"滂洋洋而四施兮，翁湛湛而弗止”——无声的四聚终于变为浩荡的雄会，并蕴蓄着即将推涌的可怕激荡。当宋玉写到“长风至而波起兮，若丽山之孤亩”时，便笔底挟雷，刹那间雄涛沸怒、万浪如山，“砾礧礧而相摩兮，巆震天之磕磕”：使寂寂的高唐，陡然笼盖在一派惊天动地的巨响之中！但宋玉还不肯驻笔，接着又以“沛沛”腾兴的云气映衬，以虎豹、雕鹗的“跳骇”、“伏窜”渲染，将这景象表现得既壮浪雄恣、又多姿多态。这一部分描绘，其气象、声势，简直可与后来枚乘《七发》对曲江涛的描摹媲美！这样的描摹，虽均出于宋玉的“凭虚”构想，但其整体构思之雄伟，文思之瑰奇，都格外令人惊叹。

宋玉对高唐山水之景的描绘，还特别注意到根据对象特征，而不断改换运笔的力度和节奏，显示了精妙的“张弛”变化艺术。当其居高临下俯瞰高唐万壑壮水之时，行文显示着涛浪如雷的震荡；而当其笔下转换出曲折崎岖的山间“中坂”，让读者放目远望山山岭岭的草木花树时，运笔即随之改变，一下化解衣磅礴的泼墨挥洒，为色彩明丽的轻笔点染——

中阪遥望，玄木冬荣。煌煌荧荧，夺人目精。烂兮若列星，曾不可殚形。榛林郁盛，葩华覆盖。双椅垂房，纠枝还会。徙靡澹淡，随波闇蔼。东西施翼，猗狔丰沛。绿叶紫裹，丹茎白蒂。

俯临着澎湃雄涛的，竟有如此繁花似锦的旖旎秀色！当读者刚被百谷俱集的气势惊得心悸魄骇之际，徜徉在这清美芬芳的花木之间，该又何其惬意而爽心！

到了《高唐赋》之结尾，宋玉又带领读者从山腰升至山之峰巅，去领略高唐观周畔的神妙之境。这时展开在人们眼间的，又竟是何其蓬勃的一片奇葩——

上至观侧，地盖底平。箕踵漫衍，芳草罗生。秋兰茝蕙，江离载菁。青荃射干，揭车苞并。薄草靡靡，联延夭夭。越香掩掩，众雀嗷嗷。雌雄相失，哀鸣相号。王雎鹂黄，正冥楚鸠。姊归思妇，垂鸡高巢，其鸣喈喈。

这里“秋兰”罗生，“茝蕙”丛丛，还有“青荃”、“射干”、“江离”、“揭车”，全都鲜嫩丰茂，相倚相偎，播送着或浓郁、或清幽的芬芳！当人们正陶醉在这一派袭人的花气之中时，耳边忽又传来了千鸣百啭的不尽鸟鸣——那是“王雎”、“鹂黄”在欢叫，“楚鸠”、“垂鸡”之啁啾，其中当然还夹杂着杜鹃鸟、思妇鸟凄凄思归的悲啼。

综观全赋，宋玉对高唐山水的描绘，由飘忽在它峰巅的“朝云”之气引出，而后结合着巫山神女梦会楚王的绮丽传说展开，最后又在楚王“游猎”的缥缈烟云中收结——使它奔腾百谷的雄奇涛浪，辉映山崖的明丽花树，“若生于鬼，若出于神”的怪岩叠嶂，以及那峰巅的芳草奇葩、百啭鸟鸣，被表现得宏奇壮丽、旖旎多姿。雄奇处撼心动魄，苍凉处如闻神女幽叹，显示的正是富于南楚情调的瑰奇之思。《高唐赋》对山水之景的壮奇而充满浪漫想象的描绘艺术，真可令千古读者为之惊叹！这样的“山水审美”表现，无疑是对诗骚的重大突破。它所创造的“山水”奇境，恐怕也只有汉代枚乘的《七发》、司马相如的《子虚》《上林》诸赋中对山水的描绘，方可与之分庭抗礼。

三、余论：“山水审美”表现何以在赋中首先走向成熟

有的研究者以为：宋玉《高唐赋》对巫山高唐山水的描绘，全在神奇的虚构和想象中展开，这与对具体山水的现实审美显然是不同的。我们怎么可以将它视为是对“山水审美”的一种成熟的文学表现呢？

我们的回答是：当然可以。因为文学上的虚构和想象，都有其现实经验的依据或凭借。《高唐赋》对巫山高唐山水的描绘，虽多出于宋玉的虚构和想象，但其中正包含着他对现实山水之景的丰富审美感受和体验在内。宋玉生长在山水雄奇的南方楚国，对于“三楚”那雄峻、秀美的青峰翠嶂，对那在山峡中奔腾沸涌的江、汉奇水，当然有着长期的观览体验，有着丰富的视觉、听觉的意象积累。当其在创作《高唐赋》的时候，这些现实山水审美的体验，当然会伴随着纷纭的视觉、听觉意象，浮现在他的脑海，奔涌到他的笔端，并借助神奇的想象，经过汇聚和重组，化为充满神话意蕴的巫山高唐山水之奇境。这样的文学表现，正如上文所说，已大大突破了诗骚“山水审美”表现的局

限，而走向了令人叹为观止的成熟。

由此也向人们提出了一个值得思考的问题。从上文的考察可知，先秦时代的人们在《诗经》时期已经被确证，他们早已对客观山水之景产生了美感，具有了观赏、品味山水之美的审美能力。但是通览先秦“山水审美”的文学表现状况，却可发现：这个时代对“山水审美”的文学表现，却并没有在当时处于主流，并且在艺术表现上取得了瞩目成就的《诗经》中得到展开，也没有在崛起于南方，在诗歌艺术的创造中划出了一个时代的屈原作品中达到成熟，而恰是在继诗、骚而后起的宋玉的赋体作品中走向了成熟。这究竟是什么原因呢？

我们以为，这大抵与以下原因有关。

一是与古人对于诗、赋不同文体的表现功能和特征的认识有关。

自从《尚书·舜典》提出“诗言志”这一“开山纲领”以后，“诗以言志”、“诗以道志”、赋诗“明”志，几乎成了先秦时代人们对诗之功能的共同认识。歌诗主要是表现人们的情志的，诗中即使对人们的境遇、遭际、生活景象有所描述，但都要围绕抒写人的情志这个中心，而不能“喧宾夺主”，让外在景物成为表现中心。在这种对诗歌表现功能的传统观念支配下，人们尽管在现实生活中对外在的山水之景，颇多美好体验，充满赞赏之情，但一般都不会感到有在“言志”的诗中，将山水之景作为主体，对它们作充分描绘、展现的需要。只有当外在的山水之景，与表现人之哀乐情思有关联时，才有可能被片断式地写入诗中，作为抒发情志的“比兴”，或情感氛围的烘托。正是这种传统，制约着人们的歌诗创作，使“山水审美”在《诗经》甚至屈原的楚骚作品中，并没有得到文学表现上的充分展开。

而在屈原之后，到了“皆好辞而以赋见称”的宋玉等创制的赋体，其表现功能则逐渐地与歌诗分道扬镳，而更多担负起了“体物”、“图貌”的描绘物象功能。正如刘勰在总结“赋”之文体特征时指出的：“赋者，铺也，铺采摛文，体物写志也”、“赋自《诗》出，分歧异派。写物图貌，蔚如雕画。”① 由于“赋自《诗》出”，所以在相当一段时间里，人们对赋的认识，总还撩拨不去那重“写志”的传统影响。但是，其“铺采摛文”、“写物图貌”的功能特点，毕竟给赋家们打开了

① 王运熙，周锋：《文心雕龙译注》，上海古籍出版社1998年版，第59页、第65页。

一扇偏离写志，而以外在物象作为表现中心和主体的艺术创造之门。宋玉正是在诗、赋分流的初始期，开始了自己的伟大创造。正是宋玉把握了赋之“铺陈”和“写物图貌”的特点，大胆地创制有别于诗、骚的“赋”体①，并将其表现主体由“人”转向了自然外物（如《高唐赋》、《风赋》、《笛赋》、《钓赋》等），凭借自己的文学才华，对外物之形态、风貌，作“蔚如雕画”的铺陈和描摹。“山水审美”由此作为宋玉赋作的一大主体，进入了文学表现的新天地。它之能在赋体中首先走向成熟，当然与人们对“赋”体的功能和表现特征的认识有关。

二是与古人对作赋才能的重视，以及宋玉自身的创造才华有关。

古人重视“诗”，但有相当多的资料可以证明：古代的君王、士人，同时重视人们作“赋”的才能。班固曾经指出：“不歌而诵谓之赋，登高而赋可以为大夫。”② 为什么“可以为大夫”？班固接着解释说：“言感物造端，材知深美，可与图事，可以为列大夫也。古者诸侯卿大夫，交接邻国，以口相感，当揖让之时，必称诗以谕其志，盖以别贤不肖而观盛衰焉。”

班固的解释，有一部分与“赋诗言志”有关，姑且不论。这里值得注意的，是班固提到了“感物造端，材知深美”的问题。这正指明了“登高能赋”，还涉及人之观览外物，而能随机描摹所见景象的智力和才华的问题。这种智力和才华，不仅可供外交聘问的辞令应对、不辱使命之政治所需，当然还可以供君王、贵族的日常观赏、娱乐所需。这种“可以为大夫”的需求，当然会鼓励士人热衷于作“赋”以显示才华的实践。我们看宋玉赋中，多处描述宋玉、唐勒、景差，在楚襄王面前赋《大言》、《小言》、《御赋》，以比赛才华，并可得“上座”和“奖赏”，即可感受到当时的这一风气③。

我们知道，文学史上任何一种文体的兴起及其发展，都不仅与对这种文体的社会需求有关，而且与富有才华的一代创造者（即作家）

---

① 从目前见到的作品，以赋命篇当自宋玉始。故刘勰：《文心雕龙·诠赋》称：“荀况《礼》、《智》，宋玉《风》、《钓》，爰锡名号，与诗画境。”宋玉当在荀况稍前，《史记》称荀况“年五十，始来游学于齐”，后“适楚”，“春申君以为兰陵令”。故推测宋玉以赋命篇比荀况早。

② 见《汉书·艺文志》，《二十五史》本，上海古籍出版社、上海书店1986年版，第531页。

③ 吴广平编：《宋玉集》，岳麓书社2001年版，第106页、第110页。到了汉代，诸侯王和武帝朝，由于上层统治者的爱好辞赋，奖掖作赋优异者，这种风气尤盛。

的出现有关。中国古代对赋体发展和在“赋”中表现山水之美的需求，同样呼唤着一代“材知深美”的赋家之出现。而宋玉，正是这样一位“体貌闲丽，口多微词”[①] 而富有才华的作家。他之能够在与楚襄王“游云梦之台”的率尔之际，应楚襄王“试为寡人赋之”的要求，不假思索，脱口而诵，将巫山高唐之景，表现得如此雄奇壮美、“蔚如雕画”，就不仅凭借了他日常对楚地山水审美的丰富体验，更凭借着他想象瑰奇、辞采焕发的文学才华了。

正是有了宋玉，先秦的“山水审美”表现，得以在《高唐赋》中走向成熟，并在汉代，影响到枚乘、司马相如、扬雄等赋家，在他们的赋作中，形成古代“山水审美”表现的第一波高潮[②]。

（原载《安徽师范大学学报》2010 年第 6 期）

① 见宋玉：《登徒子好色赋》，《宋玉集》，第 79 页。

② 到了晋宋之际，山水诗的兴起，应是继山水赋后，山水审美在文学表现中出现的第二波高潮。

古代史传“虚构”说辨正

王　铁

一、引　论

历史与文学的区别是什么？亚里士多德曾说：“历史家与诗人的差别不在于一用散文，一用韵文；……两者的差别在于一叙述已发生的事，一描述可能发生的事。”① 金圣叹亦曰：“《史记》是以文运事，《水浒》是因文生事。以文运事，是先有事生成如此如此，却要算计出一篇文字来，虽是史公高才，也毕竟是吃苦事；因文生事即不然，只是顺着笔性去，削高补低都由我。”② 总之，“虚构”性是文学的一大特点，真实则是历史的第一要义，这是历史与文学的根本区别。那么，对于兼具史学和文学双重特性的中国古代史传而言，我们该如何看待其中的“文学性”？是否可以因此怀疑史传的“实录”原则？史传之作是否容许合情合理的“虚构”或“想象”？对于这些问题，现代学者大体有两种见解：

一种见解认为历史叙事文本不可能完全复现“客观”的历史事件，所有的历史叙事不可避免地渗透着作者的价值判断、道德关怀、审美个性等主观因素，所以历史文本必定是虚构的。如以海登·怀特为代表的新历史主义，就主张历史叙事的本质就是虚构，历史文本就是想象的、虚构的文学文本，只有历史的材料才是真实的，但没有意义。历史学家依靠自己对历史的理解编排情节并赋予历史事件意义，因此历史不再是客观的和实在的，而是带有强烈的主观性、循环性和偶然性。海登·怀特曾说：“历史和文学同属于一个符号系统，历史的虚构

---

① 亚里士多德著，罗念生译：《诗学》，人民文学出版社 1984 年版，第 28—29 页。

② 金圣叹：《金圣叹全集》（一），江苏古籍出版社 1985 年版，第 18 页。

成分和叙事方式同文学所使用的方法十分类似”。① 罗兰·巴尔特也强调：“历史话语本质上是一种意识形态建构物，抑或更准确地说，是一种想象的虚构物。”② 罗伯特·斯科尔斯《小说的要素中》说：“由人记录的全部历史都含有虚构性。”③ 这种见解混淆了历史与文学的区别，将历史等同于文学，表面上与史传文学开创时期文史哲不分的综合形态特征相似，但两者却有着本质的区别：文史哲不分的状态只是文学自觉之前学术分野不够明确、细致的表现，并不能由此得出历史、哲学与文学本质相同的结论；而且，从我国古代史家的理论认识和撰史实践看，“书法不隐”的“实录”原则，早已在古代确立，并成为史家必须遵循的优秀传统。上引关于历史叙事就是“虚构”的见解，其实是将历史叙事中史料的选择、编排，对历史事件因果关系的判断、猜测，以及对历史发展规律的归纳、总结等，都渗透有史家思想观念、价值取向的主观色彩的特点，与历史记事本身是否可以“虚构”（当然绝对不可以）的问题相混淆了。

第二种见解认为中国古代史传总体上坚持了“实录”的原则，但在处理具体细节时，可以进行设身处地、合情合理的“想象”和“虚构”。钱锺书先生的见解最具代表性。他在《管锥编》中较为详尽地阐述了自己关于史传虚实问题的看法：实录是我国史传的基本精神和原则，但是“史有诗心、文心”，“史家追叙真人真事，每须遥体人情，悬想事势，设身局中，潜心腔内，忖之度之，以揣以摩，庶几入情合理。盖与小说、院本之臆造人物、虚构境地，不尽同而可相通。”同时，我国史传在记事、记言方面均存在虚构因素，且占有较大比例，如记言方面，“太半出于想当然”。虚构包括对一些神怪、民间传说、传闻的记载，和对一些具体的历史事件的虚构、捏造。④ 上引钱氏的见解，其实古已有之。如啖助在论及《左传》的成书时说：“左氏得此数国之史，以授门人，义则口传，未形竹帛。后代学者，乃演而通之，

① 张京媛主编：《新历史主义与文学批评》，北京大学出版社1993年版，第161页。

② Roland Barthes，*The Discourse of History*. translated by Stephen Bann，Comparative Criticism，1981年第3期，第7—20页。

③ Robert Scholes，《小说的要素中》（*Elements of Fiction*），Oxford University Press，1968年版，第6页。

④ 钱锺书：《管锥编》（第一册），中华书局1979年版，第164—166页。

总而合之，编次年月，又为传记。又广采当时文集故，兼与子产、晏子及诸国卿佐家传，并占卜、梦书及杂占书、纵横家、小说、讽谏等，杂在其中。”① 柳宗元《非国语序》也指出：“左氏《国语》，……其说多诬淫，不概于圣。”② 中国古代小说批评家如明代的李开先、天都外臣、清代的金圣叹、冯镇峦等动辄将小说与《左传》、《史记》等史传相提并论，如冯镇峦《读聊斋杂说》曰：“千古文字之妙，无过《左传》，最喜叙怪异事，予尝以之作小说看。”③

这些见解在现代学术界影响较大，几成定论。如钱玄同、顾颉刚等古史辨派的代表人物，把《左传》等史传文学归入历史小说一类。④ 郭沫若也曾说，可以把《史记》看成是“一部历史小说集”。⑤ 赵逵夫提出：“春秋之时，瞽史根据史书记载的历史梗概，为王公贵族讲述历史故事。其所讲事件为历史上实有之事，但为了生动、吸引人，瞽史们常根据情理和自己的生活经验进行合理想象，增添一些细节，使之更为细致生动，摹拟当时人物说话的语气，使之惟妙惟肖，以便更好地展现当时的情景。”而《左传》和《国语》中的《晋语》、《吴语》、《越语》等就是“瞽史们根据史书记载的历史梗概，吸收一些民间传说，经过自己的艺术想象而完成的”。⑥ 郭丹在《史传文学：文与史交融的时代画卷》中说：“史传坚持实录的原则，但也不排除虚构和想像，这在先秦两汉的史传文学作品中是常见的。……史传中的虚构想像。它包括两个方面，一是现实生活中不可能知道的，而由史官揣测、想像、潜拟的事情，二是史传中的梦境神怪描写。”⑦ 这一见解在当代甚至已作为史传的重要特点，被总结并写入教科书，如袁行霈《中国文学史》在介绍先秦叙事散文时，曾多次强调：“《左传》有的叙事记言，明显不是对历史事实的真实记录，而是出于臆测或虚构”，“（《国语》）有虚拟的情节”，“《战国策》中，不是史实，出于虚构依托的内

---

① 陆淳撰：《春秋集传纂例》卷一《三传得失议》，商务印书馆 1936 年版，第 2 页。

② 柳宗元：《柳宗元集》卷四十四《非国语序》，中华书局 1979 年版，第 1265 页。

③ 朱一玄：《〈聊斋志异〉资料汇编》，中州出版社 1985 年版，第 582 页。

④ 顾颉刚讲授、刘起釪笔记：《春秋三传及国语之综合研究》，巴蜀书社 1988 年版，第 38 页。

⑤ 郭沫若：《郭沫若古典文学论文集》，上海古籍出版社 1985 年版，第 19 页。

⑥ 赵逵夫：《论先秦时代的讲史、故事和小说》，《文史哲》，2006 年第 1 期，第 53—58 页。

⑦ 郭丹：《史传文学：文与史交融的时代画卷》，广西师范大学出版社 1999 年版，第 128 页。

容颇多”，作者对于自己心仪、倾慕的人物，“不惜脱离史实，以虚构和想象进行文学性描写。……至于在具体描写中，虚构的手法更为普遍，也更进一步”①。

上引第一种见解从根本上否定了历史记事所具有的客观真实性，较为极端，因而不能为严肃的研究者所接受。那么，看似有理有据的第二种见解是否合理呢？我们认为，肯定和赞扬历史具体细节可以虚构和想象的见解，同样具有很大的危害性：它不仅否定了史传的本质特征和古代史家坚持的基本原则，更为虚构和捏造历史打开了一扇方便之门。而且，它们所列举的所谓证据，其实也并未得到确证。下面试分别辨正之。

二、史家修史坚持的是“实录”原则，反对“虚构”、想象

“良史以实录直书为贵”，“书法不隐”，从来是我国古代史家坚持的基本原则。古代史家修史力求“其文直”、“其事核”、“不虚美”、“不隐恶”，要“不避强御”、“无所阿荣”，以清醒的理性精神和实事求是的科学态度撰写历史。虚构、想象既非他们的主张，更非他们著作之特点。如先秦时期就有齐太史三兄弟不避权贵、前仆后继，舍身实录“崔杼弑其君”，晋之董狐“书法不隐”秉笔直书“赵盾弑其君”等佳话，他们以自身的言行风范，为后世史家树立了楷模。而作为二十五史第一部的史学巨著，同时也代表着中国史传文学最高成就的《史记》，更鲜明地体现了这一原则。

首先，从司马迁撰史实践来看，他极为重视勘辨史料真伪。他多次深入实地考察，访问史事中的当事人或目击者，广为收集民间传闻，以弥补旧有史料的缺漏，纠正记载中的偏颇。如他曾亲赴魏国都城大梁游历、考察，访问民间父老，了解何以魏国都城城防坚固却被秦攻破的原因：“吾适故大梁之墟，墟中人曰：‘秦之破梁引河内而灌大梁，三月城坏，王请降，遂灭魏。’”② 他还查核“夷门”监者侯生传说的

① 袁行霈主编：《中国文学史》（第一卷），高等教育出版社 1999 年版，第 92—99 页。

② 《史记》卷四十四《魏世家》，中华书局 1959 年版（本文所引《史记》均为此版本），第 1864 页。

疑点和可靠性："吾过大梁之墟，求问其所谓夷门。夷门者，城之东门也。"[①] 在《刺客列传》中，太史公还毅然舍弃了有关太子丹"天雨粟，马生角"的荒诞之说和荆轲刺伤秦王的不实传闻，而以事件亲历者提供的事实为撰史依据："世言荆轲，其称太子丹之命，'天雨粟，马生角'也，太过。又言荆轲伤秦王，皆非也。始公孙季功、董生与夏无且游，具知其事，为余道之如是。"[②]《大宛列传》则以张骞通西域所见，印证《尚书》、《禹本纪》、《山海经》等记载，从而否定了《禹本纪》、《山海经》等的虚妄记载，肯定了《尚书》的可信性："《禹本纪》言：'河出昆仑。昆仑其高二千余里，日月所相避隐为光明也，其上有醴泉、瑶池。'今自张骞之使大夏之后也，穷河源，恶睹本纪所谓昆仑者乎？故言九州山川，《尚书》近之矣。至《禹本纪》、《山海经》所有怪物，余不敢言也。"[③]

对于文献无征、又众说纷纭莫衷一是的古史，司马迁则采取有儒家典籍作依据，并且有古老传说或历史遗迹可资验证的史料，对怪异不雅或荒诞不经的传说则审慎对待或删除不录。如《五帝本纪》"太史公曰"称："学者多称五帝，尚矣。然《尚书》独载尧以来，而百家言黄帝，其文不雅驯，荐绅先生难言之。孔子所传宰予问《五帝德》及《帝系姓》，儒者或不传。余尝西至空峒，北过涿鹿，东渐于海，南浮江淮矣。至长老皆各往往称黄帝、尧、舜之处，风教固殊焉。总之，不离古文者近是。予观《春秋》、《国语》，其发明《五帝德》、《帝系姓》章矣，顾弟弗深考，其所表见皆不虚。《书》缺有间矣，其轶乃时时见于他说。非好学深思，心知其意，固难为浅见寡闻道也。余并论次，择其言尤雅者，故著为本纪书首。"[④] 对此顾颉刚曾评价说："他一说到上古，就叹一声'尚矣'，于是接着说，这'不可记'了，'不可考'了，'吾不知'了，'余不敢言'了。这种老实承认的态度，试问比了一班儒者自以为万事万物都能明白，虽是文献无征之世也可用了排列法来排出它的制度的，要光明磊落了多少？"[⑤]

---

① 《史记》卷七十七《魏公子列传》，第2385页。

② 《史记》卷八十六《刺客列传》，第2538页。

③ 《史记》卷一百二十三《大宛列传》，第3179页。

④ 《史记》卷一《武帝本纪》，第46页。

⑤ 顾颉刚：《崔东壁遗书序》，上海古籍出版社1983年版，第7页。

实录还体现在太史公不以个人好恶为准，客观记载、评价历史人物功过是非上。如《苏秦列传》纠正了当时对苏秦不公正的历史评价，司马迁认为，苏秦固然是倾危之士，但由于早死，张仪“振暴其短以扶其说，成其衡道”，千方百计诋毁苏秦，使“天下共笑之”，加之“世言苏秦多异，异时事有类之者皆附之苏秦”，人们对苏秦的认识难免有所扭曲。但是“苏秦起闾阎，连六国从亲，此其智有过人者。吾故列其行事，次其时序，毋令独蒙恶声焉”。[①] 在《魏世家》中，司马迁则对过誉信陵君的观点予以批驳：“说者皆曰，魏以不用信陵君故，国削弱至于亡，余以为不然。天方令秦平海内，其业未成，魏虽得阿衡之佐，曷益乎？”[②]

其次，从同时代学者的评价来看，汉代学者对于《史记》的真实性给予了极高评价，“实录”一词及其内涵就源于汉代学者对《史记》的赞誉。如曾批评司马迁修史思想与儒家精神相违背的班固，却极为称叹他的叙事原则：“刘向、扬雄博极群书，皆称迁有良史之材，服其善序事理，辨而不华，质而不俚，其文直，其事核，不虚美，不隐恶，故谓之实录。”[③] 其父班彪亦认为司马迁：“善述序事理，辩而不华，质而不野，文质相称，盖良史之才也。”又曰：“左氏、国语、世本、战国策、楚汉春秋、太史公书，今之所以知古，后之所由观前，圣人之耳目也。”[④] “疾虚妄”、崇真实、倡导纪实为史学第一要义的王充，也多次评价太史公的“实录”书法。他在《论衡》中一再说：“太史公书汉世实事之人”（《感虚篇》），“子长少臆中之说”（《案书篇》）。同时，《史记》所记不仅没有一件事被王充批驳，反而常被王充引为批驳妄增的有力史料。[⑤] 司马迁甚至因秉笔直书受到王允的批评，《后汉书·蔡邕传》记录了王允对他的指责：“昔武帝不杀司马迁，使作谤书，流于后世。”按李贤注：“凡史官记事，善恶必书。谓迁所著

---

① 《史记》卷六十九《苏秦列传》，第 2277 页。

② 《史记》卷四十四《魏世家》，第 1864 页。

③ 《汉书》卷六十二《司马迁传》，中华书局 2005 年版，第 2070 页。

④ 《后汉书》卷四十上《班彪列传》，中华书局 1965 年版（本文所引《后汉书》均为此版本），第 1325—1327 页。

⑤ 黄晖撰：《论衡校释》，中华书局 1990 年版。

《史记》，但是汉家不善之事，皆为谤也。”① 这些都是《史记》秉笔直书、不为尊者讳的力证。

此外，《史记》内容的可信性，也被不断出土的文物所证实。如殷墟甲骨卜辞的发现，就证明《史记》对商代世系的记载是大体可信的。“一般认为，司马迁不能拥有足够的一千多年前史料来写历史。可是，当人们从无可争辩的真迹——安阳甲骨文——中清楚地找到商代30帝王中的23个帝王的名字时……大家可以想象，许多人该是何等地惊异。由此可见，司马迁一定拥有相当可靠的史料。”②

总之，文直事核、善恶必书的“实录”原则，始终是中国古代史家撰史的基本原则，虚构、想象既非中国史家之著史主张，更非他们著作之特点。

三、“虚构”论者所举“虚构”实例，多未有“虚构”之确证

“虚构”论者在主张史传可以虚构时，往往列举一些史书的虚构“实例”以支持自己的论点。这些实例包括对一些神怪传说、民间传闻的记载，和对某些事件细节的虚构、想象等。请问：这些实例，究竟能不能确证它们均出于史家之虚构或想象呢？我们发现并不能确证。

首先，古代史传中有关历史事件的细节描写或神怪梦境等，其实都是前人记述或当时社会上流行的历史传闻，不管它们的真实程度如何，对于作史者而言，它们都是客观存在的史事资料，而并非出于史家自己的“虚构”或想象。

其次，史传中对于占梦、卜筮、灾异、祯祥等事的记载，也是史官兼有的“天官”职责。史官自建置以来就承担着天官职守，正如刘知几《史通·史官建置》卷十一所称：“寻自古太史之职，虽以著述为宗，而兼掌历象、日月、阴阳、管数。”③ 上古时期，巫史不分，史官

① 《后汉书》卷六十下《蔡邕列传》，第2006页。

② ［英］李约瑟著、王玲协助：《中国科学技术史》（第一卷），科学出版社，上海古籍出版社1990年版，第88页。

③ 刘知几撰、黄寿成校点：《史通》卷十一，辽宁教育出版社1997年版，第90页。

履行巫祝的职能，充当沟通天人的使者。如孔颖达《周易正义》曰：“史谓祝史，巫谓巫觋，并是接事鬼神之人也。”① 《周礼·春官》曰：“（大史）正岁年以序事，颁之于官府及都鄙，颁告朔于邦国。闰月，诏王居门终月。大祭祀，与执事卜日。戒及宿之日，与群执事读礼书而协事。祭之日，执书以次位常。”又曰：“（小史）大祭祀，读礼法，史以书叙昭穆之俎簋。”② 春秋时期史官地位虽有所下降，但仍履行着卜筮、占梦、司祭祀、司禨祥灾异、司天文星历等天官职守。如汪中《左氏春秋释疑》明确提出春秋时期史官职事有五：“左氏所书，不专人事。其别有五：曰天道，曰鬼神，曰灾祥，曰卜筮，曰梦。”③ 逮至两汉之际，太史令职掌仍涉及天文、星历、瑞应、灾异诸学，如《后汉书·百官志》：“（太史令）掌天时、星历。凡岁将终，奏新年历。凡国祭祀丧娶之事，掌奏良日及时节禁忌。凡国有瑞应、灾异，掌记之。”④ 总之，对于先秦两汉史官而言，无论是灾异、祯祥还是占卜、星梦等，都是沟通天人、彰显天命神意的媒介，史官囿于天官职责，都要将朝廷、君王所做的这类带有宗教、神秘意味的事情如实记录。史传中有关这方面的记述，均为当时发生的实事（只是在人们的解说上，带有浓烈的神秘色彩和迷信观念），它们均非出于史家之虚构、杜撰。

再次，史传中被指为想象、揣测、悬拟的历史事件，往往并没有确切的证据证明它们的虚构性，而是虚构论者依据常理所作的推测。如钱锺书先生提及的骊姬对晋献公夜泣之事、“介子推与母偕逃前之问答”、“鉏麑自杀前的慨叹”等，都是所谓“生无旁证、死无对证”之事，“盖非记言也，乃代言也，如后世小说、剧本中之对话独白也。左氏设身处地，依傍性格身份，假之喉舌，想当然耳”。⑤ 一些学者据此断定它们都是史家的想象和虚构。

这种推测究竟是否合理，我们不妨举其中最典型的“虚构”实例“鉏麑自杀”加以分析。《左传·宣公二年》载：

---

① 《周易正义》卷六，《十三经注疏》，中华书局1980年影印本，第69页。

② 《周礼注疏》卷二十六，《十三经注疏》，中华书局1980年影印本，第817—818页。

③ 汪中：《述学·内篇》，辽宁教育出版社2000年版，第25页。

④ 《后汉书》志第二十五《百官志》，第3572页。

⑤ 钱锺书：《管锥编》（第一册），第165页。

> 宣子骤谏，公患之，使鉏麑贼之。晨往，寝门辟矣，盛服将朝，尚早，坐而假寐。麑退，叹而言曰："不忘恭敬，民之主也。贼民之主，不忠。弃君之命，不信。有一于此，不如死也。"触槐而死。①

对于这一事件，《国语》、《公羊传》也有类似记载，其中《国语》的记载与《左传》完全相同，《公羊传》则略有不同：

> 灵公心怍焉，欲杀之。于是使勇士某者往杀之。勇士入其大门，则无人门焉者；入其闺，则无人闺焉者；上其堂，则无人焉。俯而窥其户，方食鱼飧。勇士曰："嘻！子诚仁人也，吾入子之大门，则无人焉；入子之闺，则无人焉；上子之堂，则无人焉；是广之易也。子为晋国重卿，而食鱼飧，是子之俭也。君将使我杀子，吾不忍杀子也。虽然，吾亦不可复见吾君矣。"遂刎颈而死。②

总之，从史料角度看，《左传》、《公羊传》、《国语》同时对这一事件有所记载，说明受晋灵公之命行刺赵盾的鉏麑，终于被赵盾的品行感动而不忍心行刺，面对不忠、不信的两难处境选择了自杀，并在死前大声剖白心迹，这一细节记述是真实可信的。从《左传》行文看，"麑退，叹而言曰"正告诉我们，鉏麑的这段话并非是史家想象出来的内心独白，而是鉏麑死前大声说出的话，这番话当然可能被赵盾或他的侍者、家人听到，或者这本就是他在死前说给赵盾听的话。《公羊传》中就是这样记述的。《左传》、《国语》虽没有明确交代，但从情理上说，鉏麑触槐并不会立即就死，当然会惊动赵盾及其侍者或家人，并询问他为何到此自杀，从而引出他死前的这番话语。怎见得它一定就是"生无旁证、死无对证"的"虚构"？至于《左传》、《国语》、《公羊传》对这一事件的记述有所不同，只能说明它们所据记事有不同的版本，或它们在对鉏麑所说内容的选择上有所侧重。所以也不能因为

---

① 《春秋左传正义》卷二十一，《十三经注疏》，中华书局1980年影印本，第1867页。

② 《春秋公羊传注疏》卷十五，《十三经注疏》，第2279页。

各家所记有所出入，就认定这些记述一定是史家自己“设身处地”的“想象”。

《史记》鸿门宴也是备受质疑的史家记事。疑点之一就是刘邦从鸿门宴上逃走的细节，一些学者由此断定鸿门宴所述刘邦脱身的细节是文学虚构。在这方面，董份的观点最具代表性，钱锺书《管锥编》曾引董份说：“必有禁卫之士，诃讯出入，沛公恐不能辄自逃酒。且疾走二十里，亦已移时，沛公、良、哙三人俱出良久，何为竟不一问？而在外竟无一人为羽之耳目者？矧范增欲击沛公，惟恐失之，豈容在外良久，而不亟召之耶？此皆可疑者，史固难尽信哉！”[①] 董份并没有确切的史料依据，只是从细节上进行推测并提出质疑。人们也同样可以从细节上寻找依据，推翻董份的怀疑。古代一些学者就已经意识到这一点，并提出异议。如徐孚远曰：“汉主脱身至军，浔阳疑之固当。……然观《史记》，叙汉人饮中，多有更衣，或如厕竟去，而主人不知者。意者当时之饮，与今少异，又间有良骏行四十里而杯酒犹温者，汉主之能疾行，得此力也。其所云步走，或史迁误也。”吴裕垂曰：“惟步走出鸿门，故羽不及觉。其得疾行至军者，岂沛公来时，良於骊山道中，豫伏精兵良骏，以为脱身之计欤？而沛公良哙三人，甫出，羽固使陈平出召矣，而卒得脱归者，抑沛公此时已有私交于平欤？明年平去楚归汉，汉即任用而无疑者，酬鸿门私纵之恩也。陈平私纵于外，项伯排解于内，固无难缓步徐行，而归霸上矣，而况豫备良骏於郦山之下哉？”[②] 梁玉绳亦云：“若论禁卫诃讯，则彼尚不能御樊哙之人，乌能止沛公之出乎？”[③] 但是，仅仅从细节上寻找依据进行反驳，说服力不足，还需从当时的历史局势中寻找原因。我们认为，楚汉当时还是同盟关系，双方实力悬殊，项羽并不认为刘邦是他敌人且已对他构成威胁。只是当时曹无伤告密“沛公欲王关中”激怒项羽，后来经过项伯的解释，项羽已经消除对刘邦的误解，并许诺项伯“因善遇之”。鸿门宴当日，项羽不仅对范增杀刘邦的暗示默然不应，还默许了

① ［日］泷川资言考证，［日］水泽利忠校补：《史记会注考证附校补》，上海古籍出版社1986年版，第209页。

② 洪亮吉编、吴裕垂著：《历朝史案》，巴蜀书社1992年版，第92页。

③ 梁玉绳：《史记志疑》，中华书局1981年版，第203页。

项伯庇护刘邦的举措，得知刘邦逃走之后也反应平淡。种种迹象表明，项羽并没有打算在鸿门宴上借机杀害刘邦。正如明人于慎行所分析的："鸿门事，以为'是日微哙奔入营谯让项羽，沛公几殆。'此耳食也。总之，项王本无杀沛公之心，直为范增纵臾，及沛公一见，固已冰释。使羽真有杀沛公之心，虽百樊哙，徒膏斧钺，何益于汉?"① 其次，汉方既已在鸿门宴前一晚得到项伯的告密，刘邦在即将身犯险境之前，也当然会筹划好应对之策，包括脱身之计。总之，鸿门宴刘邦顺利逃脱之事，即使从细节上看，也不像有些论者想象的那样"不合逻辑"，而且从当时的局势及楚汉双方关键人物所持的态度来看，也是符合情理的。所以，认定鸿门宴所述多出于太史公虚构的观点，并不能成立。

从上述分析可见，那些断言古代史传对某些史事细节的记述，多出于史家"想当然耳"的虚构、想象的观点，初看似乎合理，实则经不起推敲。那些被学者们推测是史家"虚构"的历史记事，其实都没有可以认定其为虚构的确证。所以，人们在遇到类似的记事时，需谨慎对待，在没有确凿的证据前，不能轻易判定某一历史记事出于虚构，更不能因此主张史家作史，可以允许在细节上向壁虚构。

四、史家运用"传闻"不属于"虚构"

在古代史传中，常有穿插民间传说、历史传闻的记事，其中有相当部分内容，显然不可能是真实发生的史事。这些实例，也常被论者视为是史家作史可以想象、虚构的证据。如《左传》仲子生而手上有"为鲁夫人"的文字，狐突遇太子申生之鬼，荀偃死不受含等；《史记》亦有刘媪交龙，武安谢鬼，张良圯下见黄石公等记述。一些学者认为，历史传闻是口耳相传的传播、载录方式，不仅使历史传闻本身的真实性大打折扣，同时也为史官们想象、虚构提供了条件。

我们认为，历史传闻固然并非均具历史真实性，其中确也有在流传中被添加想象、虚构、夸大的情况。但史家在记事中采用历史传闻，在古代其实也被视为是一种"实录"方式，与论者主张的所谓史家自己"设身处地"的想象、虚构，不可混为一谈。众所周知，历史轶闻、

① 于慎行：《读史漫录》，齐鲁书社1996年版，第31页。

民间传说、怪异故事、神秘童谣等形式多样的传说资料，是广大民众口耳相传的历史记忆，也是对书面记述的史事资料的一种补充。它们蕴含着有关事件的某些背景，历史人物的轶闻趣事、特定时代的民风民俗，以及当时认识水平下的神鬼观念和神秘联想等多方面的信息，有认知历史、了解当时的文化背景、甚至纠正正史某些记述谬误的史料价值。当然，这些传闻的传播方式，决定了它们传播过程中的流动性和变异性，在流传过程中很可能被夸大或添油加醋，掺入传播者的某些想象。但这决不意味着所有的历史传闻都是想象、虚构，更不能将史家采用、载录历史传闻，与史家自己“设身处地”的虚构、想象混为一谈。徐旭生曾说：“无论如何，很古时代的传说总有它历史方面的质素，核心，并不是向壁虚造的。”① 他认为：古代的人不惟没有许多空闲，来臆造许多事实以欺骗后人，并且保存沿袭传说的人对于他们所应承先传后的东西，总是以为神圣，传说的时候不敢任意加减。换句话说，他们的传说即使有一部分的失真，也是无意中的演变，并不是他们敢在那里任意造谣。所以古代传说，虽不能说是历史经过的自身，可是他是有根据的，从那里面仔细钻研和整理就可以得到历史真相的，是万不能一笔抹杀的。诚如徐氏所言，古代绝大部分史家都是以审慎的态度对待历史传闻的。有些历史传闻尽管存在夸大、想象或虚构的成分，但毕竟不是史传作者所为。对史家而言，这些历史传闻，也是当时社会客观存在的史事资料，即使是一些现在看来荒诞不经的神怪、梦境等传说，由于时代和史家自身认知水平、思想观念限制，或史官“身为国史，躬览载籍，必广记而备言之”（杜预《春秋序》）的职责要求，他们也或者信以为真，或者闻疑存疑，而加以如实记录。正如清人郭嵩焘评价《史记》大量采用楚汉战争期间的传闻轶事时所说：“诸侯起微贱，一时逸闻轶迹，传闻必多，史公身历其地而知其遭际风云，未有异于人者也。史公于萧、曹、樊哙、滕公等传，盖得于民间传说为多，此所谓纪实也。”②

需要强调的是，指出历史传闻在流传过程中可能被添油加醋、想象、虚构的特点，并不应该据此来证明历史可以虚构和想象，或所有

① 徐旭生：《中国古史的传说时代》，文物出版社1985年版，第20页。

② 郭嵩焘：《史记札记》，商务印书馆1957年版，第328页。

采用历史传闻的史传都是虚构的，而应该提出历史学家在采纳历史传闻时要谨慎辨别真伪的重要课题。史家在采用历史传闻的时候，必须谨慎地加以辨别、核实。并非所有史家都能做到这一点，有些在这方面做得好，有些则做得差，我们正可据此看出史家的水平和态度。如刘勰《文心雕龙·史传》就曾对一些史家出于“爱奇”心理，舍弃可靠史料，不加辨别选用一些夸张、不实的传言、传闻，甚至自己再次夸大、虚构的做法加以批判。他说：“俗皆爱奇，莫顾实理，传闻而欲伟其事，录远而欲详其迹，于是弃同即异，穿凿旁说，旧史所无，我书则传，此讹滥之本源，而述远之巨蠹也。”① 这些人和他们的著作已经被历史淹没。反之，司马迁则因为以审慎持重的态度、怀疑的眼光和扬弃的精神对待各种史料，认真甄别各种传言、传闻的真伪，使得《史记》成为“实录”的不朽典范。这一点连虚构论的代表钱锺书先生也不得不承认，他说：“马迁奋笔，乃以哲人析理之真通于史家求事之实，特书大号，言：前载之不可尽信，传闻之必须裁择，似史而非之‘轶事’俗说（quasi-history）应沟而外之于史，‘野人’虽为常‘语’，而‘缙绅’未许易‘言’。孟子开宗，至马迁而明义焉。”②

最后，谈一谈前面提到的所谓历史著作的“文学性”问题。文学与历史的重要区别，在于文学可以虚构，而历史则必为实录。所以当我们谈论历史著作的“文学性”时，必须确立历史不可虚构的原则前提。“文学性”的内涵是多方面的，它可以指虚构性，但不限于虚构性，还包含着形象性（具象性）、生动性、情感性等多方面。我国古代史传的文学性，正体现在依据事实所作的生动形象的记述和描绘上，体现在形象丰满的人物精神和风貌的刻画表现上，体现在文字运用的准确、优美和富于表现力上。所以，我国古代的史传，是既反对虚构、想象而坚持“实录”的历史著作，同时又带有生动形象、真切感人的文学性著述。但它们终竟不是文学著作。所以我们不应生搬硬套西方的某些理论，将“文学性”与虚构混为一谈。如果提倡历史著作的“文学性”，就是容许史家撰史可以“合理”想象、“设身处地”虚构，那就从根本上违反了历史学必须坚持真实性的要求，就是从根本上牺

① 祖保泉：《文心雕龙解说》，安徽教育出版社1993年版，第309页。
② 钱锺书：《管锥编》（第一册），第251—252页。

牲了历史著作的本质品格，也就发挥不了历史著作“以史为镜”的借鉴作用了。

（原载《安徽师范大学学报》2011 年第 2 期，《中国古代、近代文学研究》2011 年第 9 期转载）

陆机研究三题

刘运好

陆机诗文向无编年，少数篇目之题名及作者归属亦有争议。姜亮夫先生《陆平原年谱》虽有部分作品编年，然舛误亦多，故本文钩稽考索，举凡金涛声校点《陆机集》所收诗歌，未明创作时间且又可考者均考其编年，对于后人误题之诗题、存疑作品亦加考证。其赋文之编年，存疑作品之考证，笔者著另文。

一、陆诗系年考

（一）《皇太子宴玄圃宣猷堂有令赋诗》系年考

此诗所作当与潘尼《七月七日侍太子宴玄圃》同时。《文选》卷二十李善注："王隐《晋书》曰："愍怀太子遹，字熙祖。惠帝即位，立为皇太子。杨佺期《洛阳记》曰：东宫之北曰玄圃园。" 吕延济曰："皇太子，晋惠帝愍怀太子也。玄圃，园名；宣猷，堂名，在园中。衡时为太子洗马，应令作此诗。"① 据《晋书·陆机传》曰："会骏诛，累迁太子洗马。" 考《晋书·惠帝纪》："永平元年……三月辛卯，诛太傅杨骏，骏弟卫将军珧，太子太保济，中护军张劭，散骑常侍段广、杨邈。左将军刘预，河同尹李斌，中书令符俊，东夷校尉文淑，尚书武茂，皆夷三族。壬辰，大赦，改元。" 永平元年即太康元年，三月骏诛而改元，机迁太子洗马当在本年三月后。潘尼既有同题应制之作，亦必任职太子府。又据《晋书·潘尼传》："元康初，拜太子舍人，上《释奠颂》。其辞曰：'元康元年冬十二月，上以皇太子富于春秋，而人道之始莫先于孝悌，初命讲《孝经》于崇正殿。'" 由此可知，尼任太

① 六臣注：《文选》，人民文学出版社2008年影印日本足利学校藏宋刊明州本。下引版本同。

子舍人当在元康元年十二月。尼由太子舍人出镇淮南王允镇东参军，机作《祖道毕雍孙刘边仲潘正叔》，诗曰："皇储延髦俊，多士出幽遐。适遂时来运，与子游承华。执笏崇贤内，振缨层城阿。毕刘赞文武，潘生莅邦家。感别怀远人，愿言叹以嗟。"机于元康四年秋出任吴王郎中令（见下文所考），尼外任，机尚祖道饯别，可见尼外任必在元康四年秋之前，陆侃如《中古文学系年》定于元康三年，或非无据。故此诗创作时间当为元康二年（292）或元康三年（293）七月七日。

（二）《于承明作与弟士龙》、《赠弟士龙》（行矣怨路长）系年考

《唐钞文选集注汇存》卷四八："李善曰：《集》云'与士龙于承明亭作'。《钞》曰：承明，亭名，今在苏州北。机被遣入洛，在此亭与士龙别，作此诗也。刘良曰：机从吴入洛，与弟士龙别于长林亭，作诗与士龙，述相思之意也。陆善经曰：此亭今在昆山县南百五十里，与华亭相延也。"① 机、云于太康末同入洛，不应有兄弟在承明亭分别之事，《赴洛》、《又赴洛道中》均未涉及兄弟离别之事，可为旁证。元康二年诗人归宁，亦无兄弟途中分别之事。此诗盖作于元康六年。兹考如下：第一，由机《皇太子赐宴诗》序："元康四年秋，余以太子洗马出补吴王郎中。"《答贾谧诗》序："余昔为太子洗马，鲁公贾长渊以散骑常侍侍东宫积年。余出补吴王郎中令，元康六年入为尚书郎。"可知，机元康四年秋出补吴王郎中令，六年冬入为尚书郎。第二，《晋书·陆云传》："俄以公府掾为太子舍人，出补浚仪令。……寻拜吴王晏郎中令。晏于西园大营第室，云上书。"亦可知陆云曾任吴王郎中令，具体时间史书无载。士龙上书《国起西园第表启》有"臣兄比下墨，机时为郎中令"之句，说明机任吴王郎中令在士龙之前。又据士龙《岁暮赋》序："余祗役京邑，载离永久。永宁二年春，忝宠北郡，其夏又转大将军右司马于邺都。自去故乡，荏苒六年。"由永宁二年（302）上推六年即元康六年（296）。而云与兄于太康末由吴入洛，故此之"去故乡"，必非初次由吴适洛。云另上书《西园第既成有司启》有"先帝背世，曾未十年"之句，此文作于元康七年，先帝指晋武帝，

① 《唐钞文选集注汇存》卷四十七，上海古籍出版社2000年影印本。下引版本同，不另注。

太熙元年（290）四月卒，距此八年，与“曾未十年”亦相合。综上可知，云出令当于元康六年冬，继兄之任，元康八年离任。第三，吴王出镇之淮南即汉九江郡，距机、云故乡昆山较近，恰逢机离任而云继任，故兄弟相约归宁故乡，机《思归赋》云“候凉风而为策，指孟冬而为期”，即指此事。然此赋序：“元康六年冬取急归，而羌虏作乱，王师外征，职典中兵，与闻军政。惧兵革未息，宿愿有违。”据此数句，可知机在归乡途中，因军情紧急，诏令归洛。以理推之，兄弟或于承明亭把酒离别，机在归洛途中作此诗赠云。故此诗当作于元康六年（296）冬。而士龙此次归乡后直至永宁二年亦再未回乡，故《岁暮赋》序言“自去故乡，荏苒六年”。

又《赠弟士龙》（行矣怨路长），《唐钞文选集注汇存》卷四十八曰：“《钞》曰：初，吴破入洛，士龙在家，将与之别，赠至承明，又作（首）前诗。此篇当合居前也。”此说亦误，上已考辨。此诗盖士衡由归故乡途中，急取归洛，于承明亭饯别而作此诗以赠弟，与《于承明作与士龙》，时间相近。此诗作于别时，而前诗作于途中。

（三）《赠冯文罴迁斥丘令》（八章）、《赠冯文罴》、《赠斥丘令冯文罴诗》系年考辨

《赠冯文罴迁斥丘令》，《文选》卷二十四李善曰：“《晋百官名》曰：外兵郎冯文罴。《集》云：文罴为太子洗马，迁斥丘令，赠以此诗。阚骃《十三州记》曰：斥丘县，在魏郡东八十里。”冯文罴为散骑常侍冯纨次子，名熊，字文罴，曾与诗人同为太子洗马，故二人交谊深厚。冯公调任斥丘县令，诗人以《赠冯文罴迁斥丘令》相赠。从“借曰未洽，亦既三年”句看，机与冯生共侍太子计有三年，机元康元年任太子洗马，冯亦是年入太子府，故此诗当作于元康三年（293）。

《赠冯文罴》，《唐钞文选集注汇存》卷四十八曰：“《钞》曰：熊为斥丘令，机前已作诗赠熊，答讫，机复重赠也。陆善经曰：详诗意，冯时在斥丘也矣。”《文选》卷二四李周翰注：“文罴为斥丘令，前已赠诗，今此重赠也。”上文已考，文罴曾与机同事太子，元康三年调任斥丘令。从陆机“夫子茂远猷，款诚寄惠音”句看，文罴在斥丘令上曾寄诗陆机，《赠冯文罴》诗当是回赠之作。诗回忆二人在太子殿上，同游止息，而今友人翻飞别枝，自己株守故林，驱马河洛，伫望友人所

在之北途，悠悠思念，悲情难禁，故作诗而赠，冀其惠赐徽音。诗写追忆、写思念、写嘱托，殷殷之情，力透纸背。写作时间当在《赠冯文罴迁斥丘令》之后，即元康三年（293）至元康四年（294）初之间。

《赠斥丘令冯文罴诗》，文集失收，《艺文类聚》卷三一、《初学记》卷一八并收之。考其内容，当为东城饯别冯文罴所作，时间可能比上诗略早。前四句写把酒饯别，后二句写朋友远去之后。登楼本为远眺友人离别之身影，蓦见山上草木已变，方悟季节已经转换，故最后一句既有朋友别去怅然若失之深情，又交织时光匆匆之感慨，使别情中浸透着一种强烈的生命意识。

附带说明一下冯文罴的籍贯问题。《赠冯文罴迁斥丘令》"嗟我人斯，戢翼江潭"，吕向注："斯谓冯也。戢，敛也，如鸟之敛翼于江潭，文罴吴人，故云此也。"吴淇《六朝选诗定论》卷十《为赠顾彦先赠妇》亦谓文罴为"南人"，实是大缪。冯文罴，名熊，安平（今河北深县）人，父统，《晋书》有传，入晋前历仕魏郡太守、步兵校尉等。

（四）《赠顾交趾公真》系年考

顾秘，吴人，曾任吴王郎中令，交趾太守、吴兴内史、散骑常侍、交州刺史。李善曰："《晋百官名》云：交州刺史顾秘，字公真。"李周翰曰："士衡思之，故赠此诗。"《唐钞文选集注汇存》卷四十八曰："《钞》曰：顾尚（按：当脱"书"），字公真，初曾同事太子令，出为交趾太守，故赠之也。"李善注"交州刺史"，公孙罗《文选钞》注"交趾太守"，二说不同，善注误。据万斯同《晋方镇年表》，顾秘于永兴元年（304）继吾彦之后，任交州刺史。秦锡圭《补晋方镇年表》，元康九年（299）吾彦任交州刺史，并案曰："《传》称在镇二十余年，以大长秋征卒。以年核之，当元帝时。今合陶璜、顾众、王谅诸传，观之《传》'二十余'三字当有误。"此表定顾秘任交州刺史在永嘉五年（311）。又吴廷燮《晋方镇年表》定太安二年顾秘继吾彦任交州刺史。又云："《陶璜传》：吾彦卒，又以员外散骑常侍顾秘代彦。《陆士衡集·赠顾交趾公真》：'发迹翼藩后，改授抚南裔。伐鼓五岭表，扬旌（万）里外。'《本纪》：太安二年十一月，前吴兴太守顾秘起义军以讨石冰。"又云："《文选注》：《晋百官名》曰：顾秘字公真，交州刺史。按：陆机死于太安二年十月，而《本纪》十一月犹书秘为前吴兴内史。应考。”[1] 上述三表载顾秘任交州刺史时间相差较远，然均在陆机被诛（太安二年）之后，这则毫无疑问。故曹道衡、沈玉成《陆机〈赠顾交阯（趾）公真〉李善注》曰：“本事淆乱，端在李善之注。诗题明言‘顾交阯’，盖顾秘出郡守。……魏晋两代交阯为郡，交州为州。……是顾秘由交阯迁吴兴，太安二年已罢官家居。”[2] 曹、沈先生所言极是。据《晋书·地理志下》：“交趾、日南、九真、合浦四郡为交州。”顾秘先任交趾太守，后任交州刺史，遂至后人淆乱，李善误于前，吴廷燮误于后，当以《唐钞文选集注汇存》所载为是。顾秘任交趾太守时间史书失载，然据《文选钞》以及陆机诗“发迹南藩后，改授抚南裔”之句可知，当在任吴王郎中令之后。顾秘既与陆机同为吴王郎中令，其出守交趾与陆机迁尚书中兵郎时间差近。又由机《答贾谧》可知，机迁官在元康六年冬，故此诗当作于元康六年（296）前后。

（五）《赠武昌太守夏少明诗》（六章）系年考

夏少明，名靖，会稽人。曾任武昌太守、豫章太守。《隋书·经籍志》载《夏靖集》二卷，录一卷。今存诗一首。据陆云《晋故豫章内史夏府君诔》可知，少明卒于永宁元年五月二十五日。士衡亦另有《吊少明》文（今佚）。夏出守武昌，士衡寄诗赠之。诗既叙述少明之才德、政绩，点明帝命出守武昌之原因，又间写武昌地理位置、今昔变化，抒发友人远去的相思之情。特别是第五首写武昌昔日为吴国蕃畿之繁荣，与今日“人胥攸希”之凋落，形成对比，寄有作者亡国倾家之痛。云《与兄平原书》曰：“《答少明诗》亦未为妙，省之如不悲苦，无恻然伤心言，今重复精之。”当指别一赠答，非指此诗。此诗所作具体时间无载，然据少明答诗：“据仁为本，仗义为舆。经纬三坟，错综众书。斟酌圣奥，与道卷舒。”可知此诗所作在陆机任著作郎之后，机《吊魏武帝文》序曰：“元康八年，机始以台郎，出补著作。”故此诗必作于是年（298）或稍后。

---

① 万斯同：《晋方镇年表》、秦锡圭：《补晋方镇年表》、吴廷燮：《晋方镇年表》，分别见《二十五史补编》（第三册），中华书局1955年版，第3393、3401、3450页。

② 曹道衡、沈玉成：《中古文学史料丛考》，中华书局2003年版，第128页。

二、陆诗诗题考

（一）关于《赴洛》二首篇名考

关于此诗篇名颇有争议。第一，《文选》卷二十六、《文集》、《诗纪》卷二十五、黄丕烈跋并临陆贻典校宋本、清影宋抄本、宛委别藏清抄本、钱培名小万卷楼丛书本等并作《赴洛诗》；吴棫《韵补》卷一引沉、潜二韵，亦作《赴洛诗》。第二，《文选》卷二十六李善注："《集》云'赴太子洗马时作'，下篇云'东宫作'，而此同云'赴洛'，误也。"第三，逯钦立《先秦汉魏晋南北朝诗》案曰："此诗言亲友赠迈，携手永叹；下篇言托身承华，寒暑已革。显然非一时一地之作。《文选》同作'赴洛'，非是。今依选注分列两诗。"逯依《文选》善注将原"赴洛二首"分为"赴太子洗马诗"、"东宫作诗"二篇。第四，陆侃如《中古文学系年》（下）将其分为《赴洛》上，《赴洛》下，并认为，《赴洛》上与《赴洛道中作》以及《与弟云书》作于同时，即太康末年。

笔者认为，稽之《赴洛》诗上篇之内容，"靖端肃有命，假楫越江潭。亲友赠予迈，挥泪广川阴"，明确说是迫于王命，辞吴入洛，故知非作于任太子洗马之时，而当作于辞乡赴洛之时。据《晋书·陆机传》："年二十而吴灭，退居旧里，闭门勤学，积有十年。……至太康末，与弟云俱入洛。"吴灭于太康元年，机年二十，闭门勤学十年，则机年二十九，即太康十年。太康终于十年，机当于此年入洛，与本传"至太康末"入洛时间相合。王鸣盛《十七史商榷》亦持此说[①]。故此诗上篇应题为《赴洛》为妥，李善所言"《集》云《赴太子洗马时作》"，显系误记。

又《赴洛》诗之下篇有"羁旅远游宦，托身承华侧"之语，李善注引："陆机《洛阳记》曰：太子宫有承华门。"说明机作此诗时已任太子洗马。又据《晋书》机本传："会骏诛，累迁太子洗马。"可知，

① 见王鸣盛：《十七史商榷》卷十九《晋书七》"陆机入洛条"，上海书店出版社 2005 年版，第 362 页。

机任太子洗马在杨骏被诛后。上文已考，骏被诛于元康元年三月，机任太子洗马当在此后。故《赴洛》二首，一作于赴洛之时，时间太康十年（290）；一作于太子洗马任上，时间元康元年（291）三月后。综辑史料，上篇当作《赴洛诗》，下篇当作《东宫作诗》为妥帖。

（二）《赠从兄车骑》、《为周夫人赠车骑》篇名考

《赠从兄车骑》诗题乃后人误题，李善注亦误。现考辨如下：第一，题为《赠从兄车骑》，李善注："《集》云陆士光。"士光即陆晔字。晔为陆逊弟陆瑁孙，机从弟。《晋书·陆晔传》曰："陆晔，字士光，吴郡吴人也。伯父喜，吴吏部尚书。父英，高平相，员外散骑常侍，晔少有雅望，从兄机每称之曰：'我家世不乏公矣。'"综考《晋书·成帝纪》、《陆晔传》，晔卒于咸和九年（334）九月，年七十四，逆推之，则生于吴永安四年（261），比机小一岁，机为晔之从兄，明矣。而此诗题为"赠从兄"，则机为从弟，晔为从兄，兄弟次序则颠倒。第二，又《晋书·陆晔传》曰："（晔）居丧，以孝闻。……后察孝廉，除永世、乌江二县令，皆不就。"可见西晋时陆晔并未入洛为官，诗曰"感彼归途艰，使我怨慕深"，既未入洛，遑论"归乡"？若定为赠陆晔之作，则此二句无所索解。第三，又《晋书·陆晔传》曰："元帝初镇江左，辟为祭酒，寻补振威将军、义兴太守，以疾不拜。……咸和中，求归乡里拜坟墓。……帝从之，晔因归。以疾卒，时年七十四。追赠侍中、车骑大将军，谥曰穆。"晔入晋为官在东晋元帝，其车骑将军之爵号乃死后追封，其时陆机已卒近三十年，故诗题为"赠从兄车骑将军"，显系误题。第三，杭世骏《三国志补注》卷六引《吴地记》曰："陆氏宅在长宅谷，在吴县东北。名，华亭。谷水下通松江，昔陆逊、陆凯居此谷。谷东有昆山，父祖墓焉。故陆机《思乡诗》：'髣髴松水阳，婉娈昆山阴。'"乐史《太平寰宇记》卷九十五引《吴志》曰："汉庐江太守陆康与袁术有隙，使侄逊与其子绩率宗族避难于是谷。谷东二十里，有昆山，父祖墓焉，故陆机《思乡诗》曰：'彷佛谷水阳，婉娈昆山阴。'"可见此诗原题为《思乡诗》，而非《赠从兄车骑》。李善所见之文集已误题，善袭其误，后人未加详辨，故亦误题。

由上述考证可知，《赠从兄车骑》当作《思乡诗》。此外，既然在陆机生前，陆晔并未入晋做官，车骑将军又是陆晔死后所封，那么，

陆机集中的另一篇《为周夫人赠车骑》，诗题亦必为后人妄题，只是文献阙如，难以确考其真正诗题名称而已。

（三）《为顾彦先赠妇二首》篇名、异文考辨

关于此诗疑义与争论集中三个方面：一是诗题；二是作者；三是异文。第一，《文选》卷二十四李善注："集云：《为令彦先作》，今云顾彦先，误也。且此上篇赠妇，下篇妇答，而俱云赠妇，又误也。"第二，四库全书本《玉台新咏考异》卷三引李善《文选注》后加案语曰："《晋书》：顾荣，字彦先。令彦先别无所考，二陆皆别有《赠顾彦先诗》，则作顾彦先，似不误。士龙此题赠妇，下有'往反'二字，士衡此题亦必尔，当是传写误脱。《文选》载士龙诗，题亦脱'往反'二字也。"第三，逯钦立《先秦汉魏晋南北朝诗》曰："为令彦先当是为令文彦先之误。《陆士龙集》有《答大将军祭酒顾令文诗》，又有《与张光禄书》云：'顾令文彦先每宣隆（按：原作'陆'，误）眷弥泰之惠'，即指此二人。又陆士龙亦有为顾彦先赠妇之作，题作《为顾彦先赠妇往返四首》，称'往返'则知有赠妇，有妇答，题旨明备。《文选》此目盖有删节处，赠妇下应有'往返'二字。"第四，姜亮夫《陆士衡年谱》曰："第一首末韵云：'愿假归鸿鸟，翻飞浙江汜'，则赠者必浙江人无疑，彦先吴人，非浙人，不得附会。按全彦先当即仕吴为右大司（马）左军师之全琮后人，琮为吴郡人，《三国志·吴志》卷一有传，故诗言'浙江汜'也。全彦先当亦南人，先后入洛仕晋之士。"曹道衡、沈玉成《中古文学史料丛考》认为："姜氏据二陆诗内证，可信，益可明善注不误。"第五，关于此诗作者，四部丛刊本《玉台新咏》卷三题为"陆云"，四库全书本《玉台新咏》卷三则题为"陆机"。

笔者认为，第一，四部丛刊本《玉台新咏》题为"陆云"，而同书另收陆云《为顾彦先赠妇往反四首》，故知为传写误也。且除丛刊本作"陆云"外，别无其他版本依据，故当以《文选》为是。第二，若诗题作《为令彦先作》，或作《为令文彦先作》均无据。令彦先史迹无考，令文彦先除《陆士龙文集》出现一次以外，亦无考。晋人字彦先见诸史料者，唯贺循、顾荣二人。士衡兄弟颇多同题之作，陆云有《为顾彦先赠妇》诗实则给陆机此诗之题亦提供了一个佐证。故当以《玉台新咏考异》之说为是。第三，逯钦立认为"为令彦先当是为令文彦先

之误”，并认为顾令文与顾令文彦先是二人，实是大缪。逯氏所据乃陆云《与张光禄书》“顾令文彦先每宣隆眷弥泰之惠”之句，实为误读所至。此句当断句为“顾令文、彦先，每宣隆眷，弥泰之惠。”则涣然冰释矣。令文、彦先乃顾氏二人，非一人也。由云此书亦可知，二人由吴入洛，均受知张华（华曾官光禄大夫，故称张光禄)。书将二人并提，可知二人辈分相同，或为兄弟，或为从兄弟。且云书信常将兄弟以字并称，如《与杨彦明书》：“若思、望之，清才俊（按：四部丛刊本作‘后’，误）类，一时之彦，善并得接。”若思、望之，即戴渊、戴邈兄弟字。与此书同例。此书令文居前，盖为长。云有《答大将军祭酒顾令文诗》，机有《赠顾令文为宜春令》，亦可证为非为顾令文彦先。而据云诗“惠音聿来，琼华玉艳”，机诗“我来自东，贻其好音”，知令文与机、云亦如彦先，多有诗唱和。惟因令文诗佚，难见全貌而已。第四，姜亮夫依据“愿假归鸿鸟，翻飞浙江汜”，则结论说“赠者必浙江人无疑，彦先吴人，非浙人，不得附会。”实是误解版本异文所致。四部丛刊本六臣注《文选》、日本足利学校藏宋刊明州本六臣注《文选》、《七十二家集》本、影宋清抄本、黄丕烈跋并临陆贻典校本、宛委别藏清抄本之《陆士衡集》并作“游江汜”。六臣本又注曰：“善本作‘浙’”。胡克家《文选考异》曰：“袁本、茶陵本有校语云：‘游’，善作‘浙’。今案：各本所见皆非也。详善但引‘江有汜’为注，而不注‘浙江’，是‘江汜’连文，非‘浙江’连文，盖亦作‘游’，与五臣无异，传写误也。”胡说是。此诗《唐钞文选集注汇存》存残篇，所存首句即为“翻飞游江汜”。其注曰：“《钞》曰：《说文》云：江东至会稽山阴为浙江。案：江，浙江，发源东阳新安之间……自钱唐入于海。《史记》：秦始皇过舟阳（按：《秦始皇本纪》作“丹阳”，是），至钱唐，临浙江是也。……彦先家在吴，故愿翻飞于浙江汜也。……陆善经曰：《虞书志林》云：钱唐有山，居江中，湖水触山回，故曰浙江。”由注可知，“江汜”之“江”即为浙江，浙江汜亦可代指吴地，注并详细地阐释了浙江汜代指吴地的原因。故即使在处理异文时取“浙江”，仍代指吴也，姜亮夫说亦不可信。由注还可以进一步推测：可能《文选》旧注“江”为浙江，后人抄录脱一“游”字，而误将注释抄入正文，遂生异文。《唐钞文选集注汇存》最后又加案语曰：“《钞》、《音决》、陆善经本，‘浙’为‘游’。”（按：原注为“浙为浙”，当系误抄所至。若后字亦为“浙”则无须注，前文注释均作“游”，故此为“游”字无疑。）第五，李善曰：“且此上篇赠妇，下篇妇答，而俱云赠妇，又误也。”逯钦立曰：“《文选》此目盖有删节处，赠妇下应有‘往返’二字。”此说也未必确切。吴淇《六朝选诗定论》卷十：“题只云顾彦先赠妇诗，却一赠一答，于语意甚明，故不另立题。”此为通达之论。故诗题《为顾彦先赠妇》亦为不误。

三、存疑诗作者考

（一）《悲哉行》（萋萋春草生）作者考

《晋二俊文集》（四部丛刊本）、明嘉靖昆陵陈奎刊、汪士贤校《六朝诗集》本、明万历翁少麓《汉魏诸名家集》本、明末刻徐日曦读本、《七十二家集》本、清影宋清抄本、宛委别藏之清抄本、小万卷楼丛书本均录此诗，题为陆机。然《乐府诗集》卷六十二、《艺文类聚》卷四十一、《古乐苑》卷三十五均题为谢灵运。《汉魏六朝百三家集》卷六十六、《诗纪》卷五十七亦作谢灵运，并注曰：“《陆士衡集》亦载此诗，误也。陆别有一首。”逯钦立《先秦汉魏晋南北朝诗》案：“《类聚》、《乐府》引作谢灵运《悲哉行》，今两存之，俟考。”

笔者认为，此诗作者当为陆机，理由如下：第一，以上所引明代诸刻本均收录，而《汉魏六朝百三家集》、《诗纪》注曰：“《陆士衡集》亦载此诗。”证明在明前士衡集均收录此诗。其否定为陆诗的理由是“陆别有一首”。陆集散佚，完本今不可见，然从存世之诗与残句看，同题之作比比皆是，以“别有一首”而否定此篇，盖臆断也。乃《乐府诗集》误刻于前，后人遂袭其误。第二，《乐府诗集》卷六十二在陆机《悲哉行》下注曰：“《歌録》曰：《悲哉行》，魏明帝造。《乐府解题》曰：陆机云‘游客芳春林’，谢惠连云‘羇人感淑节’，皆言客游感物忧思而作也。”灵运名重惠连，若灵运有此诗，必引灵运而非惠连。第三，谢为晋宋大族，世居京城，虽遭贬谪，有“穷海”之叹，而遍检谢集，绝无“游宦”之悲。陆机由吴适洛，别桑梓而求显宦，其志不达，故其游宦之悲，不绝于篇籍。故此诗所言“眇然游宦子”，非谢所可道。第四，灵运出京外放，穷山极水，肆意遨游，断不至于赏此美景而有足迹未至之理，故此诗之“悟言来未并”，亦非谢所语。第五，谢乐府共十七题，其《折杨柳行》，一作魏文帝诗，此诗在谢集中作《悲哉行》。然谢诗结尾喜作议论，或言佛，或谈玄，或说理，使其诗有佳句而少佳篇，而此诗写景抒情浑融一体，风格亦不类谢诗。第六，宛委别藏之清抄本、清影宋抄本，虽体例一如《晋二俊文集》，且无校勘，然此书所抄凡涉及“民”字多用“人”。以“人”代“民”，盖唐人避讳，故此抄本，可能以《晋二俊文集》为底本，参校古本而成，或古本即收录此诗，题为士衡，故采录也。综上，此诗当为陆机作，而非谢灵运作。

（二）《饮酒乐》作者考

《乐府诗集》卷七十七有陈陆琼《还台乐》，歌辞与此全同。冯复京《说诗补遗》卷三：“其《饮酒乐》一篇当从《乐府》为陆琼作。”金涛声校点《陆机集》曰：“此诗亦载《乐府诗集》卷七十四。但《乐府诗集》卷七十七有陈陆琼《还台乐》，歌辞与此全同，句末并多出‘春风秋月恒好，欢醉日月言新’二句。疑此诗非陆机作，但不明误收原因，姑存之。”

此外，关于《饮酒乐》，尚有以下材料值得注意：第一，《七十二家集》本、《诗纪》卷三十四均题下注曰：“《乐府》作《还台乐》，谓陈陆琼诗，误。”然而《诗纪》卷一百五十一曰：“陈陆琼《饮酒乐》云：‘蒲桃四时芳醇，琉璃千钟旧宾。夜饮舞迟销烛，朝醒弦促催人。春风秋月长好，欢醉日月言新。’唐人之《破阵乐》、《何满子》皆祖之。”又同书卷一百十一，收陆琼《还台乐》注曰：“一作陆机，题云《饮酒乐》。”第二，《古乐苑》卷三十九：“《饮酒乐》，无名氏。‘饮酒须饮多，人生能几何。百年须受乐，莫厌管弦歌。’”又同卷收陈陆琼《还台乐》曰：“一作陆机，题云《饮酒乐》。《乐苑》曰：《饮酒乐》商调曲也。按此格调陆琼为是。杨慎《词品》曰：唐人之《破陈乐》、《何满子》皆祖之。”第三，《汉魏六朝百三家集》卷四十九：“《饮酒乐》，陆机。‘饮酒须饮多，人生能几何。百年须受乐，莫厌管弦歌。’”又：“《饮酒乐》：‘蒲萄四时芳醇，瑠璃千钟旧宾。夜饮舞迟销烛，朝醒弦促催人。春风秋月恒好，驩醉日月言新。’《乐府》作《还台乐》，谓陈陆琼诗，误。”第四，《佩文斋咏物诗选》卷二百四十三：“《饮酒乐》，陆机。‘蒲萄四时芳醇，瑠璃千钟旧宾。夜饮舞迟销烛，朝醒弦促催人。春风秋月恒好，驩醉日月言新。’”第五，钱培名《札记》：“《乐府诗集》七十四录此诗四句，系陆机作。又七十七多‘春风秋月恒好，驩醉日月言新’二句，题《还台乐》，系陆琼作。按：二诗多寡不同，郭氏两收。当是陆琼增加旧诗，改为《还台乐》。古人固有此例。《诗纪》乃以六句诗，收入《陆机集》，而于题下注云：‘《乐府》作《还台乐》，乃陈琼诗也。’两失之。”

综合以上材料可以看出：第一，《饮酒乐》有五言、六言两种。五言或题无名氏，或题陆机。六言或题陆机，或题陆琼。第二，六言《饮酒乐》有两种版本，题作陆琼者多出“春风秋月恒好，驩醉日月言新”二句。或题作陆机亦有后两句。

笔者认为，在目前尚无其他材料佐证的情况下，当以钱培名《札记》所作推断为是：陆机、陆琼均确曾作六言《饮酒乐》。可能的是，陆琼取陆机之诗，为合乐歌唱，增加两句，或题为《还台乐》。因两诗内容相近，后人遂混淆，故当以《乐府诗集》所记为是。五言《饮酒乐》，《乐府诗集》卷七十四、《汉魏六朝百三家集》卷四十九，均收录，而《陆士衡文集》未收，当系陆机之佚文。

（原载《文学遗产》2010年第1期）

西域歌舞戏东渐与北齐戏剧之蜕变

李建栋

若对中国戏剧溯源，北齐自是一个重要的时代。北齐戏剧兴发的原因，一般不出游牧文化渗透、传统文化断裂等因素，其中西域胡戎乐之东渐及其与北齐百戏的结合对北齐戏剧艺术的发展具有重要作用。其结果是，北齐百戏的歌舞表演中不但有意识地增加了戏剧艺术因素，而且一些富于故事性的歌舞表演形式逐渐脱离百戏，向独立的戏剧艺术方向发展。周贻白《中国戏曲论集·唐代的乐舞与杂戏》认为唐代杂戏开始脱离百戏，走向独立发展的“蜕变期”,[①] 我们以为中国戏剧脱离百戏的时间要更早一些，其上限至迟亦在北齐。

一

王国维《宋元戏曲史》指出：“古之俳优，但以歌舞及戏谑为事。自汉以后，则间演故事。而合歌舞以演一事者，实始于北齐；顾其事至简，与其谓之戏，不若谓之舞之为当也。然后世戏剧之源，实自此始。”[②] 学界尽管对中国戏剧是否始于北齐众说纷纭，然北齐戏剧在中国戏剧史上地位独特这一点则毋庸置疑。而从根本上说这又与统治者是鲜卑化汉人的身份有关。

高齐开创者高欢虽为汉人，却持怀鲜卑质性。其五世祖高庆、四世祖高泰、三世祖高湖皆仕于慕容鲜卑政权，慕容宝败后，高湖入拓

① 周贻白：《中国戏曲论集》云：“所谓‘蜕变期’，原则上是唐代已有所谓‘杂戏’，而且把这个‘戏’字作为名词，从‘百戏’的泛称转为专称，在专称中多指故事表演一类节目，由多指而成为专指。乃使舞蹈或杂技如‘五方狮子’之类，不复名之为戏。所以认为是‘蜕变期’。”中国戏剧出版社 1960 年版，第 441 页。

② 王国维：《宋元戏曲史》，中国书籍出版社 2006 年版，第 9 页。

跋鲜卑之北魏政权，其子高谧后坐法而被流放到怀朔镇，高谧生高树，高树生高欢。由于北魏孝文帝汉化改革的不彻底，自迁都洛阳以后，在旧都平城一带残留了一大批拓跋鲜卑遗老，且当时包括怀朔镇在内的北方六镇军官几乎都是拓跋鲜卑武人，他们地位低下，不为洛阳士人侧目，一生推迁往往不过军主，成为被洛阳政权遗落的一支。与洛阳拓跋鲜卑加速汉化相反，在平城及北方六镇的汉人却在加速着鲜卑化的进程。高欢特定的家世、生小怀朔的环境使其质性中注入浓重的慕容鲜卑与拓跋鲜卑的特征。待其日后南下洛阳，迁都邺城后，高齐朝野胡风遂为大盛，不但孝文帝改革前的鲜卑语言、服饰及其他生活习俗复流行于朝野，而且高齐王朝对西域文化亦大力吸纳。如曹国画家曹仲达的绘画艺术在北齐广为流播，印度石雕艺术为北齐石窟雕像所模仿等等。而诸文艺中，影响最大者当属西域胡乐。西域胡人乐工既富且贵，往往因擅弹琵琶而至“开府封王”。[①] 时由南入北士人颜之推《颜氏家训·教子篇》云：

> 齐朝有一士大夫尝谓吾曰：“我有一儿，年已十七，颇晓书疏。教其鲜卑语及弹琵琶，稍欲通解，以此伏事公卿，无不宠爱，亦要事也。”吾时俛而不答。异哉！此人之教子也。若由此业自致卿相，亦不愿汝曹为之。[②]

反感情绪溢于言表，他不希望子弟以胡乐舞之技求官，但这也反映出胡乐舞在北齐民间广泛流布及士人以之作为安身立命事业之事实。

据《洛阳伽蓝记》之《龙华寺》条记载，北魏时“西夷来附者，处崦嵫馆，赐宅慕义里。自葱岭已西，至于大秦，百国千城，莫不款附。商胡贩客，日奔塞下。所谓尽天地之区已，乐中国土风因而宅者

① 《北史·恩幸·齐诸宦者传》云：“何朱弱、史丑多之徒十数人，咸以能舞工歌及善音乐者，亦至仪同开府”、“曹僧奴、僧奴子妙达，以能弹胡琵琶，甚被宠遇，俱开府封王。”中华书局1974年版，第3055页。《北齐书·恩幸·韩宝业等传》云：“沈过儿官至开府仪同，王长通年十四五，便假节通州刺史。”中华书局1972年版，第694页。《隋书·音乐志中》云：“安未弱、安马驹之徒，至有封王开府者。”中华书局1973年版，第331页。

② 颜之推撰，王利器集解：《颜氏家训集解》卷一，上海古籍出版社1980年版，第36页。

不可胜数。是以附化之民，万有余家。”① 西域胡人万余家居于洛阳，胡乐舞自然会大行其道。《洛阳伽蓝记》卷一《景乐寺》云文献帝弟拓跋悦曾在寺内“召诸音乐，逞伎寺内。奇禽怪兽，舞抃殿庭。飞空幻惑，世所未睹。异端奇术，总萃其中。剥驴、投井、植枣、种瓜，须臾之间，皆得食之。士女观者，目乱睛迷。”②《景明寺》条云四月八日京师僧侣受皇帝散花仪式上西域胡乐舞之盛况空前：“梵乐法音，聒动天地。百戏腾骧，所在骈比。”③ 北魏时也有西域悦般国舞蹈传入，然由于文明太后、魏孝文帝对雅乐正声的关注，北魏宫廷雅乐对胡乐的接受有所限制，但此时西域胡乐已深植于北魏宫廷音乐中，并不能以帝王个人意志为转移。

至北齐，军事上对蠕蠕（即汉之匈奴，北朝亦称柔然，音译不同耳）的胜利，进一步加速了西域胡戎乐东渐的进程。北齐开创者高欢颇喜胡戎乐，他曾令部将斛律金唱《敕勒歌》以壮军威。高欢长子高澄对西域胡戎乐也多所爱好，《隋书·音乐志中》云：“杂乐有西凉鼙舞、清乐、龟兹等。然吹笛、弹琵琶、五弦及歌舞之伎，自文襄（即高澄）以来，皆所爱好。至河清（即武成帝高湛的年号）以后，传习尤盛。”④ 高澄弟高洋对西域胡戎乐之喜好甚于乃兄。《旧唐书·音乐志二》云：“后魏有曹婆罗门，受龟兹琵琶于商人，世传其业，至孙妙达，尤为北齐高洋所重，常自击胡鼓以和之。”⑤《资治通鉴》卷一六六云高洋执政数年后，自矜功业，终日游乐，“或身自歌舞，尽日通宵；或散发胡服，杂衣锦彩……或令崔季舒、刘桃枝负之而行，担胡鼓拍之”。⑥ 高洋异母弟高湛（武成帝）殊好胡戎乐，如上所云，其执政后西域胡戎乐“传习尤盛”。又《北齐书·祖珽传》云：“（武成）帝于后园使珽弹琵琶，和士开胡舞，各赏物百段。”⑦ 高湛子高纬对西域胡乐至为迷恋，其妃嫔冯淑妃、曹昭仪、彭夫人、一李夫人皆因精通胡

① 杨衒之著，周祖谟校释：《洛阳伽蓝记校释》，上海书店出版社2000年版，第131—132页。

② 《洛阳伽蓝记校释》，第58页。

③ 《洛阳伽蓝记校释》，第115页。

④ 《隋书·音乐志中》，中华书局1973年版，第331页。

⑤ 《旧唐书·音乐志二》，中华书局1975年版，第1069页。

⑥ 《资治通鉴》卷一六六，天津古籍出版社1998年版，第2053—2054页。

⑦ 《北齐书·祖珽传》，第516页。

乐而被纳幸，最知名者当数冯淑妃。《北史·齐后主冯淑妃传》云："冯淑妃名小怜，大穆后从婢也。穆后爱衰，以五月五日进之，号曰'续命'。慧黠能弹琵琶，工歌舞。后主惑之，坐则同席，出则并马，愿得生死一处。"① 冯小怜于三堆围猎，时前线急报云北周已取平阳，晋州告急，后主欲回鸾，却因冯小怜围猎兴起而更杀一围，完全置国之存亡于不顾，类此者数次，直至国灭。李商隐诗《北齐二首》对这段史实揭露得入木三分：

> 一笑相倾国便亡，何劳荆棘始堪伤。小怜玉体横陈夜，已报周师入晋阳。
>
> 巧笑知堪敌万几，倾城最在著戎衣。晋阳已陷休回首，更请君王猎一围。

高纬亦能自度胡曲新声。《隋书·音乐志中》云："后主唯赏胡戎乐，耽爱无已……后主亦自能度曲，亲执乐器，悦玩无倦，倚弦而歌。别采新声，为《无愁曲》，音韵窈窕，极于哀思，使胡儿阉官之辈，齐唱和之，曲终乐阕，莫不殒涕。"② 《无愁曲》之曲辞律调今虽不可考，然胡儿阉官在曲终皆"莫不殒涕"之惊心悲魄，似非阿谀做作，这也客观反映出《无愁曲》能移人情的音乐艺术魅力，也无怪乎高纬乐此而不疲。后主所度者胡曲新声，所奏乐器为胡琵琶，《无愁曲》的唱和者亦为胡儿阉官，北齐后期宫廷音乐胡化若此。

总之，高齐帝王皆鲜卑化汉人，具备能歌善舞之质性，他们对西域胡戎乐之喜好亦情出天然，故作为西域胡戎乐之一的西域歌舞戏在北齐流行貌亦可想而知。

二

北齐时西域歌舞戏颇为流行，可考者有《大面》、《钵头》两种。据崔令钦《教坊记》："《大面》出北齐。兰陵王长恭，性胆勇而

① 《北史·齐后主冯淑妃传》，第525—526页。

② 《隋书·音乐志中》，第331页。

貌若妇人，自嫌不足以威敌，乃刻木为假面，临阵著之。因为此戏，亦入歌曲。”①《北齐书·兰陵武王孝瓘传》对此戏源起作了详细记载：“芒山之败，长恭为中军，率五百骑再入周军，遂至金墉之下，被围甚急，城上人弗识，长恭免胄示之面，乃下弩手救之，于是大捷。武士共歌谣之，为《兰陵王入阵曲》是也。”② 杜佑《通典》对此戏舞姿作了说明：“齐人壮之，为此舞以效其指麾击刺之容，谓之《兰陵王入阵曲》。”③

由以上资料知，《大面》戏所演即北齐兰陵王之事。然唐释慧琳（本西域疏勒人）《一切经音义》卷四十一《苏莫遮冒》条所记却与此迥异：

> 《苏莫遮》，西戎胡语也，正云“飒磨遮”。此戏本出西龟兹国，至今由（当“犹”字之误）有此曲。此国《浑脱》、《大面》、《拨头》之类也。或作兽面，或象鬼神，假作种种面具形状。或以泥水沾洒行人，或持绢索搭钩，捉人为戏。每年七月初，公行此戏，七日乃止停。土俗相传云常以此法禳厌，驱趁罗刹恶鬼食啖人民之灾也。④

据此，从龟兹传来的西域歌舞戏《大面》始作为民间驱鬼祓禊之用，表演者头戴面具，表演相应的驱鬼动作。而《兰陵王入阵曲》名为《大面》，盖因其将《大面》之面具植入。然《兰陵王入阵曲》较西域歌舞戏《大面》更具有本土特色，且故事性更强，故借鉴西域歌舞戏《大面》而演绎的《兰陵王入阵曲》最终取代了西域歌舞戏《大面》而在民间广为流传。

《兰陵王入阵曲》面具在借鉴《大面》面具时也作了一些改进。今存于日本的歌舞戏《兰陵王》面具头部装饰或大鹏、或麒麟、或龙等禽兽图形，说明其在延续西域胡戏《大面》驱鬼避邪功能的同时，也将汉民族中大鹏、麒麟、龙等瑞兽植入，反映了《兰陵王入阵曲》面

---

① 崔令钦：《教坊记》，引自《教坊记 周秦相纪 龙女传 梦游录 非烟传 张无颇传 扬州梦记 孙内翰北里志 薛昭传 妆楼记》合订本，中华书局1985年版，第5页。

② 《北齐书·兰陵武王长恭传》，第147页。

③ 杜佑：《通典》卷一四六，岳麓书社1995年版，第1966页。

④ 释慧琳：《一切经音义》卷四十一之《大乘理趣六波罗蜜多经》卷一，台湾大通书局1985年影印日本翻刻丽藏本，第868页下。

具上中西文化的融合。

据唐人郑万钧《代国长公主碑》记载，玄宗弟“歧王（即李隆范）年五岁，为卫王，弄《兰陵王》。”[①] 五龄幼童尚可对其模仿表演，盖其表演难度亦不太大。不过，此戏“有故事内容，有人物装扮和动作，有配合故事内容的乐曲及鼓笛的伴奏”，[②] 从结构上看，已具歌舞戏之雏形。

关于《兰陵王入阵曲》的舞姿，当是齐人壮之而“效其指挥击刺之容”的劲健动作，而崔令钦《教坊记》却将其归入了舞姿轻柔的软舞类。盖此歌舞戏在民间广为流传中，观赏的艺术性要求超越了历史故事的真实性本身，故经民间加工，原来带有角抵打斗类的健舞《兰陵王入阵曲》也逐渐演化为软舞，历史的真实性削弱了，艺术的趣味性却进一步加强，更利于民众接受。

《兰陵王入阵曲》的乐器为胡乐器。据我们在媒体上看到的日本《兰陵王》表演，其乐器有筚篥、鼓等，用吹筚篥的背景衬音摹状战争场面，给人的印象尤为深刻，盖筚篥为北齐歌舞戏《兰陵王入阵曲》重要的伴奏乐器。

总之，北齐歌舞戏《兰陵王入阵曲》面具对西域歌舞戏《大面》面具多有借鉴，体现了中西文化的融合。而其舞姿由健舞向软舞的转变、多用胡乐器伴奏及其指向从西域歌舞戏《大面》转变为对北齐歌舞戏《兰陵王入阵曲》的专指，都充分说明西域歌舞戏《大面》与北齐本土歌舞戏的深度融合。

《钵头》是另一种流行于北齐的西域歌舞戏。赵景深、王国维、刘大白皆以为“钵头”当“拔豆国”之指称[③]，任半塘不同意此说。[④] 又

---

① 《全唐文》卷二七九，中华书局1983年影印嘉庆本，第2826页下。

② 周贻白：《中国戏曲发展史纲要》，上海古籍出版社1979年版，第33页。

③ 王国维：《宋元戏曲史》云：“按《北史·西域传》有拔豆国，去代五万一千里。隋唐二志，即无此国。盖于后魏之初一通中国，后或亡或隔绝，已不可知。如使拨头与拔豆为同音异译，而此戏出于拔豆国，或由龟兹等国而入中国。”中国书籍出版社，2006年版，第10页。刘大白《中国文学史》云：“《魏书·西域传》有拔豆国，而隋唐二书不载此国。大约钵头、拨头和拔豆，出于译音底略有不同，而《唐书》所谓‘出西域’，就是指此戏从拔豆国传来。”大江书铺1933年版，第352页。赵景深《中国文学史新编》云：“钵头一作拨头，《魏书·西域传》有拔豆国。魏、齐、周都是外来的异族，又都处于北方，接近西域诸国，交通频繁，容易输入龟兹天竺等外国音乐，这就是吸收了新民族，而使中国文化受影响，发生文学上未有的变动。”华正书局1947年版，第189—190页。

④ 任半塘：《唐戏弄》（上册）以为：“在直接间接之资料尚未取得时，如王氏之推衍，未免蹈空耳。”作家出版社1958年版，第92页。

据上所引慧琳《一切经音义》，《钵头》系西龟兹传来的歌舞戏无疑。又方龄贵《古典戏曲外来语考释词典》以为“钵头”近似于“勇士、英雄”之义。“此语不惟普遍存在于阿尔泰语系中……而且还见于波斯语、阿拉伯语、普什图语、匈牙利语、印地语，乃至于俄罗斯语、乌克兰语之中。”[①] 这一考证基本解决了王国维、刘大白、赵景深、周贻白、任半塘在“钵头”意味上的分歧。依此说，“钵头”只是西域诸语系中对“英雄”之指代。

《钵头》戏在北齐流行貌已不可确考，然其在民间流行可资唐人张祜诗《容儿钵头》作参照：

> 争走金车叱鞅牛，笑声唯是说千秋。两边角子羊门里，犹学容儿弄《钵头》。[②]

在唐宪宗生日“千秋节”这天，诗人看到两幕不同的场景：达官贵人们驾着牛车赶路，欲去观看宫廷艺人容儿表演的《钵头》戏（从末句“犹”字推知，贵族们与羊门里的平民所关注的都是《钵头》戏），牛车过处，留下一串串说笑声。而在长安街道两旁角落的平民家里，也同样有普通百姓在模仿容儿表演的《钵头》场景。

关于《钵头》戏的故事梗概，杜佑《通典》云：“《钵头》出西域。胡人为猛兽所噬，其子求兽杀之，为此舞以象也。”[③]《乐府杂录》记其演出详况：“《钵头》，昔有人父为虎所伤，遂上山寻其父尸。山有八折，故曲八叠。戏者被发素衣，面作啼，盖遭丧之状也。”[④] 盖此戏先演虎伤人一事，再则死者之子寻父之尸，上山时，艰难重重，山有八折，戏曲亦分为八叠，最后死者子终杀虎报仇。演员被发素衣，面带哭相，表现出栩栩如生的遭丧之状来。

作为西域歌舞戏之一的《钵头》，其最根本的特质就是歌舞相合。

---

① 方龄贵：《古典戏曲外来语考释词典》，汉语大词典出版社、云南大学出版社 2001 年版，第 471 页。

② 《全唐诗》卷五一一，第 5888 页。

③ 《通典》卷一四六，岳麓书社 1995 年版，第 1966 页。

④ 段安节：《乐府杂录》，引自《羯鼓录 乐府杂录 碧鸡漫志》，古典文学出版社 1957 年版，第 24 页。

据廖奔《中国戏剧发展史》第一卷，“日本古画《信息古乐图》上也绘有钵头舞图，题作‘拔头’，上绘一胡人披发歌舞。”① 据此，《钵头》戏表演时歌舞相合亦可得到证明。

就演出效果而言，演员要传达给观众“山有八折”的信息，就当在相应八叠音乐重复的同时，变换相应的唱词，否则观众是领会不到“山有八折”的信息的。而且从演员悲啼之表情来看，此戏所用的演绎方式当为代言体，而非第三人称式的旁白。

王国维以为《钵头》对《大面》、《踏摇娘》产生了影响，因为中国此前的戏剧，多是百戏一类的散乐，很少有歌舞相合者，“而合歌舞以演一事者，实始于北齐”。② 其实《钵头》、《大面》均系西域歌舞戏，很难说谁影响了谁。倒是《钵头》戏八叠的演奏方式对中国古典戏剧的音乐程式产生了影响，并对中原戏剧表演中曲牌的转换有着启示性作用。同时，八叠的唱法，也利于增强戏曲一唱三叹的抒情效果。

北齐流行的本土歌舞戏，可考的有《郭公戏》、《踏摇娘》两种。

《郭公戏》又名《窟礧子》、《魁礧子》、《傀儡子》、《郭秃》，是北齐老百姓喜闻乐见的一种歌舞傀儡戏。颜之推《颜氏家训》云：

> 或问：俗名“傀儡子”为“郭秃”，有故实乎？答曰：《风俗通》云：“诸郭皆讳‘秃’。”当是前代人有姓郭而病秃者，滑稽戏调，故后人为其象，呼为郭秃，犹文康象庾亮耳。③

据此，“郭秃”在汉代已有其名。杜佑《通典》云：“《窟礧子》，亦曰《魁礧子》，作偶人以戏，善歌舞。本丧乐也，汉末始用之于嘉会。北齐后主高纬尤所好。”④ 北齐后主对《郭公戏》尤所喜好盖与此戏本身强烈的娱乐性有关。时有谣谚《邯郸郭公歌》云：“邯郸郭公九十九，技两渐尽入滕口。大儿缘高冈，雉子东南走。不信吾言时，当看岁在酉。”⑤ 此

① 廖奔、刘彦君：《中国戏曲发展史》第一卷，山西教育出版社2000年版，第96页。

② 王国维：《宋元戏曲史》，第9页。

③ 颜之推撰，王利器集解：《颜氏家训集解》，上海古籍出版社1980年版，第453—454页。

④ 《通典》卷一四六，第1966页。

⑤ 此歌出于郭茂倩：《乐府诗集》卷八十七所引《乐府广题》，上海古籍出版社1998年版，第924页。

歌为北齐民众对高纬喜好傀儡戏之戏言，有一定的谶语性质，却也反衬出后主对此戏喜好之事实。段安节《乐府杂录·鼓架部》云“其引歌舞有郭郎者，发正秃，善优笑，闾里呼为郭郎，凡戏场必在俳儿之首也。”① 知《郭公戏》乃戏剧开场引发笑场、调节情绪之用。正因为此戏有极强的娱乐性，故至唐代依然风靡朝野，今存唐明皇诗《傀儡吟》：“刻木牵丝作老翁，鸡皮鹤发与真同。须臾弄罢寂无事，还似人生一梦中。”② 即是最好说明。

作为歌舞戏的《郭公戏》，既然有唱腔，必有文、武场音乐相配。温庭筠诗《邯郸郭公辞》：

> 金笳悲故曲，玉座积深尘。言是邯郸伎，不见邺城人。青苔竟埋骨，红粉自伤神。唯有漳河柳，还向旧营春。③

中有胡乐器“笳”，可确证《郭公戏》有胡乐器进行伴奏。

北齐时代与《郭公戏》相类的歌舞戏伴奏中对西域胡乐器大量使用，必然导致戏剧曲调、音色发生改变。而戏剧音乐的改变，又会引发戏剧叙事、抒情功能的相应变化，《踏摇娘》即为这方面改变的绝好例证。

《踏摇娘》又名《踏谣娘》、《谈容娘》，其故事情节亦较以上三种歌舞戏更为详尽。据崔令钦《教坊记》：

> 《踏谣娘》，北齐有人姓苏，鼽鼻，实不仕，而自号为郎中。嗜饮酗酒，每醉辄殴其妻，妻衔悲诉于邻里。时人弄之，丈夫著妇人衣，徐步入场行歌。每一叠，旁人齐声和之云：踏谣，和来，踏谣娘苦，和来。以其且步且歌，故谓之踏谣，以其称冤，故言苦。及其夫至，则作殴斗之状，以为笑乐。今则妇人为之，遂不呼“郎中”，但云“阿叔子”。调弄又加典库，全失旧旨。或呼为《谈容娘》，又非。④

---

① 段安节：《乐府杂录》，引自《羯鼓录 乐府杂录 碧鸡漫志》，第42页。

②《全唐诗》卷三，第41—42页。

③《全唐诗》卷五七七，第6766页。

④ 崔令钦：《教坊记》，引自《教坊记 周秦相纪 龙女传 梦游录 非烟传 张无颇传 扬州梦记 孙内翰北里志 薛昭传 妆楼记》，第5—6页。

《旧唐书·音乐志》记载与此相类：

> 踏摇娘，生于隋末。隋末河内有人貌恶而嗜酒，常自号郎中，醉归必殴其妻，其妻美色善歌，为怨苦之辞。河朔演其曲而被之弦管，因写其妻之容。妻悲诉，每摇顿其身，故号《踏摇娘》。[①]

而《乐府杂录·鼓架部》云：

> 苏中郎，后周士人苏葩，嗜酒落魄，自号中郎。每有歌场，辄入独舞。今为戏者，著绯戴帽，面正赤，盖状其醉也。即有《踏摇娘》。[②]

以上三则材料对《踏摇娘》产生时代、歌舞情节的记载不尽相同，王国维《宋元戏曲史》以为："齐、周、隋相距，历年无几，而《教坊记》所纪独详，以为齐人，或当不谬。"[③] 至于歌舞表演之别，因《踏摇娘》在民间广为流行，艺人在演唱中对其改作自然无处不在，或独舞、或二人对舞，或男女对唱、或男扮女妆与男子对唱皆在情理之中。对于《踏摇娘》的不同记载，当对照接受，因为彼此有别的记载才可能反映出民间各地《踏摇娘》演出之全貌。

因《踏摇娘》经北齐民间艺人改作，故其与西域歌舞戏也发生了千丝万缕的联系。王国维以为"或北齐时已有此戏（指《钵头》），而《兰陵王入阵曲》、《踏摇娘》等戏，皆模仿而为之者欤。"[④] 我们以为，《踏摇娘》的音乐体制受西域歌舞戏影响这一点是无疑的。因为"周、隋管弦杂曲数百，皆西凉乐也。鼓舞曲，皆龟兹乐也"。[⑤] 而周、隋之乐，本继北齐而来，故北齐歌舞戏《踏摇娘》乐曲必有龟兹乐的成分。唐人段安节《乐府杂录》将《苏中郎》归入唐之鼓架部，则其音乐体制当为鼓舞曲，亦"皆龟兹乐也"。

---

① 《旧唐书·音乐志二》，中华书局1975年版，第1074页。
② 段安节：《乐府杂录》，引自《羯鼓录 乐府杂录 碧鸡漫志》，第24页。
③ 王国维：《宋元戏曲史》，第9页。
④ 王国维：《宋元戏曲史》，第10—11页。
⑤ 《新唐书·礼乐志》，中华书局1975年版，第474页。

至于《踏摇娘》之于中国戏剧的意义，周贻白以为："凡在《代面》和《钵头》中未能明确的问题，在《踏摇娘》中已不容置疑。如登场人物，歌舞相互结合，歌词已为代言，且有旁人的和唱，都记载得颇为清楚。可以说是和后世的戏剧——以故事情节为主，由演员装扮人物，用歌唱或说白以及表情动作，根据规定情境表演出来，都无不合。"[①] 董每戡《说剧·说踏谣娘谈容娘》以为《踏摇娘》有人物、有故事、有歌、有白、有舞、有化妆、有服装，而且有代言体的表演，具备了戏剧艺术的各种要素。[②] 从戏剧发展史的角度看，《踏摇娘》不仅将西域戏剧与中原戏剧彼此勾连，而且承载了开启隋唐戏剧之门的伟大使命，故其重要性是有目共睹的。

三

北齐时代的歌舞戏从《大面》、《钵头》至《郭公戏》、《踏摇娘》的发展，体现了中原戏剧在西域歌舞戏艺术浸润下的演进轨迹。具体表现在六个方面：

（一）歌舞表演的借鉴

中国的戏剧萌芽很早，但是歌舞表演相合者不多，从楚辞及地下发掘的楚地绘画来看，楚人巫祭文化中多有歌舞表演，但很难说这些巫祭就是戏剧本身。至汉代，角抵戏如《东海黄东》已是故事情节较细腻者，然《东海黄东》戏亦有舞无歌。北齐时代，随着西域歌舞戏《钵头》东渐中原，中原也有了歌舞相合的戏剧《踏摇娘》出现，不难看出《踏摇娘》在表演艺术方面对西域戏剧中歌舞融合艺术的借鉴。

（二）戏剧艺术旨趣的变化

传统角抵戏《东海黄公》重在人虎相斗的惊险刺激，而非情感、叙事本身，而西域歌舞戏《钵头》却重在叙事与抒情效果。《钵头》戏中尽管也有人虎相斗的情节，但"山有八折，故曲八叠。戏者被发素

① 周贻白：《中国戏曲发展史纲要》，上海古籍出版社1979年版，第42页。

② 董每戡：《说剧·说踏谣娘谈容娘》，人民文学出版社1983年版，第143页。

衣，面作啼”的演绎场景，无疑说明了此戏重心在于叙事与抒情，人兽格斗的惊险刺激已明显被弱化。在北齐本土戏剧《踏摇娘》中，苏郎中殴妻的情节亦不是戏剧塑造的重心，妻子的处境之苦、内心之悲才是其艺术旨趣。《钵头》与《踏摇娘》艺术旨趣惊人的相似，说明北齐戏剧表演在继承传统百戏娱乐性的同时，开始学习西域戏剧之叙事、抒情艺术，这标志着北齐戏剧已开始向艺术化道路迈进。

（三）“代言体”的借鉴

在中国古典诗歌中代言体有着广泛的运用。《楚辞》之《九歌》及《诗经》中的民歌部分都有相当数量的代言体诗，在诗骚之后，代言体诗遂成中国古典诗之传统。但是由于中国古典戏剧重伦理叙事，轻个性抒情，重感观娱乐，轻艺术思辨的特点，使得需要个性与艺术积累的戏剧代言体发展相对滞后。王国维以为：“宋人大曲，就其现存者观之，皆为叙事体。金之诸宫调，虽有代言之处，而其大体只可谓之叙事。独元杂剧于科白中叙事，而曲文全为代言，虽宋金时或当已有代言体之戏曲，而就现存者言之，则断自元剧始，不可谓非戏曲上之一大进步也。”① 依其说，中国戏剧代言体萌发于金，完型于元。而周贻白认为中国戏剧的代言体始于北齐之《踏摇娘》，因其“歌词已为代言体”。② 在我们看来，在《踏摇娘》之前，《钵头》戏中已有代言体存在。从“曲八折”的音乐程式及“戏者被发素衣，面作啼”的妆扮表演来看，演员演唱的戏文当为当局者式的代言体，而非第三者式旁白。这种模式直接影响了《踏摇娘》代言体的形式。论者皆以为《踏摇娘》标志着中国戏剧艺术之成熟，但却往往忽略了《钵头》戏对于中原戏剧的贡献。若以“代言体”作为中国戏剧成熟与否的标准之一，《钵头》戏无疑具有里程碑式的意义。而且另一个明显的事实是，中国戏剧代言体在先秦至北齐间并没有产生，却独独在西域歌舞戏《钵头》传入中原之后兴发，这应该也不是偶合。因此北齐戏剧《踏摇娘》之代言体亦当受西域歌舞戏《钵头》影响。

---

① 王国维：《王国维戏曲论文集》，中国戏剧出版社 1984 年版，第 56 页。

② 周贻白：《中国戏曲发展史纲要》，上海古籍出版社 1979 年版，第 42 页。

（四）一曲多叠唱法的借鉴

从《钵头》戏“山有八折，故曲八叠”的记载来看，演员是一边行走一边演唱的。此戏唐时传入日本，今日本依然有《钵头》戏流传。据何竹繁俊《日本演剧史概论》介绍，表演者“戴着可怕的赤色面具，手执七、八寸长的桴，是舞姿活泼的走舞”。[①] 既是走舞，那么随着演员行进路线的改变，故事情节亦必深入发展，其间演员所演唱者虽为同一曲调，然唱词内容当随故事情节的发展而变化，故“曲八叠”中，每一叠之唱词当不尽相同。而稍后的《踏摇娘》中，也有了类似的唱词程式安排，苏郎中妻“每（唱）一叠，旁人齐声和之云：踏谣，和来，踏谣娘苦，和来。”固定的曲调、演唱次数的不断重复中，情感抒发随唱词的改变而逐步深入，在悲喜剧意味的演绎上，《踏摇娘》较《钵头》可谓有过之而无不及。《踏摇娘》在这一点上与《钵头》相类盖亦非无独有偶，当是吸取《钵头》一曲多叠唱法基础上的再创造。因为在之前的戏曲表演文献记载中，我们并没有发现类似的一曲多叠唱法的使用。

（五）对西域胡乐的借鉴

据《乐府杂录·鼓架部》记载，《郭公戏》、《兰陵王入阵曲》、《钵头》、《踏摇娘》四戏之“乐有笛、拍板、答鼓（即腰鼓也）、两杖鼓”，[②] 盖此为四戏共有之乐器，具体到不同戏种中又有曲别。如上，晚唐温庭筠所见到的《郭公戏》里，就有胡笳凄凉的乐声。今流传于日本的歌舞戏《兰陵王》又有胡乐器筚篥。因《钵头》为龟兹歌舞戏，故北齐时代的《钵头》之乐器恐不止于笛、拍板、答鼓、两杖鼓。然即便如此，笛、拍板、答鼓、两杖鼓亦皆西域乐器，它们皆为《郭公戏》、《兰陵王入阵曲》、《钵头》、《踏摇娘》伴奏使用。又如上所引《新唐书·乐志》：“周、隋管弦杂曲数百，皆西凉乐也。鼓舞曲，皆龟兹乐也。”而周隋之乐一依北齐，以此亦可推知以北齐歌舞戏在曲律曲调上受胡乐影响之梗概。

---

① ［日］何竹繁俊著，郭连友等译：《日本演剧史概论》，文化艺术出版社 2002 年版，第 35 页。

② 段安节：《乐府杂录》，引自《羯鼓录 乐府杂录 碧鸡漫志》，第 24 页。

（六）道具的借鉴

如上所述，《兰陵王入阵曲》借鉴了《大面》的面具，同时植入传统中原文化的成分，体现了中西文化在戏剧道具方面的融合。这对于丰富中原戏剧面具而言，无疑有着重要的意义。

西域歌舞戏的流行，为北齐戏剧开创了新的局面。北齐戏剧中传统角抵戏的格斗情节有所弱化，悲喜抒情成分得以增强；戏剧表演中歌、舞相分的现象被弱化，歌舞融合成为固有的表演程式；戏剧音乐及道具的使用，也深受西域歌舞戏浸润；而代言体的运用，更标示了北齐戏剧在叙事、抒情艺术方面的新发展。总之，北齐戏剧开始有意识地向西域歌舞戏借鉴，渐次脱离传统百戏表演，走上了独立发展的蜕变期。

四

中原戏剧的发展进程中，往往有着西域戏剧影响的存在，但我们并无意于夸大西域戏剧东渐中原的程度。恰恰相反，在西域戏剧东渐中原的进程中遇到了重重障碍，每每举步维艰。

据廖奔《中国戏剧发展史》：

> 当汉人进一步从各种西域文字里将佛经、剧本翻译成汉文时，其中的剧本更加减弱了其原始的戏剧特征，而朝向纯书面文学的方向发展。又由于戏剧样式引进的艰难，说唱俗讲逐渐取代戏剧演出而成为宣扬佛教义理的主要工具。①

依此说，由于翻译的原因，西域戏剧东渐进程中“原始的戏剧特征”有所减弱是不可避免的，而“戏剧样式引进的艰难”又使得西域戏剧以“说唱俗讲”的形式进入中原。事实真如其所言吗?

从戏剧样式角度分析，戏剧必有“戏”和“剧”二元因素存在，缺一不可。有戏无剧，则近于散乐百戏；有剧无戏，则近于说唱俗讲。

① 廖奔、刘彦君：《中国戏剧发展史》，第125—126页。

依廖奔之说，由于“戏剧样式引进的艰难”，西域戏剧传入中原者，基本是说唱俗讲之“剧”——故事情节，而非歌舞百戏之“戏”——舞台表演。我们认为这种说法是失之偏颇的。

不容否认的是，西域文化入华时，的确存在不少创改。如印度佛教在东渐进程中，僧徒为宣扬佛理而进行相应的说唱开导：“如为出家五众，则须切语无常，苦陈忏悔。若为君至长者，则须兼引俗典，绮综成辞。若为悠悠凡庶，则须指事造形，直谈闻见。若为山民野处，则须近局言辞，陈斥罪目。凡此变态，与事而兴。可谓知时众，又能善说。虽然故以恳切感人，倾诚动物，此其上也。”① 而中原文化对西域文化接受时亦有所拣择。就戏剧的接受而言，20 世纪在新疆古丝绸之路上发现的晚唐西域戏剧剧本中，有多个《弥勒会见记》的版本，廖奔考证的结果是：“新疆的本地僧人开始传抄印度梵剧剧本，这是梵剧东渐的第一步。梵剧东渐的第二步则是新疆人用当地流行的吐火罗语和其他语言传译。接着的第三步则是从吐火罗文再译为回鹘（突厥）文。”② 我们认为这仅仅是西域胡戏东渐情形之一，北齐对西域戏剧引进的多数，恰恰是《大面》、《拨头》一类的歌舞戏，而且这些戏在中原风靡一时。尽管至唐代，玄宗“以其非正声，置教坊于禁中以处之”，③ 但其收效甚微。玄宗弟李隆范乐于表演《大面》戏、德宗时“禁中歌舞”在朝廷公开表演、④ 宪宗千秋节上容儿演的《钵头》戏风靡朝野都说明了北朝以来西域歌舞戏的流行实况。

由上可知，尽管西域歌舞戏东渐的进程困难重重，但原汁原味的西域歌舞戏传入中原者不乏其例，说明北齐时代东渐的西域歌舞戏是“戏”、“剧”并重的。西域戏剧如《弥勒会渐记》东渐时渐变为说唱俗讲，主要是因为剧本本身具有较强的故事性，而并非“戏剧样式引进的艰难”所致。剧本文学向说唱俗讲的演化与戏剧舞台表演是不同的两码事，在西域戏剧东渐进程中，本来就存在着西域戏剧转变为说唱俗讲、西域歌舞戏直接传入中原相并行的传播现象。

---

① 释慧皎撰，汤用彤校注：《高僧传》卷十三《唱导总论》，中华书局 1992 年版，第 521 页。

② 廖奔、刘彦君：《中国戏曲发展史》第一卷，第 125 页，

③ 《旧唐书·音乐志二》，第 1073 页，

④ 《旧唐书·音乐志一》云：“（贞元）十四年二月，德宗自制《中和舞》，又奏《九部乐》及禁中歌舞。”《旧唐书·音乐志二》，中华书局 1975 年版，第 1052 页。

传入中原的西域歌舞戏盖不在少数，而其中也不乏规模宏大者。有两则材料予以说明：

（1）同时期印度流行的《舍利弗》剧体宏大。据南朝僧人法显《佛国记》所载《舍利弗》戏表演的情形："种种香华，通夜然灯，使彼（伎）人作《舍利弗》。"① 此戏剧体制宏大，演出时间颇长。今新疆发现的《舍利弗传》共九幕，足证《舍利弗》体制之宏大。

（2）20世纪新疆发现的《弥勒会见记》剧本亦属长篇。此剧编者马鸣，创作于一二世纪间，有多个版本流传于西域。其中吐火罗本"每幕开头均用朱墨标明场次和故事地点，同时也标明了出场人物及其所演唱的曲调"。② 其回鹘文本又有哈密本、德国残卷传世，"哈密本全剧共存序章和二十五幕正文，德国残卷可看出尚有二十六、二十七两幕，为全剧的尾声。可见这个剧本由序章二十七幕组成。"③

既然西域戏剧在公元一二世纪已有宏大体制，且与北齐同时期的印度也有长篇戏剧上演，则《钵头》戏同样可能是长篇。从此戏山有八折的地点转换，八叠音乐单元重复的信息中，我们也可隐约地读出该戏与同时期传唱于印度的《舍利弗》相类的体制。还有一条材料也可以辅证这一观点，那就是在宪宗千秋节上，如果《钵头》戏很短，就很难说能感人至深。盖容儿所演的《钵头》戏，在八叠音乐的重复中，要持续相当长的时间，且其感人者，亦与该戏强烈的叙事、抒情性相关。张祜诗中所说的贵族们去看的《钵头》当是宫廷艺人容儿本人所演的《钵头》戏之全貌，而市井百姓所模仿的，更可能是容儿《钵头》戏中的片段。这种一曲多叠的结构亦为北齐戏剧《踏摇娘》借鉴，终使北齐戏剧在中国戏剧史上蔚为大观。

（原载《民族文学研究》2011年第1期）

---

① 释法显著，郭鹏等注译：《佛国记》，长春出版社1995年版，第43页。

② 廖奔、刘彦君：《中国戏剧发展史》第一卷，第123页。

③ 廖奔、刘彦君：《中国戏剧发展史》第一卷，第124页。

“序”体溯源及先唐诗序的流变历程

吴振华

中国古代最重礼乐制度，“礼”的核心就是“秩序”。古人由东西方位建立了时间有序交替的概念，逐渐形成了自然“秩序”观，因而建筑房屋时首先确定东西方位，并将房屋最重要的“东西墙”命名为“序”。由于“序”是古代礼制施行场所“堂”的重要组成部分，许多重要的礼仪活动如冠婚、宴饮、祭祀等都在这里举行，因此“序”又引申出“次序”、“排序”的含义，而且以“西序东向”最为尊大。推行礼仪制度的重要场所是学校，故“序”又获得了“学校”的含义。最后，因整理文献而演化出叙述“端绪井然”、“次第有序”的文体名称。“序”的涵义显示了：中国古人在重礼治的文化背景下，对自然和人类社会秩序形而上的理性追求，具有深广的文化内涵。本文即打算在这一文化背景下，追溯“序”体的源流，辨析其基本类型，并以“诗序”为例，勾勒出先唐诗序的流变历程，进而揭示出诗序的文学史意义。

一、“序”的源流及其基本类型

作为文体的“序”到底什么时候产生、最早的序谁人制作的呢？这是一个看似简单却几千年来悬而未决的难题。通过考察文章、文集发生过程，我们可以得出一些新的看法。

文献记载中有几种比较典型的说法：

（1）《史记·孔子世家》：“孔子晚而喜《易》，序《彖》、《系》、《象》、《说卦》、《文言》。”①

① 《史记》第六册，中华书局1959年版（本文所引《史记》均为此版本），第1937页。

按：唐张守节《史记正义》注曰："序，《易序卦》也。夫子作《十翼》，谓《上彖》、《下彖》、《上象》、《下象》、《上系》、《下系》、《文言》、《序卦》、《说卦》、《杂卦》也。"

（2）《周易正义》："《序卦》者，文王既繇六十四卦。分为上下二篇。其先后之次，其理不见，故孔子就上下二《经》，各序其相次之义，故谓之《序卦》焉。"①

（3）《陔余丛考·序》："孙炎云：序，端绪也。孔子作《序卦》及《尚书序》，子夏作《诗序》，其来尚已。"②

从司马迁，到郑玄，经孙炎到孔颖达，再到赵翼，都认为"序"体产生于春秋末期，第一篇"序"是孔子作的《序卦传》。

这一说法有人反对。如明代吴讷《文章辨体序说·序》："《尔雅》云；'序，绪也。'序之体，始于《诗》之大序，首言六义，次言《风雅》之变，又次言《二南》王化之自。其言次第有序，故谓之序也。"③ 他认为最早的"序"不是《序卦》而是《诗大序》，至于作者是谁，吴氏未说明。而欧阳修《童子问易·卷三》说："童子问曰：'《系辞》非圣人之作乎？'曰：'何独《系辞》焉，《文言》《说卦》而下，皆非圣人之作。而众说淆乱，亦非一人之言也。"④ 又《序问》说："或问：'《诗》之《序》，卜商作乎？卫宏作乎？非二人之作，则作者其谁乎？'应之曰：'《书》、《春秋》皆有《序》，而著其名氏，故可知作者。《诗》之序不著名氏，安得而知之乎？虽然，非子夏之作，则可知也。'"⑤ 这里欧阳修否定了《诗序》为子夏所作，认为最早的"序"不产生于春秋战国时期。

这种解说经传而相互矛盾的说法相当普遍，因为经学在流传过程中存在"尊经"和"疑经"两大派别，尊经者往往要推圣人扛大旗，而疑经者却坚决反对。由此而考索"序"体的产生，困难较大。但我们可经从经典产生的先后，大致推断哪个"序"最先产生。

据《史记·太史公自序》载其父司马谈论"六家要旨"，是首列

---

① 《周易正义》卷九，《十三经注疏》本，第334页。

② 赵翼：《陔余丛考》，河北人民出版社1990年版，第403页。

③ 吴讷撰，于北山点校：《文章辨体序论》，人民文学出版社1962年版，第42页。

④ 《欧阳修全集》卷七十八，中华书局2001年版，第1119页。

⑤ 《欧阳修全集》卷六十一，第900页。

《易大传》。班固《汉书·经籍上》甲部经录十二家的顺序是："《易》类一，《书》类二，《诗》类三，《礼》类四，《乐》类五，《春秋》类六……小学类十二。"①

据此可以断定，《易经》是最早形成的典籍，且没有受秦"焚书坑儒"的影响，其传承从未中断过，故应以《序卦》为诸"序"中最早者，至少在司马迁之前就流传了很长时间并定型，其产生时间应在春秋至战国晚期。那《序卦》一定是孔子所作吗？如果不是为什么又附会于孔子呢？我认为这应该考察经典形成及文集产生的历史过程。

儒家六经之首是《周易》，其经传的创作过程经历了远古时代至春秋战国之间的漫长过程，是先民以集体智慧探索宇宙、社会、人生大秩序的结晶，成为经典后，则推为圣人所作。《系辞下传》说："古者包羲氏之王天下也，仰则观象于天，俯则观法于地，观鸟兽之文，与地之宜，近取诸身远取诸物，于是始作八卦，以通神明之德，以类万物之情。"② 指出其运用"观物取象"的方法，通过从上到下，由近及远的观察，对客观自然进行由表及里、从现象到本质的概括，达到"通神明之德，类万物之情"的境界。《周易》中到处可见宇宙世界"秩序"的认识。如"天尊地卑，乾坤定矣。卑高以陈，贵贱位矣"。这是乾坤和人类的大序。"日来则月往，月往则日来，日月相推而明生焉；寒往则暑来，暑往则寒来，寒暑相推而岁成焉。"这是阴阳、四时相互推演之序。"圣人立象以尽意，设卦以尽情伪，系辞以尽其言。……彰往而察来，显微阐幽……其称名也小，其取类也大，其旨远，其辞文，其言曲而中，其事肆而隐。"这是表达之序。故《周易》涵天道、地道、人道而"广大悉备"，是一部"原始要终"而"言之有序"的著作。正因为如此，故在整理《周易》时，撰《序卦传》的作者能在分析《周易》六十四卦的编排次序基础上，揭示诸卦前后相承的意义。从这个意义上讲，由于诸史记载孔子确实整理过《周易》，所以孔颖达《周易正义》说孔子"就上下二经，各序其相次之义"也有一定的可信度。《序卦传》含有排列卦序，指明各卦依次相承的意义，含有事物向正反方面发展变化的辩证思想，其"序"为动词，符合先

① 《汉书》，中华书局1962年版（本文所引《汉书》均为此版本），第1966页，

② 黄寿祺、张善文：《周易译注》，上海古籍出版社1989年版，第572页。

秦时代文体以动词命名的通例[①]，具备后代文体"序"的基本特征，但还未脱离"传"（解释经义）的胎壳。后来司马迁著《史记》作《太史公自序》解释各篇作意及各篇先后次序，显然受到《序卦传》的影响。

《周易》这种"言之有序"的创作模式，对后代影响深远。如：

《史记·孟子荀卿列传》述孟子生活在天下务"合从连横，以攻伐为贤"的战国纷争时期，而他却"述唐·虞三代之德"，当然是不合时宜的"迂阔之论"，因此只得"退而与万章之徒，序《诗》《书》述仲尼之意，作《孟子》七篇。"荀卿则"嫉浊世之政，亡国乱君相属，不遂大道而营于巫祝，信禨祥……于是推儒、墨、道德之行事兴坏，序列著作数万言而卒。"[②]

《史记·屈原贾生列传》评述屈原创作离骚时说："上称帝喾，下道齐桓，中述汤武，以刺世事。明道德之广崇，治乱之条贯，靡不毕见，其文约，其辞微，其志洁，其行廉，基称文小而其指极大，举类迩而见义远。"[③]而他自己在创作《史记》是在受宫刑后"论次其文"的基础上"发愤著书"，故"述往事，思来者"。这里司马迁评述的屈原《离骚》创作方法，及自己的"论次其文"和"述往思来"，其实就是创作过程中的"（次）序"。正是由于司马迁对创作过程中的"序"有理性认识，故而他写出了《太史公自序》。一方面叙述自己的家世和写作《史记》的过程，总括全书旨要及创作的精神动力，可以看成是自叙传；另一方面又"序次其文"，按"本纪""表""书""世家""列传"的顺序，"叙"每一篇的大意。实际上这篇《自序》可以看作是130篇的总序和每一篇小序的总汇，其体例显然与《诗大序》《诗小序》具有相同特点，可以看作是"序"体正式确立的标志。它置于全书的末尾，具有总括归纳的特点，同时又起条目清晰、明确意旨的作用，这显然与司马迁编辑"天下放佚旧闻"的创作背景相关。后

① 参见郭英德：《中国古代文体学论稿》："当一种'言说'方式被人们约定俗成地确认为某一'类名'以后，与这种'言说'方式相对应的言辞样式就形成特定的文本方式，而这种'言说'方式的行为特征同时脱胎换骨地成为特定文本方式的文本形态特征。"如"诰""誓""命"等文体。北京大学出版社2005年版，第42页。

② 《史记》第七册，第2343页，第2348页。

③ 《史记》第八册，第2481页。

来这样的“序”一般放在书前，具有开门见山纲举目张的作用。

随着历史的发展，文化的积累越来越厚，文章体类繁多，自然由经书、史传而产生了杂类各体文章的文集。由集体撰述向个体著述演进。清代章学诚《文史通义·文集》这样说：“集之兴也，其当文章升降乎？古者朝有典谟，官阶存法令，风诗采之闾里，敷奏登之庙堂，未有人自为书，家存一说者也。自治学分途，百家风起，周、秦诸子之学，不胜纷纷；识者已病道术之裂矣。两汉文章繁矣……而文集之名犹未立也。自挚虞创为《文章流别》，学者便之，于是别聚古人之作，标为别集；则文集之名，实仿于晋代。”①

虽然章氏论述文集目的在于批评“言行殊而文集兴，诚伪之判”的现象，但他所述的文集形成过程则具有历史真实性。其中一个最为关键性的可以说具有标志性意义的事件是西汉末期的刘向校录群书，这是有文献可考、规模宏大的整理古代文献工作。

《汉书·楚元王传（后附刘向传）》：“成帝即位，向以故九卿召拜为中郎，使领护三辅都水。……而上方精于《诗》《书》，观古文，诏向领校中《五经》秘书。”②《汉书·艺文志》说：“至成帝时，以书颇散亡，使谒者陈农求遗书于天下。诏光禄大夫刘向校录经传诸子诗赋……每一书已，向辄条其篇目，撮其指意，录而奏之。会向卒，哀帝复使向子侍中奉车都尉歆卒父业。”③

刘向典校秘书的义例中有一项比较重要的是“条别篇章，定著目次”，由于古书每篇独立为册卷，不相联系，既无篇目，也无一定之序，故刘向将不分类的零篇各标以篇目，并编定其先后次序。如成帝河平年间，因为赵飞燕姊妹得宠幸，“向以为王教由内及外，自近者始。故采取《诗》《书》所载贤妃贞妇，兴国显家可法则，及孽嬖乱亡者，序次为《列女传》，凡八篇，以戒天子。及采传记行事，著《新序》、《说苑》凡五十篇奏之。”④《新序》是可考知的最早以“序”命名的书籍，编成于汉成帝河平三年至阳朔元年（即前26年至前24年）

① 章学诚：《文史通义》，中华书局1985年版，第296页。

② 《汉书》第七册，第1950页。

③ 《汉书》第六册，第1701页。

④ 《汉书》第七册，第1958页。

之间，是一本辑录的历史故事集，与《列女传》《说苑》为同一类型的书，目的都是为了向君王“陈法戒，以助观览，补遗阙”。刘向由编辑整理文献而编撰《新序》等书籍，并为古籍撰写“叙录”的事实说明了：“序”应该产生于编辑整理文献的过程中。这样我们就有理由说：刘向是“序”体形成过程中的关键人物。由此可以推知为什么最早的“序”要附会在孔子身上的原因，就是因为相传孔子对上古文献有编辑整理之功。①

单篇作品的“序”，似乎应该产生于书籍序之后。《诗小序》可能保留了一些比较古老的“序”，尽管标示了作者（如许穆夫人作《载驰》前的“序”等），但这些所谓的“序”多是后代研习《诗经》者以诗史互证方法追索诗歌的本事而成，具有“以史说诗”的倾向，可以认为是单篇诗序的滥觞。像东汉王逸所述屈原作《天问》的“序”，我认为也只能算推测，故后代怀疑者不少。而比较可靠的应该算汉初贾谊的《鹏鸟赋》前面的一段文字：“贾生为长沙王太傅三年，有鸮飞入生舍，止于坐隅。楚人命鸮曰‘服’，贾生适居长沙卑湿，自以为寿不得长，伤悼之，乃为赋以自广。”② 这虽然是司马迁根据赋文第一段内容而撮述的“序”，但它与赋文关系是相互补充的，故后来《文选》收录时将其当成“并序”。③ 但这足以说明贾谊此赋的前面一节文字具有“序”的特征，正因为此赋的范式作用，后来汉赋带“并序”的相当普遍。④ 诗歌的单篇“序”可考的是东汉张衡的《四愁诗并序》和《怨诗并序》。⑤ 但可以肯定的是单篇作品的“序”出现在书籍序之后，是先有“赋序”后有“诗序”。

综上所述，我们得出这样的认识：“序”体产生于整理编辑文献的

---

① 《史记·孔子世家》载：“古者《诗》三千多篇，及至孔子，去其重，取可施礼义。……三百五篇，孔子皆弦歌之，以求合《韶》《武》《雅》《颂》之音。礼乐自此可得而述，以备王道，成六艺。”第六册第 1936 页。

② 《史记》第八册，第 2496 页。

③ 萧统选，李善注：《昭明文选》上册，作《鹏鸟赋并序》，京华出版社 2000 年版，第 365 页。这不如朱东润主编《历代文学作品选》中，将“序”放入题解为妥当，上海古籍出版社 1980 年版。

④ 据严可均：《全上古三代秦汉三国六朝文》统计，录汉赋中有“并序”者 24 篇。此据河北教育出版社 1997 年横排本。

⑤ 张震泽取逯靖说，认为“序”为伪托。见《张衡诗文集校注》，上海古籍出版社 1986 年版，第 1 页。

过程中。从传说中的孔子整理而作《序卦传》到西汉刘向校理群书而作“叙录”，标志“序”体的确立。司马迁的《自序》是最早可考的文集（史传）序，刘向的《新序》则是第一本以“序”命名文集的书。司马迁、刘向为“序”体的确立作出了重要贡献。由宇宙本来就存在的“序（秩序）”到解释、表达这种“序”而要求“言之有序”，形成古人的“次序”概念，由于文献散乱或积累到丰富的程度，产生了整理文献的现实需求，孔子为讲学传经而整理，刘向受皇命而校理，则是两次重要的标志性的活动。司马迁创作《史记》接受《序卦传》影响而作《自序》标志“序”体的正式产生；刘向作《新序》标志“序”进入了文集；而贾谊的《鵩鸟赋》则为单篇文序的产生提供了范式。由此可见，“序”体产生后的流变是先有文集序，再有单篇的序，最后演变出赠别序，而此体在唐代达到完全成熟。

“序”体在两汉产生之后到魏晋南北朝时基本定型，体类大备，标志性事件是萧统编《文选》时，除录入单篇赋序、诗序外，还专录一卷“序”（第四十六卷，一部分在第四十五卷）。“序”体的分类，赵翼分为“经传序、史传自序、校书序、赋序”等，《陔余丛考·序》中说：“何休、杜预之序《左氏》、《公羊》，乃传经者之自为序也。史迁、班固之《序传》，乃作史者之身为序也。刘向之《叙录》诸书，乃校书者之自为序也。其假手于他人以重于世者，自皇甫谧之序左思《三都》始。”我认为分为“文集序”“单篇作品序”、“宴会序”、“赠序”四类比较妥当。“文集序”，包括赵翼说的传经者、解传者的自为序，如郑玄《尚书大传叙》、《诗谱序》，高诱《吕氏春秋序》、《淮南子序》；也有文集序和选集序，如萧统《陶渊明集序》和《文选序》，还有作史者、校书者序；还有释氏佛经序，如释僧佑的《释迦谱序》、《法苑杂缘原始集序》等。“单篇作品序”，文类比较多，如“文序”：刘歆《移书让太常博士并序》，萧琛《难范缜〈神无论〉序》等；如“赋序”：扬雄《甘泉赋并序》，左思《三都赋序》，陆机《文赋序》，庾信《哀江南赋序》等；如“诗序”：王羲之《三月三日兰亭诗序》，湛方生《庐山神仙诗序》；还有赞、铭、诔、颂等韵文均有序，不备举。这类序最为丰富，见后附录。“宴会序”，如石崇的《金谷〈园宴饮〉诗序》；“赠序”在唐代以后大盛。

二、诗序的形成过程及其文学史意义

（一）《诗序》作者及制作年代的评述

《四库全书总目》中说：“诗有四家，毛诗独传。唐前无异论，宋以后则众说争矣。”① 从宋代欧阳修经郑樵到朱熹的疑经风气形成后，围绕《诗经》研究的各种问题，尊经派和疑经派展开了激烈的争辩。其中《诗序》的作者问题是焦点，自元、明、清直至现在，仍然聚讼纷纭，成为“说经之家第一争诟之端”。

《四库全书总目·诗序》说：②

> 《诗序》之说，纷如聚讼。认为《大序》子夏作，《小序》子夏、毛公合作者，郑玄《诗谱》也。以为子夏所序诗，即今《毛诗》者，王肃《家语注》也。以为卫宏受学谢曼卿，作《诗序》者，《后汉书·儒林传》也。以为子夏所创，毛公及卫宏又加润益者，《隋书·经籍志》也。以为子夏不序诗者，韩愈也。③ 以为子夏惟裁初句，以下出自毛公者，成伯玙也。以为诗人所自制者，王安石也。以《小序》为国史旧文，以《大序》为孔子作者，明道程子也。以首句即为孔子所题这者，王得臣也。认为《毛传》初行，尚未有序，其后门人互相传授，各记其师说者，曹粹中也。以为村野妄人所作，昌言排击而不顾者，则倡之者郑樵、王质，和之者朱子也。……朱子同时如吕祖谦、陈傅良、叶适以同志之交，各持异议。……马端临作《经籍考》，于他书无所辨，惟《诗序》一事，反复攻诘，至数千言。

① 《钦定四库全书总目》上册，中华书局1997年版（下引此书同），第186页。

② 《钦定四库全书总目》上册，第187页。

③ 范处义：《诗补传·篇目》：唐人之议《诗序》也，韩愈曰：“子夏不序《诗》有三焉：知不及，一也；暴扬中冓之私，《春秋》所不道，二也；诸侯犹世，不敢以云，三也。……汉之学者欲显其传，因藉之子夏。”按：这可能是韩愈逸文，今《韩昌黎文集》无此。也有可能是范氏杜撰韩愈言来论诗经汉学之非。

争讼正如四库馆臣所说："攻汉学者，意不尽在于经义，务胜汉儒而已；伸汉学者，意亦不尽在于经义，愤宋儒之诋汉儒而已。"① 所以为了"消融数百年之门户"，馆臣"参稽众说，务协其平"，得出这样的结论："定序首二句为毛苌以前经师所传；以下续申之词，为毛苌以下弟子所附，仍录冠诗部之首，明渊源之有自。"②

这个结论能调和诸家异说，但将诗序的制作时间推到毛苌之前，还是引起了后人的进一步争论。

程俊英《历代〈诗经〉研究评述》中将《诗序》作者概括出比较有根据而有影响的三说：①子夏作；②子夏、毛公、卫宏合作；③卫宏作。她认为"东汉卫宏作《诗序》的话，是比较可信的"。③

而蒋凡在《中国文学批评通史》中却认为卫宏作序，大可怀疑，有四点理由；最后他得出结论："《毛诗序》不是一人一时之作，其中包含了先秦旧说，保存了古时的许多思想资料，也可能有东汉毛诗家加以润益的成分；但就其总体来说，它大约完成于西汉中期以前的学者之手。"④

冯浩菲《历代诗经论说述评》搜罗历史上有关《诗序》的形成及作者的十七种说法并将其分为三类：（一）《诗序》作于毛亨之前，即先秦时代；（二）古序（篇序了开头一句话，即单部序）作于先秦，古序之后，即双部序之后部序，为汉儒申说增补；（三）《诗序》为汉儒所作。冯著认为后两说不可取，而列出八条理由证明《诗序》作于先秦。⑤

这里我不想对三位学者的观点作出孰是孰非的评判，因为这相当困难，况且上古史实记载本身就存在相互矛盾的情况，各据一词均可成说。我只想从文体学的角度提出一点浅见，以期以新的视角观察这个纷繁难解的问题。我在前文详细考察了"序"这一文体产生的历史过程，得出的基本结论是："序"产生于编辑整理文献的过程中。而

---

① 《钦定四库全书总目》上册，第186页。

② 《钦定四库全书总目》上册，第187页。

③ 《程俊英教授纪念文集》，华东师范大学出版社2004年版，第151—152页。

④ 王运熙、顾易生主编：《中国文学批评通史》（先秦两汉卷），上海古籍出版社1996年版，第399—400页，

⑤ 冯浩菲：《历代诗经论说述评》，中华书局2003年版，第152—168页。

“序”体的成型显然经过“序卦”到“自序”这样的过渡，才最终向单篇作品序演变的历程。如果《诗序》这样成熟而标准的体制产生于先秦，而到东汉张衡时期才出现第一篇“诗序”。这中间相隔了六百余年，六百年中诗人并不算少，竟不作一篇诗序，显然是不可思议的。另外，我在前文中考察单篇作品序的产生过程时，已指出单篇最早的“序”不是“诗序”而是“赋序”，这里存在一条“书籍序”到“赋序”再到“诗序”和其他文体序的演变线索。考逯钦立《先秦汉魏晋南北朝诗》和严可均《全上古三代秦汉三国六朝文》，这两书是搜罗先唐诗、文资料最完备的巨著，我仔细检索，得到如下数据：先唐文献中，除《诗序》外，书籍序299篇，赋序252篇，诗序102篇，其他文体序95篇。这也从一个侧面说明：如果早在先秦就创作出305篇“诗序”，而此后一千多年才作了102篇诗序，这显然也是难以令人信服的。因此，我认为将《诗序》定为东汉以前所作是比较稳妥的，符合这一文体产生的历史条件。我大致同意蒋凡的意见，认为《诗序》出于众手，但不同意将其推到西汉中期（司马迁作《自序》）之前。如果我们承认《诗经》这部长达500年间产生的诗歌集是不同历史阶段产生的作品的话，那么我们就应该承认对它的接受不是一次性完成的。自传说中的孔子整理《诗经》到汉初的四家传诗，不管是立于学官还是私家传授，汉前的诗经研究并不是将其作为文学来研究的，而是诗史互证以明美刺风雅政教之旨。正如朱自清所说，《诗序》的认诗证史是将：“‘以诗合意’的结果就当作‘知人论世’，以为作诗的‘人’‘世’果然如此，作诗的‘志’果然如此，将理想当作事实，将主观当作客观”，又说“《毛诗》、《郑笺》跟着孟子注重全篇的说解，自是正路。但他们曲解‘知人论世’，并死守着‘思无邪’一义胶柱鼓瑟的‘以意逆志’，于是乎就不是说诗而是证史了。”[①] 由于《诗经》是乐歌，故在最初创作出来时，虽有其本事，但因不立题，故难详端绪。有一点是可以肯定的：即最初作者是没有作“序”和“题”的。“大序”“小序”是后来研读传习《诗经》的学者在接受过程中作出的“以意逆志”的理解，其说由于师徒相传，逐渐有所增删，大致在孔子到卫宏这一段时间内最终形成今天所见到的文本。从经师传诗作序到

① 见《朱自清说诗》，上海古籍出版社1998年版，第26、74页。

诗人作诗立序，之间存在一个观念接受与转变的问题。因为诗序可以将创作背景及作者之意交代清楚，免得产生歧解，所以为诗人所认可，逐渐形成一种文体。诗序与其他文体序的形成应该在大致相同的时期和相同的文化背景上。只有这种创作观念为作家所接受，才有可能形成序诗合体的风尚。这样就有必要以“诗序”为例考察一下先唐诗序演变的历史过程。

（二）先唐诗序的流变历程

中国古代很早就形成“诗史互证”的传统。《诗经》中就有一些诗如《硕人》、《载驰》、《清人》、《黄鸟》等都可以与《左传》相印证，连朱自清也说“这几篇与《左传》所记都相合，似乎不是向壁虚造。”① 这里以《鄘·载驰》为例。《毛序》说：“许穆夫人闵卫之亡，伤许之小，力不能救，思归唁其兄，又义不得，故赋是诗也。”②《左传·闵公二年》：“冬十二月，狄人伐卫。卫懿公好鹤。鹤有乘轩者。将战，国人受甲者皆曰：‘使鹤！鹤实有禄位，余焉能战?’……及狄人战于荥泽，卫师败迹。遂灭卫。……立戴公以庐于曹，许穆夫人赋《载驰》。齐侯使公子无亏帅车三百乘，甲士三千人以戍曹。”③《毛序》显然是对《左传》所叙史实进行撮述，再加以整合而成。尽管能诗史互证，但这“序”决不是许穆夫人所作。不过这序对后来作诗者很有启发：诗应该交待写作背景和寓意，这样读者欣赏、理解诗歌时，容易明白作者的旨趣所在。从文体学角度看，不能将它作为最早的“诗序”来看，因为“作者之意”是后人附上去的，作者本人尚没有这一意识。先唐“诗序”的形成过程大致经历了“先秦的萌芽期”、“两汉的生成期”、“两晋的成熟期”和“南北朝（含隋）的衰落期”四个阶段。

下面按逯钦立《先秦汉魏晋南北朝诗》收录的诗歌顺序，列叙“诗序”的流变情况。

---

① 见《朱自清说诗》，上海古籍出版社1998年版，第15页。

② 《十三经注疏·毛诗正义》（七），北京大学出版社1999年版，第210页。

③ 《十三经注疏·春秋左传正义》（上），第310—312页。

1. 先秦诗共七卷

收"歌""谣""杂辞"，大都录自史书、经传。如《弹歌》见《吴越春秋》，《击壤集》见《尚书传》，《南风歌》见《孔子家语》，《涂山歌》见《吕氏春秋》，《五子歌》见《夏书》，《夏人歌》见《韩诗外传》等，每一篇歌辞都有一产生过程的说明，虽荒古渺远，然文献所徵，后人也只能姑妄听之。至于《史记》中的有些记载后代流传很广，值得重视和注意。如《麦秀歌》，《史记·宋微子世家》载："箕子朝周，过故殷墟，感宫室毁坏，生禾黍，箕子伤之，欲哭则不可，欲泣为其近妇人，乃作《麦秀之诗》以歌咏之。其诗曰：'麦秀渐渐兮，禾黍油油。彼狡僮兮，不与我好兮！'"[①] 此歌在古代典籍中记载或转引很多[②]，有一定的可信度，其对箕子创作心态、背景的推测、描述，有一定的依据，那种睹景兴悲、物是人非的易代之感当是真情的流露，在古代易代之际有相当的典型性，为后代怀古诗的滥觞，也成为伤感昔盛今衰诗歌的最早艺术原型。此外如《史记》中的《邺民歌》，载于《论语》的《楚狂接舆歌》，见于《孟子》的《孺子歌》，载于刘向《列女传》的《黄鹄歌》、《说苑》的《越人歌》、《新序》的《徐人歌》等，都有依托的本事，虽然诗人此时还没有作"序"的意识，但这些史传类著作在收集、编辑时的撮述和作意之推测，可以算作"诗序"的初始形态。这种对本事索解的探求意识，直指诗歌意旨的内核，是诗序产生的史传文化背景和依据。

2. 汉诗十二卷

如《史记》中的《郑白渠歌》，《汉书》中的《安世房中歌》和《后汉书》中的《五噫歌》之类，还承继先秦的传统，录歌时附上本事的考索；而真正成为作者有意识的"诗序"的是东汉张衡的《怨诗序》和《四愁诗序》，《四愁诗序》曰：

> 张衡不乐久处机密，阳嘉中，出为河间相，时国王骄奢，不

---

① 《史记》，中华书局1959年版，第1620—1621页。

② 据逯钦立《先秦汉魏晋南北朝诗》（上），此诗尚见于《尚书大传》，《文选·思旧赋》注引《尚书大传》；《御览·五百七十》引《史记》，《乐府诗集》作《伤殷操》诗纪前集一。见逯著该歌条后记，中华书局1983年版。

遵法度，又多豪右并兼之家，衡下车，治威严，能内察属县，奸猾行巧劫，皆密知名，下吏收镛。尽服禽，诸豪侠游客，悉惶惧逃出境。郡中大治。争讼息，狱无系囚。时天下渐弊，郁郁不得志。为《四愁诗》，效屈原以美人为君子，以珍宝为仁义，以水深雪雾为小人，思以道术为报。贻于时君，而惧谗邪不得以通。先辞曰……[①]

逯钦立按语说："此序乃后人伪托，而非衡所作，王观园《学林》辨之甚详。"今查宋代王观国的《学林》，王氏认为此序伪托有两个理由：（1）张衡为相，不会斥言国王骄奢不遵法度，也不会自称下车治威严，郡中大治；（2）此序内容与《后汉书·张衡传》多同，故序是史辞，为编集张衡诗文者增损而成。[②] 我认为序言一般不会自称姓名，此序不是自述口吻，王氏所论极是，唯编者不易断定。但后来校注张衡文集者，明知伪托，却依然当作诗序收录，因为"所言事实，大致尚与本传符合"[③]。

而《怨诗序》则是比较可靠的介绍作意的"序"，文曰："秋兰，咏嘉美人也。嘉而不获，用故作是诗也。"诗曰："猗猗秋兰，植彼中阿。有馥其香，有黄其葩。虽曰幽深，厥美弥嘉。之子之远，我劳何如！"诗写秋兰种在深山，香气馥郁，开着金黄的花朵，具有美好幽丽的品质，可惜远在深山，我徒劳心思念，不能亲自去采摘。诗中充满了咏叹嗟赏之情，且情思幽渺。而"序"则揭示诗中隐含的象征意义。这样，文直抒揭主旨，诗婉娈发幽思，诗与序相互补充，相互发明。通过这样的诗文联姻，获得一种新的体制，更能充分地抒情言志。

3. 魏诗十二卷

只有曹植的三首诗有序，分别是：《献诗并疏》（按：以疏代序）、《赠白马王彪并序》、《离友诗并序》[④]。前者诗献给皇帝的诗，故以庄

---

① 逯钦立：《先秦汉魏晋南北朝诗》（上），第180页。

② 见《学林》卷七，文渊阁《四库全书》本，第851册，台湾商务印书馆1986年发行，第171页。

③ 萧统《文选》按序收录。今人张震泽《张衡诗文校注》（上海古籍出版社1986年版）也将序全录。

④ 三诗序见《全魏诗卷七·曹植二》，第445页、452页、460页。

重的"疏"体代说作诗之意；后两首都为离别诗，《赠白马王彪》系抒写个人的愤懑为中心，兄弟离别之情是在此基础上产生的，具有特殊的创作背景，愤激之情不可遏止。《离友诗并序》则稍不同。具有一般性的应酬性质，说"乡人有夏侯威者，少有成人之风，余尚其为人，与之昵好。王师振振，送余于魏邦，心有眷然，为之陨涕，乃作《离友之诗》"。显然感慨身世已退居其次，主要写朋友之间的深情厚谊。

综观晋前诗，可考的诗序只有6篇，比较确凿的只有4篇（按：除《四愁诗序》外，《孔雀东南飞序》也系后人伪托），可见在晋前诗人还没有普遍明确的诗序合一意识。虽然大部分诗都有创作本事，但明确将本事入序还未成为风尚。这大约由于：一方面汉儒治诗，以序解诗追索本事的观念还没有为诗人普遍接受；另一方面那是一个乐府创作盛行的时代，诗人写诗抒情言志还在坚守诗文之别。曹植是诗、文兼擅的重要作家，其作诗序仅三篇，都是因为有重要原因，或颂诗献忠，或悲愤难抑，或惜别依依。这说明诗、序合体还有待诗文交融的进一步深化。诗题序化，或序化为题成为风尚后，诗序才趋向繁荣。

4. 晋诗二十卷，共存序30篇，其中东晋末期大诗人陶渊明存诗序12首，数量最多①

首先是傅玄的《拟四愁诗并序》："张平子作四愁诗，体小而俗，七言类也。聊拟而作之。名曰《拟四愁诗》。"② 此"序"诗揭示拟作之意的，表现了晋朝开始形成一种新的创作风气。接着产生了纪实性的诗序，沿着曹植的作风而加以发展。如应亨《赠四王冠诗并序》说"永平年四月，外弟王景系兄弟四人并冠，贻四王子诗曰……"就明确标有时间、因由，纪实性很突出。类似的有傅咸（239—294）的《答潘尼诗并序》、《答栾弘诗并序》、《赠何劭王济诗并序》、《诗并序》、《赠郭泰机诗并序》等等。③ 这些诗序都是为酬赠应答而作，表现了另一种文人之间唱酬风尚进入了诗序，并开始有意识地"作序明意"。而《答潘尼诗序》和《答栾弘诗并序》这两篇序已经带有很强的自传性，

---

① 30篇，是按《先秦汉魏晋南北朝诗》统计的，如果加上严可均《全上古三代秦汉三国六朝文》的统计，去重后得58篇。严著仿《全唐文》体例，对诗总集中未收诗序都收入。

② 见《先秦汉魏晋南北朝诗》第573页。此诗序又见徐陵编《玉台新咏》卷九，中华书局1985年版，第404页。

③ 傅咸诗序见逯著《晋诗》卷三，第606页、607页、608页、609页。

不仅将酬答之因由叙述得很清楚，而且将自己的际遇、感慨也交代出来了，是文学史研究中考察诗人生平的重要参考资料。傅咸是晋初重要的赋家，他的诗序开始注意文采的修饰。如《赠郭泰机诗并序》因诗佚序存而更显珍贵：

> 河南郭泰机，寒素后门之士，不知余无能为益。以诗见激切可施用之才，而况沉沦不能自拔于世。余虽心知之而未如之何。此屈非复文辞所了。故直戏以答其诗云。

序中对当时弥漫的士族制度笼罩下的时代氛围有一定的暴露，对"英俊沉下僚"的寒门才子沉沦不能自拔之"屈"，深寓悲悯同情之意，因"此屈非复文辞所了"，故想以戏谑来化解友人之悲愁，"有意作序"的意识加强了，其诗在《文选》的注文中仅存"素丝岂不挈，寒女难为客""贫寒犹手拙，操杼安能工"四句，可见诗、序是相得益彰的。

与傅咸同时稍后的石崇也留下了三首诗序[①]，《楚妃叹并序》、《王明君辞并序》是分别咏楚之贤妃（樊姬）"能立德著勋，垂名后世"和咏王昭君远嫁乌孙的"哀怨"，带有咏史怀古之情。而《思归引并序》比较重要，全引如下：[②]

> 余少有大志，夸迈流俗，弱冠登朝，历位二十五，年五十以事去官，晚节更乐放逸，笃好林薮。遂肥遁于河阳别业。其制宅也。却阻长堤，前临清渠。柏林几于万株，江水周于舍下，有观客池沼，多养鱼鸟，家素习技，颇有秦赵之声。出则以游目弋钓为事，入则有琴书之娱，又好服食咽气，志在不朽。傲然有凌云之操，欻复见牵羁，婆娑于九列，困于人间烦黩，常思归而咏叹。寻览乐篇有《思归引》，傥古人之心有同于今，故制此曲。此曲有弦无歌，今为作歌辞以述余怀。恨时无知音者，令造新声而播于丝竹也。

---

① 石崇有《金谷园诗序》，因是诗集序，与王羲之《兰亭集序》一样，故在此处不论。

② 《思归引并序》，见逯著《晋诗》卷四，第643页。

此序除自叙生平志向外，又描写了自家别业的优美景色和罢官之后林泉游观、琴书弋钓、听伎弦歌之乐，带有文人倦于官场、退引思归的旨趣，对后来的归隐之作，山水游赏之作影响很大，开创了归隐全真的新题材领域。石崇的经济条件和这种归思之志及文人雅士的兴怀是此后《金谷园诗序》产生的基础，对后来王羲之的《兰亭集序》和陶渊明《归去来兮辞并序》有直接影响，余波一直沿及此后一千多年的诗坛。

与石崇的归隐别业享受“制宅”美景和声色娱乐不同，湛方生的《庐山神仙诗序》则展现了另一种归隐崇尚自然之乐：①

> 浔阳有庐山者，盘基彭蠡之西，其崇标峻极，辰光隔辉，幽涧澄深，积清百仞，若乃绝阻重险，非人迹之所游，窈窕冲深。常含霞而贮气，真可谓神明之区域，列真之苑囿矣。太元十一年，有樵采其阳者，于时鲜霞褰林，倾晖映岫，见一沙门，披法服独在岩中，俄顷振裳挥锡，凌崖直上，排丹霞而轻举，起九折而一指，既白云之可乘，何帝乡之足远哉。穷目苍苍，翳然灭迹。诗曰：“吸风玄圃，饮露丹霄。室宅五岳，宾友松乔。”

此首颂列仙之趣的诗非常短，仅四句，无甚味道，倒是序写得非常优美，对庐山美景和神仙动态的描写堪称绝诣，引人入胜，富有诗情画意，是比较典型的“序重诗轻”，对后来山水诗影响较大。如东晋支遁的《游石门诗序》也是序长诗短，序很美，而诗一般化，艺术的灵光偏照于序文，诗则由于老庄玄言的影响而干枯槁悴，似乎是流于形式，虽固守诗为正宗的观念，但实际上诗情画意却在序文中暗度陈仓。这说明序与诗之关系如果处理不当就会产生轻重失衡的问题。

将诗与序比较完美交融当推晋宋之交的大诗人陶渊明。《晋诗》卷十六《晋诗》卷十七录存陶诗序 12 篇②。陶渊明的诗序大致可分为四

---

① 见逯著《晋诗》卷十五，第 943 页。

② 逯著《先秦汉魏晋南北朝诗》收诗序 12 篇，将《桃花源记并诗》《归去来兮辞并序》都入诗类，第 985、986 页。而逯钦立《陶渊明集校注》却将《归去来兮并序》归入“辞赋”卷；《桃花源记并诗》归入“记传赞述”卷。前后矛盾，此文从前说，视为诗序。

类：（一）酬赠应答。如《赠长沙公并序》、《答庞参军并序》、《与殷晋安别并序》、《赠羊长史并序》。这类序很短，一般只交代酬赠对象的一些情况和作意，虽简明扼要，但没有独到之处。（二）闲居咏怀。如《停云并序》、《时运并序》、《九日闲居并序》、《有会而作并序》、《形影神并序》等，这类序多半与饮酒有关，含有珍惜生命而追求自然的哲理思考，用笔比较凝练，带有思辨色彩，是序中的创举。（三）山水游览。如《游斜川并序》就写得很美，用散句叙事抒怀，用偶句描写景物，如"鲂鲤"二句写鱼鸟自得其乐的生命乐趣；"傍无"四句写"曾城"的独秀风采和诗人的钦慕之情。句皆凝练而富于表现力，将人与自然的和谐融洽表现出来了。（四）综合类。最具代表性的是《桃花源诗并序》，以优美的带有传奇小说的笔调，虚构了一个独立于人世之外的理想世界，其序具有浓郁的诗意，历代传美，其价值远远超过了该诗。至此，散文的优美融于诗意，达到了很高的艺术境界。

清代刘熙载论述诗文之别时提出"诗醉文醒"之说①，指出诗歌艺术意象、意境具有想象性、朦胧性、暗示性的特征，而散文则明晰准确，但二者有相济为用的一面。如陶渊明《饮酒二十首》，均是诗人酒醉后信笔涂抹而成的，但观诗意又不像是醉后所作，他非常清醒，肯定是借酒抒怀。陶诗与陶文消息相通，《饮酒》及序就提供了例证。《序》云：

余闲居寡欢，兼比夜已长，偶有名酒，无夕不饮，顾影独尽，忽焉复醉。既醉之后，辄题数句自娱，纸墨遂多。

序文介绍、描述了这组诗的写作情况，展示了作者长夜寂寥的落寞情怀，而酒醉后的诗歌显然含有深沉的感慨。陶渊明的诗与序往往相互映衬、补充，是诗文交融的最佳范例之一。陶渊明不仅扩大了诗序的表现范围，而且丰富了诗序的表现方式，把散体、骈体的一些技巧引入了序中，而且精心结撰，诗与序交映生辉，浑然一体，是诗序流变过程中的一座丰碑，为后来诗序的制作既提供了范式，又指示了发展

① 《艺概》卷二："文所不能言者，诗或能言之。大抵文善醒，诗善醉。醉中语亦有醒时道不到者。"见《刘熙载文集》，江苏古籍出版社2001年版，第117页。

的方向，打开了诗文交融的艺术通道。

5. **南北朝时期**

文化继续南移，北方文坛比较寂寞，文采风流钟聚于南土，但由于骈文独霸局面的形成，诗歌渐渐局限于宫廷应制、酬唱娱情、游历宴饮的范围，诗题比较具体，且出现了长题诗作，因此诗序又渐渐退去，失去了作用①；另一方面由于文的自觉带来了评论诗歌的风气。因此部分诗人借诗序评论诗歌的特征。尽管作品不多，但开了新的风气。如谢灵运的《拟魏太子邺中集诗八首并序》：②

> 建安末，余时在邺宫，朝游夕讌，究欢愉之极，天下良辰美景、赏心乐事。四者难并。今昆弟友朋，二三诸彦，共尽之矣。古来此娱，书籍未见，何者，楚襄王时，有宋玉、唐、景，梁孝王时，有邹、枚、严、马，游者美矣，而其不文。汉武帝时，徐、乐诸才，备应对之能，而雄猜多忌，岂获晤言之适，不诬方将，庶必贤于今日矣。岁月如流，零落将尽，撰文怀之，感往增伦。其辞曰……

这篇序文拟魏太子曹丕的口气来抒发“四美难并”的感慨，历叙楚王、梁孝王、汉武帝与文士酬唱的情景及缺陷，写“岁月如流”“感往增伧”之怀，显然是精心结撰的借他人酒杯浇自己胸中块垒之作。其余七首诗每首诗前还有一小序，就是对所怀之人的评价，如《曹植》：“公子不及世事，但美遨游，然颇有忧生之嗟。”这是对诗人作品内涵及特色的一种评价。这种作风在梁朝江淹的《杂体三十首并序》中发展为对诗史的评论：③

> 夫楚谣汉风，既非一骨；魏制晋造，固亦二体。譬犹蓝朱成彩，杂错之变无穷；宫角为音，靡曼之态不极。蛾眉讵同貌，而俱动于魄；芳草宁共气，而皆悦于魂。不其然欤？至于世之诸贤，

① 以逯著《宋诗》卷二为例，收谢灵运大量的山水诗，制题新颖，但没有一首诗序。

② 见逯著：《宋诗》卷三，第1181页。

③ 见逯著：《梁诗》卷四，第1569页。

各滞所迷，莫不论甘而忌辛，好丹而非素。岂所谓通方广恕，好远兼爱者哉。乃及公干、仲宣之论，家有曲直，安仁、士衡之评，人立矫抗。况复殊于此者乎。又贵远贱近，人之常情；重耳轻目，俗之恒蔽。是以邯郸托曲于李奇，士季假论于嗣宗。此其效也。然五言之兴，谅非变古。但关西邺下，既已罕同；河外江南，颇为异法。故玄黄经纬之辨，金碧浮沉之殊。仆以为亦各具美兼善而已。今作三十首诗，学其文体。虽不足品藻渊流，庶亦无乖商榷云尔。

此序可以作为南朝大量拟作诗的理论概括，他从否定“是古非今”、“贵远贱近”、“重耳轻目”的俗见出发，肯定了近代五言诗的意义和地位，并大力模拟。其实江淹的拟作中含有“品藻渊流”的意味，尽管他的拟作诗具有所拟对象的特点，学得很像，但终因模拟多于创新，不为文学史家认可。不过，从文体学角度出发，此序却别具意义。一方面对文学源头的追索，对时风时弊的批评，对模仿追拟的肯定，具有文学批评史意味；另一方面是用骈体为序，显然是感染时风所致，序精致工整，对后来初唐四杰的骈体诗序有一定影响。此序标志着诗序由先秦两汉而来的散体向骈体的转变。本来诗序的创作是用散体附依于韵文之前介绍创作情况、意旨的，因散体近于口语，直接明白，由散体变为骈体是一次重要的转变，使诗序由朴拙粗糙渐趋华赡靡丽。这是骈文发展兴盛向诗序渗透的必然结果，也是其未来发展的重要障碍，当初唐骈序发展到高峰后，必须再向散体回归，才能有新的推进，这已是中唐以后的事了。

骈文为序还运用于宴会赋诗的场合。如萧纲《三日侍皇太子曲水宴诗序》：①

窃以周城洛邑，自流水以禊除；晋集华林，同文轨而高宴。莫不礼具义举，沓矩重规，昭动神明，雍熙钟石者也。皇太子生知上德，英明在躬；智湛灵珠，辩均河注。腾茂实于三善，振嘉声于八区。是节也，上巳属辰。余萌达壤，仓庚应律，女夷司候。

① 见逯著《梁诗》卷二十一，第1929页。

尔乃分阶树羽，疏泉泛爵，兰觞沿泝，蕙肴来往。宾仪式序，盛德有容，吹发孙枝。声流嶰谷，舞艳七盘。歌新六变，游云驻彩，仙鹤来仪。都人野老，云集雾会。结轸方衢，飞轩照目。（以下阙）

这显然是一篇带有颂敬色彩的充满夸饰，炫耀辞藻的骈文，描写宴会前的场面，引典庄重，藻饰华丽，声慨非凡，虽非完璧，但对后来的四杰诗序影响是非常明显的。南朝诗序仅留存七篇，这两篇骈序比较典型地反映了这个时代的风尚。而北朝却无一首诗序留存，像王褒、庾信这样由南入北的辞赋家，竟不作一首诗序，这一现象值得深思。隋代国祚短暂，只留下王胄的《卧疾闽越述净名意诗并序》①，带有佛教的味道，没有新意。整个诗序的创作，历经两晋的一个小高潮后，在南北朝（含隋）时期，趋向低迷，但先唐的诗序，已具备了后代诗序的基本体格和文体特征，在另一个诗歌高潮到来之后，随着散文的同步推进，必将趋向新的繁荣。

（三）诗序的作用和意义

序与诗具有相互依存不可偏废的关系。古人对《毛诗序》的看法颇能说明“序”的作用。如宋代程颐认为“学《诗》而不求《序》，犹欲入室而不由户也。”② 程大昌也说“序也者，其《诗》之喉襟也欤！”③都将“序”看成理解诗的门户和关键处。马端临更进一步说：“《诗》不可无《序》，而《序》有功于《诗》也。”④ 这“功”就是因为诗多讽谕，反覆咏叹，偏重兴象，而序则“序作之之意”，这样就能相互发明，相得益彰。郝敬这样解释说：“序即是诗人之志，诗辞明显，则《序》不及，但道诗所未言，后人所不知者，故《序》不可废也。……若《诗》无古序，则似夜行。”⑤ 陈启源更说：“执（序）以读其诗，譬犹秉烛而物于暗室中，百不失一矣。故有诗必不可以无叙也。”⑥

---

① 见逯著：《隋诗》卷五，第2701页。
② 程颐：《程氏经说》卷三，《四库全书》本。
③ 程大昌：《考古编·诗论十三》，《丛书集成初编》本。
④ 马端临：《文献通考·经籍考·诗·诗序》，浙江古籍出版社1988年版。
⑤ 郝敬：《毛诗原解序》，《丛书集成初编》本。
⑥ 陈启源：《毛诗稽古编·总诂·举要》、《清经解》庚申补刊本。

当然也有反对的声音。如朱鉴强烈攻序："《诗》本易明，只被前面《序》作梗。《序》出于汉儒，反乱《诗》本意。"[1] 因否定汉儒而否定诗序，这显然是连孩子同脏水一起泼掉。章如愚态度更坚决，说："《诗序》之坏《诗》无异三《传》之坏《春秋》。然三《传》之坏《春秋》而《春秋》存，《诗序》之坏《诗》而《诗》亡。"[2] 简直认为"序"是罪不可赦了。

这两派的意见显然来自尊经或疑经的学术背景，都有偏颇。总体说来，诗与序的相互发明还是应该承认的。冯浩菲将《诗序》内容概括成九类：（一）括举大意，（二）揭明大义，（三）意义兼明，（四）揭明编诗者之意或说诗者之意，（五）说明背景，（六）补序作者，（七）补为解题，（八）统序诗意，（九）揭明美刺。[3] 这种概括比较全面，对研究《毛序》来说是切实可行的，但与创作的真实情况还是有距离。

通过前文对先唐诗序流变的考察，我们认为诗序有下面几个作用：

（1）诗序中作者叙述的具体创作背景情况，是第一手原始资料，可以用来考察作者及相关人物的生平经历，因而具有文学史意义；

（2）诗序往往揭示作诗主旨，或暗示作意，因此，诗序是诗歌主旨明晰的重要标志；

（3）诗歌的发展不是一枝独秀，在发展过程中必然会与同时代的其他文体发生关系，也会吸收其他文体的特点融入自己的血肉之中。诗序正好成为一个样本，是诗歌与其他文体交融的重要依据；

（4）诗序中往往展现作者的创作心境、精神状态，因此通过诗序可以更好地研究作家、理解诗意乃至感受时代氛围和考察社会风尚，因而可以更好地知人论世；

（5）诗序中往往评诗论艺，作者喜欢追索文学的本源，因而诗序具有总结诗学思想发展历程的文学批评史意义。

（原载《学术月刊》2008 年第 1 期）

---

① 朱鉴：《诗传遗说》，《四库全书》本。

② 章如愚：《群书考索·别集》卷七，《四库全书》本。

③ 马浩菲：《历代诗经论说述评》，中华书局 2003 年版，第 161—162 页。

李白《静夜思》版本嬗变及其诗学思想阐释

袁　茹

今存李白《静夜思》的最早版本见于宋代，内容为："床前看月光，疑是地上霜。举头望山月，低头思故乡。"元明时代，版本开始发生变化，以明代为盛，有八种之多，清代版本再无新变。"床前明月光，疑是地上霜。举头望明月，低头思故乡。"这一版本在明代定型，并逐渐成为流行版本流传至今，几乎取代宋代版本。古诗文在流传过程中在版本上有稍许变化是普遍现象，无意为之者居多，但《静夜思》这一版本嬗变现象带有一定的刻意性，是读者的"故意误读"。通过对此嬗变现象的解读，了解《静夜思》两种主要版本诗意阐释之不同，以期对今人阐释《静夜思》时引发的争议之处做出比较合理的解释。

一、李白《静夜思》版本的嬗变

（一）宋代版本的一致性

今存《静夜思》的宋代版本表现出高度的一致性，即全是"床前看月光，疑是地上霜。举头望山月，低头思故乡。"（下文简称"宋本"）如现藏于中国国家图书馆的《李太白文集》（称缪本，北宋刊本残本，卷十五至卷二十四是以清康熙五十六年缪氏双泉草堂刊本配补的，《静夜思》在卷六）、日本京都大学人文科学研究所影印静嘉堂藏《李太白文集》宋刊本三十卷（称宋蜀本或宋乙本，北宋末、南宋初据苏本翻刻），郭茂倩《乐府诗集》一百卷（文学古籍刊行社 1955 年影宋本）。现存李白文集中，宋代版本是最早的，也最一致，又加上宋蜀本皆善本，“宋本”为李白原诗的可信度最高。①

（二）元明清版本的错综交杂

由元到明，《静夜思》的版本至少出现八种：

第一种等同于宋本，见宋杨齐贤注、元萧士赟补注《分类补注李太白诗》，陆时雍《唐诗镜》（明刻本）卷二十，朱谏注的《李诗选注》（明隆庆六年刻本）卷四，明钟惺、谭元春辑《唐诗归》（前有明万历四十五年钟惺序）卷十六，康熙敕撰《全唐诗》卷一百六十五（清康熙扬州诗局刻本）

第二种：“忽见明月光，疑是地上霜。起头望明月，低头思故乡。”见于元人范德机《木天禁语》、李攀龙校（明格致丛书本，明万历刻本）《新刻木天禁语》、谢天瑞（明万历时期人）辑《诗法》（复古斋刻本）卷一。

第三种：“忽见明月光，疑是地上霜。举头望明月，低头思故乡。”见明人王良臣《诗评密谛》（天启年间刻本）卷二。

第四种：“床前看月光，疑是地上霜。举头望明月，低头思故乡。”见李攀龙编《诗删》二十三卷（阕本，明刊朱墨套印本，日本尊经阁文库藏）②；明嘉靖十六年（1537）序刊本高棅《唐诗品汇》卷三十九、万历（1573—1620年）刊明黄习远窜改本《万首唐人绝句》。

第五种：“床前明月光，疑是地上霜。举头望明月，低头思故乡。”（以下为叙述方便，简称该本为“两个‘明月’本”）见明万历年间闵氏刻朱墨套印本《唐诗选》卷六、清汪霦撰《御制佩文斋咏物诗选》（清康熙内府刻本）、清俞樾《湖楼笔谈》湖楼笔谈六（清光绪二十五年刻春在堂全书本）。

第六种：“床前见月光，疑是地上霜，举头望山月，低头思故乡。”见万历年谢天瑞《诗法》（明复古斋刻本）卷七。

第七种：“床前明月光，疑是地上霜。举头望山月，低头思故乡。”见明代万历年间曹学佺编的《石仓历代诗选》、清官修《御选唐宋诗

① 周勋初：《李白诗原貌之考索》，《文学遗产》2007年第1期，第33—37页。

② ［日］森濑寿三：《关于李白〈静夜思〉》，《唐代文学研究》第三辑，广西师范大学出版社1992年版，第248—253页。

醇》卷四（清文渊阁四库全书本）、王士祯编《唐人万首绝句选》卷一（清康熙刻本，本诗题目被改为《夜思》）。

第八种：第二句为“疑是池上霜”，其他三句同宋本。见李攀龙《古今诗删》（徐中行订、汪时元校刻，明代隆庆到万历年间刊本）卷二十。

综观元明清时期《静夜思》版本错综交杂情况可见：

1. 明人对宋本的“故意误读”

即使是在同一书或同一人编选、校注的著作中，《静夜思》版本也不尽相同，且差别很大，误刻的可能性很小，应该是“故意误读”。如谢天瑞《诗法》卷一和卷七中的《静夜思》版本差别较大，尤其是卷一中的版本与宋本甚至有五个字的出入；同是李攀龙编选或校注的著作中引用的《静夜思》版本就有五种。

2.《静夜思》版本变化时间未定，版本错综交杂现象以明中后期为最盛

《静夜思》版本变化于何时，目前学界观点不一。或认为《静夜思》的“举头望山月”变为“举头望明月”最初出现于高棅《唐诗品汇》[1]；或说初见于李攀龙《古今诗删》[2]。首句“床前看月光”变为“床前明月光”初见于明代曹学佺《石仓历代诗选》；[3] 或说见于万历刊明黄习远窜改本《万首唐人绝句》。但元人范德机《木天禁语》中有改编过的《静夜思》，说明《静夜思》版本可能改变于元代。但今存《木天禁语》只有明代万历、天启年间刻本，而许学夷[4]、《四库全书总目》认定该书为伪书，当今学界研究者对《木天禁语》是否为伪书各执己见，[5] 使“李白《静夜思》版本变化于元代”一说只能存疑。《静夜思》版本的变化现象以明代为最盛，两个“明月”本定型于明代。清代三种版本基本继承明代变化而来，再无新变。

---

① 薛顺雄：《谈一首讹字最多的李白名诗——〈静夜思〉》，《台湾日报·副刊》1968年6月19日。

② 周勋初：《李白诗原貌之考索》，《文学遗产》2007年第1期，第33—37页。

③ ［日］森濑寿三《关于李白〈静夜思〉》，《唐代文学研究》第三辑，广西师范大学出版社1992年版，第248—253页。

④ 许学夷：《诗源辩体》卷三十五，明崇祯十五年陈所学刻本。

⑤ 肖永凤：《范梈诗论著作考辨》，《中国典籍与文化》2003年第2期，第23—26页。张伯伟：《元代诗学伪书考》，《文学遗产》1997年第3期，第65—73页。

3. 今存《静夜思》的八个版本中，宋本和两个“明月”本影响最大

两个“明月”本因《唐诗选》、蘅塘退士的《唐诗三百首》的影响更为流行。《唐诗选》作为明代后期启蒙教材，“皆坊贾所为。……然至今盛行乡塾间。”① 蘅塘退士的《唐诗三百首》是两百年来流传最为广泛、影响最大的唐诗选本，目前学界争论最多的也是这两个版本，主要在于诗意的阐释和艺术的孰优孰劣，聚讼纷纭。

二、由宋本到两个“明月”本的嬗变，是诗意阐释的嬗变

目前《静夜思》诗意阐释争论的焦点之一是如何解释首句中的“床”字：或为睡床，或为坐床，或为井床，② 各抒己见，莫衷一是。

（一）由盛唐诗歌中的“床”的引申义和本义的运用情况，推断宋本《静夜思》之“床”的内涵

“床”字本义是坐卧之具。如汉代刘熙《释名·释床帐》曰：“人所坐卧曰床，床，装也，所以自装载也。”在运用中被引申为使人或物能安稳处之的“底座”，如笔床、笛床、井床、糟床等。李白时代的诗文中在用到“床”字时有何规律？我们可根据《盛唐著名诗人诗文中用到“床”字情况归类统计表》来分析。

1. 用“床”之引申义

上表中用到“床”字引申义时，都用修饰词（一共 9 例，有 8 例用修饰词，唯有李白《洗脚亭》中“前有吴时井，下有五丈床”单用“床”，但其从上句“井”沿用而来，仍做前有修饰词“井”看。）如“石床”、“糟床”、“笛床”、“笔床”、“井床”。作“井床”解时一定在“床”前出现修饰词“银”、“井”或“玉”，绝不与指“坐卧具”的“床”混淆。所以，《静夜思》中单用“床”字不可能是“井床”之意。

---

① 《四库全书总目》卷一百八十九，中华书局 1965 年版，第 1717 页。

② 胥洪泉：《李白〈静夜思〉研究综述》，《重庆社会科学》2005 年第 7 期，第 49—50 页。

盛唐著名诗人诗文中用到“床”字情况归类统计表

使用情况／诗人	总数	引申义							本义										
		有修饰词						无修饰词	有修饰词										无修饰词
		笔床	井床	玉床	石床	糟床	笛床	床	宝床	匡床	东床	象床	玉床	黄金床	御床	胡床	绳床	藜床	床
王维	13	0	0	0	0	0	0	0	1	0	0	0	0	0	0	3	0	1	8
孟浩然	3	0	0	0	1	0	0	0	0	0	0	0	0	0	0	0	1	0	1
李白	22	0	1	1	0	0	0	1	0	0	2	1	2	1	0	4	1	0	8
杜甫	38	0	1	0	0	1	1	0	0	1	1	1	0	0	3	2	0	2	25
岑参	17	3	0	0	0	0	0	0	0	0	0	0	0	0	0	0	4	0	10
总计	93	3	2	1	1	1	1	1	1	1	3	2	2	1	3	9	6	3	52
		10							31										

2. 用“床”之本义

(1)“床”前用修饰词时

第一，“胡床”与“绳床”，修饰词很固定，专指坐具。

在“床”前用修饰词的31例中，有15例“胡床”和“绳床”，可见其在盛唐诗文中运用非常普遍。“胡床”前多用“踞”或“坐”。“踞”是伸开两腿坐，脚着地。唐代胡床类似今天的“马扎”，比较轻便，可以折叠，到宋代才转换为可以卧的交椅①。“绳床”一般用绳子和木料编制而成的有靠背的坐椅，多是在寺庙中使用。如岑参《上嘉州青衣山中峰题惠净上人幽居寄兵书杨郎中并序》、《题华严寺环公禅房》、《临洮龙兴寺与寺玄上人院同咏青本香丛》三首诗中四处提到

① 扬之水：《床的历史：胡床与交椅兼及唐代的床前月色》，http：//cathay. ce. cn/file/200802/15/t20080215_ 14530302_ 2. shtml.

“绳床”。和“胡床”一样，盛唐诗文中从来不在这两个名词前面用“卧”，而用“坐”、“倚”、“凭”或“踞”。如李白《草书歌行》：“吾师醉后倚绳床，须臾扫尽数千张。”可见胡床、绳床是唐人对坐具的普遍且固定的称呼，《静夜思》单用“床”字也不可能是胡床或绳床之意。

第二，有的修饰词带有随意性，“床”的功能不固定。

“黄金床”、“御床”、“玉床”、“象床”等前用的修饰词带有随意性，即修饰词在口头语和书面语中都可以省略，直接称之为“床”。有的是说明“床”的构造材质，如“藜床”是藜茎编的床，可坐可卧。如杜甫《元日示宗武》：“飘零还柏酒，衰病只藜床。”有的是对“床”的美称，如李白《秦女卷衣》：“顾无紫宫宠，敢拂黄金床。”杜甫《忆昔》：“犬戎直来坐御床，百官跣足随天王。”李白《赠从弟南平太守之遥》：“着书独在金銮殿，龙驹雕镫白玉鞍，象床绮席黄金盘。”其中的“御床”和“象床”都是对朝会、办公用的坐卧具的尊称。还有对“床”的规格的修饰，如“匡床”是指方大的床，如“简易高人意，匡床竹火炉”中的“匡床”（杜甫《观李固请司马弟山水图三首》）。这些“床”的功能不固定，可坐可卧或坐卧两用，可见唐代的“床”不等同于今天的“床”。因此，《静夜思》中的“床”也不能简单断定为今天的“卧床”。

（2）“床”字前不用修饰词时

盛唐五位诗人诗文中83处用到“床”字本义，不用修饰词的有52处，比例为63%，说明盛唐时人在提到“床”字时大多数不用修饰词。这些“床”特点如下：

第一，规格不一。

盛唐诗文中的“床”或大或小。大的如：“斗鸡初赐锦，舞马既登床。”（杜甫《斗鸡》）其中提到的“板床”可以舞马。“梵放时出寺，钟残仍殷床。”（《大云寺赞公房四首》）宋人蔡梦弼注曰：“床，即堂内长连床也。”规格小的，如《水阁朝霁奉简严云安》：“雨槛卧花丛，风床展书卷。”

第二，摆放地点不固定。

盛唐诗人诗文中提到的“床”，放在室内的有之，如“出解床前帐，行吟道上篇。”（李白《平虏将军妻》）这种有床帐的“床”一般是固定在室内的。但是更多的“床”的摆设是灵活多变的，可以随时移动到室外，以供闲坐闲卧读书等[①]。如岑参《水亭送刘颙使还归节度分得低字》：“解带怜高柳，移床爱小溪。”杜甫《水阁朝霁奉简严云安》：“雨槛卧花丛，风床展书卷。”王维《青龙寺昙璧上人兄院集并序》中有王缙诗句：“林中空寂舍，阶下终南山。高卧一床上，回看六合间。”表明这种可卧的床也是放在室外的。还有王维《郑果州相过》：“床前磨镜客，树下灌园人。”有文章认为李白《静夜思》中的“床”为“井床”时都以此为铁证[②]，但唐代专门用药（如白矾、水银、锡、鹿角灰等）来磨铜镜，因此磨镜与井床没有任何关联。[③] 按常理推测，磨镜者不必邀请进内室，当在室外。再如李白《长干行》中的“妾发初覆额，折花门前剧。郎骑竹马来，绕床弄青梅”，这两句语脉相承，这对小儿女就是在室外放置的可坐可卧的床边儿玩耍。这些可随意移动的床规格一般不大。如白居易《小台》：“新树低如帐，小台平似掌。六尺白藤床，一茎青竹杖。”唐代一尺合今天 30.7 厘米，六尺长的“白藤床”即是 184.2 厘米。白居易在似掌小台上独卧，此床不会很宽，相当于现在的单人床大小。

第三，功能繁多，坐卧两用，以卧为主。

盛唐诗文中的“床”是可供闲坐、闲卧、读书、办公、宴饮、娱乐、睡眠等使用的坐卧具。如李白《猛虎行》：“有时六博快壮心。绕床三匝呼一掷。”（赌博）王维《赠张五弟諲三首时在常乐园走笔成》：“领上发未梳，床头书不卷。”（读书）杜甫《驱竖子摘苍耳》：“登床半生熟，下箸还小益。”（吃饭）

根据语境，大部分不用修饰词的“床”都可以首先理解为“卧床”（当时还没有把“床”固定理解为“睡床”）不排除坐的功能，都不影响对诗文的理解。如杜诗中 26 处单提“床”字，有 21 处都可以首先

---

① 唐代室内家具摆设的原则是自由与灵活，一直到宋代都保持着可以方便移动的特性。（见扬之水：《床的历史：胡床与交椅兼及唐代的床前月色》，2008. 2. 8. http：//cathay. ce. cn/file/200802/15/t20080215_ 14530302_ 2. shtml）今天的皖北农村还有将简单的单人床（以木头做腿和床面四周的栏，床面以麻绳网之，上放芦席，称“网床”）放在庭院或者大门外，供睡眠、闲坐闲卧。

② 康晓云：《回归“安坐”之本义和“底座”之引申义——再论“床”字》，2008 年 7 月 9 日，http：//www. guoxue. com.

③ 汪少华：《〈回归“安坐”之本义和“底座”之引申义〉商榷》，2009 年 3 月 12 日，www. gwz. fudan. edu. cn.

理解为“卧具”。孟浩然诗中1处提到“床”即是睡床。李白诗9处单提“床”字有5处肯定是卧床，剩下四处一个是供赌博用的大床（《猛虎行》），其他也没有一个可以确定为“胡床”、“绳床”之类规格很小的坐椅。如《去妇词》：“忆昔初嫁君，小姑才倚床。”小孩子刚学走路时候倚的床不可能是容易碰倒的胡床、绳床。岑参诗10处单用“床”字有7处可理解为卧床，其他均可理解为食床，床上就餐不过是作为坐卧具的“床”的功能的一种。王维8处单用“床”字有6处可以理解为卧床，其他3处也不排除有卧的功能。

据此规律和诗人写的是静夜之思，宋本中的“床”可以首先理解为“卧床”，但绝对不等同于今天的卧具。《静夜思》中的“床”应该是什么样的规格？放在室内还是室外？还要看“床”字在《静夜思》中所处的特定语境。

（二）宋本和两个“明月本”，有诗人室内、室外望月与审美过程之不同

1. 宋本是室外“床前看月光”——赏月思乡

诗人“床前看月光”，即是坐卧在床上看床前的月光。既然用“看”而不用“见”，说明看月光不是刹那之间，审美观照是长时间的，是在“赏月”，不可能再把已经知道的“月光”怀疑成“霜”，下一句的“疑”就不能解释成“怀疑”，而应该是“好像”。

李白诗歌中用“疑是”处很多，绝大多数解释为“好像是”。如《望庐山瀑布》，诗人是在“遥看瀑布挂前川”之后才说“疑是银河落九天”的，是明确知道“瀑布”之后的比方。《单父东楼秋夜送族弟沈之秦》：“卷帘见月清兴来，疑是山阴夜中雪。”类似情况有十余首。此用法不仅李白独有，如宋之问《苑中遇雪应制》：“不知庭霰今朝落，疑是林花昨夜开。”

见月如“地上霜”之联想，一是说明月光之皎洁，二是月光洒在地上的范围之广。如果是静夜中门和窗都是开着的，那透过门窗洒进室内地上的月光总是有限的，诗人把它比成“地上霜”不甚妥当。再者，月夜在室内静静地长时间地看月赏月，似乎不太符合一生酷爱月亮的诗人豪爽奔放的个性，李白是最喜欢室外赏月的。如《金陵城西楼月下吟》中有“白露垂珠滴秋月，月下沉吟久不归”；《江夏寄汉阳

辅录事》:"抽剑步霜月,夜行空庭遍。"可以想象,爱月的李白有多少个这样室外自由赏月"沉吟久不归"的夜晚!

第三句"举头望山月"更证明诗人是在室外看月。唐代房屋的屋顶舒展平远特点决定了在室内是可以看见月光却很难看见月亮。岑参《宿岐州北郭严给事别业》:"片月到床头。"杜荀鹤《山中寄友人》:"穿屋月侵床。"杜牧《秋夜与友人宿》:"犹卧东轩月满床。"诗人们室内见到的都是"月光"而不是月亮,而"山月"更是不容易看见。诗人把月光比成满地霜,可见月光之皎洁,至少是接近满月。满月依山刚刚升起时,临窗尚能看到山和月,但天不算晚,算不得静夜。月上中天的时候,即使是在室内窗前见山容易,见月很难,月会被屋檐挡住。况且"举头望山月"营造的是蔓延的山和月同时呈现的阔大画面,和上一句连成一体,呈现的意境绝对不是拘束的,狭窄的,而是舒展的,阔大的。于是,当李白看到山中一轮明月,无边的思乡之情就充天塞地般蔓延开来,第四句"低头思故乡"就冲口而出了。

坚持李白躺在卧床上室内看月的读者一个理由是:诗人睡在临窗的床上就能"举头望山月"。唐代的室内布局有将床放在窗户下的。如元稹《莺莺传》中有一句:"数夕,张生临轩独寝……是夕旬有八日也,斜月晶莹,幽辉半床。"孟浩然《夏日南亭怀辛大》:"山光忽西落,池月渐东上。散发乘夕凉,开轩卧闲敞。"如果李白临窗坐卧在床上长时间地看月光,肯定会首选看室外月光,如此又何来"床前"之说?应该是"窗前看月光"或"床上看月光"。如果看的是室内月光,月光洒进窗户,最先是洒上半床月光,然后才有地上一片月,范围应该不大。如此豪爽桀骜不驯的李白,何以不欣赏室外无边月色而局限于室内之一隅并有"地上霜"之喻?

《静夜思》的意境所表现出的季节似是秋天。若是秋夜秋凉,诗人在室外坐卧甚至睡着是否合乎常理?白居易《招东邻》:"小榼二升酒,新簟六尺床。能来夜话否,池畔欲秋凉。"就是秋季邀请客人池畔床上饮酒夜话的场景。《早秋独夜》:"井梧凉叶动,邻杵秋声发。独向檐下眠,觉来半床月。"是白居易秋夜室外床上独眠的场景。且宋本首句"床前看月光"恰恰表明诗人在静夜之中没有睡着,不管是在任何季节,都是合情合理的。所以,宋本中的"床"完全可以解释为:唐代一种简单轻便的床具,可供人坐卧休息,可以放在室内或室外。

2. 两个“明月”本是看室内之“床前明月光”——触月思乡

两个“明月”本是明代读者的集体再创造，是新版《静夜思》，对于其中“床”字的理解就要带有明代的时代特征。明人已经延续南宋以来的习惯，把“床”字作为卧具的固定称谓，室内家具的摆设也渐趋稳定，作为卧具的床一般是放在卧室内不能随便移动的。两个“明月”本中的“床”毫无争议地应该解释为摆在室内的睡床，即等同于今天的“床”。（很多争论者根据两个“明月”本来讨论唐代的“床”，或者把唐代的“床”等同于今天的“床”，是为不妥。）因此，清代至今，人们对于两个“明月”本诗意的阐释比较统一。

清人俞樾针对两个“明月”本阐释说：“床前明月光，初以为地上之霜耳，乃举头而见明月，则低头而思故乡矣。此以见月色之感人者深也。”[①] 此阐释与宋本阐释的不同在于：把“疑是”解为怀疑，是室内望月。俞樾所说的“初以为地上之霜耳”，强调的是诗人在夜半睡梦乍醒看见月光时出现极为短暂的意识障碍，怀疑眼前的月光是“地上霜”，刹那间清醒过来才知道是月光，于是举头望月，思乡之感顿生。这就是“触月思乡”，作者的情绪没有什么大的转折，微妙的变化也很直接迅速：就是睁眼看到月光，稍微地怀疑确认之后，马上陷入了浓浓的思乡情绪中。这一理解成为今人的经典阐释。

由以上辨析可见，两个版本的变化，带来了诗意阐释的不同。这是明人对宋本的“故意误读”的结果。

三、解读明人对《静夜思》版本的“故意误读”现象

（一）明人的“室内室外望月之争”

今人关于《静夜思》争论，因为对“床”的不同理解，推出又一争论焦点：是“室内”还是“室外”望月？明人对《静夜思》版本的刻意改变是否也暗含着这样的争论？

---

① 俞樾：《湖楼笔谈》卷六，清光绪二十五年刻春在堂全书本。

1. 从《静夜思》的版本嬗变的角度

相对于宋本而言，现存明版本中变化最大的是《木天禁语》中的记载："忽见明月光，疑是地上霜。起头望明月，低头思故乡。""忽见"说明诗人是突然为月光所吸引，"起头"说明诗人是躺在室内床上，起身举头。相对于唐代的建筑屋顶舒展平远而言，明清建筑形体简练，出檐深度减少，在室内离开窗户较远仍然能望见月亮的可能性增大，室内望月成为明人能引起认同感的接受心理，所以"室内"望月的理解还是有的。但明人为何把"床前"二字拿掉？说明明人对该诗也会产生类似今天读者的怀疑：卧室内床上何以轻易见月？看月光何以疑为地上霜？

《静夜思》的八个版本中，有七个集中在第一和第三句的改变，唯独《古今诗删》卷二十中是第二句的改变，即"疑为池上霜"，"池"与"地"因字形相似最易理解为无意误刻，但不排除刻意误读的可能，即明人根据宋本的意境断定诗人是在室外赏月。明代仍然有移床室外休闲夜话的现象。如汪广洋《露坐》："遣时聊命酒，爱月屡移床。"彭孙贻《湖上初归始见故园林下菊》："今日移床就花卧，呼童且莫扫苍苔。"显然这些诗句里的"床"绝对不是室内的三方围合、放帷帐的架子床之类的卧床。明人书房中有叫"昼床"的罗汉床，是用作白天休息闲卧用的，可以移到室外使用，如李东阳《怀麓堂集》中有《桑园阻风》："滩声杂树多，昼床无稳卧。"《金瓶梅》中就有室外放置罗汉床纳凉的情景。"昼床"还指由唐代的胡床（马扎）演变而来的交椅，可坐可卧，在宋代就已经出现。宋人在流连山水、看花开花落时喜欢携带榻或交椅出行，文人雅趣"为明代士人效法和遵循，其中的交椅便常常是一件重要的道具。"① 既然如此，明人就可据此来解读宋本《静夜思》：看室外床前月光，疑为池上之白霜。

2. 从《静夜思》影响史的角度

由宋到清，明代是《静夜思》接受史上版本转变的关键时期，主要表现在《静夜思》的影响史。《静夜思》作为乐府诗题，首创于李

① 扬之水：《床的历史：胡床与交椅兼及唐代的床前月色》，2008. 2. 8. http：//cathay. ce. cn/file/200802/15/t20080215_ 14530302_ 2. shtml.

白。清人王琦注曰："吴震亨曰思归之辞也，太白自制名。"[①] 宋元时期无人创作，明人创作者急剧增多，这也是对于李白《静夜思》的另类阐释。明人创作的《静夜思》，也自然分成室外和室内望月两类。如王翃《静夜思》："虚帐含秋月，高楼怨别情。"于谦的"静夜思，何时休？终宵展转听更筹。"[②] 都是在室内久久不寐而产生静夜之思。而陈敬宗《静夜思》："中夜起徘徊，天空月如洗。"[③] 胡奎"出门月色白如霜，静夜所思思断肠。"[④] 刘伯温"静夜思，一思肠百转，啼蛩当户听不闻，明月在庭看不见。"[⑤] 都是因室内望月不见，而走至中堂、庭院、门外望月。

（二）明人更重视《静夜思》的"形象圆整性"

在阐释两个"明月"本时，有文章坚持说"床"字是放在室内的眠床，为更合理解释月光是否如"地上霜"和躺着能否"举头"、"低头"，特地说明：诗人是见月光之后起身到窗前或室外"举头"、"低头"望明月的。[⑥] 这种解释不是没有道理，但显然忽略了《静夜思》本身所具备的审美原则：形象的圆整性。强调在室内床上"举头"和室外望月的读者，都是注意到该诗语言表达、意象构思层面的语脉与意脉的联属与不可分割性。从宋本到两个"明月"本的嬗变可见诗歌鉴赏中的微妙变化：明人更重视《静夜思》的形象圆整性。

所谓形象的圆整性，即诗歌的形象画面不是数个不同意象的组合，而是由一个富于特征性的人物动作或事物情境构成，而且诗人对这一动作情境的抒写，语脉联属，意连句圆，首尾相衔，终始若环，从而创造出一个气贯其中，浑然一体，完备圆足的诗歌意境。[⑦] 不管是宋本还是两个"明月"本，很显然都具备"形象圆整性"。宋本中是以"赏月思乡"这一富有特征性的动作情景构成，全篇具备结构的圆整性，

---

① 王琦：《李太白诗集注》卷六，中华书局1977年版。

② 曹学佺：《石仓历代诗选》卷三百六十八，清文渊阁《四库全书》补配清文津阁《四库全书》本。

③ 曹学佺：《石仓历代诗选》卷三百三十四。

④ 胡奎：《斗南老人集》卷二，清文渊阁《四库全书》本。

⑤ 刘基：《诚意伯文集》太师诚意伯刘文成公集卷之十，四部丛刊景明本

⑥ 朱鉴珉：《床·井栏·辘轳架》，《北京师范大学学报》1989年第5期，第111页。

⑦ 陈文忠：《中国古典诗歌接受史研究》，安徽大学出版社1998版，第205页。

如先是“看”床前月光，为平视，“疑”是地上霜，为俯视，接着“举头望”山月，最后“低头思”故乡。首句是在看月光，第四句仍然是边看月光边想，首尾衔接紧密，意绪连缀其中，形成一个词意联属、环环相扣、不可分割的圆形结构，一篇一意，摘出一句即不成诗。此类诗，是古典诗歌形象构成形态中最被推崇的。《静夜思》形象的圆整性显示出明显的自然之趣。如钟惺批评宋本《静夜思》：“忽然妙境，目中、口中凑泊不得。”[①] 就是注意到诗人看月光和望明月时刹那间的感受，四句之间蝉联而下，脱口一气呵成。

但宋本第一句“‘床前看月光’，中间嵌进一个动词，语气稍显滞重。”[②] 特意“看月光”，比成“地上霜”，不如不经意间突然见月光，怀疑为“地上霜”来的轻盈自然。从见月光到举头、低头，一系列的动作延续的时间更短，使得四句更加不可分割，形象的圆整性的特征更加突出。

（三）客观评价明人的“故意误读”

对于明人的“故意误读”，历来以批评为主。主要原因是明代书坊确实为标榜“新编”、“重订”之类吸引读者以盈利，不惜窜改古籍的原作，为学术研究的“求真”带来一定难度，也忽视了前辈学者的“知识产权”归属问题，确实是出版界的不良风气。这种“故意误读”现象宋代时就已经盛行，[③] 只不过明人更热衷。顾炎武批评道：“万历间人多好改革古书，人心之邪，风气之变，自此而始。”[④] 后有人发出“明人刻书而书亡”之叹。[⑤] 周勋初[⑥]、薛顺雄[⑦]等先生分别撰文严厉批评。但把宋本《静夜思》“窜改”为两个“明月”本是一个特例，这

① 钟惺、谭元春：《唐诗归》卷十六盛唐十一，明万历刻本。

② 薛天纬：《漫说〈静夜思〉》，《文史知识》1984年第4期，第39页。

③ 《东坡志林》曰：“近世人轻以意改书，鄙浅之人好恶多同，故从而和之者众，遂使古书日就讹舛，深可忿疾。孔子曰：‘吾犹及史之阙文也。’自予少时，见前辈皆不敢轻改书，故蜀本大字书皆善本。”转引自清顾炎武《日知录》卷十八，清乾隆刻本。

④ 顾炎武：《日知录》卷十八，清乾隆刻本。

⑤ 叶德辉：《书林清话》卷七，民国郎园先生全书本。

⑥ 周勋初：《李白诗原貌之考索》，《文学遗产》2007年第1期，第33—37页。

⑦ 薛顺雄：《谈一首讹字最多的李白名诗——〈静夜思〉》，《台湾日报·副刊》1968年6月19日。

种窜改是顺应词语内涵的时代变迁和读者的接受心理变化的基础上对《静夜思》的重新接受，使得原本具备李白个人特色的诗变成全体读者的诗，有其积极意义。

比较宋本和两个“明月”本，后者的概括性更强，主要在于形象与情感的高度概括性与普遍性。如把宋本的“望山月”改成“望明月”，“不但摆脱了地理环境的限制”，还和更多的读者拉近了心理距离。“‘山月’的说法不免带点文人气……‘明月’则全然是老百姓眼中的月亮了。”① 举头望“山月”的是李白一人，必须是有山的地方才能用“山月”，中国人的诗性思维的深厚积淀，使没有多少文化底蕴的人也喜欢借诗抒情，且乡情是中国人心目中最温馨最脆弱最容易触动的情感之一。如果不是在有山的地方，接受这一句诗时总还是有一点隔阂，而改成“明月”，在接受上就没有一点障碍了。望“明月”的是千千万万分布在各地的游子，当千里共明月，天涯共此时，任何地方的游子会很自然地见月思乡，“望明月”就更带有普遍性和概括性，都很容易引起共鸣，两个“明月”本被广泛接受也就是必然的了。

对于目前纷繁热闹的《静夜思》版本之争，莫砺锋先生认为：“有关版本上的考证与争议，本来就是学界的本分。……但从普及传统的角度来说，大家遵循通行的版本就好了。”② 目前两个“明月”本更深入人心，念起来也更朗朗上口，几百年来千千万万的读者共同选择这个版本，不能一笔抹杀。今天的读者，大可不必把明人改编的两个“明月”本当作李白的原诗来阐释，特别是对其中“床”字的争论。作为教师，不管对哪个年龄层次的学生讲授两个“明月”本，“床”字都可以解释为睡床，而对于大学生，宜依据教材所选择的版本，以另一种版本为参考，把握主次，客观地阐释诗意，品评艺术。

（原载《安徽大学学报》2010 年第 2 期。《中国古代、近代文学研究》2010 年第 7 期转载）

---

① 薛天纬：《漫说〈静夜思〉》，《文史知识》1984 年第 4 期，第 39 页。

② 张楠、莫砺锋：《〈静夜思〉“日版更接近李白原文”说法不确》，《扬子晚报》2009 年 2 月 13 日。

唐中宗与初唐宫廷诗的新变

鲁华峰

唐代帝王大都喜好诗歌，而唐中宗是其中非常突出的一位。在他统治的五年多时间里，由于他的大力倡导与亲身参与，宫廷诗歌创作活动空前活跃。过去通常认为中宗的这种举动完全是出于个人嗜好，本人觉得这种看法可能过于皮相。因为从情理上来说，如果中宗只是出于个人兴趣爱好的话，他完全可以像隋炀帝等帝王一样，找些长于诗歌的文学侍从来专门陪他吟咏唱和、消闲遣兴就可以了，完全没必要兴师动众，专门成立一个修文馆，又把朝廷那么多元老重臣拉进去，弄得朝廷上下像是个文学沙龙一样。皇帝作为国家的最高统治者，其重大的举措通常都会有特定的政治背景或者说政治上的考量，像中宗那样整天兴师动众、大张旗鼓开赛诗会的行为，很难让人相信那是完全没有政治目的举动。本文正是基于上面的考虑，试图探析唐中宗重视诗歌的真正原因，并以此为出发点，探讨中宗时期宫廷诗创作的新变化。

一、唐中宗的政治处境与宫廷娱乐活动的兴起

在一般人看来，唐中宗是一位昏懦不明的皇帝。他在位期间，政治混乱不堪，宫廷斗争空前激烈，他对妻女无穷无尽的贪欲又不加节制，以至于连自己都被妻女毒杀，因此，一般的史籍上都认为他是一位昏暗不明、懦弱无能的皇帝。那么，中宗的“昏懦”是否纯是因其本性的顽鄙不仁所致呢？笔者认为这种看法并不公允。实际上，中宗在位期间的这种所谓“昏懦愚顽”的表现，与其即位之后复杂而特殊的政治局面有着密切的关系。

陈寅恪先生在《记唐代的李武韦杨婚姻集团》一文中提出，唐代

前期，在武则天的主导下，形成了一个以李、武为核心，韦、杨为辅助的集团，这个以婚姻为纽带的政治集团主宰了唐代前期的百年世局，唐代前期的政治社会变迁皆与之有重要关系。[①] 黄永年先生则在陈先生这一理论的基础上，进一步提出了“李武政权”的概念，他认为由于武则天是一个女皇帝，在帝位的继承问题上，面临侄子姓武而儿子却姓李的尴尬处境。虽然她后来最终选择了迎回了中宗李显并立其为太子，也就是将政权交回李家，但她并不甘心武家就此退出历史舞台，为此，她企图培育起一个以李氏居虚名而由武氏掌实权的李武联合政权。[②] 陈、黄二位先生的卓越见解，对我们认识中宗朝的政治特征具有深刻的启发。

虽说武则天用心良苦，但她的这一企图其实是很难实现的。《大唐新语》卷一载：“（吉）顼曰：‘水土各一盆，有竞乎？’则天曰：‘无。’项曰：‘和之为泥，有竞乎？’则天曰：‘无。’项曰：‘分泥为佛，为天尊，有竞乎？’则天曰：‘有。’项曰：‘臣亦以为有。窃以皇族外戚各有区分，岂不两安全耶？今陛下贵贱是非于其间，则居必竞之地。今皇太子万福，而三思等久以封建，陛下何以和之？臣知两不安矣。’”吉顼看出了武则天企图和水土为泥，也就是将李武两家合二为一的用心，但他很委婉地劝告武则天，她的这种想法是无法实现的。对此，武则天当然不可能不明白其中的道理，但在当时的政治格局下，她确实没有更好的办法。

《通鉴》卷二〇七“神龙元年”载：

> 柬之、玄暐、彦范与左威卫将军薛思行等，帅左右羽林兵五百余人至玄武门，遣多祚、湛及内直郎、驸马都尉安阳王同皎诣东宫迎太子。太子疑，不出，同皎曰：“先帝以神器付殿下，横遭幽废，人神同愤，二十三年矣！今天诱其衷，北门、南牙，同心协力，以今日诛凶竖，复李氏社稷，愿殿下暂至玄武门，以副众望。”太子曰：“凶竖诚当夷灭，然上体不安，得无惊怛！诸公更为后图。”李湛曰：“诸将相不顾家族以徇社稷，殿下奈何欲纳之

① 见《金明馆丛馆初编》，生活·读书·新知三联书店2001年版。
② 参见黄永年：《说李武政权》，载《文史探微——黄永年自选集》，中华书局2000年版。

鼎镬乎！请殿下自出止之。”太子乃出。

又，《通鉴》卷二〇八“神龙元年五月以侍中敬晖为平阳王”条下之考异载：

《统纪》：太后善自粉饰，虽子孙在侧，不觉其衰老。及在上阳宫，不复栉纇，形容羸悴。上入见，大惊。太后泣曰：“我自房陵迎汝来，固以天下授汝矣，而五贼贪功，惊我至此。”上悲泣不自胜，伏地拜谢死罪。由是三思等得入其谋。[①]

可见，中宗本是在张柬之等人的胁迫之下参与复辟政变的。而实际上，中宗此时已经是太子了，武则天也已病重，继承大统只是早晚之间的事情，根本用不着通过发动政变来迫使母亲让位。后来经过武则天的提醒，他更进一步地认识到“五王”[②]确有贪功而胁迫自己的不良用心，让自己背上了不孝的恶名。于是，他对“五王”的态度很快就发生了改变。到五人被削去实权之后，中宗即位之初所推行的全面复辟政策迅速发生转向。《通鉴》卷二〇八“景龙元年”载：

二月，丙戌，上遣武攸暨、武三思诣乾陵祈雨。既而雨降，上喜，制复武氏崇恩庙及昊陵、顺陵，因名酆王庙曰褒德，陵曰荣先；又制崇恩庙斋郎取五品子充。太常博士杨孚曰：“太庙皆取七品已下子为斋郎，今崇恩庙取五品子，未知太庙当如何？”上命太庙亦准崇恩庙。孚曰：“以臣准君，犹为僭逆，况以君准臣乎！”上乃止。……庚寅，敕改诸州中兴寺、观为龙兴，自今奏事不得言中兴。（胡三省注：示袭武氏后，不改其政也。）右补阙权若讷上疏，以为：“天、地、日、月等字皆则天能事，贼臣敬晖等轻紊前规；今削之无益于淳化，存之有光于孝理。又，神龙元年制书，一事以上，并依贞观故事，岂可近舍母仪，远尊祖德！”疏奏，手制褒美。

① 陈寅恪先生认为此记载较之《通鉴》更为可靠，见陈文《记唐代的李武韦杨婚姻集团》。

② 张柬之等五人于神龙元年封王。

卷二〇九“景龙二年”：

> 右补阙赵延禧上言：“周、唐一统，符命同归，故高宗封陛下为周王；则天时，唐同泰献《洛水图》。孔子曰：‘其或继周者，虽百代可知也。’陛下继则天，子孙当百代王天下。”上悦，擢延禧为谏议大夫。

同卷“景龙三年”：

> 太常博士唐绍以武氏昊陵、顺陵置守户五百，与昭陵数同，梁宣王、鲁忠王墓守户多于亲王五倍，韦氏褒德庙卫兵多于太庙，上疏请量裁减，不听。①

从上述记载中可见，中宗开始以武氏而非李氏政权的继承人自居。既然如此，他当然也就要回到武则天的既定路线上来，尽力维护武则天苦心经营的李武联合政权。在这种情况下，以武三思为首的武氏集团得以重新振作起来，并迅速和新得势的韦氏势力结合起来，形成一个强大的武韦集团。

然而，已经实现复辟的李家政权让武家人来掌权，这对很多人尤其是李唐王室成员来说，是很难接受的。《旧唐书·节愍太子重俊传》载：

> 节愍太子重俊，中宗第三子也。……二年秋，立为皇太子。……时武三思得幸中宫，深忌重俊。三思子崇训尚安乐公主，常教公主凌忽重俊，以其非韦氏所生，常呼之为奴。或劝公主请废重俊为王，自立为皇太女，重俊不胜忿恨。三年七月……矫制发左右羽林兵及千骑三百余人，杀三思及崇训于其第，并杀党与十余人。又令左金吾大将军成王千里分兵守宫城诸门，自率兵趋肃章门，斩关而入，求韦庶人及安乐公主所在。又以昭容上官氏素与三思奸通，扣阁索之。……重俊既败，率其属百余骑趋肃章

① 梁宣王即武三思，鲁忠王即武崇训。

门，奔终南山。……会日暮憩林下，为左右所杀。制令枭首于朝，又献之于太庙，并以祭三思、崇训尸柩。

可见，武韦势力的再度膨胀，直接侵害了已经复辟的李唐王室的利益，引起他们的强烈反弹，造成了李氏和武、韦之间严重的流血冲突。这充分说明武则天所设计的李氏居虚名而武氏掌实权的李武联合政权在现实当中是根本行不通的，不可能真正维持下去。但是，中宗当时未必能意识到这一点，他只能尽量平息两个集团之间的矛盾冲突，努力充当一个中间调解人。如《新唐书·武平一传》载：

于时，太平、安乐公主各立党相报毁，亲贵离阋，帝患之，欲令敦和，以访平一。

《通鉴》卷二〇九“景龙三年”载：

监察御史崔琬对仗弹宗楚客、纪处讷潜通戎狄，受其货赂，致生边患。故事，大臣被弹，俯偻趋出，立于朝堂待罪。至是，楚客更愤怒作色，自陈忠鲠，为琬所诬。上竟不穷问，命琬与楚客结为兄弟以和解之，时人谓之“和事天子”。

可是，当时李氏和武韦之间的矛盾冲突极其尖锐，中宗想当一个“和事天子”并不是一件容易的事情。那么，中宗是用如何来调和矛盾的呢？他的一个最基本的思路就是尽量避免触犯两方，尤其是武韦集团的利益①，以免因此而引起任何一方的不满，从而使矛盾激化。有时他明知问题已经到了极其严重的程度，也只能听之任之，不去管它。如《通鉴》卷二〇九“景龙二年”载：

萧至忠上疏，以为：“恩幸者止可富之金帛，食之粱肉，不可以公器为私用。今列位已广，冗员倍之，干求未厌，日月增数。

① 李氏已复辟帝位而由武、韦掌握大权，显然武、韦更易受到批评和攻击，故而中宗在调和矛盾时多数情况下表现为袒护武、韦。

陛下降不赀之泽，近戚有无涯之请，卖官利己，鬻法徇私。台寺之内，硃紫盈满，忽事则不存职务，恃势则公违宪章，徒忝官曹，无益时政。”上虽嘉其意，竟不能用。

早在武则天临朝称制的时候，她为了笼络人心以达到革命和称帝的目的，就已经开始大量扩充官员数额，到武周后期，滥官冗员的现象已经非常突出。中宗即位以后，武氏、韦氏和太平公主等近戚又大肆卖官鬻爵，使问题显得越发严重。中宗本应对此进行厘革，但他知道那样做会触犯他们的利益，引发矛盾冲突，所以他尽管对萧至忠的建议表示赞同，却不能付诸实施。又如，同书同卷“景龙三年”载：

河南道巡察使、监察御史宋务光，以“于时食实封者凡一百四十余家，应出封户者凡五十四州，皆割上腴之田，或一封分食数州；而太平、安乐公主又取高资多丁者，刻剥过苦，应充封户者甚于征役；滑州地出绫缣，人多趋射，尤受其弊，人多流亡；请稍分封户散配余州。又，征封使者烦扰公私，请附租庸，每年送纳”。上弗听。

对太平公主和安乐公主这种恶劣行径，中宗不但没有进行制裁或打击，反而顶着压力去袒护她们，如果不是有难言之隐，是很难让人理解的。

仅仅是容忍和退让显然无法真正调和皇室和武、韦之间尖锐激烈的矛盾冲突，中宗的另一措施是经常组织各种各样的娱乐活动，营造和谐愉悦的环境和气氛，以加强李氏和武、韦之间的感情，从而达到缓和矛盾的目的。如《通鉴》卷二〇九“景龙二年”载：

（十二月）丁巳晦，敕中书、门下与学士、诸王、驸马入阁守岁，设庭燎，置酒，奏乐。酒酣，上谓御史大夫窦从一曰：“闻卿久无伉俪，朕每忧之。今夕岁除，为卿成礼。”从一但唯唯拜谢。俄而内侍引烛笼、步障、金缕罗扇自西廊而上，扇后有人衣礼衣、花钗，令与从一对坐。上命从一诵《却扇诗》数首。扇却，去花易服而出，徐视之，乃皇后老乳母王氏，本蛮婢也。上与侍臣大笑。诏封莒国夫人，嫁为从一妻。俗谓乳母之婿曰：“阿䝣”，从一每谒见及进表状，自称“翊圣皇后阿箸”，时人谓之：“国箸”，从一欣然有自负之色。

《唐诗纪事》卷一载：

此后每游别殿，幸离宫，驻跸芳苑，鸣笳仙禁，或戚里宸筵，王门沓席，（修文馆学士）无不毕从。

中宗《九日登高诗序》：

粤以景龙三年宾鸿九月，乘紫机之余暇，历翠御以寅游……于时诏懿戚，命朝贤，属重阳之吉辰，呈九皋之嘉瑞。

从上面这些记载中可以看出，中宗在举行宫廷宴乐活动时，总是将王公妃主、近臣贵戚们召集在一起。不仅如此，中宗还经常大张旗鼓地临幸他们的府邸或庄园。如《旧唐书·韦嗣立传》载：

嗣立与韦庶人宗属疏远，中宗特令编入属籍，由是顾赏尤重。尝于骊山构营别业，中宗亲往幸焉，自制诗序，令从官赋诗，赐绢二千匹。因封嗣立为逍遥公，名其所居为清虚原幽栖谷。

《隋唐嘉话》卷下载：

昆明池者，汉孝武所穿，有蒲鱼利，京师赖之。中宗朝，安乐公主请焉，帝曰：“前代已来，不以与人。不可。”主不悦，因大役人徒，别掘一池，号曰“定昆池”。既成，中宗往观，令公卿赋诗。

《唐诗纪事》卷九载：

（景龙三年二月）十一日，幸太平公主南庄。……八月三日，幸安乐公主西庄。……（四年）四月一日，幸长宁公主庄。

中宗如此频繁地与近臣贵戚们在一起宴乐甚至临幸他们的庄园府邸，很可能就是为了调和他们之间的矛盾。

由于朝廷重臣们分属于不同的政治集团，他们的背后都有李、武、韦各家的影子，他们之间同样需要减少矛盾，加强团结，所以中宗也把他们纳入到宫廷娱乐活动当中。《通鉴》卷二〇九“景龙三年”载：

二月，己丑，上幸玄武门，与近臣观宫女拔河。又命宫女为市肆，公卿为商旅，与之交易，因为忿争，言辞亵慢，上与后临观为乐。

上数与近臣学士宴集，令各效伎艺以为乐。工部尚书张锡舞《谈容娘》，将作大匠宗晋卿舞《浑脱》，左卫将军张洽舞《黄麞》，左金吾将军杜元谈诵《婆罗门咒》，中书舍人卢藏用效道士上章。国子司业河东郭山恽独曰：“臣无所解，请歌古诗。”上许之。山恽乃歌《鹿鸣》、《蟋蟀》。明日，上赐山恽敕，嘉美其意，赐时服一袭。

同卷“景云元年”载：

夏，四月，丙戌，上游芳林园，令公卿马上摘樱桃。……（五月）己卯，上宴近臣，国子祭酒祝钦明自请作《八风舞》，摇头转目，备诸丑态；上笑。

一百二十卷本《说郛》卷四十六引《景龙文馆记》载：

（景龙）四年，上宴于桃花园，群臣毕从。学士李峤等各献桃花诗，上令宫女歌之。辞既清婉，歌仍妙绝。献诗者舞蹈称万岁。上敕太常简二十篇入乐府，号曰《桃花行》。

（景龙）四年清明，中宗宴梨园，命侍臣为拔河之戏。以大麻絙两头系十余小索，每索数人执之以挽，六弱为输。时七宰相二驸马为东朋，三相五将为西朋。仆射韦巨源、少师唐休璟以年老，随絙而踣，久不能起。

既有王公贵戚，又有众多朝廷重臣的参与，中宗朝的宫廷娱乐活动真是盛况空前！

二、宫廷娱乐活动中文人角色地位的变化

由于中宗本人对诗歌特别感兴趣，当时的文臣大都具备诗歌创作的能力，以诗歌唱和作为宫廷娱乐的重要形式，就能够使尽可能多的人都参与其中，提高娱乐活动的参与程度，因此，中宗接受了上官婉儿的建议，设置修文馆学士以为文学侍从。

《通鉴》卷二〇九“景龙二年”载：

> 夏，四月，癸未，置修文馆大学士四员，直学士八员，学士十二员，选公卿以下善为文者李峤等为之。每游幸禁苑，或宗戚宴集，学士无不毕从，赋诗属和，使上官昭容第其甲乙，优者赐金帛；同预宴者，惟中书、门下及长参王公、亲贵数人而已，至大宴，方召八座、九列、诸司五品以上预焉。

从中可见，这些学士的主要任务是在中宗举行宫廷娱乐活动时赋诗助兴。从表面上看，他们所扮演的角色似乎与武则天时期设立的奉宸府中的文学供奉没有什么本质的不同，但实际情况却并非如此。《新唐书·李適传》载：

> 初，中宗景龙二年，始于修文馆置大学士四员、学士八员、直学士十二员，象四时、八节、十二月。于是李峤、宗楚客、赵彦昭、韦嗣立为大学士，（李）適、刘宪、崔湜、郑愔、卢藏用、李乂、岑羲、刘子玄为学士，薛稷、马怀素、宋之问、武平一、杜审言、沈佺期、阎朝隐为直学士，又召徐坚、韦元旦、徐彦伯、刘允济等满员。

从这个名单来看，四位大学士全是当朝宰相，八位学士也都是五品以上的清望官，如李適时为中书舍人（俄转工部侍郎），刘宪为太仆少卿、兼修国史，崔湜为兵部侍郎，郑愔为中书舍人（后转太常少卿），

卢藏用为黄门侍郎；十二位直学士的品级和职位要低一些，但基本上也是居清要之任的官员，如宋之问和武平一时为考功员外郎，沈佺期为起居郎。可见，作为中宗朝宫廷唱和主力军的修文馆学士的政治地位大都比较高。而奉宸府是女皇武则天晚年为了享乐而设置的一个专门为她提供私人服务的特殊机构，奉宸府的文学供奉虽然也可以时常陪侍女皇佐酒言欢，但他们的地位与府中那些为武则天提供性服务的嬖宠之人并没有什么本质的差别，所以像员半千那样比较正直和有骨气的文人公开拒绝在府中任职[①]。另一方面，修文馆学士的侍从应制活动，其性质也与奉宸府文学供奉的类似活动不一样。奉宸府文学供奉只是和武则天的那些嬖宠们一起为她个人提供享乐，而中宗在举行宫廷娱乐活动时，当时的王公贵戚、宰相公卿们都参与其中了，这就使之与朝廷的政治活动相等同了。所以当时修文馆学士的侍从唱和活动是很有身份和政治地位的表现，是极其光彩的事情，深为“当时人所歆羡”[②]，以致“天下靡然争以文华相尚”[③]。曾担任过修文馆学士的张说后来曾回忆说：“中宗景龙之际，十数年间，六合清谧，内峻图书之府，外辟修文之馆。搜英猎俊，野无遗才。右职以精学为先，大臣以无文为耻。每豫游宫观，行幸河山，白云起而帝歌，翠华飞而臣赋。雅颂之盛，与三代同风。”[④] 这番话虽则是称颂中宗朝文风之盛，但我们亦不难从中感受到当时的宫廷文人那种春风得意、神采飞扬的精神风貌。他们凭借自己的文学才华取幸于君王，获誉于当时，其创作活力和艺术才华被极大地激发出来。虽然他们的创作不可能走出宫廷诗的范围，但在宫廷诗的在艺术上是极有可能获得新的提升和突破的。

其次，修文馆的成立，使得不同身份地位、不同风格特点的宫廷诗人们以空前的规模汇集到一起，在中宗的带领下，应制唱和。他们在展开激烈竞争的同时，也相互学习和相互吸收，从而为中宗朝宫廷诗风的新变创造了重要的前提条件。

---

① 参见《旧唐书》卷一百九十中《员半千传》，中华书局 1975 年版，第 5015 页，

② 《新唐书》卷二〇二《李適传》，中华书局 1975 年版，第 5748 页。

③ 《通鉴》卷二〇九“景龙二年”条，中华书局 1956 年版，第 6622 页。

④ 《唐昭容上官氏文集序》，见《全唐文》卷二二五，中华书局 1983 年版，第 2275 页。

三、宫廷诗的新变

由于中宗时期的宫廷诗歌创作以娱乐为目的，这就与唐初以来以歌功颂德为旨归的宫廷诗歌唱和有着明显的区别。以歌功颂德、润色鸿业为目的宫廷诗歌，都属于雅颂正声，从审美特征上来说讲究典重，具有庙堂气。而以娱乐为宗旨的宫廷诗歌就大不一样了，其创作时的环境和气氛显然是轻松愉悦的。而中宗为了创造轻松的气氛，通常都非常随意。如《唐诗纪事》卷一载："帝谓侍臣曰：'今天下无事，朝野多欢，欲与卿等词人，时赋诗宴乐，可识朕意，不须惜醉。'大学士李峤、宗楚客等跪奏曰：'臣等多幸，同遇昌期。谬以不才，策名文馆。思励驽朽，庶裨河岳。既陪天欢，不敢不醉。'"可见，中宗不仅自己不摆皇帝的架子，甚至还怕臣子们在他面前放不开，特别要求他们在宴会上要不拘形仪，纵情醉饮。又如《本事诗·嘲戏》载："时韦庶人颇袭武氏之风轨，中宗渐畏之。内宴唱《迴波词》，有优人词曰：'迴波尔时栲老，怕妇也是大好。外边只有裴谈，内里无过李老。'韦后意色自得，以束帛赐之。"一个优伶竟然可以公然在内宴上嘲戏皇帝怕老婆，可见在当时宫廷娱乐活动中环境气氛之轻松。皇帝既然是这样一种态度，那么臣子们当然也就不再像平时那样唯唯诺诺、缩手缩脚了。《新唐书·李適传》云："帝有所感即赋诗，学士皆属和。当时人所歆羡，然皆狎猥佻佞，忘君臣礼法，惟以文华取幸。"可见在中宗的鼓励和带动之下，君臣唱和可以在无拘无束的气氛和环境中进行。参与唱和的文士，主要靠充分展现自己的艺术才华，而不是靠阿谀奉承的本领来获得中宗的奖赏与恩宠。如《本事诗·嘲戏》载："沈佺期以罪谪，遇恩，复官秩，朱绂未复。尝内宴，群臣皆歌《迴波乐》，撰词起舞，因是多求迁擢。佺期词曰：……中宗即以绯鱼赐之。"

既然这个时期的宫廷诗歌不以颂美为主要目的，其风格当然也就不再以典重雅正为主要追求，像李峤那种庄重得体、四平八稳、典雅华丽的颂体诗在武则天时备受追捧，而到了中宗时就不再那么风光了。而像沈、宋等能够把诗写得更为精致工巧、新奇别致的诗人反而能够大出风头。如沈佺期的《奉和春日幸望春宫应制》一诗曰：

芳郊绿野散春晴，复道离宫烟雾生。杨柳千条花欲绽，蒲萄百丈蔓初萦。林香酒气元相入，鸟啭歌声各自成。定是风光牵宿醉，来晨复得幸昆明。

全诗几乎没有一字用来歌功颂德，完全算得上是一首相当新巧的写景诗。如果不是诗题及结尾一句中透露出的信息，几乎看不出这是一首应制诗。故《唐诗成法》赞此诗曰：“‘欲绽’二字有分寸，‘元相入’、‘各自成’，下字生新。……只二、八两句是应制（按：第二句中也未必能看出是应制），余只是游春，佳极。”苏颋的同题应制之作亦是如此，诗云：

东望望春春可怜，更逢晴日柳含烟。宫中下见南山尽，城上平临北斗悬。细草偏承回辇处，飞花故落舞筵前。宸游对此欢无极，鸟弄声声入管弦。

诗中第二联从大处落笔，写望春宫之高峻，写得奇雄而浑成。第三联写近景，“偏”、“故”两个虚字用得很是巧妙尖新。可见，参加应制的诗人们主要把心力用在如何使写景巧妙生新、气韵生动上，而不是如何阿谀吹捧。随着颂美旨归的淡化，传统宫廷诗的内容和风格特征日渐弱化，这与宫廷以外的诗歌已经越来越接近了。

中宗时期的宫廷唱和既然是以娱乐为主要宗旨，那么，为了使活动能达到愉悦取乐的效果，必然会在唱和时设置一些可资取乐的游戏规则，比如给予写作速度比较慢的应制者以象征性的轻微惩罚，如《唐诗纪事》卷一载：“（中宗）《登骊山高顶》诗云……帝自题序末云：‘人题四韵，后罚三杯。日暮，成者五六人，余皆罚酒。’”而对于写得好的诗人，则会给予一些小奖励以示奖赏，受到奖赏者会因此而得意洋洋，而未受到奖赏者则会感到嫉妒。如一百二十卷本《说郛》卷四十六所引《景龙文馆记》载：

正月八日立春，内出綵花，赐近臣。武平一应制云：……是日中宗手敕批云：“武平一年虽最少，文甚警新。悦红蕊之先开，讶黄莺之未啭。循还吟咀，赏叹兼怀。今更赐花一枝，以彰其

> 美。”所赐学士花并令插在头上。后所赐者，平一左右交插，因舞蹈拜谢。时崔日用乘酣饮，欲夺平一所赐花。上于帘下见之，谓平一曰：“日用何为夺卿花。”平一跪奏曰：“读书万卷，从日用满口虚张；赐花一枝，学平一终身不获。”上及侍臣大笑，因更赐酒一杯。

这种类似的奖励是经常性的。《新唐书·李適传》载：

> 凡天子宴饗游豫，唯宰相与学士得从。春幸梨园，并渭水祓除，则赐细柳圈辟疠；夏宴蒲萄园，赐朱樱；秋登慈恩浮图，献菊花酒称寿；冬幸新丰，历白鹿观，上骊山，赐浴汤池，给香粉兰泽，从行给翔麟马，品官黄衣各一。

既有奖励，又有惩罚，这自然激发起宫廷诗人们争强好胜的欲望，人人都会使出浑身的解数，力求胜过他人。而要想胜出他人的话，就一定要有出奇制胜之道。那么，又怎样才能做到这一点呢？靠词藻华美、对属工稳之类的基本手段显然是不行的，因为所有的诗人都是富有文学才华者，否则是不可能被选为修文馆学士的。在这种情况下，唯一办法就是表现出与众不同之处，才能脱颖而出。那究竟怎样才会新呢？对句当然首先要新巧，要尽量做到比他人更能翻新出奇①。如景龙二年（708）立春日，内殿出剪彩花，众学士应制。赵彦昭诗中的对句曰：“花随红意发，叶就绿情新。嫩色惊衔燕，轻香误采人。”这两个对句就显得很新巧。而像李峤诗中的“缀绿奇能似，裁红巧逼真。花从篋里发，叶向手中春”，刘宪诗中的“剪花疑始发，刻燕似新窥。色浓轻雪点，香浅嫩风吹”，都既缺少新意也比较笨拙，与赵诗一比，显然逊色不少。

然而，对句新巧对很多富有经验的诗人来说，也还不是很难做到的，最好还有别的制胜法宝。此前的宫廷诗中的结句大都是程式化的、有节制的、中和的情感反应，所以较少引起诗人们的重视，于是，有些诗人就在这上面下起了功夫，宋之问就是其中的佼佼者。其《立春

① 中宗时新体诗已定型并在宫廷中普及，所以当时的宫廷唱和基本上都用新体。

日侍宴内殿出剪彩花应制》：

> 金阁妆新杏，琼筵弄绮梅。人间都未识，天上忽先开。蝶绕香丝住，蜂怜艳粉迴。今年春色早，应为剪刀催。

结尾两句极其巧妙，《闻鹤轩初盛唐近体读本》引陈德公先生评语云："结复倩绝，是沈、宋得意擅场之笔。一结总承，妙在明明道破而又不嫌尽。"较之刘宪"此日叨陪侍，恩荣得数枝"之类的陈词滥调不知要高明多少倍。更为有名的例子还是《唐诗纪事》卷三所载：

> 正月晦日幸昆明池，群臣应制百余篇。帐前结彩楼，命昭容选一首为新翻御制曲。从臣悉集其下，须臾纸落如飞，各认其名而怀之。既进，唯沈、宋二诗不下。又移时，一纸飞坠，竞取而观，乃沈诗也。及闻其评曰："二诗功力悉敌，沈诗落句云：'微臣雕巧质，羞睹豫章才。'盖词气已竭。宋诗云：'不愁明月尽，自有夜珠来。'犹陟健举。"沈乃服，不敢复争。

可见，在其他方面功力悉敌的情况下，结句水平的高低就成为分别高下的关键因素。

注重意境、格调的创造，以追求诗歌的整体艺术效果，也是宫廷诗人们出奇制胜的重要手段。沈、宋等优秀诗人，就是这方面的佼佼者。如宋之问的《夏日仙萼亭应制》：

> 高岭逼星河，乘舆此日过。野含时雨润，山杂夏云多。睿藻光岩穴，宸襟洽薜萝。悠然小天下，归路满笙歌。

清新舒雅的夏日景物，与诗人宁静愉悦的心境相契合，创造出了一种兴象浑融的诗境。其他诗人在这方面虽然比不上沈、宋，但也取得了不小的成绩。如李峤的《奉和初春幸太平公主南庄应制》：

> 主家山第接云开，天子春游动地来。羽骑参差花外转，霓旌摇曳日边回。还将石榴调琴曲，更取峰霞入酒杯。鸾辂已辞乌鹊

渚，箫声犹绕凤皇台。

宗楚客的《奉和幸安乐公主山庄应制》：

玉楼银榜枕严城，翠盖红旗列禁营。日映层岩图画色，风摇杂树管弦声。水边重阁含飞动，云里孤峰类削成。幸睹八龙游阆苑，无劳万里访蓬瀛。

这些作品的境界宏阔，格调高昂，意境虽说算不上兴象玲珑、无迹可求，但通篇精警流丽，气象高华，也不是单靠炼字炼句可以达到的。总之，中宗朝以娱乐为宗旨的创作目的和创作环境促进了新体诗创作技巧多方面的发展。

由于中宗时期的宫廷诗歌唱和环境十分宽松，诗人们的全部精力又都放在艺术探索上面，一些宫廷诗人开始将宫廷以外的诸多元素引入到宫廷诗歌当中来。如杜审言的《奉和七夕两仪殿（会宴）应制》：

一年衔别怨，七夕始言归。敛泪开星靥，微步动云衣。天迴兔欲落，河旷鹊停飞。那堪尽此夜，往往弄残机。

诗中写牵牛和织女在一年当中都饱含着无尽的离别之苦，只有七夕才能收住泪水，越过鹊桥相会，然而此夜过后，织女星又要开始一年的漫长孤寂与等待。诗的情调是悲苦的，与宫廷诗歌的情感和风格迥乎不同。杜审言在宫廷宴会上写这样一首与众不同的诗来应制，固然与其恃才傲物、放旷不羁的个性有关，同时也与他长期远离宫廷，宫廷以外的生活经历和情感体验比较丰富有关，因此，在当时宽松的创作气氛中，他敢于把宫廷之外的思想和情感引入到宫廷唱和当中。从中也可以看出，中宗时期宫廷内外诗歌的互动和渗透已经是相当自由和显著了。不仅如此，由于宫廷唱和旨在娱乐，词等民间文学和娱乐形式开始进入宫廷，诗人们争相学习和接受。如当时的文士们纷纷效唱和制作《迴波词》。前面已经引到沈佺期曾因演唱《迴波词》而获赐绯鱼一事，除此之外，相关记载还有不少。如《通鉴》卷二〇九“景龙三年”载：

上又尝宴侍臣，使各为《迴波词》，众皆为谄语，或自求荣禄。谏议大夫李景伯曰："回波尔时酒卮，微臣职在箴规。侍宴既过三爵，喧哗窃恐非仪。"上不悦。

《新唐书·武平一传》载：

后宴两仪殿，帝命后兄光禄少卿婴监酒，婴滑稽敏给，诏学士嘲之，婴能抗数人。酒酣，胡人袜子、何懿等唱"合生"，歌言浅秽，因倨肆，欲夺司农少卿宋廷瑜赐鱼。

可见，当时宫廷中词的演唱和即兴创作相当风行。以词为代表的俚俗浅易的民间文艺形式进入宫廷，使宫廷内外的文学之间产生了进一步的交流与互动，从理论上说，它会对宫廷诗铺排典重的模式起到了一定程度的消解作用。无论怎样，这种交流与互动对宫廷诗歌的发展是有积极意义的。

中宗时的宫廷娱乐活动极为丰富多彩。首先是宴会的场合和临幸的地点大为丰富。就宫廷宴会来说，就经常变换场合。如景龙二年（708）七夕宴于两仪殿，十一月十五日宴于内殿，二十一日宴于安乐公主宅；三年（709）一月七日宴于清晖阁，三月三日宴于梨园，同月又宴于芙蓉园，十月八日宴于安乐公主新宅，十二月十四日宴于韦嗣立山庄；四年（710）人日宴于大明宫，一月二十九日宴于浐水，二月二十一至二十二日宴于桃花园，等等。[1] 中宗临幸和游览的地点也是多种多样。如景龙二年（708）九月九日幸慈恩寺登浮图，十月三日幸三会寺，十二月六日幸大荐福寺，十二月二十一日游禁苑幸临渭亭，三十日幸长安故城；三年（709）一月二十九日幸昆明池，二月十一日幸太平公主南庄，九月九日幸临渭亭登高，十二月十二日幸温泉宫，十五日幸白鹿观，十八日幸秦始皇陵，二十二日登骊山高顶，等等。[2] 其

① 参见贾晋华辑校：《景龙文馆记》，载贾晋华：《唐代集会总集与诗人群研究》，北京大学出版社2001年版，第181—278页。

② 参见贾晋华辑校：《景龙文馆记》，载贾晋华：《唐代集会总集与诗人群研究》，北京大学出版社2001年版，第181—278页。

次是在宴会、临幸、游览等日常的宫廷生活中加入了花样繁多的娱乐内容。如《类说》卷六引《景龙文馆记》载："宴土蕃使，作蹀马之戏，皆五色彩丝金具，装于鞍上，加麟首凤翅。乐作，马皆随音蹀足，宛转中节，胡人大骇。"《唐诗纪事》卷九载："（景龙四年一月）七日，重宴大明殿，赐彩缕人胜，又观打毬。"一百二十卷本《说郛》卷七十七所引《景龙文馆记》载："唐制，上巳祓禊赐侍臣细柳圈，云带之免虿毒瘟疫。中宗四年上巳，祓禊于渭滨，赋七言诗，赐细柳圈。"《唐诗纪事》卷九载："（景龙四年）三月一日清明，幸梨园，命侍臣为拔河之戏。"一般来说，在从事这些游乐活动时，中宗都会让侍臣们应制赋诗，这就使得应制诗的歌咏题材大大丰富了。不仅有咏物和宴饮等普通题材，还出现了送别诗、登临诗、怀古诗、山水诗等多种过去在宫廷中很少见到的新题材。如景龙三年（709）中宗幸古迹秦始皇陵，赋的就是一首怀古诗；登骊山高顶时中宗及侍臣们赋的就是登临诗；送张仁愿赴边和金城公主入吐蕃赋的就是送别诗；临幸太平公主、安乐公主、韦嗣立等人的庄园时赋的就基本上是山水诗。这些题材内容进入到宫廷诗当中，就使得宫廷内的诗歌与宫廷外的诗歌没有多大差别了，标志着宫廷内外的诗歌已经渐趋合流。

要之，中宗朝以娱乐为宗旨的诗歌唱和，使宫廷诗歌的题材内容和艺术表现能力得到很大的丰富和提高，为诗歌走出宫廷以及宫廷内外诗歌的合流创造了重要的条件。

（原载《文学评论丛刊》第12卷第1期）

中晚唐诗歌流派与晚唐五代词风

余恕诚

文学与文体的发展，离不开不同文体之间的交融互动。词有“诗余”之称，诗词关系，自宋代之后，特别是敦煌文献发现以来，学者们围绕长短句形式的起源问题做过大量研究，而诗词之间联系，除句调韵律外，还有词语、意象、情境、风格等多种因素。缪钺《论词》云：

> 词之所以别于诗者，不仅在外形之句调韵律，而尤在内质之情味意境……内质为因，而外形为果。先因内质之不同，而后有外形之殊异。故欲明词与诗之别，及词体何以能出于诗而离诗独立，自拓境域，均不可不于其内质求之，格调音律，抑其末矣。①

全面看待诗词之别和词体兴起的根源，作为内质之“情味意境”，确实是更为重要的因素，本文即从文学内质角度，先考察中晚唐流行的由李贺开启，到李商隐、温庭筠趋于极致的绮艳诗风，与以温庭筠为代表的花间词风之间的演进关系；再考察韦庄词风与温词异同及其原因，并藉以进一步深入认识诗词之间关系。

一、从李贺、李商隐到温庭筠

（一）表现“迷魂”、“心曲”

词，特别是最为突出地表现词体不同于其他文体特征的婉约词，

① 缪钺：《诗词散论》，上海古籍出版社1982年版，第54页。

从内容上看，更多地是以具体细腻的笔触，集中地体现人的心境意绪，将情思中最为细美幽约者，曲尽其妙地予以表达。温庭筠词《菩萨蛮》（小山重迭）通首表现的是女主人公慵懒、孤寂的心境；韦庄《菩萨蛮》五首，表现的是在乱离中流落江南的枨触情怀；李煜词："剪不断，理还乱，是离愁，别是一般滋味在心头"（《相见欢》），写的是被"离愁"折磨的心头滋味。《花间集》中"心"字出现79次。名句如："谢娘无限心曲，晓屏山断续"（温庭筠《归国遥》）、"柳暗魏王堤，此时心转迷"（韦庄《菩萨蛮》）、"丁香软结同心"（毛文锡《中兴乐》）、"换我心为你心，始知相忆深"（顾夐《诉衷情》）、"不堪心绪正多端"（孙光宪《临江仙》）等等，在直接出现"心"字的同时，由相关的语境烘托，把"心曲"、"心绪"，以至难以把握难以说清的内心复杂变化与繁复层次，都鲜活贴切地表现了出来。从文体角度看，这在其他文类中固然少见，但从艺术的演进承传角度看，也并非词体独创，诗中自有一类作品为其前导，而与其时代最近的"李贺—温李"一派诗歌，更是对其有着直接的影响。

李贺与李商隐、温庭筠先后崛起于中晚唐诗坛，他们在创作上很突出的一点，是向心灵世界开拓。"李长吉师心"[①]，而李商隐、温庭筠也同样有这种倾向。他们除写自己的寥落、阻隔、理想幻灭、年华蹉跎等种种枨触外，还将心思流连于女性世界，写女性的"心曲"。李贺的"我有迷魂招不得，雄鸡一声天下白"（《致酒行》）、"劳劳一寸心，灯花照鱼目"（《题归梦》），以及《梦天》、《天上谣》、《苏小小墓》等，都是或写自己的"迷魂"，或状女子的"心曲"。李商隐的名句"身无彩凤双飞翼，心有灵犀一点通"（《无题二首》其一）、"几时心绪浑无事，得及游丝百尺长"（《山行》）、"嫦娥应悔偷灵药，碧海青天夜夜心"（《嫦娥》），以及《燕台》、《锦瑟》等篇，更是在对心理世界发掘的深度和表现的细腻真切方面，达到前所未有的高度。温庭筠之写心理状态，虽突出表现在词体中，但其乐府诗与近体抒情小诗，于此也很擅长。可以说正是由于将诗歌中这种艺术经验成功地移入词中，他才能对"谢娘心曲"作出那样丰富多彩的表现。试看以下诗词：

---

① 王世贞：《艺苑卮言》卷四。

香灯伴残梦，楚国在天涯。月落子规歇，满庭山杏花。

——《碧涧驿晓思》

千万恨，恨极在天涯。山月不知心里事，水风空落眼前花。摇曳碧云斜。

——《梦江南》

都是将天涯阻隔之恨融入眼前沉寂寥阔的夜空和月色花影之中，种种物象，都是为了烘托体现抒情主人公落寞的心境。对照可见温庭筠诗与词在艺术表现上的相通。我们甚至还可以看到作者一些深微造极的体验，被不止一次地织入不同的作品中。温词《菩萨蛮》其三结尾："心事竟谁知，月明花满枝"，与上引《碧涧驿晓思》结尾："月落子规歇，满庭山杏花"，意境也是非常接近。在展示人物心理上诗境与词境相通，是温庭筠将李贺一派在诗中用得很纯熟的手法，转移到词中的突出表现。

（二）心象熔铸物象

李贺一派诗歌与以温庭筠为代表的花间词，为了展示人的心情意绪，将诗中以景就情、以情化景之法，加以发展。往往以心象熔铸物象，创造出艺术化的主观色彩很浓而又更为直观的心灵景象。温庭筠《归国谣》下片："画堂照帘残烛，梦馀更漏促。谢娘无限心曲，晓屏山断续。"用画堂残烛和梦后的更漏声等，极力烘托环境。在点出其人"无限心曲"之后，不是对"心曲"作抽象说明（如"悲""怨"之类），而是用类似电影蒙太奇手法，迭印其人卧床边的"晓屏山断续"。此时，晓屏之景在环境烘托之下，同时借助语言的前后联系，便成了"心曲"状态的延伸与展示。伊人难以言状的"心曲"，不就是如屏风景物之曲折迷离吗？机缘凑泊，经过充分酝酿镕炼，便化情为景，使相关情事若隐若现于可感可触的暧昧仿佛之景中，形象直观，却又不落言筌。与这种化情为景相对应的，是化景为情，如《荷叶杯》：

一点露珠凝冷，波影，满池塘。绿茎红艳两相乱，肠断，水风凉。

这首词仅仅是写荷塘景色吗？何以说“肠断”，又何以用“冷”“乱”“凉”等形容词呢？说者谓：

> 题旨系写“一个断肠人眼中的荷塘景色”……荷池是否即象征其心湖呢？荷池之上，忽尔风生，而景色变异如彼……荷池当时景色，实即断肠人当时心境，景即是情，情即是景，满池塘的缭乱，即是满心湖的纷扰。①

荷塘景色所以能如此理解，在于一经点出“断肠”，即如盐着水，使景不再是客观之景，而是以情观物，化景为情，使景物朦胧隐约皆有反映心境的作用。这种艺术表现能力与效果，不光见于花间词，其他词人的作品中，也能见到。李璟《浣溪沙》：“菡萏香消翠叶残，西风愁起碧波间”，一个“愁”字也是发挥了化景为情的效用，西风碧波间的残荷，也就宛似愁人的心境。

词的这种表现心境乃至心灵景观的艺术功能，并非一开始就很突出。早期的民间词朴拙直白，在这方面显然难以出色。即使是白居易、刘禹锡的词，也是简约明快，很少对心境作细笔描绘。“心曲”外化，在《花间集》中成功运用，并为后代词家所继承，与李贺、李商隐、温庭筠等人所作的开拓有直接关系。他们在诗中用以表现心灵世界的艺术手段，再由作为词人的温庭筠等移之于词，遂有别于民间词直拙的面貌。试看李贺的《美人梳头歌》：

> 西施晓梦绡帐寒，香鬟堕髻半沉檀。辘轳咿哑转鸣玉，惊起芙蓉睡新足。双鸾开镜秋水光，解鬟临镜立象床。一编香丝云撒地，玉钗落处无声腻。纤手却盘老鸦色，翠滑宝钗簪不得。春风烂漫恼娇慵，十八鬟多无气力。妆成鬌鬌欹不斜，云裾数步踏雁沙。背人不语向何处，下阶自折樱桃花。

这首诗写美人晨起梳妆，论题材在《花间集》等婉约词中可算最为常见。《花间集》开篇《菩萨蛮》（小山重迭）即是此种题材。南宋胡仔

① 张以仁：《花间词论集》五《试论温庭筠的一首〈荷叶杯〉词》。

称“余尝以此填入《水龙吟》”，词云：

梦寒绡帐春风晓，檀枕半堆香髻。辘轳初转，栏杆鸣玉。咿哑惊起。眠鸭凝烟，舞鸾翻镜，影开秋水。解低鬟试整，牙床对立，香丝乱，云撒地。　纤手犀梳落处，腻无声，重盘鸦翠。兰膏匀渍，冷光欲溜，鸾钗易坠。年少偏娇，髻多无力，恼人风味。理云裾下阶，含情不语，笑折花枝戏。①

胡仔的变动并不算大，而在文体上已易诗为词，这显然是因为李贺诗之情味、语言、意象等本即接近于词。《美人梳头歌》多写体貌以及枕镜钗鬟之类，但能于描写中见人物心态。这种特色正好通之于词。如果与温庭筠《菩萨蛮》（小山重迭）对照，则开镜、解鬟、簪钗的大段描写，大体相当于温词之“弄妆梳洗迟”。在弄妆迟缓中见情绪之低。结尾：“背人不语向何处，下阶自折樱桃花”，为妆毕之后，仍然独处，无所事事，顾影自怜，则又与温词结尾暗示美人心事寂寞，孤独无偶，有同样的作用。《美人梳头歌》中“春风烂漫恼娇慵，十八鬟多无气力”，是对女子情态与心境的集中描写。“春风烂漫”与“恼娇慵”，“十八鬟多”与“无气力”中间的事理逻辑，很难细析，主要是主观情绪借助和依托物象的一种体现，心绪与物象融为一体。

把心象与物象熔铸到一起，构成艺术形象，表现人的心境意绪。在中晚唐一些诗人作品中成为一种新的艺术倾向。这一倾向较早见于李贺诗歌，继之者为李商隐和温庭筠。李贺生峭，名句如“我有迷魂招不得，雄鸡一声天下白”（《致酒行》）“壶中唤天云不开，白昼万里闲凄迷”（《开愁歌》），心理与物象之间，都接得比较突然。温李学李贺的“长吉体”诗，在多数情况下，是由生峭趋向圆融。李商隐特别善于把心灵中的朦胧图象化为依稀仿佛的诗的意象，非常适合表现失意文人和多情女子的情感状态。李商隐多情善感，“可怜漳浦卧，愁绪乱如麻”，凄迷的心境受外界触动，会诱发出形形色色恍惚迷离的心象，发而为诗，则可能以心象融合眼前或来源于记忆与想象中的物象，构成种种印象色彩很浓的艺术形象。“身无彩凤双飞翼，心有灵犀一点

---

① 胡仔：《苕溪渔隐丛话》后集卷十二，人民文学出版社1981年版，第89页。

通”，把青年男女身隔情通，心心相印，与灵异的犀角相链接，构成新鲜可感且带神秘色彩的形象，极其微妙地体现出阻隔中的契合，苦闷中的欣喜，寂寞中的慰藉。“春蚕到死丝方尽，蜡炬成灰泪始干”，将至死难以磨灭的挚爱和思念，与春蚕到死才停止吐丝、蜡烛燃尽才停止流淌烛泪联系到一起；“春心莫共花争发，一寸相思一寸灰”，将爱情萌发与春花绽放、将痛苦失恋的相思与香烛燃烧后的灰烬联系到一起。这种把人的心理状态和情感化为一种更为直观的艺术形象的写法，在词里更为普遍。温庭筠《更漏子》其三：“香作穗，蜡成泪，还似两人心意”，在写法和所展示的形象方面与上引李商隐《无题》中的诗句，即非常相近。据此，可以看到以心象熔铸物象的表现方式，由诗向词推进之迹。

（三）意象错综跳跃

与心象熔铸物象的表现方式相联系，李贺、李商隐、温庭筠等人的一些诗歌与词体，在意象组合上亦有相近的特点。晚唐五代的文人词的意象组合，往往错综跳跃，难求明确的线索和时空因果联系。温庭筠《菩萨蛮》其二：“江上柳如烟，雁飞残月天”、《更漏子》其一：“惊塞雁，起城乌，画屏金鹧鸪”、《菩萨蛮》其三：“翠钗金作股，钗上蝶双舞”，在篇中的前后联系与全篇脉络问题，都一再引起学者议论。俞平伯说：

> 飞卿之词，每截取可以调和的诸印象而杂置一处，听其自然融合，在读者心眼中仁者见仁知者见知，不必问其脉络神理如何如何，而脉络神理按之则俨然自在。①

叶嘉莹说：

> 不必深求其用心及文理上之连贯。塞雁之惊，城乌之起，是耳之所闻，画屏上金鹧鸪，则目之所见，机缘凑泊，遂尔并现纷

① 俞平伯：《读词偶得》，上海书店1984年版，第3页。

呈，直截了当，如是而已。[①]

李冰若说：

以一句或二句描写一简单之妆饰，而其下突接别意，使词意不贯……为温词之通病，如此词“翠钗”二句是也。[②]

或褒或贬，都指出了温词语言意象在组合衔接上往往任意凑泊，前后之间不甚连贯、不甚确定的现象。这在其他词人作品中，也很常见。韦庄《菩萨蛮》其五上片：“洛阳城里春光好，洛阳才子他乡老。柳暗魏王堤，此时心转迷。”抒情主人公应为“洛阳才子”，既然是“他乡老”，应该身在他方，然而首句“洛阳城里”、第三句“柳暗魏王堤”，写目见之景，又似乎置身洛阳。这前后空间的转换，就没有给出清晰明确的线索。冯延巳《谒金门》（风乍起）词的首尾跟全篇关系，都有点若即若离。俞陛云说：“‘风乍起’二句，破空而来，在有意无意间，如絮浮水，似沾非著。”[③] 陈廷焯说：“结二语若离若合，密意痴情，宛转如见。”[④] 可见词体中语言意象间若离若合、似沾非著的情况，相当普遍。

词体的上述现象，在一般五七言诗中较为少见，五七言诗（特别是古体诗）多数循事件或情感发展，进行叙述与描写，上下联系与前后的逻辑顺序是清楚的，例外者是少数。但值得注意的另类现象是李贺开启的晚唐一路。李贺的诗，杜牧说：“盖《骚》之苗裔，理虽不及，辞或过之。”又说：“求取情状，离绝远去笔墨畦径间，亦殊不能知之。”（《李贺集序》）李商隐说他“未尝得题然后为诗，如他人思量牵合，以及程限为意。”（《李贺小传》）杜牧与李商隐所注意的，都是李贺诗中事理、线索、畦径的难觅难知。对此，钱锺书则说：

长吉穿幽入仄，惨淡经营，都在修辞设色，举凡谋篇命意，

① 叶嘉莹：《温庭筠词概说》，收入《迦陵论词丛稿》，上海古籍出版社1980年版，第31页。

② 李冰若：《栩庄漫记》，见《花间集评注》。河北教育出版社1999年版，第14页。

③ 俞陛云：《唐五代两宋词选释》，上海古籍出版社1985年版，第97页。

④ 陈廷焯：《词则·闲情集》卷一《五代十国诗》。

均落第二义……余尝谓长吉文心，如短视人之目力，近则细察秋毫，远则大不能睹舆薪；故忽起忽结，忽转忽断，复出旁生。[①]

"忽起忽接，忽转忽断，复出旁生"可算李贺某些代表性诗篇在结构上的特点。尽管可能伴随某些缺点，但后继并不乏人。李商隐、温庭筠的"长吉体"诗，章法上与之仿佛。即使是李商隐自具面目的《锦瑟》、无题一类诗，亦有这种表现。夏承焘云："李商隐律诗有一个缺点，是组织性不强。尤其是'无题'几首，它的起结及中间各对句，往往可以互相拆换。"夏承焘举两首《无题》为例，将其起结及中间各联互相拆换，依然成诗，且自认为"读起来好像和原作并没有多大差别。"[②] 距夏承焘的发现半个世纪，王蒙论李商隐，又一再指出《锦瑟》、无题等篇"结构的无端……不是我们习惯的线性结构"，具有"可简约性，跳跃性，可重组性，非线性"[③]。王蒙也像夏承焘一样，多次把李商隐的《锦瑟》和无题等诗的句与联拆散，打乱重建。从李贺诗歌的欠"理"，到李商隐无题等篇结构的"无端"，再到温词"每截取可以调和的诸印象而杂置一处，听其自然融合"，可以看出中晚唐从诗到词都有一种重在呈现种种印象，而象与象之间逻辑关系不甚明显，在组合中带有某种跳跃性、纵横性，而彼此间又不失相互弥漫性、粘合性的作品。这在诗中主要体现者为温李一派，由诗到词，再由温词带动，成为词体中所呈现的特征之一。

意象组合扑朔迷离，跨越跳跃，层次结构有异于一般逻辑顺序，跟侧重表现情感意绪和以心象熔铸物象的表现方式有密切关系。人的心理和情感活动没有界域限制，且瞬息万变；人的情感状态与心灵的微妙隐秘，本来无质无形，恍兮惚兮，殊难究悉，并非只有某种固定的形态和变化的程序。从艺术表现的角度看，客观景物，乃至神话传说、历史典故，经过改造之后，可以给人多种联想，主观性强的诗人往往超越常理常规加以运用，造成若即若离似断似连之感。同时晚唐

① 钱锺书：《谈艺录》（增订本），中华书局1984年版，第46页。

② 《夏承焘文集》第七册《天风阁学词日记》，浙江教育出版社1997年版，第1079页。

③ 王蒙：《双飞翼·混沌的心灵场——谈李商隐无题诗的结构》，生活·读书·新知三联书店1996年版，第104页。

五代诗词中许多意象，如锦瑟、灵犀、珠泪、玉烟、碧城、瑶台、蓬山、灵风、梦雨等等，都被情感化、主观化，甚至心灵化了，是多种体验的复合，并非与客观现实之物完全对应。这些意象在诠释上具有弹性和多义性，也带来衔接上和逻辑上的超越常规常理。基于上述原因，当心象变幻，借助于主观化的意象加以表现的时候，意象与意象之间的衔接联系，就未必是逻辑和有序的。有时围绕某种心态加以表现时，可以把多种景物意象加以拼合、叠印，乃至抽换互代。意象的来龙去脉难以理清，跳跃性纵横性等种种复杂情况都会出现，在理解上也会见仁见智，莫衷一是。

（四）接受楚辞影响

温庭筠等的花间词跟楚辞之间的继承关系，在词学史上一直有不同认识。清代张惠言主温词继承楚辞传统之说，认为《菩萨蛮》其一有“《离骚》‘初服’之意”[①]，陈廷焯亦赞同张说，强调“飞卿词，全祖《离骚》”[②]，而近代学者对此则多不以为然。应该说温庭筠缺少屈原那样的抱负、人品和政治经历，认为他在词中有关花草和女性的描写，是像屈原那样表现自我修养和忠君爱国，不免缺乏根据。但问题是：楚辞对于后代的影响是多方面的，除了政治感遇之外，楚辞写男女之情和作为比兴手法的香草美人之喻，对后世的影响也是广泛而普遍的。刘勰《文心雕龙·辨骚》，既认为楚辞有“同于《风》《雅》者也”，又认为其诡异、谲怪、狷狭、荒淫四事异乎经典。所谓“荒淫”，即“士女杂坐，乱而不分，指以为乐，娱酒不废，沉缅日夜，举以为欢。”[③] 单就此“荒淫之意”，花间词与楚辞不是没有渊源的。而李贺、李商隐、温庭筠诗歌之继承楚辞也正有此一面，都是远宗楚辞，近取六朝，形成晚唐绮艳诗风与词风。三家之宗尚楚辞，都有很明确的自述。李贺云：“斫取青光写楚辞”（《昌谷北园新笋四首》其二），以楚辞比拟自己的创作。李商隐云：“为芳草以怨王孙，借美人以喻君子”（《谢河东公和诗启》），表白其创作继承了屈原香草美人的比兴手法。

---

① 张惠言：《词选》卷一，大中书局1933年版，第1页。

② 陈廷焯：《白雨斋词话》卷一，人民文学出版社1959年版，第5页。

③ 《文心雕龙·辨骚》。

温庭筠作品题为《握兰集》、《金筌集》，“兰”、“筌”的命名，出自《离骚》[1]。又，温庭筠《上盐铁侍郎启》有云：“滋兰九畹，伤谣诼之情多”，亦是将自己的创作和遭遇，比拟于屈原。

温词来自楚辞的影响，不少词学家做过分析探讨。陈廷焯论词标举“沉郁”，由沉郁追溯到《风》、《骚》，认为二者“沉郁之至，词之源也”，又发挥说：“所谓沉郁者，意在笔先，神余言外。写怨夫思妇之怀，寓孽子孤臣之感。凡交情之冷淡，身世之飘零，皆可于一草一木发之。而发之又必若隐若见，欲露不露，反覆缠绵……‘嬾起画蛾眉，弄妆梳洗迟’无限伤心，溢于言表。”“飞卿《菩萨蛮》十四章，全是变化楚《骚》，古今之极轨也。徒赏其芊丽，误矣。”[2] 所论虽缺少实证，但他在风格气息上的把握，亦不全是对温词的误读。温词在绮艳中有可能渗透若干自己的人生感叹，其“若隐若现，欲露不露，反复缠绵”的表达方式与《离骚》确有近似之处。除人们注意较多的《菩萨蛮》十四章外，温庭筠以《河渎神》为调的词，也有《九歌》的气息。陈廷焯《词则》卷三云：“《河渎神》三章寄哀怨于迎神曲中，得《九歌》之遗意。”李冰若从总体上是贬抑温词的，但于其《梦江南》亦云：“《楚辞》：‘望夫君兮未来，吹参差兮谁思？’‘袅袅兮秋风，洞庭波兮木叶下。’幽情远韵，令人至不可聊。飞卿此词：‘过尽千帆皆不是，斜晖脉脉水悠悠’，意境酷似《楚辞》，而声情绵渺，亦使人徒唤奈何也。”[3] 李冰若是从意境情思方面说的，就此而言，温词和《花间集》中可举者还不少。楚辞，特别是《九歌》中那种思念之情，隔离之恨，如“望美人兮未来”（《少司命》）、“思公子兮未敢言”（《湘夫人》）、“隐思君兮悱侧”（《湘君》）、“子慕予兮善窈窕”（《山鬼》）、“思公子兮徒离忧”（《山鬼》），等等，几乎就是《花间集》中反复吟咏的主题。不仅是意境情思，有的甚至在人物、场景的具体描写与结构上亦逼近《楚辞》，试以温词《梦江南》与《九歌·湘夫人》前半为例：

---

① 《新唐书·艺文志四·别集类》载：“温庭筠《握兰集》三卷，又《金筌集》十卷，《诗集》五卷。《汉南真稿》十卷。”《离骚》：“余既滋兰之九畹兮”，又“筌不察余之中情兮”。

② 《白雨斋词话》卷一，第4—7页。

③ 李冰若：《栩庄漫记》。见《花间集评注》，第37页。

梳洗罢，独倚望江楼。过尽千帆皆不是，斜晖脉脉水悠悠，肠断白蘋洲。

——温庭筠《梦江南》

帝子降兮北渚，目眇眇兮愁予。嫋嫋兮秋风，洞庭波兮木叶下。

登白薠兮聘望，与佳期兮夕张；鸟何萃兮蘋中，罾何为兮木上。

沅有茝兮醴有兰，思公子兮未敢言。荒忽兮远望，观流水兮潺湲……

——《九歌·湘夫人》

两篇作品都是写一方在水边盼望等待另一方。从叙述描写看，《湘夫人》第一节“帝子降兮北渚，目眇眇兮愁予”，相当于《梦江南》一、二句写眺望。《湘夫人》第三节“荒忽兮远望，观流水兮潺湲”，相当于《梦江南》三、四句，写望而不见，唯见流水悠悠。而《湘夫人》第二节“登白薠兮聘望”，则近于《梦江南》末句“肠断白蘋洲”。因此，如果将《湘夫人》二、三节对调，则此诗与《梦江南》之伫望——观流水——肠断白蘋洲的过程就宛然一致了。很难说温庭筠有意模仿楚辞，但这些对古代文人来说，是烂熟于胸的经典作品，其潜在影响，无疑是存在的。

诗体长期发展所积累的成果，所进行的多方面的艺术探索，是为词体预设的最丰厚的资源。五七言诗经过盛唐与中唐的高度发展，到晚唐出现了在前代诸大家之外另辟蹊径的“李贺——温李”一派，作为花间鼻祖的温庭筠，吸收了这一路诗歌的艺术经验，从事词的创作，并进而由此奠定了文人词的主导风格。当然，以诗之博大丰富，影响于词体绝非限于一条途径。下面，我们将会看到由另外一派诗人对晚唐五代词所产生的另一种影响，从而表现出诗在艺术上影响于词的多面性与复杂性。

二、从白居易到韦庄

《花间集》诸家的创作，在共同体现晚唐五代文人词总体风格的同时，又在不同程度上有自己的特征。其中温庭筠与韦庄两家风格差异，最为人所关注。温词浓艳，韦词清丽。温词多见精美物象，描写性较强；韦词醞情深至，而又明白如话，抒情性较强。历代词家于温、韦，或并尊，或有所轩轾，多数都是就其特点进行比较。近代强化了文学史的发展观念，又有人认为温、韦代表发展上的不同环节。如说："鲜明真切、极具个性的风格，不仅为端己词的一大特色，而且也当是晚唐、五代词在意境方面的一大演进……从不具个性的艳曲（按：指温词），到具有鲜明个性的情诗，这是晚唐、五代词在意境方面第一度的演进。"① 或说："（韦庄词）长于写情，技术朴素，多用白话，一扫温庭筠一派的缜丽浮文的习气。在词史上，他要算一个开山大师。"② 这些评论，如说韦词在客观上提供了与温词不完全相同的风格是正确的，但强调韦庄在词史上构成一大演变，甚至一扫温派习气，成为新的开山大师，则不符合词体实际上的发展进程。

韦庄与温庭筠词风之异，以及与此相联系的在词史上的意义，仍然需要结合其词与中晚唐诗歌流派的关系去考察。

（一）韦庄诗词之间的沟通

韦庄与温庭筠同属诗词兼擅的作家，其诗与词之间沟通的程度，甚至超过温庭筠。韦庄诗与词不少篇章字句以近似的面貌出现。他的《宫怨》（一辞同辇闭昭阳）与词《小重山》（一闭昭阳春又春），乃同一内核适应不同体裁而稍变其面目。《春陌二首》其一与《浣溪沙》其三均有"一枝春雪冻梅花"之句。《江上别李秀才》："与君俱是异乡人"，跟《荷叶杯》其一："如今俱是异乡人"；《对梨华赠皇甫秀才》"还是去年今日时"，与《女冠子》其一"正是去年今日"，均仅两字相异。《对梨华赠皇甫秀才》："且恋残阳留绮席，莫推红袖诉金卮。腾腾战鼓正多事，须信明朝难重持"，不仅与其《菩萨蛮》其四"劝君今夜须沉醉，樽前莫话明朝事"、"须愁春漏短，莫诉金杯满"相近，而且借助诗意，可以了解词之借酒浇愁的时代生活背景和作者内心深处的痛苦。这些，都说明韦庄诗与词之间往往互通。因而，考察韦庄诗

① 叶嘉莹：《从〈人间词话〉看温韦冯李四家词的风格》，《迦陵论词丛稿》，第72页、116页。
② 《胡适选唐宋词三百首》，东方出版社1995年版，第9页。

风渊源所自，有助于认识韦庄词风的来路。

(二)《又玄集》所体现的对前辈作家的态度

作家的创作是在对前代文学继承和当代的文学现实环境中进行的。韦庄除创作外，还编有唐诗选本——《又玄集》，从初唐宋之问到当时还在世的罗隐、杜荀鹤等人，其间著名诗人几乎全部入选，反映了韦庄对于这些诗人的广泛肯定态度。韦庄任左拾遗时又曾上表（《乞追赐李贺皇甫松等进士及第奏》），建议将中晚唐“无显遇”“有奇才”的文士，“追赐进士及第，各赐补阙、拾遗”，这也可见韦庄对于前辈和同时代的优秀诗人的普遍尊重。

韦庄最推崇的前代诗人是杜甫。晚年在成都居于杜甫草堂旧址；诗集取名《浣花集》，即源自杜甫。所编《又玄集》，置杜诗于卷首。杜甫生逢安史之乱，长期流寓，备尝艰险，忧国忧民，与韦庄在黄巢起义、军阀混战期间的遭遇和心情多有相似。杜甫的诗歌记载了那个时代的灾难，成为“诗史”，韦庄写乱离中的感受见闻，不仅在内容上可继杜甫，风格上亦略具杜诗沉郁的特征。韦庄存诗322首，应酬诗很少，明显反映或涉及时事战乱的约93首，占全诗的三分之一，这在唐人诗中比例是很高的。

韦庄继承杜甫，也有受限制的一面。时代远隔，杜甫的思想和才力，亦非韦庄所能及。二者之间，需要有过渡。盛唐之后，大力推崇杜甫，自觉传承杜甫，当首推白居易与其诗友元稹。元白注意反映社会问题，诗风平易近人，韦庄继承杜甫，而实际上的取径，则是走元白一路。

韦庄生于唐文宗开成元年（836），其时白居易仍在世。白居易卒于唐武宗会昌六年（846），韦庄已十一岁。韦庄《下邽感旧》云：“昔为童稚不知愁，竹马闲乘绕县游”，可知其少年时期曾居华州下邽县。而下邽为白居易故乡，白居易因守母丧居下邽前后四年。韦庄很早闻白居易之名，且受其影响，应是很自然的事。洪亮吉《北江诗话》云：“韦端己《秦中吟》诸乐府学白乐天而未到。”[①] 宋育仁《三唐诗品》

① 洪亮吉：《北江诗话》卷六。

云："（韦庄诗）其源出于元稹。"[①] 两家诗话，大体上反映了韦诗受元白诗派影响的事实。

韦庄所编《又玄集》选了元稹两首长篇叙事诗：《连昌宫词》和《望云骓马诗》。韦庄的名作《秦妇吟》，无论内容还是其七古长篇的叙事手法，都直接继承了《连昌宫词》与白居易《长恨歌》等长篇。王国维在《敦煌发现唐朝之通俗诗及通俗小说》中谓："（《秦妇吟》）诗为长庆体，叙述黄巢焚掠，借陷贼妇人口中述之，语极沉痛详尽，其词复明浅易解。"不仅指明《秦妇吟》用的是元白长庆体，而且谓其"沉痛详尽"、"明浅易解"，也是元白长篇叙事诗的特点。

《又玄集》选录白居易诗歌，着眼于唱和诗。唱和诗在白居易集中占很大比重，"元白"、"刘（禹锡）白"唱和为诗坛佳话。《又玄集》中入选的刘禹锡与白居易诗前后相连，均为两人唱和之作，其中刘对白多有安慰和赞誉，体现出以刘衬白的意味，反映了韦庄对于白居易的尊崇与重视。

（三）韦庄诗词创作与白居诗词之间的关系

韦庄诗词创作对白居易的继承是多方面的。韦庄叙事诗《税人场歌》在《全唐诗》和清人汪立名刊本《白香山诗集》中，一作白居易诗，错乱原因可能与两人诗歌风格相近有关。白居易《长恨歌》名句："芙蓉寂寞泪阑干，梨花一枝春带雨"，韦庄《春陌二首》其一中有"肠断东风各回首，一枝春雪冻梅花。"《浣溪沙》其三中又有"暗想玉容何所似，一枝春雪冻梅花"，与白居易的写法和喻象相近。白居易《和梦游春诗》："眉敛远山青……梦断魂难续"，韦庄《谒金门》其一："远山眉黛绿"，"梦魂相断续"。白居易《忆江南》其一"春来江水绿如蓝"，韦庄《西塞山下作》："西塞山前水似蓝。"白居易《喜敏中及第偶示所怀》："杨穿三叶尽惊人"，韦庄《寄湖州舍弟》："云烟但有穿杨志。"白居易《寄王质夫》："旧游疑是梦"，韦庄《归国遥》其二："旧欢如梦里"。白居易《江南谪居十韵》："忧方知酒圣，贫始觉钱神"，韦庄《遣兴》："乱来知酒圣，贫去觉钱神"。白居易《东南行一百韵》："承明连夜值，建礼拂晨趋"，韦庄《和郑拾遗一百韵》：

---

① 宋育仁：《三唐诗品》卷三。

“晓风趋建礼，夜月值文昌”。白居易《潜别离》：“不得语，暗相思”，韦庄《应天长》其二：“暗相思，无处说。”白居易《失婢》：“今宵在何处？唯有明月知”，韦庄《女冠子》其一：“除却天边月，没人知”。白居易《长恨歌》：“但令心似金钿坚，天上人间会相见”，韦庄《思帝乡》其一：“说尽人间天上，两心知”。以上，有的几乎完全相同，有的非常相近，其中难免没有巧合，但多数应出于韦庄对白居易诗歌的熟悉和喜爱，因而加以化用。

除可以简单地直接加以对照的语例外，还有不少复杂微妙的情况。如：白居易用“无力”一词，有《长恨歌》：“侍儿扶起娇无力”；《魏王堤》“柳条无力魏王堤”；《曲江早春》：“曲江柳条渐无力”，这几处所用的“无力”，都能给人留下很深的感觉印象。韦庄《乞彩笺歌》中有“卓文醉后开无力”；《思归》中有“暖丝无力自悠扬”；《思帝乡》其一中有：“髻坠钗垂无力”；《谒金门》其二：中有“新睡觉来无力”，韦庄在这样运用时，不可能不会想到白居易的名句。白居易的《琵琶行》与韦庄《赠峨眉山弹琴李处士》都是描写音乐的诗篇。两首诗，从对弹奏人身份的叙述，到对音乐的形象描绘，到乐停后环境效果渲染，以及主动提出给弹奏者作歌，在井井有条地叙述和描景状物的手法上都有相近之处。

跨出个别词句篇章的对照，更为整体概括地看韦庄对于白居易的接受，可归为两大方面：一是伤时感世的内容，二是语言表达上的通俗性和叙述性。

白居易青少年时期自述流离困苦的诗，任左拾遗前后，写社会问题与民生疾苦的讽喻诗，以及内含某些世情感慨与人生感慨的感伤诗，跟韦庄的忧世多感，有相近之处。白居易云：“文章合为时而著，歌诗合为事而作。”（《与元九书》）韦庄生逢世乱，蒿目时艰，自称：“伤时伤事更伤心”（《长安旧里》）。其弟韦蔼撰《浣花集序》，陈述韦庄的生活经历与创作云：“流离漂泛，缘目寓情。子期怀旧之辞，王粲伤时之制。或离群轸虑，或反袂兴悲。《四愁》、《九愁》之文，一咏一觞之作。”这一切，确实与白居易“为时”、“为事”的创作精神相去不远。其《悯耕者》、《汴堤行》、《重围中逢萧校书》、《喻东军》、《闻再幸梁洋》等反映人民疾苦和时事的篇章，都可称“为时”、“为事”之作。另外，韦庄还有不少贴近自身生活经历的抒情感慨之作，如“记得竹斋风雨夜，对床孤枕话江南”（《寄江南逐客》）、“更被夕阳江岸上，断肠烟柳一丝丝”（《江外思乡》）等，情调亦近似白居易。

与内容相比，更值得注意的是韦庄与白居易语言表达上的接近。白居易诗歌平易流畅，在中晚唐有广泛影响。韦庄选《又玄集》，标举“清词丽句”。作者们“清词丽句”的具体表现是多样的。白居易诗歌流畅而又优美，无疑是“清词丽句”中最有普遍性的一种。韦庄的语言，即在这方面近于白居易，获有“流丽”、“清丽”之称①。

白居易诗歌语言叙述性强。诗之赋比兴，在不同诗人作品中所占比重各异。李贺、李商隐、温庭筠三家笔下，比兴地位突出。白居易则多用赋法，铺陈叙述占大部分篇幅。李商隐等人因比兴而隐晦朦胧，白居易因多用赋法，而详悉明畅。白诗中叙述是主要手段。《长恨歌》、《琵琶行》和乐府诗是叙事，闲适诗、感伤诗也主要是通过叙述来表达情感。韦庄亦承白居易之风，其《秦妇吟》那样的长篇，固然是叙事杰作，而即使是有关人生和世情的感慨，也多半偏重直陈和叙事。不同流派的诗人词客，有的尽量交待叙述清楚，有的则是埋没针线，省略事件原委过程，作品风貌自然形成鲜明差异。

（四）韦词——花间词的底调融入白居易诗词明朗爽快的因素

同为花间派中大家，韦庄与温庭筠在创作上究竟是什么关系？在温庭筠建立的文人婉约词系统中，他是扫除变革刚刚建立起来的词体本色形态？还是置身于本色形态中，而又因其诗歌所继承之传统，引入另一些成分，酝酿出有别于温词的自家面目？为弄清这一问题，先应考察韦庄对温庭筠诗词的接受情况。

韦庄出生晚于温庭筠三十余年，温对于韦是知名的前辈。韦庄在《乞追赠李贺皇甫松等进士及第奏》中，举到温庭筠；在《又玄集》中选温庭筠诗五首，又选了纪唐夫诗一首为温庭筠鸣不平的诗——《赠温庭筠》。章奏和选诗，都表现了对温的肯定。《花间集》作者，以西蜀词人为主体，作词皆承袭温庭筠，韦庄在前蜀官至宰相，又是文坛上从晚唐到西蜀的主要传递人物。西蜀之承袭发扬温庭筠词风，与韦

① 李调元：《雨村词话序》：“温韦以流丽为宗”。蔡嵩云：《柯亭词论》：“韦派清丽”。见唐圭璋：《词话丛编》，中华书局1986年版，第1377页、第4904页。

庄的带动当有极大关系。韦庄诗词即明显有承袭温庭筠的印迹。韦编《又玄集》中选有温诗《过陈琳墓》，所抒发的飘零失路的感叹，与韦庄诗中常见的“流离漂泛，寓目缘情”（《浣花集序》）之慨相近。《过陈琳墓》结联为：“莫怪临风倍惆怅，欲将书剑学从军”，韦庄《九江逢卢员外》诗结联则云：“莫怪相逢倍惆怅，九江烟月似潇湘”，上句仅更换温诗句中三、四两字。

温韦两家词风有别，是总体一致下的个性差异。陈廷焯云：“端已《菩萨蛮》四章……意婉词直，一变飞卿面目，然消息正自相通。余尝谓……端已之视飞卿，离而合者也。”[①] 陈氏的分析，相当深刻。所谓“离”，即词风有别；所谓“合”，即总体一致。温与韦尽管一浓一淡，但语言情境同样都是非常艳美，如：

> 玉楼明月长相忆，柳丝袅娜春无力。门外草萋萋，送君闻马嘶。 画罗金翡翠，香烛消成泪。花落子规啼，绿窗残梦迷。
>
> ——温庭筠《菩萨蛮》其七
>
> 莺啼残月，绣阁香灯灭。门外马嘶郎欲别，正是落花时节。
> 妆成不画蛾眉，含愁独倚金扉。去路香尘莫扫，扫即郎去归迟。
>
> ——韦庄《清平乐》其四

都是写相思离别，许昂霄《词综偶评》云：“（韦庄）三、四与飞卿‘门外草萋萋’二语，意正相似。”[②] 下片离别之后女主人公孤独痴迷之状也比较接近。用语上“玉楼”与“绣阁”、“香烛”与“香灯”、“明月”与“残月”、“子规啼”与“莺啼”又可算相当。不同之处在于温词侧重铺陈描写，韦词侧重叙事，温词的辞藻密度更大一些。韦词上片写离别，下片写别后相思，情事顺时展开。温词则首二句和下片都写相思，三、四两句插入写回忆中的离别场面，结构上较韦词曲折。两家不同，自是“疏”、“密”之别，但情思之感人，词语与意境之美则是一致的，故陈廷焯云：“端已词艳入骨髓，飞卿之流亚也。”（《云韶集》卷一）

---

① 《白雨斋词话》卷一，第8页。

② 许昂霄：《词综偶评》，载唐圭璋辑：《词话丛编》，第1549页。

韦庄词化用温庭筠诗词尤其是词中词语意象极多。温庭筠乐府诗《惜春词》首句“百舌问花花不语”，韦庄《归国遥》其一则有“南望去程何许，问花花不语。”《归国遥》其二结句：“旧欢如梦里”，又出自温庭筠《更漏子》其二结句“旧欢如梦中”。韦庄《荷叶杯》其二“惆怅晓莺残月”。温庭筠《更漏子》其二有“帘外晓莺残月”。韦庄《河传》其二：“拂面垂丝柳”，温庭筠诗《题柳》：“杨柳千条拂面丝。”韦庄《谒金门》其一：“远山眉黛绿”，又《荷叶杯》其一“愁黛远山眉”，温庭筠《菩萨蛮》其十三：“眉黛远山绿”，两家相比，韦词较温词仅仅在词语顺序和个别字面上，稍有变换。

韦庄和花间词人语言上继承温庭筠，当然不只是化用其成句或成篇，更主要的是温庭筠在远师齐、梁宫体，近承李贺、李商隐等诗歌语言词汇的基础上，应歌适俗，创造了一套为婉约词风服务的语言符号系统，创造了前人未曾提供的为词体所用的词汇群。如以下一些词语群类：

有关女性容貌、服饰：玉容、含羞、憔悴、黛眉、蛾眉、愁黛、鬓云、罗带、金缕、红袖

有关闺闱陈设：玉楼、画堂、栏干、纱窗（窗纱）、罗幕、鸳被、画帘、绣衾、金枕

有关物与景：翡翠、鹦鹉、牡丹、鸳鸯、柳丝、落花、残烛、残月、细雨、碧云、春水、柳烟、马嘶、漏残

有关人物活动与心理：卷帘、肠断（断肠）、离肠、梦魂、魂消（消魂）、惆怅

有关人物称谓：美人、谢娘、谢家、王孙

这些词语、意象在温、韦词中都曾出现，甚至出现多次，另外，温词所用的单字如：香、红、绿、芳、冷、寒、凉、软、眉、鬓、腰、心、肠、腮、腕、泪、梦、帘、幕、帏、枕、衾、被、钗、蜡、屏、窗、帐、栏、袖、衫、梁、莺、燕、蝶、金、玉、春、柳、雨、风、月、烟、镜，等等，在韦庄和《花间集》的其他作家词中，被变化组合成各种相关词语，特别适宜于表现女性的感觉世界和心理世界。《花间集》就是由这样一类词语，构成一座有别于诗的色调艳丽的艺术殿堂。

韦庄等继承温庭筠无疑是唐末五代文人词发展的主流。至于韦庄对温庭筠既有所继承而又不尽与之相同，则是因为他在追随主流词风的同时，又有对白居易诗词通俗性叙述性的明白晓畅之风的接受，调剂融合，遂有别于温庭筠之秾艳而稍趋清丽。

像温李诗风与白居易诗风在唐末五代各有继承一样，白居易词风在唐末五代温词居主流地位情况下，亦同时有其影响。唐代文人词，发展到中唐，大体上以白居易、刘禹锡等人作品为一时标志，有了明确的依词调曲拍为句的创作要求，词的文类意识，由此逐渐走向自觉。但此时词的文类意识，更多地尚表现在曲拍句式上。从抒情写意看，与文人诗及民歌还没有太大的距离。“唐贤为词，往往丽而不流，与其诗不甚相远”①。像温庭筠等人词那样细腻冶艳，以描写男女之情，展现“谢娘心曲”为主要内容，在中唐词人笔下还未出现，而是多结合自己的经历和情感体验，进行抒写。张志和的《渔歌子》，白居易、刘禹锡的《忆江南》，即大体上反映了这种情况。如白居易《忆江南》三首缘题而赋，“忆江南”，即忆自己数度在江南所见景物、所过生活、所领略的风情。每首开头，分别交待：“风景旧曾谙”、“最忆是杭州”、“其次是吴宫”，表明所写都是他亲眼见闻、亲身感受，并且互相连贯，带有叙事性。这与他多篇回忆苏、杭的诗，如《郡亭》、《和三月三十日四十韵》等彼此相通、内容一致。可以说白居易《忆江南》，虽是词体却又跟诗有些相近。

用词体记述自己的经历和思想情感，在温庭筠笔下极少见，而在韦庄词中有明显体现。韦庄代表作《菩萨蛮》五首，有关词旨，虽存在争议，但带自叙成分，则为词学家所公认。首章从离家时“美人和泪辞”写起，末章写到“洛阳才子他乡老”，“凝恨对斜晖，忆君君不知”；中间又点出“当时年少春衫薄”、“此度见花枝”，显示漂泊异乡的漫长过程，和非止一度的转徙流离。在抒情唱叹中，把流浪的过程，流浪的地域和流连酒楼、醉眠画船等生活细节，一一带出。叙事和抒情结合，显出了五章的连贯性和自叙性。《菩萨蛮》是晚唐五代产出名篇最多的词调，温韦二家的代表作都是此调。但韦庄《菩萨蛮》五首，与温庭筠《菩萨蛮》十四首，笔调意境并不相仿。韦词倒是与白居易

---

① 况周颐：《蕙风词话》卷二，人民文学出版社1960年版，第23页。

的《忆江南》非常相近。汤显祖曾经指出:“词本《菩萨蛮》，而语近《江南弄》、《梦江南》等，亦作者之变风也。”① 以其特有的艺术敏感，捕捉到了其中脉络。韦庄《菩萨蛮》次章开头:“人人尽说江南好”，出语的语境显然与白居易的《忆江南》广为流传有关。“春水碧于天”，以及末章“桃花春水渌”，从白词“春来江水绿如蓝”等句脱化而来。三章“如今却忆江南乐”，亦与白居易反复吟唱“江南好”、“何日更重游”，构成呼应，两相对照，可以说白居易的连章忆旧、抒情流丽之笔，极大地影响了韦庄，使韦庄的《菩萨蛮》五章出现了汤显祖所指出的现象。

韦庄词之多叙述交待，明白流丽，不止于《菩萨蛮》五章，它如《浣溪沙》其五（夜夜相思)、《荷叶杯》二首（绝代佳人、记得那年)、《望远行》(欲别无言)、《谒金门》二首（春漏促、空相忆)、《江城子》二首（恩重娇多、髻鬟狼藉)、《天仙子》其二（深夜归来)、《思帝乡》其二（春日游)、《小重山》(一闭朝阳)、《女冠子》二首（四月十七、昨夜夜半)，等等，伤离忆旧，均有明显的叙事脉络。

一般说来，中国传统五、七言诗，对人物事件多有交待。而在词中，语言的省略跳跃，多于诗歌，令词尤甚，温词最为突出。可是韦庄词的叙述交待却较多，比起温李的某些诗，甚至有过之。如同是写会晤环境与地点。李商隐诗是:“昨夜星辰昨夜风，画堂西畔桂堂东”，除点出环境地点外，对何人何事没有任何交待。韦庄的《荷叶杯》其二却是:“记得那年花下，深夜。初识谢娘时，水堂西面画帘垂，携手暗相期。”叙述之清楚，与李商隐之埋没意绪绝不相同。韦词倒是很像白居易的诗:“莫忘平生行坐处，后堂阶下竹丛前”(《答山驿梦》)、“何处曾经同望月，樱桃花下后堂前”(《感月悲逝者》)。韦词中叙述人物思想行为的词语，如“卷帘直出”、“指点牡丹”、“夜夜相见”、“独上小楼”、“想君思我”、“记得”、“初识”、“携手”、“相别”、“出兰房”、“别檀郎”、“留不住”、“敛细眉”、“归绣户”、“空叹息”，等

① 汤显祖评:《花间集》卷一。按，汤显祖所说《梦江南》即白居易《忆江南》。宋王灼《碧鸡漫志》卷五:“《乐府杂录》云:‘李卫公为亡妓谢秋娘撰《望江南》，亦名《梦江南》。’白乐天作《忆江南》三首……自注云:‘此曲亦名《谢秋娘》，每首五句。’予考此曲，自唐至今，皆南吕宫，字句亦同，止是今曲两段，盖近世曲子无单遍者。然卫公为谢秋娘作此曲，已出两名。乐天又名以《谢秋娘》。近世又取乐天首句名以《江南好》。予尝叹世间有改易错乱误人者，是也。”

等；记时间与方位的，如“四月十七”、“如今”、“当时”、“此度”、“今夜”、“去年今日”、“昨夜夜半”、“画堂前”、“谢娘家”、“魏王堤”、“水堂西面”、“灞陵春岸”，等等。有了这样一些关于动作行为时间地点的交待，叙述性自然大为加强，情与事亦显得明朗。而像上述韦庄关于行为动作时间地点的交待，温词要少得多。温词句与句之间，往往不是前后承接的叙述，而是彼此独立的罗列，中间省略或隐去了关于情事的交待，因而也就没有韦词那样清朗明晰。

诗与词是关系最密切、沟通渠道最多的两种文体，有着久远历史与丰富遗产的诗，总是不断对词产生影响。花间词中温韦之不同，与中晚唐诗派相关。温词上承源自李贺的温李诗风。这种诗风，本来就是“向着词的意境与词藻移动的”①，温庭筠再将此带入词中，遂确立了晚唐文人词的主导词风。韦庄对温词并非没有继承，其词仍然属于温庭筠所建立的晚唐五人文人词的本色形态，但他同时继承了白居易等大众化的明畅浅易的诗风词风，显得与通常的五七言诗更接近一些。其词叙述交待与主观抒情多于温词，在花间词中自具特色。韦词若作为一般文学作品阅读，可从抒情之真挚动人，表达之朴实明快方面给予高度评价，但此种批评立场实际上属于传统的诗歌立场，或者说鉴衡标准，还仅是一般的诗歌鉴赏。② 而从词体自身建立与发展角度看，韦庄处在词体文类特征刚刚建立起来，尚需巩固以求确立时期，其词表现的某种特色，还只是对词的内容和表现手法的一种丰富。韦庄之后的西蜀词人，多数仍是承袭温词，而非追随韦庄。词史的演进，并不是直线地由温到韦跨入新阶段，匆忙地来一次革新，而是辩证地在与诗歌复杂的交流过程中，让另一诗歌流派再度介入，把似乎离本色词风远一点的直白抒情因素融合进来，使词体发展更加丰富多元，而不致流于单一化。这就是截至《花间集》编定时晚唐五代词史的实际情况，和温韦差异的主要原因所在。

（原载《文学评论》2009 年第 4 期）

① 闻一多：《唐诗杂论·贾岛》，古籍出版社 1957 年版，第 42 页。

② 前引叶嘉莹云：韦庄使词“从不具个性的艳曲，到具有鲜明个性的情诗”，即透露了这种立场，亦透露了韦词接近于一般诗歌，即所谓“情诗”。

白话与性情

——从元白诗派、性灵派至新文学革命白话诗歌之走向

郭自虎

胡适所著的具有划时代意义的《白话文学史》至中唐元稹、白居易即画上了句号，给后人留下遗憾的同时也给以学术上新的启迪。元白作为中唐杰出诗人具有强大的创新力，其丰富的诗学思想和诗歌作品，对后世创作产生深远的影响。作为新文学“开山人”，胡适认为元和、长庆时代是“自觉的文学革新时代”，元白作为这个文学革新运动的领袖，决心创造一种新文学。胡适对清代性灵派领袖袁枚的文学见解也极为赞赏：“袁简斋之眼光见地有大过人处，宜其倾倒一世人士也。其论文学，尤有文学革命思想。”① 胡适首倡文学革命，固然接受了西方文学的影响，“文学革命”的口号是国外几个留学生“乱谈出来的”也很能说明问题，然而我们也不能忽视胡适吸取传统文学的精华作为创造新文学的养料。对此，胡明先生从创作渊源上揭示了胡适诗歌创作追求“清顺达意”风格的内在机缘，“这固然与他做诗从学白居易起步并且终其生未能跳脱白居易、杨万里、袁枚一派诗风的影响有关，无疑也与他所受的英美诗歌，诸如罗伯特·勃朗宁、托马斯·哈代、亨利·朗费罗、阿尔费雷德·丁尼生等的情绪与技术的熏陶分不开，甚而可以找到庞德等现代意象主义诗人诗歌方法的某些影响。”（《胡适诗存·前言》）胡明先生还揭示胡适首倡诗学革命的深刻根源：“‘国故’诗学的理论积储与西方诗歌的新鲜经验武装了胡适的眼光见地，锻炼出了他的历史进化意识，为他后来在新诗学革命的新潮里‘首举义旗’奠下了坚实深厚的基础。”（同上）

如果顺着上述第一条线索，将几个不同时代的代表性诗人贯穿起来加以考察，我们会发现以袁枚为代表的清代性灵派乃至胡适倡导的

① 《胡适留学日记》卷十三《记袁随园论文学》，安徽教育出版社2006年版。

新文学革命，都不同程度地接受了元白诗派的影响。从元白诗派直到胡适首倡新文学革命，中经杨万里、公安派三袁、以袁枚为核心的性灵派，诗歌发展呈现出一种共同趋向，提倡白话与讲究性情是他们在诗歌形式和内容两方面革新所做出的突出努力。

一、“人都说我像白居易一派”——元白与袁枚、胡适

钱锺书《谈艺录》说袁枚诗作“平易近人，遂为广大教主”，“随园轻俗，差类元白。”① 不论“轻俗”内含如何，将袁枚与元白联系起来是极具慧眼的。袁枚同时代的人就有这样的认识，袁枚说“人多称余诗学白傅”（《读白太傅集三首序》），亦有人将他比作元才子，“余寓西湖嗽石居，有徽州汪明府见访……适余外出，未获相见。蒙其题壁云：‘无人不识元才子，今我来寻李谪仙。底事闲云无处捉？教侬空荡钓鱼船。’”（《随园诗话》卷三，以下简称为《诗话》）作为独抒性灵的倡导者，袁枚虽然不愿意别人将他等同于元白以遮蔽自己的创作个性，他曾说“不矜风格守唐风，不和人诗斗韵工。随意闲吟没家数，被人强派乐天公。”（《自题》）但从其诸多提及元白的字里行间来看，对于把他比作元白还是欣然接受。

袁枚对白居易的诗坛地位作如是评价：“总其全局而论者，如唐以李、杜、韩、白为大家。”（《诗话》卷三）对白居易的诗歌极为欣赏：“焚香细读香山叟”（《岑溪令李君义堂猥蒙佳赠兼索和章舟中却寄》），“生逢天宝乱离年，妙咏香山长庆篇。就使吴儿心木石，也应一读一缠绵。”（《仿元遗山论诗》）论诗评诗亦常以元白为依据，“考据家不可与论诗。或訾余《马嵬》诗曰：‘石壕村里夫妻别，泪比长生殿上多。’当日贵妃不死于长生殿。余笑曰：‘白香山《长恨歌》：峨眉山下少人行。明皇幸蜀，何曾路过峨眉耶？’其人语塞。”（《诗话》卷十三）“人问‘杜陵不喜陶诗，欧公不喜杜诗，何耶？’余曰：‘人各有性情。陶诗甘，杜诗苦；欧诗多因，杜诗多创，此其所以不合也。元微之云：‘鸟不走，马不飞，不相能，胡相讥？’’”（《随园诗话补遗》卷一，以

---

① 钱锺书：《谈艺录》，生活·读书·新知三联书店2001年版，第606页。

下简称《补遗》）有时袁枚以元白自比或代指他人："已未入翰林，我与君翔步。君学自精醇，我才较跛扈。……庶几砥砺精，元白驰双誉。"（《途中寄金二质夫》）"元郎《秋夕》《清都夜》，都是吟成十六时。似尔一编清似雪，论年还更小微之。"（《题陈梅岑诗卷》）"江左熊观察，当今白傅才。别来才两日，相忆已千回。"（《同桂郎寻春仪征泊舟燕子矶有怀熊蔗泉观察赋诗却寄》）"想送随园到汝前，商量图画与吟笺。画来不若吟来好，元九曾夸白乐天。"（《答人问随园》）"昔张堪临终以妻孥托朱季；元微之病，命家人将诗集交白二十二郎。古人身后拳拳，大概如斯。然吾谓托妻孥易，托文字难。妻孥之计，或十年或二十年，足矣。文字之计，动关百千万年，尚无津涯，非精思诣微，同历苦甘者，畴能任之!"（《童二树诗序》）如此等等，可见袁枚对元白诗情、诗才、交谊充满着钦羡之情。

对于有人非议白居易的行为，袁枚深不以为然，他在《答蕺园论诗书》中直言："鄙意以为得千百伪濂、洛、关、闽，不如得一二真白傅、樊川。以千金之珠，易鱼之一目，而鱼不乐者，何也？目虽贱而真，珠虽贵而伪故也。"对于白居易何等佩服，何等仰慕！袁枚对元白的推崇，与他们相似的才情个性分不开。元稹在当时即有"元才子"称号，史书称他"性锋锐，见事风生"，称白居易"幼聪慧绝人"，"文辞富艳，尤精于诗笔。"（《旧唐书·白居易元稹合传》）袁枚对诗才非常看重，他说："作诗如作史也。才、学、识三者，宜兼，而才为尤先。……诗人无才，不能役典籍，运心灵。"（《蒋心余藏园诗序》）他在当世被誉为"真才子"，并说自己"性通脱，遇繁礼饰貌之人，辄以为苦。"（《补遗》卷三）他厌倦世俗的官场却嗜诗书如命："戒诗如戒酒，屡戒复屡开。又如茹素人，欲炙涎流腮。……江淹才已尽，白傅兴方来。"（《戒诗》）话说得俏皮新颖，也是以白居易自比。从诗歌影响力来看，袁枚和元白也有类似处，元白诗歌在当时极为流行，不仅新进小生"递相仿效，竞作新词"，而且"王公妾妇、牛童马走之口无不道"（元稹《白氏长庆集序》），甚至波及海外。正如赵翼所说："香山诗名最著，及身已风行海内，李谪仙后一人而已。……古来诗人及身得名，未有如是之速且广者。"（《瓯北诗话》卷四）袁枚在当世也是追随者如云："自余作《诗话》，而四方以诗来求入者，如云而至。"（《补遗》卷五）"余山居五十年，四方投赠之章几至万首。梓其尤者，其底本及余诗无安置所，乃造长廊百余尺而尽糊之壁间，号曰诗城。”（《诗城诗》序）袁枚生前即“名越海邦”，“以海外琉球有来求其书者”（姚鼐《袁随园君墓志铭并序》）。元白与袁枚在同样广泛的影响力背后理应包含着某种共同的文学趣味与追求。

尽管胡适早年留学海外，接受西方新思潮，然而对于传统文学决不妄自菲薄，他在1915年6月6日的日记中列举辛弃疾的几句自由顿挫的词句后发感慨：“今之后生小子，动辄毁谤祖国文字，以为木强，不能指挥如意，徒见其不通文耳。”他倡导的新文学之根深深扎于祖国的土壤。

胡适在《我为什么要做白话诗》一文中说道：“我初做诗，人都说我像白居易一派。”① 在《白话文学史》中胡适深情地赞道：“九世纪的初期——元和长庆的时代——真是中国文学史上一个很光荣灿烂的时代。这时代的几个领袖文人，都受了杜甫的感动，都下了决心要创造一种新文学。中国文学史上的大变动向来都是自然演变出来的，向来没有有意的，自觉的改革。只有这一个时代可算是有意的，自觉的文学革新时代。这个文学革新运动的领袖是白居易与元稹……他们不但在韵文方面做革新的运动，在散文的方面，白居易与元稹也曾做一番有意的改革，与同时的韩愈、柳宗元都是散文改革的同志。”② 突出赞扬元白在中唐文学革新运动中的重要作用及其文学革新的自觉意识。

胡适首次用“文学革命”一词是1915年夏季之后，而文学革命的思想却是长期酝酿的。白居易诗歌是胡适早期启蒙也是最喜欢的读本之一，还是在上海读中国公学期间，胡适因得了脚气病，不得不告假医病，住在瑞兴泰茶叶店里养病，他第一次偶然翻读古体诗歌，忽然感觉很大的兴趣，这其中就包括《白香山诗选》。之后的丁未年（1907）五月，因脚气病复发，于是回家乡养病，在家中住了两个多月，诗歌创作亦有收获：“那一次在家，和近仁叔相聚甚久，他很鼓励我作诗。在家中和路上我都有诗。这时候我读了不少白居易的诗，所以我这时期的诗，如在家乡做的《弃父行》，很表现《长庆集》的影

① 《尝试集》自序，《新青年》第六卷第5期。

② 胡适：《白话文学史》，上海古籍出版社1999年版，第250页。

响。"①《胡适日记》1914年8月2日载有作《弃父行》的经过，"余幼时初学为诗，颇学香山。十六岁闻自里中来者，道族人某家事，深有所感，为作《弃父行》。弃置日久，不复记忆。昨得近仁书，言此人之父已死，因追忆旧作，勉强完成。"本诗表现的是沉重的家庭伦理问题：承受生活重压的老父为了养育子孙，"白头万里经商去"，当他惨淡经营却穷愁潦倒归来之时，落得"子妇相嫌猜"的结局，最终只得"出门老死他乡去"。胡适对传统诗歌用韵不够灵活，而且每句必顿住，不能达曲折之意传宛转顿挫之神表示不满。本诗即采用长短交错的三、三、七句式，灵活多变，如"'富易交，贵易妻'，不闻富贵父子离"，"掌上珍，今失所，婿不自立母酸楚"，抑扬顿挫，毫不勉强，这正是白居易新乐府中用得最为普遍的句式。以通俗明白的语言，对话的形式，从内容到形式皆深得白居易新乐府之神韵。

"元白"并称始于当世，元白友谊堪称佳话。白居易称元稹"今所爱者，并世而生，独足下耳"，"与足下小通则以诗相戒，小穷则以诗相勉，索居则以诗相慰，同处则以诗相娱。"（《与元九书》）可见元白友谊之深厚，诗歌唱和之频繁。直到1955年11月，胡适为怀念最可爱的朋友丁在君，作《哭丁在君》，并注明"用元微之别白乐天诗的原韵"，跋中说道："此二诗用元微之别白乐天两绝句原韵。民国二十年八月，丁在君（文江）在秦皇岛曾用此二诗的原韵，作两首绝句寄给我。""民国二十五年一月，他死在长沙。我追想四年半之前他怀念我的诗，仍用原韵作诗追哭他。微之原诗不在《元氏长庆集》中，仅见于《祭微之文》中。这两首诗是在君和我最爱朗诵的，我附录在这里。"② 不仅以元白的友谊来自比，而且诗作也是元白常用的次韵形式——尽管胡适一辈子反感作诗用和韵这种形式。

二、"一时代有一时代之文学"——诗歌的创新价值

许学夷说："元和诸公所长，正在于变。"③ 唐代中期，随着社会空

---

① 胡适：《四十自述》，安徽教育出版2006年版，第74页。

② 胡适：《尝试后集》，安徽教育出版社2006年版。

③ 许学夷：《诗源辩体》，人民文学出版社1987年版，第250页。

前的变革与转型，文学也发生巨大的变革，叶燮说："至唐贞元、元和之间，窃以为古今文运、诗运至此时为一大关键也。"（《百家唐诗序》）唐诗继李杜出现空前的辉煌之后，就存在如何突破和创新的难题。在中唐诗歌变革大潮中元白以巨大的勇气和惊人的创造力对诗歌加以革新，使传统诗歌呈现出崭新的面目，为唐诗第二个高峰的出现做出了重要的贡献。白居易联系元稹，特别提出："制从长庆辞高古，诗到元和体变新"（《余思未尽加为六韵重寄微之》），元白倡导的新乐府运动既有理论指导，亦有创作实绩，开展得轰轰烈烈；标志中唐诗变的"元和体"，即与元白的创作和影响有密切的关系。

袁枚说"唐代诗原中晚佳。"（《仿元遗山论诗》）所谓佳者主要还是从新变的角度来说的。他曾如此评价元白的创新："阮亭《池北偶谈》笑元、白作诗，未尝窥盛唐门户。此论甚谬。……元、白在唐朝所以能独树一帜者，正为其不袭盛唐窠臼也。"（《诗话》卷三）比如对于影响巨大的新乐府创作，元白就有明确的创新意识，元稹总结道："沿袭古题，唱和重复，于文或有短长，于义咸为赘剩。尚不如寓意古题，刺美见事……予少时与友人白乐天、李功垂辈谓是为当，遂不复拟赋古题。"（《乐府古题序》）依照元稹的见解，不论新题古题，都要求创新，能对时事进行美刺，并且与友人白居易、李绅对此话题进行过探讨。

在袁枚之前，以"三袁"为代表的明代公安派主张"独抒性灵，不拘格套"，也极为注重诗文的创新价值，袁宏道对明代前后七子的"文必秦汉""诗必盛唐"的复古主义倾向不以为然，他在《叙小修诗》中说道："惟夫代有升降而法不相沿，各极其变，各穷其趣，所以可贵。"他在为江进之《雪涛阁集》所作序中又说道："夫古有古之时，今有今之时，袭古人语言之迹而冒以为古，是处严冬而袭夏之葛布也。"这种对诗文创作持"代有升降"，"各极其变"的观点，切中时弊，颇得要领。周作人在《中国新文学的源流》中誉之为"很像近代人所讲的话"，"和胡适之先生的主张差不多"。

不过，在诗变观方面，与公安派三袁相比较，袁枚的相关论述显得更为丰富明确，对胡适的影响也更大。胡适在谈到"历史进化的文学观"的思想时承认"固然是达尔文以来进化论的影响"，"但中国文人也曾有很明白的主张文学随时代变迁的。最早倡此说的是明朝晚期公安袁氏三弟兄……清朝乾隆时代的诗人袁枚、赵翼也都有这种见解，大概都颇受了三袁的思想的影响。我当时不曾读袁中郎弟兄的集子，但很爱读《随园集》中讨论诗的变迁的文章。”（《中国新文学大系·建设理论集》导言）1916年胡适作《答梅觐庄——白话诗》宣传白话诗的好处，即引用袁枚的话：“袁随园说得好：‘当变而变，其相传者心。当变而不变，其拘守者迹。’天下哪有这等蠢才，不爱活泼泼的美人，却去抱冷冰冰的冢中枯骨”（7月22日日记）。1915年7月12日日记中有一条“记袁随园论文学”，并记其论文论诗之语若干则，其中包括《答沈大宗伯论诗书》、《再与沈宗伯论诗书》（论艳体）、《答施兰垞论诗书》（论唐宋诗）、《答施兰垞第二书》（论宋诗）、《答程蕺园论诗书》、《与洪稚存论诗书》等，认为皆可资参考。上述数篇体现出袁枚重要诗学思想，其中较为突出的即是诗变观。“唐人学汉魏变汉魏，宋学唐变唐。其变也，非有心于变也，乃不得不变也。使不变，则不足以为唐，不足以为宋也。”（《答沈大宗伯论诗书》）袁枚认为时代不同，作品理应不同，他在《与孙俌之秀才书》中说：“唐、宋之不能为秦、汉，犹汉、秦之不能为三代也。”[①] 这实际上含蕴着胡适后来提出的“一时代有一时代文学”之萌芽。对于当时诗坛上以考据为诗的风气，袁枚同样持批判的态度，他认为学习古人应为我所用，做到吐故纳新，“不学古人，法无一可。竟似古人，何处著我？字字古有，言言古无。吐故吸新，其庶几乎！”（《著我》）“方知文字本天机，若要出新先吐故。”（《考据之学莫盛于宋以后而近为尤余厌之戏仿太白嘲鲁儒一首》）袁枚在《与稚存论诗书》中以历史的眼光和形象的比喻阐明创新在继承中的重要性，针对洪亮吉学杜而类杜，袁枚认为“无论仪神袭貌，终嫌似是而非”。师古固然必要，创新更是必然的，才能显示出自己的性情与才华，他纵观唐宋名家的一条创作经验即是学杜而不失自己的面目。

袁枚的一些重要诗学主张令胡适倾倒，诚如胡明先生所指出的：“胡适的一大套文学革命、诗学革命的基础理论都是从袁枚那里搬来的，他的好一些新诗法则的具体提法都是仿效了袁枚的口吻声调。”

---

① 《小仓山房续文集》卷三十一，周本淳标校：《小仓山房诗文集》，上海古籍出版社1988年版。

（《胡适诗存·前言》）胡适持“一时代有一时代之文学”发展观，以历史的眼光论证文学革命是其必然，其《文学改良刍议》第二条即是“不摹仿古人”，他说：

> 文学者，随时代而变迁者也，一时代有一时代之文学。周秦有周秦之文学，汉魏有汉魏之文学，唐宋元明有唐宋元明之文学，此非吾一人之私言，乃文明进化之公理也。……吾辈以历史进化之眼光观之，决不可谓古人之文学皆胜于今人也。

胡适认为社会在进化，决不能认为文学古胜于今，他在《历史的文学观念论》中再次重申：

> 居今日而言文学改良，当注重“历史的文学观念”。一言以蔽之，曰一时代有一时代之文学，此时代与彼时代之间虽皆有承前启后之关系，而决不容完全抄袭。其完全抄袭者，决不成为真文学。愚惟深信此理，故以为古人已造古人之文学，今人当造今人之文学。（《新青年》第三卷第3期）

如果说上述文字体现胡适文学史的宏观视野，那么在微观创作方面，胡适也极为注意不落俗套不步后尘，1914年7月7日日记载有“吾近来作诗，颇不依人蹊径，亦不专学一家，命意固无从摹效，即字句形式亦不为古人成法所拘，盖胸襟魄力，较前阔大，颇能独立矣。”言语之中透露出“颇能独立”的快意。1915年在哥伦比亚大学所作的一首《沁园春》（誓诗）值得我们关注，从4月13日到26日十余天前后修改十余次，在日记中有五个版本出现，显示出急切的创新心理，如第三稿下阕有：“定不师秦七，不师黄九；但求似我，何效人为？……从今后，倘傍人门户，不是男儿。”到第四、五稿将“定不”二句更换为“更文不师韩，诗休学杜”，“要不师汉魏，不师唐宋”，这种“不师”对象的变更，表明胡适要在多个文学领域不摹仿古人的决心，最后两句“倘傍人门户，不是男儿”的誓言，体现作为青年人变革文学的血气方刚。

三、“文字者，文学之器也”——白话的表达功能

同为新文学革命的积极倡导者，钱玄同就将白居易的新乐府看成为白话之作，他在《尝试集序》中说道：“以前用白话作韵文的，却也不少……白话韵文，也曾兴盛过来，像那汉魏的乐府歌谣，白居易的新乐府……可见用白话做韵文，是极平常的事。”① 1915 年 8 月 4 日，胡适日记有“读香山诗琐记”一篇，认为白诗真率而详尽，尤能不事雕琢粉饰，其新乐府中的《上阳人》、《折臂翁》、《道州民》、《缚戎人》、《西凉伎》、《杜陵叟》、《缭绫》、《卖炭翁》、《盐商妇》等都是上乘之作。胡适认为像《道州民》这样的诗是“用朴实无华的白描工夫”的典范。此外，他对白氏《自望秦赴五松驿马上偶睡睡觉成吟》、《游悟真寺诗》不用气力而成佳篇极为欣赏。

作为性灵派三大家之一的赵翼在《瓯北诗话》中对于元白诗歌语言的创新给予充分的肯定：

> 中唐诗以韩、孟、元、白为最。……元、白尚坦易，务言人所共欲言。……坦易者，多触景生情，因事起意，眼前景，口头语，自能沁人心脾，耐人咀嚼。(《瓯北诗话》卷四)

与韩孟诗派相比较，赵翼更为欣赏元白诗派以口头语表现眼前真实情景的坦易风格。作为性灵派的核心人物，袁枚对白居易诗歌平易语言的创造有知音之赏：“白傅改诗，不留一字。今读其诗，平平无异。意深词浅，思苦言甘。寥寥千言，此妙谁探!”(《续诗品三十二首·灭迹》)“周元公云：‘白香山诗似平易，间观所存遗稿，涂改甚多，竟有终篇不留一字者。’余读公诗云：‘旧句时时改，无妨悦性情。’然则元公之言信矣。”(《诗话》卷六)认为白诗的平易来自艰辛并非草率而就，“思苦言甘”——只有饱尝创作甘苦之后才会有如此肺腑之言，他所提出的“意深词浅”是一种很高的审美境界。

---

① 《新青年》第四卷第 2 期。

在袁枚之前的公安派代表人物袁宏道就曾提出和白居易相似的主张，袁宏道自称他的诗“信心而出，信口而谈。”（《张幼于》）主张写“自己胸臆流出”的诗文，“情与境会，顷刻千言，如水东注，令人夺魄。”（《叙小修诗》）“文章新奇，无定格式，只要发人所不能发，句法字法调法，一一从自己胸中流出，此真新奇也。”（《答李元善》）周作人在谈到中国文学的变迁时就认为公安派“三袁”的主张对胡适产生重要影响，“假如从现代胡适之先生的主张里面减去他所受到的西洋的影响，科学，哲学，文学以及思想各方面的，那便是公安派的思想和主张了。”[①] 这样的判断与周氏的个人文学趣味有关，不一定完全令人信服，但胡适确实在诗歌创作的某些方面对公安派——尤其是袁宏道给予肯定，1916 年 9 月 5 日日记中载有胡适发“惊世骇俗之言”：“明诗正传，不在七子，亦不在复社诸人，乃在唐伯虎、王阳明一派。……‘公安派’袁宏道之流亦承此绪。”并亟称袁宏道《西湖》、《偶见白发》被人视为鄙俗的白话诗。

袁枚认为自然流畅的语言最为优美，“诗能沁人心脾，便是佳诗，不必名家老手也”，“口头话，说得出便是‘天籁’”（《补遗》卷二），“音律风趣，能动人心目者，即为佳诗。”（《诗话》卷三）在他看来，“家常话入诗最妙”（《补遗》卷一），“诗有天籁最妙”（《补遗》卷五）。这样的语言风格也贯穿在袁枚整个诗歌创作过程中。

白话的运用是胡适新文学革命长期思考的一个中心，是新文学革命成败的关键。对此，胡适倡导最力，贡献巨大。1915 年胡适在寄赠友人的诗篇中就表达“诗国革命”的途径和决心，“诗国革命何自始？要须作诗如作文。琢镂粉饰丧元气，貌似未必诗之纯。小人行文颇大胆，诸公一一皆人英。愿共僇力莫相笑，我辈不作腐儒生。”（《戏和叔永再赠诗却寄绮城诸友》）虽然题为“戏和”，实质上谈的是重大而严肃的话题——诗国革命要从“作诗如作文”入手。1916 年 8 月 19 日，胡适在写给朱经农的信中，就将新文学的要点归结为“八事”，前五项都属形式要素：不用典、不用陈套语、不讲对仗、不避俗字俗语（不嫌以白话作诗词）、须讲求文法。数月后他撰成《文学改良刍议》一文送交《留美学生季报》和《新青年》发表时，次序有了大的改变，把

① 周作人：《中国新文学的源流》，江苏文艺出版社 2007 年版，第 22 页。

"须言之有物"放在首位，把"不避俗字俗语"一条放在最后。这是他出于策略上考虑的有意安排，"我受了在美国的朋友的反对，胆子变小了，态度变谦虚了……是可以不引起很大的反感。"（《逼上梁山》）

胡适在《逼上梁山》一文中，较为详细地记述文学革命的发动过程及思考的重点。1915 年 9 月，胡适提出了"要须作诗如作文"的方案，引发出后来做白话诗的尝试。到了 1916 年，是他和当时留学的几位朋友也是论敌争辩最激烈也最有效果的时期。他意识到中国文学问题的实质在于"有文而无质"，突出对作为表达工具的文字形式加以改革的重要性：

> 他们都不明白"文字形式"往往是可以妨碍束缚文学的本质的。"旧皮囊装不得新酒"，是西方的老话。我们也有"工欲善其事，必先利其器"的古话。文字形式是文学的工具；工具不适用，如何能达意表情？
>
> 从二月到三月，我的思想上起了一个根本的新觉悟。我曾彻底想过：一部中国文学史只是一部文字形式（工具）新陈代谢的历史，只是"活文学"随时起来替代了"死文学"的历史。文学的生命全靠能用一个时代的活的工具来表现一个时代的情感与思想。工具僵化了，必须换新的，活的，这就是"文学革命"。

胡适断言欧洲各国文学革命只是文学工具的革命，中国文学史上几番革命也都是文学工具的革命，体现出深邃的文学史眼光。"我到此时才把中国文学史看明白了，才认清了中国俗话文学是中国的正统文学，是代表中国文学革命自然发展的趋势的。我到此时才敢正式承认中国今日需要的文学革命是用白话替代古文的革命，是用活的工具替代死的工具的革命。"那么，从中国古代文学来看，以白话作诗有没有成功的范例？胡适的回答是肯定的，他认为唐代的杜甫、白居易就可以举来作证。然而，为何白话诗长期没有得到包括胡适朋友们在内的承认呢？他认为一是白话诗的数量少，二是偶然为之，没有用全力去做，更没有自觉地去做。鉴于此，他觉得白居易的诗歌是自觉为之，更值得重视。1915 年 8 月 3 日日记载，胡适读白居易的《与元九书》，就给以极高的评价："此文学史上极有关系之文也"，"唐代之实际的文学，当以老杜与香山为泰斗。惟老杜则随所感所遇而为之，不期然而然。盖老杜天才，仪态万方，无所不能，未必有意为实际的文学。若香山则有意于‘扶起’‘诗道之崩坏’。其毕生精力所注，与其名世不朽之望，都在此种文字。”

1916年7月6日日记胡适追记《白话文言之优劣比较》，列出白话的诸多优点：白话是一种活的语言，白话不但不鄙俗而且甚优美适用，并非文言之退化乃是文言之进化，白话可产生第一流文学，白话的文字既可读又听得懂。

1916年8月4日日记记录胡适作《再答叔永》：“古人说‘工欲善其事，必先利其器。’文字者，文学之器也。我私心以为文言决不足为吾国将来文学之利器。施耐庵曹雪芹诸人已实地证明小说之利器在于白话。今尚需人实地试验白话是否可为韵文之利器耳。”“我自信颇能用白话作散文，但尚未能用之于韵文。私心颇欲以数年之力，实地练习之。倘数年之后，竟能用文言白话作文作诗，无不随心所欲，岂非一大快事?”“我此时练习白话韵文，颇似新习一国语言，又似新辟一文学殖民地。”在胡适看来诗歌语言决不是纯粹的技巧，它牵涉到文风问题，文与质、言与意密不可分——“到琢句雕辞意已卑”。“许多人只认得风花雪月、蛾眉、朱颜、银汉、玉容等是‘诗之文字’，做成的诗读起来字字是诗！仔细分析起来，一点意思也没有。……诗味在骨子里，在质不在文!”（《尝试集》自序）这是透过文字表象看到骨子的真知灼见，是对元白以来倡导诗歌白话语言的一次系统总结和提升。

语言的平易往往和审美的“真”联系在一起，胡适在《文学改良刍议》中力主务去陈词滥调，他说：“吾所谓务去滥调套语者，别无他法，惟在人人以其耳目所亲见亲闻，所亲身阅历之事物，一一自己铸词以形容描写之。但求其不失真，但求能达其状物写意之目的即是工夫。”这可用沈兼士的一首小诗来形象概括：“草香树色冷泉丑石都自有真趣，妙处恰如白话诗。”（《真》）这种“真”，是一种真香真色散发出芬芳气息的清新，是一种不加雕饰的天然美。

这里牵涉到对待民歌的态度，通俗明白自然离不开民歌语言，因为它是活水源头。陈寅恪说：“乐天之作新乐府，乃用毛诗，乐府古诗，及杜少陵诗之体制，改进当时民间流行之歌谣。……乐天之作，乃以改良当日民间口头流行之俗曲为职志。”（《元白诗笺证稿·新乐府》）袁宏道主动向当时流行于吴语区的民歌学习，他说：“近来诗学大进，诗集大饶，诗肠大阔。世人以诗为诗，未免为诗苦，弟以《打草竿》、《劈破玉》为诗，故足乐也。”（《伯修》）他认为这些民歌，“犹是无闻无识真人所作，故多真声，不效颦于汉、魏，不学步于盛唐，任性而发，尚能通于人之喜怒哀乐嗜好情欲，是可喜也。”（《叙小修诗》）袁枚则说：“少陵云：‘多师是我师。’非止可师之人而师之也，村童牧竖，一言一笑，皆吾之师，善取之皆成佳句。”（《诗话》卷二）胡适认为古人语言没有雅俗，却有死活可道。还是在他进入中国公学不久，因病告假而读完一册古诗，才知道诗歌原来是这样的自由，他熟背的第一首诗是《木兰辞》，第二首是《饮马长城窟行》，第三是《古诗十九首》，前两首为民歌，后者为无名氏文人诗，但是从民歌化来的，具有浓郁的民歌情调。因为白话的运用，诗歌的叙事功能得到增强。元白的新乐府带有明显的叙事特征，新乐府中普遍带有诗序，以便交代背景；白居易的《长恨歌》、《琵琶行》被赵翼誉为千古绝作，与元稹的《连昌宫词》成为叙事名篇。袁枚的《萍乡纪事》、《归家即事》以通俗的语言，交代详尽，具有元、白以诗代文的功能。新文化运动的干将们也喜欢用诗序，以增强诗歌的叙事性，如胡适的《老鸦》、《你莫忘记》，陈衡哲的《人家说我发了痴》等。胡适作于1919年4月18日的《送任叔永回四川》，为一首长篇送别诗，以回忆的形式，大量的生活细节，娓娓叙来。

四、“情感者，文学之灵魂”
——有关“性情”种种

新文学的另一积极倡导者刘半农以真情为标杆，将白居易与袁枚联系在一起作为正面的例子加以倡导，他在《诗与小说精神上之革新》一文中说道：

> 袁枚《随园诗话》有曰：“须知有性情，便有格律；格律不在性情外。……”可见作诗本意只须将思想中最真的一点，用自然音响节奏写将出来，便算了事，便算极好。
>
> 《国风》是中国最真的诗——“变雅”勉强亦可算得——以其

> 能为野老征夫游女怨妇写照，描摹得十分真切也，后来只有陶渊明白香山二人，可算真正诗家。以老陶能于自然界中见到真处，老白能于社会现象中见到真处，均有绝大本领，绝非他人所能及。(《新青年》第三卷第5期)

我们确实能在白居易诗歌中看到真情。白居易非常注重诗歌的感情，以《与元九书》中的一段话最为概括也最为著名：

> 感人心者，莫先乎情，莫始乎言，莫切乎声，莫深乎义。诗者：根情，苗言，华声，实义。上自贤圣，下至愚騃，微及豚鱼，幽及鬼神，群分而气同，形异而情一，未有声入而不应，情交而不感者。

在白居易看来，诗歌能够打动人首先在于其感情，它如同植物的根，扎得深才能枝繁叶茂。然而，白居易笔下的“情”包含着丰富的内涵，是有层级之分的。他将自己的诗歌分为四类：因事立题的讽喻诗，知足保和、吟玩情性的闲适诗，随感遇而形于叹咏的感伤诗，一百韵至两韵的杂律诗。当然都与感情相关，但是他最看重的还是第一类讽喻诗，体现其兼济之志，其宣言是：“文章合为时而著，歌诗合为事而作”，“救济人病，裨补时阙”，“篇无定字，句无定字，系于意，不系于文。”(《新乐府序》)这就是后来胡适归纳的“有所为而为之者”诗歌，胡适将这样的文学主张表述为“文学是为人生作的，不是无所为的，是为救人救世作的。”这种感情的酝酿和发动与中唐现实政治、社会人生密切相关，白居易说道：

> 仆尝痛诗道崩坏，忽忽愤发，或食辍哺，夜辍寝，不量才力，欲扶起之。
>
> 是时皇帝初即位，宰府有正人，屡降玺书，访人急病。仆当此日，擢在翰林，身是谏官，手请谏纸，启奏之外，有可以救济人病，裨补时阙，而难于指言者，辄咏歌之，欲稍稍递进闻于上。(《与元九书》)

元稹也同样说到自己早期触发诗歌冲动的是德宗年间种种混乱不堪的现实，“心体悸震，若不可活，思欲发之久矣。”（《叙诗寄乐天书》）虽然各种场景皆能触发他的诗思，和白居易一样，他还是有所区别对待，在《进诗状》中把自己的诗大体分为两大类：“自古风诗至古今乐府，稍存寄兴，颇近讴谣，虽无作者之风，粗中遒人之采；自律诗百韵至于两韵七言，或因友朋戏投，或因悲欢自遣。”前者属“有所为而为者”，后者为“无所为而为者”，孰轻孰重，元稹心中非常清楚。

如果说元和长庆的时代是中国文学史上一个“很光荣灿烂”的时代，那么元白倡导的新乐府运动则是这一文学革新时代最耀眼的闪光点。元白的文学自觉表现在有理论作为指导，元和四年，元稹作《和李校书新题乐府十二首》，其序云：“予友李公垂赠予《乐府新题》二十首，雅有所谓，不虚为文。予取其病时之尤急者，列而和之。”作为中唐新乐府运动揭幕的宣言，体现出元稹对新乐府的鲜明立场——乐府诗要做到“不虚为文”，尤其是要反映时代生活，敢于批判现实；所谓“病时之尤急者”，即敢于表现时代热点问题，决不回避矛盾。白居易的《新乐府序》说得更加直截了当：“总而言之，为君、为臣、为民、为物、为事而作，不为文而作也。”他强调诗歌上以补察时政，下以泄导人情，对于南朝梁陈那些嘲风雪弄花草的诗歌，他持否定态度，“丽则丽矣，吾不知其所讽焉。”足以见出元白以诗歌干预现实的急迫心情。元白对诗歌感情“有所为”一面的强调与中唐特殊的社会现实有关，具有明显振衰救弊的意识，此“情”体现出诗人的社会责任感与铁肩担道义的精神。

以袁枚为代表的性灵派崛起于乾隆盛世，伴随着经济繁荣，文学思想界呈现出如下局面：一方面诗歌领域以沈德潜为代表的格调派推崇“温柔敦厚”的诗教观，创作上效法盛唐，以翁方纲为代表的“肌理说”倡导融经义入诗，以儒典考据、发挥义理为诗旨；另一方面思想界晚明的反理学、追求个性解放的思潮得以抬头。袁枚倡导“性情”是以“格调”派和“肌理说”为对立面的，带有较浓的个性解放色彩。

袁枚高举“性情”这面中心旗帜，批评当时“错把抄书当作诗”等不正常现象：“天涯有客太詅痴，错把抄书当作诗。抄到钟嵘《诗品》日，该他知道性灵时。”（《仿元遗山论诗》）“须知有性情，便有格律；格律不在性情外。《三百篇》半是劳人思妇率意言情之事，谁为之格？谁为之律？”（《诗话》卷一）将抄书与性灵、性情与格律对举，具有明显的针对性。袁枚认为情是活泼泼的，“诗者，人之性情也。近取诸身而足矣。其言动心，其色夺目，其味适口，其音悦耳，便是佳诗。”（《补遗》卷一）诗歌是个人性情的自然流露，没有崇高、庄严，却让你感到亲切，赏心悦目。

袁枚强调诗歌要有真情实感，“诗有情至语，写出活现者。”（《诗话》卷十）他说：“千古文章，传真不传伪”，批评时人“浮慕诗名而强为之，既离性情，又乏机灵。”（《钱玙沙先生诗序》）他认为人的性情各异，不应以时代划分诗歌的高下，不应将诗勉强分为唐宋：“诗分唐、宋，至今人犹恪守。不知诗者，人之性情；唐、宋者，帝王之国号。人之性情，岂因国号而转移哉？”（《诗话》卷六）对于诗中普遍存在的情景关系，袁枚更看重情的作用：“诗家两题，不过‘写景、言情’四字。我道：景虽好，一过目而已忘，情果真诗，未来于心而不释。孔子所云：‘兴观群怨’四字，惟言情者居其三。若写景，则不过‘可以观’一句而已。”（《补遗》卷十）正如上述文字，为了增强说服力，袁枚常引孔子等圣贤的话作为立论的依据，又如“圣人编诗，先《国风》而后《雅》、《颂》，何也？以《国风》近性情故也。”（《补遗》卷二）

因为倡导性情，袁枚对杜甫、白居易的诗给以好评：“尝读《古诗纪》，而叹六朝之末，诗教大衰，皆用古乐府旧题，而语意又全不相合。……杜少陵、白香山创为新乐府，以自写性情。此三唐之诗之所以盛也。”（《补遗》卷九）在《答蕺园论诗书》中亦赞扬白居易的缘情之作显得真诚。

在袁枚诗歌创作中，有一些属于“有所为而为”的优秀诗篇，感情沉重，具有普遍的社会意义，如《苦灾行》、《捕蝗曲》、《捕蝗歌》、《征漕叹》、《南漕叹》等，表现民生疾苦，深得元白新乐府之精髓。如其《捕蝗曲》：

亟捕蝗！亟捕蝗！沭阳已作三年荒，水荒犹有稻，蝗荒将无粱。焚以桑柴火，买以柳叶筐。儿童敲竹枝，老叟围山冈。风吹县官面似漆，太阳赫赫烧衣裳。折枝探谷虑损德，惟有杀汝为吉祥。我闻苛政猛于虎，蠢吏虐于蝗；……贪如羊，如虎而翼兮，如云之南翔。安得今冬雪花大如席，入土三尺俱消亡？毋若长平一坑四十万，腥闻于天徒惨伤。蝗兮蝗兮去此乡，东海之外兮草茫茫，无尔仇兮尔乐何央？毋餐民之苗叶兮，宁食吾之肺肠。

本诗作于乾隆八年（1743），袁枚时为江苏沭阳县令，旱灾之后又出现蝗灾，百姓遭殃，苦不堪言。作为县令，袁枚带领百姓投入捕蝗战斗，并作此诗。由本诗使人联想到白居易著名的《新乐府》五十首，其中就有一篇名为《捕蝗》，并注有“刺长吏也”字样。袁枚对灾情的严重关注，对百姓生活的焦虑，并与揭露蠢吏苛政联系在一起，显示与白居易新乐府精神的一脉相承。形式上以三三七句式开头及“安得”句式的运用，通俗明白而又细致传神的语言，都是在继承白居易新乐府的基础上作进一步的发展。

毕竟这类诗作在袁枚数量巨大的诗集中所占比重较小，在其诗话中也缺少很好的理论表述。值得关注的倒是元白一些遭到后人诟病的艳情诗在袁枚这儿得到正名。

沈归愚尚书选国朝诗，摈而不录，何所见之狭也！尝作书难之云：“《关雎》为《国风》之首，即言男女之情。孔子删诗，亦存郑、卫，公何独不选次回诗？”沈亦无以答也。唐李飞讥元、白诗“纤艳不逞，为名教罪人”。卒之千载而下，知有元、白，不知有李飞。（《诗话》卷一）

且夫诗者由情生者也。有必不可解之情，而后有必不可朽之诗。情所最先，莫如男女。……宋儒责白傅杭州诗忆妓者多，忆民者少。然则文王“寤寐求之”，至于“辗转反侧”，何以不忆王季、太王而忆淑女耶？孔子阨于陈蔡，何以不思鲁君而思及门弟子耶？（《答蕺园论诗书》）

元稹当年声明自己创作艳诗百余首，其目的在于“有以干教化者”，其实是以传统的诗教观来为自己的艳诗作辩护。与元稹相比较，袁枚显得更直接大胆，他拿圣贤作为依据，动辄孔子如何，《关雎》如何，于是就敢于直言不讳：“有目必好色，有口必好味。戒之使不然，口目成虚器。”（《陶渊明有饮酒二十首余天性不饮故反之作不饮酒二十首》）

具有明显的反叛传统意味。

作为性灵派的核心人物，袁枚所提出的“性灵”从内涵来看主要是指性情，但是并不能与性情划等号，他在《钱玙沙先生诗序》中提到：“今人浮慕诗名而强为之，既离性情，又乏灵机，转不若野氓击辕相杵，犹应风雅矣。”可见，性灵包含“性情”与“灵机”两方面的内容，二者应是有机融合在一起的。

在追求诗歌灵动方面，袁枚受到宋代诗人杨万里的启发最多，清尚镕谓“子才学杨诚斋而参以白傅”（《三家诗话》），胡明先生指出：“直接启迪袁枚诗‘性灵’的应该算是南宋大诗人杨万里，袁枚‘性灵’的基调便是来自杨万里。”[①] 杨万里主张“活法”，追求诗的意趣神色，讲究用笔的透脱灵动，这些都使袁枚心领神会。袁枚将杨万里的一些重要见解作为论诗的根据：

> 杨诚斋曰，从来天分低拙之人，好谈格调而不解风趣，何也？格调是空架子，有腔口易描，风趣专写性灵，非天才不办。予深爱其言。”（《诗话》卷一）
>
> 诗空谈格调，不主性情，杨诚斋道是钝根人所为。（《补遗》卷九）

——杨诚斋的“性灵”主张成为了袁枚对抗“格调说”的有力武器。

杨万里作诗具有活泼的思绪和透脱的胸怀，他说：“学诗须透脱，信手自孤高。”（《和李天麟》）他以“活法”作诗，从而形成自己独具特色的面目，“至于状物姿态，写人情意，则铺叙纤悉，曲尽其妙。”（周必大《周益国文忠公集·平园续稿》卷九）“生擒活捉力都任”（项安世《平菴悔稿》卷五）。钱锺书先生在《谈艺录》中称赞道：“诚斋则如摄影之快镜，兔起鹘落，鸢飞鱼跃，稍纵即逝而及其未逝，转瞬即改而当其未改，眼明手捷，踠矢蹑风，此诚斋之所独也。”这种特征在杨万里诗歌题材中以表现自然景物的诗最为明显，对于自然，杨万里作细致的观察，新颖的体验，以明白晓畅的语言作生动逼真的表现，因而在他笔下的山水景物别具一格，如“万山不许一溪奔，拦

① 胡明：《袁枚诗学述论》，黄山书社1986年版，第85页。

得溪声日夜喧。到得前头山脚尽，堂堂溪水出前村。”（《桂源铺》）所写不是死板的景物，而是人化的自然，极富生命的活力；诗人的兴趣不在于简单描摹景物，而是捕捉景物动态的富有情趣的一刹那——因奔受阻而喧闹最终欢快流走；没有奇奥生僻的字句，皆为白话的语言，却并不平淡，使人感到盎然生机，不仅显得谐趣，还包含着哲理的启迪。“莫言下岭便无难，赚得行人错喜欢。正入万山圈子里，一山放出一山拦。”（《过松源晨炊漆公店》）于人人平常习见的景物中发现情趣，以明白如话清新活泼的语言加以表现，极富新鲜感。可见，杨万里笔下的山水草木与人性相通，因而充满着生机和灵性。

这种直率洒脱清新如话的风格正是袁枚所极为叹赏和追求的。我们可在袁枚描写自然风光的作品中见其清润秀脱、活机盎然的审美追求。

凄凄芳草遍春潭，深远无人绿更酣。
何处一声清磬响，断峰西去有茅庵。
——《春日杂诗》之四

一、二句以清新自然的语言描绘出浓郁的春意：草之碧，潭之清，春之静；三、四句以清脆悠扬的磬音及断峰边的茅庵平添了几分生机和野趣。

月明如水浸沙堤，堤上游行一杖携。
惹得家僮没寻处，夜深孤坐断桥西。
——《湖上杂诗》之二

月光如水笼罩着湖面与沙堤，水天相接，浩渺无边，构成妙不可言的意境；在凄迷的氛围里，孤坐断桥西的家僮却正焦急地盼着主人的出现，从而构成了一幅极富情趣的月下夜游图。

值得注意的是，如果从诗歌创作的渊源关系来看，杨万里的诗风与元白诗派亦具有某种相关联性，杨万里对白诗颇为倾倒：“每读乐天诗，一读一回好。少时不知爱，知爱今已老。初哦殊欢欣，熟味忽烦恼。多方遣外累，半已动中抱。……”（《读白氏长庆集》）翁方纲即

说："诚斋之诗，上规白傅。"（《石洲诗话》卷四）

在20世纪初新旧交替时代，胡适站在新时代的高度，对新文学内在价值的认识显示出前人无法比拟的阔大视野与恢弘气度，"吾以为文学在当日不当为少数人之私产，而当以能普及最大多数之国人为一大能事。吾又以为文学不当与人世全无关系。凡世界有永久价值之文学，皆尝有大影响于世道人心者也。"（1916年胡适日记，7月13日追记）他认为李白、杜甫、白居易的诗皆属"有功世道人心"之文学。

胡适的《文学改良刍议》提出八条原则，其中首条即是"言之有物"，对"物"的内涵作了两方面的阐发，其一是"情感"，另一即是"思想"：

> 《诗序》曰："情动于中而形诸言，言之不足，故嗟叹之，嗟叹之不足故永歌之，永歌之不足，不知手之舞之，足之蹈之也。"此吾所谓情感也。情感者，文学之灵魂。文学而无情感，如人之无魂，木偶而已。行尸走肉而已。
>
> 吾所谓"思想"盖兼见地、识力、理想三者而言之。思想不必皆赖文学而传，而文学以有思想而益贵，思想亦以有文学的价值而益贵也。……思想之在文学，犹脑筋之在人身，人不能思想，则虽面目姣好，虽能笑啼感觉，亦何足取哉。

他认为文学缺少情感与思想，便如无灵魂无脑筋之美人，徒有秾丽富厚之外表而已。

胡适的文学革命思想得到了陈独秀强有力的呼应，陈独秀新文学"三建设"的主张即是：建设平易的抒情的国民文学，建设新鲜的立诚的写实文学，建设明了的通俗的社会文学（《文学革命论》），三者皆指向实实在在的社会人生。从此，新文学革命如燎原之势不可阻挡。

作为新文化运动的领袖人物，胡适对新文学内含的思考更系统也更具理性色彩。1915年8月3日胡适日记载有读白居易《与元九书》后有感而发，将文学分为"理想主义"和"实际主义"两大派，对于什么是"实际主义"，他做了较为充分的阐释，"实际主义者，以事物之真实境状为主，以为文者，所以写真，纪实，昭信，状物，而不可苟者也。是故其为文也，即物而状之，即事而纪之；不隐恶而扬善，不取美而遗丑；实则是，非则非。举凡是非，美恶，疾苦，欢乐之境，一本乎事物之固然，而不以作者心境之去取，渲染影响之。”认为白居易的讽喻诗《秦中吟》十首，《新乐府》五十首，《采地黄者》、《宿紫阁山北村》《观刈麦》等诗，继承杜甫“三吏”“三别”优良传统，皆属于记事状物之真者，是实际之文学的代表。同年 8 月 18 日日记有一篇为《论“文学”》，将文学划分为“有所为而为之者”和“无所为而为之者”，对于前者的定义是：“有所为而为之者，或以讽谕，或以规谏，或以感事，或以淑世，如杜之《北征》、《兵车行》、《石壕吏》诸篇，白之《秦中吟》、《新乐府》，皆是也。”可见，胡适对有关诗歌的社会功能等一系列问题作了全面思考。

在胡适等人的倡导下，新文学涌现出一些尤为感人的“救人救世”诗作。胡适《你莫忘记》在爱国与“指望快快亡国”冲突中感情显得分外痛苦、沉重，周作人的《两个扫雪人》为两个平凡辛勤的扫雪人塑像，刘半农的《游香山纪事》对民生疾苦的强烈关注，与元白新乐府精神一脉相承，俞平伯的《春水》在情与景不和谐的对比中显示出下层生活的艰辛与冷酷，沈尹默的《耕牛》反映农家失去耕牛而陷入绝境，使人想到元稹的古题乐府《田家词》，沈兼士《山中杂诗》写赤膊小孩因天气凉而“满筐果子卖不出”之无奈，令人心酸。这是特殊历史时期对元白新乐府写实精神的一次发扬光大。

胡适对待较为私人化的言情诗持宽容而绝不放纵的态度。1915 年 8 月 4 日，胡适日记有“读香山诗琐记”一篇，将白居易两首长诗《长恨歌》《琵琶行》相比较，认为后者为胜，因为“《长恨歌》中劣句极多”，列举的是“承欢侍宴无闲暇，春从春游夜专夜”、“金屋妆成娇侍夜，玉楼宴罢醉和春”，认为“几不能卒读”，而《琵琶行》就避免这样的毛病。八月二十日作《临江仙》词，其序云：“诗中绮语，非病也。绮语之病，非亵则露，两者俱失之。吾国近世绮语之诗，皆色诗耳，皆淫词耳，情云乎哉？今之言诗界革命者，矫枉过正，强为壮语，虚而无当，则妄言而已矣。”既反对“淫词”亦不赞成“强为壮语”，体现出胡适成熟的文学思想。

这一时期，周作人发表《人的文学》，这是当时关于改革文学内容的一篇重要宣言，其中有对人性作合乎情理的阐发：“我们承认人是一种生物，他的生活现象，与别的动物并无不同，所以我们相信人的一切生活本能，都是美的善的，应得完全满足。凡有违反人性不自然的习惯制度，都应排斥改正。”然而，他又强调“人是一种从动物进化的生物”，具有“灵肉二重的生活”，“凡兽性的余留，与古代礼法可以阻碍人性向上的发展者，也都应该排斥改正。”既反对禁欲也反对纵欲，在某种意义上是对元白、袁枚以来的艳情诗传统作理论上的矫正。

由此可见，元白处在李杜将唐诗推向最高峰之后及中唐特定社会背景下，有意识地对诗歌的形式与内容加以革新，对后世产生深远的影响。不仅其诗歌理论主张在后世得到继承和发展；在创作实践方面，他们所主张并成功运用的明白顺畅的诗歌语言为杨万里、袁枚等所继承，因注入趣味、灵动成分而加以发展，并成为胡适等人倡导新文学革命的突破口；元白强调诗歌表达真实感情的主张在后世得到积极回应，其关注现实民生的精神尤为得到重视，在公安派与性灵派创作中并带有一定的个性解放色彩，在新文学革命大潮中又被赋予了新的时代内容；古典诗歌从而在形式和内容两方面实现了向现代的转换。

（原载《文学评论》2011 年第 3 期）

词娱情而婉丽

——从中国古代娱情文学观说起

杨柏岭

文艺具有娱情功能是文艺理论的一个定律，像唐宋词、明清戏曲小说等文艺样式以及晚明文学的文娱观，便是研究者常谈论的话题。或许受到当前文艺的娱乐休闲特点的影响，近年有学者又重提中国古代娱情文学观的问题[①]。综合目前的研究，仍有几个问题值得思考：颇受争议的娱情思想，是否仅仅就是形而下的心理事实，中国古代学人对娱情的态度到底如何？作为中国古代文学功能之一的娱情观念，其实际的生存状况如何？唐宋词娱情观念能否由功能论提升到本体论？娱情词的本色特征有哪些？这些问题的解决，必将有助于加深对“词娱情而婉丽”这个主张、唐宋词地位以及中国古代娱情文学观等问题的认识。

一、有情与无情：娱情观念的核心之争

《楚辞》王逸注云“娱，乐也”，《说文解字》曰“娱，戏也”，娱情指以娱乐、赏玩和游戏的态度对待情感。康德曾专论过情感自由的问题，他说“享受这一词指快乐的内心化”[②]，但这种快乐仅属于经验心理学，决不能成为形上学。中国哲学也曾批判过这种经验心理的快乐主义，但是与西方哲学是理智型哲学不同，“中国传统哲学从一开始就很重视情感，并把它作为自己的重要课题，建立了自己的形上学”。[③]

---

① 詹福瑞、赵树功：《从志思蓄愤到遣兴娱情——论六朝时期的文学娱情观》，《文艺研究》2006年第1期。

② 康德：《判断力批判》，商务印书馆1993年版，第43页。

③ 蒙培元：《论中国传统的情感哲学》，《哲学研究》1994年第1期。

中国哲学是一种情感哲学，在肯定了娱情表层心理存在的同时，加以疏导、抑制甚或抛弃，发掘了娱情深层心理的意义，倡导了一种不离情感而超情感的精神境界。这其中诚如蒙培元先生所论，儒家提倡的是有情而无情的道德境界，道家提倡的是无情而有情的美学境界，儒道两家围绕情之有无问题，从不同的角度共同建构了超越经验心理的快乐主义，臻至精神自由的情感哲学。

孔子曰："富与贵是人之所欲也，不以其道得之，不处也；贫与贱是人之所恶也，不以其道得之，不去也。"（《论语·里仁》）儒家哲学清楚地认识到，趋利避贫的快乐意识是人人趋同的一种价值观，有欲有情乃是人性的根源。但是儒学是建立在道德情感之上的，自然人性的情感欲求并非儒学的现实取径，它的现实取径是对人的自然情感予以教育，强调享乐的得之有道。尽管富贵天命化了，享乐为人的性情，但对于富贵者还当教之以"养心莫善于寡欲"（《孟子·尽心下》），希望人们的善心不要被物欲损害，在寡欲中修养善性，求其放心。而主张人性恶的荀子可能比孔孟更重视"寡欲"的后天修为功夫，因为"不富无以养民情，不教无以理民性"（《荀子·大略》），像尧、禹者"非生而具者也，夫起于变故，成于修为，待尽而后备者也"（《荀子·荣辱》）。尽管儒家哲学存在现实原则压抑快乐原则的问题，但快乐原则仍是哲人追求的最高目的。李泽厚说：

> "礼乐传统"中的"乐者，乐也"，在孔子这里获得了全人格塑造的自觉意识的含义。它不只在使人快乐，使人的情、感、欲符合社会的规范、要求而得到宣泄和满足，而且还使这快乐本身成为人生的最高理想和人格的最终实现。①

由此，我们不能只看到儒家哲学对待情感的严肃态度，而忽视这种情感教育具有以心灵快乐为目的的道德关怀。儒者心中的人性既有欲也有情，但一旦以仁孝等道德情感为内容，那么就像孔子倡导的"从心所欲不逾矩"的"孔颜之乐"，走向一种道德情感的快乐体验。这也正如王弼所说的"圣人有情而无累于情"，表现为一种超越性的本体体

① 李泽厚：《美学三书》，天津社会科学院出版社2003年版，第241页。

验；又如程颢说的“圣人之常，以其情顺万事而无情”，可以消除私情，走向“万物一体之仁”的天人合一的快乐境界。

如果说儒家哲学以情感教育实现快乐的道德境界，那么老庄学说则是通过“忘情之适”阐释他们无情而有情的审美快乐。以庄子为例，他的“忘情之适”的心灵活动至少有这么几个过程：起因于“栗”，世俗的情是无法娱乐的，因为有“情”即有是非、荣辱、生死等对待观念，于是有“情”之人始终生活在栗、畏之中。创始于“净”，即“吾丧我”的“忘”的过程，其中“忘情”就是突出的内容，因为“情”势必影响他的快乐原则。构成于“静”，要“忘”，人就必须“离形去知”，在意志力的控制下，思维会聚于“道”，从而使“忘情”得到保证。活动于“游”，既是心游也是游心，这是忘情中的“同于大通”、“与道合一”的精神体验。愉悦于“适”，庄子至此获得的是“忘情之情”，此“情”可谓“大情”，以顺应自然的情性重塑“情”的内涵。若能臻至此境，既是庄子的忘情之适，也是一种适情、娱情。

“夫天下之所尊者，富贵寿善也；所乐者，身安厚味美服好色音声也。”（《庄子·至乐》）然而老庄反对的正是这种缺乏超越性的世俗观念，“否定自然生命的纷驰、心理的情绪和意念造作这三层”①。他们无情而有情的学思也确实有针对道德规范对情感自由约束的一面，并多用反传统的形式批判了世俗之情，但是老庄比孔孟更强调生活的快乐体验。像庄子的大鹏游用自由的飞翔和飞翔的自由来比喻精神的快乐和心灵的解释，还有蝴蝶梦以及鱼之乐等命题中的“至乐”，都流露出庄子对快乐的炽热情感。可以说，“作为庄子的最高人格理想和生命境地的审美快乐，不止是一种心理的快乐事实，而更重要的是一种超越的本体态度。”②

至此，提出文学的娱情观本当有着中国哲学深厚的土壤，至少也可以说因为中国哲学以情感哲学为主，以超越性情感体验为旨归的特点，不至于令人谈娱情而色变。事实上，在中国文学史上不乏这种以超越性的娱情为内容的作品，更有甚者融合儒道释三家哲学关于情感的态度，构建着中国文学深层的艺术精神。如，“玄学风流”便多以现

① 牟宗三：《中国哲学十九讲》，上海古籍出版社1998年版，第89页。
② 李泽厚：《美学三书》，天津社会科学院出版社2003年版，第271、267页。

实“娱情”为基点，表现出“越名教而任自然”或“即名教即自然”的审美态度及真醇性灵。如陶潜的风流被冯友兰称为“真正风流”，此风流者“有情而无我，他的情与万物的情有一种共鸣”①。陶潜“情甚亲切”的风流、“示己志”的玩心中始终洋溢恻怛为民的气节。可见这已不仅仅是庄子的“忘情之适”，而是一种“有情之适”。晚清刘熙载说“陶诗有‘贤者回也’、‘吾与点也’意”②，说的即是这种有情的快乐。

二、言志、缘情到文娱：娱情观念的文学空间

在近些年关于中国古代娱情文学观讨论的文章中，学者们大多把娱情看作与言志、缘情对立的现象。他们认为，在以儒家道德建设为重的时代，人们习惯从“发乎情，止乎礼义”角度解读文艺的价值，指出为文习艺要顺乎启迪道德理性的要求，成为修身进德的途径。而娱情毕竟以人的心情愉悦为目的，要求“发乎情，止乎快乐”，自由地对待情感本身，因此，娱情观念难以成为儒者的现实创作主张，而像诗言志、乐者德之象、赋要卒章显志、绘画要晓之鉴戒等文艺教化观，才能占据中国文学批评的主流位置。同时，老庄的“忘情之适”虽有反对伦理之情的意思，但毕竟以精神的绝对自由为目的为过程，否定了五色、五音以及人类感知觉的意义，因此，也很难直接生发出尊重世俗情感的文学娱情观。

不过，话又说回来，当我们从中国情感哲学追求超越性娱情观念的特点出发，便可以看出言志、缘情等在文学娱情观的形成中所发挥的积极作用。《毛诗序》云：“诗者，志之所之也，在心为志，发言为诗，情动于中而形于言。”这个“情动为志”的阶段正是儒家对情感予以教化的过程，但正如作文习艺只是修身进德的方式一样，“言志”也不是儒家教化的最终归宿，而只是走向超越性娱情的一个路径。“缘情”说因为可以生发出“志”的襟抱，故而能以“言志”说修补的姿

① 冯友兰：《论风流》，《三松堂学术论集》，北京大学出版社 1984 年版，第 609—617 页。

② 刘熙载：《诗概》，薛正兴点校：《刘熙载文集》，江苏古籍出版社 2001 年版，第 97 页。

态存在。更何况，这个渊源于屈原“发愤以抒情”及司马迁“《离骚》，盖自怨生”等观念，在六朝时期成熟的“诗缘情”观念，不仅省略了“情动为志”的教化过程，而且内蕴着一定程度的任情因素，与六朝时期的娱情观原本就有着密切的关系。

由此，那种视“娱情”与言志、缘情等文学观为完全对立的观点，忽视了中国情感哲学追求“至乐”的特点。不仅如此，我们还要承认这样的事实：儒家的教化文艺观在净化娱情表层心理的同时，并没有彻底清除文艺的娱情功能，而是要求在娱心自乐中磨砺情性。这与贺拉斯在《诗艺》中所说的“寓教于乐，既劝谕读者，又使他喜爱，才能符合众望”一样，娱乐（趣味）乃是实施教化（益处）的有效形式。更何况享乐是人类的一种趋同化心理，随着生活水平的提高、政治生活的驱动或是思想的解放，总会在某个时期酝酿出较为普遍的社会享乐风气，以及以情性的自由释放为特征的社会心理。

从这个层面上说，文娱观与文学艺术活动是同步的。不过，像《诗三百》中部分作品的娱情功能在后代的接受中已逐渐被抹杀，而沾染了教化的色彩。其实，孔子所指责的以淫乱雅的郑卫之音，正是以强烈的娱情性而被时人所喜爱。同时，郑卫之音能入选《诗三百》中，正说明娱乐功能已是编者的标准之一。汉代一度出现的国富民强的享乐心理，便直接体现在汉赋的艺术特征上：题材上以狩猎、冶游、宫殿、都城等为主，笔法上以构筑立体感的铺陈为主，思想上以渲染国家强盛且“卒章显志”等为主。然正如《汉书·王褒传》载汉宣帝的话曰：“辞赋，大者与《诗》同义，小者辩丽可喜。譬如女工绮縠，音乐有郑卫，今世俗犹皆以娱悦耳目。”写赋、献赋“以娱宾客”，赏赋者也以娱悦耳目的消遣为目的，如此我们便理解了汉赋题材上的娱乐特点，语言上的密丽风格以及接受上的享乐心态。

时至六朝，人们由忧生忧时，进而追求适意人生，甚至在恣肆放诞中袒露情怀。在此社会风气中，个体情感在心理结构中的地位日渐突出，文学艺术的情感、美感及娱乐功能得到了加强。曹植《七启》云“驰骋足用荡思，游猎可以娱情”，《晋书·郭象传》说郭象“常闲居，以文论自娱”，萧统《文选序》说文章之美“譬陶匏异器，并为入耳之娱；黼黻不同，俱为悦目之玩”，《世说新语·言语》中王羲之说“年在桑榆，自然至此，正赖丝竹陶写，恒恐儿辈觉，损欣乐之趣”……人生哀乐正赖丝竹诗文陶写，此时的人在寄兴消愁等一般性慰藉功能的基础上，强调了寻求艺术活动的欣乐之趣。可以说，“在六朝时期，无论文学观念与创作倾向都发生了很大的变化，遣兴娱情的文学由弱到强，并且影响到了一个时代的文学创作”①。

盛唐时期展现的是一种开放的、自由的、激情的富贵气象，多元的文化为人们提供了价值实现的多种可能。时人以人间的现实欢欣与生命的浪漫跃动，为盛世感动甚至亢奋。在儒者心中，一统天下即在眼前；在道家看来，至德之世即在心中；在佛徒心中，佛国即在当世。进而，“有唐中叶，为风气转变之会”②，社会心理逐渐走向了追求日常化的享乐生活，激情安闲下来，自由世俗化了，日趋繁华、安闲和享乐③。于是，白居易既有“唯歌生民病，愿得天子知”的讽喻诗，也有知足葆和、吟咏情性的闲适诗；韩愈文学志向既在于“学古道而欲兼通其辞”（《题欧阳生哀辞后》），也在于“文章自娱戏，金石日击撞”（《病中赠张十八》）。由此，我们既看到了体现社会立场的功利主义、教化主义、现实诉求、淑世精神，也看到了体现个人立场的享乐主义、表现主义、自我娱情、审美追求等，中国文学固有的深刻紧张关系在中唐时期更加凸现出来。④

这种社会关怀与自我娱情的紧张关系在晚唐五代直至两宋时期仍然存在，并构成了宋代人格、学术及文化上的显豁特征，但是根源于享乐心理的“玩心”已化为此时期人们普遍的心态，成为他们世俗生活方式的依据。此时不光“国朝诸王弟多嗜富贵”⑤，一般性文人也有“当圣君贪才，天下右文之时，是不容不富贵者”（陈造《题夏文庄》，见《江湖长翁集》卷三十一）的心理。于是，尽管此时在文学观上，不乏以“义命为大戒，士当后穷达先所守”的自律主张，但像词艺术这种体现人间性、世俗化享乐情怀的娱情创作及主张已经成为一代文学的代表。

---

① 詹福瑞、赵树功：《从志思蓄愤到遣兴娱情——论六朝时期的文学娱情观》，《文艺研究》2006年第1期。

② 吕思勉：《隋唐五代史》，上海古籍出版社1984年版，第1330页。

③ 李泽厚：《美学三书》，天津社会科学院出版社2003年版，第134页。

④ 杨国安：《试论中唐两大诗派创作中的共同趋向》，《文学遗产》2007年第4期。

⑤ 蔡絛：《铁围山丛谈》，中华书局1983年版，第5页。

不过，词人的娱情由放荡，经放诞，到放达，并不合乎中国情感哲学规定的快乐原则的逻辑，也缺乏新的理论依据。词人们多是凭借着感性的自由，享受着这个娱情创作逻辑的存在。此后，明代中后期人文思想的启蒙者们接续了这个话题，并掀起了以“文娱”观念为主的文学时代思潮。他们在“人必有私”基石上，肯定童心，解放性灵，以“大自在”、“大快活”、“大解脱”的“真乐”[①]演绎王守仁“乐是心之本体”的命题。以此理论支撑，他们重构了士大夫“生可无愧，死可不朽”的价值观，认为“真乐有五，不可不知”[②]，把人的自然性情之乐推尊到最高处。而本着童心的文学活动便是他们获得“真乐”的突出方式，以文娱情之乐自然就是他们的明确主张。像郑元勋在《媚幽阁文娱序》中便说：“吾以为文不足供人爱玩，则六经之外俱可烧。”“文者奇葩，文翼之，怡人耳目，悦人性情也。”“今昔人放浪之际，每著文章自娱”，而他自己“愧不能著，聊借是以收其放废，则亦宜以娱名”[③]。诸如此类，从文学创作标准，文学史批评准则等方面，正面提出了“文娱”观念。

至此，我们分析了中国古代娱情思想的复杂性，缕述了中国古代文娱观念史上几个关键性阶段，目的就是说明文学娱情观不仅是载道、言志、缘情等中国文学功能说的有力补充，而且具有一以贯之的连续性以及文学创作观念上的独立性。以下所分析的词艺术的娱情特点，就是这个想法的证明。

三、娱宾以遣兴：唐宋娱情填词观念

与部分学者刻意强调六朝时期的文学娱情观不同，对于唐宋词的娱情性质，似乎已是学界的共识而无须讨论了。不过，人们对此话题的研究，多是从词体功能论的角度加以评析的。尽管物体的功用可决定它的本质，但那种只承认娱情是词的功能而不是创作心态的做法，

① 李贽：《焚书·续焚书》，中华书局1975年版，第4页。

② 袁宏道：《与龚惟长先生》，见钱伯诚笺校：《袁宏道集笺校》，上海古籍出版社1981年版，第205页。

③ 郑元勋编选：《媚幽阁文娱》，上海杂志公司1936年，第1页。

事实上抹杀了词的创作实际。同时，娱情并非词人填词的唯一心态，但纵览中国古代各种艺术样式，惟有“以余力游戏为词”影响了词的体性特点。若只从缘情、言志角度诠释词艺术，势必会出现种种穿凿附会的现象。因此，正面指出唐宋词的娱情观念，是我们必须要拓展的话题。

词体兴起时，娱情色彩已有表现，《夜半乐》、《虞美人》等教坊曲名即是证明；词体定型时，娱情已是填词的特色心态，欧阳炯说花间词即在“用资羽盖之欢”；词体转型时，无论是传统词风延续者还是变革者，大都不会否认以娱情填词是词体的本色心态。只是“宋人有词宋人自小之”，尽管词人们经常说“以余力游戏为词”之类的话，但出发点大多是“玩心于歌舞，则凡可以娱情志、悦耳目者，必备致而后慊，则渐流于侈肆而不自觉矣”（方苞《礼记析疑》二十七卷“乐之失奢”），总有一种戒备或是自责的心理。不过，与后来依据传统诗学观尊词的言论比较，唐宋人那些关于当时填词实况的记录，虽多闪烁其辞，但真实了许多。

首先，“谑浪游戏”说。《汉书·司马相如传上》有“娱游往来”句，颜师古注曰“娱，戏也”，游戏是娱情心态之一。艺术与游戏之间存在一定的关联，华夏民族理性成熟较早，早期也有“游于艺”、“逍遥游”的说法，但可以说是有“游”无“戏”，且此“游”已非游戏之意，而是合乎理性又超越理性的自由、快乐。不过，词人们可以直接以游戏心态参与填词活动，兑现当下的享乐意识。胡寅《向子諲〈酒边集〉后序》说词曲为古乐府的末造，“文章豪放之士鲜不寄意于此者，随亦自扫其迹，曰谑浪游戏而已也”①。以游戏为词的说法，尽管存在贬抑词体的语气，但又传递了词场中人对“情”的娱乐态度，以致颇具创作责任感的苏轼在《南歌子》（师唱谁家曲）中亦调侃而言：“我也逢场作戏。”以此来说明参与词的活动时的心态。

其次，“娱宾遣兴”说。陈世修《阳春集序》说：冯延巳“以金陵盛时，内外无事，朋僚亲旧，或当燕集，多运藻思为乐府新词，俾歌者倚丝竹而歌之，所以娱宾而遣兴也”。娱宾重在娱他人，遣兴则重在娱己，二者有指向之别但无截然分割的可能，皆以娱情游戏为目的。

---

① 向子諲：《酒边集》卷首，《百家词》本，天津古籍书店1992年影印本，第595页。

北宋舒亶《菩萨蛮》说，“樽前休话人生事。人生只合樽前醉”，确有颓废行乐的情绪，但此种主题实为宴会歌场词的本色话题，目的是助酒谈兴，活跃宴会氛围。缘情、言志的创作，由感性臻至理性，由情至理，由有限而追求合乎文化规范的无限；而娱情的创作，樽前一笑，率然抒一时情致，重在无需理性约束的感官满足与当下兴奋。唐宋词人歌惑酒醉不假，但正如陈世修《阳春集序》说的既娱宾又遣兴，既“清商自娱”又“吟咏情性”，正是个体追逐快乐意义的一个表现。

第三，“聊佐清欢”说。“清欢”是歌词娱情的另一种情形，属于士大夫雅玩的一种。这种雅玩，也多有歌妓活动，但已不是幽帘相欢的浓艳，而多是清风明月、曲水临流的清艳；不是以观歌妓色艺为目的，而多是以赏自然美景为归宿；不是在士与歌妓关系中寻求欢娱，而多在人与自然中会意欢欣。但即便如此，与词有关的艺术活动的娱情性仍是词人“欢然会意”的主流。欧阳修在《西湖念语》中便记录了“清欢”的审美经验。如“清风明月，幸属于闲人”的闲雅心境所带来的解赏心态；如“偶来常胜于特来”的解赏心态所带来的自由洒脱；如“欢然而会意”的自足快乐所焕发的“敢陈薄伎，聊佐清欢”的填词欲望。毕竟是清欢的娱情，故而欧阳修填《采桑子》组词时，便强化了西湖风光好与词人身心快适之间的同构效应，并暗含着对“俗欢”的反思。如第四首云：

群芳过后西湖好，狼籍残红。飞絮。垂柳阑干尽日风。
笙歌散尽游人去，始觉春空。垂下帘栊。双燕归来细雨中。

此词借暮春景物表现词人的胸怀恬适之趣，笔法上独写静境，构思巧妙，意味深长：“作者此词，皆从世俗繁华生活之中渗透一层着眼。盖世俗之人多在群芳正盛之时游观西湖；作者却于飞花、飞絮之外得出寂静之境。世俗之游人皆随笙歌散去；作者却于人散、春空之后，领略自然之趣。”[①] 至此，欧阳修的词“所表现的是一种遣玩的意兴”，遣玩“就是排遣，玩弄，欣赏”，这是词人“使自己从忧患苦难中挣扎出

① 刘永济：《唐五代两宋词简析》，上海古籍出版社1981年版，第40页。

来”的处理方法[①]，也是词体娱情在雅玩中的一个变化。

第四，“乐然后笑”说。晏几道《小山词自序》说填写花间樽前即兴酬唱词只是“持酒听之，为一笑乐”而已，王明清《左誉筠翁长短句后序》说左誉词“调高韵胜，好事者尤所争先快睹，豪右左戚，尊席一笑，增气忘倦”（王明清《玉照新志》卷四），郭应祥有词集《笑笑词》，而詹傅《笑笑词序》说：

> 傅窃闻之，下士闻道大笑之，不笑不足以为道。乐，然后笑，人不厌其笑，则知笑之为辞，盖一名而二义也。遁斋先生以宏博之学，发为经纬之文，形于言语议论，著于发策决科，高妙天下，模楷后学，以其绪余，寓于长短句。岂惟足以接张于湖、吴敬斋之源流而已。窃窥其措辞命意，若连冈平陇，忽断而后续，其下语造句，若奇葩丽草，自然而敷荣，虽参诸欧、苏、柳、晏，曾无间然，而先生自谓诗不甚工，棋不甚高，常以自娱，人或从而笑之，岂非类下士之闻道也欤？先生亦有时而笑之，岂非得乐然后笑之笑也欤？

詹傅此序紧扣“笑笑”二字来写，但思路从老子之言。《老子》四十一章云：“上士闻道，勤而行之；中士闻道，若存若亡；下士闻道，大笑之。不笑，不足以为道。”此处，“大笑”之“笑”是下士闻道时的当下行为，而“不笑，不足以为道”中的“笑”，则是老子为道的哲学态度。詹傅说的“笑之为辞，盖一名而二义”：“乐，然后笑”与“人不厌其笑”，既是对老子之言的说明，也是在扣住“笑笑词”中的二“笑”。不过，历来老子注本多释“笑”为“嘲笑”，但詹傅却以“乐”释之。这个变化与其说是对老子言“笑”的新解，不如说是对填词“自娱”态度的肯定。詹傅说，词人郭应祥有经天纬地之才，尤善于策论之文，为后学楷模，他只是“以其绪余，寓于长短句”，当然也不是想在词史上留名，而只是“常以自娱”而已。对此，“人或从而笑之”，如同下士闻道之笑。针对他人对自己自娱行为之笑，郭应祥亦有时而笑之，可谓“得乐然后笑之笑也”，更是由自娱到自适。由此，詹傅以

---

① 叶嘉莹：《古典诗词讲演集》，河北教育出版社1998年版，第162页。

老子为道之论比喻“笑笑”，实则已把“乐，而后笑”的自娱，看成填词的“道”。“不笑，不足以为道”，足见自娱的快乐在填词态度中的突出地位。

至此，从词人填词体验来说，无论是游戏为词、娱宾遣兴、聊佐清欢，还是乐而后笑，终归于一种自适情怀。歌词娱情有娱人与自娱的双重性，若从词体娱情的历史来看，有一个由重娱人到重自娱的变化规律。与此同步的，则是由重娱人的俗唱向重自娱的雅唱的歌词唱法的变化，以及由多代言到多自述情怀的填词方式等方面的转变。而词人由娱人到自娱的适情体验的变化，实则也反映出词体娱情向传统“适情”艺术精神的回归特点。适情，本是华夏文化快乐原则的一种心理形式，故苏轼《哨遍》（睡起画堂）也说“醉乡路稳不妨行，但人生、要适情耳”。不过，词人们在传达适情体验时，更强调娱情的方式。晏几道《小山词自序》在分析自己早期填词心态时，便说：“作五、七字语，期以自娱，不独叙其所怀，兼写一时杯酒间闻见，所同游者意中事。”在“叙其所怀”的言志、缘情基础上，拓展为自娱的娱情目的。

四、歌板尽清欢：词体娱情的场环境

词人典型的有情之娱与贪恋欢娱、玩心十足的时代心理有关，但是若仅仅看到这一点，就略显笼统。我们在此基础上，重点分析燕集歌场环境、歌者传唱方式等对词人娱情态度生成的作用。由此便会明白，为何在众多艺术样式中，只有娱情才真正成为词体的本色特点。

首先，词的活动场所是“娱”的生成场。

在唐宋时期，本色的词艺术是用来歌唱、表演的。与朝廷、家庭等环境不同，词的活动空间是一个娱乐的场所，固有一种“燕寓欢情”（林正大《风雅遗音序》）的性质。从存在主义观点来说，社会中的人是一个扮演者，当顺应存在的空间而扮演这个空间的自由人。进入词的活动空间，就当扮演一个“娱”（自娱和娱人）者。从这个意义上说，道德文章者在词的活动场中的恣肆、放诞的表现，以及词的自由、解放、娱乐的体性特点，都与词体活动场的娱乐性质有关。正如墙壁之于绘画，音乐厅之于音乐……这一个个“场”不仅是客观存在的某种氛围，而且给进场者提供了深层的心理暗示：犹如一条界线，分隔出一个个期待扮演的空间；也如一个个中介，引导着种种扮演的方式，影响人们的审美活动。如果离开词的宴集歌场环境，就无法真正理解歌词重“娱”的创作及欣赏特点。如冯延巳《金错刀》云：

> 双玉斗，百琼壶。佳人欢饮笑喧呼。麒麟欲画时难偶，鸥鹭何猜兴不孤。　　歌宛转，醉模糊。高烧银烛卧流苏。只销几觉懵腾睡，身外功名任有无。

初读此词，感觉词中男性人物形象确实不是现实中的冯延巳了。若忽视了娱乐场的作用，而只从知人论世角度出发，必然会指摘冯延巳：“本功名之士，而故为此放任旷荡之言。本多猜忌，而曰‘鸥鹭何猜’；本于国政无所措施，而曰‘麒麟欲画时难偶’；本贪禄位，而曰‘身外功名任有无’。如只读其词，必为所欺。”[①] 其实，词人冯延巳以娱情态度刻画了娱乐场中的词人形象，因此说冯延巳故意为此放任旷荡的诡诈巧言，则是基于缘情、言志创作原则批评的结果。歌场中的话（歌词）无须负责任，因为大家知道这是逢场作戏；歌场中的歌词多抒发违背传统价值观念的主题，因为进入歌场原本即是本着娱乐的心态。于是，当批评家们以人文合一的道德理念要求词人，而不考虑词的活动空间的性质，必将得出一系列的错误意见。如何正确批评歌词，或许应当接受林正大的话：“不惟可以燕寓欢情，亦足以想象昔贤之高致。”

其次，词的活动场是“情”的催化场。

娱字从女，《楚辞·九歌·东君》曰“羌声色兮娱人，观者兮忘归”，唐宋歌词传唱又“尤重女音”，故宴会歌场的快乐多与歌妓的声色活动有关。于是，在词的活动场的娱乐氛围中，尤其在士与歌妓模式的催化下，两性情思便成为唐宋词流行的主题，且得到了词人们大胆、自由、奔放甚至放诞的表现。因为词人们是以娱情心态表现了受到道德观念约束的两性情思，这绝非传统的言志、缘情理论所能解决了的。因为这不仅要释放“玩心”，变“玩物丧志”为“不耽玩为

① 刘永济：《唐五代两宋词简析》，上海古籍出版社1981年版，第28页。

耻”，而且要在道德观念之外给“情欲”以自由的空间。那种主张以礼约情、以理灭情，或无情、节情等观念的人们，是无法体验到“情”本身带来的愉悦感的。而世俗享乐心理下的词人“休闲”，却能摆脱诸多束缚，以人之常情视之。

于是，以普遍的享乐心理为基础，在本为娱乐场的小空间，词人们不停地咏叹“正是破瓜年纪，含情惯得人饶”（和凝《何满子》）、“年少宴游，人之常情”（无名氏《玉泉子》）等情感主题。这些词句所论，表面上是某些词人狎妓行径的反映，实际上是当时对“情”的争论的一种反映。当然，娱情之“情”外延广泛，但为“少年行乐之情”解脱，无疑具有一种爆发力。比较而言，主张性本情末者，即便是由情求性，也是“发乎情，止乎礼义”的言志；主张去情养性者，即便是适意人生，也是无情之适的得意忘言……但词人“贪恋欢娱”的娱情，可以娱乐心情、游戏心情。言志、缘情者很难容纳娱情主题，但娱情中可以遣兴、缘情、言志。这或许就是情的解放焕发的自由态势。

第三，词的活动方式强化了“娱情”的心态。

词的创作过程有两个主体，即词的作者与传唱者，二者相互依存而后方有完美的整体效果。传唱者（主要是歌妓）的职业性质决定了她们以娱人心态参与了词的活动，她们的表演主要就是品清讴娱客，娱乐于人。而此时的词作者在词的娱乐场及传唱方式的作用下，也改变了立言甚至是缘情的心态，既要考虑适合歌妓传播口吻的问题，也要处理观众到歌场寻求快乐的需求。从这个意义上说，早期小词典型地体现杜夫海纳关于审美对象的判断：

> 审美对象双重地与主观性相联系。一是与观众的主观性相联系：它要求观众去知觉它的鲜明形象；二是与创作者的主观性相联系：它要求创作者为创作它而活动，而创作者则借以表现自己。①

唐宋词的生成及其发展实际上就是围绕这两个主观性（创作者的主观

① 米·杜夫海纳：《美学与哲学》，中国社会科学出版社1985年版，第57页。

性又包括词的作者和传唱者）变化而变化的。一个简单的事实是：歌场的歌词，观众的主观性强于创作者的主观性，表现为先娱他而后自娱的娱乐方式；案头的歌词，词人的主观性强于读者的主观性，体现为先自娱而后娱他的适意方式。二者的变化或许可以这么理解：前者是动的、表演的、娱乐的，后者是静的、缘情的、言志的。可见，“娱情”更适宜于合乐可歌词的创作心态。早期歌词的代言方式、“空中语”的自我认识，说明词作者填词始终有一个需要表演的前提。因此，他不会像写作案头文章那样，把文章看作自身价值实现的一个实证，而是以娱人心态填词，甚至不会把歌词看成他的作品，因为他知道进入歌场的作品是属于传唱者和听众的。歌词期待传唱者和听众的认可，甚至高于作为一个文字作家的首创精神。若从审美角度说，作为“娱”者的词人及听众的身份使他知道，审美对象不是他的歌词（与言志、缘情作品不同），而是能唤起听众娱乐感受的表演，是歌场环境在听众心目中呈现的东西。

由此，早期词人是在一种虽由己出但却是代人抒情、为人抒情的心态中创作的，他可以跳出人文合一、文由情生等观念之外，融入歌场的娱乐环境，以娱乐的心态填词创作。即便绘己形、叙己事、抒己情，也可以在“空中语”的歌词接受观念中，心存逃脱被指摘的可能念想，而能大胆、自由地袒露潜在的欲念。

五、词虽小却好：娱情词的艺术特色

与诗歌言志、寄托创作传统比较，“美人香草，古来多寓意之文，而减字偷声，达者作逢场之戏”①，与陆机《文赋》说的“诗缘情而绮靡”比较，那么本色的歌词就是“娱情而婉丽”，以娱情填词，题材、主题、风格等艺术特色必然产生变化。尽管唐宋时期，词人的填词心态总体上在向缘情、言志转变，但以娱情填词仍是多数人在品味词体时所认可的本色心态。其中的矛盾心态，正如晚清刘熙载所说：“齐梁小赋，唐末小诗，五代小词，虽小却好，虽好却小，盖所谓‘儿女情

① 叶申芗：《本事词自序》，载唐圭璋：《词话丛编》，中华书局1986年版，第2295页。

多，风云气少’也。”[①] 概括而言，有这么几种情况：

（一）道德禁区的突破与优秀传统的淡化

词娱情的出现并非孤立现象，所传递是一个时代性的心理。中唐以后，诸多传统观念发生了裂变。如迫于纷乱的时代氛围，当时士大夫普遍丧失仁义忠信之心，“皆恬然以苟生为得”（欧阳修《新五代史》卷三十三《死事传》序），颠倒了传统的荣辱观；商业经济的畸形发展又滋养了一种浇薄风气，士大夫追求“歌、酒、女人”，私奔失节者衣锦还乡却以“此际叨尘，亦不相辱”（孙光宪《北梦琐言》卷四）自诩，颠倒了传统的夫妻伦理观；生活在这种社会风气中，士行杂尘，不修边幅，喜弦吹之音，为侧艳之词，淡化了求仁义谋进取的人生态度，颠覆了“三立”人生价值观……[②]与社会心理变化吻合的，是文艺审美趣味上的变化，由言志为咏性、缘情，甚至娱情。因言志等教化观念的制约，为传统道德设防的题材及主题，像娱乐情绪、两性情思等，在词体之前的文学门类中，始终难以得到真实客观的表现。而娱情态度下的词的创作，消除了道德观念的束缚，自由地呈现着人的自然性情，高唱“无物似情浓”的主题，由早期文学显意识下的创作走向了人类潜意识的挖掘。不过与道德禁区的突破相对应的，则是文学史上一些优秀传统如充满责任感的忧患意识、以人文合一为准的的文生于情等，被娱情词人们所淡化。娱情词的悲美已不是那种厚重的渗透历史感的忧患之美，而多是以享乐意识为基础的富贵担忧情绪；娱情词中的词人生命意识的抒发，已缺少作者身心主动坦露的力度，而多是在娱乐中的遣兴行为。

（二）题材的狭窄与主题的幽深

王国维说：“词之为体，要眇宜修。能言诗之所不能言，而不能尽言诗之所能言。诗之境阔，词之言长。”因为欢娱场的局限，娱情词的题材是狭窄的，主要以流连光景、簸弄风月、伤春伤别、儿女情长等题材为主，但是由于跳出道德观念的束缚，词人们在自由表现中，可

① 刘熙载：《词曲概》，薛正兴点校：《刘熙载文集》，江苏古籍出版社2001年版，第150页。

② 龙建国：《唐宋词与传播》，百花州文艺出版社2004年版，第2—10页。

以细腻地、深刻地揭示此类题材的幽深主题，词体亦具有动态揭示心灵幽微处的内倾性艺术效果。词体狭长、径窄却又情深、幽微，即是其短处也是其长处。词体的情深，可谓中国传统哲学及文化情感性的反映，而词体的深幽，又可谓中国人内向性格及审美心理内向性的一次深化。因为自古以来的生存空间的相对封闭，传统农耕生产方式使人的心理结构趋于内向紧缩。处在游戏状态的小词，在想象力展开的方式上也表现出显著的内倾性特色。尤需说明的是，内倾性更是宋型文化的标志。不仅表现在宋朝的精英文化上，如注重“内在的道德建设和情性涵养”的“士大夫文化”，反映在理学文化的“内圣”路线，而且在大众文化上如宋词，也有显著的内倾性品格①。由此，与音乐体制有关的内倾性的词因具有宋型文化的典型性，故成为宋代文学的代表。

（三）感性的自由与设色的婉丽

也是由于享乐心理及宴集歌场的作用，词人很注重当下的感性把玩。爱情主题上谋求结合，结合唯有当下，海誓山盟也急待交代当下的相思心情，由此才是最为真实的见证和表白。富贵闲适主题上，把玩现在亦是典型的呈现方式：或许富贵不再，此时及时行乐；或许富贵即将逝去，唯有今朝。伤春悲秋主题上，节序的感怀、时间的体悟，也唯有当下……词人习惯于当下的把玩，从中品味着感性的自由愉悦。与此一致的便是娱情词的婉丽风格。“《花间》绮琢处，于诗为靡。而于词则如古锦纹理，自有黯然异色”②，词人的艺术感觉以柔性、敏感、细腻、湿润为本色，既注重对象的外在风貌及环境的雕饰，又强化了对内心活动的精心修饰。这种装饰意识与词的娱乐场中滋生的娱情态度（尤其是“性”的眼光）关系密切，“词须宛转绵丽，浅至儇俏，挟春月烟花于闺内奏之，一语之艳，令人魂绝，一字之工，令人色飞，乃为贵耳。”③ 与自然界诸多异性寻伴不同，在人类社会中多是通过男性的追逐与女性自我的装饰（显现）来构筑两性的愉悦关系。词中占

① 邓乔彬：《古代文艺的文化观照》，上海教育出版社2003年版，第473页。

② 邹祗谟：《远志斋词衷》，载唐圭璋：《词话丛编》，中华书局1986年版，第651页。

③ 王世贞：《艺苑卮言》，载唐圭璋：《词话丛编》，中华书局1986年版，第385页。

主导的女性形象——歌妓是一个重要的表演者，是作为一个“他者”被男性们欣赏的，色艺的包装是她们的职业性质；更何况“女为悦己者容”，装饰（显现）自己的美是她们的内在需要。尽管这种装饰或许遭到了道德的非议，娱情的词体观念确实具有幽窗雅座中的小摆设特点，但从某种意义上说，词体突出的感觉性、装饰性，又唤起了中国古人似乎麻木的艺术感觉，通过刺激、满足、改造听众及读者的审美效果，确立了在中国艺术史上的特殊地位。

（原载《文学评论丛刊》2009 年第 2 期）

宋人对秦观词的接受与宋代的词学观念

叶帮义

宋人对秦观词的接受，在词学史上具有突出的意义：一是确立了秦观词的正宗地位，二是使秦观的词名盖过了诗（文）名，三是使秦观的代表性词作被选择出来。宋人对秦观词的接受，体现了宋代两种最为流行的词学观念——本色观和雅词观及其演变轨迹。本文拟对此进行具体的论述。

一、词家正宗地位的确立

在词学研究中，长期流行着婉约、豪放二派的分法，婉约词常被视为词的正宗，而在列举婉约派的代表词人时，通常情况下会举出秦观，秦观的词也就因此被视为词之正宗。实际上，秦观词的这种正宗地位在宋代就基本确立下来了，虽然婉约、豪放的二分法并不始于宋人。这一点我们可以从宋代有关秦观的并称中看出。

最迟在北宋后期，苏门中就出现了贺铸与秦观的并称。黄庭坚曾在诗中将贺铸与秦观并称："解道江南断肠句，只今惟有贺方回。"与苏、黄差不多时代的赵令畤也说："秦少游、贺方回相继以歌词知名。"（《侯鲭录》）除了黄庭坚等人提出的贺、秦并称外，苏门中还有人将黄庭坚与秦观并称过，如陈师道《后山诗话》曰："今代词手，惟秦七、黄九尔，唐诸人不逮也。"陈师道《渔家傲》词中也有过这样的并称："拟作新词酬帝力。轻落笔。黄秦去后无强敌。"他还自称"于词自谓不减秦七、黄九"①。不过，晁补之在评北宋词坛时已指出："近世以来，作者皆不及秦少游"，并批评黄庭坚的词"固高妙，然不是当家

① 陈师道：《后山居士文集》，上海古籍出版社 1984 年版，第 521 页。

语，自是著腔子唱和诗”，实际上否定了黄、秦的并称。苏籀《书三学士长短句新集后》也指出秦观的词“妙中之妙，议者谓前无伦而后无继”[①]。评秦词为三学士中第一，同样否定了秦、黄的并称，这种否定是对秦观词正宗地位的一种肯定。

在苏门之外，宋代还曾出现过秦观与晏几道、张先、柳永等人的并称：

> 李清照《词论》：“（词）别是一家，知之者少。后晏叔原、秦少游、黄鲁直出，始能知之。”
>
> 王灼《碧鸡漫志》卷二：“张子野、秦少游俊逸精妙。”
>
> 陈人杰《沁园春》：“又似元之，与苏和仲，汲引孙丁晁李秦。”
>
> 李太古《南歌子》：“月下秦淮海，花前晏小山。二仙仙去几时还。”
>
> 刘克庄《汉宫春》：“酒边唤回柳七，压倒秦郎。”
>
> 刘克庄《最高楼》：“周郎后，直数到清真……欺贺晏，压黄秦。”
>
> 刘克庄《辛稼轩集序》：“其秾纤绵密者，亦不在小晏、秦郎之下。”

秦观与张先、柳永、晏几道、贺铸等人的并称，从北宋一直延续到南宋，显示出南宋词人与北宋词人就此形成了一种时代共识，即秦观的词和东山词、小山词、柳永词等被视为词的正宗。

当然，到了南宋，随着词自身的发展，不断有新的婉约派词人涌现，周邦彦和姜夔的词作为词的正宗，先后被词坛所瞩目，秦观的词名相对有所下降，很少有人说秦词“唐诸人不逮也”、“近世以来作者皆不及”。但即便如此，秦观的地位仍然很高，在某些词评家那里还获得了与周邦彦相提并论的地位，以至“周秦”并称常常出现在众多词人和词学家的笔下：

> 程正同《朝中措》：“周郎学识，秦郎风度，柳七文章。”

---

① 周义敢、周雷编：《秦观资料汇编》，中华书局2001年版，第68页。

刘辰翁《水龙吟》："笑周、秦来往，与谁同梦，说开元旧。"

林景熙《胡汲古乐府序》："宋秦、晁、周、柳辈，各据其垒，风流蕴藉。"又，《故国学内舍蘧君墓志铭》："命家童歌淮海、清真词，尽醉而止。"①

黄升《中兴以来绝妙词选》卷六记载陈造序高观国词，"称其与史邦卿皆秦、周之词"、"其妙处少游、美成，若唐诸公亦未及也。"

张炎《词源》卷下《杂论》："东坡词如水龙吟咏杨花、咏闻笛，又如过秦楼、洞仙歌、卜算子等作，皆清丽舒徐，高出人表。哨遍一曲，隐括归去来辞，更是精妙，周、秦诸人所不能到。"

张炎《词源》卷下《杂论》："遗山词深于用事，精于炼句，有风流蕴藉处，不减周、秦。"

刘将孙《养吾斋集·新城饶克明集词序》："柳耆卿辈以音律造新声，少游、美成以才情畅制作，而歌非朱唇皓齿，如负之矣。"

由北宋的贺（铸）、秦（观）并称，发展为南宋的"周秦"并称，可见秦观词在宋代的地位之高。为了提高秦观的地位，南宋人还把秦观与其他曾经并称的词人加以比较，如杨万里在《湖天暮景》诗中说："断肠浪说贺方回，未抵秦郎剪水才。"把秦观的地位提到高于贺铸的地步。极力推尊白石词的张炎还曾将秦观与姜夔相提并论："旧有刊本《六十家词》，可歌可诵者指不多屈。中间如秦少游、高竹屋、姜白石、史邦卿、吴梦窗，此数家格调不侔，句法挺异，俱能特立清新之意，删削靡曼之词，自成一家，各名于世。"（《词源》）在这段论述中，张炎列举北宋词人时只提及秦观一人，说明秦观在他心目中的地位是很高的。张侃《拙轩词话》推许"秦淮海词，古今绝唱"②，或许有点过分，但联系到张炎对秦观词的重视，我们还是觉察到宋人对秦观词一向重视，即便是南宋时候也未曾稍减。

上述材料中与秦观并称过的词人（张先、柳永、晏几道、贺铸、

① 周义敢、周雷编：《秦观资料汇编》，第140页。

② 张侃：《拙轩词话》，载唐圭璋：《词话丛编》，中华书局1986年版，第192页。

周邦彦、姜夔），在当时和后世都是作为正宗的婉约词人来看待的，这说明秦观的词在宋代就已被视为词的正宗。当婉约越来越被后人看作是词的正宗时，秦观的词也就顺理成章地被确立为婉约词的代表。王世贞将秦观与李氏晏氏父子、柳永、张先、周邦彦、李清照都列为“词之正宗”（《弇州山词人词评》），胡薇元认为淮海词是“词家正音”（《岁寒居词话》），陈匪石认为秦观词“妍雅婉约，卓然正宗”（《声执》卷下），就是对宋人有关评论合乎逻辑的发挥。

二、词名逐渐盖过诗（文）名

现、当代学者喜欢将秦观视为纯粹的词人，文学史提及秦观也更多地论及他的词。虽然秦观最杰出的文学成就在于他的词，但他并非纯为词人，而是有着多方面的文学成就。这一点在宋人那里本是得到公认的，但秦观的词名盖过诗名、文名，也是在宋代出现的。

至少在北宋，秦观并非纯以词名，他的诗、文（包括赋和策论）均称擅长①。苏轼对秦观的诗文也曾给予很高的评价，谓其有屈、宋之姿②。苏辙称赞秦观“袖里清诗句琢冰”③。张耒谓秦观少时即“文章有声”，“平生为文不多，而一二精好可传”④。陈师道对自己的词名很自负，“于词自谓不减秦七、黄九”，但也承认“少游之文过仆数等，其诗与楚词，仆愿学焉”⑤。秦观的议论文字甚为黄庭坚看重（《豫章黄先生文集》卷十九《与秦少章书》）。他在当时的赋名亦著，李廌《师友谈记》即详记其论赋之语，颇多独到之见。相比之下，秦观的诗尤其闻名于当时，这一点为苏门内外所钦服。他的梅花诗（即《和黄法曹忆建溪梅花》）在当时就很出名，苏轼甚至有诗称赞其压倒林逋⑥，

① 秦观的书法、绘画在宋代也很出名，如李之仪谓其“以书名，行笔有秀气”，见《姑溪居士文集》卷38《跋苏黄众贤贴》。邓椿《画继》卷九还提到秦观有画名，楼钥《攻媿集》卷70《跋秦淮海戒杀贴》也提到“秦淮海妙墨，前辈所推”。

② 苏轼《太虚以黄楼赋见寄作诗为谢》：“雄词杂今古，中有屈宋姿。”

③ 曾枣庄、马德富点校：《栾城集》，上海古籍出版社1987年版，第213页。

④ 李逸安、孙通海、傅信点校：《张耒集》，中华书局1990年版，第870页，第825页。

⑤ 陈师道：《后山居士文集》，上海古籍出版社1984年版，第521页，第529页。

⑥ 苏轼《和秦太虚梅花》：“西湖处士骨应槁，只有此诗君压倒。”

“荆公自书于纨扇，盖叹其胜妙之极”[①]，黄庭坚、苏辙等均有和作。秦观《春日杂兴》诗中“雨砌堕危芳，风轩纳飞絮”二句，在当时也号为名句；《秋日三首》（其一）“菰蒲深处疑无地，忽有人家笑语声”二句，也被人叹赏为“奇句”；《秋日三首》（其三）“连卷雌蜺挂西楼，逐雨追晴意未休。安得万妆相向舞，酒酣聊把作缠头”，因为“语豪而且工”为人赞赏。秦观在岭外作的“挥汗读书不已，人皆怪我何求。我岂更求荣达，日长聊以销忧”（《宁浦书事》），也因为“其语平易浑成”而被曾季貍叹为“真老作也”。不仅苏门中人对秦观的诗文颇有好评，曾肇也赞扬秦观的诗文“瑰玮闳丽，言近指远，有骚人之风”[②]，甚至王安石也称赞秦诗“清新妩丽，与鲍、谢似之”[③]。即便到了南宋，仍有不少人称赞秦观的诗文创作，如李纲称赞秦观的诗“婉美萧散，如晋宋间人，自有一种风气”；楼钥赞扬其“赋似屈宋，诗凌鲍谢”。甚至后世也不乏此类好评，如林纾《淮海集选序》一方面赞扬：“（秦观）集中如《魏景传》及《心说》，皆直造蒙庄之室，为东坡集中所无。”一方面感慨：“世人多震淮海之诗及词，而不及其文，亦一憾事。”类似感慨也出自王蕴章之口：“淮海先生文章气节，掉鞅一世，自后人以秦七、黄九并称，或遂仅以词人目之，失先生矣。”王蕴章所说的“后人”并不准确，因为秦观的诗名、文名被词名盖过，以至他渐渐被人视为纯粹的词人，在宋代就已形成了，并非“后人”所为。根据现有的资料，至迟到南宋后期，秦观的诗名已经为词名所掩。据方岳《跋陈平仲词》：“淮海非无诗，而词掩诗。”自此以后，秦观的词名愈过于诗名、文名，一直到今天都是如此。

通过秦观词的版本，我们也能看出秦观在当时的词名之盛。秦观词在宋代的版本甚多，北宋时候还出现了注本。曾季貍《艇斋诗话》记载：“章质夫家子弟有注少游词者。”另据杨万里《胡彦英墓志铭》载：“胡氏注兰台诗及淮海词各若干卷。”这说明南宋仍有人在为秦观词作注。两宋各有秦观词的注本，颇能说明秦观词的影响之久。如果

① 曾枣庄、刘琳主编：《全宋文》，上海辞书出版社、安徽教育出版社2006年版，第140册第182页。

② 周义敢、周雷编：《秦观资料汇编》，第24页。

③ 李之亮笺注：《王荆公文集笺注》，巴蜀书社2005年版，第1256页。

我们考虑到宋代有人注秦词而无人注秦诗，特别是词本来比诗好懂，尚且有人为之作注，说明秦词的影响更大，对读者更有吸引力。注本的出现说明秦观的词除了与诗文合集外，在宋代有许多单行本，有的本子保存至今①，这也体现了秦词在当时的巨大影响。在北宋党争中，秦观的诗集、文集与苏轼等人的诗文一道遭到禁毁，但他的词集可能没有遭到禁毁；即使遭到禁毁，仍然拥有一定的流行范围和受众，党争对其传播可能影响不大。南渡初年，曾几《东莱先生诗集后序》指出当时秦观等人的遗文“往往颠倒错乱，不可以传”。但我们在南宋的词选中很容易找到秦观的词，说明他的词未受党争的太大影响，秦观的词在南宋的影响也因此逐渐盖过秦观的诗、文。

影响所及，宋人论及秦观的诗喜欢关注其近乎词的作风。如魏庆之《诗人玉屑》卷十八引《雪浪斋日记》谓“少游诗甚丽”。陈师道《后山诗话》引世语：“秦少游诗如词。”胡仔《苕溪渔隐丛话》前集卷四十二引《王直方诗话》：“少游诗似小词。”孔平仲《谈苑》卷四曾记载王仲至评秦诗“帘幕千家锦绣垂”之句“又待入小石调也”，皆谓其诗近词。至于《诗人玉屑》卷二引敖陶孙评秦诗：“如时女步春，终伤婉弱。”这与元好问《论诗绝句三十首》（其二十四）谓秦诗乃“女郎诗”的说法简直如出一辙，元好问的观点或许就是从这里引申出来的。虽然宋人对秦观诗风的多样性也有所认识，如吕本中《童蒙诗训》：“少游过岭后，严重高古，自成一家，与旧作不同。”但宋人更多的是关注秦诗近词的地方。方回在解释秦诗这个特点时说：“以其善作词也，多有句近乎词”。这个解释未必充分，但至少说明宋人认为秦观更善于作词，所以他的诗风接近词风，这就很自然地使秦观的词名在人们的印象中得到强化，乃至逐渐盖过其诗名。当秦观的诗名最终为词名所掩，后人就将秦观视为纯粹词人，其词也被看作“词人之词”的典范。

三、代表作的确立

秦观之所以在宋代就被视为词家正宗，其词名之所以盖过诗（文）

① 日本内阁文库所藏乾道高邮军学本《淮海居士长短句》乃今存最完整的宋本。

名，与其一系列名篇、代表作在宋代广为传播、备受关注有关。这些作品既能代表秦观词的风格，又能体现词有别于诗的个性，它们在后世也常常被视为宋词中的名篇，或秦观的代表性词作。也就是说，秦观的代表性词作大多数在宋代已被确认，这一点可以通过宋人的宋词选本来加以考察。

现存宋人选宋词以曾慥《乐府雅词》为最早，但书中并无秦观词，该书《拾遗》部分中有三首词有的本子作秦观，但有的本子作无名氏词，今人亦多视其为无名氏词，因此《乐府雅词》未选秦观词。在宋人选宋词中，以《草堂诗馀》和《唐宋诸贤绝妙词选》所选秦观词最多，其次为《阳春白雪》。《草堂诗馀》收14首秦词，具体篇目如下[①]：《望海潮》（梅英疏淡）、《满庭芳》（晚色云开）、《踏莎行》（雾失楼台）、《千秋岁》（柳边沙外）、《画堂春》（东风吹柳日初长）、《八六子》（倚危亭）、《菩萨蛮》（虫声泣露惊秋枕）、《菩萨蛮》（金风簌簌惊黄叶）、《桃源忆故人》（玉楼深锁薄情种）、《满庭芳》（山抹微云）、《水龙吟》（小楼连苑横空）、《阮郎归》（湘天风雨破寒初）、《江城子》（西城杨柳弄春柔）、《蝶恋花》（钟送黄昏鸡报晓）。《唐宋诸贤绝妙词选》卷四收秦词16首，基本是秦观的名篇，其中有9首与《草堂诗馀》重合，这些词更属今人常常提到的秦观代表性词作：《水龙吟》（小楼连苑横空）、《风流子》（东风吹碧草）、《梦扬州》（晚云收）、《满庭芳》（山抹微云）、《满庭芳》（碧水惊秋）、《满庭芳》（晓色云开）、《江城子》（西城杨柳弄春柔）、《千秋岁》（水边沙外）、《踏莎行》（雾失楼台）、《阮郎归》（退花新绿渐团枝）、《阮郎归》（湘天风雨破寒初）、《南歌子》（玉漏迢迢尽）、《南歌子》（香墨弯弯画）、《菩萨蛮》（虫声泣露惊秋枕）、《画堂春》（东风吹柳日初长）、《画堂春》（落红铺径水平池）。《阳春白雪》所选“取《草堂诗馀》所遗及近人之词”[②]，其中收有秦观词三首，均为慢词：《木兰花慢》（过秦淮旷望）、《沁园春》（宿霭迷空）、《望海潮》（星分牛斗）。

---

① 《满庭芳》（晚色云开）在《草堂诗馀》中未署名，但《唐宋诸贤绝妙词选》卷四作秦观词，今人亦多作秦观词，所以本文将其列为秦观词。另，《菩萨蛮》（金风簌簌惊黄叶）一作无名氏词，《蝶恋花》（钟送黄昏鸡报晓）一作王诜词，但在《草堂诗馀》中均作秦观词。

② 徐小蛮、顾美华点校：《直斋书录解题》，上海古籍出版社1987年版，第633页。

虽然张炎批评《阳春白雪》、《绝妙词选》“所取不精一”，但我们如果考察宋人对秦观具体词作的有关记载和评论，大多是结合以上词作而展开的，因此我们认为以上词选所选秦观词作，体现的不仅是一般受众的需要，也同样体现了文人阶层的选择。秦观的《满庭芳》（“山抹微云”），曾经“都下盛唱”，开首二句“尤为当时所传”，秦观本人因此被苏轼戏称作“山抹微云秦学士”，而他的女婿范温也因此自称“山抹微云”女婿。另据宋无《子虚唫呓集》记载，“靖康间，有女子为金军所掠，自称秦学士女。道中题诗……读者凄然。”宋无因此有诗：“看来山抹微云恨，直送蛾眉出汉关。”可见此词即使到了宋元之际亦不减其知名度，以至于清人叹其“唱遍歌楼”。另据宋人记载，秦观的《千秋岁》（“水边沙外”）“今人多能歌此词”，黄庭坚更是“叹其句意之善”。与此同时，这首词被创作出来以后，激起词坛的普遍兴趣，赢得苏轼、黄庭坚、孔平仲、李之仪、僧惠洪等师友的唱和，或表示宽慰，或致以悼念，不胜友朋深情。即使到了南宋，此词也不乏和作，如王之道、丘密，其中丘密一人就和了三首。南宋范成大还摘词中句子“花影乱，莺声碎”而建莺花亭，陆游等人因此作莺花亭诗，吴曾因此感慨“秦少游《千秋岁》，世尤推称”。此外，南宋初年的僧人仲并就唱和了秦观的《画堂春》（“落红铺径水平池”），道教中人葛长庚则戏改秦观《八六子》（“倚危亭”）。广泛的传唱和众多的唱和，在在显示出秦观的这些代表性词作的接受对象，不仅包括苏门内外的文人阶层，还包括各色歌妓，甚至僧人、道士等普通受众。正因为秦观的词有这种广泛的流行性，因而被选入各种选本。在这些选本中，《唐宋诸贤绝妙词选》向以博观约取见称，备受后世词评家好评，而其所选秦观词与《草堂诗馀》重合很多，说明文人阶层与普通受众在选择秦观的代表性词作方面基本上达成了共识。正是在双方的共同选择下，秦观的代表性词作在宋代就得以确立下来。

四、从宋人对秦观词的接受看宋代的词学观念

每一个时代对具体作家的接受，总是与当时的文学观念紧密联系在一起的。因此，考察特定时代对具体作家的接受，有助于我们认识

当时的文学观念。宋人对秦观词的接受，同样与宋代的词学观念有关，因而考察宋人对秦观词的接受，也有利于我们进一步认识宋人的词学观念，特别是考虑到宋人将秦观词作为词的正宗，为我们考察宋代的词学观念提供了一个极好的标本，从中不难见出宋代两种最为流行的词学观念（本色观和雅词观）及其演变轨迹。

首先，宋人（特别是北宋中后期）之所以将秦观词作为词的正宗，是因为它符合时人的本色词学观念。本色观念是因为苏轼对词进行革新以后引起词坛的不同评价，在北宋中后期产生的一种词学观念。在这场争论中，苏词往往被视为非本色的词，而秦观的词则作为本色词的代表而受到好评。我们就宋人有关秦词的评论，以及苏词和秦词的比较加以考察，可以看出宋人本色词学观念包括以下两个方面的要求：一是合律可歌。秦观本人论词，首重协律合歌，他的词也的确具有很强的可歌性。宋人对秦观具体词作的传唱情况颇多记载，对秦观词的可歌性颇为留意，这固然反映了秦观词音律谐美的特点，但也反映了宋人本色词学观念对音乐性的强调。叶梦得《避暑录话》卷下："少游亦善为乐府，语工而入律，知乐者谓之作家歌。"正因为秦观的词"入律"，因而流行范围较广，流行时间较久。据宋人记载，"（秦观词）元丰间盛行于淮楚。"这虽然是就其早期的词作而言，但已见出秦词的可歌性。秦观后来被贬到岭外，他的词也因其行踪而远播湘中一带，可见秦词始终都注重可歌性，因而广为传唱，以至明人徐师曾特此致慨："秦少游之词传播人间，虽远方女子亦知脍炙，至有好而至死者，则其感人，因可想见。"

二是辞情兼称的语言艺术。两宋之交的蔡伯世评宋词谓："苏东坡辞胜乎情，柳耆卿情胜乎辞。辞情兼称者，惟少游一人而已。"（见孙竞《竹坡词序》）秦观词的这一特点与词的音乐性要求是一致的：一方面，词要让受众入耳即懂，因而语言不能太深奥生僻，而是力求用生活化的语言来表达丰富的情感。另一方面，词又不能对日常口语不加任何提炼，而是要选择那些既明白易懂又内蕴丰富的词语，使人在音乐和语言结束的时候，仍觉余音袅袅，韵味无穷。柳永的词为了市井演唱的需要，语言近乎白话，不免粗俗，"情胜乎辞"。为了革新柳永的词风，苏轼的词更多地抒发文人士大夫的情怀，语言的文人化程度随之加深，虽然苏词的语言不再失之俚俗，但也因为过分的文人化而显得“辞胜乎情”，有违于花间宋初以来的正宗词风，不利于词的传唱。虽然李清照《词论》批评“秦词专主情致，而少故实”，但也准确地看出了秦观词不以故实见长而长于白描，这一特点有利于保持词“专主情致”的个性。这是因为秦观词在语言的生活化与文人化之间保持着一种微妙的平衡，既不像柳永对俗语不加提炼而流于口语化甚至俗艳，也不像苏轼那样过于文人化，更宜于案头阅读，而是以一种近乎白描的语言，在提炼中努力做到自然亲切，使人入耳即懂，又富有韵味，不失词体特有的含蓄蕴藉之美。正因为秦观的词符合这些特点，所以它被宋人视为词的正宗，代表着词的本色之美。周必大《益公题跋·跋米元章书秦少游词》：“借眼前之景，而含万里不尽之情；因古人之法，而得三昧自在之力。”说的就是秦观词的这一特点，我们举《满庭芳》“山抹微云”为例。虽然苏轼曾因此词而讥刺秦观，但此词的语言含蓄蕴藉，婉约有致，如“多少蓬莱旧事，空回首、烟霭纷纷”、“伤情处，高城望断，灯火已黄昏”，往往在含情欲说之际宕开一笔，以景言情，欲说还说，其味无穷。词中虽然化用前人句子，亦一如己出，如“斜阳外寒鸦数点、流水绕孤村”，晁补之以为“虽不识字人亦知是天生好言语”。此词之所以在宋代就成为名作，跟它语言上的婉约含蓄、浅近自然不无关系，这种语言风格，有利于它的演唱和传播。同时，为了适应歌妓演唱的需要，秦观词更多是抒发儿女柔情，而且语言讲究婉约妩媚，以之与优美的旋律相配合，柔情曼声，格外具有抒情的效果。《艺苑雌黄》即称赞秦词《南歌子》“蔼蔼凝春态”首：“何其婉媚也。”刘克庄《辛稼轩集序》：“秾纤绵密者，亦不在小晏、秦郎之下。”尽管宋人在这方面对秦词也不乏批评意见，如胡仔《苕溪渔隐丛话后集》卷三十三：“少游词虽婉美，然格力失之弱。”曹冠《燕喜词序》：“少游情意妩媚，见于词则秾艳纤丽，类多脂粉气味，至今脍炙人口，宁不有愧于东坡耶?”但这种批评并非是否定秦观词，在批评中仍然肯定其“婉美”、“妩媚”，而“婉美”、“妩媚”的特点不仅符合后世对秦观词的评价，也一向被看作是词的艺术特性，因而这类批评从反面证明了秦观的词体现了词的本色美，这与宋人对秦观词的整体看法并不矛盾，也不妨碍秦词在宋代的“脍炙人口”。

其次，秦观的词备受宋人的推崇，是因为它符合了宋代雅词的标准。雅词的观念最早可以追溯到北宋前期由柳永词引起的争论，到了南宋逐渐成为词坛的主流思潮。在有关柳永词的争论中，秦观词一直被视为雅词的代表而受到称赞，如胡仔《苕溪渔隐丛话后集》卷三十九引《艺苑雌黄》："柳之乐章，人多称之，然大概非羁旅穷愁之词，则闺门淫媟之语。若以欧阳永叔、晏叔原、苏子瞻、黄鲁直、张子野、秦少游辈较之，万万相辽。彼其所以传名者，直以言多近俗，俗子易悦故也。"李清照在《词论》中既批评了柳永词"词语尘下"，也对秦观词表示了不满，但她并不是从"雅"的角度批评秦观词，这说明秦观的词并不尘下，倒是属于比较雅的那一路。到南宋末年张炎系统地提出雅词的理论，秦观的词一直被视为雅词。如果说北宋时期是更多地从本色的角度来肯定秦观词，那么南宋则更多是从雅的角度肯定秦词。将这两种理论及其对秦观词的评论加以对照，我们可以看出南宋末年系统提出的雅词观念是在北宋中后期以来的本色词学观念基础上演变而来的。

与本色词学观念一样，雅词也强调词的音乐性特征，对词提出了严格的协律要求。吴文英向沈义父传授作词四法，其一即"音律欲其协"。杨守斋《作词五要》提出作词要"择腔"、"择律"、"填词按谱"、"随律押韵"等要求。张炎亦谓"词以协音为先"、"雅词协音，虽一字亦不放过"。其二，主张词的语言要适应歌唱的需要，既动听感人，又入耳即懂，同时反对词的语言过分口语化而导致粗豪、俚俗等弊端。如沈义父《乐府指迷》："下字欲其雅，不雅则近乎缠令之体"、"用字不可太露"、"发意不可太高，高则狂怪而失柔婉之意。"这些方面，秦观的词都符合要求，颇受当时词学家的赞扬，张炎所谓"可歌可诵"、"风流蕴藉处，不减周、秦"，就是从这些方面来肯定秦观词的。

与此同时，随着词坛发展的新情况，雅词对词创作也提出了新的规范：

语言方面，推崇典雅。李清照曾批评过秦观的词"少故实"，但也批评过黄庭坚"尚故实而多疵病"，可见本色词学观念尚未强调词之用典，只是强调化用得当。但随着词的文人化程度的不断加深，由苏轼发轫的使事用典之风，经周邦彦等人的进一步推动，使事用典的风气渐渐成为南宋词坛的普遍风气。特别是雅的观念逐渐成为南宋词坛的主流思潮，语言的典雅自然成为雅词的要求。不过，南宋以来的词

（特别是辛派词）因为用典过分而有掉书袋的毛病，所以以张炎为首的南宋风雅派词人对雅词的语言提出了新的规范：一方面它对清真等人的词作善于融化前人诗句倍加赞扬："美成负一代词名，所作之词，浑厚和雅，善于融化词句"、"（美成词）采唐诗融化如自己者，乃其所长"。另一方面也要求化用的时候必须有新意，一如己出："词以意趣为主，要不蹈袭前人语意"、"词用事最难，要体认著题，融化不涩……用事不为事所使"。此外，杨守斋《作词五要》也提出作词要"立新意。若用前人诗词意为之，则蹈袭无足奇者。须自作不经人道语，或翻前人意，便觉出奇。"可见这并非张炎一人的主张，而是当时很多词学家的看法。同时，化用前人诗句而不破坏词的本色之美，张炎明确提出要更多地化用与词体比较接近的中晚唐诗歌，以便词在追求典雅的同时保持其有别于诗的本色："词中一个生硬字用不得，须是深加煅炼，字字敲打得响，歌诵妥溜，方为本色语。如贺方回、吴梦窗，皆善于炼字面，多于温庭筠、李长吉诗中来。"沈义父亦谓："要求字面，当看温飞卿、李长吉、李商隐及唐人诸家诗句中字面好而不俗者摘用之"。秦观的词既擅长白描，也喜欢化用中晚唐诗歌，但它的化用做到了和白描相统一，所以秦词在语言方面符合雅词的要求。如秦观《八六子》："倚危亭，恨如芳草，萋萋刬尽还生。念柳外青骢别后，水边红袂分时，怆然暗惊。无端天与娉婷。夜月一帘幽梦，春风十里柔情。怎奈向、欢娱渐随流水，素弦声断，翠绡香减，那堪片片飞花弄晚，濛濛残雨笼晴。正销凝。黄鹂又啼数声。"词中多处化用杜牧的诗句，有些句子虽然不是直接化自前人，但也很容易让我们联想到唐诗中的类似词句，但总的来说，这首词的语言并不以化用见长，而是以语言的本色自然取胜。张炎《词源》卷下评论："秦少游《八六子》……离情当如此作，全在情景交炼，得言外意。"也正是看出了秦观词的这一特点。

情感方面，要求高雅。本色词学观念并未过多涉及词的抒情内涵，但就当时的词坛创作实践来看，主要是写艳情、离情等，风格柔美，这也是花间词所开创的传统，为北宋以来的词坛所继承。雅词观念保持了这一传统，并不反对词的言情特性，但明确要求词不能为情所役、失却雅正和平之音。张炎一方面说："簸弄风月，陶写性情，词婉于诗。盖声出莺吭燕舌间，稍近乎情可也。"一方面说："词欲雅而正，志之所之，一为情所役，则失其雅正之音。”一般而言，豪放词因其多抒家国之感，不存在这方面的不足，但婉约词因为保守词的言情传统，难免有此缺陷，即使是清真词，也因言情之际为情所役而受到张炎的“意趣却不高远”的批评，而秦观的词很少受到这类批评，虽然他的词很多是写艳情的，而且这些情词中也不乏俗词，但就其中的代表作而言，大多数艳而有则，符合当时的雅词观念。张炎谓：“秦少游词体制淡雅，气骨不衰。”虽然张炎未举例加以说明，我们无法详细考察这段评论的具体内涵；但结合张炎“美成负一代词名……作词者多效其体制，失之软媚，而无所取”的评论，此处的“体制淡雅，气骨不衰”，似指秦观词格意趣较为高雅，有气骨而不软媚。张炎又谓秦观词：“清丽中不断意脉，咀嚼无滓，久而知味。”结合张炎另一段关于秦观词“特立清新之意，删削靡曼之词”的评论，我们大致推断出这可能是指秦观词婉约而不粗豪、清丽而不靡曼的语言特点。意趣的高雅、语言的清丽，正是雅词的要求。秦观的词符合雅词的要求，因而被张炎视为雅词，也就在情理之中了。

以上结合宋人对秦观词的评论，考察了宋代两种最为流行的词学观念，从中不难看出宋代词学观念从崇尚本色到尚雅的演变。在演变的过程中，雅词的观念既包含着本色词学观念的某些内涵，也提出了一些新的内涵，可以看作是对本色观念的一种受容与发展。就发展的一面而言，与雅词提出的背景不无关系。本色词主要是针对那些不入律的词（尤其是苏词）而提出的，重在强调词在音乐方面的要求，兼及词的语言规范。雅词的提出，不仅针对俚俗词，也针对那些不入律的词；不仅针对豪气词，也同样针对婉约词自身。它是在包括婉约词在内的各种词风充分发展的情况下提出的，因而不仅有音乐方面的要求，更有语言和情感方面的规范。值得指出的是，雅词虽然在本色词的基础上提出了不少新的更严的规范，但在理论上也显示出了巨大的包容性。这种包容性一方面体现在对本色词观的某些偏颇加以修正，如对待苏轼词的态度；另一方面表现在对本色词的合理内核有所继承，如对待秦观词的态度。本色词学观念因为重在强调词的音乐性要求，相对忽视苏轼在革新词风的同时对词的语言和情感所作的雅化之功，因而对苏词非议较多，而雅词观则从新的角度对苏词有了更为合理的评价。秦观的词因为在音乐性和抒情性等方面都具有典范性，所以无论是本色词还是雅词，都认可秦词，这就显示出雅词与本色词之间相通的一面。正因为雅词与本色词之间有相通、包容的一面，所以在本色词学观念中曾经作为对立双方的苏、秦词，均被视为雅词。

（原载《文艺理论研究》2011 年第 4 期）

伪齐文学论

邹春秀

北宋靖康元年（1126），金人攻占两河地区，无法统治管理这大片土地，不得已扶持傀儡政权，“以汉治汉”。先立张邦昌伪楚政权，然仅32天告终。金天会八年（1130），建立刘豫伪齐政权。刘豫积极配合，受金册命，建元“阜昌”，一度统治黄河以南的大片土地。天会十五年（1137），被金所废。

伪齐政权本质上是隶属于金女真的傀儡政权，与宋为敌，无足称道，但它毕竟是一段存在的历史。它聚集着一批文人，有过一系列文学活动。我们不能因其存世作品少、成就低，就忽略伪齐文学的存在，抹杀其特殊性。这一傀儡政权的文人与文学究竟如何？有没有什么特殊之处？学术界目前还没有一篇专门介绍伪齐文学的文章，有关著作也只提及施宜生等个别文人。故本文拟对此作些探讨。

一、乱世文人的众生相

伪齐政权背叛父母之邦，在道德上为正统观念所不容。为敌作伥，又为宋人愤恨和不耻。连普通百姓都痛骂刘豫：“大宋何负于尔?”① 有品格的士大夫坚决与他划清界限。伪齐建国之初，金人曾强迫一些文人仕齐，遭到了一批人的拒绝。朱弁以死相抗，声明“豫乃国贼，吾尝恨不食其肉，又忍北面臣之，吾有死耳”②；张邵拒不屈从，并“责以君臣大义”③；洪皓亦大义凛然：“恨力不能磔逆豫，忍事之邪？……不愿偷生鼠狗间，愿就鼎镬无悔”④。他们体现了传统士大夫的坚贞品

---

① 崔文印：《大金国志校证》卷三十一，中华书局1986年版，第435页。

② 脱脱等：《宋史》卷三百七十三《朱弁传》，中华书局1985年版，第11552页。

③ 《宋史》卷三百七十三《张邵传》，第11555页。

④ 《宋史》卷三百七十三《洪皓传》，第11558页。

格。但并不是所有文人都经得住逼迫、诱惑的考验，仍然有一批汉族士人出于不同情况，陆续投奔伪齐，鲜明地体现了乱世文人的众生相。当时有人形容这一现象：“浓磨一铤两铤墨，画出千年万年树。误得百鸟尽飞来，踏枝不着空飞去。”① 在伪齐政权中，真可谓是百鸟云集。

据《宋史》、《金史》、《三朝北盟会编》等史籍大致统计，有姓名、官职可考的伪齐文人近100人，生平事迹较清楚的近30人，有文学作品存世的10余人。从来源上看，这些文人可分为三种：一是来源于女真政权的支持。这些人大多是在宋金交战中降金，后被送到伪齐做官，如张孝纯、张中孚等；二是来源于伪齐战获的俘虏或利诱的文人。前者如李成、孔彦舟等，后者如祝简、马定国等；三是来源于伪齐的科考。伪齐举行过两次科考，共录取罗诱、杜佺等137名进士。从心态上看，伪齐文人又可分为三类：即投机者、苟且者、理想者。

投机者的典型代表是刘豫。刘豫（1073—1146）少年时品行不端，偷窃同学衣物，宋元符年间进士及第，先后任殿中侍御史等职，金人南下即弃官避乱仪真，宋室南渡后，经人推荐为济南知府。金兵攻打济南，刘豫反戈，杀害守城将领，投降金军。后来，他揣知金人有拥立傀儡政权的意图，于是重金贿赂金权贵，如愿以偿地当上了伪齐傀儡皇帝，并且逐渐滋生吞并南宋政权的野心。

人以群分，乘时徼利的刘豫及其傀儡政权，很自然地成为藏污纳垢之所，成为各类投机分子的趋避之地。宋朝的罪臣孔彦舟、施宜生等人都纷纷投奔伪齐。孔彦舟是典型的无赖、恶棍，在宋时屡次犯下越狱、杀人等罪，亡命为盗。宋靖康初接受朝廷招安，金兵至山东，他不抗击金兵，却率部劫杀居民，抢掠财物。伪齐对宋战争期间，投奔伪齐，成为刘豫之子刘麟伐宋大军的得力干将。施宜生政和四年（1114）进士出身，曾任颍州教授，金人占领汴京，施宜生避难江南，参加范汝为农民起义，后被捕，途中逃脱。渡淮至齐，成了刘麟大总管府议事官。伪齐被废后，孔彦舟、施宜生等又成为金人伐宋的爪牙和心腹，卖国不遗余力，毫无政治立场和民族气节可言。

另外还有一批文人，在宋没有劣迹，品质不至于太卑劣，但他们看到近在咫尺的“大齐”政权，有点蠢蠢欲动，投奔伪齐以谋取功名

① 徐梦莘：《三朝北盟会编》卷一百八十一，上海古籍出版社1987年版，第1308页。

富贵。如祝简北宋政和间登第，为洺州教官，投奔伪齐，任宣教郎等职。刘豫迁都汴京，意欲代宋，祝简进《迁都赋》声援，后又进《国马赋》鼓吹南侵，得到刘豫的赏识和提拔。马定国在北宋末年很有政治见解和勇气，曾作诗指斥权臣蔡京、童贯等。伪齐建立后，他却以诗干谒刘豫，成为一名投机分子，曾进《君臣名分论》，为刘豫的君位正统张目。

苟且者的代表是出任伪齐宰相的张孝纯。他本是宋元祐间进士，任太原知府期间，抗击金兵，死守一年多，城陷后投降，但拒不出仕。伪齐立，金人以回乡为名，骗他出任伪齐宰相。不得已，他苟且于相位，消极应付伪齐的各种政策，甚至阻止刘豫推行的“什一”税法。后来主动辞去相位。具有苟且心态的还有张中孚、张中彦兄弟。张中孚在金兵南下时，屡从吴玠、张浚抗击金兵。建炎四年（1130），金兵攻占陕西地区，张中孚降金。伪齐立后，金以陕西之地归齐，张中孚随之仕齐，也曾拒不执行“什一”税法。其弟张中彦与他多年相从，出处经历，与其兄如出一辙，可谓兄弟“同心同德”。张孝纯、张中孚等人，在宋金对峙之际，“往来两朝，再三委贽”①，固然有求全自保的考虑，但也有逼于无奈的因素，虽有违君臣大义，却没有完全丧失一个文人士大夫的良知和原则。

伪齐治下还有少数理想主义者。他们既不同于投机者，也不同于苟且者。他们主动投身伪齐，却不完全为了富贵，而是怀抱一定的理想，希望能有所作为。如范拱北宋末年登第，早在刘豫镇东平时，范拱就因撰写《谒庙文》和《六箴》而得其赏识，入齐后，他没有干谒文字，而是从政治大局出发，上《初政录》十五篇，陈述治国方略。他对刘豫的政策也并不是一味迎合，也曾反对“什一”税法。朱之才是北宋崇宁间进士，入齐为谏官，对刘豫的一些政策有所不满，就敢于直言进谏，结果被黜为泗水令，不久退官归隐。他们都不失为有良知的文人。

可见，伪齐傀儡政权是文人政治立场、出处人格的试金石，出仕伪齐的文人，都谈不上品节高尚，但却有着高下之分。

① 嵇璜、刘墉：《续通志》卷六百〇六，浙江古籍出版社2000年版，第6609页。

二、文学的政治附属性质

伪齐文人普遍不高的品节严重影响了其文学创作的品格。我们在伪齐的文学作品中，几乎看不到忧国忧民的情怀，也看不到多少理想抱负。一方面，不少伪齐文人的创作题材和内容发生了转移，抒发个人性情的诗歌出现了从多到少、从有到无的变化。另一方面，伪齐文学的主要成果是一些宣传伪齐政权的诏文、赋、论、干谒诗等，政治附属性非常突出。

其实，很多文人在进入伪齐之前，都有一些文人情怀，有一定的文学才华，但进入伪齐后纯文学创作骤然减少。刘豫入伪齐前是宋朝的官僚文人，颇懂文墨，他现存的《杂诗六首》最为后人称道，如下列三首[①]：

> 竹坞人家濒小溪，数枝红杏出疏篱。门前山色带烟重，幽鸟一声春日迟。
>
> 风荷柄柄弄清香，轻薄沙禽落又翔。红日转西渔艇散，一川山影暮天凉。
>
> 寒林烟重暝栖鸦，远寺疏钟送落霞。无限岭云遮不断，数声和月到山家。

写景清绝，构思精巧，情思雅致，脱略尘垢之气。刘豫现存其他几首诗，也应是仕宋时所作。如《客馆》：“雪消北岭安排暖，寒入东风阻节春。绝塞乱山围古驿，他年说着也愁人。”末句想象未来回忆现在，别出心裁。又如《苏门》、《题泗泉》描写山川风物的雄奇之美，表达了观赏山水的悠然情怀。

从现存诗歌来看，刘豫的诗歌写得清丽、工整，艺术水准并不低。元好问编选《中州集》，入选“刘曹王豫”七首诗歌，承认其成就。陈

① 本文所引诗文，除特别注明外，皆出自《全辽金诗》（山西古籍出版社 1999 年版）和《全辽金文》（山西古籍出版社 2002 年版）。

寅恪先生也给予肯定："阜昌天子颇能诗，集选中州未肯遗"（《阜昌》）[①]。按照刘豫的诗歌水平和诗歌爱好，降金之后他应该会继续创作诗歌，但降金以后的诗歌，几乎全部失传。

施宜生、祝简、马定国等人的情况与此类似。施宜生早期诗歌写得意气风发，如《赠道人》："尘世纷纷千百辈，祗君隻眼识英雄"，以英雄自许，以建功立业自期。《阙题》："男儿未老中原在，寄语鹍鸡莫浪啼"，充满了豪情壮志。祝简少时也颇为自负，"平生羞与腐儒同"（《和常祖命诗》其二），表达经世致用的理想。马定国少时志趣不凡，宋政、宣间曾题诗酒家壁："苏黄不作文章伯，童蔡翻为社稷臣。二十年来无定论，到头奸党是何人"，胆气非凡。金人南下后，仍有"天子蒙尘今不返，酒酣相对泣沾襟"（《宿田舍》）的悲愤。可是，他们进入伪齐以后，都不再有类似的诗作。

这些文人进入伪齐后，依附伪齐政权，其文学活动也从属于政权。他们的文学才华不再是用来抒发性情，而是服务政治。所以，在伪齐建国、侵略南宋、迁都汴京、开科考试等重大政治活动中，都伴有他们活动的身影。刘豫留下的14篇诏书，既是体现刘豫立场的政治公文，又是体现执笔者才华的文学作品。如《肆赦文》作于天会八年（1130）刘豫僭位之时：

> 自前朝失御，率土无依……山川靡宁，干戈互动，耕桑废业，垅亩弥望而荆榛，老幼逃生，庐舍多为之灰烬，原野厌于流血，沟壑填于残骸，兵火连年不休，乱离自古所少。……宣命亟班于上国，郡制特设于东州。顾某何人，误承此任！自念风猷寡陋，家世侧微。昔也壮年，久林泉之是乐；今焉晚节，岂轩冕之为心？屡乞退闲，竟无允命。

文中将当时的民生不幸归罪于宋朝统治不力，将刘豫扮成无心名利、被迫受命的文人，这样可以博取一般平民百姓的认同。其中，对民生不幸的描写，不无真情实感，值得肯定。

作于其后不久的《诏谕士民榜》，对宋朝口诛笔伐："契勘亡宋之

① 陈寅恪：《陈寅恪诗集》，清华大学出版社1993年版，第36页。

君奢靡昏迷，获罪于天，盗贼遍起于天下，兵火相继者累年，流毒下民，自古少比。”极力攻击宋高宗：“殊不念宗庙陵寝，亦不恤中原万民，脱身委弃而去，任自祸乱，远遁江南……致使彼方之民犹未免于涂炭，不住江南，逃来归附圣齐。”又借“归附者”之口，历数南宋王朝的种种“过失”。这是一篇对南宋进行反宣传的告文，企图蒙蔽中原百姓的视听，缓解他们的反抗情绪。

《迁都汴京诏》也是政治活动的产物：

> 十二月十八日，奉诏书：“汴京，实四方之上游名区奥壤，为天下最，今所宜都，无以易此。而朕念迁都重事，未尝轻议。既而寇盗衰息，强梗怀归，关辅混同，人渐安谧。宅中而据会要，因旧以建新邦，乃其时矣。朕志已定，朝论佥协，将戒严而顺动，宜先事以示期。”

这篇诏文通告迁都理由，简短有力，暴露了刘豫以齐代宋的野心，意欲通过迁都汴京，让百姓在心理上认同伪齐政权。

从写作上看，这些文章都很有水平，可见刘豫手下文人并非等闲之辈。有时候刘豫也亲自操笔，阜昌五年（1134）九月，刘豫亲下手诏①：

> 朕膺受天命，抚治中原，永惟吴越、巴蜀、江湖、镇海，皆定议一统之地，悯其沦陷，不忍用兵……故为之请于大金，割江表之地而封之。岂图怙恶不悛……密图吞噬，先乘不备之隙，攻劫汝、颍，后举乌合之众，侵掠襄、邓，至妄肆蜂虿之毒，有取燕云之谋。……是用提督大军，直捣僭垒，播告天下，明体至怀。

一方面，刘豫污蔑南宋政权是“僭垒”，鼓吹伪齐是中原地区的正统政权，宣告其一统天下的“雄心”；另一方面，则尊奉金政权为“大金”，可见他时刻也没敢忘记自己的傀儡身份。

① 《大金国志校证》卷三十一，第437—438页。

从以上诏文中我们只能看到作为金人走狗和傀儡皇帝的刘豫，仕宋时的官僚文人情怀已荡然无存。他投降后，挖空心思爬上傀儡皇帝的宝座，既要效命于金人，又要维护傀儡政权的生存，还企图取代南宋，这些图谋与野心窒塞了他的文学性灵，他再也写不出清绝雅静的作品。傀儡皇帝最终失去了文人的本色。

刘豫作为伪齐政权的核心人物，他的文学素养还具有与众不同的影响和意义：一方面，他在创作态度和立场上具有旗帜和方向作用，引导伪齐文人发挥文学才华，为其政权宣传服务；另一方面，他爱好文学、开科取士，能够为伪齐延揽一些文学之士，壮大伪齐的创作队伍。他不俗的文学修养有助于他网罗优秀文人，包括上述诏文的撰写者，还有伪齐开科录取的杜佺、罗诱等人，差不多是当时他所能网罗到的一流文人了。这些文人除了参与撰写诏文，还献赋、献文，宣传伪齐政权的合法地位，鼓吹伪齐侵吞南宋，并积极出谋划策。施宜生等人在伪齐时都有这方面的创作表现，无非是为了迎合刘豫的政治立场和吞并南宋的野心，从而捞取一官半职，分得一杯羹。

施宜生阜昌六年（1135）前后进入伪齐，可能参加了伪齐的廷试，廷试题目是《天子日射三十六熊赋》，施宜生借机吹捧刘豫："圣天子内敷文德，外扬武功，云屯一百万骑，日射三十六熊"。他还迎合刘豫吞并南宋的野心，上书陈取宋之策，并因此而得官。

马定国的表现也大同小异，先以诗干谒刘豫，其《登历下亭有感》末联云："伤哉不见桓公业，千古绕城空水流"，暗以春秋之齐比喻刘豫之齐，以齐桓公比拟刘豫，一方面奉承刘豫能像齐桓公那样成就霸业，另一方面表白自己愿意辅助刘豫的用心。可是，伪齐政权及刘豫的傀儡性质，几乎路人皆知，马定国出此言论，只能说明他的投机心态。后来又向刘豫进献《君臣名分论》，指斥宋高宗不顾君臣大义，声援刘豫政权的合法地位。因此"豫批定国转一官"①。

祝简也积极配合伪齐政策，发表一些宣传、拥戴傀儡政权的作品。伪齐阜昌三年（1132），刘豫迁都汴京，公开以齐代宋的野心，在宋、齐之间引起轩然大波。祝简不失时机地进《迁都赋》声援，此文现已不存，《伪齐录》中征引其中一句："炎祚爆，生辟王。用阉婴，锢忠

① 《大金国志校证》卷三十一，第437页。

良”，批判宋朝滥用阉臣、迫害忠良，这是对伪齐“不用阉宦”政策的大力宣传。后来他又进献《国马赋》指责和辱骂南宋，并大力鼓吹伪齐南侵：“固将突骑长驱，不资一苇之杭。……岂惟观兵长淮，饮马大江而止哉！……东南一尉罔不率俾，四海闻盛德而皆来臣，万物被润泽而大丰美。”这些极具煽动性的言论，迎合了刘豫壮大军事、侵吞南宋的野心。所以刘豫特批“祝简可减二年磨勘”①。

罗诱是伪齐阜昌四年（1133）的状元，他仅存的《南征议》是一篇出色的伐宋檄文。罗诱先辩驳了伪齐政权内部的“四议”，一驳“以卑辞通旧主，告以大金敦迫不得已之意”，诫刘豫勿重蹈张邦昌之覆辙；二驳“俟其凶荒兵老财匮，然后可击”，劝刘豫毋坐等南宋休养生息；三驳“佥而从军，定失民望”，主张借金军为齐国得天下；四驳陛下、元子不能“亲临戎事”，勉励刘豫父子亲临前线，建立威信。对伪齐的形势分析一针见血，为伐宋扫清了舆论障碍。在此基础上，罗诱分析了南宋有“六击”之便：一曰地利失其守，二曰宰相非其人，三曰将骄而不和，四曰兵纵而不戢，五曰主孤而危，六曰兵穷而财匮。所论有理有据，条条针对南宋之软肋。这篇《南征议》实在正中刘豫的下怀，立刻任其为行军谋主。

可见，在傀儡皇帝刘豫的带领下，一些投机文人迎合其吞并南宋的野心，为伪齐政权鼓吹呐喊、献计献策。他们的文人性情已被狂热的政治野心掩盖，他们的傀儡文人身份和投机献媚心态，掩盖了他们的诗歌才华，即使有诗歌创作，也是投机的工具，如马定国的《登历下亭有感》。

不过，伪齐文学也并非白茫茫的盐碱地，也还有极少数良知未泯的文人，没有完全被卷进伪齐的政治阴云中去，从而留下了少量抒发个人情怀的作品。如张孝纯《中运诗寄酒，清明日到，以诗谢之》：

> 芳樽到日恰清明，似与嘉辰默计程。拟助林园延胜赏，肯容桃李落繁英。老来官爵浑无味，闲里杯盘却有情。见说使车临岱麓，傥能相过共飞觥。

① 《大金国志校证》卷三十一，第436页。

伪齐政权一度定都在东平，离岱麓不远，从尾联可以判断，此诗应作于仕齐期间。前两联抒写清明节收到美酒的喜悦之情，第三联却感叹老来官爵的无味，符合张孝纯被动出仕伪齐的心态，尾联希望对方经过岱麓时能聚首共饮，透出传统文人的饮酒闲谈的习性。

再如朱之才贬官泗水期间，借诗抒写贬官感慨。如《谢孙寺丞惠梅花》："自从堕东土，梦绕江之滨。叹彼和鼎实，亦复生不辰。穷愁坐空山，豺虎杂凤麟"，以花喻人，慨叹自己生不逢时、穷居一隅。其《寓言二首》之二：

> 风雨晦时夜，鸡鸣有常声。霜雪枯万干，松柏有常青。内守初已定，外变终难更。若人束世利，浮沈无定情。俯仰效桔槔，低昂甚权衡。反出木鸟下，徒为万物灵。

以"鸡鸣常声"不因风雨误，"松柏常青"不因风雨枯，告诫君子不要因名利而改变自己的气节和情操。这既是对邪佞之徒的指斥，也是对自己的节操的肯定。

总体看来，依附政治是伪齐文学最突出的特征。由于伪齐文人的傀儡身份和投机心态，他们的文学性灵被掩盖，抒发性情的诗歌几乎销声匿迹。文学成了投机文人的投机工具，文人的创作依附于傀儡政权，为政治宣传服务。这类文学不可能具有较高的品格，也不可能取得多高的成就。

三、伪齐文学的过渡意义

伪齐政权的设立，本是女真统治者的权宜之计，伪齐政权本身具有临时性、过渡性。伪齐文学的成就虽有限，但它却具有由宋到金的过渡意义。

时间上，它处于由宋到金的过渡期。有些文人出入伪齐政权，也只是一个时间上的过渡。如张孝纯、施宜生、朱之才等人在伪齐的时间都不长。张孝纯是在伪齐建国之初，约在天会八年（1130）出仕伪齐宰相，两年后主动乞求致仕。施宜生大概在伪齐阜昌六年（1135）进入伪齐，在伪齐也仅两年。朱之才任谏官是在伪齐建国初，阜昌三年（1132）即乞求致仕，退居家乡。对于这些文人来说，伪齐客观上是他们由宋入金的一个驿站，短暂停留后就融入金王朝。所以，他们在伪齐的文学创作，仅是他们个人文学创作生涯中的一小段插曲而已。

空间上，伪齐文学也处于南宋与金的中间地带，一些外来人员将赵宋的文学传统带到伪齐，如施宜生在颍州时期曾从赵德麟游，多得苏门沾丐，早年曾作《黄州吊东坡》诗“文星落处天应泣，此老已知吾道穷。事业漫夸生仲达，功名犹忌死姚崇”，马定国也有“苏黄不作文章伯，童蔡翻为社稷臣”之句，可见他们对苏轼等人道德文章的推崇。朱之才有《后薄薄酒二首》、《次韵东坡跋周昉所画欠伸美人》诗，他应该很喜爱和熟悉苏轼的作品，乃至有模仿和次韵之作。他们进入伪齐、再进入金王朝，推动了苏轼文学在北方的传播。还有一些本土文人加入伪齐，基本上是权宜之计，最终借伪齐这块跳板，进入金王朝。

伪齐被废后，这些文人整体融入金政权，有的还成为金初文坛的活跃分子，入金后，他们的文学才华和文艺才能，得到了比较充足的表现和发展。如杜佺原是武功（今陕西武功）人，北宋末年在关中地区就很有诗名，他参加伪齐科举考试，考中进士，从此进入仕途，为官亦有政声。他在伪齐时的作品现已失传，入金后的创作有了长足进展，他的诗歌还曾引起金章宗的关注。《马嵬道中》是他的名作：“垂柳阴阴水拍堤，春晴茅屋燕争泥。海棠正好东风恶，狼藉残红送马蹄。”写景生动亲切，感情凄丽哀婉。在500多首马嵬诗中被金章宗评为上等[①]，明、清时代的学者也称赞此诗“极为婉丽”[②]。再如施宜生入金以后，文学和艺术才能也得到了进一步发挥，他承担了金王朝的各种册命仪书以及各类碑记文的撰、书工作。任海陵王翰林直学士期间，撰写《太师梁王宗弼墓铭》，深得完颜亮的赏识，施宜生因此“进官两阶”。蔡松年《永遇乐·正始风流》词序说他很“畏仰”施宜生的“政术文章”[③]。其他文人进入金王朝以后，文学上也应有所表现，祝简、马定国入金后都有诗歌传世，不太有名的范拱在入金后也有《贞

① 元好问：《中州集》卷八，中华书局1959年版，第393页。

② 参见陆深：《俨山外集》卷十五和褚人穫：《坚瓠集》七集卷四，文渊阁《四库全书》本。

③ 唐圭璋：《全金元词》，中华书局1979年版，第12页。

节先生范丹祠记》留存。

总之，对很多文人而言，伪齐政权不过是通向金王朝的一个中转站，他们在伪齐时期被掩盖的文学才华和文学性情，要等到进入金王朝以后，才能比较充分地表现出来。对金代文学而言，伪齐文学是金初文学的一角，它为金初文学贡献的作品并不多，但却为金初文坛输送了一批文人。

论杨万里接送金使诗

胡传志

在南宋对金交往中，范成大是派出使节的代表，创作出一组优秀的使金纪行诗，抒发他在金国的见闻和感慨。在南宋境内，还有众多接伴使、送伴使，其中最杰出的代表是杨万里。他沿途创作了352首诗歌，是接送使中创作量最大、水平最高的诗人，有《初入淮河四绝句》这样脍炙人口的名作。其爱国内涵早就引起学术界的普遍关注，但对接送金使组诗及《朝天续集》的研究尚不充分。本文拟再作些探讨，重点探讨其接送金使诗，兼及《朝天续集》中的其他篇章。

一、接送行程与诗作分布

淳熙十六年（1189）二月，宋光宗即位，九月，杨万里自江西抵达临安，十月二十九日，除秘书监。十一月，奉命接伴金国贺正旦使，开始了接送金使的行程。据《金史·交聘表》，他的接送对象是金国贺正旦使裴满余庆一行。裴满余庆是女真族，任正使，副使通常由汉族文人担任，现已失考。次年四月九日，杨万里作《诚斋朝天续集序》，称接送金使，"既竣事归报，得诗凡三百五十首"①。《朝天续集》除收录这些接送金使诗歌之外，还收录此后至十一月十三日之前在临安的其他诗作。

《朝天续集》的诗歌实际上可以分为六个阶段，有四个阶段是接送金使的行程，两个阶段是临安为官时期，具体如下：

第一阶段，淳熙十六年十一月十二日左右至十二月五日左右，从临安出发，经运河北上，直到在淮河中流迎接金使为止。杨万里何时出发，没有记载。但他至迟十二月二日之前已经到达目的地盱眙，其

---

① 辛更儒笺校：《杨万里集笺校》卷八十一，中华书局2007年版，第3274页。

《初食太原生蒲萄，时十二月二日》诗云："老夫腊里来都梁，饤坐那得马乳香。"都梁在盱眙境内。参照回程不足20天的时间，杨万里出发的时间当在十一月十二日前后。到盱眙之后，直到《淮河中流肃使客》，诗人都在盱眙或在淮河舟中，这期间不会太长，估计三五天。

第二阶段，淳熙十六年十二月六日左右至十二月二十五日之前，从盱眙返回临安。途中有《立春日舟前细雨》诗，据考，该年立春时间是十二月二十一日[①]。该诗写作地点在嘉兴至长安闸之间，离临安已经不远。《宋史》卷三十六《光宗本纪》："十二月壬子，金遣裴满余庆等来贺明年正旦。"壬子是二十七日，但据《宋会要辑稿》，二十六日，杨万里已经上朝进呈《寿皇日历》[②]，这说明杨万里至迟二十五日已回到临安。《宋史》的记载当是裴满余庆正式上朝贺正旦的日期。他们到达临安的实际时间应在二十五日之前。可见，从盱眙返回临安，在20天以内。

第三阶段，自十二月二十六日至绍熙元年（1190）正月初六，杨万里在临安为官。前7天无诗作。正月初三与同舍游西湖，作诗10首，初五以送伴使身份参加集英殿宴会，作《正月五日以送伴借官侍宴集英殿十口号》，初六前后作《寄题朱元晦武夷精舍十二咏》。

第四阶段，绍熙元年正月初七至正月二十三日左右，自临安至盱眙。参照周密《武林旧事》卷八《人使到阙》的记载，使节初五参加集英殿宴会，初七登船北行。十四日到达苏州，有《姑苏馆上元前一夕观灯》，到达盱眙时间没有记载，从苏州到盱眙估计近十日。《渎头阻风》是他送走金使准备返程的作品，诗曰："天寒春浅蛰未开，船头一声出地雷。……老夫送客理归棹，适逢奇观亦壮哉。"味诗中语气，当是惊蛰前后之作。考该年惊蛰为正月二十二日，所以惊蛰前后杨万里在盱眙。

第五阶段，绍熙元年正月二十四日左右至二月十一日左右，从盱眙返回临安。正月三十日，到达扬州南方的扬子桥。参照楼钥《北行日录》，从盱眙到扬子桥约五六天时间，故盱眙出发时间当在二十四日左右。《过扬子桥》诗曰："明朝却是中和节，野次谁怜寂寞人。"中和

---

① 参见《杨万里集笺校》卷二十八，第1448页。

② 参见于北山：《杨万里年谱》，上海古籍出版社2006年版。

节是二月初一。此后杨万里仅有两首纪行诗，估计在二月十一左右即到达临安。

第六阶段，绍熙元年二月十二日左右至十一月十三日，为官临安期间。十一月十三日，杨万里外任江东转运副使，离开临安。此后的诗歌编入《江东集》。

根据上述行程，我们对《朝天续集》的诗歌进行统计，制成《〈朝天续集〉诗歌分布表》：

阶段	起讫日期	天数	诗歌数量	所占比例	日创作量
、临安—盱眙	11. 12—12. 5	23	90	22. 3%	3. 9
二、盱眙—临安	12. 6—12. 25	20	67	16. 6%	3. 35
三、临安为官	12. 26—1. 6	11	43	10. 6%	3. 9
四、临安—盱眙	1. 7—1. 23	17	81	20%	4. 76
五、盱眙—临安	1. 24—2. 11	17	71	17. 6%	4. 18
六、临安为官	2. 12—11. 13	270	51	12. 65%	0. 19
合计		358	403		1. 125

从上表中我们可以得出如下结论：

第一，迎送金使途中的创作量远高于临安为官期间。迎送金使的四个阶段约 77 天，创作诗歌 352 首，日均 4. 57 篇。临安为官两个阶段，计 281 天，创作诗歌 94 首，日均 0. 33 篇。虽然上述统计未必绝对精确，但大体不差。我们可以在其诗中找到内证。譬如绍熙元年正月十四日到达苏州，至元宵夜，共创作了如下 18 首诗歌：《泊平江百花洲》、《姑苏馆夜雪》、《姑苏馆上元前一夕观灯》、《走笔和袁起岩元前前一夜雪作》、《再和袁起岩韵》、《雪中登姑苏台》、《姑苏馆上元前一夕陪使客观灯之集》、《雪后陪使客游惠山寄怀尤延之》、《惠泉分茶示正孚长老》、《回望惠山》、《题陆子泉上祠堂》、《过洛社望南湖暮景》（三首）、《舟中元夕雨作》（三首）、《夜过五牧》，平均每天创作 9 首。而接近临安时，创作量明显下降。第一次回临安，淳熙十六年十二月二十一日作《立春日舟前细雨》，至二十五日，5 天时间 7 首作品，日均 1. 4 篇；第二次回临安，是次年二月一日从扬子桥到临安，仅有 4 首诗，按 10 天计，日均仅 0. 4 篇，可见创作热情在减退。杨万里将金使迎回临安后，自十二月二十五日至正月二日，这 8 天时间内没有创作。

第二，在迎送金使的四个阶段中，第一次北上创作量最大，第二次北上次之，回程创作量有所下降。从创作速度来看，表格上反映的送伴时要高于接伴之时，但其中有些特殊性。杨万里送别金使之后，大概应向子諲子孙之请①，撰写《芗林五十咏》。这 50 首诗是他利用返程的空闲时光完成的写作任务，与主动创作有所区别。如果除去这一组诗，从盱眙到临安的创作量只有 21 首，是接送金使四阶段中数量最少的一个阶段。这符合创作的规律，毕竟经过了三遍，沿途新鲜感已经大为减弱，感受也不多了。

第三，接送金使不仅是杨万里这一年中的创作高峰，还是他一生创作的最高峰。如果我们将这一时期的创作放到杨万里的创作生涯中，就可以清楚地看出这一点。莫砺锋先生曾统计杨万里一生中 9 部诗集的作品数与时间跨度，制成下表：

诗集名	作品数	时间跨度	平均每年作诗数
江湖集	735	11 年	67
荆溪集	492	1 年零 11 个月	258
西归集	202	10 个月	243
南海集	393	2 年零 6 个月	157
朝天集	517	2 年零 9 个月	188
江西道院集	253	2 年零 4 个月	109
朝天续集	402	10 个月	484
江东集	518	1 年零 7 个月	327
退休集	720	14 年	51

莫砺锋先生认为，《荆溪集》、《西归集》是杨万里诗歌创作的第一次高潮，“往淮河迎伴金使的特殊人生经历激发了第二次高潮”②。如果以迎送金使的三个月时间来衡量，这三个月应该是杨万里一生中诗歌创作速度最快的时期。

① 参见《杨万里集笺校》卷三十，第 1521 页。

② 参见莫砺锋：《论杨万里诗风的转变过程》，载《唐宋诗歌论集》，凤凰出版社 2007 年版，第 485 页。

迎送金使本是屈辱之事，往返四次，加之时逢寒冬，顶风冒雪，迎送金使更是件艰苦枯燥的差事，为什么还能激发起六十三四岁老诗人的创作热情？为什么范成大、曹勋、袁说友等人北上，沿途却没有写下这么多的纪行诗？与他们不同的是，杨万里同时具备以下三个因素：一是得江山之助。沿途由丘陵到平原、由运河到湖泊，由冬徂春，多姿多彩、不断变化的景色，能给杨万里一种新鲜感，激发他欣赏自然的兴趣和创作诗歌的兴趣。二是因为他的兴趣爱好。他向来喜欢游览自然山川，此次公差，他得以沿运河北上，饱览两岸山川景色。正如他自己在《诚斋朝天续集序》中所说，此行让他“始得观涛江，历淮楚，尽见东南之奇观”。其他接伴使如曹勋、洪迈等人虽然也是诗人，却未必有他这种山川之好。使金的楼钥沿途写下《北行日录》，详细记载行程，也很少关注自然景色。而杨万里即使面对同一景点，他也能够发现因昼夜、天气、时间的不同而带来的变化，所以即使往返四次，也乐此不疲，如他自己所说，“闭门觅句非诗法，只是征行自有诗”（《下横山滩头望金华山》）。三是因为诚斋体的特点。诚斋体所表现的最主要内容就是自然界。杨万里喜欢观察山水草木、风霜雨雪，善于从自然世界中发掘诗意和乐趣，再用诗歌将它表现出来。正是山川奇观、个人山水之好、诚斋体性质这三者的有机统一，形成了这一异军突起的创作高峰。

二、爱国情怀的激发与个性的显现

在杨万里迎送金使的系列诗歌中，最受现代学者关注的是其爱国诗。周汝昌先生早在上世纪60年代初就指出：“诚斋此一行，写出了一连串极有价值的好诗，甚至可以说在全集中也以这时期的这一分集（《朝天续集》）的思想性最集中、最强烈。”[①] 各种文学史教材、宋诗选本几乎无一例外都会重视《初入淮河四绝句》等爱国题材的诗篇。

迎送金使确实激发了杨万里的爱国情感。北方沦陷本是六十多年前的陈年往事，很多人已经习惯了和议时局，但当杨万里承担接送金使任务、到达淮河边境、直接面对敌国使节之时，还是不时涌起一阵

① 周汝昌：《杨万里选集·引言》，上海古籍出版社1979年版，第18页。

阵爱国情思，创作出一些含有爱国情感的篇章。现将《朝天续集》中有关爱国的诗篇统计如下：

阶段	数量	篇目
一、临安—盱眙	14	过扬子江（二首）、过瓜州镇、皂角林、舟过扬子桥、晚泊扬州、登楚州城、初入淮河四绝句、题盱眙军东南第一山（二首）、嘲淮风
二、盱眙—临安	1	雪霁晓登金山
三、临安为官	0	/
四、临安—盱眙	0	/
五、盱眙—临安	1	瓜州遇风
六、临安为官	1	跋丘宗卿侍郎见赠使北诗一轴
合计	17	

以上统计的标准相对较宽。从上表中可以看出以下几点：

第一，在将近一年的时间内，杨万里写下十多首具有爱国情感的诗歌，是他的创作生涯中的一种新变。他在《诚斋朝天续集序》说："如《渡扬子江》二诗，余大儿子长孺举似于范石湖、尤梁溪二公间，皆以为余诗又变，余亦不自知也。"言下颇有自得之意。所谓"又变"，应该包括以爱国诗为代表的稳健厚实之风。

第二，杨万里的爱国感情从跨过扬子江开始表现出来，比较一下范成大的使金纪行诗，就可以知道杨万里是当时比较敏感的诗人。乾道六年（1170），范成大出使北方，创作爱国诗歌是从渡淮开始，第一首即是《渡淮》。杨万里的《过扬子江》的性质与范成大的《渡淮》接近，所以其子杨长孺说它与范诗相似。

第三，杨万里的爱国诗主要是第一次去淮河边境途中所写。半数是由长江至淮河途中所写，多由历史遗迹所引发，另一半则是在淮河边境所写，主要是有感于一河之隔的北方沦于敌手。第二次北上淮河途中，则没有创作爱国诗。另外，与金使的直接交往对促进其爱国诗歌的创作，作用很有限，仅有一首《雪霁晓登金山》与此相关。大概南宋文人已经习以为常，杨万里接送金使也只是常规工作罢了。

在讨论杨万里爱国主义诗歌时，我们不得不承认，他的爱国题材诗歌数量很有限，既远不及陆游，又不及范成大。即使在《朝天续集》

中，爱国诗歌的比例仍然很低。清代桐城人光聪谐有“诚斋诗不感慨国事”之论：“诚斋与放翁同在南宋，其诗绝不感慨国事，惟《朝天集》中《入淮河》四绝句、《题盱眙东南第一山》二律、《跋丘宗卿使北时诗轴》少见其意，与放翁大不相侔。”① 原因可能很多，其中之一应与杨万里的个性相关，他更多的是关注自然，而不是社会和国家。所以，在《朝天续集》中占主体部分的仍然是诚斋体的传统内容。杨万里自己在《诚斋朝天续集序》中说过去差不多走过了司马迁、韩愈、柳宗元、苏轼等人走过的道路，所以他的诗歌中“江湖岭海之山川风物多在焉”，这次淮河之行又为他的诗歌增加了新的自然风物。姜夔的话也从侧面证明了这一点。他的《送朝天续集归诚斋时在金陵》说：

> 翰墨场中老斩轮，真能一笔扫千军。年年花月无闲日，处处山川怕见君。箭在的中非尔力，风行水上自成文。先生只可三千首，回施江东日暮云。

姜夔只字不提《朝天续集》中新出现的一些爱国诗歌，吸引他目光的仍然是杨诗中大量存在的花月、山川、风水等等。爱国诗歌在《朝天续集》中的集中出现，只是杨万里诗歌创作的一个插曲，诚斋体的主旋律没有改变。

相对于诚斋体而言，杨万里的爱国诗是其诗歌的变调，但却符合南宋文学的主旋律，是南宋诗歌的正体。所以，杨万里的爱国诗具有南宋爱国诗歌的一些共性。如广为人知的《初入淮河四绝句》：

> 船离洪泽岸头沙，人到淮河意不佳。何必桑乾方是远，中流以北即天涯。
>
> 刘岳张韩宣国威，赵张二相筑皇基。长淮咫尺分南北，泪湿秋风欲怨谁？
>
> 两岸舟船各背驰，波浪交涉亦难为。只余鸥鹭无拘管，北去南来自在飞。
>
> 中原父老莫空谈，逢着王人诉不堪。却是归鸿不能语，一年

① 光聪谐：《有不为斋随笔》庚卷，清光绪十三年刻本。

一度到江南。

从内容上来看，这组诗感叹中原沦陷、南北阻隔的现实，歌颂刘锜、岳飞、张俊、韩世忠等为国争光的抗敌将领和赵鼎、张浚等主战派大臣，想象北方遗民的爱国言行，暗中批判妥协投降的国策，感情沉痛；从风格上来看，这组诗借淮水、秋风、归鸿等物象即景抒怀，宛转沉郁，哀怨凄楚。这些与范成大的使金诗、甚至与陆游的爱国诗并无太大的差异，上引第四首诗歌简直像是范成大《州桥》诗的续作。杨万里的独特之处在于，身处淮河边界，以组诗的形式，比较集中、比较形象地抒写了他的敏感和无奈的心情，说出了当时人的心声。在杨万里之前之后，有很多诗人说过类似“何必桑乾方是远，中流以北即天涯”的意思①，相对而言，杨万里说得更加真切，更加感人，也就更具有代表性。与《初入淮河四绝句》类似的还有《题盱眙军东南第一山》二首，试看第二首：

建隆家业大于天，庆历春风一万年。廊庙谋谟出童蔡，笑谈京洛博幽燕。白沟旧在鸿沟外，易水今移淮水前。川后年来世情了，一波分护两涯船。

诗歌反思历史，批判误国奸臣童贯、蔡京，第三联痛心北方山河沦丧，其意思后来被刘因浓缩为“白沟移向江淮去”②，尾联化用施望吾《及第后过扬子江》中的诗句：“江神也世情，为我风色好。”称如今江神（川后）不再世故，不再偏袒一方，而是要护送宋金两国的船只，显得很苦涩。他的《雪霁晓登金山》陪同金使登览金山品茶，面对江山形胜，感到非常羞愧：“诗人踏雪来清游，天风吹侬上琼楼。不为浮生饮玉舟，大江端的替人羞，金山端的替人愁。”连用两个“端的”，感慨颇深。

这些愤懑、无奈、苦涩、羞愧、沉郁之情，是南宋爱国诗词的共性成分，除此之外，杨万里的爱国诗还有一些为人忽略的个性。

---

① 参见钱锺书：《宋诗选注》，人民文学出版社1982年版，第187—188页。

② 刘因：《静修先生文集》卷九《白沟》。

与陆游等人相比，杨万里的爱国诗虽然感慨西北失陷，但很少直接抒发杀敌报国之志，很少有陆游、辛弃疾般的雄心和理想。他像许多普通文人一样，已经习惯了长期以来的和平局面，这在他的诗中也有所反映，如《过瓜洲镇》：

> 夜愁风浪不成眠，晓渡清平却晏然。数棒金钲到江步，一樯霜日上淮船。佛狸马死无遗骨，阿亮台倾只野田。南北休兵三十载，桑畴麦垄正连天。（完颜亮辛巳南寇，筑台望江，受诛其上，土人云。）

当年北魏拓跋焘追击刘义隆，追至瓜洲，在山上建立行宫，完颜亮南侵，亦在此筑台，后被部下所杀。杨万里在这两段侵略历史之后，没有接着写抗击侵略，收复失地，而是转写当下的和平局面，“南北休兵三十载，桑畴麦垄正连天”，呈现出一派喜人的景象，这说明杨万里等人已经习惯了和议的政局。这并不值得奇怪，高扬抗敌旗帜的陆游也有“杏花天气喜新晴，白首书生乐太平”（《春游》）这样和乐的诗句。

另一方面，与范成大、曹勋等人的使金诗相比，杨万里的爱国诗不再有他们那种强烈的屈辱、惭愤情绪，毕竟杨万里迎送金使没有承担乞还帝陵之类的使命，不用委曲求全地与金人交涉。他在南宋境内，以主人的身份来接待金使，途中陪同使客观赏灯会、游览惠山，都体现出主人的姿态。在朝廷宴请金使的宴会上，杨万里甚至还洋溢出高人一等的自豪感。其《正月五日以送伴借官侍宴集英殿十口号》（之二）曰：“一点胡行朝汉天，英符来自玉门关。旧时千岁琵琶语，新学三声万岁山。”女真族使节学说汉语，让杨万里体会到文化上的优越感，杨万里又将之放大，仿佛四夷臣服。这种主人姿态和自豪感是陆游、范成大等人作品中所罕见的。

杨万里的爱国诗有时还带有诚斋体活泼幽默的特点。绍熙元年（1190）六月，丘崈使金贺金章宗生辰，九月使金归来，将沿途所写的诗歌送给杨万里，杨万里作《跋丘宗卿侍郎见赠使北诗一轴》：

> 太行界天二千里，清晨眺入寒窗底。黄河动地万鼙雷，却与太行相趁来。青崖颠狂白波怒，老夫惊倒立不住。乃是丘迟出塞归，赠我大轴出塞诗。手持汉节娖秋月，弓挂天山鸣积雪。过故

东京到北京，泪滴禾黍枯不生。誓取胡头为饮器，尽与黎民解魋髻。诗中哀怨诉阿谁，河水呜咽山风悲。中原万象听驱使，总随诗句归行李。君不见晋人王右军，龙跳虎卧笔有神，何曾哦得一句子，自哦自写传世人。君不见唐人杜子美，万草千花句何绮，衹以诗传字不传，却羡别人云落纸。莫道丘迟一轴诗，此诗此字绝世奇。再三莫遣鬼神知，鬼神知了偷却伊。

丘密为人慷慨忠义，声言"生无以报国，死愿为猛将以灭敌"①，其使金纪行诗当抒写其慷慨报国情怀，可惜已全部失传。杨万里受其诗感染，这首题诗写得激昂慷慨，"誓取胡头为饮器，尽与黎民解魋髻"等诗句很有些陆游诗歌的面目。但诗歌开头六句想象太行黄河的壮观景象，还是诚斋体一贯的活脱迅疾。"中原万象听驱使"之后，大段称赞丘密诗书兼工。他不仅从丘密这组爱国纪行诗析出"中原万象"，还从一向忧国忧民的杜诗中挑出"万草千花"，突出体现了他重视自然景观描写的倾向性。结尾"再三莫遣鬼神知，鬼神知了偷却伊"，也是诚斋体一贯的幽默口吻。

南宋爱国诗词，以慷慨激昂、沉郁苍凉者居多，杨万里别开生面的地方在于，将诚斋体的手法与抒写爱国情感结合起来。他喜欢借助山川风物的描写，抒写其爱国情怀，所以能将爱国情怀写得轻巧幽默。如下列诗歌：

望中白处日争明，个是淮河冻作冰。此去中原三里许，一条玉带界天横。

——《登楚州城》

絮帽貂裘莫出船，北风最紧且深关。颠风无赖知何故，做雪不成空自寒。不去扫清天北雾，只来卷起浪头山。便能吹倒僧伽塔，未直先生一笑看。

——《嘲淮风》

这两首诗都以写景为主。《登楚州城》远眺淮河，白白一片，那是划分

① 《宋史》卷三九八《丘密传》。

南北的疆界。如果不是宋金对峙的特殊背景，这首诗就是纯粹的写景诗，毫无沉重之处。但该诗含有“中流以北即天涯”的爱国情感，所以在轻巧的外表之下又有不轻松处。《嘲淮风》讥笑北风号寒，卷起巨浪，既不能带来冬雪，又不能扫清北方迷雾（比喻盘踞北方的敌人）。纵然再强劲，纵然吹倒佛塔，也不值得诗人一看。诗人的重点是希望淮风能“扫清天北雾”，这也是以轻巧诙谐的语言来表达爱国情怀。这种活泼幽默的爱国诗在古代诗史上别具一格。

三、诚斋体高峰状态及其新变

接送金使组诗是诚斋体创作的高峰。杨万里所说的“余诗又变”，不局限于《渡杨子江》之类的诗歌，高峰本身就是其变化之一，高峰之下又体现了一些新变。

纵观杨万里的创作生涯，接送金使时期进入了更加自如的境界。此前，杨万里在《诚斋荆溪集序》中曾自述淳熙戊戌（1178）年间创作的自如状态：

> 戊戌三朝，时节赐告，少公事，是日即作诗。忽若有悟，于是辞谢唐人及王、陈、江西诸君子，皆不敢学，而后欣如也。试令儿辈操笔，予口占数首，则浏浏焉无复前日之轧轧矣。自此，每过午，吏散庭空，即携一便面，步后园，登古城，採撷杞菊，攀翻花竹，万象毕来，献予诗材，盖麾之不去，前者未雠，而后者已迫，涣然未觉作诗之难也。

这被学界普遍视为诚斋体形成的关键。但是，杨万里当时并没有完全达到他所描述的自由境界，次年他就多次说过“老来觅句来难成”（《春夜孤坐》）、“自笑独醒仍苦吟，枯肠雷转不禁搜”（《中秋病中不饮》）之类的话，说明他并没有废弃苦吟功夫[1]。所谓“万象毕来，献予诗材”，也是他有意游览后园古城、寻诗觅句的结果。而接送金使期

① 参见莫砺锋：《论杨万里诗风的转变过程》，载《唐宋诗歌论集》，凤凰出版社2007年版，第484—487页。

间的创作比过去更加自如，写作速度空前提高，他形容这期间的写作状态：

> 炼句炉槌岂可无？句成未必尽缘渠。老夫不是寻诗句，诗句自来寻老夫。
>
> ——《晚寒题水仙花并湖山》

这种轻松迅疾、自然而然的创作境界表面上与“万象毕来，献予诗材”大体相似，却少了此前有意寻诗的过程。接送金使组诗最接近随手拈来、不用费力的实际，姜夔“风行水上自成文”的赞词就是旁证，说明诚斋体创作已经进入了一个新境界。

众所周知，诚斋体多写自然景象，擅长表现转瞬即逝的动态。在接送金使期间，沿途自然景象丰富多彩，变化无穷，自然题材的诗歌更多，占了绝对优势。下面是《朝天续集》的题材统计表：

阶段	诗歌总数	自然题材	所占比例	社会题材	所占比例
一、临安—盱眙	90	78	86.7%	12	13.3%
二、盱眙—临安	67	62	92.5%	5	7.5%
三、临安为官	43	14	32.6%	29	67.4%
四、临安—盱眙	81	74	91.4%	7	8.6%
五、盱眙—临安	71	71	100%	0	0%
六、临安为官	51	18	35.3%	33	64.7%
合计	403	317	78.7%	86	21.3%

从上表可以看出，自然题材占《朝天续集》诗歌总量78.7%，占接送途中诗歌总量的（309首）的92.2%，说明诚斋体不仅是杨万里诗的特色所在，也是其主体所在。由于作于接送途中，这些诗歌都很好地将纪行与写景结合起来。整组诗歌体现了接送的动态行程，具体诗篇则大量描写舟行途中的动态景象。如写舟行时岸傍景色，“两边岸柳都奔走，不及追船各自回”（《过洛社望南湖暮景》），“两岸山林总解行，一层送了一层迎”（《过望亭》），“千村一抹片子时，四岸人家眼中失”（《雪小霁顺风过谢阳湖》）；写放闸景象，“练湖才放一寸水，

跳作冰河万雪堆”（《练湖放闸》）“雪溅雷奔乍明眼，天跳地趠也惊人”（《清晓洪泽放闸四绝句》）；写狂风骤雨，“清平如席是淮流，风起雷奔怒不休”（《雨作抵暮复晴》）、“细雨无声忽有声，乱珠跳作万银钉”（《过八尺遇雨》），“五湖波起众山动，一片月明千里愁”（《月夜阴风泊舟太湖石塘南头》）。类似的例子不胜枚举，体现了诚斋体非凡的表现力。

在纪行写景诗中，杨万里进一步发挥活泼幽默之风。前文论及其爱国诗中的幽默风格，就是一例。其他一般性的写景纪行诗，更是如此。他写水边倾斜树木：“岸头树子直如�，谁遣相招住水滨？不合镜中贪照影，照来照去总斜身。”（《岸树》）将之理解为顾影自怜，导致枝干倾斜。他写雨中元宵：“佳辰三五是今宵，恰则今宵细雨飘。天念孤舟人寂寞，不教月色故相撩。”（《舟中元夕雨作》）将元宵无月视为对他孤居异乡的照顾。幽默中，有诗人的狡黠和智慧。有所不同的是，杨万里此行正值寒冬，要忍受风雪严寒。他多次写及苦寒，“劝君莫出君须出，冰脱君髯折君骨”、“一老冻欲死”（《舟中奉怀三馆同舍》），但他能够苦中作乐，超越风雪苦寒，表现其乐观的诗意情怀。如《晚风》：“晚日暄温稍霁威，晚风豪横大相欺。做寒做冷何须怒，来早一霜谁不知？”面对寒风，诗人有质问，有蔑视，有幽默。再如《至洪泽》：

> 今宵合过山阳驿，泊船问来是洪泽。都梁到此只一程，却费一宵兼两日。政缘夜来到渎头，打头风起浪不休。舟人相贺已入港，不怕淮河更风浪。老夫摇手且低声，惊心犹恐淮神听。急呼津吏催开闸，津吏叉手不敢答。早潮已落水入淮，晚潮未来闸不开。细问晚潮何时来，更待玉虫缀金钗。

将舟行遇风这种劳顿经历写得一波三折，跌宕多姿，兴味盎然，其中对话及动作描写，形象生动，妙趣十足，可见诗人晚年化愁苦为诗意的手段和能力。

此外，杨万里接送金使诗歌也体现了诚斋体的体裁特点。诚斋体以七言诗为主要载体，试看接送金使诗歌体裁分布情况：

阶段	诗歌总数	七绝/比例	七律/比例	七古/比例	五言/比例
一	90	54/60%	28/31.1%	4/4.4%	4/4.4%
二	67	39/58.2%	14/20.9%	7/10.4%	7/10.4%
四	81	39/48.1%	32/39.5%	8/9.9%	2/2.4%
五	71	12/16.9%	3/4.2%	3/4.2%	53/74.6%
合计	309	144/46.6%	77/24.9%	22/7.1%	66/21.4%

从中可以看出，七言诗的比例高达78.6%，这一比例与《朝天续集》自然题材所占的比例78.4%，基本相同，说明其题材与体裁的一致性。其中比例最大的是七绝，占46.6%，大概七绝最容易写得活泼灵动，其次是七律，比例最小的是七古。五言诗仅66首，占21.4%，其中包括《寄题朱元晦武夷精舍十二咏》、《芗林五十咏》这两组不能自主选择体裁的和作，否则五言诗的比例会更小。五言诗中，最多的是上述两组五绝，显得澹静有余，灵动不足，与诚斋体的典型特征仍有较大差异。这说明，五言诗的体制不太适合诚斋体的轻巧灵活幽默。

总之，杨万里迎送金使的80天左右，是他一生中创作速度最高的黄金期，是其爱国情感最强烈的时期，同时还是诚斋体创作的高峰，体现了诚斋体的一些变化。迎送金使虽然是被动的外交事务，却玉成了杨万里的诗歌创作。

（原载《文学遗产》2010年第4期）

中国古典悲剧
大团圆结局的文化解读

李　平

“随便翻开一个剧本，不管主要人物处于多么悲惨的境地，你尽可以放心，结局一定是皆大欢喜，有趣的只是他们怎样转危为安。”①中国的古典悲剧，不论其故事情节多么凄凉，人物境遇多么悲惨，但结局总是一贯的皆大欢喜：好人得福、坏人伏诛、神圣显灵、天理昭彰、有情人终成眷属。君不见：《西厢记》中的张珙和《牡丹亭》中的柳梦梅，都是通过高中状元来捍卫其偷情私合的婚姻成果，最终落入曲终奏雅的窠臼。即使是一些悲情色彩浓厚的作品，也非常讲究“团圆之趣”，结局往往以一种幻化的方式，对悲剧作出补偿性的团圆处理，如《梁山伯与祝英台》的化蝶双飞，《长生殿》的蟾宫相见。于是，有人这样概括中国古典戏剧：私订终身后花园，落难公子中状元，金榜题名大团圆。

相反，西方悲剧可谓是“大流血”的悲剧。自古希腊的《俄狄浦斯王》、《美狄亚》和《安提戈涅》，到莎士比亚的四大悲剧都是彻头彻尾的一悲到底，极少有大团圆的结局。西方戏剧理论家明确主张悲剧“向死亡进军”。别林斯基认为：“悲剧也实在是一场悲惨演出！如果鲜血和尸体、匕首和毒药，不是它的经常不断的特征，那么，它却总是以心灵的珍贵、希望的破灭以及整个生活的幸福的丧失作为收场的。”②而对稍微带有团圆意味的埃斯库罗斯的《俄瑞斯忒亚》“三部曲”，亚里士多德则认为“不应表现坏人由败逆之境转入顺达之境，因为这与悲剧精神背道而驰”③。

---

① 《朱光潜美学文集》第五卷，上海文艺出版社 1989 年版，第 509 页。

② 《别林斯基选集》第三卷，上海译文出版社 1980 年版，第 70 页。

③ 亚里士多德：《诗学》，商务印书馆 1996 年版，第 97 页。

为什么中国古典悲剧不同于西方而带有一条“光明的尾巴”呢？一言以蔽之，传统文化使之然。中国古典悲剧是在传统文化的母体中孕育发展起来的，它不仅要描绘一幅幅多姿多彩的社会风习图画，还要受传统文化思想的制约，并适应中国人的审美心理习惯。如果从文化的角度来解读中国古典悲剧的大团圆结局，我们会发现，这既有社会风气的原因，如世俗精神的影响；又有道德思想的限制，如伦理观念的束缚；更有深层次思维方式的因素，如尚圆心理的制约。

一、世俗精神的影响

中国文化以儒家为主脉，其学术思想带有浓厚的“此岸情结”，即立足于世俗人生“知其不可而为之”，而不是以彼岸世界为参照来规划人生图景。孔孟儒学并非一种超越世俗、普度众生的具有神学性质的宗教；相反，它却如同一具严密的“思想滤清器”，阻挡、淡化了宗教对国民意识的渗透。纵观华夏文明史，可以说，历代统治者大都奉行着儒家“不语怪力乱神”的准则，极少有真正相信鬼神宗教的。中国也从没有真正的宗教统治，倒是世俗王权才具有绝对性。正是在这种世俗文化和世俗政治的双重影响下，中国人普遍缺乏宗教兴味而执著于世俗生活，反映在悲剧中就是处处洋溢着的乐天精神和世间情怀。所以，王国维在《〈红楼梦〉评论》中说：“吾国人之精神，世间的也，乐天的也。故代表其精神之戏曲小说，无往而不著此乐天之色彩。始于悲者终于欢，始于离者终于合，始于困者终于享。”

与诗人和小说家相比，剧作家更应面向观众，迎合观众的审美趣味，接受观众的检验和评判，因为“写剧本所针对的听众却在场看它上演，作者对他们就有一种义务。听众既有权利鼓掌，也有权喝倒彩；因为他们是一个坐在目前的集体，剧本就是为他们上演的。”① 然而，不同的历史条件和文化背景，使得中西方形成了不同的接受心理。古希腊是海洋文明的城邦国家，海洋生活一方面促进了商业社会的形成，为悲剧的产生发展奠定了基础；另一方面也培养了希腊人的冒险性格和开拓精神，但是，面对强大的“命运”，他们的抗争就是一出出人生

① 黑格尔：《美学》第三卷下册，商务印书馆1981年版，第261—262页。

的悲剧，从而导致了对毁灭性结局的青睐。中国早期社会的农耕文明，直接导致了戏剧的大器晚成，不过也使得它有一个长期的世俗文化的孕育过程。而到了商品经济相对发达的宋元，城市开始繁华，市民形成一个庞大的阶层；同时，处于“十儒九丐”境地的“书会才人”，增加了与市民的接触，戏剧因此应运而生。所以说，中国古典悲剧是应市民需要以市民文艺面貌出现的，它的审美趣味不在于崇高，而在于世俗性，即始终以世俗文化为本位。中国悲剧的这种世俗性不仅表现为外在的生活遭遇，更体现为一种世俗精神，即王国维所谓的“乐天”。

这种乐天精神并非形成于一朝一代，最早可以追溯到远古时代。譬如，刑天身首异处，仍要以两乳为目，以脐为口，手舞干戚继续战斗；夸父逐日，死后还要化作邓林，为民造福。另外，这种知其不可而为之的乐天品格被儒家继承发挥，从孔子的“饭蔬食饮水，曲肱而枕之，乐亦在其中矣”（《论语·述而》），到颜回的安贫乐道，“一箪食，一瓢饮，在陋巷，人不堪其忧，回也不改其乐”（《论语·先进》），进而做到“乐以天下，忧以天下”（《孟子·梁惠王上》），无一例外地强调苦中作乐。所以，从某种程度上说，这种乐天品格“已经成为中国人的普遍意识或潜意识，成为一种文化——心理结构或民族性格”[①]，成为他们不自觉的心理追求。这种带有世俗色彩的乐天精神折射到悲剧中，就是人物先离后合、局面始困终享、情感先悲后欢的大团圆。

这种已经成为民族“集体无意识”的乐天精神首先在读者（或观众）身上起作用，它造就了观赏者偏爱大团圆的审美心理。倘若悲剧结局不是大团圆，就不能与观众产生共鸣，从而不能激起人们的审美愉悦，当然也是观众所不希望看到的。据载，谭鑫培某次演出《清风亭》时，天将落雨，戏园主为了照顾观众早点回家，演到张元秀死就准备散场，不料观众把台上的张继宝认为是死敌，非要看到他死在台上不可，于是匆匆演出雷击继宝，此时，观众虽然淋雨，但都心满意足。这个例子充分说明了中国观众对大团圆结局的执着心理，也难怪王国维不无感慨地说：“非是而欲厌阅者之心，难矣！”其次，乐天精神体现在作者身上就是为了迎合迁就读者的审美心理，不惜违背生活

① 李泽厚：《中国古代思想史论》，人民出版社1985年版，第311页。

真实，代之以圆满的结局。对历史剧目的改编尤其典型，剧作家根据自己的需要，将历史上的悲剧事实颠倒过来，为忠臣义士翻案、对奸佞小人严惩，最终落入大团圆的俗套。如抗金英雄岳飞遭秦桧陷害，以“莫须有”的罪名满门抄斩，这是历史上不争的事实。李梅实《精忠谱》却给了它这样一个结局：秦桧死后被打入十八层地狱，岳飞全家平反昭雪。百姓高呼：“好也，好也！”“可喜，可喜！”这虽然有点落入俗套，但在一定程度上体现了人们的乐天品格。这不是说为了迎合乐天品格而创作或改编的任何一部戏剧都会受到人们的青睐。例如由《窦娥冤》改编的《金锁记》，改动了原剧重要情节，窦娥临刑时天降大雪，案件发回重审，最终她的丈夫蔡宗昌也未死，父女相聚，夫妻团圆。情节之虚假到了令人作呕的程度，违背了人们的日常生活经验。

当然，乐天品格并不否定生活的不如意，但是它认为生活本来就应该是圆满的，尽管历经磨难，最后总会恢复团圆本色。换言之，这种带有虚幻性质的大团圆是乐天品格的集中体现，剧作家应该在实际生活的基础上，以丰富的想象，创造出“应当”有的生活来。同时，大团圆结局也不能理解为作家之间创作模式的简单因袭，从本质上讲，它是我国古代作家群体长期的、不断累积的文化行为，反映了整个民族的知其不可为而为之的乐天情怀。

二、伦理观念的束缚

中华民族是带着氏族社会的脐带跨进文明社会的门槛的，原始的家族制度在殷周鼎革之际，以“礼”的形式固定下来。而这种“礼”，为后世儒家所继承，使“礼”由“别贵贱，序尊卑”，扩展到“君令、臣恭、父慈、子孝、兄爱、弟敬、夫和、妻柔、姑慈、妇听”，经过宋明理学的进一步强化，“存天理、灭人欲”已经渗透到社会生活的每一个角落，成为每个社会成员自觉的道德追求，积淀为我国伦理道德的圭臬。因此，中国文化从本质上说，是一种伦理性文化，这种伦理文化的基本特征就是以血缘为纽带的宗法制度。

古代相对闭塞的地理环境和以农业为主的经营方式，使人们处于一种相对稳定的生活环境之中。家族体系可以在这种稳定的环境中巩固和扩大，家族伦理精神成为统治家族成员乃至整个社会意识形态的支柱。所以，古人从出生的那一刻起，就被卷入了一个高度系统化的宗法制度之中，他所处的人际关系，都是宗法制度衍生出来的伦理关系；他所学习的知识，都是经过伦理道德浸泡过的带有“咸味”的知识。这样，“强烈的道德感使他们不愿承认人生的悲剧面。善者遭难在道德家眼里看来是违背正义公理”①，这种观念直接导致了中国的悲剧冲突带有强烈的伦理色彩，如忠臣义士与佞臣奸党殊死斗争后，终于伸张正义——《赵氏孤儿》、《清忠谱》；又如写贞烈妇女历经磨难后终于名节两全——《窦娥冤》、《金锁记》。另外，在这种伦理大背景下生存的“书会才人”，一方面是文人作家，另一方面又是政府官僚。因此，具有这种双重文化身份的创作主体，一方面拥有除善扬恶、悲天悯人的博大的人文情怀；同时，这种批判精神又要求“止乎礼义”，重视对传统的维护。

从某种程度上说，中国的国家结构是家族结构的扩大化。黑格尔就曾指出：“中国纯粹建筑在这一种道德的结合上，国家的特性便是客观的‘家庭孝敬’，中国人把自己看作是属于他们家庭的，而同时又是国家的儿女。”② 因此，对于中国人来说，人生价值并不是个人的自我实现，而是个人对于家庭的伦理责任、对于国家的伦理义务，因而个人的斗争，以及在斗争中失败、死亡，还不能构成完整的伦理意义，个人的悲剧命运只是伦理主题的一部分，只有最后惩恶扬善、因果报应，伦理主题才宣告完成。以才子佳人戏剧为例，如《桃花扇》、《牡丹亭》，男女双方在两情缱绻之际，进行了野合（无媒妁、无仪式之合），完成了感情上的一个小团圆。但当他们的“野合”与社会的伦理道德发生冲突时，前者便受到后者的严厉制裁。迂腐地恪守封建伦理教义的家长，对触犯了“淫戒”的青年男女棒打鸳鸯，因为他们关心的是家族的利益，而不是儿女们的感情。最终，世俗的情感也不得不妥协于强大的伦理道德，完成了一个伦理意义上的大团圆。

另外，与这种纲常伦理联系在一起的就是“温柔敦厚”的诗教。古代的戏曲理论家大都强调“曲亦诗，可以兴观群怨”（朱有敦《白鹤

---

① 《朱光潜美学文集》第五卷，上海文艺出版社 1989 年版，第 512 页。

② 黑格尔：《历史哲学》，王造时译，生活·读书·新知三联书店 1956 年版，第 165 页。

子咏秋景引》)；李开先认为，“传奇应与人心风教俱有激劝感移之功”(《改定元贤传奇后序》)；王骥德也说：“戏曲应为有关世教文字”(《曲律·杂论》)。所以，许多剧作家都明确申明其剧作的伦理意义：邱濬《伍伦全备忠孝记·副末开场》说：“若与伦理无关紧，纵是新奇不足传。”李梅奇也借副末之口道出他为岳飞翻案的原因：“不忍精忠冤到底”，“为他聊出英雄气”。由于中国古代“卒章显志”的传统，悲剧的伦理教化往往集中在结尾的大团圆上。大团圆结局，正义的力量战胜了邪恶的势力，坏人得到了应有的惩罚，好人得到应有的报应，真善美得到了张扬，可以说是一种用心良苦的“曲教”。

受这种传统伦理道德的影响，普通民众不希望看到冲突所导致的破裂和毁灭，剧作家也乐意于这种“曲终奏雅”的形式。而且，这种惩善扬恶的观念日渐弥深而成为一种传统的审美心理结构，反映在悲剧中就是为了“满足于一种实际的伦理哲学”①。

三、尚圆心理的制约

中国传统文化“以圆为尚”已成为不争的事实。正所谓：“天体至圆，万物做到精妙者，无有不圆。圣人之至德，古今之至文、法贴，以及一艺一术，必极圆而后登峰造极。”(清张英《聪训斋语》卷上)传统文化中的“圆”，不仅是一种闭合而周全的图形，更是华夏民族对社会、自然，以及自身的一种构想，代表着一种完美无缺的精神境界，具有深刻的美学内涵，即“终始若环，莫得其伦，此精神之所以能假于道也”②。

由于认识水平低下，华夏先民朴素地认为“乾为天、为圆”(《周易正义·说卦》)；“浑天如鸡子，天体如弹丸”(张衡《浑天仪传》)。所以说，这种“尚圆”观念(或称“圆道观”)是人类认识自然、征服自然的经验总结。诸子百家尽管学术分歧很大，但都从不同方面强调“圆”是一种周而复始、循环往复的运动形式。《老子》二十五章曰：“大曰逝，逝曰远，远曰返”；而《老子》九九八十一章，象征着

① 《朱光潜美学文集》第五卷，上海文艺出版社1989年版，第506页。

② 参见钱锺书：《谈艺录》(补订本)，中华书局1984年版，第111、307页。

道的生生不息、周行循环的特征。皇侃《论语义疏·叙》解释《论语》书名曰："伦者，轮也。言此书义旨周备，圆转无穷，如车之轮也。"《周易》总结道的运行规律说："无平不陂，无往不复。"《鬼谷子》所谓："转圆者，无穷之计。无穷者，必有圣人之心，以原不测之智，以不测之智而通心术。"如此之类，都是圆道观思想的具体阐释。《吕氏春秋》更有"圆道篇"，在总结前人思想的基础上，将天地万物用圆道构画："日夜一周，圆道也。月躔二十八宿，轮与角属，圆道也。精行四时，一上一下各与遇，圆道也。物动则萌，萌而生，生而长，长而大，大而成，成乃衰，衰乃杀，杀乃藏，圆道也。云气西行，云云然冬夏不辍；水泉东流，日夜不休；上不竭，下不满；小为大，重为轻；圆道也……"另外，"圆"经常在"圆满"的意义上为佛家所推崇。佛教称槃若真智为"圆智"，称般若真智对世相的观照为"圆照"，称涅槃境界为"圆寂"。佛教的"因果轮回"思想，从字面上理解，即为"车轮回旋不停"，它的实际意义亦为圆的循环回旋。所以说，"作为一种代表和谐圆满的理想境界，圆在中国文化传统中甚至明显地成为一种精神崇拜，一种文化图腾"①。可以说，"以圆为尚"的心理已经成为一种弥散性的文化，沉积在民族的"集体无意识"之中。

"尚圆"心理使中国人的审美心理结构往往更多地趋向于圆态，从日常生活到艺术创造都有所体现。在日常生活中，人们追求圆满、期盼团圆，特别注重家庭的和睦、团圆；而江淹的千古名句"黯然销魂者，唯别而已矣"，从反面道出了人们向往只有团圆没有别离的生活。而在艺术实践中，书法绘画讲究珠圆玉润，诗词曲赋则在结构上追求一种圆融的境界。具体到古典悲剧，则是一切都应该圆满无缺、缺则有憾的大团圆结局。被公认为中国古代悲剧最悲的《窦娥冤》，剧中不但有血溅白练，而且还有六月飞雪，可谓惊天地泣鬼神，充分显示了窦娥冤屈之大、痛苦之深；但作者笔锋一转，却来个"窦天章为女伸冤昭雪"，由悲转喜、由缺为圆。

尚圆心理的外化，就是一种"中庸"处事原则，就是要求一切都不要过分，主张矛盾双方的和解，如庄与谐、情与理、悲与喜相互渗透，达到和谐统一。在审美方面也就形成了对一种圆融浑化的"中和

① 施旭升：《中国戏曲审美文化论》，北京广播学院出版社2002年版，第161页。

之美”的追求。“夫和实生物，同则不继。”（《国语·郑语》）“和”就是多种因素的和谐统一，反映在悲剧中就是各种冲突因素的调和，“用黑格尔的术语来说，正题和反题统一于一个更高的合题”①。这样一种正题—反题—合题，也就形成了一个不断自我否定、又不断自我回归的圆形发展轨迹。所以，中国古代众多的才子佳人戏剧，剧情的设置，十之八九都局限于“嫌贫爱富—金榜题名—洞房花烛”，最后结局也无非是子孝妻贤、亲人团圆等，由私订终身的反礼教，到金榜题名的返归礼教，形成一个环转的曲线之圆。

中国传统文化中“以圆为尚”的心理以及对“中和之美”的追求，已经成为一种普遍的审美诉求，直接导致了悲剧的大团圆结局。反过来，大团圆结局也强化了这种“以圆为尚”的心理结构。

大团圆结局，是作家丰富的想象和观众接受心理综合作用的产物，是世俗精神、伦理道德和尚圆心理共同影响的结果，是中国古典悲剧的重要民族特征之一。对于这种大团圆结局，后世学者颇有微词。明末剧作家卓人月在《新西厢序》中说：“今演剧者，必始于穷愁泣别，而终于团圞宴笑。似乎悲极得欢，而欢后更无悲也；死中得生，而生后更无死也。岂不大谬耶！”② 他认为戏剧中的“始于穷愁泣别，而终于团圞宴笑”归根到底就是一种“大谬”的虚假结局。这与鲁迅所激烈抨击的那种不敢直面惨淡人生、不愿正视淋漓鲜血的国民劣根性不谋而合。鲁迅认为中国人“自欺欺人的瘾太大”，大团圆是“瞒和骗的文艺”③。大团圆结局在结构上千篇一律，在内容上崇善抑真，反映了传统文化心理中的“精神胜利法”。对于大团圆结局的这些缺陷，我们必须承认。

但是，“团圆之趣”能盛行于古代社会，其流风余韵直接影响到当今的文学影视创作，它的存在就是合理的。“自欺欺人”的国民性也好，乐天精神的体现也罢，这都是研究者的批评术语，无法掩蔽这种客观文学现象的存在。应该说，大团圆结局已经成为一种“有意味的

① 《朱光潜美学文集》第五卷，上海文艺出版社1989年版，第402页。

② 隗芾、吴毓华编：《古典戏曲美学资料集》，文化艺术出版社1992年版，第258页。

③ 参见鲁迅：《坟·论睁了眼看》，《鲁迅全集》第一卷，人民文学出版社1981年版，第240页。

形式”。首先，大团圆使悲剧人物的抗争生活在艺术世界里得以延续，在现实世界里“他们的肉体力量失败了”，但在艺术世界里“他们的精神力量却获得了胜利”[①]。其次，大团圆寄托着国人对正义的渴望和美好未来的憧憬：一方面，剧作家凭着自己的主观热情，描绘出一幅幅和谐圆满的生活图景，寄寓着“洞房花烛”、“金榜题名”的人生追求；另一方面，这种“大团圆”结局能够以诙谑调节氛围、以欢乐弥补悲伤，为观众提供了一个和谐的精神家园。

（原载《古代文学理论研究》第26辑）

① 《朱光潜美学文集》第五卷，上海文艺出版社1989年版，第498页。

论沈际飞《草堂诗余四集》的编选评点及其词学意义

丁放 甘松

《草堂诗余》原为南宋书坊为应歌之需而编选的一部词集，曾在民间广泛流传，南宋末至元代则传本稀罕少见[①]。明代中叶以后，经明人改编的《草堂诗余》复为盛行，形成了一个令人瞩目的“草堂”系列[②]，成为当时重要的词学现象。目前学界对明代《草堂诗余》的盛行原因、版本情况都有所探讨和说明，但细致深入的个案研究则相对较少。明代“草堂”系列的形成是一个长期的动态过程，不同选本很可能反映出不同的词学信息与时代特点，不能因为多数“草堂”选本手眼不高、质量偏低而予以忽视。如明末沈际飞评正之《草堂诗余四集》，就是“草堂”系列中规模宏大、颇有编选评点特点与词学价值的选本之一，但是学界目前对此书关注较少，几乎见不到有分量的研究论著或论文[③]，我们认为，对其进行研究有助于进一步深入了解明代“草堂”系列的选词范围、审美趋向及词学评点状况，并可以由点及面，加深对明清之际词学思想递嬗的认识与理解，进而加深对中国词学史上这一环节的理解。

---

① 元代著名的“草堂系列”选本有《凤林书院草堂诗余》等，参见丁放：《金元词学研究》（中国社会科学出版社 2002 年版）第三章第三节的相关论述。

② 明代《草堂诗余》版本有约 50 种，详细版本情况可参李康化：《明清之际江南词学思想研究》（巴蜀书社 2001 年版，第 17—22 页）。另外，刘军政：《明代〈草堂诗余〉版本述略》（《南阳师范学院学报》2004 年第 2 期，第 49—54 页。）一文列出明代《草堂诗余》的 35 个存世本，4 个著录本，以及 6 个续编本和 5 个扩编本。

③ 谢桃坊：《中国词学史》（巴蜀书社 2002 年版）第三章有“沈际飞与词的评点”一节，然未展开论述，参该书第 185—191 页。

一、词集编选：源自“草堂”而超佚“草堂”

明末人沈际飞编选评正的《草堂诗余四集》，沿用嘉靖二十九年(1550)顾从敬《类编草堂诗余》（下文简称顾本）以调编次的体例，分为《正集》六卷、《续集》二卷、《别集》四卷、《新集》五卷，共十七卷；四集皆冠以“草堂诗余”，所以学界一般将其视为顾本的续编本或扩编本。是编曾多次刊行，有万历四十二年（1614）翁少麓刊本、崇祯间吴门童涌泉刊本等多种版本，各版本之卷次、内容皆同，唯所收序跋多寡及装订册数有异。本文所引用之《草堂诗余四集》，以国家图书馆藏翁少麓刊本为主。

（一）扩大选源，突出南宋

诗文选本，是我国古代文学传播的重要途径，更是一种重要的批评方式，每部选本都有特定的编选宗旨和选择标准，而这种选择标准往往代表当时一部分人的文学观念与审美趋向。南宋人所编之《草堂诗余》多选晚唐五代北宋词作，选录词人近百家，以周邦彦最多，其下依次为秦观、苏轼、柳永，特别倾向婉丽柔靡的风格，这对明代以顾从敬《类编草堂诗余》等为代表的“草堂”系列词选的编选都有深远影响。顾本问世后，影响甚大，明代中后期的《草堂诗余》多受此书影响。而沈际飞的《草堂诗余四集》从选目到评点，都与顾书有很大不同。

沈氏尊重时俗推崇北宋婉约柔靡词风的传统，指出：“《正集》裁自顾汝所（顾从敬）手，此道当家，不容轻为去取，其附见诸词，并鳞次其中。《续集》视顾选尤精约，悉仍其旧。”（《草堂诗余四集发凡·分裒》）《正集》选词465首，较顾本多出22首。选词7首以上者13家，依次为：周邦彦（64首）、苏轼（29首）、秦观（27首）、柳永（23首）、康与之（16首）、欧阳修（14首）、黄庭坚（14首）、辛弃疾（13首）、李清照（9首）、李煜（8首）、张先（8首）、贺铸（7首）、朱敦儒（7首）。《正集》偏重选录李、周、苏、秦、柳、欧等晚唐五代北宋名家，审美趣味正偏向婉约柔靡一路。《续集》录唐宋金元词225首，选词较多者依然为欧阳修（27首）、苏轼（20首）、秦观（17首）、李煜（10首）、晏几道（7首）、黄庭坚（7首）、朱敦儒（7首）等人。由此可见，正、续两集实为顾本的增删改编本，因此其编选旨趣与顾本相同。沈际飞认为："夫雕章缛采，味腴褰芳，词家本色。"（《草堂诗余别集序》）这体现了明人崇尚婉约柔靡审美趣味道的巨大惯性。

沈际飞编选的《草堂诗余别集》有自己的特点。首先，《别集》不是《草堂诗余》的简单沿袭和改编，而是自辟蹊径，扩大选录范围及选词来源。沈际飞交代《别集》选词："《别集》则余僭为排攒。自宋溯之，而五代，而唐，而隋；自宋沿之，而辽，而金，而元。博综《花间》、《樽前》、《花庵》，选宋元名家词以及稗官逸史，卷为四，词若干首。"（《草堂诗余四集发凡·分衰》）《别集》共选唐宋金元词460首，词人180余家，比顾本多出50余家。其次，《别集》特别注重选录南宋词家的作品。《别集》选录6首以上者15人：蒋捷（38首）、辛弃疾（20首）、苏轼（17首）、刘克庄（13首）、陆游（11首）、黄升（10首）、刘过（10首）、史达祖（10首）、黄庭坚（7首）、姜夔（7首）、严仁（7首）、孙光宪（6首）、刘仙伦（6首）、吴文英（6首）、胡浩然（6首），其中南宋人占了绝大多数。顾本与《正集》未选录的南宋著名词人姜夔、蒋捷、吴文英等人则得以补选，而蒋捷、辛弃疾、陆游、刘过、刘克庄、史达祖等人也受到更高程度的重视。

明代后期涌现出的诸多"草堂"选本，如万历间闵暎璧刻朱墨套印本《评点草堂诗余》、万历二十三年（1595）郑世豪宗文书堂刊《新刻注释草堂诗余评林》、万历三十年（1602）乔山书舍刊《新锓订正评注便读草堂诗余》、万历四十三年（1615）书林自新斋余文杰刊《新刻题评名贤词话草堂诗余》等，所选词作皆与顾本《草堂诗余》大致相同。明人选词多尊《花间》、《草堂》为范本，有学者指出："'花草'不仅是明代词家的经典读物，也是明人词话的主要讨论对象、词论的主要观点之依据。……明人词论都不出以唐五代、北宋为尊，以香艳鄙俚为词家本色的范围，一叶障目不见泰山，'花草'障目不见全宋。"[1] 在此背景之下，沈际飞编选《别集》，发挥词选家主体意识，大

---

① 萧鹏：《群体的选择——唐宋人选词与词选通论》，台北文津出版社1992年版，第235页。

量选录南宋词，补偏救弊，让更多的南宋词人、词作进入明代批评者和读者的视野之中，可谓有功于词学，显示出选者独特的、迥异于流俗的艺术眼光。

（二）关注本朝，广选明词

在相当长的时期内，明代选家受词坛“花草”之风影响，忽略本朝词作的编选，至万历四十二年（1614），钱允治编成第一部专选本朝人词的词选《类编笺释国朝诗余》这种情况才得以改观。《国朝诗余》分为五卷，依调编次，选录明初至万历间词人 27 家 461 首。此编录词 8 首以上者 11 家：杨慎（114 首）、王世贞（76 首）、刘基（66 首）、吴子孝（46 首）、文徵明（40 首）、吴宽（27 首）、严嵩（15 首）、王行（13 首）、陈淳（11 首）、赵宽（8 首）、王世懋（8 首）。这 11 家词人生活年代多集中于弘治以后，仅刘基、王行为明初人；作者地域分布，除杨慎、刘基、严嵩外，其余都是苏州籍词人，这可能与钱允治本人为苏州人有关。从整体上来看，此编选录词人数量偏少，词人的时代、地域分布相对集中，而且不同词人选词数量相差悬殊较大，其名虽为“国朝诗余”，然实不足以概括有明一代词坛状况。

沈际飞鉴于钱氏《国朝诗余》搜求未广，且“玉石杂陈，竽瑟互进”，因而“删其什之五，补其什之七”（《发凡·分裒》），在《国朝诗余》的基础上重新编成《草堂诗余新集》。沈氏删去《国朝诗余》选词数量较多的杨慎、王世贞、刘基等人的词作 133 首，另外增选词人 47 家，增补词作 196 首，共选录 74 家 524 首。其中，选词 8 首以上者 8 家：瞿佑（16 首）、张綖（15 首）、王微（15 首）、莫璠（10 首）、顾从敬（9 首）、高濂（14 首）、沈际飞（14 首）、马洪（8 首）。而明代词坛的名家或著名文人如高启、边贡、林鸿、夏言、李攀龙、祝允明、徐渭、陈继儒、汪廷讷等也被增选入内，明初至明末、名家与作手，《新集》皆有入选，这样明代词人的阵容相当可观，收录范围较《国朝诗余》有较大拓展，所选词人数几乎超过钱选的两倍，故完全可以将沈氏重编之《新集》视为一部更为完善的明人词选集。

由于资料所限，《新集》与沈际飞自己的编选理想尚有一定距离。沈氏曾感慨：“今人之词，方云霞其蔚蒸。如升庵《填词选格》、《词林万选》、《词选增奇》、《填词玉屑》、《诗馀补遗》、《古今词英》、《百琲明珠》等书，已不复见，矧宋元遗本，其饱蠹覆瓿者，不知几何矣。又如我明宋潜溪、解大绅、王阳明、王守溪、于廷益、何大复、唐荆川、杨椒山、莫廷韩、梅禹金、汤海若、黄贞父、汤嘉宾、骆象先、锺伯敬、丘毛伯、陶石篑、屠赤水、王百榖、袁中郎诸公集中无词，而陈眉公、张侗初、李本宁、冯具区、王永启、钱受之、邹臣虎、韩求仲、顾邻初、王季重、董玄宰、谭友夏、赵凡夫诸公尚未有集，坐井窥管，自分不免"，期望"有同志者，不妨惠教，以嗣续编。"（《草堂诗余四集发凡·俟哲》）

（三）不拘"婉约"，趣味多元

自明代张綖《诗余图谱·凡例》将词分为"婉约"、"豪放"二体，且认为婉约为正、豪放为变之后，词坛大多沿袭这一观点并将其作为评判词作的重要标准。如何良俊《草堂诗余序》曰："乐府以皦径扬厉为工，诗馀以婉丽流畅为美。如周清真、张子野、秦少游、晁叔用诸人之作，柔情曼声，摹写殆尽，正词家所谓当行、所谓本色者也。"[①] 徐师曾也强调词"要当以婉约为正。否则虽极精工，终乖本色，非有识之所取也"。[②] 当然明人论词也有欣赏豪放者，如陈霆《渚山堂词话》推崇豪放词，对苏轼、张孝祥、文天祥等人的词作多有称赞，杨慎论词重苏、辛而不废周、姜，《词品》曰："近日作词者，唯说周美成、姜尧章，而以东坡为词诗，稼轩为词论。此说固当，盖曲者曲也，固当以委曲为体。然徒狃于风情婉娈，则亦易厌。回视稼轩所作，岂非万古一清风哉。"[③] 沈际飞受陈霆、杨慎观点影响，具体体现在他对辛派词人和以姜夔为首的风雅派词人的大量选录与评点。

沈际飞评点辛弃疾《水龙吟》（夜来风雨匆匆）曰："人指东坡为词诗，稼轩为词论，不知曲者曲也，固当委曲为体，徒狃于风情婉娈，则亦致厌。回视稼轩，岂不易目翻恨。"这几乎就是直接引用杨慎之语来论辛词。沈际飞对当时流行的"风情婉娈"的单一审美趣味颇为不

---

① 何良俊：《草堂诗余序》，载施蛰存：《词籍序跋萃编》，中国社会科学出版社1994年版，第670页。

② 徐师曾：《文体明辨序说》，人民文学出版社1962年版，第165页。

③ 杨慎：《词品》卷四，载唐圭璋：《词话丛编》，中华书局1986年版，第503页。

满，所以《别集》注意选录辛弃疾刚柔兼济、雄肆疏放的词作如《贺新郎·别茂嘉十二弟》、《永遇乐·京口北固亭怀古》、《贺新郎》（甚矣吾衰矣）等；还选录辛派词人中深具稼轩作风的作品如刘过《沁园春》（斗酒彘肩）、《西江月》（堂上谋臣尊俎），刘克庄《沁园春·梦孚若》（何处相逢）等。沈际飞评刘克庄词曰："气概雷击霆震。"又评岳飞《满江红》（怒发冲冠）曰："胆量、意见、文章，悉无今古。"引杨慎语（《词品》卷五）评岳珂《祝英台近》（澹烟横）曰："激烈感愤，类辛幼安'千古江山'词。"

与此同时，沈际飞也很欣赏姜夔、吴文英、蒋捷等人的艺术风格。如评姜夔《琵琶仙》（双桨来时）曰："词大忌质实，白石道人《探春慢》、《一萼红》、《扬州慢》、《暗香》、《疏影》、《淡黄柳》诸曲，多清空骚雅。"评《眉妩》（看垂杨迷苑）曰："词到白石翁，出脱一番。"评吴文英《好事近》（雁外雨丝丝）云："骚雅。"评蒋捷《柳梢青》（学唱新腔）曰："竹山名捷，宋末人，貌不扬，有词二卷，幽秀古艳，惜续诗余者不多载。"评其《霜天晓角》（人影窗纱）时慨叹："人皆称柳、秦、张、周为词祖，而不推蒋竹山，何耶？""风雅"作为南宋词坛的主流词风之一，备受当时词论家推崇，如张炎的《词源》，其下卷论词之创作，主张"雅正"与"清空"是词之基石，"古之乐章、乐府、乐歌、乐曲，皆出于雅正。"而后陆辅之效法张炎作《词旨》，对张炎的"雅正"、"清空"之说极力推崇，"凡观词须先识古今体制雅俗。脱出宿生尘腐气，然后知此语，咀嚼有味。"[①] 雅词在南宋词坛风行一时，其代表作家以姜夔为首，史达祖、吴文英、张炎、蒋捷等人为羽翼。但是，"风雅"一派在金、元时逐渐衰落，被"伉爽清疏"之词风所取代。沈际飞于明末续接张炎等人的雅词观念，推尊姜夔、蒋捷，以"清空"、"骚雅"评词，于流俗之中迥然拔出。清初浙西词派首领朱彝尊推尊姜夔、主张"醇雅"，沈际飞的选词与评点实践对浙西一派有潜移默化的影响。

沈际飞将源于顾本的正、续二集与自己所编之《别集》、《新集》汇为一编，俨然一部选录唐宋金元明词的大型通代词选，虽仍保留"草堂"之名，然其选词范围与审美趋向皆有超佚《草堂诗余》之实，

---

① 陆辅之：《词旨》，载唐圭璋：《词话丛编》，第302页。

反映了沈氏不同流俗的词学观念与兼容并蓄的审美趣味。稍后的卓人月编选大型词选《古今词统》，即参考了沈际飞的《草堂诗余四集》，选词豪放与婉约兼重，继续推动着明末清初词风的嬗变。[①] 清初朱彝尊的《词综·发凡》虽对《草堂诗余》大加挞伐，但又交代《词综》在实际编撰过程之中参考了沈际飞的《草堂诗余四集》，这说明《草堂诗余四集》已非《草堂诗余》所能牢笼。作为词选家，沈际飞的贡献在于通过选词实践对明代词坛专尚"花草"的流弊予以一定程度的矫正，这对明末清初词坛产生了不可忽视的影响。

二、词学评点：借鉴融合而不乏新见

文学评点是中国古代文学批评的一种独特方式。词选之有评点，当首推南宋词学家黄升的《花庵词选》，是选在部分词作之后附有点评，大多见解精辟，言简意赅，实开词选评点之滥觞。明代中叶以后，文学评点之风盛行，明代编选的词集也多有评点。如杨慎《词林万选》和《百琲明珠》、张綖《草堂诗余别录》、沈际飞《草堂诗余四集》、卓人月《古今词统》、茅暎《词的》、陆云龙《词菁》、潘游龙《古今诗余醉》等等。文学评点的主要作用是，评点者可以借助评点这一形式发表自己见解和感悟，而经过评点的文本对读者阅读接受则有一定帮助，也是书籍促销的有效手段，明代版本众多的《草堂诗余》常常借文坛名流评点的招牌招揽读者。一般认为，明代词学评点多数手眼不高，空疏浅薄，乏善可陈。但是，也必须看到，明代词集选本评点水平参差不齐，并非毫无可观，如沈际飞对《草堂诗余四集》的评点就颇值得探究。

沈际飞是一位戏曲理论家，曾刊行《独深居点定玉茗堂集》，具有比较丰富的文学评点经验。他批评坊间各种《草堂》选本的评点："非嗱吃则隔搔，见者呕哕"，因而"精加批剥，旁通仙释，曲畅性情，其灵慧新特之句，用'○'；尔雅流丽之句，用'、'；鲜奇警策之字，用'◎'；冷异巉削之字，用'、'；鄙拙肤陋字句，用'|'；复用'·'

① 关于卓人月《古今词统》的词学观念，可参阅丁放、葛旭芳：《从明代词选看词学观念的演变》，载《学术月刊》2008 年第 6 期。

读句，以便览者不嗫嚅于开卷，心良苦矣。”（《发凡·品著》）符号圈点具有直观的特点，易为初学者接受。另外《四集》眉批多达数千条，规模宏大，内容丰富。沈际飞评词，多借鉴、融合前人观点（如黄升、胡仔、张炎、沈义父、陈霆、杨慎等）而不乏灼见，具有鲜明个性和时代特色，故而对后学也有一定的启示意义。以下四个方面是其词评的主要观点：

（一）强调词以传“情”，重在写“真”

“诗言志，词言情”是《花间集》以来的传统观念，对明人有相当大的影响，如王世贞《艺苑卮言》曰：“词号称诗余，然而诗人不为也。何者？其婉娈而近情也。”并以“致语”、“情语”以及“淡语之有情”、“恒语之有情”、“浅语之有情”评价其所称赏的词句①。沈际飞则进一步将抒情作为品评词作高下的重要标准。沈际飞云：“诗余之传，非传诗也，传情也”，极力称赞词体强大的抒情功能，“于戏！文章殆莫备于是矣。非体备也，情至也。情生文，文生情，何文非情？而以参差不齐之句，写郁勃难状之情，则尤至也。”（《草堂诗余四集序》）

沈际飞评秦观《满庭芳》（山抹微云）赞叹“人之情至少游而极”。评温庭筠《忆江南》（梳洗罢）曰：“痴迷、摇荡、惊悸、惑溺，尽此二十余字”，对温词言情极为欣赏。评冯延巳《谒金门》（风乍起）曰：“唯动生感，天下有心人，何处不关情。乃云‘关卿何事’。”沈际飞替冯延巳回答了李璟提出的“关卿何事”的问题。评李煜《相见欢》（无言独上西楼）曰：“哀以思，此亡国之音。七情所至，浅尝者说破，深尝者说不破。破之浅，不破之深。”发表对情语深浅的感悟，独具心得。评周邦彦《夜飞鹊》（河桥送人处）写离情：“能使‘华骝会意’，非真情所赞格乎？”批评“今之人务为欲别不别之状，以博人欢，避人议，而真情什无二三矣”。

沈际飞指出词人好运用移情手法，评李煜《丑奴儿令》曰：“何关鱼雁山木，而词人一往寄情，煞甚相关。秦、李诸人多用此诀。”指出

① 对王世贞《艺苑卮言》以及杨慎《词品》等明代词话的论述，请参考袁行霈、孟二冬、丁放：《中国诗学通论》第五章第五节“词论的中衰”，安徽教育出版社1996年版。

秦、李诸人词作感动人心的原因所在。评辛弃疾《鹧鸪天》（枕簟溪堂冷欲秋）曰："生派愁怨与花鸟却自然。"评秦观《如梦令》（莺嘴啄花红溜）结尾"人与绿杨俱瘦"曰："春柳未必瘦，然易此字不得。"他认为，言"情"甚至比艺术技巧更为重要，如评欧阳修《浪淘沙》（把酒祝东风）曰："虽少含蕴，不失为情语。"评牛峤《女冠子》（锦江烟水）曰："情到至处勿含蓄。"总之沈际飞认为词人作词应该满怀深情，融情于景，词作才那深情蕴藉，感动人心。

沈际飞认为写景言情还须"真"。如评孙洙《何满子》（怅望浮生急景）曰："叶落云阴，秋景真。"评张先《醉落魄》（云轻柳弱）咏美人吹笛曰："'香'生'色'真，真佳人如是。"评钱惟演《玉楼春》（城上风光莺语乱）曰："思公暮年作此，极尽凄婉"，"'芳樽'恐浅，正断肠处，情尤真笃。"评李清照《念奴娇》（萧条庭院）曰："真声也，不效颦于汉魏，不学步于盛唐，应情而发，能通于人。"评吕本中《采桑子》（恨君不似江楼月）曰："语语无饰，似女子口授，不繇笔写者。情语不在艳而在真，此也。"批评葛实甫《南唐浣溪沙》（露湿鞋儿小径幽）曰："气骨扫尽矣。与其假气骨，宁真风味。"

沈际飞对言"情"与写"真"的深切把握，对后世词学者有深远影响，如况周颐《蕙风词话》云："真字是词骨，情真，景真，所作必传，且易脱稿。"王国维《人间词话》云："能写真景物、真感情者，谓之有境界。"

（二）欣赏自然隽逸，主张翻新出奇

明词创作多有尘俗纤绮之弊，沈际飞认为作词应具自然隽逸之风，反对刻意雕琢。如他评李白《菩萨蛮》（平林漠漠烟如织）曰："古词妙处，只是天然无雕饰"，认为《忆秦娥》（箫声咽）"有林下风气"；夸赞温庭筠《菩萨蛮》（南园满地堆轻絮）"隽逸之致"；评万俟咏《长相思》（短长亭）曰："此词发妙旨于律吕之中，运巧思于斧凿之外"；评刘过《唐多令》（芦叶满汀洲）曰："情畅、语俊、韵协，音调不间扭造，此改之得意之笔。"沈氏好以"隽"、"俊"、"俏"、"标致"等鲜活生动的口语评点词作，如评欧阳修《木兰花》（南园春蝶能无数）曰："词最隽。"评张先《菩萨蛮》（哀筝一弄湘江曲）曰："'断肠'一句俊极。"如有比"隽"更过者则评之为"妖"、"媚"，如评欧阳修《浣溪沙》（雨过残红湿未飞）曰："妖而灵。"评秦观《海棠春》（流莺窗外啼声巧）曰："媚杀。"若与之相反，沈氏即评之为"粗恶"、"粗鄙"。

宋人作词已注意讲求新意，如杨缵《作词五要》曰："立意要新。若用前人诗词意为之，则蹈袭无足奇者。须自作不经人道语，或翻前人意，便觉出奇。或只能炼字，诵才数过，便无精神，不可不知也。更须忌三重四同，始为具美。"① 明人面对难以逾越的唐、宋词的创作高峰，当更具求新求变的压力，故而沈际飞认为作词应当翻新出奇，不落俗套。他指出文学艺术的生命在于文人的不断创新，评秦观《江城子》（西城杨柳弄春柔）结句曰："李后主'问君能有几多愁，恰似一江春水向东流'，少游翻之，文人之心浚于不竭。"沈氏特别留意词人的翻新出彩之处，如评和凝《采桑子》（蝤蛴领上诃梨子）曰："翻空见奇。"评秦观《鹊桥仙》（纤云弄巧）曰："七夕以双星会少别多为恨，独谓情长不在朝暮，化腐朽为神奇。"苏轼《浣溪沙》（风压轻云贴水飞）："首句化腐为新。"评陆游《卜算子》（驿外断桥边）曰："排涤陈言，太为梅誉。"沈际飞还常以"奇"、"幻"评词。如对李清照《如梦令》中的"绿肥红瘦"，赞叹道："创获自妇人，大奇。"评欧阳修《浪淘沙》（帘外五更风）曰："'吹梦'奇。幻想异姿。"评黄升《南乡子》（万籁寂无声）曰："幻思，幻调。"评姜夔《念奴娇》（闹红一舸风）咏荷词曰："'水佩风裳'幽奇。'冷香'句，花魂飞动并自己诗句活舞矣。"

与沈际飞大致同时的俞彦在《爰园词话》中说："遇事命意，意忌庸、忌陋、忌袭。立意命句，句忌腐、忌涩、忌晦。"② 这与沈际飞在词学评点中所主张之自然隽永、翻新出奇的主张颇有相通之处，这反映了晚明词坛词学理论与实践之间的相互呼应。

（三）讲究字句章法，辨析词调音韵

关于词之作法技巧的理论，宋末张炎、沈义父等人都有精彩的见解和论述，而明代陈霆、王世贞、杨慎等著名词学理论家对此则极少

① 杨缵：《作词五要》，载唐圭璋：《词话丛编》，第 268 页。
② 俞彦：《爰园词话》，载唐圭璋：《词话丛编》，第 400 页。

论列，沈际飞直接吸纳宋人观点并将其运用于评点实践之中。秦士奇《草堂诗余叙》指出沈氏评词："大约取其命意远、造语鲜、炼字响、用字便，典丽清圆，一一粘（拈）出。"沈际飞重视虚字的运用，如评柳永《戚氏》（晚秋天）曰："插字之妥，撰句之隽，耆卿所长。"评李南金《贺新郎》（流落今如许）曰："善用虚字斡运，如'先'、'更'、'若'、'且'，但恐一个字如许也。有'休记'、'浑欲'两个字极是。"评史达祖《双双燕》曰："'欲'字、'试'字、'还'字、'又'字入妙。"批评万俟咏《三台》（见梨花初带夜月）曰："杂遝少伦，过接唤应，虚字少力。"

沈际飞认为，不仅要善于搭配字句，还需将字句运用与谋篇布局结合起来。评史达祖《绮罗香》曰："一曲之中，句句高妙者少，但相搭衬副得去，于好发挥处用工取胜。"评何籀《点绛唇》（莺踏花翻）曰："起句结句俱难得，填词每以此取胜。"评晁补之《洞仙歌》（青烟幕处）曰："凡作诗词，当如常山之蛇，救首救尾。'青烟幕处'至'卧桂影'固已佳矣；后段'都将许多明，付与金樽'至'素秋千顷'，可谓善救首尾者也。"强调了开头与结尾的重要性。他赞赏周邦彦《惜余春慢》（水浴清蟾）曰："章、句、字，作家拈来都合。"而批评无名氏《鱼游春水》（秦楼东风里）曰："'凤箫'、'孤雁'未黏对；'望断清波'未工；前云鱼游，后曰无鲤，未顺。尽若此，不足重也。"

明代较早对词调名源起进行论析的是杨慎的《词品》，杨慎认为词调名多取自诗句，并且多缘题赋词。此见解虽然有些绝对化，但有一部分是可信从的。沈际飞《草堂诗余四集发凡·疏名》所论词调名来源一段即录自《词品》，评点时对一些词调名来源的说明，也多借鉴杨慎的观点。如评白居易《忆江南》（江南好）曰："唐有《法曲献仙音》，乐天改今名。"评李后主《捣练子》（深院静）云："调名捣练，即咏捣练。大意以秋闺概之，唐词本体。"就这一部分而言，沈际飞的创新之处较少。

沈际飞注意到词谱的重要作用及其弊病，他说："维扬张世文（张綖）作《诗馀图谱》七卷，每调前具图，后系辞，于宫调失传之日为之规规而矩矩，诚功臣也。""但查卷中，一调先后重出，一名有中调、长调而合为一调，舛误非一。"鉴于此，沈氏注意对词调的句读、分片等问题进行辨析，称“余则以一调为主，参差者明注字数多寡，庶定格自在，神明惟人，即此是谱不烦更觅图谱矣。”（《发凡·订谱》）如评叶清臣《贺圣朝》（满斟绿醑留君住）曰：“按此调多参差不同，旧谱羡日字正之，恐犯《眼儿媚》调；新谱以日字连下读，又不成句，《词选》于两段末作五字句，换头作八字叶，可从。”《贺圣朝》一调首见于冯延巳，其体式繁多，诸体皆由冯词添字或摊破句法而来，所以容易致误。沈际飞还对词选中词调、曲调相混的现象予以辨正：“甚而调名亦混，如王元美《西江月》混入《少年游》，苏景元《踏莎行》混入《木兰花》，王止仲《踏莎行》混入《水龙吟》，徐小淑《霜天晓角》六调混为三调，杨用修《莺啼序》一调割为二调。尤可笑者，《金字经》、《水仙子》、《天净沙》、《一枝花》、《折桂令》、《梁州序》，皆以北曲混入。”（《发凡·栞误》）

沈际飞评词，留意其用韵情况。如指出孙夫人《南乡子》（晓日压重檐）：“‘欢’字非韵。”对精通词乐的周、柳等人也指摘其用韵之不足，如评柳永《诉衷情近》（景阑昼永）曰：“‘好’字韵重。”评周邦彦《侧犯》（暮霞霁雨）曰：“‘静’字韵重。”

元、明之际，北曲流行，词韵、曲韵相混现象日益突出，沈际飞对此予以批评。杨慎认为词韵可以谐俗，不可死守沈约以来的诗韵，《词品》曰：“元人周德清著《中原音韵》，一以中原之音为正，伟矣。”① 主张以《中原音韵》为准，以曲韵作词韵。周德清根据当时北曲的语音系统写成《中原音韵》一书，将入声字分别归于平上去三声，曲韵平上去三声皆可以通押。沈际飞则认为，词韵依照诗韵，虽然可通押，然词韵与曲韵有别，不可混同，指出：“上古有韵无书，至五七言体成而有诗韵，至元人乐府出而有曲韵。诗韵严而琐，在词当并其独用为通用者綦多，曲韵近矣。然以上支、纸、置分作支思韵，下支、纸、置分作齐微韵，上麻、马、祃分作家麻韵，下麻、马、祃分作车遮韵，而入声隶之平上去三声，则曲韵不可以为词韵矣。”（《发凡·研韵》）并慨叹：“钱塘胡文焕有《文会堂词韵》，似乎开眼，乃平、上、去三声用曲韵，入声用诗韵，居然大盲。世不复考，将词韵不亡于无，而亡于有，可深叹也。愿另为一编正之。”（《发凡·研韵》）《文会堂

---

① 杨慎：《词品》卷一，载唐圭璋：《词话丛编》，第436页。

词韵》杂用曲韵、诗韵，所以沈氏欲另为一编以正其谬，然未果。入清之后，严分词韵与曲韵的观念在词学节界逐渐占据上风，如产生极大影响的戈载的《词林正韵》即认为曲韵可平上去通叶且无入声，词韵则必须有入声之调，曲韵不可为词韵。

（四）肯定金元明词，不随流俗

明代一些词学家对金元词颇有偏见，如王世贞《艺苑卮言》说："元有曲而无词，如虞、赵诸公辈，不免以才情属曲，而以气概属词，词所以亡也。"[①] 王世贞将词体创作看作是元曲的附庸，不免偏颇。沈际飞则以比较公正的态度看待金元词，如评邓千江《望海潮》（云雷天堑）曰："全步骤沈公述（沈唐）'山水凝翠'一调，而繁缛雄壮十倍过之。金人乐府称千江第一，小词盛时不限夷身也。"评金主完颜亮《昭君怨·咏雪》（昨夜樵村渔浦）曰："古峭。'惊问'字妙得娇懒况。"评吴激《木兰花慢》（敞前门万户）曰："妙语是妙境发之，妙境非妙语不出。"评元好问《满江红》（天上飞鸟）曰："爽籁。遗山极称辛稼轩词，及观遗山，深于用事，精于炼句，风流蕴藉，媲却周、秦，初无稼轩豪迈之气。"又评其题画词《虞美人》（槐阴别院宜清昼）曰："淹秀明约，书画中逸品。"

对于本朝创作，明人自我整体评价不高。如陈霆《渚山堂词话》指出："予尝妄谓我朝文人才士，鲜工南词。间有作者，病其赋情遣思、殊乏圆妙。甚则音律失谐，又甚则语句尘俗。求所谓清楚流丽，绮靡蕴藉，不多见也。"[②] 王世贞认为"我明以词名家"的刘基、杨慎、夏言三人与宋人相比，"近似而远"或"去宋尚隔一尘"。[③] 而沈际飞对明词评价相对较高，常以唐宋词作为衡量之标准。如评杨慎《荷叶杯》（枕上一声鸡唱）曰："直逼顾敻九调。"评价王世贞《眼儿媚》（青草茸茸正芳柔）曰："跨宋。"评陈淳《如梦令》（吟罢池边杨柳）曰"宋人笔。"评王世贞《怨王孙》（愁似中酒）曰："看当代词，伯温（刘基）、纯叔（吴子孝）辈圆厚朴老，元美（王世贞）、征仲（文

① 王世贞：《艺苑卮言》，载唐圭璋：《词话丛编》，第393页。
② 陈霆：《渚山堂词话》卷三，载唐圭璋：《词话丛编》，第378—379页。
③ 王世贞：《艺苑卮言》，载唐圭璋：《词话丛编》，第393页。

徵明）辈法无不尽，情无不出，俨然初盛之分。秦公庸（秦士奇）先生首肯曰：‘近日君子何以自处。’”此论未必准切，但实为沈氏对当时流行的明词中衰论的一种反拨。沈际飞能较为客观地评价金元明词，无时人贵远贱近、厚古薄今之习，值得肯定。

沈际飞还指出明词创作存在的曲化倾向及其原因。如评杨慎《个侬》（恨个侬无赖）曰：“‘唱好是’、‘唱道是’元曲中衬词。”评马洪《满庭芳》（春老园林）曰：“浩澜自附柳耆卿多柔秀词，但带元曲气。”沈际飞对词的曲化倾向似乎比较宽容，如评王世贞《南乡子》（薄幸总难熬）一词“已落吴江、嘉兴歌腔，然俚字村谣，嗜好情欲，任性而合。元美尝喜棹歌中《月子弯弯》二首，固不避也。”

借戏曲评点词作是明代富有特色的评点方法，汤显祖评《花间集》中已初露端倪，而沈际飞也善用此法。如评无名氏《生查子》（闲倚曲屏风）曰：“悦容偏论美人脚，下具是芙蓉之面，杨柳之腰，秋水之波，春山之黛。《西厢记》脚踪儿将心事传：恶能忘，恶能忘。”评朱淑真《生查子》（去年元夜时）曰：“王实甫词本此。调甚佳，非良家妇女所宜有。”评牛峤《菩萨蛮》（风帘燕舞莺啼柳）曰：“《绣襦记》开场好词。”借戏曲评词既有利于欣赏原词，有助于拓展读者的思维与欣赏空间。

明代较早的词学评点家杨慎评点顾从敬《类编草堂诗余》，间或解释词调名来源，用眉批作艺术鉴赏，评语并不太多。沈际飞的词学评点则规模宏大、内容丰富，有章句、风格等艺术鉴赏，也有词调、词韵等词体辨析，在富于时代特色，具有较高水平，在一定程度上推进了明代词学评点的发展。沈际飞的词论及评点曾被《古今词统》、《古今诗余醉》、《古今词论》、《词苑丛谈》等多种词选、词话大量征引，足见沈氏评点影响之广。随着词学评点的发展，内容更为丰富，理论色彩更为浓厚，清代“常州词派”的理论基石便是通过张惠言《词选》的编选、评点这种批评模式建构起来的。所以词集评点，明人开辟之功实不可没。

三、词学标榜：
言情为词之基本体性与推尊词体

《草堂诗余四集》中汇集有多篇重要序文，如何良俊《草堂诗余序》，秦士奇《草堂诗余叙》，沈际飞《草堂诗余四集序》、《草堂诗余别集序》，黄河清《续草堂诗余序》等都是有价值的词学论文。在序言中沈际飞宣扬自己的词学主张，将言情视为词的基本体性并极力推尊词体，这在当时可谓独树一帜，并对以后的词坛产生了一定影响，在明代词学批评史上值得重视。

（一）言情为词之基本体性

重情主情是明代词学批评中的一条重要线索。明代词坛所重视之情，多为委婉动人的儿女情，如杨慎《词品》曰："大抵人自情中生，焉能无情，但不过甚而已。宋儒云：'禅家有为绝欲之说者，欲之所以益炽也。道家有为忘情之说者，情之所以益荡也。圣贤但云寡欲养心，约情合中而已。'予友朱良矩尝云：'天之风月、地之花柳与人之歌舞，无此不成三才。'虽戏言亦有理也。"① 其所说之"情"，乃是属于"风月"、"花柳"、"歌舞"之类的男女享乐之情。又如王世贞曰："词须婉转绵丽，浅至儇俏，挟春月烟花于闺襜内奏之，一语之艳，令人魂飞；一字之工，令人色飞，乃为贵耳。至于慷慨磊落，纵横豪爽，抑亦其次，不作可耳。作则宁为大雅罪人，勿儒冠而胡服也。"② 王氏所言之"情"，则更多地侧重于"春月烟花"与"闺襜"之内的儿女私情了。

沈际飞认为："诗余之传，非传诗也，传情也！"（《序草堂诗余四集》）而沈氏所言之"情"的范围较广，并非局限于儿女之情，他在《诗余别集序》中描述了人类丰富复杂的各种情感："块然中处，喜则心气乘之，怒则肝气乘之，思则脾气乘之，恐则肾气乘之，悲忧则肺气乘之，惊则五脏之气乘之。人流转于七情，而《别集》中忤合万状，

① 杨慎：《词品》卷三，载唐圭璋：《词话丛编》，第467页。

② 王世贞：《艺苑卮言》，载唐圭璋：《词话丛编》，第385页。

触目生芽，愁然而思，㥯然而惊，哑然而笑，澜然而泣，嗷然而哭，捶击肺肠，镂刻心肾，年千世百，无智愚皆知，有别欤无别欤?”沈际飞认为，七情六欲乃千百年来人天生之禀赋，而词体则具有其他文体有所不及的强大的抒情功能：“于戏！文章殆莫备于是矣。非体备也，情至也。情生文，文生情，何文非情？而以参差不齐之句，写郁勃难状之情，则尤至也。”（《序草堂诗余序》）沈际飞赋予“情”以更广内涵的同时，又将言情视为词的基本体性，展示着明代词坛言情说的变化和发展。稍后孟称舜在《古今词统序》中认为：词本于情，而情有多种，或“婉娈”、或“凄怆”、或“愤怅”，“皆为本色，宁必姝姝媛媛，学儿女子语，而后必为词哉?”① 此论或许即是受到沈氏启发。

（二）倡比兴寄托，推尊词体

词为“小道”、“卑体”，乃宋代流传下来的词体观念，虽然历来有词学家努力尊体，但在正统文人眼里，词体仍不能与传统的诗文相提并论。明人沿袭“词为小道”的传统观念，如陈霆《渚山堂词话》说：“词曲于道末矣。纤言丽语，大雅是病。”② 俞彦《爰园词话》则说：“词于不朽之业最为小乘。”③ 轻视词体的观念对本已处于发展困境的明词十分不利，沈际飞则试图提高词体地位，以尊体促进词体发展。

一方面，沈际飞推词体为历来各种文体之集大成者。在《序草堂诗余四集》中，他先后驳斥了历代“以风气贬词”、“以体裁贬词”、“以音义言词而为词解嘲”的三种不同观点，认为词“有似文者焉，有似论者焉，有似序记者焉，有似箴颂者焉”，指出“词吸三唐以前之液，孕胜国（元代）以后之胎”，得出“文章殆莫备于是矣”的结论。另一方面，他认为词“虽其镌镂脂粉，意专闺幨，安在乎好色而不淫？而我师尼氏删国风，逮《仲子》、《狡童》之作，则不忍抹去。曰人之情，至男女乃极。未有不笃于男女之情而君臣、父子、兄弟、朋友间反有钟吾情者。况借美人以喻君、借佳人以喻友，其旨远，其讽微，仅仅如欧阳舍人所云‘叶叶花笺，文抽丽锦；纤纤玉指，拍按香檀。

① 孟称舜：《古今词统序》，载卓人月：《古今词统》，辽宁教育出版社 2000 年版，第 3 页。
② 陈霆：《渚山堂词话》，载唐圭璋：《词话丛编》，第 347 页。
③ 俞彦：《爰园词话》，载唐圭璋：《词话丛编》，第 399 页。

不无清绝之词，用助娇娆之态’而已哉?”他借诗教中的“夫妇之义”与以“美人”喻君友的比兴、寄托之说来尊体，将言情尊与体二者紧密地结合起来。这一观点在稍后的陈子龙那里得到了反响。陈子龙认为：“风骚之旨皆本言情，言情之作必托于闺襜之际。”[①] 陈子龙于明清易代之际所作之词（《湘真阁存稿》），比较自觉地运用了“香草美人”的手法，于春情绮思中寄托家国之恨。陈子龙词中的寄寓，正体现了其“风骚之旨”，“必托于闺襜之际”的理论，沈氏观点当是其近源。

沈际飞的尊体意识在词集评点之中也时有流露。如评苏轼集句词《南乡子》（寒玉细凝肤）曰：“是词非诗而实诗，尊诗贬词者合作何解?”评沈周、文徵明、王世贞三人所作同调同题词《满江红·题宋高宗赐岳飞手敕》曰：“石田端烈，衡山精细，凤洲谐刻，维持天地间君臣大义也，词于是续经史矣。”评柳永《望梅》（小寒时节）曰：“桃李小人也，梅君子也。填词即绮靡，而三百微婉之旨存焉。”沈际飞立论有未妥之处（如认为文章莫备于词，就难为人所认同），而其推尊词体的立论在明代词坛可谓独树一帜。沈际飞所标榜的比兴寄托之说后来在常州词派那里得到了回应与发展，其观点可视为常州词派之先声。

总而言之，在明末词坛，沈际飞《草堂诗余四集》的编选、评点及其词学思想都有超佚流俗之处，展示着明清之际词学思想的嬗递，对于考察号称“中兴”的清代词学也有着重要的参照作用。这也提示人们，深入探讨明代词学，包括词集编选、评点、序跋等易为人忽视的词学资料，或许会有新的学术发现。

（原载《文学评论》2009 年第 5 期）

① 陈子龙：《三子诗余序》，《陈子龙文集》，华东师范大学出版社 1988 年版，第 54 页。

《长生殿》主题商兑

王　昊

爱情与死亡是文学两大永恒的主题，它们在唐明皇、杨贵妃的情感故事中均有集中体现，帝王、皇妃的特殊身份又为这部“生生死死为情多”的浪漫传奇注入了复杂微妙的变数，使之具备颇能吸引眼球的诸多看点，因而成为历来传演不衰的“绝好题目”。在搬演李、杨爱情故事的所有文学作品中，洪昇的《长生殿》独占鳌头、声誉最隆，成为当之无愧的“绝大文章”①。20世纪80年代以前，关于《长生殿》主题影响较大的说法有三种：（1）爱情主题说，即认为其主题是宣扬李、杨之间生死不渝的爱情；（2）讽喻主题说（或政治主题说），即认为主题是批判李、杨爱情给国家、社会、人民带来的深重灾难；（3）双重主题说（或折中说），即认为既有爱情主题也有讽喻主题。1983年周明先生又提出“情缘总归虚幻”主题说：

> 《长生殿》的主题思想包含着互相联系的两个方面：一方面通过李隆基、杨玉环“逞侈心而穷人欲，祸败随之”这一“乐极哀来”的悲剧故事，总结治乱兴亡的教训以“垂戒来世”；一方面又让李、杨在历尽劫难，遍尝悲欢离合的人生况味后，大彻大悟，跳出爱河情海，以色空观念否定他们的情欲，宣布“情缘总归虚幻”，促使沉迷情海者“蘧然梦觉”。后一方面是对前一方面的补充和深化。②

此说独树一帜，具有一定的启发性，后被罗宗强、陈洪先生主编的

① 梁廷楠：《曲话》，见《中国古典戏曲论著集成（八）》，中国戏剧出版社1959版，第7页。

② 周明：《情缘总归虚幻——重新认识〈长生殿〉的主题思想》，载《文学评论》1983年第2期。

《中国古代文学史（二）》全盘接受①，流播颇广，影响甚大。然而经过文本细读与审慎思考，笔者认为它不完全符合实际，尚有商兑之余地。

大凡探究叙事性文学作品的主题，均可以从作者的创作意图、作品的叙事结构、受众的审美接受三个维度进行。但是，不同受众的审美接受各不相同，言人人殊，相对而言客观性最弱，极易纠缠不清。且周明先生也主要从《长生殿》的创作意图、叙事文本立论，故为求公允、客观，本文重点从这两方面入手论述，然后从主题道具的运用方面对己说予以佐证。

一、借太真外传谱新词，情而已

首先，我们看洪昇创作《长生殿》的主观意图是否是宣扬“情缘总归虚幻”。探询一部文学作品的创作意图是作家中心论的批评方法，要求我们必须尊重作者自己的看法。因此，“以意逆志”地还原创作意图的最可靠、最权威的依据当然是作家的“供词”之类的一手材料。易言之，关于作品表达了什么，作家最有发言权。下面，我们来考察洪昇自己关于《长生殿》创作意图的说法。

明清传奇有一个独特的文学成规，即第一出一般是“家门大意”或曰“副末开场”，剧作者往往通过“末”之口来概括剧情和交代创作意图②。《长生殿》第一出《传概》云：

> 今古情场，问谁个真心到底？但果有精诚不散，终成连理。万里何愁南共北，两心哪论生与死。笑人间儿女怅缘悭，无情耳。感金石，回天地。昭白日，垂青史。看臣忠子孝，总由情至。先圣不曾删郑、卫，吾侪取义翻宫、徵。借太真外传谱新词，情而已。③

---

① 罗宗强、陈洪主编：《中国古代文学史（二）》，华东师范大学出版社2000年版，第460页。

② 按：传奇中没有副末这一脚色，由末开场之所以被称为副末开场应该是借用杂剧的称呼。

③ 洪昇：《长生殿》，人民文学出版社1958年版（下引版本同此），第1页。

洪昇在此开宗明义地指出，以李、杨故事为载体其目的是要宣扬真情，即“借太真外传谱新词，情而已”，对此不应有误读的空间。当然，需要指出的是，根据上下文的具体语境，此处的“情”是指广义的情，不仅仅包括“感金石，回天地”的男女之情，也涵盖“昭白日，垂青史”的忠臣之情与孝子之情等等，这与清初王夫之等哲学家倡导的理欲合一的社会思潮密切相关。然而，根据此曲并结合整体情节关目，我们不难看出歌颂“精诚不散，终成连理”、“万里何愁南共北，两心哪论生与死”的亘古不灭的永恒爱情才是洪昇的核心创作题旨。

除此之外，洪昇还在《长生殿·例言》中再次强调了聚焦于情的创作理念：

> 后又念情之所钟，在帝王家罕有，马嵬之变，已违夙誓，而唐人有玉妃归蓬莱仙院、明皇游月宫之说，因合而用之，专写钗盒情缘，以《长生殿》题名，诸同人颇赏之。……棠村相国尝称予是剧乃一部闹热《牡丹亭》，世以为知言。予自惟文采不逮临川，而恪守韵调，罔敢稍有逾越。①

此处有两点值得注意：其一，作者把唐代的杨妃归蓬莱仙院、玄宗游月宫等浪漫传说加以艺术地整合，进而创作出《长生殿》这部超越生死、震撼人心的言情名剧，其目的在于“专写钗盒情缘”。从中亦可看出刺激洪昇创作欲望的兴奋点是在帝王家罕见的生死不渝的爱情，而非虚幻的情缘，惟其罕有才使之成为《长生殿》的最大亮点和看点，因而取得了“诸同人颇赏之”的强烈效果。其二，棠村相国即梁清标认为《长生殿》是一部闹热《牡丹亭》，这一见解深得会心，获得大多数人的普遍认可，即“世以为知言”。结合具体的文本语境来看，洪昇不但对此表示首肯，而且对与汤显祖比肩颇有当仁不让之感。这就为我们从两作之间的联系来考察《长生殿》的主题提供了新视角。洪昇曾如此评价《牡丹亭》：

> 肯綮在死生之际。记中惊梦、寻梦、诊祟、写真、悼殇五折，

① 洪昇：《长生殿》，第1页。

> 自生而之死；魂游、幽媾、欢挠、冥誓、回生五折，自死而之生。其中搜抉灵根，掀翻情窟，能使赫蹄为大块，隃麋为造化，不律为真宰，撰精魂而通变之。①

我们不妨把这当作洪昇对《长生殿》的自评，或者当作他对《牡丹亭》、《长生殿》共同点的揭示：（1）两作关目的转捩均在于"自生而之死"与"自死而之生"。只不过杜丽娘在现实中还魂与柳梦梅结合，取得了婚姻的合法性，而杨贵妃则在天宫里重生与唐明皇团圆，获得了爱情的永恒性。（2）两作均细腻酣畅地演绎了主人公那"上穷碧落下黄泉，两处茫茫皆不见"的爱情苦旅，颂扬了他们那"一灵咬住，绝不放松"的至情诉求。两作的神似之处是均极力张扬超越生死、超越时空的男女情爱，这种情都不符合现实生活的情理，却符合艺术世界的逻辑。诚如汤显祖《牡丹亭题词》所言："情不知所起，一往而深。生者可以死，死可以生。生而不可与死，死而不可复生者，皆非情之至也。……第云理之所必无，安知情之所必有耶！"② 用"理之所必无"而"情之所必有"来衡量《长生殿》也同样非常恰切。而《长生殿·传概》中的"但果有精诚不散，终成连理。万里何愁南共北，两心哪论生与死"，拿来评价《牡丹亭》也若合符节。除了对超越生死、永恒至情的诉求，很难发现两部作品在思想内涵上还有什么"世以为知言"的可比性。

梁清标的评语也指出了两作的同中之异，即一个相对闹热，一个相对冷清。《牡丹亭》处处围绕杜丽娘、柳梦梅的奇缘加以叙写，相对比较单纯，涉及的社会生活面比较狭窄，情节关目相对显得冷清，戏剧冲突是内隐的，主观抒情色彩浓郁。《长生殿》写的不是一般的才子佳人的婚恋，而是帝王、妃子的生死恋，它以帝王、后妃之情为核心，辐射的社会生活面非常广阔，既有宫廷内嫔妃的残酷争宠，又有导致唐朝衰落的安史之乱，既有降叛的花面伪官的寡廉鲜耻，又有骂贼的雷海青的刚烈忠贞等更为复杂多变的情节关目，社会生活容量也更为丰富杂多，戏剧冲突是外显的，也更为尖锐激烈。因此从情节关目及

---

① 汤显祖：《汤显祖全集》，北京古籍出版社 1999 年版，第 2605 页。

② 汤显祖：《牡丹亭》，人民文学出版社 1963 年版（下引版本同此），第 1 页。

舞台表演层面看，《牡丹亭》显然不如《长生殿》热闹。由以上分析可知，洪昇创作《长生殿》的意图是宣扬“钟情若到真深处，生死风波总不妨”的至情[1]，而不是“情缘总归虚幻”。

周明先生“情缘总归虚幻”说所依据的作者“供词”是：“双星作合，生忉利天，情缘总归虚幻。清夜闻钟，夫亦可以蘧然梦觉矣。”（《自序》）[2]。对此应如何理解呢？它究竟是不是洪昇发自肺腑地自道创作目的呢？笔者认为，这不是洪昇的真心话而是违心之言，是装点门面的官样文章，不能理解为其创作意图。其理由如下：（1）中国古代向来有鄙薄写男女之情为郑卫之音的传统，这一观念根深蒂固甚至到近代也未被彻底打破。《传概》所谓：“先圣不曾删郑、卫，吾侪取义翻宫、徵”，表明洪昇知道《长生殿》题材是犯忌违禁的“郑卫之音”。为了避免给道学家留下“谣诼谓余以善淫”的口实，故意在自序中做出否定的姿态。诸如此类“口是心非”的例子在中国古代文学史上俯拾即是，就连《肉蒲团》这样的色情小说也标榜其创作目的是“惩创人心”。洪昇之所以在《传概》中刻意强调剧中相对并不突出的忠臣之情、孝子之情，应是基于同样的考虑，此乃“故弄狡狯之笔”的一种叙事策略。（2）根据洪昇好友吴舒凫为《长生殿》所作序言中：“是剧虽传情艳，而其间本之温厚，不忘劝惩。或未深窥厥旨，疑其诲淫，忌口滕说”[3]，可知剧本出版前社会上已有指责其诲淫的舆论压力了。因此，洪昇说出“情缘总归虚幻”之类诫世的话以缓解舆论压力是题中应有之义。吴舒凫所作“不忘劝惩”的辩解应该也是针对这种社会压力，出于声援好友的目的而发的。

二、但果有精诚不散，终成连理

其次，我们从具体的戏曲文本来看《长生殿》的主脑是不是宣扬“情缘总归虚幻”。古今中外的文学史表明，作者的主观创作意图与作品的客观接受效果不一致的现象并不鲜见，因此仅仅根据洪昇的宣言

① 冯梦龙：《警世通言》，人民文学出版社1956年版，第337页。
② 汤显祖：《牡丹亭》，第1页。
③ 洪昇：《长生殿》，第227页。

来判断《长生殿》主旨还是不够的，更为重要的是尊重文本本身。以文本为中心的文学理论认为，评判一部作品主题的最权威依据是作品，作品诞生后即成为相对独立的客体，即作品表达什么，作品最有发言权。故此，判断《长生殿》的主题应根据具体的情节关目与曲词、宾白等来推断。

《长生殿》采用双线结构，主线紧紧围绕李、杨情爱故事展开，辅线则突出其情爱产生的社会恶果，后者是前者的现实生活情境。两人社会角色的特殊性，双线交错的结构均是导致《长生殿》主题探讨中出现多义性与模糊性的重要原因。爱情本应是自由的、排他的、极端个人化的事情，但由于李、杨的社会角色与所处时代环境具有双重特殊性，因此，其爱情被赋予了多重性质，即既是个人事件，又是社会事件，更是国家事件。当李、杨沉溺于爱河，缱绻于两人世界时，唐明皇的“爱江山，更爱美人”必然引发“占了情场”却“弛了朝纲”的恶果，《进果》、《贿权》、《疑谶》、《陷关》、《惊变》等诸多关目对此均有表现，这也是持讽喻主题说者的主要证据。

然而，事实果真如此吗？这要根据洪昇对原始素材的取舍、增饰等情况才能做出准确的评判。福斯特认为：“一部小说却是以‘证据加或减 x’为基础，这个未知数便是小说家个人的气质，这个未知数也常常会修改证据所形成的印象，有时会把它彻底改造。……由此产生出一个人物，那不是历史上的维多利亚女王了。”[①] 这是针对历史小说而言的，同样适用于历史剧。《长生殿》之前写李、杨题材的多数作品或多或少保留了有损李、杨形象及爱情的事件，而基于言情的创作目的，洪昇则对伤害唐明皇、杨贵妃形象及其挚爱的素材或予以彻底剔除，如杨妃与寿王的关系，杨妃和安禄山的私情，杨妃“窃宁王紫玉笛吹”的疑似不检点行为等；或加以刻意淡化，如杨贵妃二十七岁册封贵妃时李隆基已六十三岁高龄。对有益于两人形象及爱情的事件则予以铺张增饰，如《冥追》、《闻铃》、《情悔》、《哭像》、《雨梦》、《补恨》、《重圆》等反复渲染死别之后两人刻骨铭心的相思；或加以着意改写，如借唐明皇、马嵬土地之口赋予杨妃“一代红颜为君绝”以为国捐躯

① 爱·福斯特：《小说面面观》，方土人译，见《小说美学经典三种》，上海文艺出版社 1990 年版，第 237 页。

的悲壮色彩[①]。经过这样一番艺术加工与改造，李、杨已远非历史原型，而是得到了净化的艺术形象，其理想化的爱情诉求也得到了有力凸显，正如洪昇的同学徐麟所说："或用虚笔，或用反笔，或用侧笔、闲笔，错落出之，以写两人生死深情，各极其致。"[②]

周明先生据《例言》中的"马嵬之变，已违夙誓"两次提及洪昇认为李、杨没有真正的爱情。笔者以为这是误读，主要有三点理由：首先，这是对《例言》的断章取义，前引《例言》明确说"念情之所钟，在帝王家罕有"，整合李、杨故事的目的是"专写钗盒情缘"，可见在洪昇心目中两人的爱情是感人的。其次，这是对文本的误读，作者借牛郎、杨通幽、杨贵妃三人之口反复为唐明皇的"马嵬之变，已违夙誓"辩解，表明他"钟情生死坚，旧盟不弃捐"（《觅魂》）[③]。最后，两人用"痴情一点不泯"感动天孙而在天宫重圆，历尽劫难后实现了七夕盟言。因此，无论从《例言》还是从戏曲文本看，对于李、杨而言：爱，是不能忘记的！这种深情拨动着历代观众与读者的心弦。

《长生殿》上半本的叙事重心是两人坠入情网、沉迷爱欲，即"占了情场"。在经历了《定情》、《倖恩》、《献发》、《絮阁》、《密誓》等风波曲折之后，杨妃终于战胜了所有情敌，获得了"集三千宠爱于一身"的专宠地位。换言之，两人经过一段漫长的爱情长跑，李对杨的爱情完成了由"花心"向"专一"的蜕变，真正成为在帝王家罕有的痴情皇帝，杨妃通过"情深妒亦真"的艰苦努力终于完全赢得了李隆基的真心。而作者对杨家"恁僭窃，竞豪奢夸土木"，"朱甍碧瓦，总是血膏涂"的批判，对安禄山《贿权》、《陷关》等社会恶果的揭露，即"弛了朝纲"，是作为爱情的社会大背景描写的。《长生殿》共50出，写李、杨爱情的至少有30出，尤其最后11出浓墨重彩地写死别后两人的"人鬼情未了"，《冥追》、《闻铃》、《情悔》、《哭像》、《补

① 按：《埋玉》中杨贵妃临死前叮嘱高力士时说"圣人春秋已高"，《觅魂》里杨通幽为明皇辩白时说"单则为老君王钟情生死坚，旧盟不弃捐。"全剧提到明皇年龄的仅此两例，可见作者对此有意淡化。

② 徐麟：《长生殿·徐序》，见洪昇：《长生殿》，人民文学出版社1958年版，第225页。

③ 按：《怂合》中牛郎说："国事危，君王有令也反抗逼，怎救的、佳人命摧。想今日也不知怎生般悔恨与伤悲。"《觅魂》中杨通幽说："那上皇呵，精诚积岁年，说不尽相思累万千。"《补恨》中杨贵妃说："伤嗟，岂是他顿薄劣！想那日遭磨劫，兵刃纵横，社稷阽危，蒙难君王怎护臣妾？妾甘就死，死而无怨，与君何涉？"

恨》、《寄情》、《重圆》等成为重点场次，《骂贼》、《刺逆》、《收京》等有关家国的大事均是作为沉迷于情的社会大背景来写的。从所用篇幅和投入精力看，作者显然重在表现永恒不灭的爱情。反对爱情主题说的董每戡先生亦无法否认《长生殿》叙事结构对生死不渝之情的彰显，他说："如果就主题思想来看，后四分之一实属多余，因如此办，便显得过分渲染了李隆基和杨玉环两人一往情深……后十多出戏，专在生死不渝的爱情上着眼，尽情渲染，自生喧宾夺主之弊，同时写上这样一个为事理所无的结局，落入团圆的俗套，让主题思想变成为歌颂男女恋情，冲淡了应有的思想性，在艺术上画蛇添足，有尾大不掉之感！"①

李、杨爱情给社会、国家带来了如此深重的灾难，极易使人反感、厌恶，如何博得受众的同情和谅解呢？这是一个叙事难题，洪昇巧妙构思了《情悔》来化解这一矛盾。杨妃死后意识到自己招致的深重灾难，并进行了发自内心的真诚忏悔，从而获得了谅解。"见你拜祷深深仔细听，这一悔能教万孽清"（《情悔》），"既悔前非，诸愆可释。"（《神诉》）均是明证。如此一转，后面对两人至情的颂扬才显得自然而合理。李、杨生死不渝的爱情不但感动了世间的凡人取得了谅解，而且感动了天界的神仙为其重续前缘，即嫦娥所云："不想天孙怜彼情深，欲为重续良缘。……情儿久，意儿坚，合天人重见。因此上感天孙为他方便。"（《重圆》）耐人寻味的是，为其爱情所感动，并最终尽力使其在天宫重圆的正是神话传说中追求自由、永恒爱情的艺术符号——牛郎、织女，他们是"银河碧落神仙配"，更是"愿教他人世上夫妻辈，都似我和伊，永远成双作对"的"情场管领"（《怂合》）。用爱神见证"生死风波总不妨"的至情，并力助两人天上重圆其目的不是很明显吗？人生短暂，浮世如梦，附丽于物理生命的情已经消解，然而超越时空、坚如金石、永恒不灭的爱情则可以在天界获得永生。

周明先生力主"情缘总归虚幻"说的曲词证据是《重圆》中的三支【三月海棠】和【永团圆】，织女所唱两支为：

忉利天，看红尘碧海须臾变。永成双作对，总没牵缠。游衍，批风抹月随风遣，痴云腻雨无留恋。收拾起钗和盒旧情缘，生生

① 董每戡：《五大名剧论》，人民文学出版社1984年版，第467—468页。

世世消前愿。

[贴向旦介] 羡你死抱痴情犹太坚，[向生介] 笑你生守前盟几变迁。总空花泡影当前，总空花泡影当前，扫尘凡一起上天。

唐明皇、杨贵妃所唱两支为：

敬谢嫦娥把衷曲怜；敬谢天孙把长恨添。历愁城苦海无边，历愁城苦海无边，猛回头痴情笑捐。

神仙本是多情种，蓬山远，有情通。情根历劫无生死，看到底终相共。尘缘倥偬，忉利有天情更永。不比凡间梦，悲欢和哄，恩与爱总成空。跳出痴迷洞，割断相思鞚；金枷脱，玉锁松。笑骑双飞凤，潇洒到天宫。[1]

乍一看，上引四曲似有否定情缘之意，笔者以为要理解其含义必须结合具体的文本语境。开首，杨通幽唱："情一片，幻出人天姻缘。但使有情终不变，定能偿夙愿"。随后，嫦娥说了上引天孙怜彼情深之语，织女又说："上皇，太真，你两下心坚，情缘双证。"凡此无不强调两人一往情深的非凡能量。织女对李、杨所说"如今已成天上夫妻，不比人间"是我们准确理解四曲的指南，四曲的立足点是天上夫妻与人间夫妻的对比，用天上情缘的永恒长久来反衬尘世情缘的短暂易逝，即"天上留佳会，年年在斯，却笑他人世情缘顷刻时"（《密誓》），亦即"好会年年天上期，不似尘缘浅，有变移"（《怂合》）。因此，"空花泡影"、"恩与爱总成空"云云均是就人世的短暂而言，以其反衬李、杨"永成双作对"的超越了时空界限的、理想的爱情。另外，《重圆》有两个【尾声】，其一为"死生仙鬼都经遍，直作天宫并蒂莲，才证却长生殿里盟言"，其二为"旧霓裳，新翻弄。唱与知音心自懂，要使情留万古无穷"。吴舒凫认为前者是"结本剧"，即高度概括了剧情，后者是"结作者之意"，即点明了洪昇的创作意图是"要使情留万古无穷"。[2] 吴

① 洪昇：《长生殿》，第222—223页。

② 吴舒凫："此尾声是结本剧，后尾声是结作者之意"，转引自王季思主编：《中国十大古典悲剧集》，上海文艺出版社1982年版，第763页。

氏在《重圆》开端批道："作者本意与传概满江红相发明，普天下有情人皆当稽首作礼。"[1] 明确指出末出与《传概》前后照应，均是极力宣扬永恒的至情。在此文本语境中，恐怕难以由四曲推断"情缘总归虚幻"，否则，普天下有情人向宣扬"情缘总归虚幻"的作者致敬，岂不有悖常理？

周明先生持其说的核心关目依据是李、杨升入忉利天的情节，认为持爱情说者均忽略了它。忉利天指欲界六天中之第二天，本为佛教术语。常在戏曲、小说中被袭用，在《长生殿》中它指谓什么呢？从天孙的两处宾白："我当上奏天庭，使你两人世居忉利天中，永远成双，以补从前离别之恨。"（《补恨》）"鉴尔情深，命居忉利天宫，永为夫妇。"（《重圆》）及"忉利有天情更永"的唱词可以推知，在忉利天是有夫妻之情的，只不过与人世之情有所不同罢了。两者有何差异？《长生殿》未给确解，反而是汤显祖《南柯记》为我们指明了路径，其第44出《情尽》云：

> ［生］天上夫妻交会，可似人间？［旦］忉利天夫妻就是人间，则是空来，并无云雨。若到以上几层天去，那夫妻都不交体了，情起之时，或是抱一抱儿，或笑一笑儿，或嗅一嗅儿。夫呵，此外便只是离恨天了。　　但和你莲花须坐一回，恰便似线穿珠滚盘内。便做到色界天和你调笑咦，则休把离恨天胡乱踹。[2]

此处表述十分明确，忉利天的夫妻和人间一样，只是交会时"并无云雨"而已，即所谓"痴云腻雨无留恋"。易言之，在忉利天夫妻是重真情而轻肉欲的。忉利以上几层天夫妻之间依然有情（观"情起之时"一语可知），但肉欲色彩更加淡薄。因此，李、杨在忉利天永为夫妇实现了"愿世世生生，共为夫妇，永不相离"（《密誓》）的海誓山盟，可见洪昇并未否定真情，而是淡化了其中的欲的色彩，强调理欲合一，以理节欲罢了，这是对晚明张扬自然人欲思潮的深刻反思，与清初的社会思潮桴鼓相应。

---

① 转引自王季思主编：《中国十大古典悲剧集》，第759页。

② 汤显祖：《汤显祖全集》，北京古籍出版社1999年版，第2433—2434页。

三、因合而用之，专写钗盒情缘

古代戏曲家非常重视戏曲的总体结构布局，强调对整体剧情成竹在胸后方可创作，坚决反对枝蔓横出、颠倒零碎之弊。明代曲论家王骥德云："作曲，犹造宫室者然．工师之作室也，必先定规式，自前门而厅、而堂、而楼，或三进、或五进、或七进，又自南厢而及轩寮，以至廪庾、庖湢、藩垣、苑榭之类，前后、左右，高低、远近，尺寸无不了然胸中，而后可施斤斲。作曲者，亦必先分段数，以何意起，何意接，何意作中段敷衍，何意作后段收煞，整整在目，而后可施结撰。"① 其结构意识清晰可见，但以工师建宅喻戏曲布局稍显机械、生硬，清代曲论家李渔进一步赋予戏曲结构以生命美学之意义，他说："至于'结构'二字，则在引商刻羽之先，抽毫拈韵之始，如造物之赋形，当其精血初凝，胞胎未就，先为制定全形，使点血而具五官百骸之势。倘先无成局，而由顶及踵，逐段滋生，则人之一身，当有无数断续之痕，而血气为之中阻矣。"② 其实，充分重视道具在整个剧情中的作用，并将之作为总体构思的重要组成部分，是解决戏曲结构问题的不二法门。在一个成熟的戏曲家笔下，道具往往成为贯穿全剧情节的线索，作为人物悲欢离合的见证和解决矛盾的关键，甚至成为主题思想的一种象喻。《长生殿》即如此，作者在《例言》中明确地表示整合李、杨传说的目的是"专写钗盒情缘"，情缘而以物名贯之，彰显出他运用道具的艺术自觉。

洪昇在《长生殿》中为了突出爱情主线，多次描述到"钗盒"意象，并以之作为维系李、杨喜怒哀乐、离合悲欢的固着点，通过对这一道具的匠心独运地使用，进而形成强有力的情节向心结构，套用《桃花扇凡例》之语，则"钗盒譬则珠也，作《长生殿》之笔譬则龙也，穿云入雾，或正或侧，而龙睛龙爪，总不离乎珠，观者当用巨眼"。如此一来，有效规避了传奇结构容易出现的结构松散、拖沓、板

① 王骥德：《曲律》，见《中国古典戏曲论著集成》（四），中国戏剧出版社 1959 年版，第 123 页。

② 李渔：《闲情偶寄》，见《中国古典戏曲论著集成》（七），第 10 页。

滞等毛病，使作品主题须臾不游离于爱情。钗盒是李、杨的定情信物，其重要作用开篇伊始即露端倪。在《定情》中，洪昇于杨玉环进宫更衣后，专门用了李、杨所唱两支曲子对钗盒的外观、质地及寓意加以描述与揭示，唐明皇【越调近词·绵搭絮】：

这金钗、钿盒，百宝翠花攒。我紧护在怀中，珍重奇擎有万般。今夜把这钗呵，与你助云盘，斜插双鸾；这盒呵，早晚深藏锦袖，密裹香纨。愿似他并翅交飞，牢扣同心结合欢。

杨贵妃【前腔】：

谢金钗、钿盒赐予奉君欢。只恐寒姿，消不得天家雨露团。恰偷观，凤翥龙蟠，爱杀这双头旖旎，两扇团圞。惟愿取情似坚金，钗不单分盒永完。[①]

洪昇在此之所以不惮辞费地连用两支曲子，其目的并不在于描绘金钗、钿盒的流光溢彩与价值连城，而在于揭示其所寄托的爱情寓意，即“愿似他并翅交飞，牢扣同心结合欢”，“惟愿取情似坚金，钗不单分盒永完”。换言之，作者关注的焦点是钗盒的象征意义及其在剧中的艺术功能。确如吴舒凫所言：“钗盒乃本传始终作合处，故于进宫更衣后，特写二曲，以致珍重之意。非止文情尽致，场上并有关目。”[②]

在定情之后，李、杨的爱情经历了风风雨雨、曲曲折折，随着剧情的推演，两人的感情越来越真挚，越来越深切，但洪昇片刻不忘提钗盒在李、杨爱情生活中的重要作用。“钗盒自定情后凡八见：翠阁交收、固宠也；马嵬殉葬，志恨也；墓门夜玩，写怨也；仙山携带，守情也；璇宫呈示，求缘也；道士寄将，征信也；至此重圆结案。大抵此剧以钗盒为经，盟言为纬，而借织女之机梭以织成之。呜呼，巧矣。”[③] 吴舒凫之评点深得会心。确实，两人的感情生活始终不离钗盒，

① 洪昇：《长生殿》，第6页。
② 转引自王季思主编：《中国十大古典悲剧集》，第616页。
③ 转引自王季思主编：《中国十大古典悲剧集》，第616页。

它俨然成为其爱情生活不可或缺的有机组成部分，又是推动情节发展的有力动因。杨妃生前，两人爱情的沉迷、波折；杨妃死后，两人的追忆、寻觅；杨妃证仙后，两人的情缘永证等，处处均藉钗盒出之。可以说，每一次钗盒的出现几乎都伴随着两人感情的深化与纯化，爱情主线因而显得更加突出、更加鲜明了。

实际上，“钗盒自定情后凡八见”主要是就其作为可视的实物“砌末”出现在舞台上而言的，如果算上曲词、宾白中的“钗盒”意象则远不止此数。据笔者统计，全剧共有十八出涉及此意象（有几出中不止一次涉及），这样，作者通过对“钗盒”道具的合理使用，不但起到“减头绪”的作用，而且收到“密针线”之效果，更进而使之成为统摄全剧的主题意象。正如罗钢所说：“象征并不是诗歌的专利，在叙事作品中，比较重要的是一种主题性象征，它和我们上面列举的那些局部的隐喻和象征不同，这种象征通过一再重现，贯串整个作品，它与作品所要表现的主题有着密切的关系……不过，判断一个象征是不是主题性象征，主要还不是看它在文本中重复次数的多寡，而是根据它与作品主题的内在联系来确定。”[①] 在《长生殿》中，钗盒不但出现频率极高，而且自始至终被作者赋予象征爱情的意义，如“惟愿取情似坚金，钗不单分盒永完”（《定情》），“同心再合，双股重俦”《得信》，“同心钿盒今再联，双飞重对钗头燕”（《重圆》），其寓意均非常明显。

可见，钗盒承载着两人生生死死的理想爱情，成为贯穿全剧的主题意象，是一种“有意味的形式”。洪昇通过对这一主题意象的成功经营，把李、杨“情根历劫无生死，看到底终相共”的理想爱情有力地彰显出来，引起历代观众、读者的感动与共鸣。假如宣扬“情缘总归虚幻”是《长生殿》的主题，从主题道具的合理运用上，应像《桃花扇》“撕扇”一样，毁灭承载爱情的钗盒，给人当头棒喝，使其顿悟爱情之虚无，或像《南柯记》“化槐”一样，将钗盒变为槐枝、槐荚，予人诞妄荒唐之感，促其警醒爱情之无稽[②]。

---

① 罗钢：《叙事学导论》，云南人民出版社1994年版，第14—15页。

② 有意思的是在《南柯记》中，淳于棼与公主的定情信物是“犀盒金钗”，在《情尽》中金钗化作槐枝，犀盒化为槐荚子。

结语

周明先生认为《长生殿》展示了情的沉迷、情的祸害、情的顽固、情的幻灭，笔者则以为它呈现的是情的沉迷、情的祸害、情的升华、情的永恒，表现情的沉迷、情的祸害固然是作品前半部的重要内容，但是洪昇的叙事重心显然在于后半部分情的升华与情的永恒。“借太真外传谱新词，情而已”是作者的主观创作意图，“但果有精诚不散，终成连理”是作品的叙事结构，“因合而用之，专写钗盒情缘”体现了主题道具使用的艺术匠心。因此，《长生殿》的主题并非是“情缘总归虚幻”，而是要表现超越生死、坚如金石的理想化的爱情，即“两情若到真深处，生死风波总不妨”的动人爱情，其目的是“要使情留万古无穷”。

（原载《文学评论丛刊》第10卷第2期）

王士祯进入翰林院的诗史意义

潘务正

一

康熙十七年（1678），王士祯进入翰林院。这年正月二十二日，“（康熙）令学士喇沙里（笔者按：时为翰林院掌院学士）传谕学士陈廷敬、户部郎中王士祯，各携所作诗稿进呈。上御懋勤殿召见，命各赋诗二首，赐膳而退。”① 翌日，又谕内阁吏部：“王士祯诗文兼优，著以翰林官用。”授翰林院侍讲，未任，改侍读（《渔洋山人自撰年谱》）②。自此，王士祯开始了平步青云的仕宦生涯。

其实，早在两年前即康熙十五年（1676），圣祖就开始向群臣询问诗文兼优之士。十六年（1677），又就这个问题多次征询大臣的意见。王士祯《召对录》载：

> 康熙丙辰（十五年），某再补户部郎中。居京师。一日，杜肇余（臻）阁学谓予曰：“昨随诸相奏事，上忽问：‘今各衙门官读书博学善诗文者，孰为最？’首揆高阳李公（霨）对曰：‘以臣所知，户部郎中王士祯其人也。’上颔之，曰：‘朕亦知之。’”明年丁巳（十六年）六月，大暑，辍讲一日。召桐城张读学（英）入，上问如前。张公对：“郎中王某诗，为一时共推。臣等亦皆就正之。”上举士祯名至再三，又问：“王某诗可传后世否？”张对曰：“一时之论，以为可传。”上又颔之。七月初一日，上又问高阳李

① 中国第一历史档案馆整理：《康熙起居注》，中华书局 1984 年版，第 347—348 页。

② 王士祯著，李毓芙、牟通、李茂肃整理：《渔洋精华录集释》，上海古籍出版社 1999 年版，第 2031 页。

公、临朐冯公（溥），再以士祯及中书舍人陈玉璂对。上颔之。又明年戊午（十七年），正月二十二日，遂蒙与翰林掌院学士陈公（廷敬）同召对懋勤殿。次日特旨授翰林院侍读。（《渔洋山人自撰年谱》）

就此来看，康熙提拔王士祯的态度是非常谨慎的。这个过程中康熙有足够的时间来认真考察王士祯，也一定阅读了他的诗文。大概考察的结果印证了诗“为一时共推”以及“一时之论以为可传”的评价，于是康熙十七年年初授其翰林官。

康熙初年的文坛，要说诗文兼优的衙门官，尚有候补家居的施闰章、黄州府通判宋荦、户部主事汪琬以及中书舍人陈玉璂等，但是康熙最终选定了王士祯。可以说，无论是诗歌成就还是影响，此时无人能与之匹敌。顺治十四年（1657）八月，王士祯同济南诸名士于大明湖举秋柳社，赋《秋柳》诗四章，一时和者数百家。带着这份诗学资本，当顺治十七年（1660）王士祯出任扬州推官，立即“取得了江东遗逸的承认、接纳以至赞誉、倾倒”[①]。扬州的人文内涵、优美风景以及众多名士的诗酒唱和，激发了年轻诗人的诗情，王氏自认为他的神韵诗作也在此阶段达到了媲美前人的高度（《香祖笔记》卷二）。前辈诗人如钱谦益、吴梅村也给予他很高的评价，钱氏甚至有“代兴”[②]之目。返回京城之后，士人率以诗文造谒，而他“必取其警策而扬之”（《香祖笔记》卷八），学诗之士登门求教者不绝，连时任翰林院侍读学士的张英也“不耻下问”。出于这一声望，当王氏提倡宋诗时，“远近翕然宗之”（俞兆晟《渔洋诗话序》）[③]便成为可能。

反观其他几人，无论诗学成就还是影响均不能与之相提并论，汪琬长于文而短于诗，陈玉璂虽是饱学之士，但诗文无过人之处。就是其他诗歌创作取得一定成就的诗人，此时还要依靠王士祯的推扬。如“南施北宋”就是经其品题才为诗坛接受。康熙十一年（1672），五十八岁的宋琬求王氏“定其诗笔”；十八年（1679），六十一岁的施闰章

① 严迪昌：《清诗史》，浙江古籍出版社2002年版，第435页。

② 《王贻上诗序》，《牧斋有学集》卷一七，上海古籍出版社1996年版，第766页。

③ 《渔洋诗话》卷首，见《清诗话》，上海古籍出版社1978年版，第163页。

求他定全集时还要“登堂再拜”（《池北偶谈》卷一一）。至于宋荦，康熙初年还是“旗东亦东，旗西亦西”[1] 地跟随诗坛大纛的挥动而摇摆的诗人，也无法同王士祯抗衡。

康熙之所以将王士祯从郎官提拔为翰林院侍读，原因在于一方面，他注意到文治的作用，另一方面，企图以利禄之途改变遗民的立场，削弱敌对势力。从文治方面来讲，出于“治道在崇儒雅”[2] 的观念，还在十二年（1673）时康熙就曾命翰林官进呈所作诗赋词章，后因三藩之乱而中断。至十六年（1677）三月，再次下诏谕翰林官进呈诗文。与此同时，三番五次询问诗文兼优之人，并于十八年（1679）开博学鸿儒科。这一系列举动，昭示康熙兴文教的决心。从吸纳遗民方面来说，诗文是汉族文士安身立命之所，凭着文学才华就能够像王士祯那样迅速升迁，这对那些仅有一支弱管的士子来说是多么大的诱惑。将王士祯提拔进入翰林院，只是一个姿态，而博学鸿儒科才是此举的真正用意所在。从多数遗民参加此次考试可以看出，王士祯以郎官身份进入翰林院一事在社会上产生了重大影响。

王士祯能够进入翰林院，也在人们的意料之中。早在《渔洋诗集》编成的康熙十年（1671），就已经有人作了这样的预测。时任刑部尚书的李敬在为《渔洋诗集》作序时说道：“他日庙堂之上，以文章扬一代之盛者，必先生也。”[3] 王士祯进入翰林院，主要依靠其诗的才华，康熙看重的正在于此，李敬所以能作出如此准确的预测也在于此。至于诗风则属次要，因为当时尚未关注这一方面。而进入翰林院后，特别是在博学鸿儒科诸公进入词垣的康熙十八年后，帝王和台阁重臣开始整顿诗风，崇尚唐诗，排斥宋诗。在这种情况下，被推为宗宋诗风倡导者的王士祯，该如何应对呢？

二

王士祯自述其一生“论诗凡屡变”，而最主要的是三变：

① 宋荦：《漫堂说诗》，《清诗话》第420页。

② 《康熙起居注》，第297页。

③ 《渔洋诗集原序》，《渔洋诗集》卷首，《带经堂集》本，《续修四库全书》本。

少年初筮仕时，惟务博综该洽，以求兼长。文章江左，烟月扬州，人海花场，比肩接迹。入吾室者，俱操唐音；韵胜于才，推为祭酒。然而空存昔梦，何堪设想？中岁越三唐而事两宋，良由物情厌故，笔意喜生，耳目为之顿新，心思于焉避熟。明知长庆以后，已有滥觞；而淳熙以前，俱奉为正的。当其燕市逢人，征途揖客，争相提倡，远近翕然宗之。既而清利流为空疏，新灵寖以佶屈，顾瞻世道，惄焉心忧。于是以太音希声，药淫哇錮习，《唐贤三昧》之选，所谓乃造平淡时也，然而境亦从兹老矣。（俞兆晟《渔洋诗话序》）

据此可知，王士祯诗风的“三变”大概是早年崇唐，中年宗宋，此后又返回唐音。早年主要以扬州任上为代表，《渔洋诗集》是这一阶段诗歌创作的成果。至于中岁提倡宋诗的时间，学界尚有争议，张健将其定在顺治末年[①]，而蒋寅则认为是在康熙十五、十六年间[②]。王士祯在顺治末年提倡宋诗似乎过早，但认为在康熙十五六年似乎又太迟。王士祯在扬州期间有褒扬宋诗的言论，当他流连于宋代文人欧阳修、苏轼、秦观等人曾经生活过的地方时，当他将自己和长兄士禄的手足之情与二苏相联系时[③]，其对宋诗的兴趣自然而生，于是就有“耳食纷纷说开宝，几人眼见宋元诗”（《戏仿元遗山论诗绝句》）之论。但正如蒋寅所说，个人兴趣与提倡于诗坛毕竟是两回事。不过据考察，至迟在康熙十一年王氏就已经提倡宗宋诗风了。据宋荦回忆，原本守“三唐之成法”的他，“（自）康熙壬子（十一年）、癸丑（十二年）间屡入长安，与海内名宿尊酒细论，又阑入宋人畛域”（《漫堂说诗》十三）。考《漫堂年谱》康熙十一年（1672）条：“五月，如都候补，寓柳湖寺，龚尚书鼎孳、王吏部士禄、民部士禛、玉叔兄琬，时过寺觞咏。”可以看出，宋荦诗风的转变与王士祯等人的“尊酒细论”有关。六月，王士祯为四川乡试主考官赴蜀，也正好与其“燕市逢人，征途

① 张健：《清代诗学研究》，北京大学出版社 1999 年版，第 365—366 页。

② 蒋寅：《王渔洋与康熙诗坛》，中国社会科学出版社 2001 年版，第 31 页。

③ 李孝悌：《士大夫的逸乐——王士祯在扬州（1660—1665）》，《（台北）中央研究院历史语言研究所集刊》第七十六本，第 96—100 页。

揖客”的说法相符。其后康熙十三年九月，王氏弟子曹禾在为陈廷敬《午亭集》作序时就公然提倡宋诗，说：“今人动诋诃宋诗，不知承唐人之宗者，宋人也；而承杜、韩之大宗者，眉山也。”① 王士祯赴蜀主持乡试后归里丁忧守制，直到康熙十四年六月返回京城，由此看来，十一年六月之前曹禾就可能已经聆听了其师宗宋的言论。

那么，王士祯是在什么时候又开始一变而返回唐音呢？若据夫子自道，则应该在康熙二十七年（1688）《唐贤三昧集》成书之际，不过该书的编撰是一个过程，在此之前他应该酝酿了一段时间。王小舒认为王士祯回归平淡诗风的时间在康熙二十四年（1685）②，蒋寅则将其定在编《五七言古诗选》的康熙二十二年（1683）③。那么在此之前王士祯的诗歌创作以及言论中有没有复归唐风的迹象呢？

黄河推定王士祯再次宗唐的时间是康熙十六七年④，他的根据可能是程哲《渔洋续集序》，中云：“戊午（十七年）后改官翰读，旋陟司成，由是膺侍从之清华，备休明之礼乐，赓歌飏拜，而先生之诗又一变。”实际上直到康熙十八年初，当宋诗热成为“全国性潮流”⑤ 的时候，王士祯依然被当作是提倡这种风气的主将。毛奇龄于年初至京师，“时值长安词客高谈宋诗之际”（《唐七律选序》）⑥。所谓的“长安词客”，其中最主要的人物恐怕就是王士祯。安致远《白云村文集序》中也说：“其时（康熙十八年）之主坛坫者方且倡为诡异可喜之论，以窜易天下之耳目，曰：‘诗何必唐，苏、陆、范、虞而已；文何必八家，震泽、毗陵而已。’”（李澄中《白云村文集》卷首）王士祯《鬲津草堂诗集序》云：“唐有诗，不必建安、黄初也；元和以后有诗，不必神龙、开元也；北宋有诗，不必李、杜、高、岑也。”（《蚕尾文集》卷一）安致远所言与此相近，且“主坛坫者”亦非王氏莫属。故而由此可以推见，直至进入翰林院的第二年年初，王士祯还在提倡宋诗。

王氏此时的诗作中也能看出宗宋的痕迹。首先是七言古诗的创作

① 曹禾：《午亭集序》，《午亭集》卷首，《四库全书存目丛书补编》本。
② 王小舒：《神韵诗学论稿》，广西师范大学出版社 2001 年版，第 68 页。
③ 蒋寅：《王渔洋与康熙诗坛》，中国社会科学出版社 2001 年版，第 36 页。
④ 黄河：《王士祯与清初诗歌思想》，天津人民出版社 2002 年版，第 182 页。
⑤ 张健：《清代诗学研究》，北京大学出版社 1999 年版，第 372 页。
⑥ 毛奇龄：《西河合集·文集·序》卷三〇，清嘉庆元年（1796）萧山陆凝瑞堂补刊印本。

依旧保持着一定的数量，而这种体裁是王氏学习苏轼的代表性诗体。徐乾学就说《渔洋续集》中“七言古颇类韩、苏”（《十种唐诗选书后》），杨际昌也认为王士祯歌行“得力于苏为多”①，叶矫然同样看出其“歌行长篇偏注意坡公”②。王士祯本人也推崇苏轼的七言长篇为杜甫之后“一人而已”（《七言诗凡例》）。如作于康熙十八年（1679）的《午食得鲈》、《和田纶霞郎中（雯）移居》，作于康熙十九年（1680）的《盆鱼》、《东丹王射鹿图》、《李渭清简讨以龙须二茎见赠来书云有风鬟雾鬓之态非火鬣朱鳞比也戏报长句》、《瞿山画松歌寄梅渊公》等篇，风格颇类苏诗。这说明王士祯并没有一进入翰林院就立即抛弃宗宋诗风。

但一个值得注意的现象是，自从进入翰林院，特别是康熙十八年以后，王士祯诗作中风格“在初盛唐之间”（王时翔《书精华录后》）③的五言律诗数量增加了。本年的《己未稿》中五律多达65首，占年作总量的50%，这一比重仅次于康熙十年（1671），而超过了此前五律最多的《蜀道集》。此后直到康熙二十二年，五律数量一直高居不下。而且，康熙十七八年“清微隽妙，是渔洋胜场”④一类的五言古诗也保持着较多的数量，而在评论家看来，他的这类诗“短篇则韦、孟也”（王时翔《书精华录后》）。十八年之后“皆盛唐”（王时翔《书精华录后》）的五绝较此前几年也有所增加。这些现象表明，王士祯诗风在宗宋的同时，已经逐渐转向宗唐。为方便说明问题，兹将康熙十年至二十二年《渔洋续集》中各体诗歌数量统计列成下表：

王氏创作转向的同时，其言论也发生了微妙的变化，由“争相提倡”宋诗转而为自己宗宋进行辩护，这在他和施闰章的争论中得到体现。陆嘉淑记录了他们之间讨论的情况：

窃尝见先生与宣城施先生论诗矣，宣城持守甚严，操绳尺以衡量千载，不欲少有假借。先生则推而广之，以为姬姜不必同貌，

① 杨际昌：《国朝诗话》卷二，《清诗话续编》第1700页，上海古籍出版社1983年版。
② 叶矫然：《龙性堂诗话初集》，《清诗话续编》第993页。
③ 王时翔：《小山文稿》卷三，《四库全书存目丛书》本。
④ 邓汉仪：《诗观三集》卷二，《四库禁毁书丛刊》本。

芝兰不必同臭，尺寸之瑕，不足以疵颣白璧。两先生疑若矛盾，乃其批襟扣击，简牒往复，商略评次，往往各当于意乃止。此倡彼和，丹铅错互，欣然并解，若水乳合，何也？先生曰："吾别裁不敢过隘，然吾自运未尝恣于无范。"（陆嘉淑《渔洋续诗集序》）

诗集	五绝（%）		五律（%）		五古（%）		七绝（%）		七律（%）		七古（%）		合计
辛亥稿	3	5	35	57	5	8	15	25	2	3	1	2	61
蜀道集	28	7	158	41	30	7.8	110	28	53	14	8	2	387
甲寅稿	0	0	5	28	8	44	1	5.6	4	22	0	0	18
乙卯稿	3	3.7	40	49	5	6.2	16	20	11	14	6	7.4	81
丙辰稿	3	3.9	24	31	18	23	28	36	2	2.6	2	2.6	77
丁巳稿	0	0	8	9	8	9	56	63	8	9	9	10	89
戊午稿	1	1.3	25	33	22	29	23	31	2	2.7	2	2.7	75
己未稿	6	4.6	65	50	14	11	28	22	14	11	3	2.3	130
庚申稿	7	5.4	50	39	5	4	43	34	14	11	9	7	128
辛酉稿	3	3.8	38	48	8	10	18	23	8	10	4	5.1	79
壬戌稿	4	4.7	30	35	5	5.8	35	41	8	9.3	4	4.7	86
癸亥稿	3	4.7	30	47	3	4.7	21	33	7	11	0	0	64
小计	61	4.8	508	40	131	10	394	31	133	10	48	3.6	1275

陆嘉淑在此段文后有一些说明："今操觚之家，好言少陵者，以先生为原本拾遗；言二谢、王、韦者，又以为康乐、宣城、右丞、左司；其欲为昌黎、长庆及有宋诸家者，则又以为退之、乐天、坡、谷复出。而先生之诗，其为先生者自在也。……若夫宣城，力砥其泛滥，新城弘奖其品流。"据此可知，施、王二人乃是就诗风进行争论。施闰章主张严别诗体，拒绝接纳宋诗。王士祯《池北偶谈》卷一八记载了他和施闰章之间的一件趣事："宋梅圣俞初变西昆之体，予每与施愚山侍读

言及《宛陵集》，施辄不应。盖意不满梅诗也。一日，予曰：‘扁舟洞庭去，落日松江宿。此谁语？’愚山曰：‘韦苏州、刘文房耶？’予曰：‘乃公乡人梅圣俞也。’愚山为爽然久之。”施闰章不喜宋诗，甚至连自己同乡梅尧臣的诗也不愿多读。而王士祯则推而广之，有“博综该洽，以求兼长”（俞兆晟《渔洋诗话序》）之意。但王士祯解释，自己虽取裁广泛，却“未尝恣于无范”，即学唐为主，学宋元只为充实学唐而已，并不是完全抛弃唐诗。争论的结果，二人意见达成一致。可见在王士祯的辩护下，施闰章也相信他并未离唐而学宋，所以后来为《渔洋续集》作序时也极力为王氏分辨，谓其《蜀道集》并非宋调。

王士祯在施闰章面前为自己辩护大概在什么时候呢？据陆氏谓“窃尝见先生与宣城先生论诗”，则当时三人应同在一处。考《居易录》卷三二载：“海宁陆冰修嘉淑，浙西名宿也。康熙己未（十八年）、庚申（十九年）间，客京师，每与宣城施愚山侍讲、梅耦长庚、毘陵邵子湘长蘅夜过予邸舍，剧谈至三鼓，始各散去。”十九年九月陆嘉淑归海宁[1]，至二十二年六月施闰章卒，三人再无聚首之时。据此，则在康熙十八九年间，王士祯就开始为自己宗宋进行辩护了。这次论辩也影响到参与其中的邵长蘅，后来他不遗余力地为渔洋宗宋辩护，大概就是此时亲聆其言的结果。

也就是说，康熙十八年至二十年之间，即王士祯进入翰林院的第二年以后，其诗逐渐由宗宋趋于崇唐。这一转变，除了文学演变的内在规律外，又与他的翰林经历密切相关。

三

王士祯对翰林院的态度无疑是玉堂环境能否对其诗风产生作用的关键。我们发现，王氏于位望清华的词臣非常羡慕。康熙十二年（1673），叶方蔼献《八箴》，又应命撰《太极图说》，俱称旨，擢侍讲学士。王士祯对此极为向往，作诗曰：“翰林官自达，匹马独行吟。”（《秋日过子吉读书斋有怀茗文》）十四年（1675），李天馥为侍讲学士，陈廷敬为詹事府詹事兼翰林院侍读学士，王士祯在同他们道别时

① 蒋寅：《王渔洋事迹征略》第261页。

写道："君辈还簪笔，吾生自转蓬。"所谓"簪笔"，即"近臣负囊簪笔，从备顾问，或有所记"，惠栋按曰："李、陈、叶三公，时皆内直，故云。"[①] 两首诗中，腾达与落魄形成鲜明的对比。在这种心理的支配下，当他被提携进入翰林院时，除了珍惜这来之不易的机会，决不会另有选择。因此，王士祯定然以翰林院的准则要求自己。

于是，以下几种翰林院的因素在王士祯诗风转变过程中起了重要作用。

首先，翰林院职能的需要是其诗风转变的要因。"翰林之官，执笔札以事上，咏歌颂述，乃其职也。"[②] 王士祯进入翰林院后，最主要的工作便是施展才华歌功颂德，粉饰太平。写应制诗便是其一，集中保存下来的就有《颁赐新贡天花》、《颁赐御书》、《赐贡茶》、《赐桃花》、《孝昭皇后挽词》等篇章，实际数量远不止《渔洋续集》中这几篇[③]。钱谦益说："应制之诗……极于唐之景龙、开元。"（《历朝应制诗序》）清初诸臣应制之作就是以唐诗为榜样，如由博学鸿儒科进入翰林院的邵远平"五载内所作，多典礼纪颂之章，酷摹唐音，颇见宏赡"[④]；董讷"在馆阁应制诸作，出雅入颂，全乎盛唐"[⑤]。在清人眼中，宋诗由于其格调的"鄙俗"以及声情的"噍杀"而不适合这种体制。翰林院的工作性质需要王士祯重新审视自己的诗风，作出相应的调整。

其次，上层对词臣诗歌创作的干涉进一步加快了王士祯诗风转变的步伐。毛奇龄《西河诗话》卷七中记录了翰林院中一次考试的情况：

> 初盛唐多殿阁诗，在中晚亦未尝无有，此正高文典册也。近学宋诗者，率以为板重而却之。予入馆后，上特御试保和殿，严加甄别。时同馆钱编修以宋诗体十二韵抑置乙卷，则已显有成效矣。唐人最重二应体，一应试，一应制也。人纵不屑作官样文字，然亦何可不一晓其体而漫然应之。

① 《再别李容斋陈说岩叶讱庵三子》，《渔洋精华录集释》卷六，第1064页。

② 彭孙遹：《圣德诗序》，《松桂堂全集》卷一，影印文渊阁《四库全书》本。

③ 《召对录》记录道："每有御制，必命和进。"王士祯：《渔洋山人自撰年谱》，《渔洋精华录集释》第2032页。

④ 《四库全书总目》卷一八三《戒庵诗存》提要，中华书局1981年影印本。

⑤ 张希良：《柳村诗集序》，董讷：《柳村诗集》卷首，《四库全书存目丛书》本。

查康熙朝翰林院考试，这是二十四年进行的一次大考①，试题为《懋勤殿早春应制》五言排律诗、《扈从祈谷坛》七言律诗，名次在前的徐乾学等人均有升迁，而钱编修却因用宋诗体作应制诗被置于乙等。这位钱编修就是康熙十八年博学鸿儒科中试的钱中谐。此次试后，这位钱编修被改任他官。与钱中谐同时外调的还有崔如岳、周之麟、颜光猷、李元振等九人，他们都是因应制诗作“未娴体式”而“对品调用”②，离开了翰林院。从毛奇龄的记载中可看出他们外调的原因在于诗风弃唐学宋。这次考试不只是针对应制诗体，还在于力图肃清词垣中盛行的宗宋风气，因为此时其中有“争先为宋诗者”（毛奇龄《唐七律选序》）。这些诗人反感唐代“板重”的应制诗风，因而阑入新奇的宋调，以宋体作应制诗正是宗宋诗风盛行的结果。这次大考，对宗宋诗风无疑是一个巨大的打击。

除帝王外，大学士冯溥也组织翰林官极力声讨宋诗：

> 益都师相（冯溥）尝率同馆官集万柳堂，大言宋诗之弊。谓开国全盛，自有气象顿鹜，此佻凉鄙弇之习，无论诗格有升降，即国运盛杀，于此系之，不可不饬也。因庄诵皇上《元旦》并《远望西山积雪》二诗以示法。……时侍讲施闰章、春坊徐乾学、检讨陈维崧辈皆俯首听命，且曰：“近来风气日正，渐鲜时弊。”（《西河诗话》卷五）

《远望西山积雪》作于康熙十九年冬③，据此则此次冯氏号召翰林官批判宋诗之举是在康熙十九年至二十一年致仕前。在冯溥看来，宗尚宋诗不仅是诗歌创作中一个取法对象的问题，还是关系到“国运盛杀”的政治问题。因此诗坛的导向，不能只靠诗歌自身的发展逻辑，政治的干预是不可避免的，所以他组织翰林官对宋诗进行口诛笔伐。

冯溥组织的万柳堂雅聚次数颇多，据王嗣槐《万柳堂修禊诗序》

① 《词林典故》卷四，傅璇琮、施纯德编：《翰学三书》（二）第88页，辽宁教育出版社2003年版。

② 《清圣祖实录》卷一一九，日本东京大藏出版株式会社承印。

③ 该诗收录在结集于二十二年的《御制文初集》卷三四，根据其排列顺序可推知作于康熙十九年冬，而收录在卷三一的《元旦》写作时间应在此之前。

记载，康熙二十一年暮春三日参加万柳堂修褉事者共有三十二人（只有三十一人名单[①]），其中翰林官有徐乾学、施闰章、徐秉义、陆棻、沈珩、黄与坚、方象瑛、曹禾、袁佑、汪霦、赵执信、尤侗、毛奇龄、陈维崧、高咏、吴任臣、严绳孙、倪灿、徐嘉炎、汪楫、潘耒、李澄中、周清原、徐釚、龙燮等二十五人[②]，除徐乾学、徐秉义、赵执信三人外，都是博学鸿儒科出身的翰林官。与上引《西河诗话》中记载比照来看，可见在冯溥万柳堂的同馆官中，康熙十八年博学鸿儒科诸翰林是主体部分。此外，曾经参加过万柳堂雅聚的博学鸿儒还有彭孙遹、朱彝尊等人[③]。文人雅集对某种诗风的形成会产生重要作用，尤其是冯溥将其作为一种有目的的活动展开时，其效果不言而喻。

清代初年，宗尚宋诗让人联想到敏感的民族问题。满族入主中原，与四百年前蒙元灭宋何其相似？编撰《宋诗钞》的黄宗羲、吕留良等人都是遗民，他们对宋诗的重新发现，实际上是对被异族征服的王朝所留下的文化遗产的保护[④]，这在民族矛盾异常激烈的清初是个敏感的问题。由此出发，扫除笼罩在康熙诗坛明遗民亡国之音的翳障，从诗风上斩断遗民的民族情感是新的政权极为迫切的工作要点。而当时的词臣却争先为宋诗，如徐嘉炎“入都后间涉昌黎、苏、陆”（徐世昌《晚晴簃诗汇》卷四一），徐釚“新诗学放翁”[⑤]，汪琬“专以宋为师”[⑥]。他们大都是博学鸿儒科取中者，康熙诏开制科的目的在于“试图通过它来阻止旧明遗臣投奔吴三桂”[⑦]，这些遗民改变立场进入新朝

① 毛奇龄《西河诗话》卷四亦云：“壬戌（康熙二十一年）上巳，陪侍者三十二人。”但未举全部，可知此次实有三十二人参加。此次修褉与前引“大言宋诗之弊”的并非一次，在《西河诗话》中，这两条分别记载。

② 王嗣槐：《桂山堂文选》卷一，《四库未收书辑刊》本。

③ 分别见彭孙遹：《松桂堂全集》卷二一《奉和冯益都夫子秋日燕集万柳堂即席留别之作》、朱彝尊：《曝书亭集》卷一一《上巳万柳堂燕集同诸君和相国冯夫子韵二首》。

④ 参见张仲谋：《清代文化与浙派诗》，东方出版社 1997 年版，第 17 页；潘承玉在《清初诗坛：卓尔堪与〈遗民诗〉研究》一书中概括明遗民弘扬的诸种价值中有“存宋—存明说”一项，中华书局 2004 年版，第 313—314 页。

⑤ 郑方坤：《国朝名家诗钞小传》卷二《南州草堂诗钞小传》，光绪丙戌（1886）孟夏万山草堂藏版。

⑥ 同上卷二《尧峰诗钞小传》。

⑦ ［美］魏斐德著，陈苏镇、薄小莹等译：《洪业——清朝开国史》第 983 页注③，江苏人民出版社 1995 年版。

的翰林院，却依旧作着带有敏感的民族色彩的诗风，这是统治者不能容忍的。翰林院是润色鸿业的机构，而不是感怀故国的场所。改变这一现状便是当务之急，这就是康熙十八年之后上层干涉诗风的主要原因。

王士祯虽康熙十九年八月至二十三年十月任国子监祭酒，不一定参加了冯溥组织的声讨宋诗的聚会，但他的好友施闰章和徐乾学都亲临了现场，也一定会以此奉劝被认为是宗宋诗风主将的王士祯。施、徐二人在为《渔洋续诗集》作序时不约而同为他的诗风辩护，其中甚有深意：

> 客或有谓其祧唐而祖宋者，予曰不然。阮亭盖疾夫肤附唐人者了无生气，故间有取于子瞻，而其所为蜀道诸诗，非宋调也。(施闰章《渔洋续诗集序》)
>
> （先生）虽持论广大，兼取南北宋、元、明诸家之诗，而选练矜慎，仍墨守唐人之声格。或乃因先生持论，遂疑先生《续集》降心下师宋人，此犹未知先生之诗者也。《记》曰："治世之音安以乐。"张子曰："诗之情性温厚平易。"……读先生之诗，有温厚平易之乐，而无崎岖艰难之苦，非治世之音能尔乎?[①]

施闰章否认诗坛流行的关于王士祯"祧唐而祖宋"的观点，并认为类似于"韩、苏海外诸篇"[②] 的《蜀道集》并非宋调。徐乾学则将王士祯的言论与诗作区分开来对待，他并不否认王士祯曾持有宗宋的言论，但他认为，王氏诗歌创作的实际情况与此并不一致，仅凭其言论不能断定他宗宋，实则其诗歌"仍墨守唐人之声格"。这些辩护很容易联想到冯溥组织翰林官对宋诗风的批判。另外，王士祯进入翰林院也有冯溥的推荐之力，自然不会无视其言论。正如其诗中所言，这是一个"朝廷正需雅颂手"（《送洪昉思由大梁之武康》）的时代，既然如此，作为文学侍从的他是否还要将宗宋诗风坚持下去呢？

康熙二十四年王士祯因赴南海祭告神祇没有参加正月举行的翰詹

① 徐乾学：《渔洋山人续集序》，《憺园文集》卷二一，《续修四库全书》本。

② 《渔洋精华录集释》附录八引盛珍示语，第2029页。

大考，但作为詹事府少詹事兼翰林院侍讲学士，他对康熙帝抑制宋诗风的举措一定是清楚的，友人徐乾学在这次大考中名列第一，这些都足够让他进行深刻的反思。所以利用家居的机会编撰《唐贤三昧集》，进一步明确自己的诗风宗尚，以此告白天下。可以说上层的干涉很大程度促成了王士祯诗风的转变。

再次，面对当时已经暴露的宗宋诗风的弊端以及如潮的批评，作为“学者宗师”（李焘《续资治通鉴长编》卷七一）的翰林官，王士祯有责任重整诗风。康熙二十年以前，宗宋诗风已经弊端丛生，诗坛对此批评也蜂拥而起①。在批评宋诗风的同时，对王士祯的指责也激烈起来，时人大多认为诗坛的宗宋诗风是由他的提倡而泛滥的。王氏弟子的辩护中透露出当时的舆论非常严厉，曹禾《渔洋诗续集序》中写道：

> 《易》曰：“拟议以成其变化。”贵其常新也。俗学不知拟议，安知变化？保残守缺，挟恐见破之私意，如越人之髢，瞽者之镜，非唯无用，从而仇之，纷纷籍籍，诋曰“学宋”。不知先生之学，非一代之学，先生之诗，非一代之诗。

可见，在《渔洋续集》编成之前，诗界已经认定王士祯是宗宋诗风充斥诗坛的罪魁祸首，并群起而攻之。面对此种情况，这位被皇帝“拔之馆阁，为天下师”（汪懋麟《渔洋续诗集序》）的翰林院侍读，天下文风的引领者，无论如何也不能坐视不管了。王士祯有责任而且必须要改变诗坛的现状，将其导向一条上至帝王，下至文士都能接受的道路，复归唐音势在必行。

当然，由宋返唐主要是出于翰林院的特殊环境，其实王士祯并没有立即放弃对宋诗的兴趣，因此即使在复归唐风以后，他仍然和一些至交好友作宋体诗，并对其中一些人产生影响。如陈维崧，“晚而与当代大家诸先生上下议论，纵横奔放，多学少陵、昌黎、东坡、放翁”②。

---

① 参见顾景星：《青门簏稿诗序》（邵长蘅《邵子湘全集》卷首）；庞垲：《盛鹤田诗序》（《丛碧山房文集》卷一）等。

② 陈维岳：《湖海楼诗集跋》，陈维崧：《湖海楼诗集》卷末，《四部丛刊》本。

考康熙十八年至十九年，陈维崧和王士祯同在翰林院纂修《明史》，经常诗酒唱和。看来陈维崧在俯首帖耳聆听冯相国声讨宋诗时也是出于压力。又如梁佩兰，“晚年与新城（王士祯）、商邱（宋荦）诸先生游，则时时瓣香韩、苏，示能兼长”①。考康熙二十一年二月，梁佩兰上京应会试，六月，王士祯召他与蒋景祁、冯廷櫆、白子常等宴集②，瓣香韩苏大概就始于此。可见直到这时，王士祯还念念不忘宋诗。不过王士祯是聪明之人，在翰林院崇唐黜宋的局面下，他只能将兴趣和表现分离，由宋返唐乃大势所趋。

以上分析可以看出，翰林院的职能、上层对词垣诗歌领域的干涉、诗界的现状以及王士祯所处的地位，都需要他在理论和创作上抛弃宗宋诗风，复归唐音。

四

张舜徽先生谈到王士祯遭际时说：“士祯享名之盛，身后尤彰于生前，亦半由于后学表彰章之力。”③其实，在王士祯进入翰林院不久，朋友和学生就给他戴上了诗坛“正宗”的桂冠。徐乾学在《〈十种唐诗选〉书后》一文中写道：

> 往岁郃阳王黄湄、江都汪季角，邀泽州陈说岩、新城王阮亭及余五人，集于城南祝氏之园亭，为文酒之会。余与诸公共称新城之诗为国朝正宗，度越有唐。

据文中介绍，这次聚会是在康熙二十二年，也就是说，至迟在这一年，诗坛上开始尊王士祯为“正宗”了。此后的发展，只是对其地位的进一步巩固。

所谓“正宗”者，“宗之言主也，尊也。言其人能主持风雅，而学者尊事之也。”登上正宗的宝座需要哪些条件？继以上定义之后，邵长

① 张尚瑗：《六莹堂集序》，梁佩兰：《六莹堂集》卷首，《四库全书存目丛书》本。

② 蒋寅：《王渔洋事迹征略》，第271、274页。

③ 张舜徽：《清人文集别录》，华中师范大学出版社2004年版，第68页。

蘅接着说："夫其所以为一代之宗者，其才足以包孕余子，其学足以贯穿古今，其识足以别裁伪体，而又有其地有其时。夫才与学与识，人也；地与时则有天焉。五者兼焉故难也。"（《二家诗钞序》）[①] 在邵长蘅的观念中，王士祯成为一代正宗的条件为才、学、识、地、时内外五个因素。毫无疑问，王氏成为诗坛正宗的内部因素，经过扬州烟月和燕市逢人的生活历练，在康熙十七年前已基本具备；而成为正宗的外在机缘，又在这一年到来。

在诸多的因素中，进入翰林院是其登上"正宗"宝座的重要环节，而其诗温柔敦厚的特质又是不可或缺的要素。

文章传否似乎与诗人的政治地位无太大关系，历史上许多一流的作家甚至终身沉沦下僚。但是要成为公认的一代正宗，则名位的高低至关重要，王士祯的际遇就说明了这一点，时人在为其诗集作序时就特别强调这一点：

> 文章传否，不关名位。……然此特就一人言也。旷观宇宙千古，斯文之运，未有不因名位而昌，非文章之必藉乎名位也。一代之兴，天将聚才俊以鸣其盛，则必笃生一二人焉，以为之领袖，而此一二人者，苟非有瑰玮绝特之姿，渊综奥博之学，固不足以胜其任。即有其姿，且有其学矣，而名未知于天子，则不足以致一时之信从；位不列于公卿，则不足以树后生之模表。故天既畀之以斯文之任者，必使之负大名，居高位，而后推挽后学，成就人材，风流弘长，足以衣被一世而沾溉来兹。[②]

官方的肯定极容易树立"正宗"的地位。可以说，若不是康熙帝出于塑造典型的目的，尽管王士祯在诗界有无比巨大的号召力，也很难和正宗相联系。

能被官方承认也需要其诗具有与正统诗风相近的特质，温柔敦厚就是正统诗风的标准。衡量诗人正宗的标准就在于是，如"先生之诗

---

① 邵长蘅：《二家诗钞》卷首，《四库全书存目丛书补编》本。

② 郑梁：《新城王公诗集序》，《寒村诗文选》之《寒村安庸集》卷二，《四库全书存目丛书》本。

温柔敦厚，为风雅正宗"[1]，就是将二者联系在一起，不过这里评论的是康熙诗坛的另一位翰林官方象瑛的诗。在康熙十二年之前，王士祯的诗无疑是以温柔敦厚见长，对此陈维崧评价道：

> 新城王阮亭先生，性情柔淡，被服典茂。其为诗歌也，温而能丽，娴雅而多则；览其义者，冲融懿美，如在成周极盛之时焉。……今值国家改玉之日，郊祀燕饗，次第举行，饮食男女，各言其欲，识者以为风俗醇厚，旦夕可致，而一二士女尚忧家室之未靖，闵衣食之不给焉。阮亭先生既振兴诗教于上，而变风变雅之音渐以不作。读是集也，为我告采风者曰："劳苦诸父老，天下且太平，诗其先告我矣。"[2]

在当时的社会背景下，王士祯的这种诗风不无作用。这部分因素，在他进入翰林院时相信起了一定的作用。清人认为，唐人是雅颂传统的继承者，其作"中正而和平"[3]。宗尚唐诗就是继承温柔敦厚的传统。王士祯由宋返唐，重倡神韵之旨，向诗教传统复归，这进一步奠定了其正宗的地位。邵长蘅并推宋荦与王士祯二者为正宗，并为他们曾经有过的宗宋之举辩护，从中能够看出正宗地位与唐音之间的联系何等密切：

> 自祧唐祢宋之说盛，后生靡然，且谓两先生亦尝云尔，顾两先生诗具在，其所为溯源风骚，斟酌汉魏三唐，以自成其家者，各有根柢，虽间亦取于宋人，第以资泛澜耳。（邵长蘅《二家诗钞序》）

其实前文已经论及，王、宋二人曾经并不讳言他们宗宋，而邵氏为了明确二人诗风的正统性，却极力辩白其事。可见，在清人观念中，正

---

① 李必果：《展台诗钞序》，方象瑛：《健松斋集》卷一八，《四库全书存目丛书》本。

② 陈维崧：《王阮亭诗集序》，《陈迦陵散体文集》卷一，《陈维崧集》，上海古籍出版社 2010 年版，第 8—9 页。

③ 朱彝尊：《刘介于诗集序》，《曝书亭集》卷三九，《四部丛刊》本。

宗诗风无疑都是宗唐。

康熙十七年王士祯进入翰林院，以及随之而来的诗风的转变，奠定了他在清代诗坛的正宗地位。此后，乾隆曾与沈德潜“谈及近日诗道中衰，无复曩日之盛之语”，沈德潜乘间曰：“因不读王某之诗，盖以其卒无谥法，无所羡慕故也。”乾隆命补谥，于是追谥“文简”①。经过此次再造典型，其正宗地位进一步巩固。

（原载《文学遗产》2008 年第 2 期）

① 昭梿：《啸亭杂录》卷九，中华书局 1980 年版，第 273 页。

《红楼梦》诗社与明清江南闺媛结社小识

俞晓红

中国是一个诗歌的国度，诗也是文备众体的小说无法割舍的有机元素。曹雪芹在《红楼梦》中不仅为小说人物代拟了诸多符合人物身份教养性情气质的诗词作品，而且还将大量篇幅放在了诗社的表现上，对大观园居民结社的缘起、过程、活动形式、名次衡定等作了详细描绘，对展现才媛们的性格与情感起了重要的辅助作用。从某种意义上说，《红楼梦》诗社的存在，也与明清时期江南一带城市贵族名媛喜结诗社的社会风尚有密不可分的联系。

一

《红楼梦》中诗社得以成立，缘于贾探春病中无聊之时的偶然一念。探春的得病缘由也很有诗意，是因为在新晴之夜玩赏月下清景，时间稍长，为风露所欺，受凉不出，因伏几凭床，处默飞思，便欲效法古风，盘桓山水，开启吟社，于是广发英雄帖，遍招社员。探春花笺自云，起社以宴集诗人、醉飞饮盏为目的，以雄才雅会、不让须眉为目标。大观园诗社起自探春病中之邀，意在力显探春之不俗资质；大观园诸女一邀就到，乃是对共所企慕的闺中性灵生活的精神呼应。身为寡嫂的李纨和唯一男性的宝玉亦踊跃而至，兴味盎然，是探春敏思慎行个性和出色组织才能的绝好印证。

起社之思既源于探春，改名之意则出自黛玉。黛玉以社员为诗翁，便要求洗尽姐妹叔嫂字样，另取雅号，立即得到李纨的赞同，且李纨率先为自己定下“稻香老农”之名。“蕉下客”为探春自取，穿插黛玉的插科打诨，妙趣横生；“潇湘妃子”乃探春为回敬黛玉而命名，何等自然对景；“蘅芜君”何其典雅，偏出自李纨之口；“菱洲”、“藕榭”

何其简洁，恰来自宝钗之思。如果在场诸人均有名号，则显平而满，所以要留下贾宝玉名号不定，以待后日方出。避开俗称，意欲彰显诗社成员之间的平等雅致；就地取材，则又昭示大观园诸媛才思的别致清新。

名号既定，则须推社长。社长应为诗社的发起人和组织轴心。李纨年长，自动请缨要做社长，还推举菱洲、藕榭两人为副社长，同时规定了管理工作职责：社长先作东道，负责提供宽敞的社所；副社长一个出题限韵、一个誊录清场。诗社领导一正二副，均是“不能作诗”的“俗客”，潜规则仿佛是：年长者为社长；才庸者为社长。探春深知其意，也不勉强，反而用抗议不公的方式悄悄为她们解除可能有的尴尬；黛玉、宝钗亦不吱声；宝玉则承接李纨的话意，提议往社所稻香村去，过渡无痕。李纨却并不着急回稻香村，只说今日先商议；等探春要求先作东道，李纨也就顺水推舟，把第一次社会定在了秋爽斋。

推举社长的过程中也顺带立了社约：诗会时，宝黛钗探四人必做，李纨迎惜可做可不做，以管理为主；社会则一月两次，有兴可增；组织形式则有出题、限韵、监场，全部做完后还要评判诗作的优劣，定出名次。第一次诗会以白海棠为题，社即名“海棠诗社”，便宜简单；诗作名次由李纨评定；会后定下初二、十六位开社日期，出题、限韵都以李纨意志为准。怡红公子对名次略有异议，却被社长以“罚”约为名压下。可知社约是诗社的运作规则，体现了诗社的活动方式，也为诗社的正常运行提供组织保障。

大观园诗社第一批成员有李纨、迎探惜、宝黛钗共七人，以园内居民为主；次日便扩大到园外，因史湘云补做了两首白海棠诗，获得了入社资格，顺利补入诗社。若以贾宝玉为轴心来看，以上成员之间均有血缘关系，或系正规的家庭成员。后来身居副钗第一位的香菱因企慕诸媛雅集，在经过循序渐进的作诗速成训练之后，也跨过了门槛补入社来；此后不久，因李纹李绮岫烟宝琴一把子四根水葱儿同时到京，没交投名状先参加了诗会，又借咏梅诗集体亮相了一回。这五位社员均与宝玉无直接的血亲关系，然亦在亲戚或亲戚的亲戚范围之内，较第一批成员关系略疏，且从金陵、姑苏等江南地带聚来京城，有跨区域性和流动性等特征。

在正式社员之外，文化程度不高的王熙凤偶然也出过“一夜北风紧”的好句，起了一个开放式的首句，为其他人续联留下了无限空间；还有一位女尼妙玉，也会在湘黛联吟之际悄然冒出，在湘黛后力不加时续上数十句，要翻转她们的凄楚悲凉，而后获得湘黛的“诗仙”赞誉。王熙凤和妙玉都算不得诗社的正式成员，凤姐吟诗是书中绝无仅有的一次反串，在大俗之中点染一丝小雅；妙玉则应是不在编的社外诗友，虽有吟咏佳句，却始终没有正式加入诗社。凤妙二人，一与宝玉有血缘之亲，一与宝玉及众人毫无血亲关联；一为京城官员之女，一来自姑苏仕宦人家。这也在一定程度上和诗社成员的来源与结构形成了呼应。

诗社既然成立，组织也已建构，社会便成要务。社会是大观园诗社活动的具体过程，大致经历了四个阶段。诗社既起，探春提议今日此刻便开一社，李纨便就才见的白海棠命题，以为不必赏了再作，迎春限韵限体，探钗宝黛一时作成四首，次日湘云依韵再成两首，得到众人热捧。湘云以此为底，自告奋勇明日做东邀社，于是菊花诗十二首一气连贯、琳琅排出，大有明月海潮共生之势。这是大观园诗社的第一个阶段：海棠社阶段。第二阶段由香菱学诗蓄势，芦雪庭即景联句铺垫，咏红梅诗编成了诗社的华艳花冠，随后众人所制灯谜十余首，又点染了诗社的生命激情。此时可谓大观园诗社的红梅花阶段，邀社人虽非薛宝琴，然宝琴毫无疑问是红梅花冠上最灿艳的一朵红宝石。冬去春来，万物更新，散了一年的诗社因为林黛玉的《桃花行》而重建，社因名桃花，林黛玉作了社主。至暮春，则又以柳絮为题，众词缤纷而出，各呈风致。是为诗社的第三阶段。再至仲秋之夜，湘黛二人结伴至凹晶溪馆联吟，直至“寒塘渡鹤影，冷月葬花魂”句出，诗社之生命已显凄清颓败的征兆，妙玉出而续貂，仍不能改露浓霜重、苔滑竹野的局势，大观园诗社之衰微已是不可避免的了。中秋联吟可谓诗社的第四阶段。海棠社起自秋，梅花诗灿于冬，桃花社绚在春，鹤影花魂冷于秋夜：诗社的主体活动完构了大观园的四季时空。

从社员活动内容看，社会也呈现了丰富的形式感。咏白海棠诗限韵限体，一题分咏；菊花诗则是事先拟题，限体不限韵，数题分咏；宝黛钗三人的咏螃蟹诗原是即兴之作，算得上是同题分咏。香菱咏月诗是限题限韵又限体，恰是一人三咏；雪中联诗是出题限韵，有别于前数次之七律而特设五言排律，众钗加宝玉联吟而成；咏红梅诗则又还原为七律，虽限韵却以“红梅花”三字分别为韵，同中有变；随后灯谜诗则以七绝为主，用韵和诗题均无限制。《桃花行》新人耳目，以歌行体翻转原先以律绝一统天下的局面，虽有各作桃花诗一百韵的提议，终因诸媛力不能逮作罢，故成黛玉一人一题一体之势然；史湘云偶成一令，调寄《如梦令》，促发了起社填词之兴，于是要改新鲜样儿，与黛玉拟了柳絮之题，限《临江仙》、《西江月》、《南柯子》、《唐多令》、《蝶恋花》等各色小调，请来众钗拈阄分咏。再至中秋联诗，虽亦是五言排律形式，却又与芦雪庭数十人即景联诗有异，只湘黛二人联吟，末了以妙玉独吟补缀。（除了正式社会之外，第18回元妃省亲时临时组织的那次诗会，征得诗作十一首，基本上是一人一题，律绝都有，七言五言均可，韵脚不加限制，可谓大观园诗社成立之前的一次预演。）从诗题、到诗体再到用韵，或同咏、或分咏、或联吟，大观园诗社的社会虽不十分正规按时，却是变化有致，在众钗歌咏靓丽的青春生命和逼仄的生存情境之际，构成彼此呼应、时空共构的复调世界。

大观园成立诗社，实有较量诗作的意思。所以诗社每一次活动，均要根据诗作情况评判优劣，酌定名次。有时候是社长李纨一言定名，有时候又由众钗共同议定。海棠社时，在宝玉力推下，众人都道潇湘妃子诗作为上，李纨却以“含蓄浑厚”为标准裁定了蘅芜诗稿第一，得到探春附和，怡红公子对自己压尾的评议心悦诚服，对蘅潇二诗高下却还要提出异议，最终却被社长以权压下。菊花诗十二首，社长李纨以题新、诗新、立意新为标准，将潇湘妃子所作三首判为前三名，然后依次是蕉下客、枕霞旧友、枕霞旧友、蘅芜君、蘅芜君，怡红公子仍然落第。三首咏蟹诗，众人公推宝钗所作是食蟹的绝唱。咏红梅诗中，宝琴所作被公推为第一。也许咏梅诗还不足以拉开宝琴与李纹李绮才力比拼的距离，所以作者又让宝琴独吟怀古诗，且一气作了十首；因为末两首涉及《西厢记》、《牡丹亭》剧情，引发钗黛二人的不同意见，最后还是社长李纨出来发了一通议论，平息了争执。桃花社时，作者先让林黛玉《桃花行》一枝独秀、无人相与颉颃，后列出诸柳絮词，仍以众人拍案叫绝方式，公推蘅芜君为尊，其次是潇湘妃子、枕霞旧友，再次是宝琴、蕉下客。湘黛中秋联袂至水馆联吟，既无社长在旁做裁判，也很难就两人之作分出高下；最后妙玉补缀，被湘黛赞为诗仙，似有场面客套的因素在内。社会每次参与人数和发表诗作多少不一，长短各异，形式各样，每次评出名次的方式也有不同，但有两点却较为一致，贯穿始终：一是每次较量诗作，不是薛宝钗得冠，就是林黛玉夺魁，贾宝玉总是殿后；二是每回名次的评判，要么众人一词、公推某人为尊，要么由社长李纨出面平衡优劣、裁定排名。由此可见，社员审美评判标准还比较一致，而诗社由年长的寡嫂李纨执政也十分适当。

二

大观园诗社既较量诗作，也就相当于是大观园群钗的一次次赛诗会。诗作既为曹雪芹代拟，则每次诗会由谁夺冠也成了曹雪芹诗学理念和审美态度的一个表征。海棠诗会上，李纨评定蘅芜君为冠，不仅因为蘅芜君描画的白海棠形象清洁淡雅，切合薛宝钗的珍重芳姿和素朴个性，亦符合诗会裁判李纨的生活态度，更因为蘅芜之作含蓄浑厚，恰是“温柔敦厚”的传统诗教在大观园诗歌创作中的文本典范；而林潇湘的“偷来三分白”与“借得一缕魂”固然灵巧，但“怨女啼痕”、“娇羞倦倚”的形象却多多少少有点怨有点伤，相对于“怨而不怒、哀而不伤”的诗教是一种越规。所以在稻香老农的审美视界里，潇湘妃子的风流别致要让位于蘅芜君的含蓄浑厚。菊花诗会中，林潇湘的诗作虽有“素怨”、“秋心”、“相思”、“幽怨”等触动伤感情怀之词，却都是在表达对菊花高洁贞白情操的倾慕相思之情，而菊花在传统诗歌王国里却一向是士子高洁人格的象征，在某种程度上是作者人格的代拟和书写，无关深闺怨慕；而薛作中“断肠”、“闷思”、“念念”、“寥寥”、“慰重阳”之语，却一反蘅芜君含蓄豁达的主体风格，显示了柔弱寂寞的思妇口吻。所以菊花诗会前三名都是林黛玉，而薛宝钗只列在第七第八名。红梅诗会上，虽未一一评定名次，薛宝琴的诗作被公推最好，也反映了在众人心目中，凡涉血痕酸心、魂梦情愁之作，均不能及豁朗洒脱之境。桃花诗因无人能再，自然无法排名。柳絮词六人只作得五首，林潇湘之语悲，薛宝琴之声壮，枕霞妩媚，蘅芜欢愉；以欢愉之作为尊，仍是传统诗教观在作者笔下的惯性显现。如说李纨在蘅潇之间有所偏爱才多多赞许蘅稿，是没有超越小说文本，看清作者审美评判立场的缘故。无论潇作还是蘅稿，不过是曹雪芹模仿众媛身份、阅历、口吻代拟而出，他要让蘅稿居尊，蘅稿当确能压众，他才能借李纨之口评定为尊，否则李纨当社长岂不是名实不符，蘅稿之尊岂不是徒有虚名，作者代拟的价值岂不是也无以显现?

在这种高下的较量和评比中，读者会发现一个突出的现象，就是进入评比行列的作品，就文体而言，大多是七律、绝句、词，即使是尚未进入诗社阶段的大观园题咏，也大多是律绝，而绝无歌行或联句。这当然是因为歌行本不易作，虽为黛玉所擅长，却并非众钗人人都能胜任，而作者要代拟起来也会有无穷难度；联句正因为是众人所联，且在群媛“对抢”的情境之中匆忙作出，往往会是“有句无篇”的趋向，所以两次联吟，只得“寒塘渡鹤影，冷月葬花魂”两句最佳，作者也借湘黛之口，称上句“何等现成，何等对景且又新鲜”，下句“果然好极，非此不能对”，虽有妙玉补缀数十句，却无出其右。更多的原因，当与诗体本身的固有特点密相关涉。初唐时盛行歌行体，其篇幅没有一定的限制，平仄韵律都比较自由，写法上采用铺叙的可能性比较大，这需要更高的抒情技巧；结构上虽有起承转合的变化却不易把握，容易写得平板，像《春江花月夜》那样能将不同意象熔铸得自然一体而又起承转合节奏明显，实属不易。由于律绝是唐诗发展到成熟阶段的产物，其起承转合、平仄韵律均有固定的格式，且因为积淀深厚，有较为固定的意象群，篇幅又比较短小，要作起律绝来技术上比较容易掌控，不仅生活中的闺媛们方便写作，而且小说作者代拟起来也相对便宜；词则更是如此，有词牌限制的缘故，其平仄韵脚更为固定，长短句的形式对词作者而言更为自由活泼，所以大观园中起社填词时，只以小调为限。律绝和词调有法可依，故易作；因无法故，歌行难拟。曹雪芹在摹写诗社比拼时，多次将桂冠戴在薛宝钗头上，如海棠诗、咏蟹诗、柳絮词以及诗社成立之前的大观园题咏，均是宝钗取胜；但在诗社聚会之外，他却将最难写的、最能铺叙、最易抒情的歌行体作品，《葬花辞》、《桃花行》、《秋窗风雨夕》，一股脑儿都归属在林黛玉的名下。他把诗会的风采赋予了宝钗，却把诗歌的情感宣泄在黛玉身上。从另一个角度说，正因为社外的诗歌辉煌大多集于林潇湘一身，所以社内的赛诗荣耀要多匀一份在薛蘅芜方面，因为在小说作者的审美坐标中，薛宝钗毕竟是一个能与林黛玉“双峰对峙，两水分流”的角色，而不是纯粹的陪衬品。

也许是为了突出林黛玉与诗歌的不解之缘，小说还安排了香菱学诗的情节。香菱幼名英莲，其命运堪怜，故名谐“应怜”。既得宝钗改名，又有了进园与群媛朝夕相处的机会，故“香菱”者，与诸艳“相与为邻”之谓也。香菱想学诗，先求宝钗，宝钗嘲之得陇望蜀；继求黛玉，黛玉笑着应允，自谓做香菱之师游刃有余。黛玉先打去香菱畏惧心理，说作诗不是什么难事，然后讲明学诗的步骤：格律为先，立意为旨，背诗为底。香菱先苦心背诗，然后与黛玉谈论所领略的诗中滋味，既感觉敏锐、体验真切，又联想丰富、很有悟性，即刻进入写诗阶段。第一首虽有意思，却用语直白，堆砌诸多意象，凑泊成句，不仅思路凝滞，视野比较逼仄，所抒也非真情，了无新意。第二首能用“花香”、“轻霜”比喻，又用“人迹”、“隔帘”等情景烘托，渐渐放开了手脚；但意境过于穿凿，未能切题，词藻亦较陈旧。第三首起势不凡，“精华欲掩料应难”十分自信含蓄，“影自娟娟魄自寒”是其寂寞幽怨心境的自我写照，仿佛对月低吟，顾影自怜；“一片”、“半轮”二句使用了特殊句式，笔法劲健，且用典精当，对仗工稳，言浅意深，堪称精妙；“绿蓑”、“红袖”二句拓展境界，情景并出，为末联层层铺垫；结句曲折含蓄，紧扣诗题，人月合咏，自然双关，余韵悠长。全诗无月字而句句关月，用词典雅含蓄，设意新奇别致。香菱写诗，经历了悬想、苦索、顿悟三阶段；宝钗嘲呆说疯，宝玉鼓励赞扬，黛玉则平和、真诚，教香菱从形式入手，突出立意，学时直奔大师，先读后悟，教的过程中巧问妙点，循循善诱，可谓善为人师者。

在这个过程中，读者还可注意到一点：林黛玉让香菱读的，不是歌行体，也不是词，而正是王维的五律、老杜的七律、李白的七绝；她让香菱作的，也是限题限韵的七律。一方面因为王维李杜律绝已臻唐代律诗的纯熟境界，最堪为学习的典范；另一方面也说明这种纯熟的诗体形式固定，容易为初学者把握。林黛玉要言不烦，将诗体特点说得相当透彻，而香菱则颇有悟性，一点即通。香菱判词云其“根并荷花一茎香”，其品貌才情如月之精华，虽一度为云霾所掩，却终有射光溢彩之时，而堪与荷莲相邻也。

如果宕开一步，从小说作者的角度审视，学诗过程则赋予了诸多情节意义。一是作者模仿初学写诗者的笔调、心态，揣摩他们易犯的通病和不断进步的过程，按初学、改进、成功三个阶段代拟成诗，使韵文成为小说情节的有机组成部分；且善于将诗作者的性情、气质与诗作的精神、意象结合摹写，并融为一体，使韵文成为塑造人物形象的必要手段。二是借助黛玉教诗，表达了作者的学诗观点，即直奔大师，先背熟、玩味，再评析、联想，然后学习写作。而学诗也须经历颇多磨难，不可一蹴而就，其过程仿佛学者必经的三境界：苦读佳作登至高处——“昨夜西风凋碧树。独上高楼，望尽天涯路”；求索旨味百苦不怨——“衣带渐宽终不悔，为伊消得人憔悴”；灵犀顿悟成功在前——“众里寻他千百度，蓦然回首，那人却在灯火阑珊处”。三是描写了黛玉的热情宽仁、循循善诱和香菱的聪慧刻苦、痴心纯真，学诗过程成为小说刻画人物性格的重要手段，香菱学诗的绩效，也体现了大观园自由平等和谐友爱的文化氛围，构筑出作者理想的精神家园。

大观园诗社由探春发起，力显探春的不俗资质和组织才能，诗社活动的平等、民主、公正，构筑了大观园的和谐氛围，渲染了诸艳的性灵生活。从小说整体构架看，诗社内的合唱以群媛为主体，诗社外的歌咏则以林黛玉为主角；诗社活动仿佛群媛性灵生活世界里的一道道山梁起伏蜿蜒，林黛玉的一曲曲咏叹调则犹如山谷间的瀑布溪流奔腾不息。无论社内诗会还是社外独吟，诸多情节既是“小才微善”的具体化，也是诸艳诗性生活的群体化，更是小说“千红一哭、万艳同悲”主题的阶段化。在这个意义上，大观园的诗社和诗作，就绝不是小说文本可有可无的点缀性元素了。

三

大观园诗社的存在，是明清时期普遍结社的社会风气在小说中的反映。结社本是中国文人的习好，而于明代尤烈，三百年内有名目可考的文人社团有八九百个之多，大多集中在江浙皖闽等东南沿海地区。明中叶以后，江南一带城市商品经济迅速发展，城市文化生活观念随之有了很大的改变，文化社团活动日趋繁多。明清之际，桐城、苏州、杭州、松江、镇江、江宁等沿江城市的诸多望门大族，相当重视家族女性的文化教育，不仅培养她们日后相夫教子的文化技能，而且也提供给闺流阅读创作文学的自由天地，一些文学世家多有女性文学群体，如吴江沈家与叶家、山阴祁家、桐城方家等。袁枚曾慨叹道:“闺秀能文,终竟出于大家。”[①] 毛奇龄、袁枚等名士还公开招收女弟子,鼓励闺媛吟诗作文,并为她们的作品结集。胡文楷在《历代妇女著作考》的《自序》中曾说:“清代妇女之集,超轶前代,数逾三千。”[②] 有的才媛本身就是女塾师,自己招收女弟子,如明末清初商景兰、清康熙间胡慎仪、道光间沈善宝等均有才名,胡慎仪受聘为闺阁师达四十余年、弟子二十余人。在这样的时代风气感召下,贵族名媛效仿男性文人结成闺闱诗社,就成了明清之际沿江江南一带城市的闺中时尚。比较著名的如明末桐城的“名媛诗社”、清康熙年间杭州的“蕉园诗社”、乾隆末年吴江的“清溪吟社”、道光间“秋红吟社”等。名媛结社是贵族闺阁文化交流的产物,无疑促进了明清女性文学的繁荣。

闺媛结社雅集,内容多半饮酒赏花、谈琴论画、吟诗唱和,原起于望族女性的修养情性、追慕风雅,也有缘于自我生存的精神寄托。如桐城名媛诗社方维仪“十七丧其夫,十八孤女殇”、堂妹方维则16岁守寡,均归母家守志,于是潜心研读,吟诗作画,彼此唱和。蕉园诗社顾之琼发出《蕉园诗社启》为起社之邀,清溪吟社江碧岑曾自叙结社目的云:“闻道香名,人人班谢;传来丽句,字字徐庾……丽矣名篇!美哉盛事!……即使须眉高士,亦应低首皈依;纵有巾帼才人,定向下风拜倒。真闺闼之雕龙,裙笄之绣虎也。”[③] 闺媛们以班谢徐庾自许,借助诗社的唱和交流,既丰富闺阁生活的层面、提升内涵,也欲与须眉较量一下高低,在青史天地之间留痕。男性文人对闺媛吟诗雅事及其成就也推崇备至,钱谦益评价虽无结社之名而有诗会之实的吴江沈氏一门云:“中庭之咏,不逊谢家;娇女之篇,有逾左氏。”[④] 闺媛吟咏之后多有结集,如方维仪有《清芬阁集》,方维则有《茂松阁集》,冯娴有《和鸣集》,江碧岑有《青藜阁集》,清溪吟社有《吴中十子诗钞》等,表明闺媛吟诗,不仅仅在于填补生活空白或玩味生活旨趣,她们更看重身后的声名。而社会反应也是支持这种闺阁文化追

---

① 袁枚:《随园诗话》卷三,江苏广陵古籍刻印社1998年版,第47页。
② 胡文楷:《历代妇女著作考》,上海古籍出版社2008年版,第5页。
③ 江珠:《青藜阁集自序》,《青藜阁集》,清乾隆五十四年刻本,第1页。
④ 钱谦益:《沈氏宛君》,《列朝诗集小传·闺集》,上海古籍出版社1959年版,第753页。

求的，清时对闺媛诗词作品的选辑较以往任何一个朝代为多，且评价亦高。嘉庆时许夔臣曾辑成《国朝闺秀香咳集》云："我朝文教昌明，闺阁之中，名媛杰出。于染脂弄粉之暇，时亲笔墨，较之古人，亦不多让焉。"①

明清时闺媛诗社的成员一般都有雅号，如蕉园诗社中柴静仪为"凝香室"，钱云仪为"古香楼"，林以宁为"凤潇楼"等。诗社的社长一般也是以年长者为主，或是家族中有威望的女性，如名媛诗社的发起人是方维仪，她学识渊博，淹贯经史，工诗善画，弟媳吴令仪嫁入方家，即拜方维仪为师，后诗字琴画、刺绣酒浆，种种精绝；蕉园诗社的发起人是顾之琼，在社员中辈分最高；乾隆间任兆麟广招女弟子，有张芬等"吴中十子"，以张芬等人为主要成员成立的清溪吟社，社主是任兆麟妻子"清溪居士"张允滋。明末清初闺媛诗社成员基本来自名门望族内部，诗社社员之间的关系也比较亲近，多有血缘关系、姻亲关系或系家庭成员。桐城名媛诗社方孟式、方维仪、方维则三姐妹是明末清初著名思想家、"四公子"之一方以智的姑母，吴令仪、吴令则姐妹分别是方以智的母亲和姨母。杭州蕉园诗社中，顾之琼与林以宁为婆媳，与钱静婉、钱凤纶为母女，与冯娴为妯娌，与柴贞仪、柴静仪为姑侄；姚令则是顾之琼姑母顾若璞的孙妇、顾之琼的侄媳，朱柔则是柴静仪长媳，也即顾之琼的侄孙媳。无组织之名而有结社之实的家族闺媛吟诗群体中，吴江叶绍袁之妻沈宜修与三个女儿叶小鸾、叶纨纨和叶小纨，以及沈宜修的姐妹、姑母、嫂子、侄女吟咏唱和，可谓一门风雅；山阴祁彪佳遗孀商景兰与三个女儿德渊、德琼、德宦和儿媳张德蕙、朱德蓉，以及妹妹商景徽之女徐昭华常相唱和。至清中叶，吴江清溪吟社成员的结构则有了向外拓展的趋势，除了张芬是张允滋从妹，陆瑛与李媺为姑嫂之外，馀席惠文、朱宗淑、江珠、沈纕、尤澹仙、沈持玉等则无直接姻亲关系，但还没有超出吴中范围，故当时号称"吴中十子"。沈善宝在《名媛诗话》中载己亥年（1839）秋日，与顾太清、项屏山、孙云林、钱伯芳结成秋红吟社，五人系诗友，钱伯芳与孙云林妹妹云姜为妯娌，彼此之间并无血亲关系；沈善宝、项屏山为钱塘人，孙云林为仁和人，钱伯芳乃嘉兴人，然其夫均

① 施淑仪辑：《清代闺阁诗人征略》，上海书店1987年版，第1页。

在京城为官，故五人随夫居京，得以有机会与宗室奕太素贝勒之妻顾太清结交。这是将江南城市的闺媛结社风尚带到了北地，呈现了流动性特征，并使闺媛诗社从家族内部生活圈拓展到了城市文化生活社交圈。

明清闺媛诗社一般都有既定的规则和丰富多样的活动形式。社员吟咏有分题也有同题，有限韵也有拈韵，有独咏有联吟。商景兰“每暇日登临，则令媳女辈载笔床砚匣以随，角韵分题，一时传为盛事”[①]；林以宁跋冯娴《和鸣集》也提及，蕉园诗社每月数会，社会时拈韵分题，吟咏至夕；江碧岑言“香奁小社，拈险韵以联吟；花月深宵，劈蛮笺而酬酢”[②]；《吴中女子诗钞》载有同题《白莲花赋》，分别为清溪吟社八位闺媛所作。闺媛们社会的场所和诗作题材，多半在门墙院落之内，“葡萄之树，芍药之花，题咏几遍”[③]，或在春和景明之时，画船绣幕交映西湖，闺媛们相邀乘小艇游湖，“练裙椎髻，授管分笺”[④]。社会过程多赏花饮酒，之后会催生诗作。沈善宝《名媛诗话》记道光庚子年（1840）秋，与顾太清、孙云林姐妹等“于寓园绿净山房赏菊，花容掩映，人意欢忻，行迹既忘，觥筹交错”，沈善宝不善饮，顾太清因命“以山房之山字为韵可赋七律一章”，若逾时不成，则罚酒三杯[⑤]。诗会之后闺媛们也就诗作选出优劣，评判名次。清溪吟社社会作品一般都由任兆麟加以评定，乾隆五十四年（1789）所刻任兆麟辑《翡翠林闺秀雅集》，目录页曾列出评定的名次高下，说明清溪吟社虽由张允滋发起并以其号清溪居士命名，但学者身份的任兆麟在相当程度上仍是金闺诗社的领袖人物。

不仅清溪吟社在闺媛之外有男性文人参与诗社活动，且其他闺媛群体的诗性文化生活也都有须眉的声音形影。从另一个角度来说，明清闺媛之能结社成名，或有父兄提倡，或有夫婿鼓励，或有后嗣彰扬，均与男性文人的支持分不开。沈宜修是明代吴江派戏曲家沈璟的侄女，

① 施淑仪辑：《清代闺阁诗人征略》卷一，第3页。

② 江珠：《青藜阁集自序》，《青藜阁集》，清乾隆五十四年刻本，第1页。

③ 施淑仪辑：《清代闺阁诗人征略》卷一，第3页。

④ 施淑仪辑：《清代闺阁诗人征略》卷二，第25页。

⑤ 沈善宝：《名媛诗话》，《续修四库全书·集部》第1706册，上海古籍出版社1995年版，第622页。

丈夫叶绍袁为明末文学家，官至工部主事，三个女儿之外，子叶燮为清初著名文学家、文论家。商景兰是明吏部尚书商周祚的女儿，嫁与明著名藏书家祁承之子、明著名戏曲家祁彪佳，情性相配琴瑟和鸣，有金童玉女之称；子理孙、班孙均有诗名，并有诗集留传。顾之琼姑母顾若璞的公公黄汝亨是汤显祖的好友，在儿子死后就将家族学问传承的责任交给了顾若璞，蕉园诗社先有五子、后又有七子，社员多为家族女性成员；顾之琼重视女媳教育并竭力发展闺媛文化，辑录诗集以弘扬闺媛才学，无疑也受到顾若璞的才媛意识与独立个性的影响。秋红吟社的社员，无一不是名门之后、京官之妻。有清一代，为闺媛诗集撰写序跋的男性文化名人相当多，如钱谦益、吴伟业、任兆麟、袁枚、陈文述、俞樾等，其中任兆麟袁枚陈文述招收女弟子已是众所周知的事实，吴梅村、王渔阳均与闺媛有唱和往来。这就在更为广泛的意义上推动了闺媛文化的繁荣发展，扩大了清代女性文学的影响。

综而观之，《红楼梦》对大观园结社的描写和表现，反映了明清时期江南一带城市和京都贵族名媛结社吟诗的社会风尚，从结社的缘起与过程、社员的来源与结构、社会的形式与评判诸层面上，折射并辉映出那一时代名门才媛对自我性灵生活的追求和对闺媛生存价值的思考。她们在家族园林与生活范围内努力构建闺媛文化的诗意境界的企图，在相当程度上得到了家族长辈的关注、支持和男性社员的赞誉，并借助男性文学家曹雪芹之笔流播于世。换言之，在江南城市生活过很长时间的曹雪芹，耳濡目染、心悦诚服之际，将他对贵族闺媛诗意生活的感受和评价用具体的小说情节描画了出来，令读者对过去时代的名媛才学与性灵有了比较确切的了解。至于江南及京都的名媛诗社谁最风流灵巧、谁更蕴藉含蓄，她们又都各擅律绝、歌行或词令、辞赋中的哪一种风情，男性文化圈对才媛们的何种风流最为推崇，已超出本文篇幅与任务之外，当另撰他文论述。只是，在《红楼梦》中，曹雪芹将他对才媛的爱怜全都倾泻于林黛玉形象中，相对于众媛的温柔敦厚、恪守闺训，林黛玉的情感诉求、个性伸展与性灵抒发更令他倾倒。对于曾歌诗繁华于南地、又穷困潦倒于北都的小说家来说，林黛玉式的闺媛风范永远是他心底挥之不去的江南梦忆。

（原载《红楼梦学刊》2009 年第 5 期）

汉宋之争与曾国藩对桐城古文理论的重建

武道房

曾国藩是晚清湘乡文派的创始人。湘乡派是桐城别派，它在继承桐城堂庑的基础上，又对桐城文论进行一番创新和改造。曾国藩的理论创新及文学实践，使道、咸时期花果飘零、陷入困境的桐城文派重新焕发出生机，以至于曾国藩本人被视为桐城派的"中兴明主"或"中兴大将"。[①] 那么曾国藩改造桐城派是在一个什么样的背景下进行的？其深层次的原因是什么？曾国藩重构桐城文论与汉宋学术之争的关系如何？上述问题，学界很少有人做出深入的探讨。事实上，湘乡文论是汉宋之争催逼而出的理论成果，离开汉宋之争这样一个学术背景，不可能深刻理解曾国藩古文理论的形成及其文学史意义。

一、汉宋之争与桐城派的理论困境

"汉学"、"宋学"是指清代的两个经学派别。按照刘师培的说法："所谓汉学者，不过用汉儒之训故以说经，及用汉儒注书之条例以治群书耳。"[②]"宋学"派则是崇尚宋儒经注，循宋、元以来理学式的治经方法。汉、宋两派经学思想有异，在文学思想上歧见也很大。[③] 桐城派不仅是个文学流派，在清代学术史上，也是与汉学对垒的宋学一派的主

---

① "中兴名主"之说见周作人：《中国新文学的源流》，北平人文书店1934年订正三版，第87页。"中兴大将"之说见胡适《五十年来中国之文学》，刘梦溪主编《中国现代学术经典胡适卷》，河北教育出版社1996年版，第590页。

② 刘师培《近代汉学变迁论》，《国粹学报》第31期，1907年7月29日出版。

③ 清代汉宋学术之壁垒分明，始自清代江藩的《国朝汉学师承记》和《国朝宋学渊源记》。江藩所谓的"汉学"，除了以惠栋为首的吴派经学算是较为标准的汉学之外，其他学者虽治考据，但不算是严格意义上的"汉学"。与江藩同时代的龚自珍已指出"汉学"名目有"十不安"。笔者在文中所指的"汉学"、"宋学"，是取学术史上约定俗成的说法。

要阵地。桐城派所谓“三祖”方苞、刘大櫆、姚鼐都是程朱理学的信徒。方苞号称“学行继程朱之后，文章介韩、欧之间。”姚鼐声言“程朱犹吾父师”。[①] 梁启超指出：“桐城派，又好述欧阳修因文见道之言，以孔、孟、韩、欧、程、朱以来之道统自任，而与当时所谓汉学者互相轻视。”[②] 在方苞的时代，康熙帝其时正扶持理学，理学如日中天，那时汉学尚不成气候，故方苞的古文颇能挟官学之势风行一时。但到了姚鼐的时代，也就是乾隆中叶以后，汉学大炽，以桐城派文人为中坚的宋学派便有些溃不张军，当时的学术界甚至出现了“不骂程朱，不得谓之通人”的现象。[③] 从朝廷到民间，都有一股强大的反宋学势力。乾隆帝早年尊崇理学，但中年之后，学术态度转向，斥理学为“妖孽”，大力倡导汉学。[④] 在这种背景下，四库馆臣跟风希旨，所编《四库全书总目》刻意丑诋宋学，戴震等人甚至公然声讨程、朱。[⑤] 邵懿辰指出：“乾隆中，士大夫骛为考证训诂之学……禁宋以后书不给视，肆人鬻宋五子书，无过问者。应举为四书义，敢倍异朱子之说，答策必诋宋儒士。”[⑥] 也就是说濂、洛、关、闽所谓“宋五子”书在书店都卖不出去了，科举考试以非毁宋儒为能。由是可知，乾嘉时期的理学真成了过街之鼠，狼狈至极。

乾嘉汉学大兴之后，汉学家不仅批判宋学家的道统，附带地连宋学派的文统也进行痛批。桐城派不是信奉由程朱之学上溯孔孟，以程朱式的义理作为文中之“道”吗？这在汉学家看来，程朱根本没有见道，他们的道也不是孔孟之道。戴震说：“宋以来儒者，以己之见，硬坐为古贤圣立言之意，而语言文字实未之知。其于天下事也，以己所

---

① 姚鼐《惜抱轩诗文集》卷六《再复简斋书》，清嘉庆十二年刻本。

② 梁启超著、朱维铮导读《清代学术概论》，上海古籍出版社 1998 年版，第 68 页。

③ 章学诚《又与朱少白书》，《章氏遗书》补遗，文物出版社 1985 年版，第 611 页。

④ 参见夏长朴《乾隆皇帝与汉宋之学》一文，载彭林编《清代经学与文化》，北京大学出版社 2005 年版。关于乾隆帝对朱学由早年的崇尚到后来的贬抑，陈祖武《从经筵讲论看乾隆时期的朱子学》也有很好的分析，见《国学研究》第九卷，北京大学出版社 2002 年版。

⑤ 乾隆帝斥理学家讲学为“国家将亡，必有妖孽”，见清高宗《题东林列传》，《御制文集·二集》卷十八，文渊阁四库全书本。从高宗《御制文集·二集》可以发现，自乾隆三十八年（1773）始，乾隆帝陆续写了一些贬斥程朱、崇奖汉学的文章，因此戴震于乾隆四十一年（1776）作《孟子字义疏证》以反程朱，并非如有学者所说的要冒政治风险。

⑥ 邵懿辰：《孝子王立斋先生传》，《半岩庐遗集》不分卷，清光绪三十四年邵章刻本。

谓理，强断行之，而事情原委隐曲实未能得。是以大道失而行事乖。”① 钱大昕也说：“有文字而后有诂训，有诂训而后有义理。训诂者，义理之所由出，非别有义理出乎训诂之外者也。”② 戴氏与钱氏的话都是有所指的，意思是说圣人的义理，要通过对经书的训诂考证才能得出，绝不是如宋儒那样以自己的主观臆见硬说成是圣人的意思；宋儒杂糅释道，歪曲了圣人的意思，他们并没有见道。戴、钱都是汉学大师，他们通过训诂考据的方法，断然否定了程朱等宋儒的圣门合法性。既然程朱不能见道，不合孔圣之真意，那么桐城文人所谓的古文“义法”也就不值一提。焦循批评古文家：“赵宋以下，经学一出于臆断，古学几亡，于是为词章者，亦徒以空衍为事，并经之皮毛，亦渐至于尽，殊可闵也。”③ 其意是说即使是程朱的经学也不过是出于“臆断”，何况那些以程朱义理为宗旨的古文家，连经的皮毛都没有摸到，还谈什么见道、贯道呢，真是太可怜了！矛头所向，直指桐城派古文家。蒋湘南甚至认为，古文在于宗经明道，真正的古文家应该是宗汉学而见道的戴震、钱大昕、汪中、张惠言、武亿诸人，而绝不是信奉理学的桐城派文人。他说：“理学之儒之自称得圣人之道也又久矣。吾不敢谓圣人之道之必在于非理学，吾又何敢谓圣人之道之必在于理学乎？诸君子（指戴、钱、汪、张诸人）韫椟六经，时时与圣人相见，闳意眇指，皆足为后之读经者示之门径。世之人欲起衰矫弊，必自通经始，通经必自训诂始。欲通古人之训诂，自不能不熟周秦两汉之文章，所谓由文入笔者，真古文之根柢，即在于此。伪八家之所以不能自立者，正坐不能如此。”④ 这等于说，圣人之道不在理学，汉学家以汉学为根柢写出的古文才是合乎圣意的真古文，而那些信奉理学的桐城派文人属于“伪八家”，是离经叛道的。桐城派不是想通过程朱而求圣人之道吗？这也是他们“义法”的核心，汉学家通过训诂驳难宋儒的经学，否定了程朱的圣门合法性，也就等于抽空了桐城派文论的基石，使其处于尴尬的理论境地。

---

① 戴震：《戴东原集》卷九《与某书》，四部丛刊本。

② 钱大昕：《潜研堂集》卷二十四《经籍籑诂序》，清嘉庆十一年刻本。

③ 焦循：《雕菰楼集》卷十三《与孙渊如观察论考据著作书》，清道光岭南节署刻本。

④ 蒋湘南：《七经楼文钞》卷四《与田叔子论古文第三书》，清同治八年刻本。

汉学家不仅鄙薄桐城文人的“义理”，对桐城派所谓“义法”中的“法”也甚为不屑。方苞的“义法”说，在广义上是指谋道与文的融合，狭义上即指作古文的方法。就为文方法而言，望溪对此颇为自负，自称“此虽小术，失其传者七百年”。① 等于是以唐宋八家之后的真正懂古文秘诀的第一人自居。对于方苞的“义法”式的古文，汉学家并不认可。如钱大昕在给友人的信中批评方苞：“若方氏乃真不读书之甚者。吾兄特以其文之波澜意度近于古而喜之，予以为方所得者，古文之糟粕，非古文之神理也。王若霖言灵皋（方苞）以古文为时文，却以时文为古文，方终身病之。”②

对于方苞学问上的疏漏，汉学家更是吹毛求疵。如钱大昕批评方苞不明文体的体例：“韩退之撰《顺宗实录》，载陆贽《阳城传》，此实录之体应尔，非退之所创，方亦不知而妄讥之。盖方所谓古文义法者，特世俗选本之古文，未尝博观而求其法也。法且不知，而义于何有！”③ 他还援引引李绂的话嘲讽方苞：“望溪以古文自命，意不可一世，惟临川李巨来轻之。望溪尝携所作《曾祖墓铭》示李，才阅一行即还之。（望溪）恚曰：‘某文竟不足一寓目乎？’曰：‘然。’望溪益恚，请其说。李曰：今县以桐名者有五：桐乡、桐庐、桐柏、桐梓，不独桐城也。省桐城而曰‘桐’，后世谁知为‘桐城’者？此之不讲，何以言文！”④ 汉学大师汪中也讥刺方苞不学。他通过考证《春秋公羊传》，认为祭祀时妇人应主于礼，从而揶揄“方苞侍郎家庙不为妇人作主，以为礼也”。⑤ 这些批评都戳到了桐城派的疼处，所以姚鼐将“考据”纳入古文之道，不是没有原因的。但在汉学家看来，桐城文人的考据与他们相比也是不值一提的。

乾嘉时期的骈、散文体之争，其实也是汉宋之争的一个副产品。宋学家尊崇宋学，文统上以唐宋八家以及先秦两汉的散体文为楷模。散体文早在清初，就得到清廷的提倡。昭梿考察清初的上谕，其中有一段文字说：“本朝列圣家法……惟命词臣视草诰制，又以骈体肤阔，

---

① 方苞：《方望溪先生全集》卷六《答程夔州书》，清咸丰元年戴钧衡刻本。

② 《潜研堂集》卷三十三《与友人书》。

③ 《潜研堂集》卷三十三《与友人书》。

④ 《潜研堂集》卷三十一《跋方望溪文》。

⑤ 汪中：《述学》内篇一《妇人无主问答》，四部丛刊本。

陈陈相因，所谓依样葫芦者，真无济于实事也。”① 可知至少在乾隆朝之前，朝廷文告还是以倡导质朴文风为主。方苞心目中的古文就是唐宋八大家式的散体文，这也适应了清初文风的转变。至乾嘉时期，姚鼐编《古文辞类纂》，以选本的样式来维护文统，弃骈文于古文之外，即使有骈体气味的散文，也予以摒弃。他在该书序中明确提出“古文不取六朝人，恶其靡也”。桐城派的人物，也多不喜骈体，如姚鼐弟子梅曾亮说：“骈体之文，如俳优登场，非丝竹金鼓佐之，则手足无措；其周旋辑让非无可观，然以之酬接，则非人情也。”②

汉学家崇尚汉学，排斥宋学，附带地也瞧不起桐城派所推崇的宋人文章，他们以汉魏六朝的骈体文为古文的正统。至乾嘉时期，骈文伴随着汉学的复兴，形成了与古文相对抗的文体。据张之洞《书目答问》所列“体格高而优”的清代骈文二十家中，乾嘉朴学家几占一半。如孔广森、汪中、孙星衍、阮元、洪亮吉、凌廷堪等，这些人物不仅是朴学大师，同时也是骈文高手。他们不仅作骈文，还从理论上证明只有骈文才是古文的正统。如号称“汉学护法”的阮元对“文”的确切含义作了重新界定。他说：“凡文者，在声为宫商，在色为翰藻。即如孔子《文言》‘云龙风虎’一节，乃千古宫商、翰藻、奇偶之祖；‘非一朝一夕之故’一节，乃千古嗟叹成文之祖；子夏《诗序》‘情文声音’一节，乃千古声韵、性情、排偶之祖。吾固曰：韵者即声音也，声音即文也。然则今人所使单行之文，极其奥折奔放者，乃古之笔，非古之文也。”③ 也就是说孔子所作的《易·文言》、子夏所作的《诗序》都是骈句，这才是真正意义上的“文”，而唐宋八家和时下桐城派“惟以单行之语，纵横恣肆，动辄千万字，不知此乃古人所谓直言之言，论难之语，非言之有文者也，非孔子所谓文也”。他进一步指出：“千古之文，莫大于孔子之言《易》。孔子以用韵比偶之法，错综其言，而自名曰文。何后人之必欲反孔子之道而自命曰文，且尊之曰古也？”④ 这些话无异于以反孔子的罪名来否定唐宋八家及桐城派的古文合法性

① 昭梿：《啸亭续录》卷一《上谕馆》，清钞本。

② 梅曾亮：《柏枧山房全集》卷二《复陈伯游书》，清咸丰六年刻，民国补修本。

③ 阮元：《揅经室续集》卷三《文韵说》，清道光文选楼本。

④ 阮元：《揅经室集·三集》卷二《文言说》。

了。汉学家认为的“文”，是萧统《文选序》所说“事出于沉思，义归于翰藻”式的骈文。他们普遍责难唐宋八家中断了骈文的传统，背离了孔子的文统。如汉学家凌廷堪说：“盖昌黎之文，化偶为奇，戛戛独造，特以矫枉于一时耳，故好奇者皆尚之；然谓为文章之别派则可，谓为文章之正宗则不可也。……窃谓昌黎之论文与考亭（朱熹）之论学，皆欲以一人之见，上掩千古，虽足以矫风尚之同，而实便于空疏之习。”① 凌氏责难韩愈的古文是文之别派，不是文章的正宗，他对韩愈的论文和朱熹的论学同时进行抨击，其目的在于否定桐城派的整个文统。②

总而言之，汉学家对桐城派古文主张的批评，集中三个方面：一是否定桐城派的“道统”，否定了程朱理学，就等于消解了桐城派古文的圣门合法性；二是讥讽桐城文人疏于考据、学问空疏；三是从孔子那里寻找理论依据，尊骈文为古文的正统，以此否定桐城派所尊奉的唐宋八家散体文传统。当然桐城派的古文理论和创作实践自有其价值，并不一定因为汉学家的批评而损失其意义。但是，如果还原到乾嘉时期的历史背景，汉学家抛出的这几顶大帽子，还是足够吓人的，足以让桐城派穷于应付，无还手之力。无论汉学、宋学，宗奉的其实都是孔子和六经，孔子的权威在那个时代是神圣不可动摇的。以桐城诸君子为代表的宋学派，认为程、朱得周、孔之真传，程朱之道即孔孟之道；而汉学家则通过训诂考证，认为程朱歪曲了圣人意思，是圣门异端。这就等于给桐城派的“义理”扣上政治异端的大帽子；同时又抬出孔子的招牌，论证骈文才是古文的正统。这差不多推翻了桐城派立论的全部基础。

汉学在乾嘉时挟朝廷之势风行全国，如日中天，在“不骂程朱，不得谓之通人”的学术环境下，桐城派的狼狈可想而知。蒋湘南曾以奴、蛮、丐、吏、魔、醉、梦、喘八字来抨击桐城古文的种种弊病。“奴”是指桐城文人作了唐宋八家的奴才；“蛮”是说他们以宋儒的学问妄解圣经，失之野蛮；“丐”是说他们学问空疏，“肌肠雷隐”；

① 凌廷堪：《书唐文粹后》，《校礼堂文集》，中华书局2006年版，第290页。

② 凌氏虽然在姚鼐面前是乡后辈，但他在给姚鼐这位乡前辈的信中却毫不客气地说：“于方望溪义法之说，终不能无疑也。”参见《复姚姬传先生书》，《校礼堂文集》第319页。

“吏”是指他们为文妄定规矩，“比葫画瓢”；“魔”、“醉”、“梦”是指桐城派的一幅道学模样，如入魔道；“喘”是批他们的文字不像骈文那样有韵律美，“有声无音，呻吟莫辨。”①

类似的批评在乾嘉时期并非是个别现象。总之桐城派在这一时期的境遇非常之难。姚鼐于乾隆三十八年任四库纂修官，在四库馆这个汉学大本营里，持宋学态度的他非常孤立。姚莹对姚鼐当时的处境曾有如下记载：“纂修者竞尚新奇，厌薄宋以来儒者，以为空疏，掊击讪笑之不遗余力。先生往复辩论，诸公虽无以难而莫能助也。”② 由是可知，他在四库馆非常狼狈。在备受汉学家掊击讪笑的情况下，他被迫辞官，归乡讲学，据他自己说是“从容进退，庶免耻辱之大咎已而”。③面对举世滔滔、鄙薄宋儒的学术环境，姚鼐作《述怀》诗表达了他的深深的忧虑。诗曰：

> 门有吴越士，挢首自言贤。束带迎八座，抗论崇古先。摽举文句间，所守何戋戋。诽鄙程与朱，制行或异旃。汉唐勤笺疏，用志诚精专。星月岂不辉，差异白日悬。世有宋大儒，江海容百川。道学一旦废，乾坤其毁焉！寄语幼诵子，伪论乌足传。④

不仅是姚鼐的处境困难，康熙朝大名鼎鼎的方苞的古文，也不为乾、嘉甚至道光时期的主流学者所认可了。与姚鼐同时代同情宋学的程晋芳曾有一段回忆：“忆在都门，萃海内胜流，论及近日士夫学问，或曰本朝经史考据之学以及骈体诗词皆远过元明，所不及者，时文与古文耳。”程氏颇不服气，说：“时文则信然矣，若古文遂多让耶？”并以方苞的文章为例，但并未能说服众人。⑤ 那时人们“以戴东原、钱竹汀、汪容甫、张皋文、武虚谷、陈恭甫、李申耆、龚定庵、魏默深诸人之文为真古文，而以规抚唐、宋者为伪八家”。⑥ 直至道、咸时期，

① 蒋湘南：《七经楼文钞》卷四《与田叔子论古文书》，清同治八年刻本。

② 姚莹：《东溟文集》卷六《惜抱先生行状》，清同治六年刻本。

③ 《惜抱轩诗文集》卷六《复张君书》，清嘉庆十二年刻本。

④ 《惜抱轩诗文集》卷二《述怀》。

⑤ 程晋芳：《勉行堂文集》卷二《学福斋文集序》，清嘉庆二十五年刻本。

⑥ 郭绍虞：《中国文学批评史》下卷，百花文艺出版社 1999 年版，第 349 页。

桐城文派仍是花果飘零，处于困境，曾国藩在咸丰年间曾经感叹："余之不闻桐城诸老之謦咳也久矣！"①

如何回应汉学家的挑战，如何使桐城派古文走出困境，如何重新光大桐城门户，这个任务在道、咸、同时期历史地落在曾国藩身上。

二、曾国藩对桐城古文理论的重建

中国古代学术总是在与异质学术冲突、融合的对立统一中向前推进的，文学理论的发展往往也是如此。以曾国藩为代表的湘乡派，"既未从根本上抛弃桐城根系而别树一帜，又非谨守桐城堂庑不敢越雷池一步"。② 湘乡古文理论的形成正是在坚守桐城阵地的基础上，又一定程度上吸纳汉学家文论的结果。

桐城派古文在义理上坚守宋学阵地，他们古文中所贯之"道"即是程朱之道。方苞诅咒那些诋毁程朱的人为"天所不佑"、"绝世不祀"。③ 姚鼐尊程朱为"父师"，骂汉学"大为学术之害"，④ 并骂与程朱为敌的戴震"身灭嗣绝"。⑤ 而曾国藩的学术思想比较融通，他在宋学呈现颓势的情况下，不得不与时俱进，在坚持宋学信仰的前提下，兼采汉学，提出了"于汉宋间折衷一是，以江海量翕受群言"，⑥"国藩一宗宋儒，不废汉学"的学术调和主张。⑦

曾国藩的学术宗尚及古文理论最早是从桐城派入手的。他在晚年回忆说："姚先生（鼐）持论闳通，国藩之粗解文章，由姚先生启之也。"⑧ 考姚鼐 1815 年去世时，曾氏年方 4 岁。据曾国藩日记，他接受姚鼐之学实是受了唐鉴的启发。道光十八年，曾国藩会试中进士之时，正是宋学备受冷落之时。据曾氏日记，唐鉴告诉他："文章之学，非精

---

① 曾国藩：《欧阳生文集序》，《曾国藩全集·诗文》，岳麓书社 1995 年版，第 247 页。
② 罗宗强、陈洪主编：《中国古代文学史》（二），华东师范大学出版社 2000 年版，第 501 页。
③ 《方望溪先生全集》卷六《与李刚主书》，咸丰元年戴钧衡刻本。
④ 《惜抱轩诗文集》卷六《复蒋松如书》。
⑤ 《惜抱轩诗文集》卷六《再复简斋书》。
⑥ 《赠袁漱六太史》，《曾国藩全集·诗文》，第 109 页
⑦ 《复夏教授》，《曾国藩全集·书信》（五），第 3467 页。
⑧ 《圣哲画像记》，《曾国藩全集·诗文》，第 250 页。

于义理者不能至。经济之学，即在义理内。”[①] 如何才能“精于义理”呢？唐氏指点国藩“当以《朱子全书》为宗”。自道光二十一年始，31岁的曾国藩受其师唐鉴的影响，成为一个程朱信徒，也成了桐城门户中的一员。直至道光二十三年，曾氏对当时正流行的所谓汉学也还是瞧不起的。他在给诸弟的家信中说：“读经以研寻义理为本，考据名物为末。”又说：“盖自西汉至今，识字之儒约有三途：曰义理之学，曰考据之学，曰词章之学。各执一途，互相诋毁。兄之私意，以为义理之学最大。义理明则躬行有要而经济有本。词章之学，亦所以发挥义理者也。考据之学，吾无取焉。”[②] 所谓“义理之学”即是指宋学，“考据之学”即是指汉学。这段话表明，他的学术宗旨尚在严守桐城门户。但此时，以桐城派为代表的宋学派处境仍很尴尬。曾国藩后来回忆说：“嘉道之际，学者承乾隆季年之流风，袭为一种破碎之学。……有宋诸儒周、程、张、朱之书，为世大诟。间有涉于其说者，则举世相与笑讥唾辱。”[③] 在汉学派的学术氛围中，曾国藩等三数人在北京跟随唐鉴学理学，竟需要有“讥诟而不悔”的勇气，要冒被“骂讥唾辱”、“进无师友之援，退犯万众之嘲”的巨大压力。[④]

在道、咸之际桐城派备受冷落的情况下，如果曾国藩只是固守桐城门户，那么他的古文理论及创作也就不会产生很大的影响。但他很快就从桐城堂庑中走出来了。道光二十六年，36岁的曾国藩结识了治汉学的刘传莹，他们二人常在一起交流学习心得。曾氏通过大量阅读汉学家的著作也逐步改变了对汉学的态度，能从学术史流变的角度比较超脱地看待汉宋之争。他在给刘蓉的信中说：“于汉宋二家构讼之端，皆不能左袒，以附一哄。”[⑤] 他既不同意汉学家攻驳朱子，也不同意宋学派无视汉学家考据之长。他说：“自乾隆中叶以来，世有所谓汉学云者，起自一二博闻之士，稽核名物，颇拾先贤之遗而补其阙。久之风气日敝，学者渐以非毁宋儒为能，至取孔孟书中心性仁义之字，一切变更旧训，以与朱子相攻难。附合者既不一察，而矫之者恶其恣

① 《曾国藩全集·日记》(一)，岳麓书社1995年版，第92页。

② 《曾国藩全集·家书》(一)，第55页。

③ 《朱慎甫遗书序》,《曾国藩全集·诗文》，第222—223页。

④ 参见《送唐先生南归序》,《曾国藩全集·诗文》，第168页。

⑤ 《致刘蓉》,《曾国藩全集·书信》(一)，第8页。

睢，因并蔑其稽核之长，而授人以诟病之柄。”[①] 也就是说，汉学家以“非毁宋儒为能”固不足取；但宋学派学问空疏，无视汉学家的考据功夫，也难怪受人讥笑。当然，他对于汉宋之争并非是只作骑墙派，采取和事老的态度，实际上他是有宗尚的，那就是如他所声言的“一宗宋儒，不废汉学”。

汉学家批评程朱之学歪曲孔门圣道，曾国藩对此持反对态度。他说：“自朱子表章周子、二程子、张子，以为上接孔孟之传，后世君相师儒，笃守其说，莫之或易。乾隆中，闳儒辈起，训诂博辨，度越昔贤；别立徽志，号曰汉学。摈有宋五子之书，以谓不得独尊。而笃信五子者，亦屏弃汉学，以为破碎害道，断断焉而未有已。吾观五子立言，其大者多合于洙泗，何可议也？”[②] 他认为宋五子书能传孔孟微言，不可非议；而“东原（戴震）《孟子字义疏证》一书排斥先贤，独伸己说，诚不可以不辨。”[③] 也就是说对戴东原排斥程朱，自以为得孔孟之真传，曾国藩并不以为然。对于汉学家“临文则繁称博引，考一字，辨一物，累数千万言不能休”是否能得圣人之大义，他也是很怀疑的。[④] 他虽然批评汉学，但肯定了汉学家的小学之长，认为汉学家训释经典，有时比宋儒的解说更为贴近经书原意：“（宋儒）训释诸经，小有不当，固当取近世经说以辅翼之，又何可屏弃群言以自隘乎？”[⑤] 这句话同时也是对桐城派的批评，其意是说汉学家的考证正好可以补宋儒之不足，对他们的学术不可简单否定。因此曾国藩对姚鼐不看汉学家之长，大骂戴震等学者“身灭嗣绝”这种做法并不赞成，批评他“持论似又太过”。[⑥] 所以曾氏总体的学术态度是以宋学为主，以汉学为补充，调和汉宋。

正是基于这样的学术观念，曾国藩对姚鼐的文论主张“义理、考据、辞章”做出了一番新的解释和改造。在桐城三要素之外，他又添上“经济之学”。他说：“为学之术有四：曰义理，曰考据，曰辞章，

① 《汉阳刘君家传》，《曾国藩全集·诗文》，第212页。
② 《圣哲画像记》，《曾国藩全集·诗文》，第249页。
③ 《复夏教授》，《曾国藩全集·书信》（五），第3467页。
④ 《重刻茗柯文编序》，《曾国藩全集·诗文》，第323页。
⑤ 《圣哲画像记》，《曾国藩全集·诗文》，第249页。
⑥ 《复夏教授》，《曾国藩全集·书信》（五），第3467页。

曰经济。义理者，在孔门为德行之科，今世目为宋学者也。考据者，在孔门为文学之科，今世目为汉学者也。辞章者，在孔门为言语之科，从古艺文及今世制义诗赋皆是也。经济者，在孔门为政事之科，前代典礼、政书，及当世掌故皆是也。……君子贵慎其所择，而先其所急。择其切于吾身心不可造次离者，则莫急于义理之学。”[①] 也就是说“义理、考据、辞章、经济”这些学问全是孔门之学，都具有圣门合法性，所谓汉宋两派争当孔门的正统而排斥异己实无必要。但四种学问中，曾国藩也指出“义理之学（宋学）”最为重要，这等于是坚守了桐城派的基本立场。但他在坚守宋学的同时，又能走出门户之见。他说：“苟通义理之学，而经济该乎其中矣。”[②] 这是说只有通宋学（义理之学），经世济民才有思想基础。宋学明于体，而略于用，如要至于实用，还需要用宋学统率其他学问。他说：“以义理之学为先，以立志为本。……志既定矣，然后取程朱所谓居敬穷理、力行成物者，精研而实体之。然后求先儒所考据者，使吾之所见，证诸古制而不谬；然后求所谓辞章者，使吾之所获，达诸笔札而不差，择一术以坚持，而他术固未敢竟废也。……其文经史百家，其业学问思辨，其事始于修身，终于济世，百川异派，何必同哉？同达于海而已矣。”[③] 大意是说，以宋学定志，以汉学求是，以辞章表述，归旨济世，百川异派，同归于海。这就将四者的关系统一起来。而这种思想恰恰是与桐城派排斥汉学、拘守宋学门户的保守态度区别了开来。

为了应对汉学家对宋学的批评，曾国藩从理论上试图证明汉学的方法其实与宋学并不相悖。他认为，孔子“好古敏求”，颜回、孟子亦曰“博文”、“集义”，“即物穷理，古昔圣贤共由之轨，非朱子一家之创解也。”即是说格物穷理合乎圣门之教。他由此批评汉学家说：“惠定宇（栋）、戴东原（震）之流钩研诂训，本河间献王实事求是之旨，薄宋贤为空疏。夫所谓事者，非物乎？是者，非理乎？实事求是，非即朱子所称即物穷理者乎？名目自高，诋毁日月，亦变而蔽者也。”[④]

---

① 《劝学篇示直隶士子》，《曾国藩全集·诗文》，第422页。

② 《劝学篇示直隶士子》，《曾国藩全集·诗文》，第422页。

③ 《劝学篇示直隶士子》，《曾国藩全集·诗文》，第422页。

④ 《书学案小识后》，《曾国藩全集·诗文》，第165页。

其意是说汉学家实事求是的治学方法合乎朱子即物穷理之旨，汉学的方法其实就是朱子学的发扬光大，而汉学家诋毁朱子，实不可取。这看起来是批评汉学，其实也是在调和、沟通汉宋。

对于桐城诸君子鄙弃汉学的态度，曾国藩也同样不以为然。他认为汉学家的成就在礼学，而礼学与经世的关系最为密切，而礼学是沟通汉宋学术的一个关结点。他认为从司马迁、班固之史，直至唐代的杜佑作《通典》都重视礼书，以存先王经世之意，并说“有宋张子、朱子益阐之。圣清膺命，巨儒辈出。顾亭林氏著书，以扶持礼教为己任。江慎修氏纂《礼书纲目》，洪纤毕举。而秦树澧氏遂修《五礼通考》，自天文、地理、军政、官制，都萃其中。旁综九流，细破无内”。[①] 也就是说清代的考据家所研究的礼学，关系到经世，与宋儒张载、朱熹的主张是一致的。因此桐城派不能无视这一点，对汉学做出粗暴的否定。

由上可知，曾国藩对汉宋两家各有批评，又各有肯定。这虽然是在评学术，其实也是在讨论文章的道统问题。这关系到桐城古文理论中程朱义理道统是否还具有学术合法性的问题。在他看来，古文中的道统应以程朱所阐发的孔孟义理为主，以汉学家对儒家经典的考证为补充，并归结到经世致用上来。在道统问题上，他站稳了桐城门户，同时也吸取汉学家的批评意见，显示出一种较大博大的学术胸怀。这种调和汉宋的道统观，集中体现在他的《圣哲画像记》、《劝学篇示直隶士子》、《书学案小识后》、《孙芝房侍讲刍论序》、《重刻茗柯文编序》等散文名篇中。如果把上述这些文章和戴震反程朱理学的名篇《答彭进士书》以及姚鼐维护程朱并痛骂汉学家的《赠钱献之序》、《再复简斋书》等名文进行对照阅读，更可清楚地看出曾国藩在汉宋道统观上调和立场。

对于汉学家讥讽桐城派疏于考据、学问空疏，曾国藩更是在这方面注意吸收汉学之长，以使自己的古文理论吸纳众流，贴近时代。他深知“学问之途，自汉至唐，风气略同；自宋至明，风气略同；国朝又自成一种风气”。[②] 也就是等于认可汉学是“国朝”标志性的学术。

---

① 《孙芝房侍讲刍论序》，《曾国藩全集·诗文》，第256页。

② 《谕纪泽》，《曾国藩全集·家书》（一），第447页。

所以他感叹“余生本朝经学昌明之后”,① 不得不熟悉乾嘉诸君子的治学门径。他对于顾(亭林)、阎(百诗)、戴(东原)、江(慎修)、钱(辛楣)、秦(味经)、段(懋堂)、王(怀祖)等汉学家的著作下过一番苦功进行研读,他所著的《读书录》收录了他关于《周易》、《周官》、《仪礼》、《礼记》、《左传》、《国语》《穀梁传》、《尔雅》等经书的考证文章,其中《读仪礼录》还收入王先谦编纂的《皇清经解续编》卷1050。仅就训诂考证而言,清末学者夏震武评价他即可足以不朽。②

当然,如果仅是重视考据,表面上看来,似与姚鼐的主张无异。曾国藩与姚氏的区别在于,他扩大了考据的内涵,突出了考据的经世功能。姚鼐的考据重在经学,故曾氏在《圣哲画像记》中将姚鼐与汉代的许慎、郑玄及清代的王念孙父子并列,同归于考据一门。事实上,姚氏经学之外的考据也不无经世企图,然关注点多在道德人心;而曾国藩所谓的“考据”除了经学家关心的道德风俗之外,更为重视实践层面的各方面经世之术的考证。他说:“欲周览经世大法,必自杜氏《通典》始矣。马端临《通考》,杜氏伯仲之间,郑《志》非其伦也。百年以来,学者讲求形声、故训,专治《说文》,多宗许郑,少谈杜马。吾以许郑考先王制作之源,杜马辨后世因革之要,其于实事求是一也。”③ 也就是说许慎、郑玄以及清代汉学家的考证多限于经学,而唐代杜佑、元代马端临式的考证能辨因革之要,能从中吸取历史的经验教训,此种学问有利于经世。于是他对于考证学方面,特别推崇杜、马的两《通》及清代徐乾学的《读礼通考》及秦惠田的《五礼通考》,并将他们画像纳入他所崇拜的古代三十二圣哲之列。此种识见既有别于姚鼐式的考据,也与汉学家式的考据区别开来。

正是由于有出于经世目的的考据识见,曾国藩有意识地学习杜、马、徐、秦将历代典章制度进行分门别类、并从中总结兴衰治乱之源的考证方法,并将这种方法运用于他的散文写作中。如《书学案小识后》一文,是从学术史流变的角度来评价其师唐鉴《学案小识》的学术价值的。在此文中,他先指出,明代王阳明为纠宋学支离之弊而创

① 《曾国藩日记》(三),第1351页。

② 夏震武:《灵峰先生集》第四卷,1916年浙江印刷公司印行,第13页。

③ 《圣哲画像记》,《曾国藩全集·诗文》,第250页。

心学，却又产生逾绳荡检、突破礼法的新流弊；从高攀龙、顾宪成到清初颜习斋、李恕谷之学，再到惠栋、戴东原之考据学，都是“变一说而生一弊”。新的学术风尚的形成，是纠当前学术之弊之结果，由此而肯定唐鉴《学术小识》正是意在纠汉学琐碎之弊，其学术史意义也由此不言自明。又如《书王雁汀前辈勃海图说后》一文，先从梳理《尚书》孔疏、杜佑《通典》以及清儒胡渭、齐召南对青州地名的考证入手，然后考证明代青州的行政设置以及康熙年间议设登州水师一事，通过这些掌故源流的梳理，得出青州乃“勃海之襟带，旅顺之门户”宜驻水师“内防盗匪、外慑夷人”的结论。此文还提到，正是由于这样的学养和历史识见，道光帝让兵部讨论在登州设立水师一事时，时任兵部侍郎的曾国藩在会议上胸有成竹，“亦遂附合，未遑他议”。[①] 又如《武会试录序》一文是从总结武举之科发展史的经验教训入手，说明武将的选取应观其“内志外体”，看他们是否德艺兼备，而不应只重那些“挽强引重”的“市井之粗材”。又如《钱选制义序》一文通过考察清代八股文的发展史，得出制义也符合“物穷则变”之理。总之，曾国藩总结兴衰治乱之源的考据文章，涉及学术史、诗史、家谱史、行政沿革史、礼乐制度史、科举史、军事史等方方面面，这些考据的背后，都有深刻的经世意图和现实情怀。

关于散体文与骈体文孰为文之正统，桐城派与汉学家势同水火，各执一词。曾国藩对这个问题也采取了调和的态度。他在《送周荇农南归序》一文中提出了骈散合一说：“天地之数以奇而生，以偶而成。一则生两，两则还归于一。一奇一偶，互为其用，是以无息焉。物无独，必有对，太极生两仪，倍之为四象，重之为八卦，此一生两之说也。……一者阳之变，两者阴之化。故曰：一奇一偶者，天地之用也。文字之道，何独不然?”这是用理学式的语言给骈散兼行寻找形而上依据。他在此文中还从古文历史的角度，分析骈散文体的消长。指出司马迁之文，“积句也奇”，但“有偶焉者存焉”。班固近于偶，韩愈近于奇，但其文俱有奇偶者在。宋代之后散体文的风行，是因为隋唐以来骈文盛极必衰的结果。所谓“物穷则变，理固然也”。他借用韩愈的话说“孔子必用墨子，墨子必用孔子”。意思是说骈散兼用，才是正确的

① 《书王雁汀前辈勃海图说后》，《曾国藩全集·诗文》，第221页。

态度。为此他反对汉学家与桐城派在骈散问题上互相攻击，认为他们“刺议互兴，尊丹者非素”，执一面之辞而“抹杀一切”都是极端的做法。只要能表情尽意，无论骈散，他都肯定。如“适王都者，或道晋，或道齐，要于达而已”。[①] 为此，曾氏选录《经史百家杂钞》，一改姚鼐《古文辞类纂》不收骈文的做法，兼收骈散，加录经史，既兼探各书，又并录各体，同时分文学为11类，改姚氏之13类。充分说明在姚氏的基础上，曾氏要扩大堂庑，另立门户。当然这无疑也是受汉宋之争刺激催逼的结果。

汉学派批评桐城散体文“有声无音，呻吟莫辨”，这是以骈文的标准来衡量散体。刘勰曾提出“音以律文”的主张，认为文章要“吟咏滋味，流于字句”。[②] 也就是说文章读起来要有宫商韵律之美。汉学家之推崇刘彦和，无疑也影响到了曾国藩。所以他强调“读书以训诂为本，诗文以声调为本”；[③]“吾观汉、魏文人有二端最不可及，一曰训诂精确，二曰声调铿锵。……如果下字不苟，求其典雅精当，则古文之道自与骈体同”。[④] 他在日记中又云：“古文之道与骈体相通。由徐、庾而进于任、沈，由任、沈而进于潘、陆，由潘、陆而进于左思，由左思而进于班、张，由班、张而进于卿云，韩退之之文比卿云更高一格。”[⑤] 这段话的意思是说要借鉴骈文才能做好古文。所以曾国藩主张要从汉、魏、晋、六朝文人的骈体及韩愈的散文中揣摩古文的写法：“从鲍、江、徐、庾四人之圆，步步上溯，直窥卿、云、马、韩四人之圆，则无不可读之古文矣。”[⑥]

为什么曾国藩如此重视学汉魏文章呢？表面看来这种态度似乎与汉学家为近，而与桐城派取径八家的路向歧异。其实曾氏仍是主张以桐城式的散体为本。他的意图在于吸纳骈文用词的凝练及音韵的铿锵以力纠桐城古文气弱之病，从而使古文富于一种雄奇之美。他说：“雄奇以行气为上，造句次之，选字又次之。然未有字不古雅而句能古雅，

① 《送周荇农南归序》，《曾国藩全集·诗文》，第162页。
② 刘勰著、范文澜注：《文心雕龙·声律》，人民文学出版社2006年版，第553页。
③ 《曾国藩全集·日记》(一)，第485页。
④ 《谕纪泽》，《曾国藩全集·家书》(一)，第532—533页。
⑤ 《曾国藩全集·日记》(一)，第474—475页。
⑥ 《谕纪泽》，《曾国藩全集·家书》(一)，第541页。

句不古雅而气能古雅者；亦未有字不雄奇而句能雄奇，句不雄奇而气能雄奇者。是文章之雄奇，其精处在行气，其粗处全在造字选句也。”①这种观点与刘大櫆“积字成句，积句成章”从构词造句看文章之神气的说法相似，但又有不同。正如郭绍虞先生所指出的，曾氏之“行气”是“骈散兼顾”，“骈文之声调铿锵，也正是行气的工夫”。②

在曾国藩之前，阳湖派的李兆洛也提出过骈散结合的主张。但李氏论文之重心在骈文，这与曾氏主张以散文为本、吸收骈文之长是不同的。曾国藩说：“骈体文为大雅所羞称，以其不能发挥精义，并恐以芜累而伤气也。……吾辈学之，亦须略用对句，稍调平仄，庶笔仗整齐，令人刮目耳。”③ 可见他的重心还是在散体，但主张兼采骈体的对句、平仄。在此之前，姚鼐的弟子刘开也曾提出过“散中无骈，则辞孤而易瘠”的观点④，因而主张以散为本，骈散结合。至曾国藩，开始大力宣扬并实践这种写作观点，可以说壮大了骈散结合论的声势。

曾国藩的古文大都具有骈散兼行、讲究炼字炼句的特点。限于篇幅，这里仅举《大界墓表》中回忆其祖父话语的一段文字为例：

余年三十五，始讲求农事。居枕高嵋山下，垅峻如梯，田小如瓦。吾凿石开壤，开十数畛而通为一。然后耕夫易从事。吾昕宵行水，听虫鸟鸣声以知节候，观露上禾颠以为乐。种蔬半畦，晨而耘，吾任之；夕而粪，庸保任之。入而饲豕，出而养鱼，彼此杂职之。凡菜茹手植而手撷者，其味弥甘；凡物亲历艰苦而得者，食之弥安也。⑤

这段文字骈散兼行，长句与短句错落有致，其中的句尾字如“下”与“瓦”押韵，“一”、“事”、“之”、“豕”互押，“甘”与“安”押韵。整段文字既有对句，也有平仄，简洁而又铿锵有力，富有宫商韵律之美。这种文字风格与桐城诸老稍嫌冗长气弱的散文特点是不一致的。

曾国藩于咸丰十一年（1861）家信中说：“（望溪）古文号为一代

① 《谕纪泽》，《曾国藩全集·家书》（一），第629页。
② 郭绍虞：《中国文学批评史》（下），第393页。
③ 《鸣原堂论文》，《曾国藩全集·诗文》，第516页。
④ 刘开：《刘孟涂集》卷二《与王子卿太守论骈体书》，清道光六年姚氏檗山草堂刻本。
⑤ 《大界墓表》，《曾国藩全集·诗文》，第329页。

正宗，国藩少年好之，近十余年，亦别有宗尚矣。”① 由此可考，曾氏古文思想虽从方、姚入手，但大致在道光末、咸丰初年，便开始形成自己的门户了。总之，曾国藩文论在义理取向上，以程朱理学为指导，兼收汉学及百家杂学；在文章的功用上，重视经史考据，喜求兴衰治乱之源和经世之用；在语言的运用上，兼采骈散，追求雄直之气。他提出为文四要素“义理、考据、辞章、经济”，在桐城门户的基础上，又对桐城文论进行了一番改造，这是对汉宋之争做出调和的结果。

三、曾国藩重建桐城古文理论的文学史意义

曾国藩重建桐城古文理论促成了湘乡文派的崛起。湘乡文论及其创作在文学史上具有承先启后的重要意义。

其一，曾国藩的古文理论调和折中汉宋，使汉宋两派找到一个可以共同接受的契合点。随着太平天国大革命的到来以及西方列强的不断叩关，时代已不容许汉宋学派再进行无谓的纷争了。无论汉学、宋学，虽然都自以为是孔门正统，但毕竟同奉圣人为师，都还在儒学的门户内，面对异质文化的威胁，两派调和也就成为必然的趋势。在率湘军出征之际，曾国藩发表《讨粤匪檄》，声讨信奉天主教的太平军“举数千年礼仪人伦诗书典则，一旦扫地荡尽。此岂独我大清之变，乃开辟以来名教之奇变，我孔子、孟子之所痛哭于九原！凡读书识者字，又乌可袖手安坐，不思一为之所也！”他发出公开号召：“倘有抱道君子，痛天主教之横行中原，赫然奋怒，以卫吾道者，本部堂礼之幕府，待以宾师。”② 儒学先是受太平军冲击，后又受西学的威胁。在这种情况下，曾国藩的“卫道”和军事上成功地使汉宋学派都团结在他的身边，所以咸同时期，汉宋调和一时成为学术的主流。曾国藩及湘乡派文人作了不少文章，成为号召士子起来镇压太平军的思想武器。清季桐城派又用这种卫道思想来抵制政治和文化革命。

其二，曾国藩在文章道统上对桐城派进行了重建，他提倡以程朱理学为指导，兼收汉学及百家杂学，甚至提出“为道不可以一方体

① 《致沅弟》，《曾国藩全集·家书》（一），第749页。

② 《曾国藩全集·诗文》，第232—233页

论”，这使他的思想境界呈现出一定的宏通和开明，对洋务运动时期的文学产生了重大影响。提倡程朱理学，就是要维护三纲五常；提倡汉学及百家杂学，就是要讲求经世致用。汉学家不仅考经，同时兼治天文、算学、舆地等实学，这点深深影响了曾国藩。[①] 他引进西技，手创洋务运动，在历史首次派遣幼童赴美留学，都是这种开明思想的表现。而那些固守程朱、不越门户一步的教条理学家，如提倡“立国之道……在人心不在技艺”的倭仁之流，则成了反对改革的顽固派。曾国藩的文章不抱守残阙，不固守“一先生家言”，正如黎庶昌所说：“尽取儒者之多识、格物、博辨、训诂，一内诸雄奇万变之中，以矫桐城末流虚车之饰。”[②] 其文章的内容与桐城文人只讲道德教化而流于空疏是不一样的。在曾国藩文学思想的影响下，湘乡派文人如郭嵩焘、张裕钊、黎庶昌、薛福成、吴汝纶等人都能站在时代的前列，思想比较开明，他们都写了大量的文章提倡学习西方技术，反对保守蒙昧。湘乡文派一时成为倡导改革、宣传洋务、反对顽固派的舆论阵地。

其三，曾国藩在古文的语言风格上，提倡兼采汉宋家言，重视锤炼字句，讲求音韵铿锵，以唐宋文为基础，兼学汉魏六朝，从而形成一种有别于桐城派的独特的文风。正如钱基博所言：“曾国藩以雄直之气，宏通之识，发为文章，而又据高位，自称私淑于桐城，而欲少矫其懦缓之失。故其持论以光气为主，以音响为辅，探源扬马，专宗退之，奇偶错综而偶多于奇，复字单词杂厕相间，厚集其气，使声彩炳焕而戛焉有声，此又异军突起而自为一派，可名为湘乡派。”[③] 桐城三祖的文章，妙处在于文清体洁，能学欧阳修之平易，但缺点在于能平易不能奇崛，失之力缓气懦。而曾国藩由韩愈上探扬雄、司马相如之文，用字奇崛，声韵炳朗，故能气势沉雄，于桐城平易文风中别为一体。

其四，曾国藩的古文理论及其创作使桐城派走出困境，使桐城文统得以接续和发扬光大。嘉道之际，桐城派受人诟病，处境困难。薛

---

① 如曾国藩的《家书》中有指导儿子曾纪泽学天文历算的记载。参见《谕纪泽》，《曾国藩全集·家书》（一），第441页。

② 黎庶昌：《拙尊园丛稿》卷二《续古文辞类纂序》，清光绪二十一年刻本。

③ 钱基博：《现代中国文学史》，上海书店出版社2004年版，第29页。

福成说："（桐城派）厥后流衍益广，不能无窳弱之病；曾文正公出而振之。文正一代伟人，以理学经济发为文章，其阅历亲切，迥出诸先生上，早尝师义法于桐城，得其峻洁之诣……故其为文，气清体闳，不名一家，足与方、姚诸公并峙；其尤峣然者，几欲跨越前辈。"① 湘乡文论的形成是吸纳众流、兼取汉宋之结果。曾国藩并没有在桐城门下讨生活，而是"扩姚氏而大之，并功德言于一途"，最终形成自己的特色。以他为首的湘乡文派成为道、咸、同、光五六十年间影响最大的文学流派。他本人的文学理论及其古文创作也足以与桐城三祖相媲美。

曾国藩对桐城古文理论的重建，使桐城文派一度呈现出最后的辉煌。但到了晚清末季，湘乡派在完成历史使命之后，渐趋消歇，最终黯然退出文学的中心舞台。原因是多方面的。首先是清季的政治由改良而革命，曾国藩所维护的理学纲常已落伍于时代，并被一批接受西学的学者所唾弃、批判，桐城派的道统彻底失去了时代合法性，成为僵死的魂灵。其次，在文章的写法上，曾氏四大弟子之后，桐城后学不从思想内容上创新，只是在文气或字句上揣摩姚、曾，正如李详所评价的："句摹字剽，于其承接转换，'也'、'耶'与'矣'、'哉'、'焉'诸助词，若填匡格，不敢稍溢一语，谓之谨守桐城家法。……种种骇怪，尾闾之池，渐且涸焉。无涓滴之润。源既竭矣，派与何有？"② 随着"五四"新文化运动的兴起，桐城派被抨击为"谬种"而彻底终结。

（原载《文学遗产》2010 年第 2 期）

① 薛福成：《寄龛文存序》，丁凤麟、王欣之主编《薛福成选集》，上海人民出版社 1987 年版，第 239 页。

② 李详：《论桐城派》，见王书良、李煜主编：《中国文化精华全集·文学（三）》，中国国际广播出版社 1992 年版，第 1071 页。

从“古文选本”到“国文读本”：桐城文章与文学教育的转型

吴　微

文学、文化的传承与嬗变，教育至关重要。这在具有丰厚文史传统的古代中国，显得尤为突出。孔夫子，倘若没有三千弟子、七十二贤人鼓吹师说，恐怕难有儒学大宗。韩愈正因祭酒国子监才得以传道授业、引领诸生，张古文运动大旗，由此而泽慧文坛千年。正因如此，古代文人士大夫莫不重视身传言教，如何将自家著述、平生最得意处传钵弟子，几乎是每一个圣哲仁贤所兢兢业业之事。就文学史而言，就文学流派而言，两千年中以教育维系生命纽带的莫过于桐城派。自方苞、刘大櫆、姚鼐起，桐城文人大都职为教师，乐为人师，辗转清代各大书院，倾心教育，环环相扣，薪火相传，英才辈出。乐于执教、善编“选本”（教科书）、安身书院（学校）成了桐城派独特的文化符号。应该说，正因如此，桐城派的传衍才得以拓开空间，突破地域，蔚为大观。王先谦在《续古文辞类纂·例略》中描述其景象曰：

> 自桐城方望溪氏以古文专家之学，主张后进。海峰承之，遗风遂衍。姚惜抱禀其师传，覃心冥追，益以所自得，推究阃奥，开设户牖。天下翕然，号为正宗。承学之士，如蓬从风，如川赴壑，寻声企景，项领相望。百余年来，转相传述，遍于东南。由其道而名于文苑者，以数十计，呜呼，何其盛也。

观照文学教育，就受教者而言，教师的讲授、教科书（选本）的选定、学校（书院）的类型是不可或缺的三大关注重点。其中，文学教科书（选本）较之文学教育其他要素，社会关注度更高。这是因为，其一，教科书具有超越时空，突破地域，传播久远的特点。求学者可以无缘名校优游，无缘名师亲炙，但一旦拥有心仪之教科书（选本），一样可以揣摩涵咏，私淑之而得其神韵。这在古代私塾教育体系中实为常态，曾国藩私淑姚鼐就是典型一例。其二，教科书既是知识、技能的载体，也是文化观念、思想的载体。文学教科书（文学选本）显然积淀了编撰者独特的文学趣味和文化意识。广为流行的“古文选本”或文学教科书无疑代表了社会文化的主流意识倾向，蕴涵着历史行进中的价值取向和文化选择。因此，文学教科书（选本）的变化，不只是文学教育嬗变的呈现，更表明了文章功能的变化，文学审美的变化，并由此而昭显社会文化的变迁。

回望桐城文派，可以发现，桐城文人对此有着超越常人的敏感和专注。其“古文选本”系列对清代的文学教育，影响深远，人所共知；桐城文派据此而传承百年。而当西风东渐，桐城文人又一度引领风潮，踞守文化中心。但文学教育的现代转型，“转益多师”的结果，也使得桐城文章传承出现了前所未有的境遇。因而桐城文人在新的历史境遇中所编纂的“国文读本”系列，在晚清以降的教育转型中同样显得独树一帜，别有意味。本文因此从教育入手，结合书院（学校）的授受历史变迁，以文学教科书（选本、读本）为切入角度，解读新学兴起与桐城文章变化的内在关联，讨论由此所昭示的传统文学、文化困境。

一、“有所法而后能，有所变而后大”

桐城派的文学教科书，以1905年科举制废除为界线，分为前后两个时期，前期是“古文选本”，以《古文辞类纂》为核心；后期是“国文读本”。林纾、吴闿生、吴芝瑛等均编有此类学堂国文讲授之读本。

在“古文选本”系列中，下列选本当为代表：

方苞编选的《古文约选》，姚鼐编选的《古文辞类纂》，曾国藩编选的《经史百家杂钞》，黎庶昌、王先谦分别编选的《续古文辞类纂》。除此之外，吴汝纶还编有大量的古文评点本和节选本。通过这些古文选本的纽结，“桐城家法”得以播扬，而桐城文章的嬗变也得以印证和昭显。换言之，桐城“古文选本”系列的嬗递，其作用就是使桐城弟子“有所法而后能，有所变而后大”。[1] 因此，“从头说起”，以史家之眼光，探究“桐城选本”文化，当是寻绎上述“选本”的最佳路径。

---

① 《惜抱轩诗文集·刘海峰先生八十寿序》，刘季高标校，上海古籍出版社1992年版。

作为桐城始祖，方苞为桐城派奠定的理论基石就是“义法”说。他在《又书货殖传后》第一次提出了古文“义法”说，以“言有物”，“言有序”，之“义”与“法”，要求文章写作“义以为经而法纬之，然后为成体之文。”方苞“义法”说，“汲取了先秦以来史传文、古文写作的理论成就与经验，也融会入他自己读书、写作的感受与体悟。”[①]在方苞看来，古文写作的法则，同样也适用于时文写作。因此，他在应和硕果亲王允礼编选《古文约选》时，即据此原则取舍范文，作为“制举之文”之准的。他在《古文约选序例》中云：

> 盖古文所来远矣，六经、《语》、《孟》，其根源也。得其枝流而义法最精者，莫如《左传》、《史记》，然各自成书，具有首尾，不可以分剟。其次《公羊》、《谷梁传》、《国语》、《国策》，虽有篇法可求，而皆通纪数百年之言与事，学者必览其全，而后可取精焉。惟两汉书、疏及唐宋八家之文，篇各一事，可择其尤，而所取必至约，然后义法之精可见……学者能切究于此，而以求《左》、《史》、《公》、《谷》、《语》、《策》之义法，则触类而通，用为制举之文，敷陈论策，绰有余裕矣。

古文义法既然旁通于时文，那么古文写作训练自然有益于时文写作，有益于科举考试。在八股取士制度笼罩下的文学教育，“承学之士，必治古文。”古文成为士人学子必备的文化修养和文学技能。具有授徒课文与四试科第之人生阅历的方苞，对于私塾教育“教科书”的“杂乱”状况，对于士人学子古文与时文写作训练茫无舟楫之窘态，既了然于胸，也感触良深。“近世坊刻，绝无善本，圣祖仁皇帝所定《渊鉴》古文，闳博深远，非始学者所能遍观而切究也。”基于此种考察，方苞“乃约选两汉书疏及唐宋八家之文，刊而布之，以为群士楷。”这里，非常明确地表明其《古文约选》是为莘莘学子初学古文提供入堂“门径”和写作“津梁”。一言以蔽之，即为“初学者示范”。为此，他在例言中谆谆告诫：“三传、《国语》、《国策》、《史记》为古文正宗。”《易》、《诗》、《书》、《春秋》及《四书》，一字不可增减，文之

---

① 关爱和：《古典主义的终结》，上海文艺出版社1998年版，第29页。

极则也。”“惟汉人散文及唐宋八家专集，俾承学治古文者先得其津梁，然后可溯流穷源，尽诸家之精蕴耳。”这样，他就为初学古文者构建了一个可资效仿的古文文统：四书五经、周秦诸子、左史八家。于是，桐城文统亦由此成立。例言中再三致意的还有“义法”：“子长‘世表’‘年表’‘月表’序，义法精深变化，退之、子厚读经、子，永叔史志论，其源并出于此。”“序事之文，义法备于《左》、《史》，退之变《左》《史》之格调而阴用其义法，永叔摹《史记》之格调而曲得其风神，介甫变退之之壁垒而阴用其步伐。”由此，桐城派理论基石之“义法”说，再次被倡扬，并由所选定的古文篇目得到确认和体现。而另一理论基石“雅洁”说，方苞在例言中也有所申论：“古文气体，所贵澄清无滓。澄清之极，自然而发其光精，则《左传》、《史记》之瑰丽浓郁是也。”这样，桐城文统与“桐城家法”两大基石“义法”说、“雅洁”说，均由例言而得以阐明，虽名曰“为群士楷”，但桐城门户却悄然而现。

不仅如此，方苞还视古文写作为一种人格修炼。其《古文约选序例》中云：

> 虽然，此其末也。先儒谓韩子因文见道，而其自称则曰：“学古道，故欲兼通其辞”。群士果能因是以求六经、《语》、《孟》之旨，而得其所归，躬蹈仁义，自勉于忠孝，则立德立功，以仰答我皇上爱育人材之至意者，皆始基于此。

在方苞看来，文学教育中的古文写作，不仅是一般意义上的文章修养操练之必修功课，而且是忠孝仁义之儒家人格之文化养成，是一种道德修炼历程。由于《古文约选》原为八旗官学学子所编选的古文范本，因而具有官修教材的意味。乾隆三年（1738 年），《古文约选》等书被官方认定“具于学术有裨，自宜广为传习”，因而诏令“坊间有情愿翻刻者，听其自便”，“听人刷印”。[①] 在官方的推助下，民间书坊得以大量印行。《古文约选》由此广为传布，成为当时私塾教育中学习

① 参见素尔讷等撰：《学政全书》卷四《颁发书籍》，《续修四库全书》第 828 册，上海古籍出版社。

古文写作的正宗范本和科考必备书。其以古文为时文，以清真雅正为正途楷模，很大程度上影响甚至左右了那个时代的文学教育。得力于官助，虽说无以骄傲，但因此而深刻地影响了那时的科举文化，却是不争的事实。方苞《古文约选》高人之处在于，明明是为举业而为，但却以纯粹之古文而范之，授徒悬的之教育眼光明显高出侪辈。作为桐城古文选本之先声，虽然不免粗糙与取径狭窄，但在当时，确为初学者最好的选本。因而一直为桐城后人所津津乐道。

继承并光大方苞“古文选本”最成功者是姚鼐的《古文辞类篹》。

说其继承，是因为《古文辞类篹》至少在两个方面与《古文约选》神理相通、一以贯之。其一，遴选文章之趣味大体一致。《古文约选》只收两汉、唐宋八家文章，共计357篇，其中两汉文45篇，唐宋八家文312篇。而《古文辞类篹》收文770篇，虽然较《古文约选》扩充一倍多，但主体部分仍是两汉文（130篇）、唐宋八家文（509篇），而且方苞所选之文，不少也被姚鼐辑录。由此可见，方姚不仅文学趣味前后相通，而且授徒课文之文学教育眼光亦大体叠合。与此息息相关，其二，方姚之选本路径大体相近。《古文辞类篹》遵循《古文约选》之溯源六经、《语》、《孟》，推求《左传》、《史记》、《公羊》、《谷梁》、《国语》、《国策》之义法作为古文路径；同时，姚鼐由此扩而广之，切究两汉古文、唐宋八大家，并辑录明代归有光、清代方苞、刘大櫆的古文，作为初学古文者之范文。选本路径的方向大体一致，显示出桐城派标举的文统已经形成。桐城文派，亦因此山高水长。

而言其光大，则《古文辞类篹》较之《古文约选》堂庑广大，去取精严，文学眼光和教育理念显然高出一筹，为一时之冠。以至于百余年后吴汝纶还赞叹：“《古文辞类篹》一书，二千年高文略具于此，以为六经后之第一书。”① 作为桐城派开派的关键人物，姚鼐编纂此书，用意颇深。

首先，开宗立派，须有书为证。为此，姚鼐在《古文辞类篹序》开篇即称：

> 鼐少闻古文法于伯父薑坞先生及同乡刘耕南先生，少究其义，

① 《尺牍·答严几道》，《吴汝纶全集》（三），黄山书社2002年版，第231页（下同）。

未之深学也。其后游宦数十年，益不得暇，独以幼所闻者，置之胸臆而已。乾隆四十年，以疾请归。伯父前卒，不得见矣。刘先生年八十，尤喜谈说，见则必论古文。后又二年，余来扬州，少年或从问古文法。夫文无所谓古今也，惟其当而已。得其当，则六经至于今日，其为道也一。知其所以当，则于古虽远，而于今取法，如衣食之不可释；不知其所以当，而敝弃于时，则存一家之言，以资来者，容有俟焉。

这里有二层含义：一是先叙姚鼐本人之古文法得之于伯父薑坞先生和老师刘大櫆先生；言外之意，“所闻习者”渊源来自桐城先祖，并非自己的闭门造车和心血来潮；桐城文派客观存在于这一渊源之中。二是编纂此书的起因，乃“余来扬州，少年或从问古文法。”即姚氏主讲扬州梅花书院之时为答弟子问而编此书。传道授业解惑，乃为师之道。但姚鼐此处并非单纯“解惑”，联系上文之叙述渊源，其文派建构意味已委婉显现。再阅读早于此文三年（1776 年）而撰写的《刘海峰先生八十寿序》，可以明了，姚鼐已借“寿序”阐明了方苞、刘大櫆及其本人与方、刘的师承脉络和文统谱系，桐城派已经“呼之欲出”。因此，三年后的编纂此书、作此序言，实则就是借此更明确地彰显桐城派文统。毕竟，有教科书张扬旗帜，比空洞的说辞要实在，而且有说服力和感召力。姚鼐的“老谋深算”很是高明，也很有文化魅力。果然，“始惜翁先生为此书成，门弟子多写其目或录副去”，流播极广，[①] 桐城派由是而立。

其次，编纂此书，规模古文写作，拓宽阅读视野，提升审美功能。作为教授古文的“教科书”，只有有益于学生领略古文辞的佳妙，并且得以学步轨辙，才能服膺众人，沿溯源流，承绪文统。撰成于扬州梅花书院的《古文辞类篹》，显示了姚鼐的匠心独运。他改变了前人古文选本繁复、淆乱和庞杂的文体分类，更不取方苞选本不分类的范式，[②]

① 姚椿：《晚学斋文集》卷三《古文辞类篹书后》咸丰二年刊本。

② 如《昭明文选》文体分为三十九大类，大类下还有小类。宋人吕祖谦《宋文鉴》分为五十八类。明人吴讷《文章辨体》分为五十八类。明人徐师曾《文体明辨》则分为一百二十一类。庞杂不堪。

而将文体归并为十三类；并逐类阐述了其渊源、特点、功用及代表作品和选录标准。文体的删繁就简，使得各类文章的功用性大大突出。诸如论辨、序跋、奏议、书说、赠序、诏令、传状、碑志、杂记、箴铭、颂赞、辞赋、哀祭类这些文体，在当时几乎都是适用性、针对性很强的应用文体。姚永朴《文学研究法·门类》曰：“欲学文章，必先辨门类。门者，其纲也；类者，其目也”。纲举目张，“辨别体裁，视前人乃更精审”的姚氏分类，简明恰当，确实便于学生学习和掌握。学以致用，这一古老的教育箴言，是这一分类广为流播和接受的最好诠释。

将“古文”扩而广之为“古文辞”，是姚氏的一大发明。方苞《古文约选》只选古文，不选诗歌、辞赋；以现代文学术语指称之即是纯粹的“古典散文”选本；鲜明地反映了方苞所谓的“古文中不可入语录中语，魏晋六朝人藻丽俳语，汉赋中板重字法，诗歌中隽语，南北朝史佻巧语”[①] 的作文雅洁主张。虽然将古文纯而粹之，较若干前贤文章选本（如《昭明文选》、宋人姚铉《唐文粹》等）诗文并收，在文体分类上有所厘清；但限制过多，对古文的发展无疑作茧自缚。姚鼐既汲取了方苞将诗文分途的考量，但又加入“辞赋”一类，则大大扩充了古文的学习范围和发展空间，破除了狭隘的门户之见。日后曾国藩以汉赋之气运之古文，扩桐城而后大，于姚鼐实有内在关联。但由“古文”而至“古文辞”，不仅仅是概念的拓展，视野的扩大，容量的扩充；更重要的，是标志了姚鼐对古文审美性的重视。姚鼐在《古文辞类篹序》即曰“辞赋类者，风雅之变体也”。《文心雕龙》则云：“赋者，铺也；铺采摛文，体物写志也。”《两都赋序》亦云：“赋者，古诗之流也。”因此，姚永朴据前人诸说在《文学研究法·门类》中而概括曰：“赋之发源在于诗”。由此可知，“辞赋”显然较之其他文体类别，重文采，多藻丽，格律声色，抒情审美，为其文类之胜。韩柳欧苏之古文，其实并不排斥辞赋。韩愈得扬、马之长，例如其《送李愿归盘谷序》就是奇偶错综；欧阳修之名作《醉翁亭记》，偶对之语句则更多。姚鼐显然对此了然于胸，他自己的古文创作，较之方、刘前辈

---

① 参见《方苞集》附录之沈廷芳：《书方望溪先生传后》，刘季高点校，上海古籍出版社 1983 年版。

及同时代古文家，更具“神韵”，讲求余味曲苞。因而，他在强调为文得体、适用的同时，全力营造文章的审美意境。他在《古文辞类篹序》中强调为文须“神理气味，格律声色”，在其他诸篇文章中倡扬“阴阳刚柔”说，“道与艺合、天与人一”等等，都是其强调和突出古文审美境界的一种体现。换言之，教授学生古文，姚氏在学以致用的基础上，更突出了文学的审美教育。那种认为《古文辞类篹》选文，“正体现了古文由杂向纯演进的趋势”[①] 之观点，其实不符合当时的文章原生态，更非姚氏之原意。在笔者看来，所谓“杂”，是指古文与其他文学体裁之间的交融与互渗，比如古文之渗入小说。这主要是在晚清才逐渐成为一种“趋势”。桐城文人以古文记日记、写小说就可谓之曰“杂”。而四书五经、周秦诸子、左史八家、归方刘姚之古文不存在所谓的“杂”与“纯”，只有“适用”与“审美”。姚鼐选文与作文既强调适用性，又突出审美性。在他眼中，绝大多数古文均为有用之文体，因此划为十三类，倒是一些文学性较强的文章，无法归并，这才谓之“杂记”。

其实，《古文辞类篹》之所以高于方苞选本，之所以强调适用性和审美性，与姚鼐长期主持书院教学，实为因果。“就因为它是在教学中摸索出来的，很讲可行性”，所以它成为学习古文的最佳摹本，影响特别大。[②] 姚鼐辗转各大书院，从教四十余年，此选本亦随之不断修订。因此，这一选本的另一特别之处就在于将学生的接受放在第一位，如何适配书院的文学教育成为其编选的最大愿望。不同于方苞《古文约选》是为满足官学学童修习八股时文之需，姚鼐选本则是为书院弟子研习古文辞赋、切磋学问之道而编选的教材。故钱基博赞其“荟斯文于简编，诏来者以途径。”[③] 尽管书院弟子亦有制艺之举，但与官学及私塾之学童，在层次和素养上显然有高下之别。此类学生，更多地考虑是如何学有所成，如何立身济世，如何修心养性。教育的适配对象不同，姚鼐在强调古文致用性、适用性的同时，突出古文审美功能的

① 参见高黛英：《〈古文辞类篹〉的文体学贡献》一文之基本立论，《文学评论》2005 年第 5 期。

② 陈平原：《从文人之文到学者之文 · 文派、文选与讲学》，生活 · 读书 · 新知三联书店 2004 年版，第 225 页。

③ 钱基博：《古文辞类篹解题及其读法》改增版，上海龙虎书店 1935 年版。

揣摩与掌握，那就应该顺理成章，容易理解了。没有大言欺世，抛弃高深莫测，姚鼐以具体的范文、精当的评点，启沃门生，将自家学术追求、古文创作感受与文章选录意味融入授徒课文的文学、文化教育活动之中，这样的老师当然是负责任、有情怀的导师，学生接受这样的学术训练，既是沉潜文章学问、接受文学（古文辞）技能的强化培训，更是儒家文化熏陶下的人格养成和文化修养的锤炼。由此可知，姚鼐《古文辞类纂》之所以被士人学子奉为圭臬，表面上看因其采辑之博、选择之精、分类之善，文学眼光与文学趣味适为修学古文者示范，但内在本质却是当时儒家文化教育之思考和实践的结晶。

而改变这一面貌的是“中兴”桐城的曾国藩。曾氏之“变”，主要体现在两个方面，其一是曾氏及其弟子的古文创作，“以理学经济发为文章”。[①] 其二则是曾国藩精心编选的《经史百家杂钞》。它集中地反映了曾氏“中兴”、改造桐城派的文化理念。

作为鸦片战争之后的士大夫，曾国藩面对的是国门渐开、西风东渐、国运衰微的历史境况。舍我其谁?！以振天下为己任的儒家思想，要求曾国藩乘势而起，立德、立功、立言，成文治武功。因此，曾氏以“经济”之学，充实改造“义理、考据、辞章”之桐城古文，其底蕴是儒家文化在新的历史环境中的本能反应。而在此时，姚门弟子的古文创作尽管清真雅正，但日益浅弱不振。在曾氏看来，桐城文章只有以雄肆闳通之气药救，才能坚车行远，体用兼顾，“乃始别有一番文境”。[②] 曾国藩为此而恕恕不休的诸多文论，概而言之，就是“不能不取义法于桐城，继而扩充，以极其才”。[③] 曾国藩的古文正是其文化思想的具体表现。恰如钱基博《现代中国文学史》所概述的那样：“以雄直之气，宏通之识，发为文章”。“奇偶错综，而偶多于奇，复字单词，杂厕相间；厚集其气，使声彩炳焕而戛焉有声”。“由桐城而恢广之”。桐城文章至曾国藩，由此焕然一新，为之大变。

1860 年前后，正值曾国藩率湘军与太平军鏖战之期，战事惨烈，惊心动魄。但恰恰就在此期间内，曾氏编选了《经史百家杂钞》，真可

① 薛福成:《庸庵文外编·寄龛文存序》,《续修四库全书》集部，上海古籍出版社。

② 《致刘蓉》咸丰八年正月,《曾国藩全集·书札》，岳麓书社 1985 年版。

③ 薛福成:《庸庵文外编·寄龛文存序》,《续修四库全书》集部，上海古籍出版社。

谓“文武双全”。其对于“事功”与“文章”的内在关联的深刻理解与把握，由此也得以昭示。

《经史百家杂钞》的篇幅比《古文辞类篹》约减少了四分之一，删去了一些应酬文章，更换了一些篇目，并新增了不少经、史、子三类的文章。因此，较之姚鼐《古文辞类篹》，《经史百家杂钞》的面目，神采显然判然有别。曾国藩在《经史百家杂钞序例》中述及其编选宗旨曰：

> 村塾古文有选《左传》者，识者或讥之。近世一二知文之士，不复上及六经，以云尊经也。然溯古文所以立名之始，乃由屏弃六朝骈俪之文，而返之于三代两汉。今舍经而降以相求，是犹言孝者，敬其父祖而忘其高曾，言忠者曰：我家臣耳，焉敢知国？将可乎哉！余钞纂此编，每类必以六经冠其端，涓涓之水，以海为归，无所于让也。姚姬传氏撰次古文，不载史传，其说以为“史多，不可胜录也”。然吾观其奏议类中录《汉书》至三十八首，诏令类中录《汉书》三十四首，果能屏诸史而不录乎？余今所论次，采辑史传稍多，命之曰《经史百家杂钞》云。

曾国藩的“变”其实就是尊崇经史，期望通过经史的学习，了解历代治乱兴衰、典章文物和经世济民之道，这完全合拍于其“苟通义理之学，而经济该乎其中矣”之观念；“为学之术有四：曰义理、曰考据、曰辞章、曰经济”的文化主张，借此书之编撰也得以表现。曾氏的上述编纂意图，说到底是强调文章与事功的融合，注意学问之道与经济之术的统一。既要文以载道，又要文以致用。但从曾国藩《杂钞》增添不少实用性的文章看，曾氏更侧重文章的致用性。其津津乐道、特意更替的“余有而姚氏无”之“叙记”、“典志”类中的文章大半都可归之于实用。如“叙记”类33篇，选录史传中“战争记录”的有21篇，这与曾氏编选此书之时正战事犹酣，读史鉴今，不无关联。“典志”类18篇，几乎全为实用的经世要务。如《史记》中的《天官书》、《封禅书》、《平准书》、《汉书·地理志》和《唐书·兵志》。“序跋”类则有《史记》、《汉书》多篇序赞，许慎《说文解字序》、马端临《文献通考序》等等。确如张舜徽所言：“都是有裨实学之文，可使颂习者放宽视野，开拓胸襟，这却大大不同于文人的选本了。”①

问题是，作为古文选本，曾国藩此番“改造”，其适配的对象是哪些？就当时之情形而言，不外有二类，一是书院弟子及私塾生徒，二是幕僚中的青年才俊。此书编成于战火纷飞之时，日理戎机的曾国藩显然没有时间与精力顾及书院及私塾教育，即便日后曾国藩任两江总督，复兴金陵书院、敬敷书院等著名书院时，也未向书院师生“推荐”自己编选的《经史百家杂钞》。恰恰相反，他却相当重视时文诗赋、八股举业。为此，他制定的书院山长的择选标准是：经师、人师，时文、诗赋诸般才学集于一身之人方可担任。“鄙意书院山长，必以时文诗赋为主，至于一省之中，必有经师人师名实相副者一二人，处以宾友之礼，使后进观感兴起，似亦疆吏培养人才之职。”之所以如此，是因为在曾氏看来：“鄙意书院常课必当以举业为主，非精熟八股八韵之学，则群弟子不相亲附。”② 据徐雁平考证，曾国藩此时在金陵推荐给士子的系列书籍就有《古文辞类纂》，却并无其自编的《经史百家杂钞》。③其实，认真翻阅《杂钞》目录就会发现，这一选本根本不适合科举考试，没有在书院推广，既有自知之明，也合乎教育情理。那么，由此看来，曾氏的这本《经史百家杂钞》适配对象主要就是曾氏幕府中的青年才俊和有志于“经济”的士人学子。曾国藩志向远大，心胸宽广，收罗人才，不遗余力。其幕府人才济济，堪称晚清之最，亦因此影响清末民初百年历史。如何拓宽幕府中青年才俊眼光，增强他们的学识才干，《经史百家杂钞》无疑是很好的读本，很好的舟楫。黎庶昌在《庸庵文集序》一文中曾深情回忆其在曾府时，“（曾国藩）以躬行为天下先，以讲求有用之学为僚友劝。”薛福成于《叙曾国藩幕府宾僚》亦云：“昔公（曾国藩）尝以兵事、饷事、吏事、文事四端，训勉僚属，实已囊括世分，无所不该。”

如此，曾国藩的《经史百家杂钞》就有了深邃的写作学意义。曾氏发明的是：古文写作乃“道德之钥，经济之舆”。既是人格修炼，又是济世工具，即所谓“自淑淑人”。而在曾门弟子的运作中，古文明显

① 张舜徽：《清儒学记》，齐鲁书社 1991 年版，第 344 页。

② 《复吴竹如侍郎》卷三十三，《曾国藩全集·书札》，岳麓书社 1985 年版，第 681 页。

③ 参见徐雁平：《清代东南书院与学术及文章》，安徽教育出版社 2007 年版，第 268 页。

侧重于后者，古文的应用功能得到大大加强和发挥。通顺、平易、雅洁而且适用的文字，承载了西洋新知，促进了新学兴起。于此，在古文的审美与实用两大功能上，较之姚鼐侧重审美，曾氏似乎更看重实用。而从教育功能考察，姚氏《类纂》是课堂教材，曾氏《杂钞》则是“课外读本”，着力于应用能力的提高和实用之学兴趣的养成。由于“文正功勋莫二，又为文章领袖，其说一出，有违之者，惧为非圣无法”，[①] 桐城文章因而为之大变。

要之，在桐城文章的流变过程中，姚鼐的《古文辞类纂》和曾国藩的《经史百家杂钞》是两部具有标志性的古文选本，对桐城派的建构与发展，实为关键。晚清出现的王先谦和黎庶昌各自编选的《续古文辞类纂》就分别代表了姚氏、曾氏的路径和理念。视之余绪，名至实归。

王先谦视姚鼐“《古文辞类纂》开示准的，赖此编成，学者犹知遵守”。因而，其编选的《续古文辞类纂》依傍姚鼐，体例及择选原则一仍其旧，其自序云其《续纂》为“辄师其意，推求义法。采自乾隆迄咸丰间，得三十八人，论其得失，区别义类，窃附于姚氏之书，亦当世著作之林也”。可谓名副其实的《续古文辞类纂》。而从其择选的文章看，绝大多数乃桐城派文人，或嫡传，或私淑；少数虽属派外文人，但言辞桴鼓相应，颇具桐城气息，亦可视作桐城盟友。因此，王氏此续，实为桐城派古文之选本；再联系其“学术盛衰升降”、“谁与拔濯而振起”之叹，可以发现，压在纸背的，是带有谶语式的桐城古文总结。文学的回忆是一种文化的省察，更是教育的沉思和前瞻。黎庶昌对此，采取了不同于王先谦的另一种策略。

作为曾门四弟子，黎庶昌远宗桐城三祖，尤其服膺姚鼐；近则师事曾国藩，师之如父。其《祭曾文正公文》曰：“始吾读书识字尝欲抗志夫先哲，而如幽乏烛，无以辨于学术之歧，自遇公而始有师，以为世不复见孔子，见公亦庶几”。因此，黎氏所编选的《续古文辞类纂》，本曾氏《杂钞》之旨意，依姚氏《类纂》之轨辙，综合姚、曾“选本”之长，增删而定。黎编《续古文辞类纂》选录文章四百一十九篇，分上中下三编，按时代顺序排列。上编“经子”，姚选首断自《国策》，

① 李详：《论桐城派》，载《国粹学报》第49期。

不复上及《六经》。黎选则广录经子之文，以补姚氏所未备；并分为十一类，其中“叙记”、“典志”为姚氏所无，取曾氏《杂钞》之目入之。中编曰“史”。姚氏纂文，不录史传，以为史多不可胜录。黎选则录《史记》47 篇，《汉书》40 篇，较姚、曾选本为多。《三国志》、《五代史》亦间采一二。下编为“方刘前后之文”。除方、刘、姚、曾、梅等桐城代表作家外，亦收录诸如汪中、龚自珍、施愚山等派外文人文章。较王先谦选本范围扩大。由上述编选情况可知，黎续正如其《续古文辞类纂叙》所云，不仅是“补姚氏姬传《古文辞类纂》所未备”，而且步踵曾国藩，拓宽古文范围，扩大桐城堂庑。“循曾氏之说，将尽取儒者之多识格物、博辨训诂，一内诸雄奇万变之中，以矫桐城末流虚车之饰。”

如此的编选策略，虽然在文统承绪上，黎氏与王氏并不相左，但黎选所透现的文章趣味和文化取向，显然与王选归皈姚氏判然有别，比较全面地体现了曾国藩“中兴”改造桐城、扩姚氏而大之的经世致用思想，具有明显的文章变革意味。而且这种“变革”较之曾氏，更为“自觉”和“急迫”。黎续成于光绪十五年（1889），正是黎庶昌使署日本之际，他在《答赵仲莹书》述及编书缘由时曰：

> 本朝人喜言考据，然其学在今日实已枝搜节解，无剩义可寻。骛而不已，诚不免于破碎害道之讥，惟独文章一事，余以尚留未尽之境以待后人。而因文见道之说，仆尤笃信不惑。何也？盖文以载道，周子固尝言之也。古之善为文者，莫盛于马迁、班固、韩愈、欧阳修。韩、欧之文，世颇以道归之矣，而马、班则未也。独苏明允称之曰，迁、固虽以辞胜，然亦兼道与法而有之，时得仲尼遗志焉。望溪方氏推尊子长，曾文正公则兼及班氏，谓其经世之典，六艺之源，幽明之情状，粲然大备，是岂逐世俗为毁誉哉！故仆近者妄有《古文辞类纂》之续，于史汉所选独多，欲以踵姚氏义法后。

曾国藩喜言考据，热衷汉学，企望汉宋融合，以精确之训诂，作古茂之文章。在咸同之际，颇有号召力。但几十年过去，西洋新知越来越多地进入到中国传统的知识谱系，新学以其不可抗拒性逐渐深入晚清帝国的文化“腹地”。传统的考据学面对中外联属之新“理势”，手足无措，日陷窘境。黎庶昌讥其“破碎害道”，“枝搜节解，无剩义可寻”，其实是士大夫阶层清醒者的共识。因而，其编选《续古文辞类纂》在接续曾国藩的文化思想的同时，也就有了更多的新变。其一，他摈弃考据之学，大力推崇经史文章，期望学子因文明道，读书明理，迎合并理解新学。这是因为“经济即在经史中，加以阅历，乃有把握；否则赵括之谈兵而已”。[①] 他在编选此书的同时，于日本使署中写就的《敬陈管见折》曰：“处今时势，诚宜恢张圣量，稍稍酌用西法，不必效武灵之变服，但当求秦穆之荣怀，中外协力图谋，犹不失为善国”。以史为鉴，持论闳通，方可“稍稍酌用西法”。奏本与选本之理念其实互可参发。其二，他扩大桐城堂庑，继续了曾国藩“未竟事业”。黎选中选录汪中等骈文家的辞赋和曾国藩、左宗棠、薛福成等人奏摺，前所未有，越出了桐城古文藩篱。这一选学理念表明，其文章趣味在崇雅的同时，更倾向于畅达、平易和实用。虽然黎选根本不适宜八股制艺，但作为“课外读物”，强化了桐城文章向“道德之钥，经济之舆”的功能转向。黎庶昌的时代忧患，最后落实在文学教育之上，落实在文学教科书之上，以此而寄望于来者。这虽然得益于时势激荡，但由此也反映了桐城文人一以贯之的教育情怀。

然而，无论是王先谦的回归醇雅，还是黎庶昌的寻求新变；桐城文章行进至晚清，也还是笼罩于科举制阴影之下，只能在其牢笼中舞蹈。从方苞、姚鼐到曾国藩，再到王先谦、黎庶昌，其系列古文选本，都是在审美与实用中寻找平衡点。只不过其“实用”之着眼点各不相同，或八股制艺，或雅洁古文，或新学引进。比较而言，王、黎所处的文化困境更为深重，因而他们对桐城派古文，乃至于对传统文化的窘迫与凋敝，感受尤为迫切。各自的续选其实就是他们挽救斯文之道的文化教育之努力。在晚清西风东渐之中，他们的努力得到了积极的回响，同好与仿效者不绝如缕。如吴汝纶、林纾、吴闿生等人各自编选了不少古文节本、选本、读本、评点本等。其效若何？1905 年科举制度废除后的文学教育回答了这个问题。

① 朱一新：《无邪堂答问》卷四，广雅书局光绪二十一年刊印本。

二、“得上探古人之精神，资以演进耶”

晚清西洋新知之盛行，新学之兴起，甲午前后，渐成燎原之势。与此同时，以经史百家为中心的传统旧学知识体系则日渐衰微，解体之态似乎也难以遏抑。于此，吴汝纶感受最为深切。“曾门四弟子”中，吴汝纶序齿在后，又年寿最长，且著籍桐城。如何纾解文化困境，成为他晚年上下求索的主要内容。一方面，他推崇薛福成“转移风气，以造人才为第一”的观点，“性喜以西学引掖时贤”。认为“将来后生，非西学不能自立于世。”兢兢于西学的引进，冀西学以自强。另一方面，又恋恋不舍于孔孟之道和传统文化。“吾国周孔遗业，几成绝响。”认为“中学之当废者，乃高头讲章、八股八韵等事。至如经史百家之业，仍是新学根本。”① 因此，他在主持莲池书院时，就传统文化为门生采取了一个特殊的方法：“减损之法”，试图以此两全其美。广受门生揄扬和传播的《桐城吴氏古文读本》（光绪二十九年十二月刻印本）就是吴汝纶的具体实践。《读本》仍分为十三类：论辨、序跋、奏议、书说、赠序、诏令、传状、碑志、杂记、箴铭、颂赞、辞赋、哀祭，与姚鼐《古文辞类篹》相同。择录古文290余篇，亦为姚氏所采。因而，“吴氏读本”显然是“姚氏选本”的节本。其弟子于1908年为翻印此书而作“告白”云：

> 此书由《古文辞类篹》中选出，详加评点，视姚氏原著为简要、为明显矣。学堂诸生，欲研究国文，莫急于此书。②

吴汝纶据此节本，细加评点，授之及门诸生，与其极力推崇姚氏《古文辞类篹》之言行十分吻合；更与其山长莲池书院关系密切。吴汝纶主持莲池书院期间，“设博物、格致、机械等科，要求生徒必须精通外

---

① 《尺牍·答薛叔耘》、《尺牍·答廉惠卿》、《尺牍·与萧敬甫》、《尺牍·答日本中岛生》、《尺牍·与张溯周》，分别见《吴汝纶全集》（三）第32页，第122页，第209页，第153页，第385页。

② 《俗语注解小学古文读本》所附之“告白”，光绪三十四年（1908年）三月，上海文明书局印刷发行。

语，始能宏济时变。开有日语、英语课。”① “今年选得诸生十余人，同从英人曰贝格耨者学习英文。……书院中兼习西文，亦恐止莲池一处也。”如此中西并重，学生难免精力分散。吴汝纶虽然服膺姚鼐《古文辞类纂》，认为“姚选古文为古今第一善本。”“姚选古文则万不能废，以此为学堂必用之书，当于六艺并传不朽也……亦不能弃去不习，不习则中学绝矣。”② 但面对新学的勃兴，面对西洋新知的传授与古文授受争夺教育空间的局面，他只能采用“减损”的办法传授古文，以维系古文的命脉。而就具体教学方法言，也不可能将姚选古文逐篇细释，只能择其要者，精讲熟参多练。因此，古文节本，其实就是古文教学的实际讲授篇章目录。出自吴汝纶这样的名师，自然是精思傅会，具有很强的古文之学练针对性。从教育效果来看，吴汝纶主讲莲池书院后，“教化大行，一时风气为之转移。”“一时才俊之士奋起云兴，标英声而腾茂实者，先后相望不绝也。己丑以后，风会大开，士既相竞以文词，而尤重中外大势、东西国政法有用之学。畿辅人才之盛，甲于天下，取巍科，登显仕，大率莲池高第。”③ 可见，虽然吴门弟子的古文成就未能超越曾门弟子，更不及方、刘、姚、曾；但在晚清，能够以“中外大势、东西国政法有用之学”而称誉于世，吴汝纶的文学、文化教育不失为成功明智之举，承上而启下。

1905 年，施行千年的科举制度终于诏令废止。严复在《论教育与国家之关系》中认为此“乃吾国数千年中莫大之举动。言其重要，直无异古者之废封建，开阡陌。”作为集文化、教育、政治、社会等多方面功能于一身的科举制，是传统社会的基本建制，它的废除，是晚清社会西风东渐过程中，最重要、最核心的变动之一。不仅深刻地反映了西洋新知对中国传统知识体系的颠覆力量，而且废科举、兴学堂，其本身就是“新旧之争”过程中，新学取得决定性胜利的里程碑事件。严复之言，实事求是，绝非虚语。1901 年，谕旨诏令书院一律改学堂，各省大、中、小学堂，即如雨后春笋般设立。草创之期，众皆遵循张

① 季啸风主编：《中国书院辞典》，浙江教育出版社 1996 年版，第 12 页。

② 《尺牍·与李季皋》、《尺牍·与裴伯谦》、《尺牍·答严几道》，分别见《吴汝纶全集》（三）第 255 页，第 251 页，第 234—235 页。

③ 吴闿生编：《吴门弟子集·序》，莲池书社刊行，1929 年版。

百熙、荣庆、张之洞《奏定学堂章程》（1903 年）所定办学宗旨：“无论何等学堂，均以忠孝为本，以中国经史之学为基。俾学生心术壹归于纯正，而后以西学瀹其智识，练其艺能，务期他日成材，各适实用。”[①] 虽然各级各类学堂大都期望中西学并重，但由于“西学”师资匮乏，并重往往落空。不得已还是“中学”为主，“中国经史之学”，暂时得以基本保全。不过，这一局面随着教科书的自行编定和西洋教科书的编译借用，很快就发生了深刻变化。1904 年，商务印书馆出版了一套冠以“最新”二字的小学教科书两套和中学教科书一套，包括国文、格致、中国历史、地理、修身、算术、珠算、农业、商业、动物学、植物学（系翻译而成）、矿物学、英文初范、物理学、化学、生物学、代数学、平面几何、立体几何、三角、用器透视画册、投影画册、万国舆图册等。在此前后，南洋公学、文明书局等都出版发行了大量自编或翻译的各科教科书。[②] “四部之学”终于在西学成为学术主流后，被消融、分解，演化成“七科之学”，近代中国的知识系统在以西学为核心的新学体制下得以重新整合和建构。教科书作为文化教育转型和学术知识重构的表征，它的出现与成熟深刻而具体地表现了这一既漫长而又迅捷的裂变过程。就文学教育而言，“选本”逐渐被“教科书”所替代。在这一过程中，“中学”，或曰传统的“经史之学”，受到了前所未有的冲击，科举制的废除，既是这一历程的必然结果，也大大加速了“经史之学”的“衰朽”进程。只是，作为圣贤之道载体的“古文”，也形影相随，悄然褪去了往日的神圣和光彩。“古文”变成了“国文”。

当然，名称的变化，并非一日之功。光绪二十四年（1898 年）颁布的《同文馆章程及续增条规》，内有“学生向例早晨学习汉文，午后学习洋文”之语。以“汉文”对仗“洋文”，简括“汉语言文字”，虽前所未有，但不失高明。此后以吴汝纶为代表的古文家好像很能接受这一称呼，与友人交往的尺牍中，凡涉及与洋文比照，均以“汉文”或“中文”对之。如曰“今所困难者，则中人以上之教育，欲于西欧科学之外，别加汉文、欧语，则学僮脑力，万不能胜。”再如，“既学

---

① 舒新城编：《中国近代教育史资料》，人民教育出版社，1961 年，第 197 页。

② 《第一次中国教育年鉴・教科书之发刊概况》，台北：传记文学出版社影印 1972 年版。

日语，即中文当且恝置。”① 其名称旨意与同文馆章程略同。而“国文”一词的最早出现，与学堂创办及发展，与教科书的编辑与翻译基本同步。光绪二十三年（1897 年），南洋公学外院成立，课程分国文、算学、舆地、史学、体育六科。与“国文”等课程相配套，师范生陈懋治、杜嗣程、沈叔逵等自编《蒙学课本》。其他教员另编（译）有《笔算教科书》、《物算教科书》和《本国初中地理教科书》等。从其《蒙学课本》第一编第一课内容：“天地日月山川”来看，显然是以识字为发端的启蒙读本，绝非古文选本；因而其课程名之曰“国文”，颇类似今天的“语文”，“古文”只是其中的一分子。

真正从现代意义上阐发“国文”概念的是张謇。他于光绪二十九年（1903）《论国文示师范诸生》的演讲文中写道：

> 国文为通各科学之精神，算术与之并重。故国文必期适用，与美术国文有别。美术国文者，华藻之文也。适用国文者，切事切理之文也。然若不能通贯，如何能切事切理，不常读常作，如何能通贯，不通贯之国文，即不适用。施于实业，工手一例之技能耳，施于师范，则误人益甚。本校诸生将俱无高尚技能之思想乎，闻诸生有言曰，文止须实业有用，不必人人能为国粹之文。又曰辞达而已矣。二说皆不切。试问国粹之文何等文耶？辞达之达何如达耶？仆若督诸生为国粹之文，是以欧苏韩柳期之人人也，不谬若是。若督诸生必如孔子之所谓达，是以六经诸史之文期之人人也，不谬若是。所望于诸生者，说一事使人了然首尾，说一理使人了然眉目，说一境使人如到其境，说一物使人如见其物，在题中说出，不在题外敷衍，不华可也，不雄可也，不美可也，不博不深甚至不长均可也。不切不可，不通不可，诸生其务为切，务为通，若以寻常适用之文为国粹，以寻常适用为辞达，则是不切，亦即不通。所谓通者，能于事理文理之上下四旁无障碍也，如所言则障碍多矣，故可说不通。昔人言秀才不读三通，终是不通，又言读书十年，才可当得不通，则不通之程度又有甚高者，

① 《尺牍·答土屋伯毅》、《尺牍·谕儿书》，分别见《吴汝纶全集》（三）第427页，第596页。

愿诸生无易其言也[①]。

张謇此文，意义重大：其一，所言“国文”，内涵明确，即“文章”也。较之此前南洋公学“国文”课程之识字启蒙与古文学习混而不分，张謇此“国文”指称则概念清晰，也较妥帖。其二，将“国文”区分为“美术国文”和“适用国文”，其实就是将曾国藩倡扬，尤其是薛福成、黎庶昌所践行的古文“道德之钥，经济之舆”之功效，扩而广之，以更明晰、更直白的阐述，突出了“华藻之文”和“切事切理之文”各自的风格特点：审美与实（适）用。“美术国文”乃“华藻之文”，其实就是指骈文和辞赋；“适用国文”乃“切事切理之文”，其实就是指古文。其三，明确宣示“实（适）用”是“国文”的正途。在驳斥了所谓“国粹之文”与“辞达而已”的极端文章观后，认为“必期适用”的国文，可以“不华”、“不雄”、“不美”、“不博”、“不深”、“不长”，但不可“不切”与“不通”。何谓“不切”与“不通”？则曰：“以寻常适用之文为国粹，以寻常适用为辞达，则是不切，亦即不通”。如此看来，切于事理、通贯无碍的“国文”，并非是寻常使用的“寻常”文言文，而主要是指雅洁清通、平易畅达的古文。换言之，“国文”就是在新式教育体系中以桐城古文为核心的古文辞的替代名词。在新旧教育的转换中，“国文”替代了“古文”，“古文”也从此变成了“国文”。一千余年的古文，其文脉虽然不能说就此了断，但名称的置换，至少也表明“旧学”在汹涌而起的“新学”面前的节节败退。而清醒、清晰、完整地置换这一概念的竟然是以“古文”见长的桐城派中人，张謇此文可谓意味深长：既曲折表达了桐城古文的“清通”优长和其晚清时期的风格走向，更昭示了在“国文”概念形成初期，桐城古文仍然当仁不让地位居核心的文化史实。作为桐城派中人的张謇[②]，以“切通”要求诸生“国文”训练和写作，与十五年后胡适以“清通”称誉桐城古文，可谓“遥相呼应”。由此也说明，桐城

① 《张季子九录·教育录卷一》，载朱有瓛：《中国近代学制史料》第二辑（下），华东师范大学出版社1989年版，第318页。

② 刘声木认定张謇乃桐城派作家。参见《桐城文学渊源考撰述考》，黄山书社2002年版，第289页。

文人在新式教育的转型过程中，既视野闳通，引领风潮，能够审时度势，因时而变；又理念执著，固守古文壁垒，守望传统文学、文化的底线。如此矛盾的文化态度，看似费解，其实，此乃晚清传统文人的共相。改良主将如康梁师徒，对孔孟之道始终坚定不移，可备参照。

1902年之后，在“戊戌政变”中得以保留和恢复的京师大学堂以及随之而起的各地大、中、小学堂，对“国文”课程的概念理解和具体运作，大体沿用、扩展了张謇的表述，是否受其影响或启发，不得而知，“但英雄所见略同”，却是事实。如光绪二十九年十一月（1904年1月），张百熙、荣庆、张之洞《奏定学堂章程·学务纲要》中云：

> 学堂不得废弃中国文辞，以便读古来经籍。中国各体文辞，各有所用。古文所以阐理纪事，述德达情，最为可贵。骈文则遇国家典礼制诰，需用之处甚多，亦不可废。古今体诗辞赋，所以涵养性情，发抒怀抱。……中国各种文体，历代相承，实为五大洲文化之精华。且必能为中国各体文辞，然后能通解经史古书，传述圣贤精理。……惟近代文人，往往专习文藻，不讲实学，以致辞章之外，于时势经济，茫无所知……盖黜华崇实则可，因噎废食则不可。……其中国文学一科，并宜随时试课论说文字，及教以浅显书信、记事、文法，以资官私实用。但取理明词达而止，以能多引经史为贵，不以雕琢藻丽为工。篇幅亦不取繁冗。……中小学堂于中国文辞，止贵明通。高等学堂以上于中国文辞，渐求敷畅，然仍以清真雅正为宗，不可过求奇古，尤不可徒尚浮华。戒袭用外国无谓名词，以存国文，端士风。①

此段文字所述之“中国文辞”、“国文”之内涵，较张謇之表达有所扩大；但强调“明通”与“实用”的核心理念，两者如出一辙。稍后光绪三十一年八月（1905年9月），袁世凯、赵尔巽、张之洞、周馥、岑春煊、端方等会奏的《奏请废科举折》所阐述的“国文”概念，亦大体如上述类似。在此前后，朝野上下，教育界内外，开始广泛接受并使用“国文”一词。如《时报》（1904年5月22日）《奏定小学

① 朱有瓛：《中国近代学制史料》第二辑（上），华东师范大学出版社1989年版，第84页。

堂评议》一文曾云：“中国教育既无国语一科，势不得不以国文代之”。宣统元年（1909 年），江苏教育总会通告各劝学所教育会及各会员研究部《变通初等小学章程书》即明确确定小学五科为修身、读经讲经、国文、算术、体操。而各类出版书局自 1898 年起，一直不间断地编纂出版各级各类“国文教科书”。[①] 而清廷于光绪二十九年（1904 年）颁布的《奏定中小学堂章程》，经过近六年的“蹉跎”，其中的“中国文学”课程名称终于在宣统二年十一月（1910 年 12 月）和宣统二年十二月（1911 年 1 月）由清廷官方正式改定名称为“国文”。初等小学堂“国文”课程总体要求是“识字、通用短文读法、联字造句、作文、习字”。高等小学堂“国文”课程总体要求是“通用文字读法、作文、习字”。中学堂“国文”课程总体要求是：“读文、作文、习字”。要求懂文义、得文法，“作文以清真雅正为主”。[②] “国文”仍然以古文为核心，以明通、实用为好尚，但范围被大大扩展延伸，包括了识字启蒙和习字等内容，初显现今“语文”之雏形。

在“古文”演变成“国文”的过程中，虽然张謇将“古文”变换成“国文”，并对其作了明确的阐释，可谓得天下风气之先。但晚清几位桐城派代表人物对“国文”一词的接受和使用还是比较谨慎的。他们既顺应时代教育的变化，又不遗余力、津津乐道地推行他们的古文知识、经验和智慧。吴闿生《吴氏文法教科书》和吴芝瑛《俗语注解小学古文读本》应该是桐城古文家在新旧教育转型中，桐城选学的一次新的尝试。

吴闿生乃吴汝纶之子，或称生有异禀，濡染家学。复师事贺涛、范当世、姚永概，受古文法。为马其昶、姚永朴、姚永概之后著籍桐城的桐城派重要古文家。他于光绪三十年六月（1904）编定初版《吴氏文法教科书》，在叙及其编选缘由时云：

> 保定两江小学堂既成，请文法教科书于余，因取《读本》（笔者注：指吴汝纶《桐城吴氏古文读本》）中韩非诸难，粗加诠次，益以史公序赞若干首。本于庭训，不惜详且尽慰蒙求也夫。

① 参见《第一次中国教育年鉴·教科书之发刊概况》，传记文学出版社 1972 年影印版。

② 朱有瓛：《中国近代学制史料》第二辑（上），第 221 页，第 222 页，第 384 页。

这里，透露了二点重要信息：一是桐城古文家对“教科书”这个新名词欣然接受并亲自编写。二是此教科书节自吴汝纶《古文读本》，而该读本又节自姚鼐《古文辞类纂》。因此，吴闿生此教科书乃姚选节本之节本。[①] 综合上述二点，可知桐城古文家对于新式学堂和新式文学教育、教学，尽管接受积极，参与意识较强，但其古文意识和古文中心观并未有多少变化，其以《古文辞类纂》为核心的桐城选学情结依然如故。可是，在“古文”转换成“国文”的历程中，青少年学子的“古文”或“国文”水准若何？程度若何？吴闿生在再版此书所作的“例言”中不经意透露出个中消息：“余著此编，初止为同乡学堂童蒙之便用而已。既而印行后，颇风行一时，两次翻版咸尽。泛观近刻文法书，尚未有善于此者。……此本出后，同人多加谬赏，而颇有议其程度太高者。……某君面叹曰：‘子书非中小学所能用，高等学堂以上课本也’。……独有一语须申明者，此本乃教师用而非儿童用者。教师玩味批语，心领神会，以之教授儿童，殆无善于此者。若不得教师，以此望儿童自晓，则求初驹于千里，责尺木以栋梁耳”。吴闿生此教科书乃姚鼐《类纂》节本之节本，大概是因为其节简明通，故“风行一时，两次翻版”，并且出类拔萃，“尚未有善于此者”。然而如此节本，“乃教师用而非儿童用者”；更有谓其程度太高，叹为“高等学堂以上课本”。显然，此时青少年的“古文”程度已经不能和姚鼐所处的乾嘉之时相提并论。尽管吴闿生对其选本很是自信和自傲，但新学的兴起，“声光化电”等新式学科的形成，已经使学子的教育内容发生了深刻的变化，“古文”或者“国文”，在教育体系中由中心开始走向边缘；因而，他的选本根本挽救不了古文的“日薄西山”。

吴芝瑛《俗语注解小学古文读本》倒是不折不扣的儿童古文读物。此本印于光绪三十四年三月（1908），正值全国各地中小学堂设立呈梯度深入之时。吴芝瑛“选录古人短洁兼有情趣之文七十余首，均用俚词而诠释之”。“不独令学子乐而爱读，且资长其慧智。”[②] 其目录如下：

---

① 吴闿生编：《桐城吴氏文法教科书》，上海文明书局光绪三十一年（1905）五月初版，宣统元年（1909）六月三版。

② 参见《俗语注解小学古文读本》之“严钊序”与“凡例”，光绪三十四年（1908）三月，上海文明书局印刷发行。

1. 赵人赂魏杀范痤；2. 梁王使惠子言事无譬；3. 林既论服事不足以端士行；4. 子贡不识孔子之为人；5. 子贡不识孔子之贤奚若；6. 子贡求救于吴；7. 晏婴使吴；8. 晏婴使楚；9. 吴少孺子谏伐楚；10. 楚椒举谏伐阳夏；11. 晏婴谏杀围人；12. 晏婴谏杀烛雏；13. 伍子胥谏吴王从民饮酒；14. 晏子论朝居严有害治道；15. 老子论祸福；16. 楚老父吊孙叔敖之为令尹；17. 魏公子牟之赠言；18. 孔子论忘身；19. 鲁哀侯自知弃国之由；20. 成回恭敬待大命；21. 孙伯不谏亡国之君；22. 齐景公女女于吴；23. 晋咎犯不以私事害公义；24. 古之行师；25. 鲁哀公示惠于民；26. 王满生说周公诛管蔡；27. 禹泣罪人；28. 邾文公知命；29. 楚庄王恐亡；30. 土不言功；31. 孙卿论行不离奸而求誉；32. 晏子对梁邱据之言；33. 宁越苦耕而求学；34. 孔子不欲粹古学；35 晋师旷勉平公为学；36. 晋狐突之报太子申生；37. 奋扬之奉使；38. 晏子不欲独乐；39. 子游论孔子与郑子产之遗爱；40. 非命之死；41. 古之格言；42. 十皮论魏惠王慈惠之失；43. 苏秦之楚；44. 靖郭君将城薛；45. 淳于髡一日而见七士于宣王；46. 齐人见田骈；47. 田需贵于魏；48. 有献不死之药于荆王者；49. 公孙衍为魏将；50. 庞葱与太子质于邯郸；51. 白圭谓新城君；52. 魏王欲攻邯郸；53. 史疾为韩使楚；54. 赵且伐燕；55. 孟尝君将入秦；56. 荆宣王问群臣；57. 魏王遗楚王美人；58. 天下合从；59. 昭阳为楚伐魏；60. 秦魏为与国；61. 齐欲伐魏；62. 献书秦王；63. 荆王伐吴；64. 晋阴饴甥复惠公；65. 寺人披见晋文公；66. 头须见晋文公；67. 烛之武退秦师；68. 宋戴盈之论去关市之征；69. 任人问礼与食熟重；70. 桃应问瞽瞍杀人；71. 临江之麋；72. 黔之驴。

由上述“目录”可知，吴芝瑛所选古文确乎“短洁兼有情趣”。其中不少篇章短小精悍，寓意深刻，至今仍为小学或初中语文课本所收。再看其“俗语注解”。兹择其当今熟知的《黔之驴》之“注解”而录之：

贵州没有驴子，有好事的人，用船装个驴子去。这驴子到了贵州没有用处，把他放在山底下。老虎看见驴子，好大的一个大物件。以为他是个天神，藏在树林里偷看他，稍稍走出来与他相近，大家客客气气的都不知道彼此底细。有一天，驴子一叫，老虎大大的惊吓跑向远地方逃遁，以为将要吃自己，怕得很。然来来往往的看他似觉没有什么异样能处，又渐渐听惯了他的声音，便又逼近他的前后，走来走去，然而到底不敢击他，稍稍同他亲狎，放荡倚侧，冲犯驴身，驴子怒极了，就拿蹄子踢老虎。老虎因此大喜，心里算计驴子说道，他的本领只有这个样儿罢了，就大叫大跃起来，合驴子大斗，把驴子的喉管咬断，吃完了他的肉才去。咳，形状伟，类乎有德行的样子；声音宏大，类乎有才能的样子。向使驴子从前不把自己本领不济的破绽漏出来，老虎虽然凶猛，却也疑惑畏惧，不敢下手。如今倒弄到这样结局，真是可悲的了。

由上可知，所谓“俗语注解”，所谓“诠释”，就是将古文用白话文译出。在今日已铺天盖地，习以为常。但在一百年前的晚清，可是前无古人，石破天惊。而且，是由桐城文人亲自运笔成文，更让人感慨万千。一方面，“情趣”的提出并以此标准衡录古文，就突破了方、姚、曾、黎、吴为代表的桐城选学原则和路径，体现了桐城古文家对西洋教育知识的认同、理解与掌握。新式教育由此看来，确乎深入人心。另一方面，以白话译古文，借此助小学堂学童习读古文，虽然说顺应了时代发展和需求，但古文的衰落由此也得以昭显。作为吴汝纶的侄女、古文家廉泉的夫人、秋瑾的挚友，吴芝瑛，这位晚清著名的女古文家和书法家，面对如此古文颓势，并不甘心，连同其他古文家一道，仍然想方设法，在日渐贫瘠的古文土壤上耕耘。有趣的是，她所编写的这部“半文半白”、突破“家规”的《古文读本》，在桐城诸家之中并非独一无二。十余年后，姚永朴、姚永概兄弟也出于同样的考量，利用在正志学校任教的机会，于1918年编选、排印了浅近的《初学古文读本》两卷，冀望以此既顺应时尚，又能维系古文文脉。桐城古文大家不惜放下身段，亲自编选近乎启蒙读物的古文选本，期望“从娃娃抓起”；尽管其精神可嘉，但从教育史实看，收效甚微；古文的光焰，早已今非昔比，薪火难继。

1911年1月前后，清廷颁行修订的《奏定中小学堂章程》，正式将

“中国文学”课程名称改为“国文”。大约从此起，“古文”被官方正式置换为“国文”；也自从此时起才被桐城古文家们所正式接受，并在文学教育中予以运作。“古文”之称谓也因此为“国文”之名词所取代。1913年6月印行的吴闿生《国文教范》和1913年1月上海商务印书馆印行的林纾《中学国文读本》，算是顺应新式教育、应运而生的桐城新式选本。

《国文教范》分上下两编。上编“以庄生史公为主而汉以前诸家附之”。共选录二十六篇又八节古文。其中以庄子四篇八节为中心的“周秦文凡七家十篇又八节；”以《史记》七篇为中心的“汉魏文凡十家十六篇”。下编“以韩公为主而自唐以来附之多录荆公者入韩之梯径也”；共选录三十六篇古文。其中韩愈十四篇，柳宗元二篇；欧阳修二篇，王安石十篇，曾巩二篇，苏洵一篇，苏轼一篇，唐宋八家共三十二篇；清文三家四篇，姚鼐二篇，梅曾亮一篇，曾国藩一篇。将上述入选古文与《古文辞类纂》比照，便可发现，除清文外，其他篇目绝大多数取自其中。或者说，《国文教范》其实就是姚鼐《古文辞类纂》的又一种精简本，在吴闿生眼中，其“国文”不过是“古文”之别称。至于其编选出版意图，王金绶在其“序”中尽情坦白：

> 一国民族有一国民族之精神，一国民族之精神皆由数百千年神圣贤人之精神递相陶铸而成，精神亡，虽土地山川无恙而民非其民，国非其国矣。吾国民族之精神，自诗书易春秋洮圣人之文出，而群受圣范。自老庄荀墨管韩诸子之文出，而再受圣范。汉唐以还，自扬刘马班，韩欧曾王以及归方姚曾之文出，原本六经诸子，冶道德政治于一炉，而吾民又深受其范。而精神遂卓立而不可摇矣。且吾非专崇吾国之精神，摈绝他国以阻我民族进化之机也，正谓欲收彼学之长，宜先精研吾国雅文之传以植基而增融化之力，而后彼学之美皆为供我进步之资粮。……吴子何不一破其例，约取恒读之文，详评以示之的。俾后之人沿流溯源，得上探古人之精神，资以演进耶。

由此可知，吴闿生编选《国文教范》，其目的就是试图以古文评选，为学子提供古文模范，“循其涂轨可自得之无俟”；进而感知古文之内在民族精神，以此“增融化之力”、“供我进步之资粮”。虽然，吴闿生评析古文仍以文章义蕴、写作技法为主，其思路、手法与前文所述之《吴氏文法教科书》如出一辙，并未“与时俱进”；但十余年文化教育的天翻地覆，其着眼点不得不为之转移，由着力古文文统道统的承传，转变为文学、文化素质的养成；意图与目的也明显“降格”很多：“精研吾国雅文之传”是为“收彼学之长”、“增融化之力”。如此“低调行事”，如此不遗余力，就这些古文大家而言，缘由相当悲壮。王金绶在“序”中扼腕叹息：

> 自改革后，莘莘学子方欲举吾国之旧，一切扫除刮绝而惟新是谋。即炎黄复生，耳提面诏，恐亦视为顽陋而唾弃之矣。吾辈其如雅文何?! 且如进化何耶?! 悲夫。

同样，高步瀛序也记载了吴闿生类似的感慨：

> （高步瀛、王金绶）复请辟疆（笔者注：吴闿生字辟疆）评选古文若干首，为后学模范。辟疆叹曰，天下方摈弃故学，我辈乃龂龂于此，徒取訾议。

新学盛行，旧学则黯然退让。古文家们切身感受到了“经史之学”的消退，感受到了古文空前的消亡危机，惶恐、悲愤、不甘交织一处，奋力而起，编写教科书，编选读本，以“国文”之名而行“古文”之实，在新式教育中为“古文”的生存而奔波，并竭力争夺与扩充“古文”在新式文学教育中的领地。由此亦可以明了，吴闿生的这部“古文选本”为何取名为“国文教范”的内在缘由了。

林纾编选的《中学国文读本》和吴闿生选本的编辑策略显然不同。其“凡例”云“本书为中学校用之教科书”。“中学校四年毕业，本书分为八册，每一学年教授二册”。“本书选辑古今名家之文”，“各类略备，使读者稍知其门径。”“本书次序自清代上溯元明而宋而唐而六朝以至于秦汉三国，由近及远，由浅及深，循序渐进。”“本书于文中之大节目处，特加圈点并附评语，以引起读者之注意。”不同于桐城诸家以“类”纂文、从古及今、由源到流的编选方法，林纾采取了“倒叙”

的策略，“由浅及深”则是这一策略的核心。根据学生年龄、阅历、理解能力的梯度，安排由浅易到闳深的古文诵读和学习，契合中学生的身心发展特点，与吴芝瑛的努力可谓桴鼓相应，符合新式教育的特点、规律与要求。而在选录标准上，林纾也较方苞、姚鼐、曾国藩、王先谦、黎庶昌及吴汝纶、吴闿生父子取径宽松。选录的唐宋元明清之文中，既有桐城诸家不曾惠顾的罗隐、司空图、皮日休、陆龟蒙、李梦阳、王守仁诸家，也有名不经传的袁皓、欧阳詹、古之奇、权德舆（以上唐），陈尧、种放、穆修、潘佑、杨夔、蔡戡（以上宋），吴桂芳、叶白高、薛瑄、徐階、王帏、程敏政（以上元明），王猷定（以上清）等近20位无名作家。桐城文统意识显然刻意淡化不少。尤其是六朝之文选录48篇单独成册，更显编者之别具匠心和独特的文章趣味。如此“各类略备”，确实在一定程度上突破了桐城选学过分注重名家名篇、着力讲求清真雅正的“精英”化文章轨辙。由“古文”蜕变而成的“国文”，可能在林纾手中，真正开始了范围拓展。不仅如此，林纾的“国文读本”评点亦颇有自家面目。他不取吴闿生详评细述、条分缕析的评点方式，而是“于文中大节目处，特加圈点并附评语”。观览其八册国文教科书，于所录之古文“大处、远处、非常华丽处”，林纾才略加点评，摈弃喧宾夺主，代之要言不烦。如此举重若轻，就读者接受而言，其实更轻松愉悦，感悟之机往往得以发启。就此而言，林纾的一二点醒较吴闿生的“下笔千言”，更得姚鼐真传。而且，有意与无意之中，与新式文学教育讲趣味、重性情若合符节。

大概因为翻译西洋小说，与出版社关系热络。林纾《中学国文读本》是与当时占领全国教科书销售市场份额最大的商务印书馆合作编选的。不管林纾的编辑理念是否受到出版社的影响，就选择以正规的教科书形式，采取与实力雄厚的出版社合作的方式，凸显了畏庐老人的“世事洞明”。林纾以其独有的敏感，将文学、教育与出版机缘凑合，不仅占尽先机，而且借此声名远播，远非吴闿生、吴芝瑛姐弟所能比拟。据郑国民考证：

> 在光绪三十四年（1908），商务印书馆先后出版了林纾编的《中学国文读本》和吴增祺编的《中学国文教科书》。这两套课本是清末最有影响的中学语文教科书，尽管其他书局也曾出版过这

类书，但使用范围小，很快就绝版了。①

借此，桐城选本在“国文”的新领地仍然独领风骚。

然而，仔细辨析，就能发现，从“古文选本”到“国文选本”，其实经历着深刻的内在变化。首先，古文选本乃书院教材与“课外读物”，士人学子借助古文的阅读与写作，陶冶人格，修炼古文之技能，并提高课艺的档次，进而获取功名。因此科举制度是古文选本得以产生和流播的土壤。于此，《古文辞类篹》堪称“第一读本。”而“国文读本”是科举制度废除后新式教育的产物，学堂学生诵读古文，很大程度上，是为练就“切于事理”的“清通”文章能力。没有了科举考试的压迫，古文程度的高下，对于学堂学生而言并非“性命攸关”。较之“古文”在书院的崇隆，“国文”的重要性其实在新式学堂中已大打折扣。因而“国文读本”在学堂学生心目中的地位远不及“古文选本”对于士人学子重要。其次，“古文”训练在书院兼有文章与修身的双重功能。但在新式学堂中，“修身”、“伦理”已单独成科，“国文”成了纯粹的文学训练，因而讲求技法、追寻文法成了合乎时尚的需求。吴闿生讲求文法的相关努力其实是时代需求下不得已而为之的选择。而同时，小说、戏曲等俗文学逐渐成为晚清文学的审美主体。古文与小说在青少年的阅读兴趣中，地位已悄然发生了变化。吴芝瑛读本及二姚兄弟读本的趣味与浅白，林纾读本的简易与扩容及其吴汝纶、吴闿生父子共同的“减损之法”，都是在新旧教育转型期，为“国文”（其实就是为“古文”）争夺文学教育的空间和领地。殊途同归，因时而变。再次，“国文”相对应的是“西文”，显然是“古文”在新学兴起的过程中不得已的退让和蜕变。张謇之文就很好地概括了由“古文”到“国文”的过渡。晚清桐城诸家的“国文读本”，很大程度上就反映了这一过渡。黎锦熙曾曰：

> 清末兴学，坊间始依钦定课程编印国文教科书；中学以上，所选大率为‘应用的古文’（胡适氏用以称桐城派者），其高者亦不出姚氏《古文辞类篹》等书之旨趣与范围。②

① 郑国民：《从文言文教学到白话文教学》，北京师范大学出版社2000年版，第118页。

② 黎锦熙、王恩华：《中等学校国文选本书目提要》，国立北平师范大学文学院民国廿六年（1937）六月出版。

黎氏之语，既是真实的记录，也是精当的评析。

从"古文选本"到"国文读本"，桐城选本在文学教育的转型中虽然变化深刻，但其以"古文"为核心的选学理念始终不渝。这种"变"与"不变"，在过渡转型期尚可风光一番，桐城文人在新式学堂之初尽得先机、游刃有余，就说明清通实用的古文，仍然是新旧教育转型期的普遍需求。但是，当新式教育趋于成熟，言文一致的"国文"要求，成为新的时代追求，晚清桐城诸家的"国文读本"便时过境迁，风光不再。对古文修习的期望，也由"古文选本"的"有所法而后能，有所变而后大"，着意于古文的发扬光大；而不得不"降调"为"得上探古人之精神，资以演进耶"；古文的学习从此成为"新学"兴起与发展的人文素质之养成。当历史继续行进，"国文"之构建逐渐以语体文为中心时，桐城文人就难以有所贡献了。既然英雄无用武之地，在新文化运动中，败走麦城，显然就不仅仅是五四健将的单边力量所能左右。进而言之，桐城文人，连同其"古文选本"和"国文读本"，隶属于传统"旧学"的文化教育体系，他们的内心深处依然是壁垒森严的古文情结和一以贯之的经史意识，他们的"变"与"不变"虽然是应对时势的权宜之计，但也昭示了桐城文人赓续中华传统文化的文化策略和选择，由此亦表现了这一文化群体对传统文化精粹的坚信不疑和坚定不移。然而，当以科学、民主为核心理念的"新学"占据了主流地位，"旧学"虽然不能说与"新学"水火不容，但至少"经史百家"生存的空间极为狭窄和有限，古文的失落不可避免；桐城文人亦因此无法厕身于日新月异的新式文化教育体系之中，走向边缘，淡出文化教育中心，则是他们无奈的文化归宿。其实，早在光绪二十八年（1902），吴汝纶就已经预言："新旧二学，恐难两存。"并对此忧心忡忡："西学未兴，吾学先亡。奈之何哉！奈之何哉！"①

十七年后，吴汝纶的预言成了现实。"桐城光焰亦自是而熸"。②

（原载《国学研究》第二十七卷，2011 年第 1 期）

---

① 《尺牍·答贺松坡》，《吴汝纶全集》（三），第 406 页。

② 林纾：《畏庐续集·送姚叔节归桐城序》，商务印书馆 1916 年版。

论中国古代诗歌多为短制的文化成因

江增华

中国是“诗的国度”。中国古代也有叙事抒情兼具的较长的诗，如《诗经》中《生民》、《公刘》、《谷风》、《氓》等，屈原的《离骚》，汉魏时期的《战城南》、《陌上桑》、《羽林郎》、《孔雀东南飞》等，唐代的白居易的《长恨歌》、韦庄的《秦妇吟》，清代的梅村体等等，但总的说来，叙事长诗仍为凤毛麟角。如与少数民族的《格萨尔王》、《阿诗玛》等长诗及西方的《荷马史诗》相比，得出“中国古代诗歌体制上多为短制”的结论，应该是可以成立的。

中国古代（主要指汉族）诗歌多为短制的文化因素是多方面的，既有中国传统文化因素的影响，也有诗歌自身发展因素的制约，其要者盖有以下数端：

一、儒家文化的影响

中国传统文化中占主导地位的儒家文化偏重德性的培养，执着人生，具有重义轻利和重群体而小个人的价值取向。“君子喻于义，小人喻于利”、“士志于道而耻衣耻食者，未足与议也”①，理学的“存天理，灭人欲”等，通常是倡导舍己为公，抑情节欲，强调人本性中群体和理性层面，却很少张扬人性中个性和情欲的维度。儒家倡言“修身齐家治国平天下”，“平天下”才是人生追求的终极指归，孟子言：“舍生取义，杀身成仁”，“仁，人心也；义，人路也”②，在我们祖先眼里，献身社会群体、舍生取义、建功立业的人才是君子。因此，中

---

① 《论语》，上海古籍出版社 1995 年版，第 88 页。

② 《孟子》，上海古籍出版社 1995 年版，第 386 页。

国古代诗歌主流所往返抒写的是社会情怀。如关注国家存亡的爱国主义、关注社会盛衰的忧患意识、报国无门的忧愤和征夫思妇之爱、孝悌信义观念等。纵观中国古代诗歌发展史，古代著名的诗人或理论批评家，大多或多或少地受到儒家思想浸染熏陶，自古而来的数以万计的诗篇，大多是儒家“入世”思想主导下的功业之叹与政治悲愤，而诗歌批评史，在创作目的论、风格论等方面也始终为儒家思想所左右。受儒家思想影响的诗人都很少愿意把生活作故事来歌唱，把自己的经历作故事来叙述，从中展现个人的个性、意志、欲望等。如《登幽州台歌》主要倾吐的是陈子昂渴求建功而受挤压的幽愤不平的情感，如果陈子昂将随武攸宜北征的经历当作故事来详细叙写——把如何从军、行军、作战、献计、自己是如何受贬的等等一一叙述出来，也就可以成为长篇叙事诗。但他实际上根本不提从军之事，只是以寥寥的“前不见古人，后不见来者。念天地之悠悠，独怆然而涕下”四句，抒写了自己生不逢时、报国无门的忧愤之感。再如被誉为中国古代叙事诗双璧之一的《木兰诗》，也只是事件的简录、时空跳跃而非线性的细节化的铺陈。作者不关注事件本身的经过、战争的细节、生活的场景，作品的主旨落在颂扬木兰为家、为国、不图享乐的人品上，作品简练而篇短。

而西方文化元宗的希腊文化，注重人与自然的对立。西方文学则始终关注的是个体及其生命欲望。把社会生活及个人经历作为故事来叙述，从而展现个人的情欲和意志及追求个性奔放过程中的苦乐、悲哀。叙事文学是西方的主体，《荷马史诗》是西方文学的开山之作。它虽以特洛亚战争为题材，可作品关注的并不是宏大的民族斗争的场景，而是关注个体生命的欲求。《伊里亚特》展现的是人的欲。战争的发生与个人欲求联系在一起，战争的胜败也是由个人的情志所决定。我们从中可以看出西方民族看问题是主要从个人出发的。在这部作品中作者对这些情欲迸发的人不但无贬斥之意，相反却不时地流露出赞美之情。《奥德修纪》也是情的赞歌。珀涅罗珀矢志不渝的等待出于情，奥德赛百折不挠地返家也基于情，贯穿作品始末的是这种强烈的情和爱。不可遏制的个人欲求、炽烈的爱情、奔放的个性、强烈的个人意识一开始就构成了古希腊、罗马文学的基本旋律。它既基于西方人以个人为本位的心态，同时也作为西方文学之原型，为后代铸就了永恒的模型，将生活作为再现的对象，形成了以叙事文学为主体的文化模型，叙事翔实，篇鸿制巨。

可见中西文化传统的两种不同倾向，在中西古代文学的表现方式与体制上形成了一定的影响。

二、史官文化发达，记事抒情较早分途

殷和西周时期，“巫史”就集“通神”与“记史（事）”二任于一身，所以后世就以“巫史”相称。“巫史”的一个重要职责就是记史：“巫史书史传古，载文记言”，是最早的文学家。周代史官有大（太）史、小史、内史、外史、御史五种，又有左史、右史之分工。一说，左史负责记君主行事，右史负责记君主言论，称为左史记动，右史记言，“动则左史书之，言则右史书之”。① 另一说与此相反：“古之王者世有史官，君举必书，所以慎言行，昭法式也。左史记言，右史记事，事为《春秋》，言为《尚书》，帝王靡不同之。”②，因而，“史”的职责就是载言记事。

《尚书·尧典》中的“诗言志”，被朱自清先生称为中国古代诗论“开山的纲领”。《礼记·乐记》继续强调：“诗，言其志也”。《毛诗序》云：“诗者，志之所之也，在心为志，发言为诗。”《古谣谚序》也云：“千古诗教之源，未有先于言志者也。”③ “志”是内心的志向怀抱，也包含“情”的成分，所以孔颖达《春秋左传正义》注疏说：“此六志，《礼记》谓之‘六情’，在己为情，情动为志，情、志一也。”④因此诗的另一主要职责便是“抒情”。朱熹认为：“凡诗所谓风者……各言其情者也”⑤。朱自清也说：“《诗经》里一半是‘缘情’之作”，只是“那个时代没有‘诗缘情’的自觉罢了”⑥。屈原《楚辞·惜颂》中说“惜诵以致愍兮，发愤以抒情”，这是最早提及诗歌“发愤抒情”

① 郑玄注、孔颖达疏：《十三经注疏·礼记》，上海古籍出版社1997年版，第1474页。
② 《汉书》，中华书局1962年版，第1715页。
③ 杜文澜：《古诗谣》，中华书局1984年版，第1页。
④ 杜预注、孔颖达疏：《十三经注疏·春秋左传》，上海古籍出版社1997年版，第2108页。
⑤ 郭绍虞：《中国历代文论选》上海古籍出版社1979年版，第72页。
⑥ 朱自清：《朱自清说诗》，上海古籍出版社1998年版，第16页。

的功能，陆机有“诗缘情而绮靡”，严羽《沧浪诗话》有“诗者，吟咏性情也”等说。可见“诗”的两大主要职责便是是“言志”与“抒情”。

我国古代对“史”与“诗”的区分正是基于“事”与“志、情”的区分，造成了“史”与“诗”的分野。刘知几在《史通·覈才》中云：“昔尼父有言：‘文胜质则史’，盖史著当时之文也。然朴散淳销，时移世异。文之与史，较然异辙，故以张衡之文，而不闻于史，以陈寿之史，而不习于文”①。非常明显，刘知几是认为文史有别，不能混为一谈的。许学夷的《诗源辨体》，论诗主“辩体”，并主张“诗不可以兼史，杨用修既尝辩之”②，他也是主张“诗”“史”之别的。明末清初的王夫之在《古诗评选》评“上山采靡芜”时说：“诗有叙事叙语者，较史尤不易。史才固以隐括生色，而从实著笔自易，诗则即事生情，即语绘状，一用史法，则相感不在记言和声之中，诗道废矣”③，又在《薑斋诗话》中云：“夫诗之不可以史为，若口与目之不相为代也，久矣，”④ 在他看来，“诗”与“史”是界限分明的。正因为如此，还有一些评论家贬责以诗叙事，主张诗体宜尚精微。如宋朝的魏泰在《临汉隐居诗话》中说：“白居易亦善作长韵叙事，但体制不高，局于浅切，又不能更风操，虽百篇之意，只如一篇，故使人读而易厌也”⑤徐祯卿曰：“乐府往往叙事，故与诗殊。盖叙事辞缓，则冗不精”⑥。可见他们是贬责叙事长诗的。这些具有代表性的主张，对我国古代叙事诗歌的发展有着很大的限制，诗人不以踵事增华为能，就不太可能写出叙事长诗。这使我国古代缺乏鸿篇巨制，缺少叙述性的诗歌。

再者历史向来被认为有借鉴作用。基于这种认识，这就需要历史必须不虚美，不隐恶，注重实录。只有不夸张，不虚构，才能真正发挥其借鉴作用。再加上中国文化重征实，后来的儒者不语怪力乱神，在很大程度上排斥了虚构和幻想。这样情节曲折的或以非现实为题材的长篇叙事诗产生的可能性就很小，限制了长诗的发展。

① 张舜徽：《史学三书评议》，中华书局1983年版，第91页。
② 许学夷：《诗源辨体》，人民文学出版社1987年版，第9页。
③ 王运熙：《中国文学批评史（清代卷）》，上海古籍出版社1996年版，第71页。
④ 王夫之：《薑斋诗话》，上海古籍出版社1999年版，第6页。
⑤ 何文焕：《历代诗话》，中华书局1981年版，第327页。
⑥ 何文焕：《历代诗话》，中华书局1981年版，第769页。

三、文人对诗歌本体的认识

历代文人大多认为诗歌要表达的是“情”或“志”或“心灵”（上文已有所分析）。这势必要使中国古代诗歌导向抒情达意的一面，着重内心世界的“情”、“志”抒写，包括“偏于理性的思想和偏于感性的情感”①。表达自己的一种社会责任感、理想、抱负、忧患意识等。先秦的“诗以言志”，即有“以《诗》言志”之意，也就是“用前人之成篇，言自家之志意”，是典型的引诗述志。荀子曰：“《诗》言是，其志也”②，荀子明显地认为《诗》是诗人言志的载体。屈原的作品是“发愤以抒情”，陆机的《文赋》说“诗缘情而绮靡”，魏晋南北朝诗学思想主流就是“缘情而绮靡”，唐代白居易有“诗者，苗言，根情，华声，实义”③之说，实质上也是认为“诗”是根于“情”，表现“情”的，后来的“四灵派”，“江湖诗派”，明代公安三袁的“独抒性灵”，陈子龙的“忧时托志”的救亡诗论，黄宗羲的“万古之性情”说，还有以儒教为根本的“格调”说，袁枚的“性灵”说，等等，论述重心都没有偏向现实生活的故事，而是偏向心灵，把“情”和“志”以及人生体验作为诗歌所要表达的对象。

四、诗歌形式方面的制约

从诗歌创作的形而下意义上来说，即诗歌的外在形式、声韵、技巧而言，古代诗歌有着明显的音韵格律化发展的趋势。诗歌的起源就是诗歌配音乐、舞蹈，而且最初是三位一体的混合艺术，如《尚书·尧典》曰：“诗言志，歌永言，声依永，律和声。八音克谐，无相夺伦，神人以和。”④《吕氏春秋·古乐》曰：“昔葛天氏之乐，三人操牛尾投足以歌八阕”，有歌有舞有乐，可与《尚书·尧典》想印证。《墨

① 杨明：《言志与缘情辨》，《上海师范大学学报》2007年第1期。

② 《荀子》，上海古籍出版社1996年版，第63页。

③ 郭绍虞：《中国历代文论选》，上海古籍出版社1979年版，第96页。

④ 郭绍虞：《中国历代文论选》，上海古籍出版社1979年版，第1页。

子·公孟》所谓："颂诗三百，弦诗三百，歌诗三百，舞诗三百"，《诗序》也认为志与情关系紧密，诗、乐、舞是三位一体的，《诗序》曰："诗者，志之所之也。在心为志，发言为诗。情动于中而形于言，言之不足故嗟叹之，嗟叹之不足故咏歌之，咏歌之不足，不知手之舞之，足之蹈之也。"① 都说明诗歌与音乐，舞蹈不分。"诗歌作为口传文学就是依赖'乐'的韵律得以记忆和传播的。"② 诗歌一开始最注重的是单句的整齐，所以诗歌不能不迁就乐和舞。因为诗歌配音乐、舞蹈同是群众艺术，所以不能不有固定的形式。如果没有固定的音律，诗歌整齐的章句原来说是应舞合乐便于群众唱的。与格律有关的"韵"在原始诗歌艺术中或是为了点明一个乐调，或是一段舞步停顿所需，同时"韵"也把几段音节维系成整体，免得涣散③。这些都说明，原始诗歌形成就有音韵格律的要求、后来诗歌作者为了顺应这种要求，创作中就自觉地、有意识地按照这种要求创作。乐府诗是合乐之诗（体现的是音乐之美的要求），成熟的文人诗是徒歌（不需要合乐），但古代的文人墨客却转向了追求汉字本身的声韵之美。自魏晋以来，中国声韵学在"别宫商，识清浊"的基础上，有了新的发展。齐永明年间，周颙发现了汉字平、上、去、入四种声调，始著《四声切韵》，同时著名诗人沈约等人提出"四声八病"之说，这样自觉地运用声律来写诗，并与晋宋以来诗歌可对偶等形式相结合，就形成了"永明体"的新体诗，这种新体诗是我国格律产生的开端。在永明体诗歌的基础上，唐初的沈、宋定型了近体诗的格律规则。尔后，近体诗在唐代进一步发展，成为一种篇有定句，句有定字，讲究对仗工整、押韵的固定的格式化的诗体，句篇短小，平仄交替，抑扬顿挫，四呼搭配，声韵谐和，在朗读上有其声音的轻重配合的美感，迎来了中国诗歌史上的高峰。律诗的最终形成反映了诗歌从比较自由发展到讲究格律的必然趋势。近体诗体是极其不便叙事的，明显影响到叙事长诗的发展，唐代用于考试的，就是一般为五言六韵的体制短小的诗。作为训练的常课，它必然影响人们的作诗习惯和对诗体的认识。

① 郭绍虞：《中国历代文论选》，上海古籍出版社 1979 年版，第 63 页。
② 赵宪章：《文体形式及其当代变体刍议》，《上海师范大学学报》2008 年第 6 期。
③ 朱光潜：《诗论》，安徽教育出版社 1997 年版，第 30—42 页。

五、审美观念的影响

中国古代诗歌品评中的“主文谲谏”、“含蓄蕴藉”、“意象朦胧”、“神韵超远”等审美取向，对中国古代叙事诗不发达，诗歌成为体制短小有着不可忽视的影响。“主文谲谏”的温柔敦厚之美的表现方式是隐约、含蓄与委婉。“含蓄蕴藉”是“不着一字，尽得风流”[①]的寓情于景，吐而不露，情感要怨而不怒，所以清代吴乔说：“诗贵含蓄不尽之意，尤以不著意见声色故事议论者为最上……”[②]“意象朦胧”是一种司空图所言“‘诗家之景，如蓝田日暖，良玉生烟，可望而不可置于眉睫之前也’的象外之象，景外之景”[③]，“神韵超远”就是写景要像一张张艺术照，摄取有诗意的景物、画面来写，作者的感情含蓄地寓于景物、画面之中，抒情便是要借境透情，朦胧超远，不可情竭声断。这样写景贵清远，写情贵朦胧，便是迷蒙蕴藉，超远难及，含蓄为上。许思园先生在阐释中国古代诗歌美学风格时说：“空灵蕴藉、清逸淡远为中国诗特具之风格……中国诗是于幽淡中见妩媚，疏朗中见俊逸，往往十分平易、率真而含蓄无穷情味”[④]，“中国第一流诗最重含蓄，十分婉约，暗示力强，从容不迫，有余不足，感觉深微，能得空外之音，象外之色，此即所谓蕴藉”[⑤]。“古人修辞首重精简，以冗长为切戒，中国古代典籍用词精简，每寥寥数语而含蓄无穷理趣，‘简之又简’遂成为作家不易之圭臬。……古诗少长篇，而律、绝更短，盛行逾千年”[⑥]，袁行霈先生在论述中国古典诗歌鉴赏时也说：“中国古典诗歌主要是短小的抒情诗，并没有塑造什么人物……只要抓住诗歌的意象以及意象所包含的旨趣，意象所体现的情调，意象的社会意义和感染作用，才能真正地鉴赏中国古代诗歌。”[⑦]

---

① 郭绍虞：《中国历代文论选》，上海古籍出版社 1979 年版，第 205 页。

② 王运熙：《中国文学批评史（清代卷）》，上海古籍出版社 1996 年版，第 182 页。

③ 郭绍虞：《中国历代文论选》，上海古籍出版社 1979 年版，第 201 页。

④ 许思园：《中西文化回眸》，华东师范大学出版社 1997 年版，第 95 页。

⑤ 许思园：《中西文化回眸》，华东师范大学出版社 1997 年版，第 87 页。

⑥ 许思园：《中西文化回眸》，华东师范大学出版社 1997 年版，第 87 页。

⑦ 袁行霈：《中国诗歌艺术研究》，北京大学出版社 1996 年版，第 109 页。

这些审美取向，都不以描摹具体物象，叙述具体事件，再现典型环境中的典型人物为能事，而是无论是抒情写景，还是叙事状物，都是贵在“含蓄”、欲言又止，不明说，不细描，这显然不利于叙事长诗的发展，诗以简约含蓄为美，诗歌的体制趋于短制。

（原刊于《深圳大学学报》2010 年第 1 期）